《散文海外版》编辑部◎编

月亮在叫

《散文海外版》

2019年·精品集·

天津出版传媒集团
百花文艺出版社

图书在版编目（CIP）数据

月亮在叫：《散文海外版》2019 年精品集 /《散文海外版》编辑部编. -- 天津：百花文艺出版社，2020.1(2025.9 重印)
ISBN 978-7-5306-7800-8

Ⅰ. ①月… Ⅱ. ①散… Ⅲ. ①散文集-中国-当代 Ⅳ. ①I267

中国版本图书馆 CIP 数据核字(2019)第 259644 号

月亮在叫：《散文海外版》2019 年精品集
Yueliang zai Jiao Sanwen Haiwaiban 2019 Nian Jingpinji
《散文海外版》编辑部编

出 版 人：薛印胜
编辑统筹：王 燕 **装帧设计：**郭亚红
责任编辑：王 燕 徐 姗
出版发行：百花文艺出版社
地址：天津市和平区西康路 35 号 **邮编：**300051
电话传真：+86-22-23332651（发行部）
+86-22-23332656（总编室）
+86-22-23332478（邮购部）
网址：http://www.baihuawenyi.com
印刷：山东新华印务有限公司
开本：787 毫米×1092 毫米 1/16
字数：335 千字
印张：26
版次：2020 年 1 月第 1 版
印次：2025 年 9 月第 2 次印刷
定价：58.00元

如有印装质量问题，请与山东新华印务有限公司联系调换
地址：山东省济南市高新区世纪大道 2366 号
电话：(0531)82079100 邮编：250104

目录

特别推荐

作家视野

性情写作

作家专栏

别具只眼

特别推荐

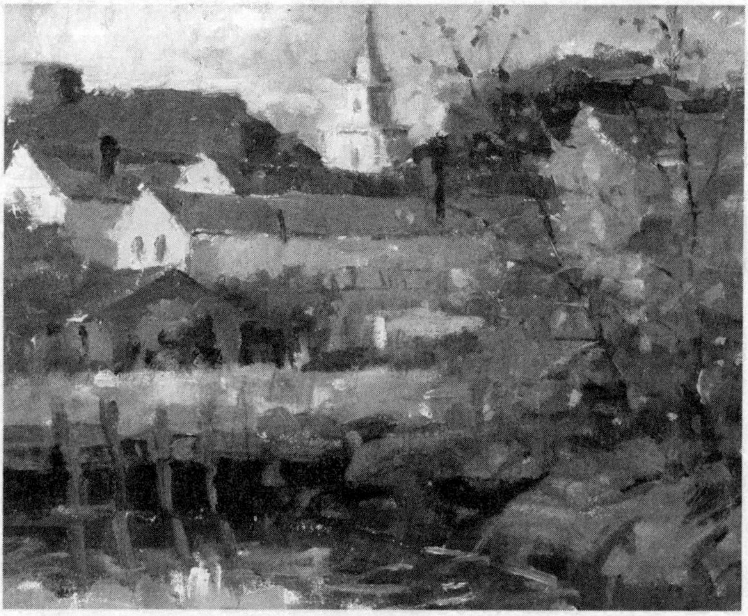

等待莫言

◎ 宁肯

二〇一八年《十月》第一期发表了莫言新作《等待摩西》，此前因为一些缘起对莫言也有等待性质。莫言获诺奖后缄默了五年，人们等待了五年，莫言会以什么样的文字重返公众的视野？这是一个巨大的悬念。众所周知莫言是第一个获诺贝尔文学奖的中国作家，不要说作品本身的意义，就是结束了一年一度中国人的焦虑，本身就意义重大。接下来是一个人获了诺奖后还怎样写作？这有点像一个人去了月球后还怎样生活，也是世界性的问题。

去年八月微信圈突然传来《收获》将发表莫言新作的消息，后来证实是《人民文学》首发，不管谁首发都让《十月》有种踏空的感觉。我认为莫言的首个作品应发在《十月》上。因为莫言的获奖代表作品《生死疲劳》便发表在《十月》上。看到消息的当天，我便给莫言写了邮件，莫言当天回了邮件，允诺稿约，心里算有了些底儿。但等了几天没有动静，不太放心，恰好我刚出了一本写北京七十年代的散文集《北京：城与年》，作品往来往往是最好的催稿理由，于是写邮件问莫言书寄到单位还是家。其实这是不用问的，但是要问，这便是“往来”。信中最后坦陈“寄书是幌子，期待大作是真”。莫言给了地址，并说记着稿子的事。但我并未马上寄书，我想如一段时间还不见稿子，寄书时附言又是催稿的由头。做编辑不容易，老得惦记别人，还得比较艺术。结果书还未寄出，九月二十三日收到莫言短信，告知稿子已发我信箱。回家打开信箱，清晰地看到一个短篇，《等待摩西》，以及一首诗《高速公路上的外星人》。

大大松了一口气，说真的，并没马上看，当时最大的感受是卸下一个重任，感谢莫言。非常喜欢这个题目，一看题目就有种发光的直觉。摩西是何等人物？仅次于上帝。果然，在微信朋友圈披露了小说题目后，上海的吴亮先生立刻发论："很有悬念，又是摩西，又是等待……险啊。"我回："险得不可思议，却力敌千斤闸，老莫真的神力。"邱华栋说："蛋落在《十月》的筐里了。"仅凭题目，大家便有此敏感，非同道不能如此。

确实，摩西是一个宗教人物，一个先知，一个经历过大苦大难的人，一个回归信仰的人，一个带领以色列走出埃及的人，这个先知的繁复程度同样仅次于上帝，堪称西方文化之渊薮。莫言通过《等待摩西》把这一西方文化符号嫁接到东方，且是无缝儿对接，又异趣盎然，读完感叹莫言的天才。我以为也只有莫言能处理这一如此"险"的题材。感慨系之，第二天在办公室给莫言敲微信。"莫言老师：早晨读完《等待摩西》——您完全不需要恭维，我的是第一反应：我看到一个伟大的短篇。叙事技巧不用说——也极高超，但这是可学的；关键是一种大的情怀，一种大的精神视野，一种中国现实、中国氛围、中国的讲述传统与以基督教文明为基础的西方文化如此自洽、水乳不可分的融合；大悲悯，大善恶，东方的，西方的——天作之合。再一个关键是它如此落地，如此中国方式，中国现实，真的，我是心服口服。我自视并不低，但这种融合能力让我叹服。题目也非常好，恰如其分。同时还有一种轻的东西：浪漫，风趣，颠覆，元小说的后现代调性。这个小说是一种照耀，好小说都是照耀，但这是更广阔的照耀。某种意义我个人更感谢这篇小说，我看到我的哪怕微弱的可能。谢谢，我也代表杂志向您致谢，感谢您给了我们这么重要的作品！"

没想敲这么多，也没细想要说什么，却一发不可收。一会儿莫言便回了信："宁肯兄，借用前人一句话：人生得一知己足矣，斯世当以同怀视之。"说真的，知己不敢当，我只是觉得作为同行读懂了莫言，不仅仅作为编辑。写作者的眼光与编辑的眼光无论如何还是有所不同的,即便激赏也有所不同。莫言归来,既是过去的莫言,又是新的莫言,小说内在张力很大,又写得松弛,举重若轻,后者是过去莫言少有的。这个跨度需要精神上的高度技巧,甚至蜘蛛吐丝一样灵巧。当然更需要一种叙事态度,事实上有时是态度产生了技巧。

小说中的柳卫东原名柳摩西,“文革”改为柳卫东,历经五十年沧桑又改回柳摩西。“文革”改名,多有所见,俗不可耐,本身荒诞而又魔幻,写时难有新意,莫言却在大朽之上化出神奇,看似云淡风轻,随意腾挪,却概括出大历史,大寓意,很像巨蜘吐丝搭网,几下格局就有了。如果说柳摩西是刀锋,他的妻子马秀美就是刀身,没有刀身哪来刀锋?把刀身写好,写得有力,刀锋才有力,身有多长锋有多尖,莫言将马秀美的等待写得极其出色,锥骨动人,且像谜一样,她的等待某种意义就像一部《圣经》。柳卫东莫名失踪三十年,再次出现对小说是巨大考验。如果说写得一波三折算经受住考验,那么柳卫东荒诞而又幽默的身份则独属莫言的设计:出人意表,十分喜剧,让绷得很紧的悬念化莞尔,再次达到举重若轻甚至解构的效果。

小说的叙述者非常接近莫言,这使得小说具有了至关重要的“态度”,这“态度”几乎具有了非虚构的特点,好像一种纪实。甚至同时在文中谈及这篇“小说”写作的困难,具有了元小说的特点,对小说再次拆解。前面提到的整体叙事风格松弛,云淡风轻,有如拂尘在身,正好来自上面两个特点。这是归来的莫言明显的变化,有人或许不适应莫这种变化,认为莫言复出后的这批小说不够文学,有戏说味道,表面看是这样,实际暗渡机心,完成了一次嬗变。最后也是最值得一提的是这部小说的结尾:神秘失踪三十年的柳卫东回到家——基督信仰者妻子马秀美的家——名字改回了小时的柳摩西,这时家里的小院石榴树掩映,白云飘过,阳光融融,柳摩西在教友中的身影时隐时现。“一切都很正常,” 小说最后写道:“只有我不正常,于是我退出了小院”,小说到此结束了。这一笔有如“八大”最后的点睛之笔，怪诞又轻松，张力太大了。小说中的叙述者自始至终都是正常的，代表着理性：多少次回乡，多少次打听、寻找，及至非虚构的表征与元小说的手法都代表着理性结构，代表着正常，但是最后这一切却是不正常的。这种颠覆是致命的，却又是属于文学的。在我看来好的短篇小说应该是一张拉满的弓，最后箭射向目标，直取目标，但更好的小说是颠覆了这个目标，小说关闭又敞开，一如关上一扇门又打开了一扇窗。透过窗户我们又能看到什么？

说起来，与莫言第一次见面已快二十年了，二〇〇一年春天，或秋天，我记不太清了。当时我还在一家行业报工作，《收获》的钟红明来北京组稿，与我约了见面时间，后来因为时间紧把与我见面的时间与莫言拼在了一起。钟红明给我发来了地址，我们先在平安里的莫言家门口见了面，然后进了莫言家。莫言住在胡同里的单元楼。周围是低矮的四合院，那几座楼高出来，这在北京的胡同尽管有但也还不太多。是砖混的老楼，不算高，四五层，莫言住的一个两居室（或三居？）不论两居三居，莫言的书房只占了一小间的小部分，看上去逼仄，满满当当。除了书还有一些日常杂物，没有沙发，不可能有放沙发的地儿。莫言坐在电脑后面，电脑桌靠近阳台，差不多与阳台连在一起。桌上堆着书、纸笔、便签、烟盒、满是烟蒂的烟缸、拆开的与未拆开各地寄来的杂志，摞在一起，上面落着烟灰。电脑隆起于杂物中间，由于看到的是背部，莫言在电脑后是正面，感觉很奇妙，像是在柜台外面。我们坐在电脑桌与墙形成的过道里，由于阳台门开着或者打通就没有门，阳台也不大，我一直有一种印象：莫言在阳台上写作。一个作家与一个很小的杂乱的空间，简直像一个钟表店复杂的空间。钟表匠坐在他的世界里，终年与时间打交道，修理时间，或创造时间，与街上的市井又有着千丝万缕联系，而一个年深日久的小说家也差不多就是这样，或者就该这样。

到莫言家已是临近中午，坐了没多一会儿莫言带我们到下边去吃饭。

莫言已订了家对面的“谭鱼头”，夸那家店好。莫言请朋友大体都在这家店。平安里是个热闹地界，老北京与现代都市混杂，虽然不兼容，但时间长了也有某种强行扭结在一起的自恰，因为不管老的新的建筑都打上了时间烙印。时间是通行证，是法则的法则。机动车自行车三轮车在路中央搅在一起，车水马龙，过马路不容易，莫言显然走惯了也得躲躲闪闪，险象环生（多年后在京师大厦，莫言向我展示了手腕上的膏药，便说是前几天骑车从胡同口出来，被一个骑车的打工妇女一下撞上，他本骑得很慢，但打工妇女骑得很快，一下撞上了，手腕受伤）。我们顺利地躲过各种车辆，到了有明显牌匾的“谭鱼头”。在二楼，包间的窗子临街，稍欠身即可见街上的车流人流。刚点完菜或者还没点，或点到一半，也不知怎么说起了格非，莫言当即打通电话给格非，让他过来。我不知道格非住什么地方，那时格非好像博士毕业刚到清华大学任教。莫言对我和钟红明称格非是中国最有学问的作家，读书最多，不长时间格非就到了。席间说到作品翻译，莫言告诉格非，法国有个文学活动，他们可以一起去，法国方面会给格非发邀请（莫言作品在法国翻译得最多、最早，影响也最大，一般认为莫言获奖是葛浩文的翻译起了决定作用，事实上是法国的诸多译本起了重要作用，莫言在斯德哥尔摩领奖时，瑞典王后告诉莫言她读的就是法文译本，评委也大多读的法文。葛浩文有作用，但不是主要作用）。那天还谈到了王朔，我认为王朔读书不多，莫言说王朔其实读书很多，对王朔评价很高。

那次见面虽留了联系方式，却联系不多，仅有少量信件往来，一晃十多年没见。而这十多年正是诺贝尔文学奖折磨中国人的十多年，一是猜中国人谁会获奖，一是中国人会不会获奖。后者争论很大，引申而来的是对中国当代文学的批评，以至出现了顾彬中国文学垃圾说，影响甚大。种种原因，我个人也觉得中国离诺奖还有距离。到了二〇一二年九月，偶然网上看到一篇李欧梵写莫言的文章，分析了莫言的价值与大世界的分量，感觉莫言真有可能获奖，甚至或许就在今年。这种直觉一时非常强烈，换句话说莫言获不获奖都已到了水准。李欧梵的文章学术性强，媒体层面影响很小，网络时代理性声音往往是这样。倒是顾彬时时掀起狂澜，似乎总是有众多的人托着他举着他游行，灌他酒。

那年正好有家外国版权代理公司要代理我的作品，希望有一些当代同行对我的评价。我给莫言写了信。我是二〇一二年九月六日上午八点四十写的邮件，十点钟莫言便回了邮件："宁肯兄：我在高密。几句话的确很难概括你丰富多变的写作，但还是写几句供你参考：宁肯的作品将尖锐的政治批评与深刻的人性解剖结合在一起，将瑰丽的边疆风情与喧嚣的都市场景联系在一起，将现实的无奈生活与对理想人生境界的苦苦追求融为一体，更为重要的是，他用丰沛的想象力和博取众采的胸怀，创作了属于他自己的故事和文体。"莫言对我作品的了解与评价都让我惊讶，同时感到莫言的某种愉快。

果然，二〇一二年十月八日晚，莫言获奖的消息传来，莫言一锤定音终结了一年一度折磨国人的吵吵。这是一个伟大的时刻。我也特别愉快，预感被证实。消息传来，我正在《人民文学》组织的南水北调采风团路上，之前在大巴上人们就进行了最后的猜测。王刚说昨晚梦见莫言获奖，但莫言请客却没请他很是郁闷。王刚、邱华栋为此写了精彩文章，提到这件事。我向莫言发去了祝贺。

莫言消失了一样，无声无息，显然他关闭了所有信息。二〇一三年十一月下旬我见到了莫言，在《十月》创刊三十五周年纪念会上。我代表《十月》向莫言发出邀请。那是一次盛会，文坛很多名宿都来了，张洁、王蒙、张贤亮、铁凝、张承志、贾平凹、陈世旭、梁晓声、池莉、方方……人们百感交集，据说中国作协也难开这样全的会了，那是一次历史的盛会。许多多年未见的人见到了，一言难尽，寒暄、拥抱、握手，拉着手不放，合影。每个人都是历史，是历史与历史合影。莫言是一个结果，这结果不仅是莫言的，也是中国文学的，那天人们感到这种东西。

尽管拿到了《等待摩西》《高速公路上的外星人》，我还是给莫言寄去了《北京：城与年》，并附了短笺。已不关稿子的事，而是请莫言为我的新书房题写斋名。自从前年在顺义有了新书房，一直想请莫言题个斋名。我知道现在让莫言题字不太容易，书寄出的时间有点长了，差不多忘了此事。我想莫言的沉默也完全说得通，尽管只是题斋名，与讨字有所不同，但也不容易。十月二十六日下午接到莫言短信，告知斋名已题好，并告知了微信号。我觉得莫言了不起。彼时我正骑着车在路上，赴为捷克翻译家李素、爱理饯行的晚宴，地点在玛吉阿米。这会儿李素正在译我的《天·藏》，赵雪芹特别安排了西藏风格的餐厅让李素多少体会一下西藏风情。正值北京十月文学月，十月文学院有个外国翻译家在北京的驻留计划，邀请了李素，爱理。作为北京十月文艺出版社编辑，赵雪芹具体负责这项目。赵雪芹跟莫言很熟，她曾是《丰乳肥臀》的责编，多有往来，手中有多幅莫言的字。到玛吉阿米（北青店）还早，坐在厚重藏式装饰风格的原木椅上，加上了莫言的微信。很快便联系上了，莫言将题写的斋名立马发过来，瞬间，有辉煌感。色调，字体，与玛吉阿米的厚重色调竟有点相似，仿佛有佛光照耀。整体的黄色调中"琴湖斋"三字古奥，厚重，活跃，与莫言以前的墨迹颇不一样。首先不是行书，过去多见过莫言左书，随性自在。这次一笔一画，每笔都压得住，哪怕随性的地方也稳稳当当。体操运动员最终是要站住的，字也要站住，立定。

酒量颇好、沉默寡言的汉学家爱理恰好也是莫言的译者，他翻译过《丰乳肥臀》和《酒国》，他看到莫言的字挑起大拇指。李素与爱理是琴瑟，总之各种与莫言有关的缘起今天偶然地在这儿交汇，似乎莫言主导着什么。我把赵雪芹的微信名片发给了莫言，不一会儿他们也联系上了。关于这幅字，微信上莫言要我到北师大来取或他给我寄来都行。当然是去取，取时邀莫言小酌。莫言说下周找个时间，等他通知。午夜，回到家中，酒的感觉颇好，醺然中写下一条微博并上了图片："今天收到莫言为我的新书房题字：古奥，幽默，自性。幽默是最难得的，这字越来越接近莫言。”很快微友书道中人归朴堂先生评：“以楷写隶”。又把微博转到微信上，第二日晨酒醒锁上微博。

三十日是周一，一早莫言便发来微信：“明晚是否有空，如可，请到京师大厦一聚。”随后与莫言定下了具体时间：晚上六点。莫言又发来房间号：京师大厦二楼九六八号房间。我想莫言大概在京师大厦开会，这是房间号，遂微信请莫言帮我订京师大厦餐厅的包间。莫言回说刚发的就是包间号。难道不是开会？

还真不是开会，这就是他订的地方。我准备请莫言的好友李亚作陪，告诉了莫言。莫言问赵雪芹是否愿来？莫言就是莫言，这也正是接下来我要提议的。第二天晚六点前我到了京师大厦二楼九六八，赵雪芹、李亚，已等待莫言。李亚说莫言对你真是好，现在很难要到莫言的字。李亚也是我的朋友，小说写得既民间又颇现代，是我欣赏的作家。正谈着《生死疲劳》，莫言在服务员引领下到了，气色很好，紫色夹克，毛背心，衬衫，戴一顶深色帽子，与赵雪芹拥抱，也多年未见，非常亲切。莫言说：当年你还是少女，现在……莫言没继续说，赵雪芹说现在变老了。现在是少妇，莫言笑道，然后从皮包里拿出了字。

说实话，莫言也老了，或者我们都老了，时光就是这样，是公平的。经过二〇一三年《十月》那次纪念会，我就觉得中国文坛老了。年轻人虽也顶上来了，但没这拨人势大，而且老了势还这么大。历史的运动有时就是这样，开始大后面也大，一如今晚的主题是书法书道是必然的。见到真迹，就在莫言手上，人字相证，既身外又一体。真迹整体感盎然有道，有种扑面而来的东西：古奥，幽默，自性。我提到了那晚微博上写到的，莫言说用幽默形容很新鲜，很有意思。我这是直感，不专业，我说书家归朴堂先生的“以楷写隶”可是行家。莫言品了一下这四字，仿佛说中了自己的感觉，十分认可。的确，这幅字有种混合的楷隶风格，庄严又浪漫。

服务员倒茶，莫言与这儿的服务员很熟，叫住服务员："今天我买单，谁找你买都不行，听见了没有？要是买了我可……"大家笑。莫言不但写了字，还要做东请饭。有这样送字的吗？一系列缘起如此深刻，根本无法用世俗的东西概括，因此感觉才特别不同。同时又特别生活化，特别真性情。那么一个人的神性也一定是建立在最普通最生活化之上，就是说始终从根部泛上来，并不来自天上。莫言是有着大地深深根性的人，他的作品他的人都显示着这点。很多人成了事根性没有了，或者变味了，或面目全非，似是而非。唯莫言，始终如此完整。

莫言还请了书法家魏彪先生，魏彪要迟一会儿才来，我们先小酌起来。我带来了"十月酒"，是《十月》与四川宜宾李庄合作的一款文人酒，类五粮液。魏彪是莫言以前部队的同事，书篆均了得，席间莫言讲了这位书法家痛批自己字的逸事。魏彪到了后，自然再次展示莫言的字。魏彪评点：从整体感、节奏感、布局、用墨、笔触，直到落款、钤印。完全技术派，结论是又有进境。莫言也说这是南京回来写的第一幅字，不知南京对莫言有什么意义。然后举字合影、留念。我后来才忽然明白，邀书法家朋友来也是莫言重视这幅字。同时如此谦逊、虚心向技术派求教，这在文人字中也不多见。

文人字多自性，莫言看起来也如此，但事实并非如此。

这幅字也应是等待莫言的内容之一。

九寨沟之书

◎ 阿贝尔

这些年，我有种直觉，九寨沟是我在这个世界所剩无几的一个挚友，是我在孤独的下半程可以依赖的。

作为挚友，九寨沟有很多肉身的东西。草木花卉、溪水积雪自不必说，最实在的是红透的樱桃、樱桃入口的感觉，还有脆红李，它们首先是以色味肌理呈现的。不用说，九寨沟最美的身体是海子和瀑布，既有仙境的超凡脱俗，又有维纳斯的敦实性感。海子和瀑布是女性的，特别是芳草海和芦苇海，在仲夏和彩秋呈现出的是女性隐秘的轮廓，附着其上的灵魂也是柔媚的。然而，九寨沟也有男性的美，喇嘛岭、弓杠岭、郎架岭、黄土梁，尕尔纳就是他的脊梁，而无数的角峰、刃脊、冰斗、悬谷、槽谷则是这男儿的肩胛与肋骨，羊峒河、黑河、汤珠河是他的动脉，遍布森林和灌木的肌肤彰显出男性旺盛的欲望，而直逼蓝天的头颅里始终存储着一个宗教的信仰。我更愿意把九寨沟看作雌雄同体。事实也是这样，它集雪山与海子、雪松与杜鹃、盘羊与锦鸡、扎西与卓玛、达戈与沃洛色嫫、高山白杨与全缘绿绒蒿于一身。

就理性而言，九寨沟的美景其实是地质的伤口。它首先来自造山运动的创伤，快速不均匀地隆起的过程就像一次翻江倒海的毁灭之爱，然后才是冰川和流水的雕琢，以及地震引起的崩塌、泥石流的堆积和石灰溶蚀、钙华加积。后者是爱过之后的抚慰，也是爱的残留，看不见的时间之手不曾离开过一刻。伤口有多绚烂，伤痕有多奇异，九寨沟的美就有多性感多丰富。只是这美,因为造物赋予了生命,也便隐藏了脆弱、预示着毁灭。美与审美都是悲剧性的,我们面对鲜花想到凋谢、面对美人想到衰亡便是悲剧意识的流露。我在拙文《九寨沟》的末段流露了这种意识:

> 九寨沟可能还有一种绝美。那便是灭绝之后的遗址的美。只是那种美是需要地球上全体生物连同造物主一起恸哭的。而我们今天的所作所为,正在为那场恸哭谱曲填词。

九寨沟还有一个历史的身体。这历史就是人与九寨沟的相遇、人与九寨沟相遇的过程。谁是第一个或第一支涉足九寨沟的人,九寨沟的历史便是从他的足下开幕的,而非自某位史官的笔下。我时常去遐想那一个人或那一支人,不管他是误入还是迁徙,他们都是发现九寨沟的人。

汤珠河是我进入九寨沟的必经之路。作为白马人的聚居地,我对它抱有更多希望。虽也有失望,我所到达、看见的已是一个失去白马人原生文化的地域,但是我仍然相信,汤珠河有一个历史的入口,走进去尚可洞见一个类似桃花源的白马人世界。这入口可以是一位白马文化的传承人,比如班文玉,可以是一根白羽毛或一棵神树,也可以是一段㑇舞、一个面具、一页经文;纵使有了变迁,从图像和字符到声音和舞步,仍传达着历史的信息。

苗州是我进入白马人口述历史的一个入口。这口述有白林的转述,更有村长余权富、村支书姬的口述,还有木介和尼玛保唱的白马曲子。

历史不只是过往,还包括了可以让一个村子独立于世的精神,即这个村子的灵魂。苗州人已融入外界,他们平常已经不穿白马人的服装,生产、生活用具和生活方式已与外界无二, 一些年轻人也不会讲白马语了。然而,苗州人还保留着进入他们历史的入口:神山、神树、神器和自远古口传下来的神话、曲子。当余权富把一根山梨木雕成的金刚降魔杵呈现给我们的镜头,我感觉入口一亮,飘过一股神秘的气息;而当秋雨在查踏漫的屋顶像水银一下滑落,喝了酒的木介唱起求爱歌时,我看见白马人历史的入口像一个活的器官一翕一合诱惑着我。如果说金刚降魔杵尚有隔膜的话,那么歌谣则是通泰无阻的。

英各村作为政府打造的一个白马人历史入口——现场,有着典型的白马文化特征,可惜它是做作、肤浅甚至平面的,它所有的展示都是表演和虚设,带着设计者的功利性。其间诸多白马文化元素已不是本真的,包括服饰,都是道具。然而不可否认,它所渲染的气氛尚有一定的真实性和感染力。说英各村的㑇舞展演是白马文化的一个窗口更为准确。

在摸地沟,我看见旧时的白马人面具后,愈加相信文化被斩断后要再还原和衔接几乎不可能。旧东西是旧时传承下来的,为旧人所制,自然带着旧时的美学与灵魂;如果要毁灭再复制,复制得了形,却复制不了灵魂。从这个意义来讲,我们今天所做的文化传承已经太晚了,更多传承的只是走样的形式,传承不了灵魂。

杨水泉不是白马文化的传承人。在九寨沟,在摸地沟,他或许什么都不是,但他身上却保留了灵魂。不只是白马人的灵魂,还有一个普通农夫的灵魂。看他跳㑇舞,听他弹琵琶唱南坪曲子,跟他神吹,能明显触摸到这颗灵魂,且能掂量到滋养它的养分的来源——与白水河的走势、流向相吻合,有从下游甘陕逆流而来的东西,又从上游羊峒河、黑水河顺流而下的东西,但更多的还是沉淀在白水河这一河段及其沟谷溪流的白马人原生文化。

二〇一四年我开始了“寻白水河、听九寨水声”行动,在勿角、马家、罗依、郭元、草地、永乐、永和、安乐、漳扎等多地听了九寨沟的水声。这些或溪流或江河的水流,带着草甸、杜鹃灌丛和耕地的气息,以或舒缓或澎湃的节奏向我传达着的白马和羊峒番部的声音,更多是自然的原声。

听九寨沟水的声音，便是听九寨沟地质和动植物的声音，也是听九寨沟历史的声音。九寨沟有实时的心跳，也有地质和历史的心跳，扑伏其上便能听见那有力的撞击和舒缓的扩张。如果你足够爱它，还能听见自己的心跳。

二〇一七年六月，九寨沟地震前两个月，我去了九寨沟的两个陌生地：云顶和中查。

顾名思义，云顶就是直插云霄的山顶。在云顶看水、听水，水都是孤绝的，水声都是片段，像是从冰川侵蚀的岩壁脱落的镶嵌着海洋生物化石的岩片。在白林带来的诗人团队的诗朗诵里，我也听见了水声，有孤绝的，但更多是流过海鱼和海藻的滑腻之声。

我去到中查的第一感觉，便是中查是个被遗忘的地方。在今天，被遗忘是有幸的。被遗忘才可以保存；被发现便是被打造、被践踏、被毁灭。九寨沟景区没有被毁灭，但一定是有被践踏，或者说是在以一种有别于遭受风钻和挖掘机的方式被毁灭。

中查能够幸存，要感谢一山之隔的九寨沟，恰是相比于九寨沟的“逊色”让她保住了那份清静、那份孤寂。

我在中查最享受的便是那份清静。细雨蒙蒙，云山雾罩，从上午到午后，那份清静始终没有消散，只是有时阴郁、有时明亮，有时湿冷、有时暖烘。水清瘦，村寨袅娜，山林和青稞地一直在渗绿，往雨里、往包含湿气的空气渗绿，像水粉画。

沟谷的村落是清静，那么，散落在半山的波日俄、沃姑、夺都就是清寂了，搬迁留下的格下和沃姑古寨更是荒芜了。荒芜弥散的气氛是孤寂。我们进到格下古寨，野草和灌木长上了街沿和后墙，院坝里全是未开的蒲公英。几年的荒废，人气尽而未尽，但生活过的痕迹还很明显。看着被荒废的格下古寨，我深感可惜，被荒废的其实是古寨的历史与美学。

在格下古寨的一栋旧木屋上，挂着“阿来工作室”字样的木牌。我觉得如果它不是抢占地盘，就是一个诗人的或行为艺术家的意象。阿来在散文《留住中查》开篇前，写有这样的诗句：

一个恍若隔世的山谷
几座高低错落的藏族村庄
没有景区中兴奋拥挤的人群
唯一的声音来自潺潺流淌的溪流

很高兴他写到中查的水声，在我听来也是九寨沟的水声。这水声是一种聚敛、流淌和穿越，也是一种阅读。它读融雪，读冰裂，读鸟鸣和雄鹰振翅。流水推动水磨坊也读经卷。

然而，当我看见两年前便已公布的中查沟开发规划和环境评估报告，我清醒了——中查已经被发现，这份清静将不在。

羊垌番部进驻之前，九寨沟是否从未有人居住？史书上没有交代。或许有人居住过，但我个人倾向于无人居住，认为九寨沟景区是个被人忽略、尚不为人所知的地方，虽然在吐蕃到来前这一带已有数万年的人类活动，且在西汉有了县一级建制甸氐道。

“九寨沟”是一个外来词，但作为自然地理的九寨沟却已有上亿年的历史，且一直处于发育、成熟状态。就像四季变换，九寨沟有多重色彩，我们今天看见的只有一种，那便是羊垌番部的藏族色彩，虽说早已蜕化，已经符号化了。多重色彩里包含的氐羌、党项、吐谷浑等色彩已经褪尽，或者说被羊垌色彩深深地覆盖，现今唯一留下的一点印迹便是吐蕃化的白马人。

不管是纯自然的九寨沟还是人文的九寨沟，最好的时期都已经过去，除了想象，我们还能在地方史志上看见。不只是要追溯到现代文明渗透以前，还要追溯到归属中央政权以前，没有人类涉足的九寨沟是自然王国，最初有人类涉足的九寨沟仍是自然王国，人与自然和谐衬托，九寨沟显得更富有生气和灵魂。那时，九寨沟是九寨沟的，也是世界的，但与今天我们说九寨沟是世界的是两种概念——过去是存在，今天是共享与消费。

对作为自然遗产的九寨沟我有种本能的预感，那就是毁灭。把美毁灭给人看是悲剧。在地震前，我看见九寨沟就会滋生出悲剧感。太美的东西就是这样，呈现出美的同时，便也呈现了悲剧性。

我以为我的预感只是一种直觉和逻辑判断，即使悲剧真会发生也有一个漫长的时期，然而没想到的是，从我写出预感到悲剧发生只有短短十年。

二〇一七年十一月二十一日上午，我来到满目疮痍的九寨沟景区……谶语成真。冷调的太阳惨白，撕裂的山体惨白，坍塌的诺日朗归槽的水流惨白，干涸的火花海遗址惨白……没有悲恸，上天把美毁灭给人看，我的悲剧感反倒得以释放。火花海失去了水、植被和颜色，呈现出一个崭新的巨大泥坑，仿佛人工所为，彻底颠覆了我以前对海子的美好的印象。

黑河长一百四十多公里，也称黑河峡谷，发端于岷山中段的郎架岭，最初给我的概念和想象不是自然地理的，而是藏族风情的——当白林把“大录”的发音发成“达弄”时，藏族风情就更浓了。

二〇一八年五月十九日，我第一次走进黑河。准确地说是走出黑河——我不是由黑河塘溯流而上进入黑河，而是走羊峒河翻乌斯盖克垭口进入黑河。一九一〇年法国诗人谢阁兰进入黑河峡谷翻越的是优纳卡。谢阁兰后十七年，约瑟夫·洛克也走了这条路线。

返程出黑河，我有种来自若尔盖草原、翻郎架岭或喇嘛岭进入黑河的错觉。把错觉从自己身上剥离开来，把这个路线交给党项、吐谷浑和吐蕃，黑河便有了历史，且像大录电站水坝所蓄之水逐渐上升。只是黑河的历史水坝不在大录，而是在下游的玉瓦和黑河的四道城池（头道城、二道城、三道城和四道城）。四道城池建在不到二十公里的黑河河谷，作为四道防线阻击由郎架岭和喇嘛岭过来的党项、吐谷浑和吐蕃军队。

像岷山中其他河流一样，黑河也有一个无人居住的源头。无人居住仅指无人定居，人的足迹早已超出雪线，绝对的净地已经无存。神仙池，藏语叫嫩恩桑错，是黑水河源头的仙女。她像九寨沟一样是自然的造化，手里掌握着黑河的精神与美学尺度。

真实的黑河与想象有差距，它的藏族风情已经不浓，河流野性不足，农耕的藏寨也开始显得零碎和惶恐。最大的差距是黑河未能将嫩恩桑错手里的精神与美学尺度贯彻到它的全域，在大录，特别是在八囤和香扎，因为修建水电站，黑河失去了它自然的面目。

黑河的美学丢失是今天所有河流都遭遇到的不幸。这里的美学包含了自然生态与人文生态的全部元素，而非单纯意义的审美。

在半沟里——黑河在玉瓦的一条支流，我找到嫩恩桑错的美学尺度。翻修一新的玉瓦寨或许已经不全，但在它右侧那条叫牙仁的溪流则是原初的样子，几栋废弃的旧寨还是那个味儿。当年谢阁兰和洛克从卓尼土司辖地翻山过来，经牙仁到玉瓦，一路欣赏到的美景应该说是符合嫩恩桑错的尺度。我好奇这两位西方人是如何跟玉瓦牧人学习“牙仁”的发音的。

时隔一月，再走黑河。喇嘛岭既是一道地理的门槛，也是一道历史的门槛，把自草原而下的游牧部落阻拦在了九寨沟之外。我在喇嘛岭的收获却是拍到了红、黄、蓝、紫四种颜色的全缘叶绿绒蒿。在我的感觉中，喇嘛岭是超出了黄土梁和弓杠岭的九寨沟的精神的门槛。从喇嘛岭下山到芝麻寨，明显感觉到一种精神的抚慰与回归。

九寨沟县以前叫南坪。“南坪”二字有很浓的汉语味道。这个汉语味道是九寨沟的核心，也是九寨沟的魔咒。

汉语味道更为浓缩的是甸氐道、水扶州。

这个命运不是九寨沟独有，在八百公里的藏彝走廊上，任何一个县任何一条河谷都有过这种命运。

甸氏道——我注意到它的“甸”字，一个半包围结构，里面有田。这个半包围结构酷似九寨沟，头上“丿”是羊膊岭，横折弯钩是白水河和黑河，里面的“田”字便是南坪——南坪郊外确有一个“中田”。这是九寨沟的构架，而真正有意思的是“甸”字的开口。这开口便是白水河的流向，便是柴门关，九寨沟所有的汉语语义都是从这个开口进入的。两千多年，源源不断，中间党项、吐谷浑、白马氐和吐蕃的进驻对汉语有过削弱，或者一度阻止汉语的发酵。

汉语的携带者即是文化的携带者，包括耕种方式、经营思想、民居格局、琵琶弹唱以及口音。白水河把九寨沟的气息带到它的下游便弥散了，但由白水河进入九寨沟的汉语却固化了下来，由政治和军事作支撑，建立起了自己的王国，周边的原住民无论是氐羌、党项、吐谷浑还是吐蕃都无法抵挡。

白水河及其支流编织、涵养了九寨沟的自然地理，也编织、涵养了九寨沟的历史，只是它对地理和自然的涵养是顺流的，而对历史的涵养是逆流而上、变外来为本土的。

白水河就像一条大动脉，由现实潜入九寨沟的肌体，让我洞见九寨沟的过往。那些过往不是死去的，而是鲜活的，不是以遗迹、文物和记忆留存于今天，而是以跳动的脉搏传承于今天。

沪上寻访鲁迅记

◎ 阎晶明

八月的上海早晨，从城市宾馆的高层望出去，天既不阴也不晴。并不像要带来雨的一股云，汹涌地由西向东飘移着，掠过众多的摩天大厦顶端，动感十足。在北方似乎很少见到这样的天景。从高层楼上向下望去，上海的高架路有如一条羊肠小道，车水马龙却并不显得狂躁，甚至连一点儿声息都听不到，像一群牛羊默默地行走在坡路上，十分有趣。温和而又静谧的周末，特别有外出的冲动。就这样，打算独自去一趟多伦路，寻访鲁迅踪迹。

之所以产生这样的想法，还因为前一天在上海书展的经历。

一年一度的上海书展人潮如织，主办方邀请前来举办《鲁迅还在》的读者见面活动。正是台风大作的一天，我幸运乘坐早班飞机赶来。大雨过后，小雨时断时续，书展的读者却未见减少。这就是上海，对文化的热爱令人感佩。

签名活动中，有一位本地读者魏先生一边帮着招呼读者，一边急切地跟我聊天。谈话中知道，这位魏先生是一位公务员，中文系出身的他对鲁迅充满崇敬之情，对鲁迅在上海的生活遗迹也格外关注。他的急切正与此有关。

原来，据魏先生了解，鲁迅在上海生活、出入的地方，除山阴路的鲁迅故居外，其他几处状况堪忧。景云里是鲁迅一九二七年十月到上海后的第一处租住寓所。据说如今这里处于无人看管的状态，且有将要拆除的说法。拉摩斯公寓是鲁迅在上海的第二个住处，这里现在仍然有住户居住着，巧的是该住户也姓周。魏先生说他曾多次去这两处探访，对鲁迅遗迹未受重视颇感担忧。而另一处鲁迅经常出入的地方内山书店旧址，现是一家银行的办公营业场所。听了此番介绍，我也略感惊讶，并表示有时间一定去实地看看，一是了却自己的一桩心愿，二是也对他之所讲感受一下。我们还约好，两天后的思南读书会“鲁迅的文化生活”活动上再交流。

上海的多伦路，早已打造成一条文化名人街，几次路过却并没有进去，因为我向来不喜欢参观旧地变成的新景。但今次，决定要来这里走一走，是想独自看看鲁迅当年生活过的区域，究竟是一种怎样的气息和环境，用脚丈量一下相互间的距离。

多伦路是一条步行街，街口的牌楼应该是新建造的吧。多伦路与四川北路的交接口，有一处气势不凡的建筑，上前一看，原来是孔祥熙的旧居，难怪如此庞大霸气。进得多伦路，这条步行街让人有似曾相识之感，两边都是一个接一个门面的商铺，不过所经营的倒没有五金电器之类，而多是字画、文玩以及旧书店等等，经营文化显然是入场前的统一要求，当然，便利店应除外。

进得一家旧书店，书架上的书以人文社科特别是文学类的作品为多，搜寻一番，挑了一本《章太炎诗文选》（上册）以为纪念，询问有没有“下册”，书店主人是位上了年纪的老者，他淡然介绍，此书只出过上册，因为出版时间是一九七六年，上册出过，“文革”结束，关于章太炎及其作品的评价、注释都需重新来过，由此，下册就不会有了。无论如何，经营书店者能如此介绍一册小书的来历，实属不易。

多伦路上游人并不多，从多伦路转到横浜路，不过百米即可见著名的景云里。那是一个旧式门楼，楼门上方从右至左可见规范的三个字：“景雲里”。淡黄色字体既未剥蚀也不鲜亮，所以说不清楚是原迹还是新写。

进入其中，门楼里的一幢三层小楼，墙上有一略有设计感的黑色大理石小牌，刻印着金色字迹："景云里为石库门里弄住宅。二十世纪二十至三十年代，鲁迅、茅盾、叶圣陶、冯雪峰等文化名人在此居住。"

只见这条里弄有如复杂的毛细血管，有一条"主路"向内延伸，左右两侧有更细的通道排列着，里弄内只有一二老者偶然出进，一点儿都不感觉嘈杂。鲁迅居住过的二十三号在左边第一个"通道"里，入得其中，杂物自行车等无序摆放，也有人从门里出来，看我一人行走，虽也打量，但并不讶异，更不盘查，可见是见惯了这样的探访者。

一九二七年十月，初到上海的鲁迅许广平先是入住在共和旅馆，五天后即搬到景云里，那里已经住有鲁迅的弟弟周建人，以及文化人士茅盾、叶圣陶等人。

由北京至厦门至广州，又至上海，考察鲁迅的城市迁居史，可以看到，对世俗生活并无特别要求的鲁迅，对居住地的选择其实是非常苛刻的。鲁迅并非属于"安居乐业"型的作家，内心和事实都注定他是一个从身体到灵魂的漂泊者。上海，是他到生命终点的城市，他在这里和许广平共同生活，在这里有了周海婴，但其实上海也并非鲁迅到达之前就决定好的归宿。我曾在《何处可以安然居住——鲁迅的城市居住史》一文中对此有过描述。

鲁迅到上海之初，只是怀着"过客"心态，先住下来歇息一下，再决定去向。没想到，一到上海的鲁迅便被友人们的热情包围。特别是暂居之所离茅盾等作家相近，常有聚谈机会，而且他很快就投入创作、编辑和文艺活动当中。这让他感到一种找回自我的感觉。上海就这样无意中成了鲁迅最后的栖息地，一个让他再一次被推到文化前沿的地方。

不过，如果认为鲁迅来到上海就有了回家的感觉，那就错了。一九二七年十二月十九日致旧友邵文熔信中，鲁迅坦言："'弟'从去年出京，由闽而粤，由粤而沪，由沪更无处可住，尚拟暂住。"他留居上海，很大程度上是不知道下一个居住地在哪里，所以只好暂居沪上。

景云里成了鲁迅到上海后的第一个居所。二十三号位于“毛细血管”的最末端，应该是早已无人居住了，门口早被树木和杂草包围，紧闭的两扇木门上，右门有二十三号绿色门牌（门牌上还有“横浜路三十五弄”字样），左门上有一个红色“福”字斗方，估计是邻居在“旧历新年”时所贴。

据史料记载，鲁迅在景云里居住的两年半时间里，就在这一排房子里搬迁过两回，二十三号虽位于最深处，但邻居每日打麻将的噪声让他无法写作工作，于是又搬到中间位置的十八号，后因仍然不堪其扰，又搬到十七号。直至一九三〇年五月迁居拉摩斯公寓。

我对景云里的参观也不过如此，比较大的收获是感觉不到这里有被拆的迹象和风险。人们安然地居住着，烟火气十足。那些曾经以麻将声干扰鲁迅的人们早已不知何处去，也不知他们中有几人曾经知道，自己同一位文化伟人比邻而居。而那种干扰，也正是生活如流水般平常的证明罢了。

今天的景云里居民当然都是知道，自己居住在鲁迅等名人曾经出入的地方。我向一位老者打听鲁迅居所的确切位置，还未及他来说明，旁边一位老太太接话说，是十八号。他们经常要回答类似的问题。

无论如何，鲁迅来到景云里，既是偶然也是必定，他因自己的兄弟和友人而来，却又不能择邻而居。相知与隔膜并存，可知市井之深之庸常。

我想起鲁迅的一段杂感：“楼下一个男人病得要死，那间壁的一家唱着留声机，对面是弄孩子。楼上有两个人狂笑，还有打牌声。河中的船上有女人哭着她死去的母亲。人类的悲欢并不相通，我只是觉得他们吵闹。”可他又说过，无穷的远方，无数的人们，都和我有关。

想来，“互不相通”也罢，“都和我有关”也罢，既非选择，也非宿命，这就是如流水般的生活。

在多伦路成为旧上海不可多得的具有号召力的景观之后，在文化保护成为普遍要求的大背景下，我断定景云里不会被推倒，年久失修等问题也应会有人来管。但是不是一定要变成有门票的景点，那倒也是可以讨论的事。除了二十三号之外，十八号和十七号仍然有人居住。这就是城市历史和现实的一部分吧。

从原路返回，出多伦路向右经过孔祥熙大宅门前行，进入四川北路，鲁迅当年应该叫北四川路吧。前行不足百米，即可见著名的拉摩斯公寓。如果不是特别留意，这样的房子今天很难有什么异样让人特别关注。储蓄所、面包房、服装店、房屋中介城市生活里的日常招牌证明着这里的并不特殊。

拉摩斯公寓是一个窄小的门洞，墙上有一块同景云里一样的黑色大理石名牌，上有金色刻印字样："拉摩斯公寓"，下面同样是说明："该处建筑具有现代派装饰艺术风格。鲁迅于一九三〇年五月至一九三三年四月在二〇九三号居住。"牌面上同样也有英文表述。在牌子的上面，还有两块牌匾，上方一块是二〇〇四年虹口区人民政府确认这里为"虹口区文物保护单位"，中间一块则是一家律师事务所的名称。

我想起魏先生前一天的讲述，鲁迅居住过的拉摩斯公寓，仍然被市民居住着，再加上律所的租用，可知这里仍然是一处人出人进的生活区域。

我独自走进拉摩斯公寓，有一种"潜入"的轻微紧张感。沿着旋转的木质楼梯上行，只见每一层都有两个并排的门户，却没有哪一个写有类似"鲁迅故居"的标识字样，一直走到顶层五楼亦如此，只有二层的律所是照样挂着招牌，以方便客户到访。每一层的楼梯转弯处，都有一扇十分讲究的窗户，窗户的铁艺颇有几分艺术感。

后来知道，拉摩斯公寓正是以"铁艺"为特色，方有门口说明中的"现代派装饰艺术风格"表述。我因不知道哪一户是鲁迅曾经的住处，只好拍几张照片匆匆离去。临到下楼，看见三层左手一户门开着，一位很上了年纪的老妪，正佝偻着身子在做搭衣服之类的动作，人、房屋、光线，都很"搭调"。

出了拉摩斯公寓，时间已近十一点，我还记得有一处非常重要的场所未去，那就是著名的内山书店。沿着原路往前行走百余米，一个呈放射状的路口一角，正是内山书店旧址。这里的位置基本上和拉摩斯公寓及山阴路鲁迅故居成距离均等之势。

近中午的阳光很温暖很充足地洒在内山书店门前宽阔的马路上，书店的视野很开阔。走近这栋三层建筑，门外的墙面上有四块牌匾。

其中一面分别是上海市文物管理委员会于一九八〇年八月二十六日所立，下一处是上海市虹口区人民政府于一九九八年十月立，下方在“内山书店旧址（1929—1945）”字样后面增添了说明如下：“此店为日本友人内山完造所设，鲁迅先生等中外文化人士常来书店读书、聚会，成为中外文化交流的桥梁。”

另一面墙上则有一块铁质牌匾，是一九八〇年八月二十六日上海市人民政府将书店旧址设定为“上海市纪念地点”，旁边一块则有鲁迅与内山完造头像，说明文字分中日文两种。中文说明是：“内山书店（1917—1945）是日本著名社会活动家内山完造于一九一七年创立的进步书店。初址在北四川路魏盛里，一九二九年迁现址，三十年代的内山书店是上海左翼进步书刊的主要出售点和中日进步文化人士的聚会场所。鲁迅、郭沫若、田汉、郁达夫、塚本助太郎、升屋治三郎、石井政吉等中日著名文化人士与书店有过密切联系。同时，内山书店也是共产党人和进步人士的联络点，曾保护和营救过鲁迅、郭沫若、许广平、夏丏尊等爱国文化人士。一九八〇年八月二十六日，内山书店被上海市人民政府公布为上海市纪念地。”

此牌匾由上海市虹口区文化局于一九九八年十月设立。不知道为什么，这几块反复强调此处建筑重要文化意义的牌匾，让我产生格外的好感，书店变银行的担忧似乎感受不到。

我相信这是全中国最特殊的一家银行，一进门可见一玄关，“中国工商银行上海山阴路支行”十分醒目，但其下方却摆放着一块如门外墙面上的白色大理石牌面，仍在强调这里的出身是“内山书店旧址”。两侧大厅，都是关于内山书店的图片展览和介绍，与内山书店和鲁迅有关的原版书刊陈列，相关主题的书籍专柜，等等，直观望去，并不见有银行踪影。然而管理这间陈列室的又都是银行职员。

知我专门来参观旧址，至少有两位职员热情介绍，方知这里从一九四九年开始就为银行所属，起先是人民银行，后来变成工行山阴路支行。银行十分重视书店旧址这一历史，长期把保护、搜集、展览、宣传内山书店和鲁迅作为重要工作。可以想象，也许正是因为早早变成了一家银行，使这一建筑得以保存完好并整洁可观。金融与人文结合，或者说，金融界为人文历史做事无巨细的工作，此情可感。

见我翻阅书架上的书籍，主人推荐说，再过两个月，这里将会有一个更大规模的小型图书馆，到时可以来参观阅览。也是从这里的展览序言里，我知道鲁迅当年在拉摩斯公寓的住宅，是位于三层的四号。于是，出了书店旧址，我又返回到拉摩斯公寓，一路上到三层，见那四号房门依然紧闭，未知周姓住户在此究竟有怎样的居住感受。且原来刚刚见到的那位老妪正是其隔壁，不过房门也已关上，让我徒然驻足，遥想感慨一番却满足而去。

想起去年年末的最后一天，我应邀到思南读书会做讲读活动，期间第二次去了上海鲁迅纪念馆，也第一次参观了近旁的鲁迅故居，那是鲁迅生命的终点站，也是成熟的鲁迅纪念地。戴着耳麦，随着人数限制的参观者进入其中，解说员轻声细语道出这里的种种，仿佛怕惊扰了房屋主人似的，让人颇生感触。是的，景云里、拉摩斯公寓、内山书店旧址在专业性和保护力度上还不能和山阴路故居相比，但我又觉得，文化传承的路径并非只有一途，名人遗迹的保护也未必只有圈地封闭一种办法。

其实，让周姓抑或其他姓氏的人仍然居住在拉摩斯公寓四号，让景云里仍然住着打扰过鲁迅写文章的“牌友”们的后代，让内山书店继续开门营业，哪怕是由书店转为银行，未尝不是一种保护方式。我在八月所见的这三处鲁迅遗迹，并没有让我产生特别的失望和危机感，反倒有一种亲切、自然和在此基础上的感佩之情。

试想，如果把这几处全部都清场，再由文物管理部门负责管理修缮，维护运营，其人力和经费成本，其运行力度，未必都能像理想中要求的一样。鲁迅的生活以简朴为基本特点，他本人当然可以自食其力，但绝非大富大贵。当年的景云里是没有卫生设备的普通市民居住的地方，拉摩斯公寓条件略好，但空间窄小也是可以想象的。山阴路大陆新村九号是经内山完造努力运作而得以租住，条件是好了很多，有卫生间，也有了煤气，但毕竟是租住日本人银行职员住宅，哪一天又需搬家都是说不定的事。

由此说来，让鲁迅的遗迹既有重点保护，又让更多的地方继续在人间烟火中运转，并非是一件坏事。如果遗迹处所的"旧址""纪念地"等能得到居住者、使用者的尊重和呵护，那倒正成了一件值得称道的幸事。

在上海，还有一处鲁迅藏书处，现在也是由一户人家居住着，门口也一样贴有文物保护的标牌，留待我下一次去驻足观望。

如我们所约定的，次日在思南读书会"鲁迅的文化生活"活动上，我又看到坐在观众席中的魏先生。其间，我向他讲述了前一天在多伦路的观感，而且表达了我对上海以及虹口区为保护鲁迅及现代文化所做的点滴努力。以目前情形看，几处鲁迅遗迹并未见有遭损毁甚至消失迹象，银行拥有内山书店旧址不但是历史形成，而且在保护与开发方面也做了许多令人欣慰和佩服的努力。当然，我也认为，城市文化的传承，重在对有人物故事及其内涵的挖掘和弘扬，在于对其进行专业解读。

同样在上海，我曾参观过香山路上的孙中山故居。这里的建筑更宏伟，参观人数更多。步入其中，展览内容以孙中山个人经历以及同宋庆龄的爱情为主。

而此一建筑，曾在一九三三年发生过一桩为后人津津乐道的逸事，那就是这一年的二月十七日，宋庆龄在此接待了到上海进行旋风般访问的英国作家萧伯纳，那一天，蔡元培、林语堂、史沫特莱、鲁迅等沪上文化名人齐聚这里，热闹了从午间到下午的半天时间，产生了很多的故事和文章，留下了无尽的话题和纷争，置身其间，鲁迅与诸人士的合影情景犹然在目。我对此曾写过一篇《一次“闪访”引发的舆论风暴——鲁迅与萧伯纳》的长文进行梳理。

但我参观孙中山故居时，发现展览内容应该是没有提及此事。不是因为我热爱鲁迅才有此遗憾，而是认为，名人故居类的遗存，有故事就应开掘。

我还想到，在北京，大约六年前吧，曾接受过一家报纸的采访，就有关鲁迅故居砖塔胡同六十一号面临拆迁的传闻发表看法。我以为，在中国，迅猛发展的城市化进程和悠久的历史、丰富的文化遗迹以及灿若星河的文化名人印迹，相互间有着剪不断、理还乱的复杂关系，如何梳理、怎样对待，这是现代化发展与传承历史文化过程中到处都会遇到的难题。我曾参加过全国政协有关保护历史遗迹方面的一次座谈会，专家们给出的建议也不尽相同。仅就应该修旧如旧，还是修旧如新，是否可以在遗迹的原址上重建，等等，大家看法不尽相同。

我在沪上寻访鲁迅的经历，也印证了我在会上提出的看法。古城镇要保持人间烟火气，又要保持本已脆弱的建筑原本面貌，的确是面临诸多矛盾和挑战。就要不要重建而言，也未必可以一概而论。拆“破旧”建新“旧”肯定要不得。但不可否认，目前通过重建进而激活城镇活力并带来多重效益者不乏先例。要防止过度新建如“旧”，以新乱“旧”。应有尊重历史、保护传统的意识，又要有立足当代、科学统筹、活化利用的自觉意识。

一上午的独自寻访就此结束，鲁迅在上海的身影又一次在我的脑海里清晰起来。正午的阳光更加耀眼，车窗外的景观无论新旧，都让人觉得亲切而又生动。

想念大山

◎ 尧山壁

一九七二年《河北文艺》试刊三期，张庆田老师主要精力抓李永鸿的《红菱传》，我看散文，发现正定县贾玖峰两篇，《金色种子》和《在窑上》。不像一般作者拿捏姿态、故作多情。他善于捕捉情节细节，运用群众语言。一篇发表在试刊一期，一篇发在一九七三年创刊号上。没多久贾玖峰来找我，却不是为散文，为他正写的农业学大寨的剧本。创刊号同期有我的叙事诗《渡“江”曲》，写吕玉兰的故事。他的家乡正定是中国北方第一个过“江”县，粮食亩产超过八百斤。这时说了真实姓名，贾大山，三十一岁，以工代干，一头沉。

面前这位兄弟，小平头，敦实个儿，紫红脸儿，疙里疙瘩，棱角分明，身板笔挺，像京剧里的武生。说话慢条斯理，十分稳重。

李满天是我的忘年交，亦师亦友，正在正定深入生活，任县委常委，革委会副主任。邀我去正定，到了大山的一亩三分地，他话多了，摘去少年老成的面具，露出嘎小子一面。一见如故，还因为我俩都是戏迷。大山的道行比我深，我住过集镇，两个戏院。他生在县城，四个戏院。我是看野台子，高粱地的玩意儿，他进过街道业余剧团，训练正规，有板有眼。我只会青衣、小生，他生旦净丑全活儿，还会翻跟头、当导演。我只写过三个小戏、一个大戏，他已经写了《棉田风波》《比翼齐飞》《半篮苹果》等四出小戏、一个大戏，还有一个连台本，他的台词写得好：“没有春天风沙打，哪有夏天麦子黄。没有夏天日头晒，哪有秋后五谷香。天上下雪又下雨，就是不下商品粮。”

我俩到一起，还有个共同的话题，回忆苏金蝉，一位河北梆子名角。中华人民共和国成立前在我们那一带演出，长相一般，没有下巴，扮出相来很漂亮，所以她男人平日不让卸妆。天生一副好嗓子，顺风能传二里远。民谚说：“不吃油，不吃盐，也得去看苏金蝉。”中华人民共和国成立后，任正定县梆子团团长，“文革”时下放赵县，配给了一位老农民。

每次都是骑自行车，一个小时到正定，李满天的劳动点。他把大山叫来，摽着膀子干活儿。对太阳光的反应，李满天是黑，脸上背上一层黑釉，自称非洲人。大山是红，红得发紫，戏称印第安人。幽默是他俩的黏合剂，碰到一起就笑话连篇。李满天说起来眉飞色舞，指手画脚。贾大山是冷幽默，不动声色，绷着脸，活像一对相声演员，你逗我捧，包袱不断。劳动休息时，找个树凉儿，唱两口《打渔杀家》，大山的肖恩，我的桂兰，李满天的丁郎。《沙家浜》，大山的刁德一，我的阿庆嫂，李满天的胡传魁，别看他官大，还得演小人物。

写剧本红火了几年，大山有些发蔫儿了，紫红脸更像霜打的茄子。诉苦说写剧本不是人干的事儿，“三结合”“三突出”，来了还得“三堂会审”。作者像跪在堂前的妓女，任人说三道四，横挑鼻子竖挑眼，动不动就给上纲上线。领导出思想，几个领导就有几个意见，不听谁的也不行。下次讨论会，专听自己的意见被采纳了没有。好好一个剧本，改得面目全非，气得光想跳河。

李满天嘿嘿一笑，跳什么河，滹沱河，河水淹不了脚面，只能洗手。洗手不干，写小说吧，文责自负，没有婆婆小姑子。其实大山早就写小说，初中时有一篇，发在《河北日报》，插队时有一篇，发在《建设日报》上。李满天拿来看了，不如剧本写得好。说你有写剧本的功夫，结构，冲突，对话，小说的路走了大半。李满天是短篇小说的高手，《白毛女》小说作者，一九六四年大连小说会，最被推崇的是赵树理，短篇圣手。第二个就是李满天，茅盾先生对他的短篇小说集《力原》评价甚高。李满天向贾大山讲赵树理，从《小二黑结婚》到《卖烟叶》，一篇篇掰开揉碎，条分缕析。大山聪明，一点就透，一通百通，在李满天帮助下，陆续写出《取经》《花市》《小果》《村戏》，摘到全国短篇小说大奖。成为一颗冉冉升起的明星，背后有一个老教练。

顺风顺水，如日中天，走着走着面前又一个十字路口。县委要改变正定文化工作面貌，希望大山出来担任县文化局局长，派李满天去动员。老李问我的看法，我觉得突然，说你老人家是省作协主席，让我当常务，是“捉大头”。他嘿嘿一笑，说非也，是“抓壮丁”。又说县委认为大山有担当，有智慧，不二人选。老李做了充分准备，想了几套方案，要打攻坚战，持久战。想不到大山听了，吃惊之后，沉思片刻，爽快地答应了，只提了一个条件，“那得我说了算”。问题迎刃而解，皆大欢喜，听说大山还在家摆了一桌。我想关键问题是，县委领导和贾大山相互了解和信任，不仅仅是伯乐与马，更是高山流水遇知音，同志加朋友。

大山很快进入角色。这时县委建立顾问团，我也忝列门墙，与他交往更加名正言顺。正定有两千四百年历史，天垣如矗，九朝胜迹，浮图林立，寺宇星布，“国保”“省保”不计其数。一九三三年，古建学者梁思成不顾兵荒马乱，自措行旅，两来正定，历时半月，究诸营造，嘉评精粹十八处，拍了照片，写了考察报告。可惜年久失修，满眼破败，令他这个正定人汗颜，从这个意义上讲，大山也是临危受命，哀兵必胜。

步行上阵，一切低调，让大家“看好门儿，管好人儿，别出事儿”。他自己则殚精竭虑，只争朝夕。桌上堆起三座书山，历史、佛学、古建，天天晚上挖山不止，白天马不停蹄，防水、防盗、保安全。除夕夜独步隆兴寺，为断壁残垣的庙宇守岁，百亩大院，八进之深，反复步量；大殿小楼，老槐古松，一一问候。直到满城烟花散尽，鞭炮绝响，才迈着沉重的脚步悄悄走出，回到家中，吃一碗等凉了的饺子。

铺开古建修缮战役，一年一个工程。古建是最吃钱的事情，“省吃俭用，不够填一个砖缝”。计划、申报、疏通、争取，月月跑部，日日化缘，紧急关口，有病发烧也要上阵，披一件军大衣，旧吉普车就是病床，四面透风，顶篷上挂着吊瓶。司机是老实人，没他的命令，一不得对家属传话，二不得向领导汇报，憋不住就朝野外喊两嗓子：一马离了西凉界，不由人一阵阵泪洒胸怀……

申报中国历史文化名城成功，正定县声名远播，四面八方游客蜂拥而至，文艺界人士看了隆兴寺、临济寺、西游记宫、荣国府，还要见识贾大山。以往有过交情的他都要出面，说不然失礼。作家们来了我都陪同，来人多了，害怕打搅，就自费买票进去。门卫认识我，电话打过去，他就急忙赶来，亲自解说。大山饱学多识，业务精通，加上作家的语言表达能力，堪称一绝。对不同的对象有不同的套路，文物古迹，佛学经典，地方名人，逸闻趣事，如数家珍。喜欢历史的加上南越王赵佗、常山赵子龙；喜欢文学的加上白朴、元好问、蕉林书屋；喜欢医学的加上金元四大名医，刘守真、李东垣；喜欢近代史的加上王士珍，正太铁路。大山的一根手指就像音乐家的指挥棒，掌声笑声此起彼落。中国台湾诗人文晓村说，走遍世界，是他见到的最好的讲解员。学者史树青说，他是讲解“国保”的“国宝”。作家汪曾祺说他，“神似东方朔，家傍西柏坡”。正定县无山，贾大山成了一个著名的人文景观。

大山身处闹市，公务繁忙，而淡泊名利，心态宁静，生活轨迹只是一点一线。一点是正定，一线是石家庄—北京—承德，心无旁骛。例外仅二，一次五台山，一次白洋淀，都是被朋友强拉去的文学活动。说得我怪心疼、内疚的。作家协会就是协作开会，凡会都会想到他，但是出头露面的事他一概不来。出省交流采风年年有，他一概拒绝。文化局局长当了九年，到县政协任副主席，照样如此。一九九三年在北戴河开张立勤、郭淑敏散文讨论会，我硬是通过省里领导发命令，才搬动大驾。大山第一次见到大海，异常兴奋。别人在歌舞厅里热闹，他一个人坐在礁石上，为大海相面，一坐就是两个钟头，第二天说了一句，唯大海是真。中国台湾出版家马先生，给张立勤出过一本书，与他同居一室，听大山口吐莲花，妙语连珠，佩服得五体投地。

也是在这次会上，发现大山忌酒了，让我大为吃惊。想当年每到正定，欣然以酒相待，三个汉子一壶酒，李满天怯阵，说热酒伤肝冷酒伤胃，大山夺过酒杯，说无酒伤心，带头干杯，脸越发的红，成了赵云的二哥关公。有酒润嗓，他的唱腔愈亮。现在酒不喝了，肉也不吃了，专挑肉边菜。不过米饭馒头不少吃，身体也还健壮。

一九九五年中秋节那天，大山动了食道癌手术。我去看望时还不大显病态，握手很有劲儿。几个月后已经能骑车满城转悠，以为这一关他闯过去了，想不到病情很快恶化，再去看他时，已经卧床不起，十分消瘦，面色苍白。因为烦闷，烟也复辟了，脾气也大起来，为此弟妹小梅常常暗自落泪。见我一来他像打了兴奋剂，坐起来，谈笑风生。说得最多的是三个汉子一壶酒、地头《打渔杀家》，可惜老兄李满天先走了，三缺一。说到这里他忍不住告诉我一个秘密，《河北文学》要调他去当主编，肖杰力荐，他以各种理由回绝了，其实真正的原因就一个，还不能说。李克灵写了《省委第一书记》，上边恼了，要处分，下放当工人。李满天仗义执言，接受以往教训，不要先整人，后来再平反。一场风波，小李没受处分，老李被停了职。这事无法面对，李满天有恩于我，人走了影子眼前晃，这一关我过不去。大山是硬汉子，没见他哭过，说到伤心处，眼泪扑簌簌往下掉。

我抹了一下脸，说话题就此打住，想听你再唱一段，再过一下瘾。大山挣扎着坐起来，唱了几段马派《空城计》，从西皮慢三唱“我本是卧龙岗散淡人”，到二六“我正在城楼观山景”。喘着气问我感觉如何，我说飘逸不如马前（期），苍劲倒似马后，更接近暮年诸葛的性格了。他说久病在床，常常一个人念戏，品味剧情、唱段，琢磨人物性格，还真有发现。你说司马知道是空城不？知道。列举了一些道白和对话，只不过心照不宣，两个高人知已知彼，也包括互相敬重，也和《华容道》一样，但是司马比曹更老到一些。听得我茅塞顿开，连连点头，到底是小说家，剖析人物都深入骨子里了，应该写成一篇论文。此时我嗓子直痒痒，真想像二十年前一样再陪他唱一回，可是看到他形容枯槁的样子，于心不忍，不能让他再激动了，只有心里默默祝愿他早日恢复健康，没想到成为绝唱。

一九九七年正月十四，我们的大山倒了，一盏理想之灯熄灭了，一颗文学之星陨落了，从手术到去世，应了那一句话，八月十五云遮月，正月十五雪打灯。享年五十四岁，与诸葛亮一个寿数，都是鞠躬尽瘁。造物忌才！

追悼会上，大山灵前没有摆上一部书，让我追悔莫及。像贾大山这样的小说名家，得了全国大奖，好评如潮，怎么生前就没有看到自己的著作出版呢？怨我也怨他自己。一九八〇年上海文艺出版社来信，主动为他出一本小说集，他没答应，说："我是河北人，如果出书也只能先在河北出。"河北出版界刚刚由计划经济转到企业管理，自负盈亏，坐上没底轿，谁出书都要自己负担一部分经费。大山不干，说自己花钱出书，我的作品还谈何价值。那时我正办作家企业家联谊会，一个厂长愿意赞助，大山一听更火了，说那样更丢人。知道大山的脾气，不敢再往下进行了。如今大山走了，我和康志刚编了《贾大山小说集》，收入他全部短篇小说八十二篇，由省作协出资。未经请示，敬请老弟原谅。

大山一生在文学艺术的蜀道上艰苦攀登，走着一条独异的路。从戏曲和民间文学汲取营养，广泛涉猎，多才多艺如赵树理。又喜欢读《聊斋》和《阅微草堂笔记》，学习孙犁，描绘风情，洗练文字，不山药蛋也不荷花淀，自成一家。作品与人品一样高尚，绝无媚俗，从不逐潮，在乡土和幽默中完成一个作家的社会责任和美学追求。三十年只写了几十个短篇、一个半截中篇，然而他的艺术分量大大超过了许多大红大紫、"著作等身"者。

大山不假，中国当代文学的一座大山。

宇宙中的庄严幻影(节选)

◎ 陈启文

大武，藏语，这名字有意思，丢失马匹的地方。

出门早看天，若天公作美，在大武一眼就能望见阿尼玛卿那刺破天幕的冰峰，然而推开门一看，哗—— 一场大雾裹挟着阿尼玛卿雪山的寒气扑了过来，顷刻间我已满头雾水，浑身凉了半截。我忽然理解了大武的真谛，在这丢失马匹的地方，我一下把自己丢失了。

大武已是阿尼玛卿雪山北麓，实际上我们已抵达了阿尼玛卿，但我们要去的是“神秘的阿尼玛卿”。一场大雾可以把一切都变成奇迹，那位昨夜就已约好的司机开着一辆牛头车，像腾云驾雾的神一样降临在我们面前。这小伙子叫尕桑多杰，才二十四五岁，他生怕我们小瞧了他，一见面就郑重声明，他可不小啦，已是俩孩子的爹了。

驾——小伙子响亮地打了一声呼哨，还猛地甩了一下头发，就像一匹骏马抖擞了一下鬃毛。我一下被他给逗乐了。他好像不是开车呢，好像是驾驭一匹烈马呢。藏族汉子这种与我们迥然不同的浪漫气质，这种天真而又开朗的天性，让我感觉这弥天大雾都开朗了许多。

雾气并未消逝，却在渐渐退远，仿佛将要笼罩别一个世界，一辆牛头车恍若穿越荒原迷雾的独行侠，在它自己射出的灯光里飞奔。

尕桑多杰一边摆弄着方向盘，一边冲我说：“只要看见了太阳，就能看见雪山！”

乍一听觉得特神奇，阿尼玛卿竟然是这样一个两极之间的存在，太阳与雪山，冰火两重天，谁说水火不容啊，大自然中的冰与火往往能神奇地合二为一。

尕桑多杰把一辆牛头车开得充满了牛劲和激情，就在我们享受着速度的快感时，小伙子猛地一打方向盘，一个急转弯飞旋而下，一下就把我们晕头晕脑地推进了漫无边际的玛沁大草原。这草原上也有一条砂石路，一路沿着蜿蜒曲折的河谷向着阿尼玛卿雪山延伸。远眺那山巅上依稀可见的冰冷的光亮，我才发现天渐渐亮了。晨曦从阿尼玛卿山巅照射下来，清晰得可以看见一束束扇形的光线，草原上泛着一片鲜亮的青绿色，最鲜亮的还是草原上的花朵，格桑花、马兰花、雪莲花、金女花、狼毒花……无论鲜花与毒草，它们都必须抓紧时间，在青藏高原这短暂的花季一展姿色。那细微的、透明的露珠，每一滴都是有姿色的。

尕桑多杰小时候也在这草原上赶过羊，放过牛，他忽而指着一片草滩，让我们猜猜那白花花的羊群有多少只？忽而又指着一片草山，让我们猜猜那黑黝黝的牦牛有多少头？而我们的每一次猜测都是错误的。对那闹成一团数也数不清的牲口，只有那些牧人心里才有数。他们在弯弯曲曲的河流或溪涧边搭起了三三两两的帐篷，用牛粪饼圈起一道道围墙，从帐篷里飘起的炊烟散发出牛羊粪燃烧的温暖气味。偶尔还能看见那些身材高挑、腿儿特别长的牧羊姑娘。尕桑多杰一看见她们的身影，那眼珠子就发亮了，他眉飞色舞地跟我讲，藏族小伙子有钻帐篷的风俗，若是相中哪家的女儿，晚上便去钻那白色帐篷，若是那姑娘没把你撵出来，你就可以迎娶那姑娘了。

我觉得这小伙子挺好玩，时不时拿他开一下涮，尕桑，你钻过帐篷没有？

小伙子暧昧地笑了笑，然后就开始泄密，哈你以为钻帐篷那么简单哦，这个嘛可是个技术活儿，你先得瞅瞅帐篷周围有没有藏獒，你还得先想好，若是那藏獒猛地一下蹿出来可怎么办？这姑娘家的藏獒你又不能打，它们还特别喜欢在主人面前炫耀它的忠诚和勇猛，说不定一下就把你给扑倒了，趴在你身上了，哈那可就闹笑话了。看见了藏獒你可千万莫要撒腿跑啊，你越跑它越是以为你好欺负呢，没有哪个人比藏獒跑得快，连狼也跑不过它。它可以轻松追上你，从后面轻轻一扑就把你扑倒了，然后它就会拖着你去向主人献殷勤，哈那你可真是个猎物了！

我更乐了，嘿，嘿嘿，你小子不就是想成为那姑娘的猎物吗？

尕桑多杰说，可那姑娘看见你这没出息的狼狈相，一脚就把你踢出来了！

我问，那可怎么办呢？

小伙子说，我教你一绝招吧，若是遇到了藏獒，你最好别理睬它，连看都懒得看它一眼，就这样满不在乎地从它边上走过去，你越是满不在乎，它越是在乎你，那家伙一见你这样子，反倒莫名其妙了，不知所措了，它兴许在寻思呢，这家伙怎么就这么牛啊？若它还敢扑上来，还有一绝招，你赶紧把衣服脱下来，一下罩住那狗头，然后收紧衣服勒住狗嘴，拽着那藏獒一起钻进那帐篷里去，那姑娘一见你这样子，要胆量有胆量，要力量有力量，要聪明有聪明，那还不立马被你征服了，上哪儿去找你这样的好汉啊！

这小伙子不知钻过多少回帐篷了，这一招接一招，还真让我佩服得五体投地了。

我们在草原转悠了一圈，那“神秘的阿尼玛卿”刚刚偶尔露峥嵘，旋即又是云遮雾绕了，一条路紧贴着河谷边的山崖越走越窄了。我总是茫然地看着那些一路磕着等身长头的信徒，当我们的车从他们身边开过时，我更清楚地看见了他们，这些朝圣者大都是带着一家老小上路的。在一个拐弯处我看见了一家四口，一对中年夫妇带着一儿一女，儿女皆是少年，这兄妹俩长得几乎是一个模子里倒出来的，那红褐色的脸蛋是高原的胎记，额头上的青紫是叩拜的印痕，但那少年的眼珠子就像他们颈脖子上挂着的黑玛瑙珠子一样又黑又亮。他们就像从泥淖中挣扎出来的，从头到脚都沾着一身烂泥，那烂泥还在不断往下掉。磕长头，是藏传佛教密宗修持的一种方法，也是信徒为实现信仰、祈福避灾而进行的最为虔诚的祈祷方式。在踏上朝圣之路前，他们往往要变卖所有的家当，只带上帐篷、衣被、餐具等简单的生活用具，我等外人，难免会为他们接下来的生计而发愁，而对于这些心有神灵的朝圣者，一切无足轻重，没有比朝圣更大的事。这不可思议的苦旅也只有信仰的力量不断加持，信仰不但可以超越财富，还可以超越生死。

我一直觉得这些朝圣者就是我们的引路者，无论你置身于青藏高原的哪个角落，你只要跟随这些朝圣者前行，就不会迷失自己。转眼间，我们的车就将他们抛在身后，然而，在我们的前方又将出现同样的一幕，而在他们停留的地方，必有经幡和风马旗出现。

在一只苍鹰盘旋的翅膀下，一座白塔寺在经幡中静穆地浮现出来。

穿过一片经幡，看见两位石匠，一老一少，看上去就像父子俩，正在白塔寺旁的石碑上錾着经文。年轻的石匠抡着铁锤，也抡圆了他肌肉紧绷的胳膊，老石匠伛偻着脊背，用那长满了老人斑的双手颤巍巍地握着錾子，那锤子一上一下，那身影一起一伏，他们一遍一遍地重复着，在呼啸尖叫的风中一笔一画地深刻下去。那敲击声并尖锐，而且迟钝，老石匠仿佛在控制着、压抑着那声音，在这空阔无声的四野里，越是控制和压抑，那声音越是惊心动魄。他们不像是我以往见过的那些粗糙的石匠，更像是手艺精湛的银匠，那打磨过的石面，像反复抛光的白银。慢工出细活，一切皆进行得十分缓慢，一块石碑錾下来，短则半月，长则半年，那神情庄严得像刻圣经。

那些朝圣者是逢庙必拜的，我又看见了那一家四口。他们一路跪拜，匍匐而行，却具有难以捉摸的神秘速度，一直不比我们那辆牛头车慢多少。朝拜寺庙是很有讲究的，依顺时针方向自寺院正门开始，但一般不对着正门，而是面向寺庙侧向行进磕头，三步一磕，绕寺而行，每磕一次，移动的距离与身体的宽度相等。对于这些虔诚的信徒，他们根本就不用比画，那一叩一拜都是用信仰来测度的。

我正漫无目的地转悠着，从某个隐秘的角落里传来了流淌之声。寻声走过去，却未见河流，但一片被风吹得哗哗作响的风马旗。刚刚走近，我神经蓦地一紧，两眼一下惊直了，直瞪瞪地看着一群可疑的身影从那经幡中一蹿而出，这是狼，还是藏獒？在它们嗷嗷嗷的嗥叫声中，尕桑多杰教我的那些绝招我一招也想不起来了，我就像乡下人遭遇了恶犬，条件反射地一弯腰，顺手在玛尼堆上抓起一块石头，猛地砸在一只狗脑袋上，嘣的一声，就像石头砸在石头上，那脑袋竟然比石头还坚硬。那家伙一声嗷叫，如狼嚎一般撕心裂肺，一下冲我扑上来，我感到自己就要被它们撕成碎片了……

突然，一个身影冲了过来，那青铜般的汉子一下就挡在了我跟前，他用藏语喊了一声，就把一群藏狗制止在那里。几只藏狗都用委屈的眼神看着这汉子。他摸摸这只狗的脑袋，又拍拍那只狗的脊背，就像一个父亲在安抚受了虐待的娃儿。几只藏狗呜呜咽咽的，像是满腹委屈又很听话的孩子，竟乖乖地退走了。这汉子看了看我狼狈的样子，又指了指我穿着的一件绛红色的夹克，比画着。我这才从木然中缓过神来，原来我犯了一个大忌，这红色对藏狗、牦牛以及很多猛兽都是一种刺激或挑衅。那汉子见我把夹克脱掉了，点点头，笑了笑说，好的嘛，好的嘛。他正要转身走掉，我才想到忘了一声道谢，连忙冲着他的灰扑扑的背影说了一声，扎西德勒！

对于他，这也许只是他朝圣之路上的一个小插曲，而对于我，这却是一次逢凶化吉、铭心刻骨的经历。当我怔怔地看着他的身影出神时，他又开始绕着白塔寺叩拜了，尕桑多杰朝我这边走过来了。他虽说没有绕寺叩拜，但凡走进寺庙也是要朝拜和祈祷的。此时，他脸色如开光一般，有一种礼佛后特有的安详与莫名的欣悦。

我没告诉他刚才发生的一幕，但我一直没搞清楚，这藏狗是不是藏獒呢？

尕桑多杰给了我一个似是而非的回答，是也不是，差不多吧。

他这样说其实也不错，藏獒其实也是藏狗的一种，更准确地说，藏獒是经人工选择，由喜马拉雅山地犬或从藏狗中繁育的优异品种。人类繁育藏獒的历史由来已久，在马可·波罗笔下便有对藏獒的描述："体大如驴，奔驰如虎，吼声如狮，仪表堂堂……"而藏獒最突出的天性，就是对主人绝对忠诚，对主人之外的人都特别凶狠。它们的这一天性在一个被资本所主宰的时代凸显出来，被人类的私欲所利用。很多既得利益者，原本就特别缺乏安全感，谁都希望能有一种对自己赤胆忠心而对外人又特别凶狠的力量来保护自己，而藏獒就是他们特别渴望的这种力量。二十世纪九十年代初，商人们纷纷奔赴青藏高原来寻找藏獒，那时候还是一獒难求，在商人们的竞相炒作下，一只藏獒一度创下了千万天价的神话，这又让藏獒成为人类牟取暴利的资本，大批商人赶来投机，买藏獒，建獒场，开獒市，一时间獒场、獒市遍地开花，很多牧民也从放牧牛羊改为养殖藏獒。但藏獒毕竟只是一种犬类，当神话变成泡沫，终究会有破灭的一天。近年来，随着藏獒神话的破灭，成千上万的藏狗、藏獒遭到人类抛弃，沦为无家可归的流浪狗。

尽管藏狗或藏獒都经过人类在漫长岁月中的驯化，但一旦放归大自然，其原始野性又被重新激活。这些流浪藏狗像狼群一样有着非常严密的组织，对狐狸、哈拉、兔狲、岩羊等野生动物进行围猎。它们甚至能按照各自的特点明确分工，各司其责，有的在山上把守，有的在山下堵截，有的在中间担任主攻，追捕猎物。草原上最容易捕捉的猎物就是鼠兔，但对于食量巨大的藏狗来说，那些东蹿西跳的鼠兔它们简直不屑一顾，连塞牙缝也不够呢，除非实在饿急了，它们才会抓上几只救救急。随着藏狗在流浪中还在不断繁殖，它们的捕食范围也越来越大，为了争食，它们与狼群、棕熊、雪豹等猛兽展开厮杀。而在生物链上，藏獒或藏狗几乎没有天敌，它们比狼还要凶残，一只藏狗或藏獒可以打败一只独狼，一群藏狗就可以围猎棕熊、野牦牛这样的高原之王。狼一般不会吃狼，而藏狗连自己的同类也不放过，尕桑多杰就亲眼看见过，一只藏狗叼着另一只藏狗血淋淋的后腿，那显然是它们自相残杀后的胜利品。

这些数量庞大的流浪藏狗正在演变为青藏高原及三江源最严峻的生态灾难，这也再次向人类敲响了黑色的警钟，当流浪藏狗吃了患鼠疫而死的野生动物后，在海南藏族自治州兴海县曾引发一场鼠疫，尽管疫情在第一时间便得到了控制，仍造成一人死亡多人感染。鼠疫，又称黑死病，这是世间最恐怖的瘟疫，从十四世纪中叶开始，黑死病在欧洲猖獗了三个世纪，当时有三分之一的欧洲人被黑死病夺去了生命。

丧钟为谁而鸣？这是海明威的追问，而对于人类，又何尝不是永远的警示？

“文学与文化的无疆界”对谈

◎ 马未都　张炜

编者按：本文依据马未都与张炜先生在“首届中国自然文学论坛暨百花文艺出版社建社六十周年”活动上的对谈记录整理而成。

马未都：我刚才想了一下，日子过得太快，我小时候对时间最长的认知是三十二年，毛主席的诗：“别梦依稀咒逝川，故园三十二年前。”三十二年得是多么漫长的路。但我现在回过头来一想，我们俩相识是三十七年了，不会算错了，是四十七年吧？从一九八二年开始到现在。那是改革开放初期，各个领域都有点青黄不接。我在那个时候，按照现在的说法是一步登天，由工厂直接去出版社做了编辑。做编辑十年，认识了很多作家，中国当代的、我们同时代的作家，我基本上都认识。我觉得文学给了我很大的滋养，以至于我去其他的领域表达的时候比较容易。张炜由当时的一个文学青年，成为现在中国作家协会副主席，过去我看中国作家协会副主席都仰着脖子、踩着台阶都见不着的人，现在坐我身边，你该说两句。

张炜：大家下午好。未都是我的老友，从一九八二年到现在这么多年，那个时候他比现在苗条。

马未都：我很瘦。

张炜：很瘦、很认真、很专注地，很像一个伯乐的样子，就是这么一个形象。当年我二十多岁，他供职的《青年文学》比今天要风光得多，社会层面的影响也很大。我给《青年文学》寄稿子，老马竟能把它从众多稿子中找出来,这在今天来看是不常见的情况。后来我们合作得特别好,好多作品都是跟未都编的。

未都后来离开了编辑部,离开了文学界,真的是一个损失。文学是文化非常重要的一个组成部分,未都做的事也还是在文化里面,这非常好。

马未都:我去出版社的时候比较早,当时七七、七八两届大学生还在学校没有毕业,我是最年轻的,也没有学历。我身边的编辑全都是"文革"以前的大学生,我印象中好像只有一到两个工农兵学员,从理论上讲他们是大我一代人的。那时候对于文学是高山仰止。我在工厂写了一篇小说,意外地发表了,登在一九八一年八月二十日的《中国青年报》上。当时没有网络,电视也不普及,报纸是最大的影响力的媒体,《中国青年报》当时的发行量是五百万份。发表这个小说以后,我就调到了中国青年出版社的文学编辑室。

身份的转变很快,我一直没有机会去感谢,也不知道要感谢谁。当时这篇小说很快被百花文艺出版社(我没记错的话应该是十月号)《小说月报》转载。《小说月报》在中国文学界的影响力是巨大的,小说在其他地方刊物发表以后,被《小说月报》转载,算是一个很大的荣誉,对于当时我调到出版社身份的认同也有好处。那个时代,比如我走到中国青年出版社门口,说我没文凭,小学没毕业,要来你们这里工作,估计直接让看门的给"毙"了。一九八一年十月三日我到了出版社,对于我人生很重要的日子我都记得很清楚。

那是一个非凡的时代,是一个文学充满了幻想和光环的时代。我认为文学是我一生的事,每天早上特别高兴地去上班,第一件事是扫地、拖地、打开水。现在年轻人不懂什么叫打开水。我们办公室在六楼的时候,我每天要打八壶开水,每天都纠结是一次拎八壶开水进去还是分两次,分两次的话要再上去会排很长的队。

想想那个时候没有计较过任何的得失,所以人生的得大于失。这是我很重要的人生经验,想分享给年轻人。今天的人都是讲对价的,给我什么钱干什么活,那时唯一的好处是不讲对价,不知道什么是休息日,不知道公与私的区别,没有私人时间。晚上审阅稿子很正常,我刚才看到百花社的老编辑审稿,审稿意见写一万多字。我们正常的写字速度(像我这样快的)大概一个小时能写一千五百字,一万多字的小说基本上是一天的誊抄。

写字对于人生是一个特别痛苦的磨炼。到今天我还是拿笔写,我的博客一千六百字的博客每一篇,都是手稿。我有一个想法,手稿很值钱,我以后每天抱着我的手稿一天卖两张度日,维持我的一般生活,没有什么大问题。张炜写字的功力我们一般人都不及,他的作品在中国当代的作家里面是非常罕见的,他的那种韧性,对于文学的执着以及对于文学的感悟,我们一会儿会谈一点文学和文学性的问题。

张炜:我第一个中篇《护秋之夜》就是在百花出版社发表的,第二篇《秋天的思索》是在《青年文学》。一开始写诗、写散文,之后是短篇、短篇之后是中篇,再之后是长篇。一上来就写长篇,文字会粗糙一点,但不尽然。一般来讲,都要经过诗、散文、短篇、中篇这样一个台阶一个台阶地上去,这是一个很好的语言训练过程。

我的作品选得最多的是《小说月报》,这份刊物还以我的照片做过封面。这对我是一个很大的鼓励。百花文艺出版社、《小说月报》《散文》是中国文学标杆之一,好多作家都是向往的。时间过得真快,我第一篇作品是在一九七三年,到现在已经快要过去五十年了。

我们都是用笔来写,中间用了一段电脑,但是觉得文字质量似乎不如用笔,虽然打字很快,最后还是放弃了。我现在还是一笔一画地在稿纸上写,觉得慢慢用笔的过程中,好多的想法可以出来。电脑打字比较快,可能轻松一点,但是个人觉得压垮骆驼的最后一根稻草,可能就是速度对脑子的催促。

作品不必以数量论，要讲文学、思想的含量，看审美方面能够走多远、多高。年龄大了，就得更加严格地对待自己的作品，养成这样的个人习惯，我写长篇，一定要用钢笔，钢笔写快容易把稿纸划破，所以只能一笔一画。现在年轻的作者用电脑，也很好，他们都习惯了。但我们这一代人，开始并不打字。我后来已经可以很熟练地打字了，甚至可以盲打，但是仍然选择钢笔，感觉还是不一样。有一次一个好朋友跟我讨论，他说无非是把脑子里的东西记下来，用电脑有什么不好。我实在没法跟他讲清楚。后来在饭馆吃饭，他跟人要手擀面，我说你要手擀面，这与我坚持用笔写的道理是一样的。

马未都：这个比喻很好。

张炜：《古船》我一笔一画地写了六个月。前不久，人民文学出版社出版了《古船》的手稿本，发行得还不错。到了一定年纪，看年轻的时候一笔一画写的，心里会有一种激动。手稿摆在桌子上一片，想起一笔一画写的两千多万字，当时也不觉得特别辛苦。

马未都：人类很有意思。现在这个时代，重大革命是经济革命；采集、狩猎和储备粮食的时代，农业革命是埃及人民进行的；后来的工业革命是英国开始的，我们也是坐享其成。现在的信息革命，我们每个人都身处其中，每个人都不能摆脱影响。就像现在大家听着我们叨叨，还看着手机。

用电脑打字的时候，电脑可以提示你各种词汇、各种句式，也就会限制你的各种能力。提示你一定的选择，会限制你的创造力。我们这代人可能会是最后一代用笔写作的，下一代没有这样的人了。

写作是痛苦的，不管你内心有多么欢乐，也必须带有写作的情绪。颜真卿手稿拿到日本展出，引起了两岸中国人大量的讨论，国宝能不能出境到日本展出三个月的时间，尽管是世界上最高档的展览。策展人认为，《祭侄文稿》是颜真卿中最重要的文字，因为它充满了他的情感。他在稿中那种悲愤的心情全部可以从字迹中流露出来，如果是打字的话就看不到了。

修改手稿所有的地方都是有非常巨大的价值。

颜真卿是唐代最伟大的书法家，是一般人临帖的首选，一般是《多宝塔帖》。《郭虚己墓志》是颜真卿最成熟期的作品，也是颜真卿最重要的作品，现在收藏在河南的博物馆里。如果这方墓志是在民国出土，会被民国所有的藏家视之为国之重宝。《郭虚己墓志》《颜勤礼碑》，可以揣摩出他当时的状态，如果全部通过机打，就看不到那一层。社会在进展中总是留有不同的遗憾，听说现在小学要开始增加一些书法课，这对于中国文字的发展具有很大的好处。

我们这些人大多是在动荡的时候成长的，我十一岁那年“文化大革命”爆发，二十一岁那年“文化大革命”结束。最应该受教育的十年全部荒废掉了。我从小学四年级开始，基本上没有时间在读书，其间两次下乡，没有机会去上学。当我可以上学的时候，已经进出版社了。领导跟我说，你去考大学，最好能考上北大中文系，最好的结果是分在人民文学出版社，其次就是分在我们这里。绕一大圈，未必回得来。当时觉得我们领导特别好。后来一想，他不让我走，是因为我特别能干活，让我走了是他的损失。

我做编辑有无尽的乐趣。全编辑部我最小，每天打完八壶开水拖完地，第一个任务是拿一把剪刀，把今天的来稿挨个破开，把信皮用曲别针别上，退稿的时候需要。高峰期的时候，稿件都有一尺高。后来老编辑都不愿意看自由来稿，愿意组稿。于是在每天的自由来稿里，我遇到了中国当代文学史上许多最重要的作家。张炜先生算一个，其他像大家熟悉的苏童、刘震云、王朔。王朔的第一本小说我翻开一看，责任编辑还是我。我还给王朔编过小说，都不记得了。

通过字迹看人，其实一点都不玄，每个人的字迹表明了对文学的感受，文化的程度。我每天看来稿看得巨快，上午把来的稿子看光，挑出来的部分仔细阅读。据说柯南道尔当年当编辑的时候，有人给他寄来了稿子，后面几页粘着，就被退回去了。作者就给他写信说：柯南道尔先生，您都没有看完，为什么就退回来认为不是一部好小说呢？柯南道尔回信说：尊敬的作者，您在吃早餐的时候吃到一个臭虫，为什么还要把它吃完呢？我们每一天的时间不能再压缩了，其他的事就办不了了。二十世纪八十年代是中国现当代文学史上最辉煌的时候，文学家在哪儿都是非常受欢迎的。我在出版社兢兢业业做了十年的编辑。后来种种原因离开了文学界，离开了出版社，没再做过编辑。但是我到今天仍然怀念做编辑的生活，今天我拿到稿子一看就知道哪有错，他们都奇怪你怎么知道，我说那是我的职业。

在出版社看到很多老作家，他们的文学素养是我们远不及的，比如说周振甫先生，我们真的是高山仰止。我到出版社先去校对科，磨性子。校对科都是我最佩服的人，我费劲看了半天的稿子，绞尽脑汁，到了校对，迅速地给指出几个错误。我很奇怪，为什么我就找不出这个错误呢？因为还没有职业的敏感性。这是对于文学的一种训练，到今天，我讲述很多事，都是文学给我帮了很大的忙。

我在《百家讲坛》讲收藏的时候，讲了五十多课，任何人当时不许动用电脑，只能带着提纲。看着提纲怎么把一件事讲得生动丰满，只有文学能帮到你，其他的事帮不到你的忙。刚才张炜用最简单的例子，手擀面和机制面，讲述了手写和打字最大的不同，这就是文学的素养。

张炜：刚才提到的一个词："书写文明"。为什么这样讲？人类一开始文字记录语言、记录事件，要用甲骨文、竹简等。那时的书写是一件非常辛苦的，甚至是昂贵的事情，所以落笔就要尽可能凝练和准确。竹简、陶片、龟板，在当时非常珍贵，书写一定要简洁。古代有的作家讲，文章秦代以前是中国最好的文章，它们深刻、凝练、含蓄、准确，有着强大的张力。

文字的表达跟绘画不一样，跟音乐不一样，跟许多记录形式都不一样。绘画固然直观，但对于一些事物表达不直接；音乐可以很直观，发挥自己的想象去进行。书写从诞生的那一天开始，就意味着简练和凝练。越凝练的文字越有力量，越是有强大的张力。

文学是书写文明的一部分，今天的网络时代碎片化的、放肆的文字，毫无节制地堆砌，但最后一定会走向反面，会埋葬文字本身。对于文字“沙尘暴”的恐惧，弥漫在很大范围里。但我们问起欧洲和北美的写作者，问他们怕不怕淹没了杰出的作品，有没有这样的担心？他们说不担心，无论在网络上也好、纸上也好，都是发表的园地而已，写作者都要认真地对待文字。

网络是发表的园地，正像收音机、报纸副刊一样，为什么不叫收音机文学、副刊文学？因为无非是发表的园地，是好与不好，平庸与杰出的问题。我觉得越是在网络时代，越应该一句咬住一句往下写，不能滑脱和溃败。

我们讲“语言的艺术”，现在似乎到了语言艺术遭到空前破坏的时期，本来很忧虑，但细想一下，也不要太过忧虑。越是这样的时刻，越是要恪守一种书写文明，只要如此，语言艺术就能找到归宿。无论是国外还是国内，那么多杂志、报纸书籍，最后过去也就过去了。但是像《楚辞》《史记》这样的作品，一直到国内最重要的当代作家作品，就不会是这样。现代作家时间长了会淘汰一部分，当代作家这一部分淘汰得一定更多。只有极其严格的，恪守的，对一种书写文明怀有虔诚之心的那一小部分，那种最严格的书写，或许才有可能留下来。有这个态度，文字留下来的可能性也只是百分之几，没有的话，肯定是毫无希望的。

马未都：张炜主席一直在说文学性的问题。我觉得在中国作家中，一小部分是具有极强的文学性的，一大部分是文学作家。所谓的文学性，是生活中有文学才变得丰满有趣，如果没有文学的话会变得干瘪，生活质量会下降。人类除了满足生理需求以外，还要满足极大的生活需求。文学给予了你极大的想象空间，这就是我们为什么需要文学。

我做编辑的时候非常在意的一点是文学性的表达，是否能够成功地运用中国优美的语言。表达一件事的时候，可以说清楚和优美地去表达完全是两个境界。所以在中国当代差不多这个年龄的作家中，以我个人来看，张炜指出的文学性判断非常好，像苏童、王朔、刘震云表达一件事的时候，非常地生动，文学性非常好。

我很少看新一代的文学作品，也不敢瞎说。偶尔看到的一些，觉得跟我们那个时代的文学表达有不同的地方，不能说是差距，是不同。而我们这一代人跟上一代作家，比如说像张恨水这样的作家，是有差距的，他们跟再之前的作家，比如说曹雪芹这样的作家，也是有差距的。我们回不到《红楼梦》的时代，据说今天有人在模仿写《红楼梦》，但是我也没看到。

《红楼梦》这种古典文学的文学性跟张炜提到的先秦文字是完全不同的。中国的文学从宋代以后开始流俗，不流俗不能走向民间。唐诗、宋词、元曲，一个比一个更加流俗，怎么样在流俗中表达文学性呢？现在最流俗的表达也许是电影，有的电影只有一两句台词能被人记住，而这些台词的文学性是很强的。

我看到过一个很有意思的统计，有人把《红楼梦》分成三节，前四十回、中四十回、后四十回，任意抽选一些词汇进行测试。好比说“欢喜”这个词汇，可能前四十回用了八十次，中间四十回用了九十次，后四十回可能只用了二十次，前两组词汇的使用率比较均衡，后一组则不均衡，尽管模仿得很像，但使用中是不一样的，证明这后四十回不是曹雪芹的原著。电脑能做这样的工作，但电脑无法判定哪个章节写得最好，不能说一词汇使用率高好还是使用率低好。我们非常强调的文学的社会性，而文学性的文学，是可以抛开这个时代，隔空去看依然优美的文学。

现在每年都有中央电视台的《中国诗词大会》，前几天有人找我写一个推荐，要出《宋词三百首》，说首版销空，马上要加印十万册，定价 99.8 元。这说明社会对于文学性的渴求。中国人看外国的小说，感受更多的是社会性而非文学性。同样我们的作品翻译成外文，外国人也只能感觉到它的社会性，而感觉不到文学性。《红楼梦》这样的作品，先不说其他的，先说人物的名字，像袭人、鸳鸯、晴雯，都是有寓意的，翻译转达不了文化上的丰富含义。更不要说我们的格律诗，对仗的严谨，用典的丰富，都不是能够翻译出来的，所以必定强调其社会性。

从获奖作品来看也是这样，中国本土作品的奖项都强调作品的文学性，而国外翻译中国作品的奖项往往强调的是社会性。我年轻的时候好为人师，去大学给人讲过文学课，高兴就背一段，但能背不一定是英雄。记忆力现在经常短路，一首诗背到第七句，想不起来了。诗应该是流出来的，不应该是想出来的，自己觉得非常沮丧，老了，没有这个能力了。

文学给人的给养非常重要，背得越多一定越好，但背不是最重要的，最重要的是理解，理解文学表达中的微妙。张炜刚才讲得非常好，讲这一句话，要把下面的话带出来，是一种非常微妙的感觉。我那个时候看来稿，打开一看，标题是《一个白洋湖男人和三个白洋湖女人》。那时的文学作品标题都特别宏大，我到中国青年出版社上第一课，我们出版社出过什么好书？《红岩》《红日》《红旗谱》《创业史》，"三红一创"嘛。没有像这样"标题党"的。翻开小说第一页，第一句话是："我们白洋湖的男人无论走到哪里都会让女人牵肠挂肚。"我写封信叫作者过来，这个人就是苏童。苏童的文学表达是非常容易跳出来的。这个时代的作家，没有一个被淹没的，淹没不掉。他要没本事，把他拎上来也没有用，还得沉下去，他不会游泳，会游泳的话一定能横渡长江。

编辑就像是架着机枪天天在那儿突突，把人都突突得差不多了，拿出一部分，副主编再突突一遍，最后主编再审一遍，就能发表了。当然构成作品的因素更多，很重要的一点是怎么样能用一句话去吸引人，怎么样能够在文学表达中，用常人感到非常熟悉，但又超出常人一般表达的语言，通过这种语言的文学魅力去感染别人。

我过去看小说，包括看张炜很多小说，都很激动。一说起文学，就回忆起往事，回忆起年轻的时候，多少都有点激动，一个人一定要享受我们的文化宝库，文学给你留下来这么多有营养的作品。我们年轻的时候拿到一本小说，把自己锁起来看。我插队的时候是农村，上老乡家，老乡在那撕书贴墙，刚撕没几页那本残书，我说你别贴墙了，给我吧。我回到宿舍，把自己锁在屋里，就有俩窝头一盆咸菜，一夜看完了给老乡，又贴墙去了。后来才知道那本书是《简·爱》，现在的年轻人都没有那种如饥似渴地去读书的感觉了，当然玩游戏是有可能的。

张炜：就像刚才说到的《红楼梦》一样，文学的语言就像人的指纹一样，没有两个人的指纹是相同的。研究和鉴别文学，盯住语言是最为重要的。文学这座大建筑没有窗户，只有一个门，就是语言。离开了语言就不能进入。通俗文学、雅文学是有分别的，专业读者大致一眼就能看出来。中国的阅读者甚至有些专业研究者常常将二者混到一块儿，真是荒谬到不可思议。社会化的阅读和社会化的写作，这个传统有几十年了，在教育上，荒疏了一些专业知识的普及。

举例讲，我们中国有四大名著，《红楼梦》《三国演义》《西游记》《水浒传》。只有一部雅文学就是《红楼梦》，是个人的文学写作。其他三部不是通俗文学，而是民间文学，民间文学是在漫长的时间内，在极大的范围内由无数人创造和传播，最后由文人整理记录而成的。民间文学有通俗文学的样貌和外壳，由于无数人的参与，达到一种审美高度，深邃、优美。中国四大名著没有一部是通俗文学，而是由纯文学和民间文学构成的。

如何判断《红楼梦》是雅文学？抓住一点，即真正意义上的语言艺术。离开了语言，既没有故事也没有人物、没有思想，语言与这一切是不能剥离的。一般的读者容易混淆一部作品是通俗文学还是雅文学，可以用一两个办法判断：比如说读到一个长篇，觉得很过瘾，但讲给别人的时候觉得没什么意思，因为无法转释，不能重复。雅文学是写给人看的，不是用来听的，需要一个字一个字、一个标点一个标点去阅读。作家个人的语言、用词、结构，是一个系统。走进这个系统，才能进入他的作品，《红楼梦》这种书，读的时候特别有意思，如果让说书人讲，就差很多。读起来特过瘾，转释没意思或者意思减半，这就是纯文学的特征。

原来语言与故事等元素的不能剥离，正是纯文学一个重要的特征。还有一个特征，即看了这部书感觉里面的人物既特异有趣，又有一定的不适应和陌生感，那么这大致会是一部雅文学作品。反过来，如果觉得这部书写得太好了，感觉书中的一切，从人物到故事，都像自己经历过的一样生动，像平时听过的故事差不多，那么这很可能是通俗的、社会化的写作。雅文学中的人物与故事，只会出现一次不会出现第二次：某些局部会在生活中重复，但总的来说它们在现实生活中几乎永远不会发生，这是雅文学，是个人文学。

把社会生活归难、剪辑、重组，把社会生活重新组合排列。雅文学不是这样的。流出来的不可逆，这是衡量文学是不是纯文学的标准。如果是非常熟悉的生活，要看片断和生活故事的组合，这就是一个比较概念化的社会生活的组合。

例如在中国具有影响力的两位作家，马尔克斯和索尔贝娄的作品，看起来很过瘾，但是把这个作品转释告诉别人是什么意思，就没有多大意思。离开了他们的语言，就没有看书的感觉。未都讲了中国的文学有社会化、生活化，雅文学的传播，主要是小说故事类的。中国当代作家写小说为什么特别要学习外国作品？因为中国没有，都看《红楼梦》吗？都是《大演义》《小演义》这些，不是这样的不好，而是一个做雅文学的不敢沾染它们的气息。国外的人翻译中国文学，翻译一个故事可以，翻译不了语言。中国译者一辈子专门研究一两个外国作家，研究他们的语言，所以我们会看到，哪怕是不同的翻译家翻译同一个马尔克斯，作家独特的个人气息还是会扑面而来，原来一切全在于语言。

汉语很难翻译、很难学习，所以国外翻中国作家是非常困难的，就是翻个大概、翻个意思、翻个故事。作为汉语言写作者来说，一定要紧紧咬住语言，放弃语言就等于放弃了雅文学写作者的身份。

老在路上

◎ 盛可以

老在路上，有两个含义，一指人总在路上，二指人边走边老。

近来写作，Word 字号调大了，颜色变重了，写一天出去，外面景象都是模糊的。瓶瓶罐罐上的说明书看不清了，晚上九点多就瞌睡了。羡慕无知无畏的青春，挥霍时间，不疲劳，不厌倦，像野外杂草，总是生机勃勃。如果还我十年青春，我仍会用青春的体力疯狂写作，做个有一大笔财富，却不懂消费的傻子。

从小向往远方。好像给过承诺，要带过去那孤独的野丫头见世面。无论走多远，活多老，一回头就看见她还在乡间田野，扎着冲天炮，赤着脚，沉浸在偏僻的生命里，心疼，仿佛那是自己的孩子，满怀怜惜，却无力给予温暖与照顾。小学三年级，裤腿高卷——从家到学校，两公里的泥泞，脚指丫里都是泥巴——站在校礼堂的舞台，指挥全校学生集体合唱——《学习雷锋好榜样》。她淘气，挨了柳条的抽打，仍然偷偷在池塘里学会了游泳，获得了下水的自由，那些被警告远离水塘的孩子对她景仰。这是她迎难而上的性格端倪。于是她的世界总是比别人宽一些，涉水采荷花，摘菱角，摸鱼虾，像一尾鱼，在湖泊与河流中游动。

世界宽些，问题也会多些。九岁游过小河，上堤岸发现对面的世界并无不同，遭受人生的首次打击。远方在生活中时隐时现，仿佛一篇文章的夹叙夹议。她到底还是被乡村的生动牵引。穿新裙，看龙舟，奔跑在河堤柳岸。着迷民间花鼓戏，不觉夜半迷路，天亮时母亲来寻，困倦之极，即刻在其背上酣睡。大清早迷迷瞪瞪，扯着母亲的箩筐索走到镇上，吃白粒丸，翻连环画，看城里人挑拣母亲的辣椒。冬日寒冷恋床，母亲只消说一句“昨夜下了雪”，便一跃而起。相对于野花遍地的春天，她偏爱含蕴深沉的冬季。这也是为什么她后来要去很北的北方，爱写那荒凉与凋敝、灰烬与悲伤。她没有长大，只是见了更多风景；她没有改变，只是风霜入浸肌肤。

她就是我。

莽撞与野蛮的青春之后，中年的成长并不太平。时间的蛋糕，被切掉了一半，紧迫感让人在时间上变得势利，或吝啬，最不愿将时间慷慨赠人。上了年纪，便如一所老房子，需要做减法，扫灰尘，扔垃圾，清理旮旯占据空间的发霉物，灵魂就是这样一个房间，不必奢华，但须远离喧嚣，一尘不染。

向往远方，于是老在路上。从乡村到都市，从南方到北方，从汉语到外语。越来越讨厌舟车劳顿，尤其是长途飞行，遇气流颠簸心脏狂蹦，手心出汗。科学家造出飞机，应该同时制造安全保障，比如遇到麻烦，飞机自动解体，乘客跳伞。作为在路上的一部分，飞机是必要的工具，因为人类只有梦想，没有翅膀。所幸探索世界的兴趣，击败了飞行的恐惧。一切有价值的美好事物，都值得付出。

老在路上，并不是某类虚伪的诗意，而是成长，好比一棵树，因此生长出更多的根茎与枝丫，树叶繁茂，更为茁壮顽强。成长，即不断解放。

参加悉尼国际作家节，出版人夫妇陪我看展览。知道凡·高、毕加索，但对波洛克、康定斯基、德加等一无所知，安迪·沃霍尔的作品也只是眼熟。出版人难掩失望，我无地自容。这种羞愧远远超过了欣赏大师原作的震撼。那些遥远传说中的杰出作品，那些热烈奔放或暗潮涌动的色彩震颤，被藤蔓般四处攀爬的羞愧缠绞，回国很久，依然深深地刺激我的自尊心，开始接触西方艺术。

现代艺术与文学的关系影响，正如描画出物件的轮廓，同时也是描画出这些物件之间的空无的轮廓一般，相互渗透与注解。在旧金山看野兽派画家马蒂斯，意识到写作上的束缚，必须彻底解放心眼手，也就是解放写作语言、思想、观念、角度，以及所有禁忌。

每到一城，看展便成了首要事件，包括巴黎、纽约、伦敦、旧金山、悉尼、墨尔本、开普敦……一旦获得了这个崭新世界的入门券，它的赠予是慷慨的，就像宝藏，无穷无尽。

拜伦湾（Byron Bay）是一个以沙滩和灯塔闻名的小镇，位于澳洲新南威尔士州东北角的海湾。名字是发现澳洲大陆的库克船长取的，以著名诗人乔治·拜伦祖父的姓命名，他曾以航海的方式周游列国。拜伦湾作家节持续办了二十年。每年八月，世界各地受邀请的作家来到这里进行文学讨论、新书发售、研讨会。巨大的白色帐篷作为演讲场所，蘑菇般长在青草地上。人们倾巢出动，赶集般来参加文学活动。因为文学，连交警都会网开一面。

印象深刻的是，拜伦湾人人都写诗，人人是诗人。戴草帽的农民，腰间赘肉鼓出的主妇，穿红艳超短裙的老太太……每个人上台朗诵自己写的诗，像在家中客厅一样自信大方。一名年轻妇女，似乎手上还沾着面粉，又似乎正在后园里除草，听到抓阄者喊出自己的号码，匆匆赶到，笑眯眯地朗诵自己的诗歌：新娘不高兴/狠狠地踢着那棵大树/新郎说/你不要踢它/因为/我刚在那儿尿过。

在这个小镇，文学、诗歌、音乐、舞蹈随日出日落，融入日常。海边有人在弹吉他，唱歌跳舞。巨大的夕阳落在海面上，暮色暗红，我加入他们，一起变成了海边剪影。

有年冬天在纽约小住，碰到奇奇怪怪的人。有个地道的美国人，在中国留学，开餐馆，娶中国老婆，后来离婚，不知何事在美国坐过两年牢。他的话就像高温加热，水近沸点，水壶快要尖叫。水壶很镇定。他进一步解释，哪儿都有问题，哪儿都有人进监狱。他告诉我美国出版的哪几本书，描写了美国的罪恶，他们怎么把无辜的人投进监狱，以至于监狱都装不下了。我给予他良好的祝愿，祝他早日拿到中国护照，脱离苦海。

第二个是纽约生长的第三代移民，不会中文，是个没作品的导演，说他想拍《北妹》，拍中国穷姑娘怎么在工厂受罪。我说《北妹》不是这个意思，主角钱小红是个独特的自我解放者，要拍就得拍她如何在肮脏的社会中波光闪烁。当然，这只是闲聊，真要改拍，随便改，我不会参与计较。接下来，他一阵扼腕长叹，奇怪的是，这个美国人抱怨的是中国政府，说在中国拍电影难，我理解他对中国有特殊情感，却不懂他为何放弃在本国自由施展艺术抱负的机会，舍近求远，作茧自缚。搞电影艺术和借搞电影艺术的名义搞钱意思完全不同，如果要搞中国政府的钱，当然得听他们的，谁会蠢到出钱让别人抹黑自己。

还有个美国白人，华尔街精英，大谈美国教育制度很糟糕，远不如中国，他认为街上年轻的流浪汉，便是教育失败的一种。我不止一次听到这种论调："中国很成功，国家富有，百姓安好。"我很警惕，怀疑他是个特工，企图从一个作家这里挖掘更深的中国内幕。我守口如瓶，内心拂袖而去。

在路上有趣味，也有挫折。第一次在美国打优步，以为和国内一样，司机到达会联络。直到短信提示扣除五美金之后，才知道司机在指定地点，按规定等了两分钟就走了。还有一种拼车，提示到哪个路口，哪个拐角上车，手机 GPS 信号弱，东南西北搞不清，转来转去，错过了时间，钱被冤扣。拼车的好处是便宜，但要到优步提供的就近上车点，有时近在咫尺，却遥不可及。

优步浪费是小事，住宿出现麻烦，解决起来才伤脑筋。预订民宿，房东的描述大多属实，但有次极为荒唐。下午打车到曼哈顿百老汇，司机没到目的地，隔条街就想卸货，我打电话给房东，确认地址，司机又开了两条街，将我扔在星巴克。我没有种族歧视，黑司机倒有。他很没耐心。我猜想他之前可能与亚洲人有过不愉快的经历，也许是中国人出来搞坏了印象，或者他正为下个月的房租焦虑——大把人在纽约活得像老鼠。

进星巴克，坐定了，用热奶茶暖了身心，看暮色渐渐浸染百老汇，感觉这一刻的冬景格外凄锐，然而又超然事外，以作家的眼光打量自我与周围，想到某一天可能在小说中描摹这些，便忘了等待的不快。

来接我的，是租赁事务方面的马仔，一个蓝眼睛的中年男人，穿着嬉皮，裤裆垂到膝盖弯，老江湖，说话浮夸，有街痞的流气，像小镇卖狗皮膏药的。他一路吹嘘这地段多好多便捷，夸我会挑地方。

曼哈顿中心寸土寸金。楼道狭窄，空间被充分利用。老楼没电梯，砖实墙厚，装潢艺术，历史悠久，透着不容轻视的帝国威严。进入预订的房间，如遭电击，顿时蒙了。实景与图片天壤之别。原本典雅温馨的小公寓，像个猪圈，塞满四张床，床与床之间用帘子隔开，帘子上搭着脏衣服，床单没有更换，到处皱巴巴的，一片狼藉。

此时天色已黑，疲惫不堪，本想着进房间倒头就睡，不料是这种局面，像一个走投无路的人，情绪崩溃，坐在凳子上哭了起来。

这种状态，于我是从未发生过的。

漂亮的壁炉里正燃着电火。温度偏高。我没有脱下外袄。

蓝眼睛马仔被我的情绪吓着了，紧接着便鼓动唇舌：“没什么不同呀，整个公寓都是你一个人住，其他床不收费的。你看，这儿还有厨房，洗手间也是独立的，多方便啊。你想想这是什么地段。”

所谓厨房，就在进门过道里，被一堆杂物覆盖。可以肯定，蓝眼睛们不敢这样忽悠欧洲人。但种族问题没什么好扯的，我只需维护作为消费者的权益。

我说，我一个人，不需要四张床，我订的房间，图片上面是一张床，有沙发，干净漂亮，我不能接受这么拥挤脏乱的房子，你们为什么要骗人。

蓝眼睛说道：“嗐，整个房间还是你的呀，没有人同住。想想你有四张床，随便睡哪一张，夜里还可以轮番睡。再说了，你又不是整天待在房子里，你是要出去参观的，这可是非常好的地段，前面就是百老汇，中央公园也不远，这可是好地段呀，你得知道这一点。”

他言语中透露某种信息，中国游客对于住宿，都这么凑合的，只要有个地方让他们放平身体闭上眼睛就可以了；或者说，他们没什么讲究，房间这样，算顶不错的。

夜里睡觉在四张床上轮番蹦跶，只有疯子才这样。我受不了他的聒噪，大声说，我订的房子不是这样的，我不能接受这样的房子，我也不需要四张床，请不要说了，我要退房退款。

交流上的障碍，仿佛呼吸困难，原本压抑，但气急起来，英语竟比平时流畅。

蓝眼睛没办法，拨通了一个电话，让我接听，电话那头是个女的："听我说，你订的就是这个房子，没有错。现在，我们可以按你的要求，搬走其他三张床，你看可以吗？"

我拒绝妥协，拍下照片提交给 ABNB，申请全额退款。

这件事没造成经济损失，但一直没想明白，当时我为什么那么悲伤。

路口等优步时，可能是脸上有迷茫，一手推婴儿车，一手举着雨伞的人主动问我有什么需要帮助。每次这样站在路边，总有人试图提供帮助。无论如何，纽约是一个充满善意的城市，虽然它也藏污纳垢，然而总体是温暖的。

临时换到布鲁克林的 HOUSE。房子也是上了年头。推开门屋里一股霉味，气氛诡异。屋里光线昏暗，阴影重重，仿佛到处隐藏着窥视的眼睛。家具是脏污的颜色，两张单人沙发陈旧，和室内倒是谐调，感觉也是祖上传下来的，被三只猫占据。

房东是个白人老鳏夫，毛衣上有许多虫蛀般的窟窿，长呢外套皱巴巴的，沙发一样陈旧，但还能穿出绅士派头。墙上照片显示他年轻时的家庭与生活。他小时候的照片好看。白人就是这样，过了五十岁，就垮得不成样子，尤其爱秃顶。他仿佛正是因为过去的美好，如今才能安享这昏暗的孤独，靠反刍过去的明媚，就能抵挡一切。

房子年久失修,客厅天花板起皮,还有一个大黑洞。他应该没什么退休金,收入来源有限。我忍不住同情他,想着至少应该节约用水用电。HOUSE 三层,老鳏夫住负一楼,一楼是客厅和厨房,楼上有三间房,接待我这样的短期旅客。冬天是淡季。整层楼就我一个人。恐怖片看多了,一进房间就锁上门,四下检查,看窗户外面什么情况。

老鳏夫总是陷在沙发里看电视,膝上一只猫,有时两只。他告诉我每只猫的名字和脾气。听得出他有偏爱。墙上有一幅二十世纪三十年代上海美女的复制品。他没到过中国。凭借想象,相比北京,他更喜欢上海。这个虚构者,他有权利喜欢自己创造的任何一座城市,任何一个人物。他去邮局,顺便帮我寄了明信片,而且不肯收邮资。我正好胃里抓狂,闻到奶油面包味心里堵,想着在厨房里大做一顿劲辣的。我说我去买菜,请你吃饭。他说好主意,不错的交换。我买了牛肉、辣椒、蘑菇、洋葱、土豆、胡萝卜、西红柿,做了一锅美味烂炖。没吃过那种橙色的小圆椒,放了四个,没想到巨辣,要命。房东辣得脸色通红,涕泪横流,嘴里喊着“Oh,Mama”,如丧考妣。

夜里十二点,楼下客厅的钟敲响了。一个孤独老鳏夫,住着百年老房子,养着三只阴森的猫,在一面古钟的整点敲打中生活。一个孤独的人,为什么需要时间的提醒?钟声敲出更深的孤独,甚至恐怖。

时差关系睡不着,就着老鳏夫的午夜钟声,写下短篇《偶发艺术》的开头。

坐过几回纽约地铁。哐当哐当,破破烂烂。有的中国人因此浮现民族自豪感,嘲笑纽约地铁与国际大都市的反差。我想到它们已经存在一百多年了,还没瘫痪,便肃然起敬。我恐飞天上,怕钻地下,又是个地铁盲,到北京好几年都不敢坐地铁,学会了才知道地铁的便捷,尤其是在北京那么拥堵的交通条件下,既保证时间,也省下费用。

《蝴蝶君》的编剧黄哲伦也住布鲁克林,只有四五站地,我去拜访,体验生活坐公交,找新鲜感。公交车上有股刺鼻的尿臊味,不知是来自某个人的身体,还是有人在车上撒过尿。放眼一望,车上全是黑人,一声不吭坐在椅子上。我上车时，感觉一阵白光闪烁，好像有很多摄像机咔嚓咔嚓——他们看人就像翻白眼，眼白在一片黑色中格外明显。这些衣着低廉显脏、表情带着不如意的人，让我想起国内三四线城市的生活，艰难写在脸上。

人本应生来平等，但是人本生来就不平等。倘若生来平等，也就不需要谈论平等。与其说世界强调人人生而平等，不如说强调文明的同等。没钱难文明，没钱难体面，没钱难有尊严。只这一回坐公交车，我懂了一部分人的生活。这是纽约的另一面，在时代广场灯火灿烂的光芒背后，很多人处在阴影中。乐观、活泼、自由、自信的美国人特征，在公交车上看不到。这些人眉间紧锁着很多问题。

黄哲伦头发花白，胡子拉碴，不修边幅，是布鲁克林穷艺术家的样子，很难联想他是百老汇最活跃的剧作家，功成名就，却如此朴实。他两年前大难不死。晚上七八点钟从超市出来，在回家的路上，被人在脖子上抹了两刀，抢救了四五个小时，差点没命。凶手跑了，案件一直没破。警方侦查人员开始说，从来没有这种被莫名袭击者攻击的情况，除非是抢劫。后来试图调查他和袭击者之间有什么关系，最后得出结论，这可能是个随机攻击事件。很多人都认为这是一桩仇恨犯罪，亚裔很容易被当作袭击目标，因为攻击者认为亚裔会有语言障碍，而且不愿意报警。针对亚裔的攻击事件并不罕见。有亚裔被人从地铁站台推开，在曼哈顿有人专门袭击亚裔妇女。黄哲伦被袭没多久，一个中国女孩在皇后区，被戴着医用手套的蒙面人割伤。

没有哪一个城市像纽约这么错综复杂。

飞巴黎时，在机场买了一瓶水，一盒巧克力。重新打开卡尔维诺的《巴黎隐士》，看到了他的美国日记，写他落地纽约，住在格林威治村。他说纽约既不完全美国，也不完全欧洲，让你感受到无穷的活力，你立刻觉得掌握自如，好像在这里已经生活了一辈子似的。他认为格林威治像巴黎。他描写金斯堡他们垮掉的一代，据说他们其实是过的中产阶级生活，只是出去才换上脏衣服。他又谈到塞林格不再写作，因为他被送进了精神病院。有多少事物，我们看到的只是表象？

法语翻译杜碧姬到机场接我。她是个地道的法国女人，利索，娇小，明媚，化了妆，仍见得年轻时的活泼可爱，走路像有点野性的小姑娘，挺拔，倔强。她是大学教授，且独自打理一个中国文学网站，推荐中国文学、电视、戏曲。她的中文口语不太好，我们基本用英语交流，为照顾我的英语水平，她常常选择易懂的词汇和描述方式。我到达巴黎那天，是她父亲的葬礼，那个从小教她拉丁语的老教授离开了她。她很伤心，但依旧有序地张罗着第二天的新书推广活动，安排媒体采访，制造神秘惊喜——造访居住在一栋古建筑里的朋友，乘坐极小的二人电梯，在阳台上俯瞰巴黎圣母院广场，以此为背景，开始视频访谈。她还跟我去比利时宣传新书。她是个坚强的女人，且精力旺盛，不知疲倦。

出版人菲利普·毕基埃坐火车到巴黎见面，同时带来法语版《福地》，告知我新书上市便已售罄。腼腆的出版人笑出声音，我们仨都很愉快。

去年到巴黎，父亲病危入院，我取消了巴黎文化中心的演讲，换了机票，连夜赶往机场。昏暗的灯光中，透过疾驶的车窗看到了午夜的巴黎圣母院，宁静神秘，惊鸿一瞥。我知道我还会再来。

在戴高乐机场有过疲惫不堪的经历。拖着大箱子，被工作人员指示从2F办理登机，走了二十分钟到达2F，被告知在2G。去2G不是步行距离，得坐免费大巴。赶到坐车点一问，大巴要二十分钟以后到达。时间紧迫，怕错过航班，于是打了一辆的士。司机是一个白发老头，我一开口，他就说他不懂英文。我说去2G，又怕自己G字没讲好，连讲了几遍。他下车替我搬行李时，裆部拉链处夹着一大团白东西，朦胧灯光下判断是纸巾，也有可能是衬衣摆从拉链处扯出来了。他说要七欧元，他说七欧元时，非常奇怪，但我知道他说的是七欧元。我说我只有美元，我可以给他十美元。他同意了。眼看着他在2C和2D的分岔路口拐向了2D，我赶紧说走错了，要去2G。他说，我知道我知道，2D。很奇怪，他说G和D的时候完全听不出区别。我在手心写了一个G字给他看。他这才明白。可路是封闭的，只能开到D再转到G。我在车上已经急得不行，担心又走错地方，错过航班。下车直奔登机柜台，这时已经是凌晨六点半，七点多的飞机，值机人员还没上班。几个人在排队等着。确认在此办登机手续，心中石头落地。

法国人对说英语总不那么情愿。这里有我见过的唯一以不会英语自豪的人。这种情感似乎要追溯到英法百年战争，第一次英法百年战争长达一百一十六年，最后由法方胜出，第二次百年战争于一八一五年结束，两个世界强国之间的竞争，并不仅仅是直接的军事冲突，这场决定两个殖民帝国未来的较量，最终由英国取得胜利。认识一个英国教授，说起法国就嗤之以鼻，更瞧不起美国，一个被他称作胆小鬼，一个被他称作没文化。“第二次百年战争”这一名词是英国历史学者发明的，法国学术界并不买账，法国人不接受这种说法，极可能是打输了的心理状态。

人们依赖小说、电影以及宣传视频了解别处的文化与生活。说到巴黎，大多是雨中的浪漫，香气四溢的街道与时尚的女人。其实城市的日常大抵相同。享乐与艰辛同在，光鲜与晦暗并存，而人性更是一样。

在巴黎瞎转，全靠手机导航，导航系统不稳定，目的地显示距离三百米，导得我团团转。进商店问巴黎圣母院在哪个方向，那个有中东或阿拉伯血统的姑娘直接说不知道有这么个地方，我忍不住反问了一句，这么著名的地方你怎么可能不知道呢？但她可能真不知道，一个教堂而已，欧洲到处都是。说实在的，相比之下，白人倒是更友好些。后来吸取教训，总结出一个并非歧视的结论：千万不要问黑人之类的人什么事情，他们可能会嫌你不够黑。

一直想看欧洲农民的生活。农村如仙境，奶牛，骏马，童话小屋般的民居生长在草地里，觉得这样的乡村生活肯定美好。比利时作家伊莎贝尔圆了我的梦想，也击碎了我的想象。应我的要求，她开车带我去她祖父的农场。她随祖父在农场长大，祖父去世多年，农场已属她叔叔尼古拉所有。

一栋百年尖顶老房，千亩的草地，还有树林，树林里有两只梅花鹿，一头獠牙野猪被铁网圈了起来，猪毛像钢针般扎满身体。一片池塘，鸭子在水里嬉戏，水像稀释的鸭屎，也许因为肥沃，睡莲恐怕是世界上最大的，叶子堪比荷叶，且更肥硕。上百头奶牛在草地里玩耍。我们经过时，领头牛带着牛群冲过来，吓得两个女人尖叫。尼古拉用手朝它们做了一个 STOP 的姿势，它们便停止不动。牛是逗人玩的。它们聪明顽皮，跟中国牛完全不同。我小时见过的牛木讷、茫然，近乎痴呆，可能是重活苦轭所致。这些不用犁地的奶牛，无忧无虑，吃吃草，产点奶，晒晒太阳，看看远方，哞哞欢叫，脸上天真可爱，不知世间疾苦——人何尝不是一样呢？

这么多田地和牲畜，却并不富裕，我颇为吃惊。房子外面很美，里面简单凌乱，更谈不上审美。蚊蝇在臭气中飞舞。尼古拉带我参观牛棚，乳牛、孕牛、成年牛，各有其所，每头牛耳朵上钉着数字牌。一头巨大丑陋、目光邪恶的白色种牛独霸一栏，像犀牛一样笨重，这种品种叫蓝牛，据说跟日本的神户牛肉一样味美价昂。

牛棚味道刺鼻。蚊子大如蜻蜓，像小型轰炸机在天顶盘旋。尼古拉是一个真正的农民，粗糙的语速，粗糙的双手，白皮肤晒得暗红，布满沧桑。一个人打理农场，从不停歇。为了生活，妻子还得另找一份工作。三个孩子谁也不愿意留下来，都进城去了。因为惦记牲口，尼古拉从不出远门，他热爱他所做的一切。

聪明的牧羊犬将我引向院子里的秋千架，本想坐上去荡一荡，但见其布满蛛网尘土——没有人在这上面打发时光——只好和牧羊犬踢了一阵足球。想起夏天一个人租辆车，专访福克纳故居，从孟菲斯开到牛津小镇，在福克纳故居门口遇到一条金毛狗，这条狗将我引向后院，它的主人——一位老太太正坐在那里读书。我们聊了几句，邀请去她家喝茶小坐，没想到她是司徒雷登的孙媳妇。也许是由于祖辈与中国的感情在先，他们一家非常热情，我们成为朋友。而尼古拉家的牧羊犬带我发现细节，进一步认识生活，有些景色很美，但正如秋千架上的蛛网，不走近，是看不见的。

回布鲁塞尔的路上，伊莎贝尔把车停在路边。夕阳正在沉落，浓烈的橙红笼罩着这个以生产钢铁闻名的小镇。我们站在暮色中。她抽着烟，流着泪，跟我讲了一件伤心事。她想念儿时的农场，她的写作也总与这些有关。很多年前，因为农场的财产纷争，她父亲与叔叔反目，她的父亲离开农场，从此两家断绝关系，多年不通往来，也没再踏进农场半步。

刚进门时，伊莎贝尔与叔叔拥抱，泪流满面，我以为那是一个女作家的多愁善感，原来包含这么多的家事恩怨。不小心卷入其中，不免为自己的鲁莽愧疚。而她诚恳感激，因为我，她重新回到了农场，见到了自小疼爱她的叔叔，儿时的故乡。离开农场的时候，他们相互留下了联系方式，一起照了相。倘若伊莎贝尔真的因我找回了亲情，我想这是我布鲁塞尔之行最大的收获。

二〇一五年冬天，怀揣帕慕克记忆中的《伊斯坦布尔》，走进了现实的伊斯坦布尔。那时距离土耳其政变及大清洗还有半年时间。出身贫寒市井的总统埃尔多安，这个曾经因背诵诗句“清真寺是我们的兵营，穹顶是我们的钢盔，唤拜塔是我们的匕首，信徒是我们的士兵”而入狱的人，政变之后大清洗，大肆开除、拘留、逮捕、判处近十万人，包括教育界、媒界、军人、知识分子。观察家将此事与一九三三年德国国会纵火案相提并论，认为两者都是被当权者利用，作为清除政治上反对者的借口。当然，政治家的这种“春秋笔法”并不新鲜。

顺道拜访了暂住伊斯坦布尔的老朋友徐穆实，他翻译过《上海宝贝》和《额尔古纳河右岸》等中国文学，热衷于学习各国语言。他给我解释了帕慕克的“呼愁”，土语叫作 Hüzün，ü 跟“于”同音，ü 本身带点伤感的韵味。他也纠正我的说法，清晨清真寺里传出的音乐不是祈祷音乐，而是清真寺传统的Ezan，是召唤信徒举行聚礼的。即便我不是穆斯林，仍然感觉到那种音乐的召唤力量，灵魂像被刀片舔刮，发出丝丝碧翠的声音。也正是这一年，在博斯布鲁斯海峡的船上，我第一次听说艾丽芙·夏法克——继帕慕克之后最有思想影响力的土耳其作家。生于一九七一年的艾丽芙·夏法克在中国并没有升温。尽管她拥有政治学博士学位，作品翻译成了四十几种语言，用土耳其语和英语写作，获得很多国际奖项。

我看到的伊斯坦布尔平静安详，博斯普鲁斯海峡的海鸥自由勇敢，轮番抢夺我手中的面包，不知道是把我当作入侵者，还是饲养者。

从伊斯坦布尔出发，坐一夜大巴，去卡帕多西亚坐热气球，去到一个叫帕慕克的地方，遇到一只叫帕慕克的猫。奥斯曼帝国化作的Hüzün幽灵一直围绕着我。我曾经写过："伊斯坦布尔是最令我心神荡漾的城市，这荡漾和春情无关，也不是神秘，我无法表述。如果一定要说，大约是类似于面对一个曾经苦恋的人，仍有隐约的肝肠寸断。一栋破败的老房子，一堵斑驳的老墙，一种老的室内装潢，一阵夹带海鸥鸣叫声的海风，一个面海垂钓满面风霜的老者……唤醒的竟然是曾经相识相知的苦楚——对一个并不善于相思的人来说，这种感觉非常奇特。"这种感觉依然没变。纽约、巴黎、伦敦，我到过的任何一座城市，都没有像伊斯坦布尔这样，带有给我这种深入骨髓的Hüzün，或许是我才是伊斯坦布尔，是我灵魂深处的Hüzün投射到这座城市，使我与它有着相似的底色。

回想起来，孤身女性在土耳其境内行走，的确潜藏危险，正如我十多年前一个人深入藏区，庆幸我屡次平安的冒险，体验了绝美的，迥异于明信片上的风景。还有很多路上的经验，比如罗马、布拉格、柏林、墨尔本、旧金山、开普敦……倘若有机会，我想细细地描绘出每一条震撼的纹路，捕捉最准确的词汇，像铺开一幅画卷般呈现我的每一寸感受。

老在路上，老值了。

米兰讲座

◎ 余华

十年前我第一次来到这间阶梯教室，兰珊德骗了我，让我从后面那个门走进来，她说只有这个门。我从最高的地方走下来，我不知道下面这里还有一个门，我当时感觉走了很长的路，才走到这里。今天她还想继续骗我，我不上当了，我知道下面这个门离讲台更近。今天来的学生和十年前不一样，但是有一点是一样的，我面对的都是年轻的脸。

刚才贝蒂娜老师提出了一个问题：中国文学史的汉字与文学的关系。我第一次遇到这样的问题，这是一个很好的问题，汉字和其他语言文字有一个很大的区别，就是汉字是单音节的。所以我们阅读中文的文学作品时，会感到节奏感很强，应该会比其他语言的文学作品要强，或者说要明显得多，但是它的旋律感，显然不如意大利语、英语、法语这些语言。因此我在写作的时候，比较注重语言的节奏感。这是我们汉语已经界定了的，我要发扬它的优势。

我本来是想让大家提问题，我来回答，这样我比较省事，你们也可以提出你们所关心的问题。今天上午我想，既然米兰国立大学给我想了三个题目，文学、文化和文明，我还是应该先扯几句作为开场白。

文学是什么其实是一个很难回答的问题。明天的文化和后天的文明也一样，说实话我不知道它们是什么意思。今天要说的是文学，文学究竟是什么，我不知道，但是文学里有一种东西我是知道的，那就是文学来自叙述，而叙述的力量是什么我恰好知道一些，我就说说什么是叙述的力量。

我举几个例子。第一个来自现在西班牙的一位作家哈维尔·马里亚斯的书，他有一部小说《如此苍白的心》，叙述一上来就让我吃了一惊。他写一个女孩，度完蜜月回来。当然已经不是女孩了，已经结婚了。她没有任何理由或者其他什么原因就自杀了。她家是一个富有的家庭，当时她的父亲在宴请宾客，吃饭吃到一半的时候，那女孩站起来，离开自己的座位，走上了楼，走进自己的房间，然后走进卫生间，她面对卫生间的镜子脱下自己的衣服，最后脱掉胸罩，随手一扔，胸罩挂在了浴缸上面。然后她拿起手枪，对准自己的心脏，砰的一枪。就那么一小段，女孩的生命就没了。我在这里说明一下，马里亚斯让女人用手枪对准自己的心脏开枪，证明他是一个好作家，如果你们读到某部小说里一个女人拿手枪对准自己脑袋开枪，那个作家估计不懂得女人，女人是很爱惜自己形象的，不会对准自己脑袋开枪，只有男人会这么干，男人都是些自暴自弃的货色，拿枪顶住自己脑门儿，或者把枪伸进嘴巴，轰掉自己半个脑袋才心满意足。

马里亚斯的叙述上来就是这么一个自杀，把我吓一跳。令人吃惊的一个开头，他根本不写女孩为什么要自杀。接下去就是写她父亲，她的父亲在楼下，刚刚切下一块牛肉放在嘴里，正要咀嚼的时候，突然听到砰的一声枪响，他和他的客人都惊呆了。他连餐巾都忘了取下来，拿在手上，一路跑上去，他的客人跟在后面，打开卫生间的门，看到他的女儿躺在鲜血之中，已经死去了。父亲看到女儿裸露着胸部躺在地上鲜血之中的时候，可能是想到其他的客人也看到他女儿裸露的上身，他用手里的餐巾盖住了挂在浴缸边上的胸罩，没有盖住女儿的胸部。

这一笔非常了不起，能够显示马里亚斯是一个了不起的作家。他没有让父亲用餐巾盖住女儿的上身，而是盖住挂在浴缸上的胸罩。这就是文学里叙述的力量，一个人在惊恐中的一个举动。假如父亲用餐巾盖住女儿上身的话，这样的文学作品很一般，谁都会这么写，只有了不起的作家，像马里亚斯这样的作家，才会写父亲在惊慌中用餐巾盖住胸罩。

第二个例子来自俄罗斯的一个导演，当然也是苏联时期的导演，塔可夫斯基。他在自己的一本书里面写到一个故事，有一个年轻人不小心被电车轧断了腿，然后他用双手把自己的身体一点一点挪到人行道上，靠墙而坐，等待救护车的到来，那时候不少人走过去看着他，他突然感到了羞愧，从口袋里面拿出手帕，盖住自己的断腿处。假如这个故事里的年轻人，当别人围在身边看着他的断腿时，他不是因为羞愧把手帕盖在断腿处，而是指着自己的断腿，以此来博取路人同情的话，那么这就不会是塔可夫斯基写的，可能是别的没有洞察力的导演写的。

我这里所说的哈维尔·马里亚斯和安德烈·塔可夫斯基的两个例子，都是遮盖的动作，一个是父亲想去遮女儿裸露的胸部，结果遮住挂在浴缸边上的胸罩，另外一个是一个人的腿被轧断以后，因为别人看着他的断腿，他觉得羞愧，就用手绢遮住了断腿的地方。两个遮盖的动作在我们文学叙述里所呈现的都是敞开的力量。他们两位把我们带上了艺术和文学更加深远和宽广的地方，前者描写的是文学中惊慌的力量是怎样体现出来的，后者讲述了羞愧的力量在文学中又是怎样体现出来的。文学可以说是无所不能的，任何情感，任何情绪，任何想法，任何景物，所有的任何都可以表现出来，而且可以用非常有力量的方式表现出来，但是要看作者怎么去表现出来，这就是怎样去叙述的问题。

第三个例子是鲁迅的《孔乙己》，这是伟大的短篇小说。这个世界上有很多伟大的短篇小说，但是有些伟大的短篇小说很难去诠释。《孔乙己》是这样的一部小说，它既是一部伟大的小说，同时又是一部很容易去诠释的小说。小说的开头就不同凡响。鲁迅写鲁镇酒店的格局，穿长衫的是在隔壁一个房间里坐着喝酒的。穿长衫的在那个时代都是有社会地位的，穿短衣服的都是打工的。所以站在柜台前面喝酒的都是穿短衣服的。孔乙己是唯一的一个穿着长衫，站在柜台前面喝酒的人。开头这么一段，鲁迅就把孔乙己的社会境况、社会地位表现得很清晰了。

这篇小说是以一个孩子的角度来叙述孔乙己，他看到孔乙己一次一次来到酒店喝酒,最后一次孔乙己来喝酒的时候,腿被打断了。孔乙己的腿健全的时候,对于一个作家来说,可以不去写他是怎么来到酒店的。肯定是走来的,这个很容易,读者自己可以去想象。但是当前面他一次又一次是用双腿走来,最后一次来的时候,他的腿已经断了,作为一个负责任的作家,鲁迅必须要写他是怎么来的,不能不写。

鲁迅是这样写的,下午的时候孩子昏昏欲睡,突然从柜台外面飘来一个声音,要一碗黄酒。因为柜台很高,孔乙己是坐在地上的,所以孩子要从柜台里面走出去。酒店的老板跟他说,你还欠着以前来喝酒的钱呢。他欠的钱是记在黑板上的,就是孔乙己的名字后面写着欠了多少文铜钱,孔乙己当时很羞愧,他说这次拿的是现钱过来的。这个时候鲁迅写他是怎么走来的。写那个孩子,那个学徒走出去以后,看到孔乙己张开的手掌,手上放了几枚铜钱,满手都是泥。鲁迅就用一句话,原来他是用这双手走来的。后来孔乙己自然又是用那一双手走去的。

文学作品的伟大之处,往往是在这种地方显示出来。在一些最关键的地方,在一些细小的地方,你看到一个作家的处理,你就能够知道这个作家是多么地优秀。而另外一些作家,可能是另外的一种处理。

当然,文学还有一个很重要的功能,就是讲故事。新闻也在讲故事,新闻讲的故事可能更加引诱人,因为是每天都在发生的。而且新闻是以一种非虚构的方式,给人感觉好像它很真实。而文学是虚构的,给人感觉常常是不真实和不可靠。

其实新闻经常比文学还要不可靠。我有一个朋友的孩子,小学就去了美国,在美国读完小学,读完中学,在美国上了大学,又在美国读完了研究生。他在美国看电视,发生了一个事件,他先去看左派的 NBC 新闻,看完以后再去看右派的福克斯新闻。然后他疑惑了,这两个电视台说的是同一件事情吗？所以,发生的一件同样的事,通过左派的电视台说出来的,和右派电视台说出来的，已经变成两个不同的事了。

当然新闻有即时性，第一时间就能够传达到我们这里来。文学没有，文学是在此后，或者很久以后才能够发生的。

大概二十多年前，我会去看中国报纸上夹缝里的消息，当时还没有互联网，也没有什么手机之类的。所以报纸的那些夹缝里的内容是我比较爱看的，因为那里有比较有意思的东西，其他的地方不好看。其中有一条消息是写两辆卡车在公路上迎面相撞，这在当时是新闻，现在不是新闻了。这是一个新闻稿，说两个司机都被撞死了，但是记者在这个事件后面，又多写了一句话，两辆卡车迎面相撞的时候，发出的巨大响声让公路两边树木上的麻雀全部震落在地，有些死去，有些昏迷。

假如没有这一笔——就是两辆卡车相撞之后，满地的麻雀，麻雀都从树上震落下来这一笔——那么两辆卡车相撞这样一个事件，很容易被人忘掉。因为这不是文学，这是新闻。但是有了后面公路上躺满了麻雀这一笔以后，这就是文学出来表现了。所以都是讲故事，但是新闻讲的是前面，文学讲的是后面。关于文学，我暂时就说到这里，待会儿想起来了什么再说。

延续前面的话题，我们还是以虚构和非虚构来说一说，虚构给人的感觉好像它是一个故事，非虚构好像是告诉你一个真实的事件，总是有这样的一种区别存在。但是我一直怀疑真正的非虚构是否存在，直白说我认为不存在，这个世界就是虚构的。是的，我们可以承认一个作家非常认真去了一些地方，采访了很多人，而且把他们的采访都很认真做了笔记，通过这个笔记写了一本书，我们称之为非虚构。问题是，他所采访的那些人，在讲述那些事情的时候，他们能不能做到非虚构呢？他们在讲述的时候，肯定也带上了自己的立场和观点、自己的倾向和情感，他们很难做到真正意义上的非虚构。

就像我前面说的，发生在美国的同样一个事件，由 NBC 报道出来和由福克斯报道出来，给人感觉像是在说两件事，这个也是非虚构。即使是一个作家写他自己，回忆他自己童年的文章的时候，记忆也会修改某些事实。因为我知道，当我写散文回忆自己过去生活的时候，我经常发现，在一个记忆和另外一个记忆之间，经常会出现一个空白，如何把这两个记忆连接到一起？我的办法就是继续用虚构的办法。所以当我们走进书店，去选择一本非虚构类书的时候，其实我们选择的可能不是一本书，而是一个题材，一个事件，一个人物。

刚才说到写诗的经验，我没写过诗，我曾经很爱读诗，读过很多诗，可惜没有记住，差不多都忘掉了。今年一月份在塞尔维亚的时候，我遇到了一位姓马提亚的院士，跟我谈起他读到的中国古典诗歌，他觉得特别好。他背诵了其中的一句诗：你只要坐在河边耐心等待，就会有你敌人的尸体漂过。我不知道中国的古典诗歌里有这样的诗句，而且这个好像也不符合我们中国的传统文化。这就是翻译的奇妙，我心想，不知道要经过多少道翻译才会译出这样的诗句。我也不知道傅雪莲（意大利翻译家）把我的小说翻译成谁的小说了。

文学有时候是这样的，让你在某一刻，突然有一个记忆回来了，而这个记忆是文学给你的。我记得好几年前在巴黎街头，应该是十年前——我是十年前从法国来到意大利的，然后也在这个教室里演讲。我刚才说了，兰珊德骗我说只有上面那个门，让我走那么长一段路下来。

来米兰之前我在巴黎，那天晚上我在等我的法语作品翻译，巴黎东方语言学院的教授何碧玉来接我出去吃饭，我不会点他们的法国菜。那个时候天快黑了，巴黎的大街上来来往往的人很多，跟北京的大街、上海的大街，没什么区别，只不过是人的长相稍稍有点不一样而已。所有人都在匆忙地来来去去，他们的身体会不小心互相碰撞一下，他们都不认识对方。当时给我的感受是，那么多人在大街上行走，谁和谁都没有关系。

这个时候我突然想到了当年读过的朱淑真的一句诗：人远天涯近。确实是这样的一种感受，人和人之间是遥远的，但是人和天空，和很遥远的天涯海角，反而是更加亲近。我一直在想，朱淑真写这个诗句时，中国的街上人并不多，就已经出现这样的感受了。当然，朱淑真在写这个诗句的时候，不会是像我站在巴黎傍晚大街上那种感受，可能是她感叹人和人之间的冷漠，还不如人和天涯之间的亲近。这就是诗给我们带来的感受，读过了，当时觉得这句诗写得很好，但是不久就忘记了。过了很多年以后，发生了某一个事情，你又想起了某一句诗，想起了某一个小说中的段落，某一个人物，某一个故事情节。文学就是以这样的方式，历久弥新的方式，存在下来。

至于中国传统文化是以什么样的方式保存下来的，我想首先是以汉字的形式保存下来。中国也翻译出版了大量西方的文学作品，这些文学作品通过意大利语或者其他语言翻译成汉字以后，就是以汉字的方式呈现出来。我们读到的这些外国的文学作品，是用中文去读的。中国的传统小说，一直到了明清时期，才开始有篇幅比较长的作品出来，之前的是以笔记小说为主。这有点像中国的思想一样，比如孔子，孔子和苏格拉底很像，他们的思想都是以一种火花的方式呈现出来，突然有一个什么想法出来，然后构成一个系统。而且孔子和苏格拉底是两个只说不写的人，多亏了各有两个好学生，把他们说的话给记录了下来。

欧洲后来出现了德国哲学，庞大的哲学，黑格尔、康德他们，还有影响最为深远的马克思。中国始终没有出现像德国哲学那样的一个庞大的体系，庞大的架构；依然是随笔似的、短文似的这样的方式来表达思想。音乐也一样，我们的音乐一直是民间小调，还有就是一种戏曲的音乐，各个地方以不同戏曲的音乐出现，从来没有出现过像西方那么大的作品，因为中国没有出现巴赫，所以没有出现现代作曲方式。欧洲的宗教音乐作品那么恢弘，我们佛教寺庙里永远只有一种声调，进入寺庙以后，听不到第二种声调。中国的文学为什么很晚才出现大部头的作品，这和白话文的兴起有关系。

所以当我们这一代，以及比我们年轻的那一代写作的时候，阅读的外国文学作品要多于中国文学作品。中国文学，中国的古典文学作品，无论是数量还是品种上，并不是那么多。但是我们生活在这片土地上，我们写出来的故事，还是这片土地上的生生不息的生活。所以要去寻找中国当代文学作品里有哪些是中国传统文学的因素，你们去阅读描写出来的生活就够了，你们会发现今天的文学和过去是紧密联系的。

我发表第一篇短篇小说到现在已经有三十五年了。我走上文学道路，完全是命运的安排。我的第一份工作是牙医，不是作家。我非常不喜欢牙医这个工作，每天看着别人张开的嘴巴，一点风景都没有。我看到在文化馆工作的人，整天在大街上游玩。我就问他们，你们为什么不上班？他们说我们在大街上走来走去就是上班。我心想，这工作我也很喜欢。我很想调到文化馆去工作，那个时代的中国，个人是没有权利选择工作的，工作都是国家分配的。我想从牙科医院调到文化馆工作，不是那么容易的。

我就开始写小说，只要小说发表了，就有希望调到文化馆。非常幸运的是，一九八三年就发表小说了，一九八三年就调到文化馆工作了。我记得我第一次上班的时候，故意迟到了两个小时，结果我是第一个去上班的，我当时就知道这地方来对了。从此以后，我就在家里睡懒觉，睡醒了以后写小说。而我的同事们在大街上走来走去，一直走到退休。

大概在一九八五年，也就是两年以后，我再去几个文学杂志的编辑部时，才感到自己是多么幸运。我当时只是一个小镇上的牙医，我不认识任何编辑，我写的稿子没法寄给编辑，只能寄给某一个杂志。那个时候因为“文革”刚刚结束。中国出现了很多文学杂志，当时已经出名的作家和已经发表过作品的作家所写下的全部作品，还是不能把我们那么多的文学杂志的版面给填满。当时的编辑都在认真地读自然来稿。我就是在自然来稿里被编辑发现的，到了一九八五年的时候，我已经能够在好几个文学杂志上发表作品了。

一九八五年以后，我再去文学杂志的编辑部时，第一他们不再退稿，第二我看到自然来稿都堆在一个角落里，等待收垃圾的人把那些自然来稿收走。这时候已经出名的作家和已经发表过作品的作家，写下的作品太多了，文学杂志的版面不够用了，已经超出他们的版面了，所以编辑不需要再去读自然来稿来发现新的作者。发现新作者是很辛苦的工作，一个编辑可能要认真读上几十篇，甚至上百篇自然来稿，才会从中间发现一个有前途的新作者。所以我感觉自己很幸运，我要是晚两年写小说的话，现在我还在拔牙。也就是两年多时间，很少有编辑还在读不认识的人寄来的稿子了。这就意味着一个年轻的新作者，如果没有人推荐，就不太可能发表作品。一直到后来，互联网的兴起，出现了网络作家，他们找到了自己发表作品的平台，才改变这个局面。我现在回忆这过去的三十五年，发现自己是很幸运的作家，重要的火车我都赶上了，重要的地方我也都去了。

我在想怎么来讲述自己的写作经历，还是讲讲走上文学道路时的几个老师。我的第一个老师是日本的川端康成，那个时候我还很年轻，也就二十出头，川端康成所吸引我的，是他对细部的描写。他对细节的描写非常丰富，他不是用一种固定的方式，而是用一种开放的方式去描写细节。我记得，他写到过一个母亲，她的女儿只有十八岁就去世了，然后化妆，因为人在下葬前要化妆。母亲就守着女儿，看女儿去世以后化妆的脸。川端康成写母亲的心情，母亲心里想：女儿的脸生平第一次化妆，真像是一位出嫁的新娘。

当时我很年轻，读到这样的句子，觉得非常了不起。我觉得别的作家写小说，都是从生写到死，而在川端康成笔下，死里面能够出现生。我当时很迷恋他，学习他的写作。从一九八二年开始，一直学到了一九八六年。长期学习一个作家，也会出现一个问题，就是这个作家对我来说，已经不是让我飞翔的翅膀，而是一把枷锁把我给锁住了。我感到自己的小说越写越差，这意味着我学习川端康成学到没有自己了，我掉进了川端康成的陷阱。我运气很好，我在川端康成的陷阱里大声喊叫救命的时候，有一个叫卡夫卡的作家从旁边经过，听到了我的救命声，伸手把我拉了出来。一九八六年，我第一次在中国的书店里看到卡夫卡的小说集出版了，我买了一本拿回家。我读的第一篇小说，不是他那篇著名的《变形记》，而是另外的一篇也很著名的《乡村医生》，里面关于马的描写极其自由，想让马出现就出现。那天晚上我失眠了，我知道了写作中最重要的是自由。卡夫卡没有教会我具体的写作技巧，而是让我知道写作是自由的。

此后我的写作越来越自由，我想怎么写就怎么写。卡夫卡是我第二个老师。我的写作继续向前走，然后遇到了一个很大的难题。那个时候我在中国可以说小有名气了，可是依然会不断进入到某些困难的时刻。当一个作家的写作不断地往前走的话，肯定会遇到困难。有一个困难是心理描写，心理描写曾经是我年轻的时候非常害怕的一种描写，当一个人的内心平静的时候，这样的心理描写是可以去写的，但是没有写的价值。当一个人的内心动荡不安的时候，是很有描写的价值，可是无法描写，写再多的字也没法把他的心理状态表现出来。

这时候我第三个老师出现了，我遇到了威廉·福克纳，读到了他的一个短篇小说。他的那个短篇小说里，一个穷白人把一个富白人杀了。我仔细研究了威廉·福克纳是如何描述杀人者杀了人以后的心理的，我终于知道如何去进行心理描写，就是让心脏停止跳动，让眼睛睁开。威廉·福克纳让杀人者的眼睛麻木地看着一切，用麻木的方式写他看到了什么，血在地上流淌，他那刚刚生下孩子的女儿如何厌烦，写了一大段。我发现，他把杀人者杀人以后的那种心情全部表现出来了。为此，我又去重读了陀思妥耶夫斯基的《罪与罚》，我当年读的时候觉得通篇都是心理描写。结果重读以后发现也没有心理描写。我专门去读中间一个很重要的段落，就是拉斯柯尔尼科夫把老太太杀了以后，陀思妥耶夫斯基是如何描写他的心理的。结果我发现没有一句心理描写，全是他惊慌的动作。比如他刚躺下来，在惊恐和疲惫中，刚刚要入睡的时候，突然想起来可能衣服上还有血迹，马上又从床上跳起来，去看那个衣服上有没有血迹，全是这样的描写。然后我就知道怎么去对付心理描写，就是别去写心理，写别的就可以了。

当然后面还有老师，只是我觉得，前面这三个是最重要的，遇到威廉·福克纳之后，没有任何东西能够阻挠我的写作了，我什么都可以去写了。

家住百万庄

◎ 彭程

第一次走进这里时，是三十多年前。

我是从南城虎坊桥的工作单位附近，乘坐 102 路公交车来这里。车驶入百万庄站，我看见她站在站台上公交车标牌前面的位置，身着白色运动衫和深蓝色灯芯绒裤子，望着前门，表情中有几分羞涩、紧张，但又努力装得平静。我故意移到后门下车，从站台后面的自行车道上走到她的身后，叫出她的名字。

她惊讶地转头，有一点儿意外，但瞬间笑容浮现。

我跟着她，反身向后走不多远，就是十字街口，然后向东沿着百万庄大街，去百万庄午区她的家里。那时街口东北处是一个公共澡堂。从门前经过时，恰好几个女孩子推开门走出来，脸庞鲜艳红润，头发湿漉漉的，一股雪花膏的浓郁气味扑面而来。

走进这一片区域之初，就有一种异样的感觉。

初夏的阳光明亮灿烂，轻风摇动树冠，在地面上洒下跳荡的光影。楼房不是在别处看到的那样横平竖直地排列着，而是纵横围合，错落有致，掩映在绿树丛荫中。每个楼门都是木质门窗，阳光照射在红色的油漆上，格外鲜艳。楼门两旁，往往用木棍或者栅栏围起来一个长方形的小园子，里面栽种着花草菜蔬。记不得转过几个弯，走到一个楼门口，她停下脚步说：到了。楼门左右有几棵槐树，正值花期，一簇簇洁白的花瓣累累垂垂，挂满了树冠。一阵微风拂过，一股带着甜丝丝味道的浓烈香气扑面而来，让我不禁有片刻的恍惚。

如同它独特的外貌，这一片被命名为百万庄住宅区的小区，的确身世不凡。它于二十世纪五十年代中期建成，可以说是第一批国家公务员宿舍。这个苏式风格的建筑群，在当时堪称是京城最高档住宅区，让无数人羡慕。

当然，这些是我后来才了解的。我还知道，这个小区的设计者是著名建筑设计大师张开济，天安门观礼台、国家历史博物馆等知名建筑，都是出自他的手下。作为新中国最早自主设计的居住小区，百万庄住宅区是上了教科书的样板小区，对全国的居住区规划曾经产生过深远的影响。

第一次后，便是许多次，多到记不清次数。终于在两年后，我搬进了这里，从此生命纳入一条新的轨道。

二十世纪九十年代的情形，如今回想起来，就像隔着一层毛玻璃，影影绰绰，又仿佛写意画的境界，细节不甚分明。然后记忆变得丰富鲜明起来，转折点便是女儿的诞生。一连串的画面烙印在脑海里。在开头的两三个月里，女儿放在姥姥家，因为早产，让她自然熟睡是一件困难的事情，常常要一边抱着她来回走动，一边哼着歌谣，才能催眠。看着她睡熟了，才敢小心翼翼地放到床上，但常常刚放下就又惊醒，哭闹起来。那段时间，西昌卫星发射中心有一颗商业卫星未能发射成功，电视直播了现场画面，我们就把这种情况戏称为"发射失败"。

这样一些事件和场景，构成了我对那段时间的个人记忆：电视剧《渴望》热播，人们见面都会谈论它；街上到处跑着黄色的"面的"，十块钱起价；好像每个人都有 BP 机，蛐蛐般的叫声此起彼伏，公用电话前经常排队；装一部电话机要五千元，为了能尽早安装，托关系给电话局打招呼，还请上门的工人吃了顿饭；大街小巷里都有货摊，南边的百万庄大街上，农贸市场占去了半条街；很少下饭馆，都是在家里招待亲戚朋友，炒一大桌菜；农产品十分便宜，蔬菜水果一买一大堆。

我还记得一些邻居们。

这里是国务院八个部委的宿舍，因此居民主体是机关干部和知识分子，老一辈的人说的是各地的口音。对门的郝伯伯刘阿姨，都是一口浓重的山西话。外孙女跟着老两口住，一个胖乎乎的小丫头，喜欢坐在门槛上吃冰棍。女婿公派到英国读博士后，女儿跟过去陪读，后来开了一家中国餐馆。外孙女小学毕业后去了父母身边，前些年听说已经从剑桥大学毕业了；隔着马路，对面就是巳区了，正对着的单元里，有一家的老奶奶和外婆年岁仿佛，妻子姐妹几个都称她柳婆婆，前些年手脚还利落的时候，时常过来，纳着鞋底，用山东家乡话和外婆唠家常。

还有一些记忆是属于在这里长大的妻子的，是她的童年印象。她家住的楼房东边的单元，门口是朝东开的。当年机械部的一位局长，把一儿一女托给一位保姆照看，就住在这个单元里，夫妻两人经常走路过来看望。两个孩子当时也都是妻子的小伙伴，一同玩过家家游戏。几十年后，这位局长担任了正国级的大领导。

著名女作家张洁曾住在旁边楼里，带着母亲和女儿。两栋楼之间的空地上，几棵大树下面，是孩子们的乐园。那时没有电视，作业负担不重，孩子们玩疯了不肯回家，家长也很少管，但张洁的母亲到时候就会来催：书包，该回家了！书包是张洁女儿的乳名。小伙伴们都知道，书包回家后姥姥就会教她读书。书包后来去了美国，嫁给了美国人，生了一对儿女。而张洁也在多年前移居美国，住在纽约曼哈顿中央公园旁的一处公寓里。如今已经年逾八旬的张洁，是否会经常回忆起她曾经住了多年的这个地方？我还曾经到更南边的辰区，向《林海雪原》的作者曲波约稿，老人站在楼门口旁等我，黄昏时分的光线照在一个被多种疾病折磨得衰弱疲惫的老人身上，看不到当年小说中英姿勃发的少剑波的影子。

住在这里，隐约有一种都市里的村庄的感觉。

这是一幅近景：自中里楼房四层的房间朝下面望，在这座楼和对面楼房之间，是一个茂盛葳蕤的花园，被齐胸高的铁栏杆围成一个完整规则的长方形。花园里有二三十棵大树，有更多的灌木丛，它们之间的空隙则被野草完全覆盖。那种葱茏恣肆的野趣，不像是位于城市楼群之间。有一株高大的桑树，树干粗壮，树冠像一把巨伞，遮住了一大片空间。夏季，树上挂满了紫黑色的桑葚，还有不少掉到地上，引来众多鸟儿啄食，腾跃鸣啭。

那些年，小区的几条主要街道上没有多少汽车，显得很宽敞。街道旁有不少枝干粗壮的大树，远远高出三层的屋顶。我能认出的就有杨树、柳树、槭树、梧桐树等。有风的日子，白杨树叶会哗啦啦作响。到了五六月份，槐树会将浓郁的槐花香气向四处播撒，而被叫作“吊死鬼”的小虫子也会在半空中晃晃悠悠地飘浮，如果落在一个女孩子的头上，就会发出一阵尖叫。

每一组团中围拢着的楼房之间，有一种宽敞疏朗的风致。每个单元的一楼门口两旁，通常都各有一个小小的花园，用松柏矮墙围起来，种植着各色花草。窗台上往往也放着一排小小的花盆，有文竹、鸡冠花和俗称“死不了”的太阳花等等。有的地方种了爬山虎，密密的藤蔓一直爬到三楼的窗子顶端。

记忆中，那些年的雨水比今天要多很多，特别是经常在夜里降下。楼下花园里的树木，被灯光照射得绿幽幽一片，泛着隐约的光亮，来自枝叶上的雨水。邻近光源的地方，绿色显得鲜嫩而透明。将窗子打开一条缝，伴随着淅沥的雨声，会有凉爽清新并略带腥味的空气悄然涌进来。这样的夜晚，总是让我感觉到身体里的活力，生发出对未来的憧憬，想象一些缥缈而美好的事情。

回想起来，那些年也是我的阅读时光。那种沉湎的程度，此前不曾达到，此后也不复能够重现。

读书和买书，总是既如影随形又彼此怂恿。周边就有两个常去的书店。南边的百万庄大街上，国家外文局西边，有一家名为地球村的书店，是这家单位开办的，名字倒是十分契合它的工作性质。北边，车公庄大街对面，中国建筑设计研究院旁边，有一家席殊书屋，造型很是独特，没有书架，书摆放在一个个带轮子可以转动的小车上，寓意“学富五车”。

那些年里我读了数量可观的书，就像一个没有明确目标的游客，自由散漫，东张西望。文学作品的阅读占了最大的比重，它们以潜移默化的方式，让我获得一种独特的眼光，来看待发生在周边的生活，并与某些书中的内容加以对比。在平静处看出某种波澜，在光亮里发现浅淡的阴影，在庸常中品味到一缕诗意，这样的感受带来的是一种深长的愉悦。我逐渐意识到，每一种感受或者领悟，总是能够获得印证。

更有一些感受缺乏具体的附着物。我行走时有时会张望那一个个狭窄的窗口，想象其中的人物和故事。某个房间里传出的钢琴声，随着某一扇玻璃窗推开而瞬间闪现出的一张俏丽面孔，会让我多年前经常体验的某种情绪，得到片刻的复苏。而从我四楼窗口的眺望，则更多具有主动的意味。探头出去，能够看到东边午区、巳区的一部分屋顶，连绵错落。目光掠过这些屋顶向前方伸延，直到被远处的高楼阻断。

在搬离这里几年后，我读到葡萄牙作家费尔南多·佩索阿的作品，有一种深切的会心之感。我意识到，其实那段时间，我是最接近于他所描写的那种内心状态的。这样一些句子让我沉醉，目光久久不肯挪移开来——

一个人为了摆脱单调，必须使存在单调化。一个人必须使每一天都如此平常不觉，那么在最微小的事故中，才有欢娱可供探测。……我一直被这种单调佑护。一样的日子乏味雷同，我不可区分的今天和昨天，使我得以开心地享乐于迷人的时间飞逝，还有眼前人世间任意的流变，还有大街下面什么地方源源送来的笑浪，夜间办公室关闭时巨大的自由感，我余生岁月的无穷无尽。

它们不正是我能够意识到、但没有能力分析清楚尤其是无法清晰表达出来的东西吗？当时那些颇为飘忽的感受和意念，实际上有着自己的指向——试图窥测和捕捉生活的某种本质，那种平静掩盖下的悸动，狭小连接着的广阔，单纯后的复杂，清晰中的混沌，具象里的抽象……我陷溺于自己的思绪和梦幻中，时而慵倦烦闷，时而欢悦振奋。

生老病死，人生这一场戏剧中的不同章节，在这里也像在任何别的地方一样，轮番地上演。房屋本质上是一种生活的容器，彼此之间尽管有着外在形态上的差异，但其中展开的内容，却没有明显不同。

一天深夜，岳父母被急促的敲门声惊醒，开门一看是对门阿姨，神色惊慌。伯伯起来上厕所，心脏病发作倒地，昏迷不醒。赶紧拨打120，不得要领地忙乱一番，一直到望着急救车闪烁着蓝色顶灯疾驰而去。黎明时分传来了消息，伯伯未能抢救过来。不久后，阿姨从小带大的外孙女去远在英国的父母身边读书，她也搬到了百万庄中里我的住处南边的那一栋楼房，单独一人住，儿子每周来一次。我和妻子去看望过她，房间在一层，南窗外有个小小花园，树木藤蔓遮挡了光线，屋子里有些昏暗。她参加了社区的老年国画班，画了不少花鸟鱼虫，散乱地堆放在餐桌上。暮年岁月在缓缓流逝，就像日光在房间里慢慢移动。

几年后，姥姥以九十六岁高龄去世。在那之前很长一段时间，衰弱以极其缓慢的步伐悄悄地逼近，直到有一天她无法下床。意识到她的日子不多了，家里人便时常坐在床头陪伴。头一天，姥姥招手把她带大的三姐妹叫到床边，挨个摸着每个人的手，说我喜欢你们。第二天，也是同样的时间，三姐妹正围坐在她身边聊天，忽然意识到什么，转眼看时，老人已经永远地睡过去了，神情平和安详。

妻子是家里的老小，上面有两个姐姐。三姐妹都有自己幼儿园、小学和中学的同学和伙伴，因此涉及许多人。如今大多数人都已经退休，有了时间，联络也开始多起来，时常相聚，还建了微信群，主题便是怀旧，追忆这个大家共同出生和成长的地方。家人聚会时，听三姐妹说起各自的发小辈的命运遭际，仿佛看到了一出出浓缩了的人生悲喜剧——

某某终身未婚，如今也快七十了，一直与已过百岁的老母亲相依为伴。某某当年另寻新欢，现在身患重病孤身一人，儿女不怎么理他，十分凄凉。某某当上了副部级的领导。某某全家多年前就移民了。某某因经济犯罪关了几年，不久前刚出狱。某某最忧虑患重度自闭症的儿子，自己过世后他怎么办。还有某某死于疾病，某某车祸去世，某某得了抑郁症，深夜在卫生间自缢了。

“从一粒沙看世界，从一朵花看天堂，把永恒纳进一个时辰，把无限握在自己手心。”威廉·布莱克这首名诗，早晚总有一天会让你产生共鸣。生活的普遍性本质，都可以通过有限的现象获得体现，就仿佛一个小小的器官切片中，有着身体状况的丰富信息。

物是人非——这当然只是个比喻。实际上，物并非一成不变，它同样也在演化、衰老，一步步走向自己的暮年。各种老化了的管线，是不是很像淤塞了的血管？因渗漏而发霉的墙体，是不是仿佛脸上晦暗的老年斑？

在二十世纪五十年代，作为国家重点建设项目、“首都第一住宅区”，百万庄小区有着令人艳羡的充足理由。每家有独立的厨房和厕所，这在当时的住宅中还很罕见。房间里不仅都是统一装修好的，并且配好了家具、厨具、电灯和窗帘，可谓是拎包入住。建筑材料也十分讲究，用的是烧制良好的上等红砖，门窗木料都是东北的红杉木，经过高温处理，不变形不生虫。门把手、合页、水管、龙头、淋浴喷头以及马桶上的金属部件，都是苏联铸造的黄铜。

但随着时光推移，一些当年不曾想到的不足之处也显现了：室内没有客厅，室外也没有规划停车的地方。另外就是岁月造成的磨蚀，市政设施老化，电线老旧，屋顶漏水，木质檐口掉皮。外来人口的租住及私搭乱建，迅速增多的私家车，侵占了原来的绿地和庭院。因为室内狭窄，一些旧家具随意堆放在室外。因为二十多年来一直传说要拆迁，公共设施只是很被动地维护，住户也是将就着住，不敢装修更新，舒适程度、生活质量都受到了明显的影响。曾经风华绝代的丽人，已经步入迟暮之年，粗服乱头，邋遢不堪。

由于在中国建筑史和规划史上具有重要影响力，百万庄小区自诞生之日起，就成为建筑规划学界的研究对象，曾经作为经典案例，被收入高等学校教材《城市规划原理》，并被若干建筑学方面的著作收录。这种浓重的历史感，是它的光荣，也是它的负担。在实用和美学之间，应该如何取舍？

我从报刊网络上了解到，一个由清华大学建筑学院毕业的青年建筑师为主体的专业团队，从几年前就开始关注小区的前景。这些年轻人大多是八〇后，敏锐地认识到了它的文化价值和诗意蕴涵，希望能够将小区的“九区八卦阵”布局完整地保留下来，在不损伤其肌理的前提下，对各项设施进行升级更新，使之能够满足现代生活的需求，并且拿出了详细完备的改造方案。

我当然希望能够这样。将那些赘肉割掉，那些黑斑祛除，让松弛的肌肤绷紧，伛偻的躯体挺直。就像在童话中，落叶飞回树上，老媪变作少女，目光明亮，秀发飘洒，步态轻盈。

不久前的一天，并没有特别的理由，我忽然想到回百万庄看看。

出了车公庄西站地铁口，向东不远就是展览路大街，南行百米，就向右拐上了一条小路。最近一次走这条路大概也是三年前了。小路前方不远，一个直角拐弯处，右边就是我最早住过的那一栋楼房。

我拐进宿舍楼的前面。原先一墙之隔的幼儿园被拆除了，盖成了堂皇气派的部长楼。记得当年幼儿园滑梯旁边，挂着一张用粗大的绳子编织成的大网，孩子们可以攀着绳结爬上去玩耍，女儿刚进幼儿园时，有一次大着胆子爬上去了，却再也不敢下来，岳父去接她，只好找个凳子站上去把她抱了下来。

场景清晰如在眼前，但分明是二十多年前的时期了。有一首歌曲怅惘地唱道：时间都去哪儿了？

小路走到尽头，接续上一条名为百万庄北街的道路，便进入百万庄午区了。岳父母当年住的地方，也是我第一次来时进入的房子，就在十几米外，街的北边。从初次登门的胆怯忐忑，到成为家庭一分子后的坦然平静，再到今天与家庭几代成员之间血缘般牢固亲密的情感，这个过程也该是一部微型的情感发展史，无关宏旨，微渺无比，却关涉具体生命存在的感受和意义。

我走到了百万庄中里的楼房下，我在这里时后几年的住处。楼前花园的铁围栏已经除掉，毫无遮挡，可以随意进入，但花园里的树木却稀疏杂乱，不复当年蓬勃茂盛的模样。最令我惊讶的，是我原来居住的四楼房间朝北的窗户外面，垫在防护窗底部的几根铁栏上的，依然是原来的那几片瓷砖——一点儿没错，我记得它那粉红得有些特别的颜色。

沿着百万庄大街，向西，朝甘家口方向走去。这里是卯区，西斜的阳光泼洒在人行道灰色的方砖地面上。一位老人扶着助步车迎面走来，步履蹒跚，旁边跟着一个中年保姆。头顶上方吱呀的一声，循着声音的方向扭头望去，二楼的一扇窗户刚被推开，玻璃上一片阳光倏地闪亮。一个老妇人探头向下面看，满头白发，年龄和外婆当年仿佛。

再向前，就是热闹的甘家口大街了。春末夏初，阳光明亮，树叶绿得闪光，清风拂面的感觉十分惬意，天地间喧响着一种欢快的声音。我忽然意识到，我此时站着的地方，正是当年的澡堂。三十多年前，也是这个时节，我从它的门口经过时，与几位刚刚沐浴完的少女擦身而过，鼻腔中霎时盈满了馥郁的气息。

一对年轻恋人迎面走来，步态矫健，笑声清朗。树叶细碎的光影，在他们的脸上肩上，跳荡晃动。一瞬间，曾经刻骨铭心的青春感受，久已消逝的美和梦想，从记忆的深处飞快地上升、浮现，就仿佛身旁正在开花的梧桐树的浓郁香味，骤然间充塞了全部感官。

我泪眼模糊。

抖搂家底的麦家

◎ 莫言

麦家出新书，书名《人生海海》。这书名有点怪，但很别致，猜可能是某地方言——实为闽南话。连读两遍，掩卷沉思，心绪纷纭。

这本书，麦家写得很用心，花力气，十八般武艺都施展出来，看得我兴奋，既热闹好看，眼花缭乱的，也暗藏机关门道。就是说，这本书保留着他小说一贯的奇崛冷峻的风格。阅读过程如登险峰，看似无路处，总会有曲径通幽，萦绕盘旋至最高处，然后放眼回看，所有奇境，尽收眼底。险处求胜是要功夫的，功夫不到家，一脚踩空，一个跟头飞将出去，涉险成寻死。麦家一路试险，一再身临绝境，叫人替他惊险，终是有惊无险，叫人佩服他的武艺。

而在这本书上，麦家把家底子都抖搂出来了。我读过他的那几部名扬四海的小说(《解密》《暗算》《风声》)，熟知他的路数，因为同在一个系统工作过，也熟知他讲述的故事的素材和原型。他的风格不是写实的，而是传奇的。他故事中的人物生活在他营造的“江湖”环境里。他的“江湖”与金庸武侠小说的“江湖”是同质的，但更加神秘莫测，更加具有奇幻之美。人们总是对天才人物充满敬畏，总是更愿意了解天才们的悲剧和喜剧，这也是麦家的小说能吸引大量读者的重要原因。但这本书，麦家和过去作别，回到童年，去了故乡，那个生他养他的村庄。小说一开篇，不厌其烦地对村子的地形地貌的描写，仿佛拉开了一部长篇戏剧的序幕：这是古典主义作家们的看家本领，麦家也会。或许正因此，麦家想挑战一下自己，走出所谓的舒适处，尝试一种新题材、新写法。这是一个作家的美德，不要老待在安乐窝里，吃老本，要敢跟自己较劲，去闯闯新天地，争取多扎几个码头。

《人生海海》充分展示了麦家的语言能力和野心，他惯常使用的那种优雅的叙事语言在小说的第三部里依然展显出来，但在大部分的篇幅——第一和第二部里，他使用了一种具有浓郁乡土色彩的，但业经驯化的陌生化语言。这一点让我欣喜，让我对他刮目相看。因为我一直认为一个作家必须能创造一种带有他的鲜明风格的语言，才有资格被称为文学家，否则就是一个小说匠人。文学的艺术性虽不止于语言，但必始于语言，语言是照亮小说的第一束光，如摄影离不开光，大白话如大白天，是拍不出艺术照的。

而这当然也显示了麦家塑造人物的功力。小说中的几个主要人物，如上校、爷爷、父亲、老保长、小瞎子等，各有自己的声口，各有自己的秉性，什么人说什么话，什么情做什么事，性格鲜明，情理自洽。他们都在做着一些似乎是匪夷所思的事，但剥尽故事的层层笋皮后，又感到他们看似怪异的行为是合乎性格，也合乎情节，是经得起推敲的。小说有虚构的特权，可以打胡乱说，但必须自圆其说，你设计的人物要有血肉，有来回，通情理，你拉开的链子自己拉得拢不算，必须要让人家拉得拢。

这就是麦家讲故事的技巧，或者是结构小说的能力。它使用的是最受局限的第一人称视角，一切都须亲见、亲闻、亲历，对于这样一个诡谲的故事，涉及一个神秘传奇人物数十年天南海北、云龙雾虎般的经历与传说，这种视角有许多几乎无法解决的死角，但这些死角都一一被强光照亮，细微毕现。尤其是第三部，叙事主人公一下子跳出了故事发生地，从万里之外归来，许多看似成了死谜的情节、故事，犹如密码被破译，竟轻松地、令人信服地展开了。这有点像苏东坡的诗句："不识庐山真面目，只缘身在此山中。"这就是长篇小说结构的魅力，好的结构一根梁可以以一当十，一个暗窗可以别开生面，别有洞天。

《人生海海》，其实讲的是一个人的故事。这个人既被人尊称为“上校”，又被人贬损为“太监”；他当过白军，当过红军，当过木匠，当过军医，当过军统特务；经历过新中国成立前的所有战争，又参加过抗美援朝。他是个弹无虚发的神枪手，又是个妙手回春救人无数的神医。他不仅各方面技艺超群，还有超出常人的性能力，而这伟大的性能力，酿就了他的喜剧也铸就了他的悲剧。这部小说的密码，就藏在这位神奇人物的身上：在一个最不可描述的地方，却暗藏着极荒唐、极屈辱的内核和刻骨铭心的沉痛，以及对国对人的忠诚。这样的人物，在现实生活中存在过吗？但这样的追究没有意义，因为小说的迷人之处就在于它能把不存在的人物写得仿佛是我们的朋友。在茫茫人海中，也许永远找不到上校这样的人，但我们总是希望遇到这样的人，这也是小说存在的理由。杰出的人物，如鹤立鸡群，在人海中遇不到，在小说中遇到，是我们的幸运，也是一个小说家应有的责任。

母亲与我的十二年

◎ 梁鸿鹰

我与母亲共同生活于这个世界上的时间只有十二年。

在一个小镇上，能够活在人们心里的女性很少。母亲像一支风中的褪色玫瑰，鲜丽的色彩已不复存在，零余的气质，经受的苦难却让人久久怀想和同情。长久的疾病迫使她三十七岁便辞别尘世，过早卸下人生重担，将纷扰、苦痛、遗忘留给他人，任凭十二岁的儿子，十一岁的女儿，三十六岁的丈夫悲伤、思念。

母亲罹患肺结核是在二十世纪的五十年代，那时，肺结核尚有相当高的死亡率，人们对它谈虎色变。

母亲像法国作家亨利·巴比塞描写露易丝·米歇尔时形容过的，“长得像线一般纤细，头发和眼睛都是乌黑的”。这种“纤细”似乎就是肺病的一个表征。她的父亲同样细瘦，得的同样是肺病，我出生之前即已去世。母亲是家里的独生女，有五个哥哥弟弟。部分家人曾于一九五七年八月十一日在北京展览馆前拍过一张合影，那是母亲到北京求医问药时留下的。母亲当时二十岁。短发短裙，线袜皮鞋，青春年少，意气风发，从她侧着的脸庞上不难看出，她仍然带着少年不知愁滋味的凛然。此时，她的病正在传染期和活跃期，看病时住在我大舅家，一家人该冒着多大的风险，所有这一切倒被扛过去了。然而很快，她将卷入一场不被多数人看好的恋爱，继而是结婚、生下我，一年后又生下我的妹妹。

当我听得懂大人们有所避讳的隐秘议论的时候，妈妈年仅三十岁出头，已经两肺空洞多处，病情严重到无法工作，只能在家休息。她不得不克制着自己，回避主动亲近自己的孩子。亲吻、拥抱、溺爱、游戏，在别人家是日常的主要内容，在我们家里却是不言而喻的禁忌。新生命唤起母亲对未来的美好想象，每年春天她都张罗着买小鸡、小鸭，有一年还接纳了朋友送的小兔子。她喜欢这些小鸭、小鸡、小兔子，给最初来到家里的几个小鸡起了大白、二黄、小花和豆豆等名字，风和日丽之时，就坐在它们旁边，听这些小动物发出的声响，体察它们之间的诡计与争吵，时时露出会意的笑容。周遭的苦恼或不快，因为小动物们的存在而变得微不足道了。她喜欢安静，她不能忍受嘈杂、争吵和辩论，她钟情于安宁、静谧，而这些富于生机的嘈杂，却使她放逐思绪，怡然自得，坠入梦想。梦是生命的解释，收纳生活的遗骸。明月、星空、微风，无始无终，草生、鸟飞、虫鸣，轮回永恒。

画作的美丽不在于其题材，而在于线条、构图、色彩自身所放射出来的光亮。母亲的价值，不完全在于对自己孩子的意义，而在于她摆脱自身私念时所做的一切。母亲倔强无畏，她于苦苦挣扎中体现出来的坚韧，勇敢抗争反复无常的命运，从不放弃生活些许希望的执着，活在小镇上人们的记忆里。

不要埋怨记忆的不完整，更不要视永恒的思念为累赘吧，我们在这个险恶的世界里丢失了太多珍贵的东西，即使无时不在想念自己的母亲，也难以弥补她的所有爱恋与不舍。她失却你远比拥有你的时间长。她并没有准备好与这个世界告别，正如波兰女诗人安娜·卡明斯卡所说，死像别的任务一样，它是人之为人的一项任务，而它超过了我们的能力。她离去得并不从容，上帝让一个正值盛年的女性告别这个世界，她的不情愿是深重的。

请原谅她过早毫无准备地离去吧，她不打搅我们，她不指望我们永久记住她、随时能够回忆起她的音容，她过早化为尘埃的一部分实为无奈。

姥爷王竹心新中国成立后在内蒙古巴彦淖尔五原县汽车运输站当会

计，仍信奉耶稣教，可能还是教会长，只因为年龄大，被推举为白尽义务不挣钱的耶稣教会诸多负责人当中的一个。作为城市里的外来户，他们所能依靠的，只有自己的双手和耐心。姥爷家有几辆纺车，母亲的四个哥哥一个弟弟，都是安静的人，规规矩矩，回到家里一声不吭地纺线。只有纺线能给他们带来学费、衣食、零用钱，让他们变得沉稳、耐心和细致。妈妈一家人都坐得住，都能持续专注在一件事情上。小时候我也绕过毛线，那长长的，永无尽头的浅色羊毛线、驼毛线，源源不断地来到两只手上，我撑着，听任姥姥和妈妈传递过来的体温和约束，领受这一家人持久的耐心。

贫寒影响人的气色，卸掉人的脂肪，让人便于思索、拷问内心。人由自己所缺乏的出发，找寻更多的不足，匮乏通向反省，反省通向希望，使心性得到塑造、安抚和填充。大脑回路多，卸载而非装填，便于灵活思考。选择节俭，更能让大脑灵活运转。听我的舅舅们说，姥爷清瘦寡言，笃行自我约束，他与孩子们在家纺线，带大家思考：自己的缺失，自己的饱满，均拜上天所赐，要多想想，自己到底能做什么。《圣经》上说，素来饱足的，反作佣人求食；不生育的，生了多个儿子；多有儿女的，反倒衰微。耶和华使人死，也使人活；使人下阴间，也使人往上升。他使人卑微，也使人高贵。他从灰尘里抬举贫寒之人，从粪堆中提拔穷乏之人，使他们与王子同坐，得着荣耀的座位。姥爷的义人之家得了五个好学的儿子，一个美玉般的女儿，上帝如此的酬答，还不够满意吗？

上天不断告诉这家人，别把眼睛生在头顶上，用自己的脚，踏坏了想得之于天的东西。凡你手中所应当做的事情，要尽力去做，因为在你所必去的阴间，没有工作，没有谋算，没有知识，也没有智慧。历史像个温顺的孩子，等待后人梳洗打扮，或俊秀，或丑陋，迟早面目模糊，踪影难寻，好在时光是正直的，让德行流芳人间。

母亲小学在呼和浩特，初中在五原，考到包头读高中。不管到什么地方，她都能很快引起人们的注意。美丽如无声的流言，走到哪里传到哪里，她的美貌从未被加冕，却是普遍共识。她脸部轮廓清晰，高鼻深眼，举止娴雅，气质卓异，每到一地都令人难忘。三舅在八十多岁的时候给我写信时说，现在流行的什么"青春靓丽"等等词汇，用在妹妹身上实在太单调太贫乏，与她给人的感觉不沾边儿。妈妈不爱言谈，为人沉静，心性高傲。周围人们的关注、他人经常落在她身上的目光，她并非一无所知，但向来不以为意。

人们都说我母亲身上有种超脱于俗世的清新之气，爱思考，凡事不刻意，从不知道什么叫刻意，无论什么样的举止、穿着，只要出自她，都会带来天然去雕饰的效果。她不爱打扮自己，她的傲然、随性，想被描写出来，会像朱利安·巴恩斯写下"居斯塔夫独自和一条金鱼吃午餐"一样无聊。我无法回到妈妈那个时代，即使尽情遥想，同样会无功而返。所有的灯关上了就会是黑暗的，所有的门打开迎来的不一定是光明。

风沙是我年幼时几乎每日相伴的朋友，对母亲来说又何尝不是如此呢？妈妈一家迁居到五原不久便迎来了新中国成立。五原我从来没有去过，这里只是河套茫茫大地上的一个小圆点。相传四千多年前，天下洪水泛滥，大禹取疏导之法根治洪水，待水势减退，高埠之处首先出现若干个丘状原所，其中有五个较大的原所，人们在原所之上辟田、造屋、繁衍、生息、耕作，五原的称谓就是这样来的。在五原，这个多子女家庭新中国成立后的生活进入正轨，灿烂阳光之下，妈妈的四个哥哥健康成长，工作的工作，成家的成家。只有妈妈和一个比自己小一岁的弟弟，尚处求学阶段。

妈妈无忧无虑，学习品行无可挑剔，不缺同伴，不缺友情。同伴如补品，时间长了，大家都受滋润。几个上学一起走放学一起回的女孩子里，妈妈身材匀称、个头高挑，为人和善，说话轻声细语，得到大家佩服，听她的主意，大家一路上总是有说有笑，无拘无束。成了好朋友之后，大家经常串门，到对方家学习。但妈妈从来不在别人家吃饭，这与别的孩子不大一样。

妈妈的幸福是我爸爸带来的，她的不幸爸爸同样难辞其咎。就在踏入青春期门槛的高中后期，妈妈的肺结核开始展露异常狰狞的一面。她在上天的呵护之下，顺利进入为青春骚动所困扰的年华——皮下脂肪生长，大脑垂体喧嚣，容光焕发，飘逸优雅。姣好的面容，浓密的黑发，修长的四肢，文质彬彬的气质，吸引着艳羡渴慕的目光。诸多异性的目光，只有来自我爸爸的凝视，她最在意。“当一个女人能使男人着迷时，她是幸福的，并能获得她想获得的一切。”托尔斯泰在《克莱采奏鸣曲》中的这段话，适用于处于青春期的母亲。她学习成绩好，性情高傲，是包头第一中学的名人。包头，一个有鹿的地方，美丽妖娆的鹿，像体态轻盈的母亲，她就是在这个有鹿的地方体验了少女之心“鹿撞”的神奇，来自两个美好少年最初心心相印的喜悦，让他们充满自信。

包头冬季严酷，春季燥热，夏季短暂，秋季沉静，四时更替之分明，提醒着人生节序的严整。宽阔通衢的苏式大街，严谨对称的俄式建筑，处处宣示着钢都的威严、自信、慷慨。草原晨曲、花的原野、哈达、敖包、骏马、奶茶，只是包头这个被大工业塑造的城市的显性方面，是外部一厢情愿的想象。城市的本质是动力、聚集、提升、释放、扩散，妈妈在这里得到的是教育，教育的目的是装载、分享、浇灌、竞争、筛选，是青春的竞赛，是听命于智力马拉松的发令枪响，让充沛的精力有所安顿。

“希俟过来，你看看我的手凉不凉？”这大概是妈妈给后人留下的唯一一句情话，是与爸爸同龄的二姑父转述给我的，作为爸爸曾经的同伴，他敢对此话的真实性打保票，两次说起，都斩钉截铁。大概就是在那个非凡的有故事的五月，沾衣欲湿杏花雨，吹面不寒杨柳风，五月的鲜花，开遍了原野，神奇季节造就神奇故事，一场喧闹的运动会，让两个怀春的高中生碰撞出了火花。我只能想象，驿寄梅花，鱼传尺素，小桥流水，佳人相思，当年明月，空照无眠，敕勒川苍穹之下，热烈而单纯的少男少女，敞开彼此的内心，靠近彼此的灵魂，填写着人生新空白。

爱情如同人间的诗歌，是在稀有或意外的瞬间偶然地降临到人们身上的生活的胜利。爱是生活的前提，是幸福的基石，是陶醉、战栗、痉挛、发呆，是情欲的爱抚，是巨澜般的波动，是风暴般的席卷。正如司汤达所说，“爱情就好像是热病；它来去的全过程都不容意志参与。这就是同情的爱和激情的爱之间存在的主要差别之一；即使你所爱的人，品质出众，你也不过应当庆幸自己运气好罢了。”爱情是自然的，同时不也是盲目的随机的吗？

两个处于美好年华的少年，在运动会后迅速开始畅饮爱情的甘露，他们像傻瓜般如胶似漆，大家普遍对承真如此快速地献出自己的芳心难以理解。在恋爱这件事情上，据说爸爸反应迟钝，属于慢热型，还有每个男性易患的忽冷忽热症。接纳了妈妈等于接纳了一个众所周知的珍宝，但他的接纳有些缓慢。妈妈以高傲少女的姿态，真诚而不失审慎，热烈而不失克制，她被爸爸吸引，同样吸引着爸爸，使他由低热转为高烧，爆发出的热情差点儿将他们烧毁。

不过，爱情的甜蜜难以抵扣他们的现实困局。差半年就要高中毕业了，妈妈的肺病此时露出远比生活本身更严酷的面目。多处诊断的结论高度一致，求医问药所听到的告诫如出一辙。结婚可能导致恶果，毫不客气地摆在这对情侣眼前。当此甜蜜与痛苦交织之时，妈妈遭到了来自爸爸家的全面反对。一九五六年，学习似乎并不怎么刻苦的爸爸如愿考上大学。大概就在此时，他们俩确定了关系。还有几个月高中就要毕业了，恰在此时，妈妈因病不得不提前退学。不知道托了多少关系，才回到爸爸家所在的巴彦淖尔磴口县，在第三完全小学当了一名语文教师。

爱情是一种永难治愈的疾病，一如口渴的人想在梦中寻到水喝，没能获得用以消除体内严重灼热的半滴水，徒劳无功地耗费着自己的体力精力，只追逐到水的幻象。即使终于得以居于在河流之中，把头伸到水里鲸吞虎咽，仍难免感到日甚一日的口渴——爱神维纳斯就这样用爱情的幻象愚弄人们。肉体再丰盈，情人们的双眼也无法曲尽其妙，双手再灵巧，漫无目的抚摸也终将一无所获，只有完全合二为一，如饥似渴，尽情享受激情，爱神播撒种子，整个肉体渗入对方肉体，四肢为之瘫软，瞬间强烈的快感来袭，他们才得到些许安慰。但很快，同样的疯狂欲望又会开始新的轮回，人类就是在这种轮回中消耗、追寻，再消耗、再追寻。

处于爱情炽热期的爸爸一九五八年大学毕业后，毅然回到磴口与妈妈团聚。当他在电话里向其大姐（我的大姑）报告即将与妈妈结婚时，大姐勃然大怒，愤然摔掉电话。大姑父是放射科大夫，早已经知道承真肺上有了空洞，此时根本不能结婚。不过，据我的四叔说，对父母这桩婚姻，爷爷的态度倒非常开明，这是大家始料未及的。

母亲以自己的贫病之躯生育了我。或许，是在父亲的蜜语甜言之下，她祭献出自己的身体；或者，她屈服于蓬勃的热情，沉浸于鱼水之欢，置自己将要面临的一切惩罚于不顾，在热烈的冲动之中献出自己——夜晚的无意，白昼的盲目，令神奇的游弋物以宇宙大爆炸般的威力，不失时机穿透壁垒，进驻细胞核，化合为复杂分子，在迅速膨胀聚变中，着床、发芽、生长，让母亲承受宿命般的恶果。

母亲是我的绝对前提，我激发出她所有慷慨而无奈的赐予，她的一切的一切，她的坚毅与痛苦，均以牺牲自己为代价。她未曾清楚了解自己的命运，正如未曾了解自己疾患的严重，即使想象再发达，她也难以明白，在“大爆炸”之后，她与这个世界的缘分开始了倒计时，与死神发起了最激烈的竞赛。从一岁到十二岁，我每长大一岁，她便减去一岁。我混沌未开，没有来得及具备理解母亲所有苦痛的资质，即使全天张开眼睛，也难以看得清人间拥有的巨大残酷，一如我那个欲望充沛、精力旺盛的父亲。我不用辩白，母亲远比别人更能隐忍、牺牲、奉献，对她背负着疾患的苦痛，如何躲避宿命的惩罚，在孤寂中喘息、煎熬、挣扎、前行，我根本无法参透，即使亲眼见证，也有太大局限，何况，更多的真相早已烟消云散。

四舅妈是妇产科大夫，她曾多次告诫我妈妈，千万不能再生孩子了。但爱情结晶的不期而至，大大升华了父母的感情，两人在爱情海洋中流连忘返。福祸双至，乐极生悲，或许措施不当，或许频次过多，仅仅一年零两周之后，妈妈又生下了妹妹。妹妹的诞生对妈妈健康造成的影响是灾难性的。重蹈覆辙的结果是，襁褓中的女婴除了送给农村的奶妈，没有别的选择。后来，妈妈被迫来到呼市郊外的红山口结核病院疗养，一走便是三年。

我没有见过自己的母亲赤着的脚，没有记得她穿过凉鞋。无疑，我需要穿越遥远的记忆才能抵达真实的母亲，除了照片上被固定的面容，其他的早已模糊不清。清瘦的面庞，高高的颧骨，细瘦的胳膊，指关节突出的双手，一双不小的脚，我几乎没有机会见她别的不被衣服覆盖的部位。她穿过的袜子什么颜色图案，穿过的鞋什么款式颜色，我根本想不起来。在我、妹妹与她那张唯一的三人合影里，我左手拿着一块饼干，妈妈则戴着一条带格的小围脖，她留着长发，笑容可掬，牙齿洁白整齐，拍照时我和妹妹都不乖，幸好柜台边上阿姨有饼干，才好不容易把我俩哄住了。为什么要拍这张照片？为什么没有爸爸？同样是永久无解的谜。

妈妈从红山口疗养回来之后，病情出现良好转机，她感觉有精神了，咳嗽减轻了许多，她一度忘我投入到工作中，上讲台，搞“四清”，参加政治学习。一九六六年四月二十一日，妈妈在给我三舅那封信里就说：“我们现在也很忙，因为“四清”正在进行，除了上课就（还）要开会，有时星期日也要（工）作。”忙碌的生活节奏使她抵抗力下降，直到身体扛不住，再度告病回家。这次回家之后，妈妈就再也没能上过班。

休养在家的妈妈，终于拥有了与我和妹妹朝夕相处的宝贵时光，我的文学启蒙期自这个时候开始。妈妈读书多，是个故事大王，红楼西游三国水浒，安徒生童话高尔基童年在人间我的大学，小兵张嘎杨铁桶林海雪原吕梁英雄，她可以无穷无尽讲下去。她毫不掩饰自己对《西游记》的热爱对《红楼梦》的厌倦，她觉得《红楼梦》里的人婆婆妈妈病病歪歪，远不如《西游记》里面的那些上天入地走南闯北的人物有意思。有时候，姥姥也给我们讲故事，她用胶东话唠唠叨叨地讲的一些大路货民间传说，同样吸引着我俩。故事让我和妹妹上瘾，我们贪婪地听着这些故事，高高兴兴地把孙悟空卖火柴的小女孩豌豆公主小兵张嘎一股脑儿地全吸收到肚子里。

童年时候的我是县医院的常客，爸爸则几乎是缺席的——直到妈妈住院。

久病成医，生的强烈欲望使妈妈学会了给自己打针、给自己输液，甚至给自己扎针。她从报纸、收音机，或者从别人的口耳相传中捕捉治疗肺结核的药物和方法，写信从外地邮购药物，用微薄的工资，尝试与凶悍的疾病展开抗争。我多次看到邮局寄来一包一包的药粉，或者体积很占地方的草药。对寄来的这些药品，妈妈总是会很认真地服用，家里永远弥漫着浓浓的中草药味道。

常规的西药也是每天必须要吃的，妈妈经常派我到医院为她开药。每隔半个月吧，妈妈必定工工整整地在一张纸上写下："王承真开药"，列出雷米封、利福平、鱼肝油、钙片和几种维生素，以及链霉素针剂等等，交给我到医院去开回来。县医院离家并不远，步行用不了多少时间。我带着这张纸条一路小跑来到医院，轻车熟路地挂号，到内科找到白桂兰或仰焕珍大夫。看到递过来的纸条，两人几乎不假思索，会立刻照着纸上写的如数开药。白桂兰是妈妈的同学，她经常关切地问长问短。仰焕珍大夫有县医院里大菩萨之称，他有时会用口音很重的河北话反复交代如何吃药，悲悯地目送我离开。划价交钱后，西药房小小的窗口里很快便传出带有浓重胶东口音的呼叫："王永真取药，王永真取药"。等我来到窗口前，里面那个浓眉毛、黑嘴唇、面目姣好的瘦阿姨才改口："啊，对了，是王承真，是王承真。"她一双小眯缝眼很妩媚很迷人，从白帽子里露出带卷儿的黑发，两耳上垂着当时很少见的耳环，人们说她是院长的夫人，但看她那天真快活的顽皮样子，我一点都不相信。

我到医院的另外一个任务是在妇产科取胎盘和“绒毛”。不到十岁就知道医院有个神秘的地方叫妇产科，在当时的孩子里大概还是不多的。妇产科门诊室永远挂着大大的白帘子，上面印着“妇产科”三个红色大字，这格外庄重醒目的字体，适用于标题口号，成年之后我才知道叫“黑体”。妇产科走廊两边的长椅上，永远坐着一些神色怪异的男人，他们身边缺乏女性陪伴时如孤魂野鬼异常羞愧难堪，有女性陪伴时则常常趾高气扬志在必得稳如泰山。

大概每隔一两个月，我会照妈妈的交代，到妇产科，从不同的护士那里得到“绒毛”和胎盘。好像一切都约好了，无须什么手续，没有任何阻碍，自然会有和蔼的护士把这两样东西交给我。护士们都戴着口罩，每次我见到的都是不同的眼睛，不同的脖子，不同的耳朵，但所能感觉得到的她们对妈妈的熟悉和善意却是一致的。“绒毛”看上去如同浸过水的棉团，有大有小。大的说是在母亲体内长的时间长，小的则是过早被移出的。这原来是每个人必定经历过的阶段。经过“刮宫”这道残酷的程序，人的生命变成“绒毛”被裸露在光天化日之下，柔软无助地泡在水里。胎盘是一团巨大的肉块，紫粉色、有血管在上面隐约可见，我隐约知道胎盘与胎儿和产妇有关。

塑料袋是稀罕物，装“绒毛”和胎盘的器具一般是方形白色搪瓷托盘。我会小心翼翼地端着、看护着。胎盘是又滑腻又腥气的大肉团，很容易溜掉。由于报功心切脚步加快，有次我让胎盘滑出陶瓷盆，掉在炉渣马路上，回家后妈妈倒没有责备，但脸色很难看。胎盘被洗净切碎放在搪瓷盘子里置于火炉上慢烤，烤到近乎完全干了，妈妈才分多次用水喝下去。“绒毛”在搪瓷盘子里烤干后呈金黄色，同样用水冲服。烤干的过程不漫长，只是会发出很腥很腥的味道，弥漫整个屋子，极难散去。我从这些味道断定，这两样东西肯定都很不好吃，但妈妈依然得定期吃。

我曾到野地里为妈妈采过马齿苋，这种草的叶子是绿色的，饱饱的，枝淡绿色或带暗红色，叶片像马的牙齿，印象中背面略带浅紫色。马齿苋全草供药用，能够清热利湿、解毒消肿、消炎、止渴、利尿，种子还可以明目。我不知道母亲何以需要此药。这种草多在田埂边，树根下，甚至长在墙角。长大了，只有见到马齿苋，当年采药的情景就会浮现在眼前。

我和妹妹还冒着风险到兵团四九二七果园为母亲偷过李子，被一个扎小辫的瘦弱女知青当场抓住，我和妹妹急得快要哭了，说妈妈病了，吃不下饭，用李子开胃，央求她一定把我俩放了。看着我们可怜兮兮的样子，女知青顿时心软了，她睁着大大的眼睛听着我们的诉说，放了我们，还把一大把青绿的李子塞给我们。

一九七二年年底或一九七三年年初吧，爸爸出差到过一次北京，给妈妈买了一件深蓝色、有人造毛里子、带栽绒领的棉大衣，面对妈妈期待的目光，爸爸有些闪烁其词轻描淡写语焉不详地说：承真，我专门跑了北京通县的结核病疗养院，找医生看了你的 X 光片子，大夫说，是大面积空洞，疗养不解决问题。

我忘记听了这话妈妈有多凄婉和哀怨了。一个多世纪前相当长的日子里，除了将患者隔离在疗养院以避免疾病扩散，医疗对结核病束手无策。后来出现了结核病克星链霉素等。经常听人说妈妈是被耽误的，关键期因贫困没有及时治疗，接连生育两个孩子等于飞蛾扑火；营养不佳气候恶劣更雪上加霜；情绪低落郁郁寡欢火上浇油。我清晰地记得，妈妈只是打开大衣，手在衣服上面抚摸着，幽幽然地说："这下好了，这下好了，再冷我也能去外面散步了，大夫说散步对肺很有好处。希傧你见大哥、四哥了吧，前些时四哥还给我寄来了一本俄华大辞典，可苏联笔友早就没有了，咱们不靠苏联。我要每天都去外面散步，我要照顾好自己，我能照顾好自己。"

遗憾的是，这件大衣妈妈没能穿多久。

一九八六年冬，二十四岁的我回家乡支教，经常穿着那件大衣上课、外出。衣服很暖和，很合我身，高高的衣领，设计合理的衣兜，样式依然不过时。

一九八七年年初，从小抚养我和妹妹的姥姥病危，我俩到北京的四舅家看望。不久姥姥辞世。办完丧事，我们坐火车返回。四舅在送我们到车站的公共汽车上问我：你妈妈是什么时候去世的？我不假思索地答道：一九七四年一月十一日上午。我自然不用告诉他，妈妈逝世的时候只有三十七岁。我没有告诉他，妈妈死后我哭不出来，只有喉咙里发出的声音，没有眼泪；而妹妹和爸爸则哭得撕心裂肺。

月亮在叫

◎ 刘亮程

那一夜刮风，我听见三层声音，上层是乌云的，它们在漆黑的夜空翻滚、碰撞、磨蹭，挨挨挤挤，向往更黑暗的年月里迁徙搬运。中层是大风翻过山脊的声音，草、麦子、野蔷薇和树梢被风撕扯，全是揪心的离散之声。我在树梢下的屋子里，听见从半空刮走的一场大风，地上唯一的声音是黑狗月亮的吠叫，它在大杨树下叫，对着疯狂摇动的树梢叫，对着翻滚的乌云叫。紧接着，我听见它爬上屋后被风刮响的山坡，它的叫声加入到山顶的风声中，在更高的云层中也一定有它的叫声。它在那里撕心裂肺地叫。我不知道它遇见了什么。对一条狗来说，这样的夜晚注定不得安宁，从天上到地下，所有的一切都在发出响动，都在丢失。它在疯狂跑动的风中奔跑狂叫，像是要把所有离散的声音叫回来。

另一夜我被它的狂吠叫起来，循声爬上山坡。我猫着腰，双手爬地，在它走过的草丛中潜行，它在自己的吠叫声里，不会听见背后有一个人爬过来，我在离它不远的草丛停住，看见它伸长脖子，对着天上的月亮汪汪吠叫，我像它一样伸长脖子，嘴大张，却没有一丝声音。

满山坡的白草，被月光照亮。树睡在自己的影子里，朝向月亮的叶子发着忘记生长的光。我扬起的额头一定也被月光照亮，连最深的皱纹里都是盈盈月光。

这时我听见远处的狗吠，先是山坡那边泉子村的，一只嗓门宽大的狗在叫，像哐哐的拍门声，每一句汪汪声都在拍开一面漆黑的大门。紧接着村子北面的几条狗也咣起声，南边大板沟的狗吠也隔着山梁传过来。

此刻我们家的牧羊犬月亮，正昂首站在坡顶明亮的月光里，站在四周汪汪的狗吠中心。

我站在它身后，一声不吭。

我们不在院子的多少个黄昏和夜晚，它独自爬上山坡，用一只母狗的汪汪吠叫，唤起远近村庄的连片狗吠。然后，它循着一个声音跑去，每跑过一片坡地麦田，每爬上一座荒草山顶，都停下来，回头看身后的院子，侧耳听后面的动静，它对这个大院子的不放心，使它一夜夜地不曾跑远，那些夜晚的风声带着满院子树叶屋檐的响声，把它唤回来。它回到自己的院子里吠叫，把远近村庄的狗，叫到书院四周，它们进不了院子，不知道院墙上它独自进出的狗洞。

那样的夜晚，院子没有人，月亮的叫声悠远孤高，它不是叫给我们听，它知道自己的主人在听不见狗吠的远处，它在院子里闻不到主人的气味，从远处刮来的风中也没有主人的气息，整个院子是它的，悄然矗立的房子是它的，寂静移动的光阴是它的。

又一个夜晚，我听见它吠叫着往山坡上跑，一声紧接一声的狗吠在爬坡，待它上到坡顶，吠叫已经悬在我的头顶，我仰躺在床上，听见它的叫声在半空里，如果星星上住着人，也会被它叫醒。

接着我听见它的叫声跑下山那边的大坡，那个坡似乎深不见底，它的声音正掉下去。其实那边是泉子沟的山谷，不深，只是月亮的吠叫深了，我再听不见。

我担心地躺在床上，不知道什么声音把它喊走了，想起来去看看，又被沉沉的睡意拖住。

那个夜晚，天上的月亮从东边出来，翻过菜籽沟，逐渐地移到后面的泉子沟。这只叫月亮的狗，跟着天上的半个月亮，翻山越岭。

它可能不知道天上悬着那个也叫月亮。但它肯定比我更熟知月亮。它守在有月亮的夜里，彻夜不眠。在无数的月光之夜，它站在坡顶的草垛上，对着月亮汪汪汪吠叫，仿佛跟月亮诉说。那时候，我能感觉到狗吠和月光是彼此听懂的语言，它们彻夜诉说。我能听懂月光的一只耳朵，在遥远的梦里，朝我睡着的山脚屋檐下，孤独地倾听。我的另一只耳朵，清醒地听见外面所有的动静里，没有一丝月光的声音。

它一定知道我在听。

它听见屋后山坡上的响动。有时一场大风在翻过山顶。有时一个人悄然走过，踩动草叶的脚步声被它灵敏的耳朵听见。有时它听见黑云贴地，从后山压过来。它知道我的耳朵听不见黑夜到来的声音。它先在我的门口叫，在窗户边叫。它要先叫醒我，让我知道夜已经变得更黑更冷。

有时它叫得紧了，金子会喊我出去看看。更多时候我懒得出门，打开手电从窗户照出去，光柱对着两侧教室的门窗扫一圈，对着高高的白杨树和松树扫一圈，对着孔子石像前的台阶照下去，大门和外面的马路，被树挡住。

看见手电光它会回来，站在光柱里，扭过头看。我打开窗户，探头出去，喊一声“月亮”，我的喊声在它停息吠叫的大院子里，空空地响着。我关了手电，悄然走在有它陪伴的月光里。它对着月亮叫，我也对着月亮，嘴大张，发出的声音却仿佛是它的。

有时它的叫声在院子外面，在屋后山坡上，我的手电光掠过树梢，朝它对着吠叫的月亮照去。四周没有一点光，两旁黑沉沉的山梁，将远处城市的灯火挡在了另一个世界，所有的光亮都在天上，繁星、银河、月亮。这来自地上的一束手电光，伴随我仰望的一缕目光，在遥遥的月亮上，与一只狗的目光相汇。

有一夜它不停地叫到天快亮，我睡着又被它叫醒，金子一直醒着，她过一阵对我说一句，你出去看看吧，院子可能进来人了。

我说没事，睡吧。

说完我却睡不着，满耳朵是月亮的狂吠。它嗓子都哑了，还在叫。

我穿衣出去，手电朝它狂咬的果园照过去，走到它吠叫的教室后面，对着穿过林带的小路上照。全是黑黑的树影。月亮亲热地往我身上蹭，我摸着它热乎乎的额头，它叫了一晚上，就想叫我出来，有东西在夜里进了院子，但我看不见它所看见的。我关了手电，蹲下身耳朵贴着它的耳朵静听了一会儿，又打开手电，天上寥寥地闪着几颗星星，光亮照不到地上。树挤成一堆一堆，感觉那些高大的树都蹲在夜里，手电照过去的一瞬，它们突然站起来。

果真有人进了院子。那是另一个夜晚，我掀开窗帘，看见一个人走进大杨树下阴影里。我赶紧起床，开门出去，手电对着那块阴影照，什么都没有。月亮在我前面狂咬，沿着穿过白杨树阴影的小路往上走，前面是一棵挨一棵的大树，那个人不见了。

我回来睡觉。过了会儿，月亮又大叫起来，我掀开窗帘，看见刚才那个人正从大杨树的阴影里走出来，这次我看清了，他肩上扛着东西，还打着一个小手电。月亮只是站在台阶上狂咬，不接近那个人。

我出门喊了一声。那人站住，手电照过去，看见他肩上的铁锹。

是书院后面的村民，他在夜里浇地，水渠穿过我们院子，他沿渠巡水。

月亮见我出来胆子大了，直接扑上去咬。我喊住月亮，和那人说了几句话，仍然没认清他是谁。

这时东方已经泛白，从对面山梁上露出的曙光，还不能全部照亮书院。我喜欢这种微明，天空、树、房子和人，都半睡半醒。

头遍鸡叫了。我们家那只大公鸡先叫出第一声，接着，一山沟的鸡都开始叫。

我看看手机，早晨六点。我还有三个小时的回头觉，得把脑子睡醒，不然一天迷迷糊糊，啥事情都想不清楚。

另一夜大风进了院子，呼啦啦地摇白杨树和松树，摇苹果树和榆树。

月亮在铺天盖地的风声里听见一个人的脚步声，它对着果园狂咬。我也隐隐听见了，像是多少年前我在那些刮大风的夜晚回家的脚步声，被风吹了回来。

我起身开门，顶着凉飕飕的秋风，走进月亮吠叫的果园。这时候大风已经把天上的云朵刮开，月光星光，照亮整个院子，我没有开手电，在清亮的月光里，看见一个人站在苹果树下，摘果子。风摇动着果树梢，树下却安安静静。那个人头伸进树枝里摸索一阵，弯腰把摸到的苹果放进袋子。那些苹果泛着月光，我想在他弯腰的一瞬看见他是谁。但是，他一弯腰，脸就埋在阴影里。我在另一棵苹果树下，静静看他摘我们的果子，有一刻他似乎觉察出了什么，朝我站的这棵果树望，我害怕得憋住呼吸，好像我是一个贼，马上要被发现了。接着他又摘了几个果子，然后，背起满满的一袋子苹果，朝后院墙走。

月亮突然狂叫着追过去。在我静悄悄站在树下看那人时，月亮靠在我的腿边，它也安静地看着那个人。它或许在等我开口说话，它等了很久，终于忍不住，猛地扑了过去。那人一慌，摔倒在地，爬起来便跑，跑到院墙根，连滚带爬，从院墙豁口翻出去。

我没有喊月亮。它追咬到豁口处停住，对着院墙外叫了一阵，又转头回来。

我带着月亮穿过秋风呼啸的果园，不时有熟透的苹果落下来，腾的一声。有时好多个苹果噼噼啪啪地落在身边，我慢慢地走着，弓腰躲过斜伸的树枝，我想会有一个苹果落在我头上，腾的一声，我猛地被砸醒，不由自主地发出疼痛的“哎呀”声。

可是没有，从始至终，我没有发出一丝声音，甚至没有叫一声月亮。

待我回屋躺在床上，突然后悔起刚才自己的噤声。月亮那样声嘶力竭地叫我出去，它是想让我叫一声，它知道那个人在拿东西，它认得贼的样子，它想让只有孤单狗吠的夜里，也有我的一声喊叫。可是，我没有出声。

在我沉睡前的模糊听觉里，月亮孤独的叫声又在外面响起来了，一声接一声地，把我送入凉飕飕的梦中。

在无数个刮风的夜晚，它彻夜不眠，风进院子了，树梢在动，树的影子在动，所有的东西都发出声响，连死去两年的那棵枯杏树，都呜呜地叫。

黑狗月亮的吠叫淹没在巨大的风声里，仿佛它也被风吹着叫，它的叫声也成了风声的一部分。在它过于灵敏的耳朵里，风吹树叶的声音都大得惊人。那时候，我在自己辽远的睡梦中，满世界不安的响动，四周阴森森，我身不由己，被拖进一场恐怖的梦魇中，我奔跑、嘴大张，我的声音像被谁没收了。最后，我拼命喊出的那一声，飘出窗户，被它听见。它猛地转身，从屋后满是月光的山坡回来，从树荫摇曳的果园回来，从只有它自己的吠叫声里回来。它对着我的窗户大叫，它不知道我在梦中发生了什么，但它听见我从未有过的叫声，它拿脊背搡门，像我晚起的那些早晨，它在门口守候久了，拿脊背笨拙地搡门。

我在它的叫声里突然醒来。

作家视野

浪迹的永生

◎ 黄桂元

我们的出生纯属偶然
生命应当珍惜还是应当挥霍
应当约束还是应当放任
……这是我一个人的痛苦
——伊蕾

淡出

我曾经对伊蕾承诺，暂时不再写她。并非这是个乏味的人物，而事出有因。一九九二年某日，伊蕾私下对我表示，她要隐姓埋名，远离诗歌，让人们忘记曾经的伊蕾。那时她的命运正坠入幽谷，这个选择颇有豪赌一把的决绝。她那副执拗和自信，又令人无法不对她的未来寄以期许。于是，有相当长的一段时间，朋友们感觉不到伊蕾的存在了。这其实不值得大惊小怪。那些日子，诗界乃至整个文坛都在动荡，并不是只有她在“消失”。只是一些朋友聚会时，还会聊起她，伊蕾在干什么呢？

二十世纪八九十年代，“消失”一度成了日常生活的流动风景。从外部环境看，随着市场经济的转型，文学被迅速边缘化，文坛发生倾斜，“出国潮”和“下海潮”令人目眩。出国的作家中，随便就可以列出一串熟悉的名字，诸如高行健、古华、北岛、孔捷生、郑义、张辛欣、哈金、严歌苓、多多、杨炼、卢新华等等，正应了米兰·昆德拉的那句话，“生活在别处”。下海的作家、文人更是不计其数，文坛像是溃败的战场，还在爬格子的家伙灰头土脸，写诗更加羞于示人，成了被世俗奚落的没出息行为。

伊蕾去了俄罗斯，那里只有“远方”，没有“诗”。她还无法做到罗曼·罗兰说的那样，“认识生活真相之后，依然热爱生活”。不过，对于年长些的中国人，俄罗斯毕竟是一个曾经黏稠得化不开的情结，那片多雪、厚重、苍茫的土地，孕育出了普希金、莱蒙托夫的诗歌，托尔斯泰、陀思妥耶夫斯基、契诃夫的小说，列维坦、列宾的绘画，柴可夫斯基的音乐和斯坦尼斯拉夫斯基的戏剧，并不使人陌生。伊蕾只身独闯俄罗斯，却与此无关。那里暴力丛生，卢布飞涨，欲望横流，每一处土地都发散着原始资本积累阶段所特有的贪婪、混乱和血腥，一位孤苦伶仃的异国女子，要在那个远如天边的地方背水一战，以求绝处逢生，无异于天方夜谭。

哦，小房子。伊蕾带着化脓、溃烂的累累创痛逃向俄罗斯，诸多深层原因中，藏着一个卑微的心愿：要赚出一处属于个人居住的小房子。有了小房子，才可能结束漂泊；有了小房子，才能拥有归宿，也才能赢得活着的尊严。当年，她十八岁就成为知青，在敲锣打鼓中背井离乡，奔向“广阔天地”。此后辗转于海兴、武安和廊坊等地，换过若干工种和岗位，终于倦鸟归巢，却一无所有。当年，按政策规定，作为长女，她离津下乡，能为弟妹提供留城指标，终于可以回津的时候，却已年近四十，本该奉养年迈多病的父母安享晚年，却无落脚之处，需要挤占家里本已紧缺的居住空间。弗吉尼亚·伍尔夫认为，女人想做事，“必须有钱，再加一间自己的房间”，伊蕾为自己感到悲哀和耻辱，非破釜沉舟不足以自救。她憧憬不远的将来，一定能住进绿树环绕的属于自己的美居，并且接来父母一同享受。

莫斯科，从此多了一位疲于奔命的中国女人。她做过贩卖羽绒服的生意，也倒腾过景泰蓝工艺饰品，批发不成，就搞零售，就挨家挨户上门推销，最落魄的日子，可用狼狈不堪形容。“我在去俄罗斯前，一辈子都没有经手过钱。而在那却每天都要数卢布。赚了些钱，却又必须面对卢布每天都要贬值的日子，每天要吃饭，每天要交房租……那时嘴唇都是紫的，水泡一层刚好，另一层又生出来，总是有痂儿。”有许多次，她预算公司将会赢利数倍，却总是无法摆脱日日通货膨胀带来的重创，“赢利”转瞬即成负数。这时候，久违的诗歌也会于某个暗夜，再次光顾她的笔下，“面对诗歌写作/让我再一次裁决——/生，还是死/这是一个问题”。

她抱肩缩成一团，又常常凝神伫立街头，伴着风劲雪猛，从杂然纷乱中体味古歌般深沉、绵长、淳厚的俄罗斯文化传统与艺术风情。这里虽然被狂虐的商风覆盖，莫斯科的歌剧院却依然富丽堂皇，高贵典雅，于乱世中标示出不容亵渎的品位和格调，更有许多普通市民即使节衣缩食，也要服饰整洁地端坐于此欣赏歌剧，享受艺术。伊蕾每每被他们的艺术情怀而感动。她结识了几个俄罗斯朋友，其中会说中国话的安德烈先生还被她聘为翻译和会计。他们一起交流文学，优雅地漫步、唱歌、观剧。

一千多个日子纷纷摇落。几度春去秋来，伊蕾已数次往返于两国生意场，如同西西弗斯推滚石上山，一次次冲顶，一次次滑落。

一九九六年三月，她在极度困境中写了一首题为《三月十六日的白日梦》的诗，祈祷自己的命运不为最后一棵稻草而压垮：“你的姿势携着云层下降/莫斯科的铺满玫瑰的云啊/请做我的含泪的睡衣/做我最后的婚床……/荒原的孤独之魂，缪斯之魂/食了美洲自由的草叶/食了东方智慧的坚果/食了欧洲玫瑰的芳香/信仰爱！信仰不朽！/在十字架下/在炼火之上。”

也是一九九六年三月，我正在美国探亲。这期间，我食言了。从一九九四年，有家妇女杂志约我开个女性人物的专栏，连续四年不曾中断，这些篇什后来以《驿路芳踪》书名由天津人民出版社结集出版，所写对象包括邓肯、波伏娃、叶卡特琳娜、居里夫人、乔治·桑、梦露、法拉奇、麦当娜、武则天、张爱玲、萧红、邓丽君等古今中外杰出女性，计五十位。伊蕾亦位列其中。我违背了对她的承诺，是因为我觉得这个女性系列中，伊蕾不该缺席。我在《伊蕾:流浪的恒星》的结尾写了这样一段话:“此刻,当她独自在风雪茫茫的俄罗斯推动‘滚石’时,我正在太平洋彼岸洛杉矶的一间寓所伏案凝思。手头没有任何资料可供使用,只有片段的记忆,和真诚的默祷。但愿她的小房子不再属于童话世界。”十年后,这本书由昆仑出版社易名《巅峰女人》重新出版,五十个人物中,只有伊蕾被撤掉,增加的是去世不久的特里萨嬷嬷。责编转达终审意见:伊蕾还活着,写活着的人容易惹麻烦,扯上官司。我很无语。责编大姐见状安慰我,说她也喜欢伊蕾,以后会有机会补上的。

一语成谶,此是后话。

伊蕾终于在俄罗斯觅得命运转机,这与她的浪漫根性有直接关系。她开始留意在记事本里记下一些俄罗斯画家的名字,她的俄文还没有过关,那些复杂难辨的名字只有她自己认得。她既有艺术鉴赏眼光,也不乏投资远见,没有白忙。她把赚到的钱及时用来购买油画,一幅幅精心收藏,藏品包括安德烈·梅尔尼科夫、尼基塔·法明、特卡乔夫兄弟等著名画家的作品,而自己甘愿过着囊空如洗的清贫日子。她的梦想被一点点焐热。她喃喃自语:难熬的日子就要过去,面包会有的,牛奶会有的,童话般的小房子也会有的。

化蝶

伊蕾使用过三个名字,依次是:孙桂珍,孙桂贞,伊蕾。不同的名字,表征了三段写作里程,也是生命乐章。

她最早叫“孙桂珍”。这个质朴的名字是父母给起的,伴随她二十几年。一九七六年三月,我刚进《天津文艺》(《天津文学》前身)当诗歌编辑,只有二十岁。一切不摸门,部队诗友王新弟给我介绍的第一位天津作者,就是孙桂珍。她的诗,虽同样难以摆脱时代语境的限制,却透着不俗的才华,她的钢笔字也漂亮帅气,可称之赏心悦目。

不久，孙桂珍回津探亲，我“按图索骥”，找到位于河北区的粮店后街。我第一次知道了天津城里还有这么一个迷宫般的偏僻角落。孙桂珍已站在街口等候多时。短辫垂肩，衣着整洁，面容周正，目光略显沧桑。我断定就是她了。她带我七拐八绕穿过一条条胡同，仿佛走了漫长的路，才来到她家的小窄院子。

我由此走近了一位实力派诗歌作者。看上去，孙桂珍的年龄似乎有些模糊，像是凝固在某个阶段，她给我的感觉就是个姐姐，没有太年轻过，年长之后，反而玉树临风，气质卓然。她的性格偏于内向，习惯于把寂寞心事深藏心底，说话轻声细语，有时还会发出微微叹息。据她讲，小时候她是个爱哭泣的女孩子，别人见惯不怪的事，她常常伤感得无力自拔。她不认为自己拥有过童年，“我好像天生就老了”。其实她很单纯，直到二十六岁，还不明白，女人何以结了婚会有孩子。

不知何时，我在报刊上发现，孙桂珍变成了“孙桂贞”。一字之别，果然内蕴不同。后来我考入南开中文系七七级，孙桂贞借回津探亲的机会找过我，并参加过诗社活动。她在来信中说：“读诗，追求的就是一种感情上的满足，你给读者别的，他不稀罕。我的追求就是让读者读一遍就感动，最好是读一句就感动。”这段话对我们这些学写诗的人很有启发。她还寄来过一首厚厚的诗稿，长歌当哭，题目吓了我一跳——《被抛弃者的宣言》。诗写的是“老三届”那一代人满满的内心压抑。

孙桂贞出身于普通工人家庭，用时下说法，属于“底层”生态，你在她家感受不到任何诗书气息，本人却是个“异数”。她说，喜欢文学是受叔叔的影响，在孙家，她与叔叔最有共同语言。叔叔读书多，使她很早就接触了苏联的诗歌和小说。她八岁时写出第一首诗，题目是《大炼钢铁》，叔叔大为惊异和赞赏，郑重地告诉周围人：“她不是个孩子，你们不要把她当孩子。”我在她家见过一次她叔叔，是一个健谈的中年男人，那时侄女已小有诗名了，但在他眼里还只是初出茅庐。孙桂贞在一旁微笑不语。从她家出来，我说，你叔叔不简单，应该是你的“伯乐”。她点头，说叔叔好为人师，也挺可爱。后来我在她的诗集《叛逆的手》里看到了童年时她和叔叔的合影，叔叔留着个小分头，花格子大围巾绕着脖子垂下来，像是五四时期的青年学生，也有几分民国年代的文人“范儿”，这在二十世纪五六十年代的天津，大约也是个另类。

孙桂贞内心孤高，不肯流俗。艾略特被记者问到曾受过哪些诗人的影响时，这样回答：“我年轻的时候，对任何一个活着的诗人都没有特别的兴趣。”孙桂贞有相似之处，当我刚刚知道郭小川、公刘、闻捷等中国诗人的名字时，她却早已熟读了一批外国经典诗人的作品。她对前辈或同辈诗人往往不予置评，却毫不掩饰对海涅、普希金、莱蒙托夫、惠特曼、普拉斯等诗人的由衷赞美。她回忆，“普希金好像是我的亲戚，上小学时我就读《普希金诗选》”，而“影响我的作品，大都是我二十几岁时读的，那个时候，我读弗洛伊德，读萨特……尤其喜欢惠特曼，他的自由影响了我”。她收藏过《草叶集》的多个译本，并能大段背诵，甚至写过一首《和惠特曼在一起》的诗，这在那个时代的“诗歌圈”比较罕见。

毕业后一段时间，我仍与孙桂贞有书信往来，就一些写作问题交流看法。我从编辑角度建议她，不要零打碎敲，要以集束方，发组诗或者长诗，还要发在《诗刊》或《人民文学》，才能形成影响。她若有所思，默默点头。一九八二年十一月十五日，她来信说：“还记得吗？你曾经问过我：‘你是否有预感，感觉你会喷发，写出很多（诗）来？’我说：‘是的，我有这种预感。’真的，直到今天，我的这种感觉是更清晰了，那样自信，那样坚定，尽管我仍是在缓步前行，但是我知道，那不是因为我心中无诗，而是一些可诅咒的情绪统治了我。我啊，要想喷发，必得首先自己解放自己。我知道我能写出真正的诗，尽管那样显得十分笨拙、幼稚、单纯，但是充满了激情，荡漾着人性啊。”对我的写作优劣，她往往也能一语中的。一九八二年十二月十一日，她在信中谈道：“读你十一月二十九日信，我认为这是一篇独有见地的诗评（且不论我的诗好坏），我想郑重地奉劝你大搞诗评，且看效果如何，我预想是可以成功的。……×××原来写诗，后来他清醒地意识到，他所发现的形象尽是出自他人作品，而无真的‘发现’，因此毅然搁笔改行。我认为你写评论会远比你的诗、小说要好。”此言有如醍醐灌顶，我一直不忘。如此直言不讳的忠告，非诤友难为之。

至于“伊蕾”取代“孙桂贞”，也是在悄然之间。我查了一下，一九八三年四月二日，她在来信中谈及我正在写的一篇诗评，特意提到这个名字：“望你能提一下我以笔名伊蕾发的那几组诗，以后我可能会更多地用这个笔名了。”我曾不以为然，笔名不过是笔名，关键还要看作品，何况“孙桂贞”那时已在京津冀诗界为人熟知，成了“招牌”，更名易帜，没有必要。有段时间，一些诗友奇怪怎么不见孙桂贞写诗了？我跟着打趣，是呀，闹不明白。孙桂贞，这个名字使我印象深刻，与她早年的一场爱情经历有关。那是个白色季节。床单白，窗棂白，墙壁白，医护人员的外衣白，而卧于病榻上的那位中年男人，面色更是惨白。他年逾不惑，命途坎坷却谈吐风趣，那种笑傲人生的成熟男人魅力，磁石般吸引着二十八岁的孙桂贞。她俯跪床边，与身患绝症的恋人泪眼执手，目睹他在生命的最后一刻还在对她含笑祝福。她为无力将恋人从死神手中夺回而痛不欲生，为了祭奠一段冰清玉洁的生死之恋，她还在《人民日报》发表了《孔雀石》等诗，用的就是“孙桂贞”。

逐渐地，我开始意识到，孙桂贞执意改名为“伊蕾”，不是换招牌，而意味着洗心革面，如同形式不仅仅是形式，这个名字注定会在中国诗坛搅起小小风暴。

繁华

一九八三年，中国作协文学讲习所面向全国招录学员，伊蕾在全国二百多名考生中脱颖而出，名列第三。两年结业，又转入北大作家班继续深造。伊蕾的诗学观念有了破茧化蝶的阵痛，万事俱备，只差一场火星撞地球般的爱情。可遇不可求的爱情，曾使伊蕾承受了无尽煎熬，一旦磅礴来临，其奔突的能量会自动寻求一个出口，这是宿命使然。《独身女人的卧室》石破天惊，塑造了一个完全陌生的伊蕾。她是尼采和王国维所说的那种"以血书者"，在诗里一反中国女性讲究温柔、注重含蓄、力求婉约的写作传统，变被动为主动，以残酷的自虐制造逃避痛苦的诗意化快感。这首诗在一九八七年《人民文学》第一、二期合刊一经发表，即引起轩然大波。伊蕾的名字在文坛不胫而走。面对偏见和指责，她用惠特曼的诗句回答："我比你们想象得还要好，也比你们想象得都要坏。"

伊蕾只对圣洁的爱情俯首称臣。爱情容不得杂质，更拒绝欺骗，这样的爱情必然千疮百孔，轰然坍塌为废墟。这时候，她的诗歌写作也由巅峰坠入暗谷。伊蕾四顾茫然，曾经漫天飞扬的生命激情如退潮般空空荡荡，她终于发出绝望的悲鸣，"欢乐对于我像掠过头顶的鸟鸣一样短暂/而悲哀像千年大树在心中生长"。

俄罗斯之行拯救了伊蕾的未来。回到天津，她在文庙附近租了房子，并挂上"喀秋莎美术馆"的牌匾，美其名曰，国内第一家专门收藏俄罗斯绘画的私人博物馆。那段日子，除了天津的朋友频频光顾，她还邀请靳尚谊、王沂东、杨云飞和铁凝等外地大牌画家和著名作家专程参观。不忙的时候，她就一本正经，有模有样地画油画。她在俄罗斯学画油画，从零开始，乐此不疲，画花，画风景，画自画像。不仅自己身体力行，她还"忽悠"她的家人，她认识的诗人朋友都来画，她的理论是"诗画同源，有的诗人转到画家几乎用不了一天，给她一支笔，她立刻就是画家"。

一次，我受邀去看她的宝贝藏品。一番如数家珍之后，她忽然问：二十一世纪就要来了，这个世界最大的富翁会是什么人？我一头雾水，不明白她要说什么。她胸有成竹地说，二十世纪的东西到了二十一世纪，就成了地地道道的古董，不是吗？而古董是无价的，对不对？那么到了新世纪，最大的富翁，将不是企业家、商人，也不是发明家、科学家，一定是收藏家！后来，她承认自己当时有些盲目乐观，随之修正了看法，“做收藏的人是很矛盾的，你有可能成为最富有的人，也有可能成为最贫穷的人，因为你所有的钱都用来囤积别人的东西”。

伊蕾忙画画，忙收藏，忙旅游，却很少提到诗歌，令人生疑。这里需要回顾一下有关史实。一九八八年，我曾参与《二十世纪女性文学史》部分章节的撰写，曾把“伊蕾、翟永明、唐亚平与‘新时期女性诗歌’”作为专节论述，故而有后来的“三剑客”的说法。那时候伊蕾正火，甚至一度听到“南有舒婷，北有伊蕾”的说法。其实这是不准确的。舒婷虽然比伊蕾还要小两岁，却不属于一个年代，舒婷与北岛、顾城同是改变中国新诗流向的“朦胧诗”代表性诗人，伊蕾还只是“小字辈”。此外，我把伊蕾列为所谓“三剑客”之首，其实不排除主观因素在起作用。事实上，当孙桂贞刚刚成为伊蕾的一九八三年，比她小四岁的翟永明就已经写出了重要组诗《女人》，共二十首，其中的许多句子至今流传，诗学界翟永明定位于“中国女性主义诗歌奠基人、开创者”，是有诗学依据的。伊蕾与翟永明对于女性意识都很敏感，都受到过美国自白派女诗人西尔维娅·普拉斯的影响，但无论伊蕾还是翟永明，从来都不是真正意义的女权主义者。翟永明曾反思，对于普拉斯她只是阶段性地喜欢过，后来不想以这种倾诉的方式继续写下去。伊蕾则不然，她对普拉斯却是一见倾心，终生迷恋，且使这种自白式的倾诉方式登峰造极。此后的三十多年，翟永明写了大量诗歌、散文、随笔，出版了十几部诗集或散文集，表示，“我并不是只写跟女性有关的诗歌，我大量的诗歌与现实有关，与别的主题有关，与当下社会问题有关，甚至与未来有关”。而同时期的伊蕾，其写作则似有若无，风轻云淡，特别是进入新世纪以来，她的诗歌写作寥若晨星，其中最短的诗仅仅五行，写于“5·12 大地震后第 5 天”的《天地人歌》，也不过十二行，渐行渐远渐无痕，与二十年前她的长诗迭出、组诗不断的“井喷”态势，形成巨大落差。

我不愿意相信这个事实，却必须接受。伊蕾的诗歌写作，因爱情而荣枯，而盛衰，而生灭，是没办法的事。伊蕾说，“我的诗中除了爱情，还是爱情，我并不因此而羞愧。爱情并不比任何伟大的事业更低贱”，伊蕾与爱情是同一的，相融的，互为养殖，难以剥离。这意味着，爱情的烟消云散，对于一位爱情至上主义者，差不多就是写作生命的“大限”。

从俄罗斯回来，伊蕾一度深居简出，偶尔出现在诗歌活动场面，也是沉静如旧，并不多言。她平易近人，与人为善，与那些自视甚高、骄矜冷漠的名家大咖形成了鲜明对照。曾经沧海，看淡一切，她已经不是当年的伊蕾了。她的名字已经成了符号，写不写诗，都是伊蕾。

她把在天津的“喀秋莎美术馆”当成了沙龙。后来她把家安在北京宋庄，工作室干脆就叫“伊蕾家”，接待络绎不绝的来客是她的日常生活内容。她亲自下厨，做俄氏风味的西餐，一同享受小资情调十足的鲜花，烛光，美酒，咖啡，美术，音乐。我看过伊蕾与友人在一起抽烟的照片，如她所说，“男人抽烟更像男人，女人抽烟更像女人”。她期待宴席不散，朋友常来，一再表示，“这里就是你们的家，我就是看家的妈妈，你们随时过来，我在家里等着你们”，即使仅仅一面之交，甚至刚刚认识，她都会发出热情邀请。由此，许多人都有了与她接触和交往的记忆和谈资。

写作的繁华与俗世的繁华，从来就不是一回事。

从早年的喜欢寂寞，到晚年的享受热闹和热衷旅行，伊蕾何以判若两人，一直是个谜团。王尔德说：“人世间有两种不幸，即一无所获的不幸和整个拥有某种东西的不幸，后者更为不幸。”三岛由纪夫对此的解释是，“这更为不幸的后者，就是倦怠”。我不想把倦怠与伊蕾挂钩，我宁愿认为，由于爱情神话的破灭，伊蕾改变了自己，这种是个被动到主动的过程。她把早年那种尖锐的爱，挣扎的爱，煎熬的爱，飞蛾扑火的爱，化作宽厚的、温和的、慈祥的、浩瀚无边的友情播撒开来，把小爱变成大爱，把个爱变成普爱，在世俗中与大家分享着爱的“亲和力”。

我不是喜欢热闹的人，对朋友的接纳和选择有自己的坚持。即使有冒犯伊蕾粉丝的可能，我还是要说，我更喜欢写作中的诗人，而这样的诗人不应该固化为一个符号。这也是许多年过去了，我仍习惯地叫她孙桂贞的原因。有时候，我会想象这样一个场景，她回到空旷的夜晚和房间，真的很开心吗？她是不是在用交友和旅行尽力填满日子的缝隙，以抵御倦怠的侵扰？

作为老朋友，我曾对她调侃：诗坛少了一位一流诗人，而多了一个三流画家。伊蕾不以为然，一度还有些“耿耿于怀”。其实我很清楚，对于伊蕾这样的“另类”精灵，切不可用常人常理衡量之。伊蕾的巅峰期可遇不可求，此后多写还是少写，写或者不写，就没有那么重要了。伊蕾现象是不可复制的，不仅他人无法模仿，她本人也很难重复。如同赫拉克利特所言，“人不能两次踏进同一条河流”，过去了，就是过去了。过去了，却并不意味着她的诗歌光芒已经熄灭。

身后

二〇一〇年，《伊蕾诗选》静悄悄出版，尽管有陈超作序助阵，依然略显冷清，在这个热点缭乱、噪音频仍的市场经济年代，甚至有一种文物出土般的寂寞。作为伊蕾诗歌写作一路风雨走来的见证者，我有些不安。我很想力所能及地摇旗呐喊，引来一些鲜花和掌声。愿望是美好的，可动起笔，我又不自觉地理性起来，回到批评家的话语和立场，凭着固有印象，在肯定诗选价值的同时，我谈到，“人们有理由相信，这本诗选很可能会成为她写作生涯的句号，至少增添了某些谢幕意味”。我的文章题目《繁华已逝，诗册犹存》，也不合时宜，既言“繁华”，却道“已逝”，怎么理解，都不是吉祥的气象。文章在《文学报》《中华读书报》相继发表，应该是《伊蕾诗选》出版后的唯一“反响”，伊蕾不会不知道，她的反应是没有反应，我们也没有再就此议题交换看法。几乎与此同时，《文学自由谈》发表了一篇题为

《你隔着金色的栅栏》的，作者是远在甘肃的严英秀，她梳理了阅读伊蕾的心路历程，坦言年轻时她不喜欢伊蕾带来的情绪“暴力”，穿过二十年的时间尘埃，再次相会伊蕾，发现“她的诗歌中，充斥着‘我是谁？’‘我从哪里来？’‘我往哪里去？’的终极叩问，这不是给诗歌刻意披上的思想的外套，不是对二十世纪八十年代以来风行的追逐哲学思潮的潮流的跟风，而是源自于生命本体的灵魂的发问”，那么，“这些诗，仅仅只是爱情诗吗？或者说，爱情诗写成这样，又怎一个‘爱情’了得”！字字有声，这时候我发觉自己只是一个肤浅的见证者。我把这期刊物转给了伊蕾，她读了文章很受触动，多次表示希望见到这位时空遥远的知音。

触动归触动，伊蕾一直没有停止实施一个既定目标。最初她决定每年要出游四至五个国家，后来提速，要用十年时间游走体验一百个国家。她在大手大脚地散东西，把家里的书籍、家具、电器和各种装饰品一批批送给朋友，不管谁去她家，都不会空手而归。她说，“现在旅行成了我的第一要务，一切为它让路”。

伊蕾莫名其妙地喜欢夏天，曾在一首题为《夏》的诗中呼唤，“我在夏天重生重死/让夏天一口一口把我吞食吧/让我残破的肢体/腐烂在夏天”。然后到了二〇一八年夏天。令人骇然的是，正是在这个夏天，她奔向了旅游计划中的第六十一个国家——冰岛，那里成了最后一站。

有哲人说，死亡和太阳一样不可直视。无论东方还是西方，人对死亡的话题都很避讳，任何理性的解释都不可能使人摆脱对死亡的恐惧。斯宾诺莎转移视线，指出智者要思考的是生命，而不是死亡。一些诗人却没有这么理性，他们就是要直视死亡。具代表性的，就是中国女诗人伊蕾和她独有情钟的美国女诗人西尔维娅·普拉斯。普拉斯只活了三十岁，却对生命的厌烦由来已久，她声称“向往所有令自我毁灭的方式”，在著名的《拉撒路夫人》一诗中她这样写道：“死亡/是一门艺术，和其他事情一样/我尤其善于此道/我做了，于是它犹如地狱/我做了，于是感觉到它的真实/

我想，你们会这样说/我被这个目标召唤着。”在经历过“自我”浴火的伤痕累累之后，她选择在灰烬中自绝生命，她的丈夫特德·休斯据此认为，自己的妻子是被写作害死的。伊蕾对于死亡的书写更是“肆无忌惮”，口无遮拦，有过之而无不及。在她的诗里，所有对死亡的避讳都不复存在，直接写到“死”的句子比比皆是。她在《三月的永生》里写道，“我的永生在风暴里/鲜红的眼泪砸伤了我/我终于死、死、死、死了/我的死是永生”，全诗出现了四十八次“死”的刺目字眼，中外诗人，绝无仅有。那时她三十七岁，还年轻，活着的时间对于她是奢侈的，更重要的，她正深陷爱情。热恋中的诗人常常无所畏惧，或轻蔑死亡，或美化死亡，他们向往的是“在天愿为比翼鸟，在地愿为连理枝”的天神境界。

却怎奈爱情无常，岁月无常，生命无常！

伊蕾生命的休止符定格在了六十七岁。如此，“7·13”“星期五”与寂冥的冰岛互为支撑，叠加成了一种诗意苍茫的黑色隐喻。她呼唤过无数次的死神，终于潜入冰岛，静悄悄完成了它的使命。死讯传来，国内许多地方的诗人、画家自发组织追思活动，悼念诗文从北到南此起彼伏。尽享如此哀荣，伊蕾生前绝不会想到。我从最初的恍惚中悟出，我们都不知道自己在何时何地，以怎样的方式告别这个世界，但谁都在乎生命的长度。而这长度无论十位数，抑或百位数，之于宇宙时间也只是瞬间，所以伊蕾才写出了如下诗句：“生命这样短啊/短得像一柄剑/与其苟活，不如勇敢地寒光一闪。”

伊蕾离去已经有些日子。悲痛之后，我们还是要回到文学，回到诗歌文本，回到伊蕾的写作遗产。伊蕾的写作巅峰期大约只有三四年。这样的巅峰期可遇不可求，此后，写得多还是写得少，写或者不写，她没有那么看重。伊蕾诗歌，由于它已经进入历史，这时候我们会觉出一种异样和陌生感。我这几天重读她的部分诗作，读出了许多感慨。当人们谈论新时期诗歌史，伊蕾无疑是绕不开的话题，中国新诗编年史，缺少《独身女人的卧室》《流浪的恒星》《三月得永生》等作品，肯定不能说是完整的。

我还在想，怎样衡量经典作品？古今中外的经典作品有个重要指标，就是经得起重读。据我长期的阅读经验，伊蕾的部分诗作是可以重读。当然，伊蕾诗作是否具有重读价值，或者说，是否具备了某些经典作品元素，最终还有待于岁月的检验和裁决。对于伊蕾而言，她在这个神秘而多难的世界，活过，哭过，爱过，写过，就可以了。

骨头的姿势

◎ 詹谷丰

姿势是人体丰富多彩的表情。人的一生中，坐、立、卧、跪、拜、二郎腿、倒卧等多种动作交织变换，折射了一个人隐秘的内心世界。

人体的每一种姿势，都和骨头关联，没有一种动作可以游离于骨头之外。姿势有难易之别，有卑微和高尚之分，但所有的分别，并不是永恒不朽的石头，在时间、场景和对象的变换中，沸腾的热血，展示了一根骨头的硬度。

有的人，精神伟岸，但他的骨头，却从最卑微的下跪开始。

下跪

在人前下跪，我一直以为是奴才的姿势，是软骨的病状。一九一二年，中华民国政府以庄严的法律形式正式废除延续了千年的跪拜礼，和一九四九年毛泽东在天安门城楼“中国人民从此站起来了”的国家宣示，都为我的观点提供了有力的例证。

清华国学院的学生刘节，从小被父亲灌输了站立做人的理念。家传的庭训，在这个读书人心中种下了拒绝屈膝的种子。但是，一九二七年六月清华园中的一幕，却重新塑造了他的膝盖。

清华国学院导师王国维的投湖自尽，犹如在平静的颐和园里投下了一颗威力巨大的炸弹。刘节随同导师陈寅恪等人赶到那个悲伤的地方。除了那份简短从容的遗书之外，再也没有找到一代大儒告别人世的任何因果。

刘节在王国维的遗容中看到了拒绝生还的决绝表情，遗书中那些平静的文字从此就一直刻进了他的脑海：“五十之年，只欠一死，经此世变，义无再辱。我死后当草草棺殓，即行藁葬于清华茔地……书籍可托陈、吴二先生处理……”

刘节参加了王国维遗体的入殓仪式。曹云祥校长，梅贻琦教务长，吴宓、陈达、梁启超、梁漱溟以及北京大学马衡、燕京大学容庚等名教授西服齐整，神情庄重，他们头颅低垂，弯下腰身，用三次沉重的鞠躬，向静安先生做最后的告别。

陈寅恪教授出现的时候，所有的师生，都看见了他那身一丝不苟的长衫，玄色庄重，布鞋绵软。陈寅恪步履沉重地来到灵前，缓缓撩起长衫的下摆，双膝跪地，将头颅重重地磕在砖地上。所有的人都被这个瞬间惊呆了，校长、教授、朋友、学生，在陈寅恪头颅叩地的三响声中，突然清醒过来，一齐列队站在陈教授身后，跪下，磕头，重重地磕头。

刘节，就是此刻在教授们身后跪倒的一个学生。当他站起来的时候，突然间明白了，在向他的导师，一代大儒王国维先生告别的时候，下跪，磕头，才是最好的方式，才是最庄重的礼节。这样的仪式，才能和先生的马褂，以及头上那根遗世的发辫融为一体。望着陈寅恪教授远去的背影，刘节想，陈先生用了一种骨头触地的姿势，完成了对王国维先生的永别。陈寅恪教授，不仅仅是王国维先生遗世书籍处理的最好委托之人，更是对死者文化精神和死因的理解之人。

王国维先生纪念碑上的文字，此刻穿透时光提前到达了刘节身边。两年之后才出现在陈寅恪教授笔下的王国维先生纪念碑碑文，突然在陈寅恪教授下跪的瞬间落地。刘节成了这段碑文的播种之人。

王国维先生纪念碑，经过时间的打磨，两年之后，屹立在清华园中，在以刘节为首的学生们的请求下，陈寅恪教授提起了那支沉重的羊毫，用金石般的文字，破译了王国维的殉世之谜，用独立精神自由思想的主张彰显了学术人格的本质精髓。

陈寅恪教授的一个肢体动作，无意中改变了刘节对“下跪”这个词的认识和理解，并从此以后影响他的终生。陈寅恪教授，把对王国维的纪念，刻在了坚硬的石头上，刘节先生，则把那段文字刻进了柔软的心里。

站立

跪拜，是一种庄严的心灵仪式。但是，并不是所有的庄重场所都要用这种仪式来表现。站立，就是跪拜这种礼节另一种形式的体现。

清华国学院放了暑假，刘节和一群学生跟着导师陈寅恪去上海，他们要去拜见仰慕已久的同光体诗歌领袖陈三立老人。

陈寅恪教授出生在文化世家，他有一个非常优秀的父亲，这就是民国三公子之一的陈三立。叶兆言先生则反证说：“在中国历史上，诗人注定没什么政治地位，作为诗坛领袖，散原老人（陈三立）更像是一个文学小圈子里的人物，好在有个争气又充满传奇的儿子，你可能不认识他爹，但你不会不知道陈寅恪。”

叶兆言站在二十一世纪语境下论述人物，带有鲜明的时代特点，但二十世纪的人绝不会不知道陈三立。这个别称散原老人的人物在民国历史上是可以用“如雷贯耳”这个成语来形容的。汪辟疆的《光宣诗坛点将录》，将陈三立尊为“及时雨宋江”，在一百单八将中名列首位，由此可见三立老人的地位和影响。

刘节是在上海聆听陈三立教诲的学生之一，在陈家那个并不宽敞和简朴客厅里，学生们同晚清诗坛领袖三立老人围坐一圈。学生们以为名人都有架子，不免用拘束和小心来打扮自己。谁知三立老人开朗随和，用带有长沙口音的普通话同晚辈们谈笑风生。学生们对汪辟疆《光宣诗坛点将录》中的往事淡薄了，倒是所有人都对一九二四年诗人徐志摩陪同印度诗人泰戈尔到杭州拜访陈三立的故事兴趣盎然。

印度诗人泰戈尔随身带来了一九一三年获诺贝尔文学奖的诗集《吉檀迦利》，他郑重地签上自己的名字，赠给他心目中最杰出的中国诗人。泰戈尔以为“吏部诗名满海内”的陈三立会将他的《散原精舍诗集》回赠，不料三立老人却用微笑和谦虚婉拒了他的期望。三立先生说：“您是一位世界闻名的大诗人，是足以代表贵国诗坛的。而我呢，不敢以中国之诗人代表自居。”

泰戈尔没有得到陈三立的诗集，他知道这是一个中国诗人的谦虚。在徐志摩和杨杏佛的提议下，两位诗坛巨匠在西湖边合影，纪念一个属于诗歌和诗人的美好瞬间。

在刘节的记忆中，还有同学提到了陈衍、郑孝胥、陈宝琛、林旭、沈曾植等《光宣诗坛点将录》中的重要诗人。这个时候，细心的刘节发现，他们的导师一直未坐，自始至终站立在父亲身边。

立即有学生起立，要将座位让给陈寅恪，却被制止了。陈寅恪说，我的凳子就在身后。在课堂上，我是老师，但是，在父亲面前，我是儿子。今天，我不能与你们平起平坐了。

所有的学生，都无法接受老师的观点。导师的站立，让他们瞬间感受到了腰肢的酸胀和腿脚的疼痛。大家同时站立起来。刘节用一句话代表了所有人的心声：老师站立，学生岂能安坐？

所有学生的屁股，最后在陈三立老人的劝说下回到了椅凳之上。而陈寅恪教授呢，依然以一种恭敬的姿态，垂手站在父亲身后。诗坛领袖说，安坐与站立，都是规矩，世代可以更替，但伦理不可错乱！

刘节记忆中的那个上午，清华国学院导师陈寅恪教授整整站立了两个时辰，在父亲与学生愉快的交谈中，陈寅恪教授静静地站成了一座巍峨的大山。

跪拜

许多年之后，当刘节教授在岭南大学的校园里见到陈寅恪的时候，他没有想到“跪拜”这两个汉字组合的仪式就这样突然来临了。

在国民党败退逃往台湾的混乱中，陈寅恪拒绝了蒋介石的重金诱惑，在岭南大学校长陈序经的礼聘中来到了温暖潮湿的广州。而他的学生刘节，则早他三年到达广东，在并无约定的时光中等候同老师的再度相逢。

在美丽的康乐园里，学生们知道历史系主任刘节和历史系教授陈寅恪，似乎没有人了解他们过去的师生关系。但是，每逢传统节日，学生们都可以看到令他们惊诧的一幕。

节日来到陈寅恪教授家里的系主任，彻底脱去了平日西装革履的装束，一袭干净整洁的长衫，布鞋皂袜，一派民国风度。见到陈寅恪先生的刹那，刘节教授便亲切地喊一声先生，撩起长衫，跨前一步，跪拜行礼。

在刘节教授庄重的磕头礼中，学生们终于知道了刘节教授和陈寅恪教授的师生因缘，也知道了这对师生一九二七年六月在王国维先生遗体入殓仪式上通过庄重的下跪产生的心灵交集。

学生们从刘节教授的磕头下跪中完成了对旧时代的认识。当握手成为一个时代礼节的唯一标志，当鞠躬的身影都只能在教科书中寻找的现实中，大学生们开始了对长袍、马褂、布鞋的重新打量，他们的目光看到了陈寅恪教授一九二七年下跪磕头的情景。

刘节教授用跪拜的仪式展示尊敬和感恩的时候，岭南大学的长衫被时代的世风脱下了，康乐园里换上了中山大学的新装。在课堂上，刘节教授将陈寅恪撰写的王国维纪念碑文移到了黑板上。刘节教授眨眼之间，新旧两个时代的交替就像时光从沙漏中间穿过，然后又聚集在他的掌上。

刘节教授说，骨头虽然坚硬，但一定得用皮肉包裹。深刻的思想精髓，必定在文字的深处。下跪，磕头，站立，鞠躬，已经不再常见，但当它出现的时候，一定比握手高贵。

安坐

安坐是屁股的仪式，由于腿的功能退居幕后，屁股的表情便更加隐蔽。客观来说，人的屁股在严密的纺织品包裹之中，不露声色，所以，屁股的真实嘴脸，有时便曲折婉转地借助语言和手、脚来表现。

其实，有史以来，屁股始终是不平等的。龙椅上，只供有皇帝的屁股，别人是不能染指的。当皇帝安坐在威严的龙椅上的时候，所有的文臣武将，都只能肃立或者下跪。

在一张一九五八年的旧照片上，我看到了两张普通的木椅，木椅上面安坐的是两个民国历史上声名显赫的人物。蒋介石和胡适，以并肩而坐的姿势，穿越辽阔的海峡和五十七年的漫长时光，出现在一个写作者的眼前。

蒋介石的神情气度保持了他一贯的严肃和威仪，符合一个领袖的身份，他正襟危坐，服饰严整，身姿端正。出乎我们意料之外的是，胡适却二郎腿高跷，神情轻松，一副旁若无人的样子。

照片是真实的，但仅仅是瞬间的记录。胡适的二郎腿和领袖的正襟危坐构成了巨大的疑问，它让我一直思考，在威严如日中天，人人见而敬畏的蒋介石面前，胡适用高傲的二郎腿，难道是为了展示一个独立知识分子的内心世界？

我在那幅照片的深处，终于寻觅到了胡适和他那条著名的二郎腿的真相。就在同蒋介石合影之前，胡适在“中央研究院”院长就职典礼暨第三届院士会议上，同蒋介石发生了激烈的交锋。胡适对会上蒋介石以领袖身份发表的讲话极其不满，他认为蒋介石要求“中央研究院”责无旁贷地担负起复兴民族文化的大任，“目前大家共同努力的唯一工作目标，为早日完成‘反共抗俄’使命，如果此一工作不能完成则吾人一切努力终将落空，因此希望今后学术研究，亦能配合此一工作来求其发展”以及“五四运动”“打倒孔家店”的论述违反了学术研究的独立原则，干涉了学术研究的自由。

胡适的答谢词以石破天惊的愤怒开头。“总统,你错了!”胡适的当头棒喝让毫无防备的领袖眼冒金花。在蒋介石的极度错愕中,胡适又毫不客气地说:“我所谓的打倒,是打倒孔家店的权威性、神秘性,世界上任何的思想、学说,凡是不允许人家怀疑的、批评的,我都要打倒!”

蒋介石愤怒的引信瞬间点燃了,他勃然变色,拂袖站立,若不是张群、陈诚等人拉住,他肯定会踢翻座椅,扬长而去。

照片上的蒋介石,不露声色。照片背后的蒋介石却一腔怒火,屈辱让他长夜难眠。他在日记中写道:“今天实为我平生所遭遇的第二次最大的横逆之来。第一次乃是民国十五年冬、十六年初在武汉受鲍尔廷宴会中之侮辱。而今天在中央研究院听胡适就职典礼中之答拜的侮辱,亦可说是求全之毁,我不知其人之狂妄荒谬至此,真是一狂人……因胡事终日抑郁,服药后方可安眠。”

我相信,蒋介石在同胡适的会后合影中,他愤怒的潮汐依然没有消退,惊涛裂岸的声音依然让随从们胆战心惊。

二郎腿,是安坐之后的后续和延伸动作。安坐,很多时候是二郎腿的前奏。胡适同蒋介石合影中的二郎腿,被他的学生傅斯年看在眼里,而蒋介石胸中愤怒的潮汐,也在傅斯年的胸中撞响。

从精神的姿态来说,傅斯年是老师衣钵的传人。这个五四学生运动的总指挥,在一九一九年五月四日的上午,扛着大旗走在游行队伍的前列,一直冲进赵家楼。徐百柯先生说:“这样一个敢说敢骂的山东好汉,在台湾,人们称他是唯一一个敢在蒋介石面前跷起二郎腿放胆直言的人。”

傅斯年拒绝从政,一生精力投入学术和教育。这个对蒋介石和国民党忠心耿耿的读书人,对贪污腐败恨入骨髓。抗战时期,他以国民政府参政员的身份搜集行政院长孔祥熙贪赃枉法,以权谋私的证据材料。时任中华民国驻美大使的胡适写信,出于对学生的爱护,劝其不要惹火烧身。

为了保护孔祥熙,平息傅斯年的怒火,国家和军队的最高领袖蒋介石专门置设筵席，宴请傅斯年。

宾主落座之后，傅斯年虽然跷起了二郎腿，但却没有半点不恭敬的意思。然而，接下来的对话，却让蒋介石颜面难堪，一众陪客大惊失色。

蒋介石问：“孟真先生信任我吗？”

“绝对信任！”傅斯年回答毫不犹豫。

此刻的蒋介石，满脸轻松，笑容亲切。“你既然信任我，那么，就应该信任我所用的人。”

傅斯年瞬间就明白了蒋委员长设宴的目的，也明确无误地断定，领袖话中的“我所用的人”的所指。他突然血往上涌，斩钉截铁地说：“委员长我是信任的。至于说因为信任你也就该信任你所用的人，那么，砍掉我的脑袋，我也不能这样说！”

孔祥熙之后的另一任行政院长宋子文，更是施展权力，利用战后接收敌伪产业等各种手段积聚巨额财富。傅斯年愤怒至极，连续写下《这个样子的宋子文非走开不可》《宋子文的失败》和《论豪门资本之必须铲除》三篇战斗力极强的檄文，在《世纪评论》和《观察》发表。傅斯年一针见血地直指腐败根源：“古今中外有一个公例，凡是一个朝代、一个政权，要垮台，并不由于革命的势力，而由于自己的崩溃。有时是自身的矛盾、分裂，有时是有些人专心致力，加速自蚀运动，惟恐其不乱，如秦朝‘指鹿为马’的赵高，明朝的魏忠贤，真好比一个人身体中的寄生虫，加紧繁殖，使这个人的身体迅速死掉。”

中华民国历史上两任贪污腐败的行政院长，因为傅斯年揭发弹劾而下台。而孔祥熙和宋子文，一个是蒋介石的连襟，一个则是蒋介石的妻舅。所以，他的老师，敢于在蒋介石面前架着二郎腿的胡适，也为他担心，劝他小心行事。

新闻照片，不仅是现场的真实记录，也是人物心灵的自然流露。傅斯年的二郎腿，不仅在领袖面前骄傲地展示，在作为国宾的洋人面前，他也没有刻意地掩饰和收敛。

国民党败退台湾的那一年，盟军统帅麦克阿瑟将军访问台湾。蒋介石率领五院院长、三军总司令等政要到机场迎接这位美国的五星上将。在第二天报纸刊登的新闻照片中，蒋介石、麦克阿瑟和傅斯年三人在贵宾室就座，五院院长等政要们垂手恭候，三军司令立正挺身。傅斯年坐在松软的沙发上，口衔烟斗，跷着二郎腿，吞云吐雾，潇洒自若。新闻报道说："在机场贵宾室，敢与总统及麦帅平坐者，唯傅斯年一人。"这个让人惊叹的场景，引出了别人的评价，那是《后汉书》中范晔评价郭林宗的语言的借用："隐不违亲，贞不绝俗，天子不得臣，诸侯不得友，吾不知其他。"

疯狂之恋

◎ 李金荣

当青春与爱情双双远去后，乔治·桑一改往日的生猛奔放，变得安静柔和，生活的重心也从巴黎转到诺昂，过着隐居式的生活。她在那有一座庄园，是十七岁那年祖母去世留给她的。庄园坐落在乡间，很大，也很美，除了各式各样的房间外，还有花园、菜园和茂密的树林。

她的大部分时间，除了读书和散步，主要还是写作。计划从《魔沼》开始，以家乡贝里地区的乡野风光为背景，以人间牧歌式的爱情为主线，创作一系列的田园小说。本以为岁月静好，可以就此终老，孰料缪塞的死，让曾经的爱忽然鲜活起来，五十三岁的她瞬间坠入对往事的回忆中。

那是一八三三年初夏的一个晚上，在一家杂志社举办的宴会上，二十九岁的乔治·桑与缪塞相识。那天她是宴会上唯一的女性，一袭酒红色连衣裙，性感妩媚。二十三岁的缪塞是现场最为年轻的诗人，身着白色礼服和天蓝色的紧身长裤，身材单瘦，脸庞俊美。落座后，他们正好挨着，凭空多出许多话题。

乔治·桑对他早有耳闻，出了名的花花公子，巴黎所有贵妇名媛的宠儿，堪称法国的拜伦。可如今面对他的风趣与优雅，却莫名向往，她预感到了。有关她的绯闻，缪塞也略知一二，为了情人抛弃丈夫，后来又和情人分手。可那又怎么样呢？她那双像印第安女人的大眼睛，充满魅惑与温柔，盯着他的时候像是在询问，令他着迷。她的皮肤呈黄褐色，泛着青铜的光泽，这不也正是他欣赏的野性美吗？

回家后，缪塞通宵阅读乔治·桑的《印第安娜》。一部充满激情与抗争的长篇小说。主人公印第安娜美丽善良，丈夫粗暴骄横，备受伤害。她转向情人寻求温暖，而自私的情人让她再次失望。最后苦尽甘来，和童年时代的男友去了印度。看完，他写信向乔治·桑表达敬意，并在信末赠诗一首，问她："是谁让你写下这热情的一页？那所有痛苦的感觉，是想象，还是回忆？"

读了他的信，乔治·桑暗自欢喜，感觉好像年轻了好几岁，重返被人爱慕的时光。缪塞不愧是风流才子，不仅文采了得，还深谙文人之道，博取乔治·桑好感的最佳途径，莫过于读她的书和发自真心的赞美。他们开始通信，不到一个月就变得亲密起来，共同策划一些浪漫的"邂逅"：塞纳河边，落霞与孤鹜齐飞；卢森堡公园，衣香鬓影月黄昏；卢浮宫里，孤舟一去迷归年。他们陶醉其间，如蝶恋花，流连忘返。

不久，缪塞给乔治·桑寄来一封滚烫的情书。她犹豫了。以前之所以跟他交往，是欣赏他的才华，而他又是那么讨人喜欢，每次在一起总是充满了快乐和惊喜。但一想到他的品性，她害怕了。他跟她说过，他爱所有的女人，但也鄙视所有的女人。这样的人只适合做朋友。她梦想中的爱情是情深而忠贞的，虽然她自己也没有做到，但那是因为失望，而不是放荡。

她没回信，缪塞就明白了，再次书信，他说我像个孩子一样爱您！像个孩子——这句话一下子击中了乔治·桑，她为之颤抖。是的，她不仅是一个女人，还是两个孩子的母亲，只有孩子能让她软弱。见面后，缪塞哭了，于是她让步了，被缪塞的青春和眼泪征服了。当晚给朋友们写信，说她爱上了缪塞，说这次绝对是认真的，她愿沉醉其中，一生不醒。

缪塞第一次走进乔治·桑的住处，是在一个雨后的下午。她在客厅接待了他，像久别重逢的恋人，先是拥抱，然后是咖啡和烟。她请缪塞抽埃及烟，自己铺个垫子坐在地毯上，就着一杆樱桃木的长烟斗吸烟。缪塞跪在她旁边，把手放在她的拖鞋上，打趣说上面的东方图案，和她身上的丝绸裙子配在一起，简直就是完美，他得好好欣赏一下。她被逗乐了，说他真是个淘气鬼。

乔治·桑的寓所，位于巴黎左岸玛拉盖滨河街十九号，一座三层小楼的顶楼。中间客厅，两边卧室，简单但魅力独具。窗外风景如画，巴黎的街心公园，新桥和塞纳河，以及对岸巴黎圣母院的钟楼一览无余。有朋友来，便一起喝酒聊天，各种新闻八卦和烈酒掺杂，总之是个令人开心的地方。

她邀缪塞搬来同住，她认为既然相爱就要在一起。头两个星期如梦似幻，终日与美酒美食美人美景为伴，还有文学与艺术。但，是梦总要醒的。缪塞贪玩，于是她像哄孩子一样带他出去，陪他玩耍。他们出双入对，一时间人们总能在歌剧院、剧场、餐厅、咖啡馆见到他们。很快流言四起，而乔治·桑的积蓄也如暖阳下的积雪在融化。

然而与他们在一起的欢愉相比，这又算得了什么呢。有一次，乔治·桑和朋友们精心准备了一个烛光晚餐，邀请了一些著名人士。可那天任谁也没想到，缪塞刮了胡子，穿上裙子，把自己装扮成一个女佣。倒酒的时候，不小心把醒酒瓶打翻在一个哲学家的头上，令大伙啼笑皆非，这才发现女佣是缪塞。乔治·桑也忍不住发笑，好一个缪塞，连粗俗都粗俗得如此可爱，像个大学生。

从那天起，他们经常约朋友来家里聊天宵夜，作为一种娱乐。这样的夜晚是迷人的，外面静谧幽深，室内笑语不断。文人们谈天说地，喝酒纵情。缪塞在一边起劲儿地作歪诗或画画，记录一些有趣的场景。后来他整整画了一本漫画，上面有乔治·桑，也有其他人，其中最好玩的是“诗配画”：乔治在小房间/抽她的卷烟/眼里噙着泪花/两边各有一盆花。如此插科打诨，令人捧腹。

深更半夜，兴致来了，乔治·桑一身男人打扮，拉着缪塞到附近的树林里散步。晴空下，月色如水，她像个士兵一样在林间行走，声嘶力竭地唱歌。此时的她，女人的柔弱与孩童的顽皮迷人地汇于一身，让缪塞爱潮汹涌。这不正是他一直在寻觅的女人吗?有情有趣有格调,有母亲的包容,也有女人的风情,在一起风月无边,轻松随意。

这就是他们的生活。如果说还有什么美中不足的话,那就是乔治·桑在写作上过于认真守时,说什么时候交稿,就什么时候交稿,严格履行约定。常常深更半夜起床写作。缪塞睡鼠一枚,懒惰放纵,被她狠狠训斥,他嬉皮笑脸应对。事后有朋友警告他,说乔治·桑是个危险的女人,他一笑了之,危险?要的就是危险。没有危险何来刺激!随后,他提议去枫丹白露。

原本爱情和自然就是天地间的绝配,何况是在枫丹白露这个让人一见倾心的地方。他们变得更加恩爱,新婚燕尔一般。先是在法兰西街的一家旅馆住了一个星期。从那儿可以很方便地走到大峡谷去野餐,然后在松软的草地上小憩,情意绵绵地拥抱,或是等着月亮从峭壁悬崖的黑影上升起。这些夜晚,乔治·桑经常一身男装。如果是骑马远足,她会换上漂亮的女装。

一个星期后,他们住进了林间小屋。没想到当天夜里就上演了一幕惊悚剧。月光皎洁,他们沿着一条小路去"探险",朝着森林深处走去。也不知走了多久,他们停下来休息,顺手把带着的酒放在一块平坦的岩石上,然后席地而坐,喝酒赏月。这时,已有几分醉意的缪塞突发奇想:从谷底喊话,听回声。乔治·桑说累了,不想动。于是他一个人朝着山谷走去。

过了好一会儿,不见缪塞回来,也听不到任何动静,乔治·桑开始有些担心。她站起来观望,忽听到从不远处传来刺耳的呼喊声,那嘶哑的、夺人魂魄的声音,让人不寒而栗。她本能地循着声音冲过去,果然是缪塞,站在山谷里浑身发抖,惊恐万状,看到她出现,立刻把她拉到身边,大声嚷着:"快跑啊!"

他俩终于爬出山谷,来到一片空地。空地上散落着一些像墓碑一样平整的岩石。缪塞惊魂未定,以为自己被弄到了墓地,再次慌乱。乔治·桑尽力安慰他,问他到底出什么事啦?他说在山谷里躺着的时候,听见有人在唱歌。于是起身想看个究竟，只见在花丛上，有个男人在奔跑，脸色苍白，披头散发。后来离他越来越近，他仔细一看，竟然是他自己的幽灵。

乔治·桑打了个激灵，忽然意识到，原来这就叫自我幻视。缪塞曾跟她说过，这种现象最早发生在他十五岁那年，当时他一个人走进树林，漫步在欧石楠丛，一个穿黑衣的青年出现在一棵树下，相貌看上去和他如兄弟一般。后来他的幽灵又出现过几次，每次都猝不及防，而且都是在夜深人静、一人独处的时候。但不知为什么，觉得今晚比以往的可怕。

当初她以为缪塞是开玩笑，根本没在意，如今看来是真的，得赶紧回林间小屋。而缪塞继续着病态的激动，对她说，就让今夜成为我们生命的终点吧，爱过也被爱着，不要等到年华逝去，也不要等到世界把我们分开。他一边说着一边抱起乔治·桑，朝着临近深渊的地方大步走。乔治·桑手脚并用，拼命挣扎，终于逃脱。缪塞一路狂追，最后跪倒在她面前，求她饶恕。她哭了。

返回途中，他们迷路了，直到天亮才回到小屋。此时，夜的诡异消失了，广袤的森林在黎明中又恢复了它的美丽与生机。爱情也奇迹般地复苏了。他们在小屋里又待了一个星期。天气晴朗的日子，他们故地重游，相视而笑，紧紧地拥抱。随着初秋时节的来临，阵阵凉风与细雨，把他们的情思带回巴黎，带回那个充满温馨与笑声的客厅。

一八三三年年底，他们在马赛登上了驶往热那亚的轮船，开启了意大利之行。本来这是两个人共同的心愿，但从一开始就仿佛被施了魔咒，一路上矛盾不断。乔治·桑有个长篇要完成，无论是在热那亚，还是在佛罗伦萨，每天夜里，都要在自己的房间里工作八个小时，不完成当天的任务不开门。如果缪塞表示不满，她就鼓励他写作，这让缪塞更为恼火，她竟敢如此轻侮他！

紧接着乔治·桑病了，直到威尼斯，高烧不退。缪塞有时也陪陪她，不过终无耐性，让乔治·桑对他们的关系感到失望。虽然如此，下船后，她还是张罗着订房间，最后选了一家临水的旅馆，离总督府和叹息桥很近。从客厅可以看到外面的景致，比想象的还要美，辉煌的教堂，黑色的小船，碧绿的河水，以及白色的海鸥，像一幅油画嵌在天地间。可惜，两个人都高兴不起来。

缪塞不想待在屋里，他讨厌病恹恹的乔治·桑，不是发烧请大夫，就是把他当孩子一样管教。他贪恋各种酒吧，找舞女调情、喝酒，不醉不归。她命令他检点自爱，他回击说，不用你管，我不爱你了。乔治·桑惊愕不已，无言以对。那是一段灰暗的日子，终日一个人待在床上，只能靠写作平复自己，完成短篇《安德烈》后，着手写《旅行者见闻》。

一个月后，乔治·桑病愈。缪塞却旧病复发，几近疯狂。她害怕极了，即刻写信，向给她看过病的帕杰罗医生求助。自从有了帕杰罗的陪伴，她安心了许多。在朝夕相处中，微妙的情感在他们之间无声地传递。一天夜里，缪塞醒来，发现他们还在一块。之后，乔治·桑端着油灯，把帕杰罗一直送到楼梯口。当他们从屏风后面走过时，两个相互拥抱着的影子，被映得巨大无比。缪塞知道这是他俩在亲吻，气急败坏，抓起身边的茶杯，用力摔在地上。伴着刺耳的声响，杯子碎了一地。

乔治·桑被激怒了，你不是说不爱我了吗？既然不爱了，凭什么又来干涉我的自由？她决定找机会和他摊牌。缪塞感觉到了，却不打算放弃。乔治·桑为之苦恼，她知道他的不放弃，不是因为爱，而是因为骄傲。她写信跟帕杰罗诉苦，正好被缪塞撞上。当她发现时，只来得及把信藏在被子里，随即吹灭蜡烛，然后揉成团扔到窗外。缪塞破口大骂，她反击说，早晚把他送进疯人院。

第二天清晨，缪塞穿着睡衣下楼找纸团，没找着，想必是被昨夜的风刮跑了。乔治·桑也穿着衬裙，围着披肩，在空荡荡的巷子里找，也没找着。当时她弯着腰，没看见缪塞走过来。他用手按着她的肩，吓了她一大跳，再次威胁说，一定要让人把他抓走。说完跑向运河，跳上一只小船，直奔丽都岛。缪塞也弃岸登船，紧随其后。

一八三四年春分时节的丽都岛，寒冷而阴郁，让这对疯狂的恋人冷静了许多。他们一言不发，在岛上茫然地走着。时间在他们之间仿佛凝固了，而彼此心头的悲伤在蔓延，裹挟着爱情一步步走向死亡。最后，在犹太人的墓地他们停下脚步。那一座座坟墓由于海水的侵蚀，长满厚厚的苔藓，再加上地处荒郊野外，又是旅游淡季，周围杂草丛生荒芜一人，显得更为凄凉。长久的沉默后，他们同时把手伸向对方，就此分手吧！

在回巴黎的途中，码头上的一幕令缪塞反复玩味。乔治·桑像母亲一样叮嘱他，也像母亲一样拜托仆人照顾好他，最后又像母亲一样和他吻别，一直目送着他们的船离开。他发现自己一旦离开这个女人，便开始怀念，真心希望她幸福。他忍不住给她写信，字里行间带着诗人特有的温度，祝她快乐，不惜一切代价，无论和谁在一起，让乔治·桑很是感动。

那天分别后，乔治·桑心里没有预想中的轻松，而是五味杂陈，无以名状。为了摆脱这种情绪的困扰，她一个人徒步旅行，直到筋疲力尽，才返回威尼斯。她打算再待几个月，把手头的长篇《雅克》写完，再为构思中的意大利中篇搜集一些素材。纵观乔治·桑的一生，在精神上，无论遇到怎样的危机，她都不会停止写作。这正是她理性的一面，也是她强大的一面。作为女人，不能不让人佩服。

离乔治·桑越远，缪塞对她的思念越浓。一天晚上，他去了她在巴黎的寓所。在客厅的一个茶碟里，他无意中看见她留下的一支烟卷，不由得掉下泪来，往日的一幕幕恍如隔世，明知回不去，却又放不下。几经徘徊，他决定写一部长篇小说，就以他俩的故事为背景，也许只有这样才能医好他，让他重拾快乐和自由。这部长篇就是后来的《一个世纪儿的忏悔》。

缪塞去德国巴登之前，写信给乔治·桑，问可否允许他登门告别？并说如果还保留着曾经给她写过的那些信，请还给他，他正在写一部长篇。见面后，他以青春和才华保证，将来在她的坟墓上长出的，将是洁白无瑕的百合花。她再次被打动，深情吻别，邀请他有时间去庄园做客，她会在那儿度过整个秋天，田野一望无际，猜他一定喜欢。

他们又恢复了情意绵绵的书信往来。从巴登寄到诺昂的信，洋溢着卢梭式的热烈；从诺昂寄往巴登的信，带着对爱情的感叹。九月中旬巴登来信，他即将回巴黎。从第一次重逢起，他们就又成了情人，但不是彻底和解。他答应忘掉过去，却又总是以帕杰罗事件纠缠、挑衅。如果遭到乔治·桑的回击，便发病，害得她又得向女仆借便帽和罩衣，被迫去他母亲家里照顾他。

只要病一好，他就回她的寓所住。不过快乐不再。他们再也无法愉快地相处，进入了一种辱骂、吵闹和多情的便函轮番交替的局面。一次又一次地断交，一次又一次地和好。她发现这是一个死局，是一场赌博，赌注是他们的心灵和生命。她的傲气受到伤害，约他见面，他受人挑唆不予理睬。

什么是爱情？爱情就是眼泪。你为他哭了，你就爱了。在一八三四年十一月那些阴冷的日子里，乔治·桑写了一篇《私人日记》，令人心碎而优美。她从来没有遇到过这样的事，在感情的世界里，她一直是女王。她试图挽回缪塞的友谊，抚慰受伤的尊严。然而，任她如何努力，对方始终不予回应。她身心俱疲，感觉自己几近屈服。她接受不了这个打击，把一头秀发剪了，寄给缪塞。

收到这沉甸甸的黑发，缪塞泪如雨下。他被征服了，请求见面，乔治·桑拒绝了，回复说，该结束了。这次真的是该结束了，他们的性情和艺术家气质，不允许他们过普通人的生活，即便再多情，也是枉然。

她和缪塞的恋情就此终结。不到两年，却沧海桑田。从此巴黎远去，缪塞远去，一切纷扰也随之远去。伴随着一八三五年春天的来临，诺昂又恢复了勃勃生机。她从回到庄园的第一个晚上起，便开始了新的创作，以她特有的平稳而粗大的字体，写满每天必写的二十页纸，然后到花园里散步。那儿的小榆树和刺槐，还有绿树成荫的小径，让她重获内心的平静与自由。

风暴过后，缪塞也长大了许多，开始把精力转到写作上。他的仪式感很强，常常让仆人准备一份清淡美味的夜宵，送到他房间，外加两份餐具，铺排得像是和情人幽会，让缪塞有自己的专座。房间里所有的烛台全部点亮，然后把香槟用一只小木桶冰上。晚餐后，开始用鹅毛笔写作。这种仪式一年四季不变。天气晴好的日子，他光着脚，跪在湿漉漉的草坪上，采摘刚刚绽放的花朵，布置书房。

一年后，《一个世纪儿的忏悔》问世，为他赢得众多好评。乔治·桑足不出户，手不释卷，从那个讨人喜欢的布里吉特身上认出了自己。她哭了，因为感动，因为悲悯，因为曾经的爱。她给缪塞写了一封短信，说毫无疑问，她曾经非常爱他，也完全原谅了他，但并不意味着希望再见，过去的就让它留在过去吧。对此他也有同感，爱就应该留在最美的时光里。

六年后，他悄然离世，让她几乎崩溃。是的，爱情已逝。可是，难道因为爱情消逝了，他们就没有热烈地爱过吗？我突然明白了，所谓田园牧歌，是他们疯狂之恋后的爱情回归。这不正是另一种逃避吗？果不其然，从缪塞去世后的第二天，她开始创作《她与他》——关于他们的爱情小说。也许这是最好的缅怀。

“人生若只如初见”，纳兰性德这句话，实在是令人哑然。这么有才华的两个作家，在最美的年华相遇，一路百转千回，最终还是没有逃过分道扬镳的命运。不过还好，从爱情中得到灵感的作品还在。也许这才是真正的天意所在，让这段感情成就他们作为作家的文学使命，使其著作独放异彩。我想：只要作品在，爱情就在。爱情在，美好就在。如此，纵有遗憾，也是美。

惊蛰

◎ 陆春祥

二〇一六年十一月底，北京饭店，我们参加第九次全国作代会。

海飞总是拎着一只布袋子进出，我仔细看了看那袋子上面的字：《惊蛰》。一问，原来是他的新电视剧要开拍了。

海飞给我讲了《惊蛰》的大概。

故事发生在一九四〇年的上海和重庆两地。多面间谍陈山，经历了与亲人相煎，和同胞对决，与日谍殊死搏杀，终于以一己之力，孤军奋起，力挽狂澜，一步步成长为坚强勇敢的爱国战士，用热血和青春，在烽烟中砥砺前行。

那为什么取名"惊蛰"呢？

海飞笑道：以惊蛰开始，以惊蛰结束，惊蛰过去了，惊蛰还会再来。在延安，在惊蛰这个节气，陈山与余小晚重逢，百感交集。惊蛰，大自然新生的节气，最终还是希望。

我若有所思，噢，惊蛰，万物生。

严格意义上说，"立春"只是春来了的一个表象名词，仲春真正开始，要"雨水"过后的惊蛰，轰隆轰隆声中，天要裂开的样子，春雷来了，中国大部分地区春耕正式开始。

《夏小正》曰：万物出乎震，震为雷，故曰惊蛰。是蛰虫惊而出走矣。

动物入冬天，伏藏土中，不吃不喝，那就是"蛰"。

什么东西才能启蛰呢？雷。

雷是什么东西，能惊醒万物？

《山海经·海内东经第十三》中，有一只怪物叫“雷神”：雷泽中有雷神，龙身而人头，鼓其腹。在吴西。

龙一样的身体，人一样的脑袋，只要敲击自己的肚皮，便会发出雷声。这是人们对“雷”的初次描写。

从环境看，这只雷，生活在吴地西边的雷泽中，那么，雷应该是水神。雷的确就是水神，不是水神的话，怎么会带来大雨呢？只是，大雨前，它会弄出不小的动静来，这是在告诫人们，是我给你们带来丰沛的雨水，你们要感谢我，你们要敬我，不要惹我。

但，雷在黄帝面前，却是只小动物。黄帝将它捉来后，用夔的皮蒙鼓，用雷的骨头做槌子。鼓做成了，黄帝一擂，发出的声音可传到五百里外，天下都被震慑。

黄帝和雷是有缘分的。他娶的正妻就叫雷祖，这个我就不岔开去了。

人类进入文明社会后，对“雷”仍然充满想象。

唐朝李肇的《唐国史补》，卷下，有如此记载：“或曰：雷州春夏多雷，无日无之。雷公秋冬则伏地中，人取而食之，其状类彘。又云，与黄鱼同食者，人皆震死。”

这个想象相当有趣。雷州，春夏季节，每天都要打雷的，所以叫雷州啊。这雷呢，秋冬没有，去哪里了？哈哈，躲在地里面呢。人们还从地里面，挖到了雷，形状有点像猪，味道相当不错。但是，特别告诫人们，鱼肉和猪肉不能同食，要遭雷劈。至于为什么不能同食，没有人说得清。

说雷像猪，不仅仅是李肇一个人这样写。宋朝李昉等的《太平广记》就引用两位唐朝作家写的雷：状类熊猪，毛角，肉翼青色(《传奇》)；身二丈余，黑色，面如猪首，角五六尺，肉翅丈余，豹尾。又有半服绛裈，豹皮缠腰，手足两爪皆金色。执赤蛇，足踏之，瞪目欲食。其声如雷(《录异记》)。

不过，在《录异记》里出现的雷，样子还是挺帅气的：有角，有翅膀，有强有力的尾巴，穿着深红色的裤子，腰里系着豹皮带，手脚都是金色，样子有点像孙猴子呢，只不过雷手上挥舞着的红色蛇有点吓人，不如金箍棒亲切。

这样的雷，除了声音响亮以外，战斗力也是很强的。

《太平广记》引《广异记》中就记载了一场雷和鲸的战斗。

唐朝开元末年，雷州外的水面上空，有一只雷，在天空中翻上翻下，它对着巨大的鲸鱼，或向海面发射火力，或用力发声震击，战斗一直持续了七天。海边上观看的人群，每天都人山人海，也不知道谁获得了最后的胜利，只见远处海水红红的一片。

从战斗场面分析，雷和鲸鱼，是一场势均力敌的恶斗，谁也战胜不了谁。雷的优势在天上，虽然它也是水神，但面对海上霸王的鲸鱼，它无能为力，有劲使不上。而鲸鱼却自在得很，你射火，我潜入，你声震，我潜入，你奈何不得我，气死你！

我这么不厌其烦地说雷，是因为，对惊蛰这个节气来说，雷是关键引爆点，雷就是寒冬过后起床的军号，没有雷，万物似乎都还懒睡着，暖洋洋，懒洋洋，如果不打卡，谁愿意早起上班呀！

万物苏醒，大地一片繁忙。

诗人们也忙碌起来了。

二月的一天，雨后，唐朝诗人韦应物，走在家乡的田园间，看到许多农人在忙，牛在忙，春草萌长，细花吐蕊，心有所触，写下了《观田家》，开头四句是：

微雨众卉新，一雷惊蛰始。
田家几日闲，耕种从此起。

这种景象，在我的少年记忆里，也仿佛如昨日一般。

我知道，惊蛰以后，布谷鸟，就要开始表演了。

前段时间，我在临安神龙川夜宿，清早进山，听到布谷鸟绕山飞鸣，“清明酒醉”，我小时候一直这样理解。但读到清代作家陆以湉的笔记《冷庐杂识》，却大开眼界，他这样描述布谷鸟的表达：江南一带多听成“家家看火”，又像“割麦插禾”，江北则曰“淮上好过”，山左人名之曰“短募把锄”，常山道中又称之曰“砂糖麦裹”。陆作家研究了一番，再引《本草·释名》，那里面叫“阿公阿婆”“脱却布袴”。又引陈造《布谷吟》序，谓“人以布谷催耕，其声曰‘脱了泼袴’，淮农传其言云‘郭嫂打婆’，浙人解云‘一百八个’者，以意测之”，云云。然后，陆作家就说了他家乡（桐乡）这样听布谷鸟：吾乡蚕事方兴，闻此鸟之声，以为“扎山看火”，等到蚕事完毕，则以为“家家好过”。

相较许多能干的农村孩子，我其实并不擅长干田间活，能干的也就是砍柴割草之类的粗活。

但惊蛰留给我的，是沁入骨髓的蛇咬记忆。

一日放学后，我去砍柴。一般来说，每天放学后，回家砍一捆五六十斤重的柴，是我少年时的强项。

我们白水小村，有两个山坞，大坞和小坞。这一天，我去小坞里的刀鞘湾砍柴。在半山腰，发现了一丛青柴，面积好几平方米，很密集茂盛的那种，这一丛砍下来，我想，一捆肯定有了，心里暗暗高兴，今天不用爬来爬去地东找西找了。

砍着砍着，突然，我的左手中指被什么东西刺了一下，细一看，是一条小竹叶青蛇，啊呀，我一定被它咬了，它很喜欢盘卧在这种青柴丛中的，是我粗心大意。这蛇我知道，毒得很，我叔叔是赤脚医生，农村的孩子，一天到晚在山里混，也知道一点儿急救知识。

我必须自救，否则，毒浸血液就危险了。

急中生智，我往受伤的手指撒了泡尿，不管有用没有，尿液也有消毒功能吧。

然后，迅速跑下山来，在溪里洗手。溪水流动而清澈，我小心地用柴刀刮手指皮，刀刃并不锋利，轻轻地刮，皮有点破了，忍痛，还要刮，我以为，这样也等同于手术，能将蛇毒去掉。一个少年，其实没有坚强的革命意志，不痛是假，但似乎忘记了痛。那时，我刚看过残破本的《三国演义》，只是，我没有关羽条件好，华佗用刀为他刮骨去毒，他很英武，谈笑风生，照样喝酒吃肉，还有人和他下棋，而我只能忍痛对着左手中指刮蛇毒。

中指皮肤都刮白了，露出了骨头。

还是有点慌张，跑回家，外公找来细棕丝，将我左臂扎住，这样，蛇毒不会往心脏方向走。

外公告诫，不能跑呀，你一跑，就会加剧血液的循环。我一听，后怕得很，我是一路跑回家的呀。

真是胆大，竟然没有想到去卫生院。百江卫生院在我们家河对面，两里地，我不知道，那时的公社卫生院有没有治蛇毒的血清，我猜十之八九没有，但就是没想到去医院，我爸在几十里外的东溪公社工作，我叔叔在分水里邵做赤脚医生，一时都无法联系上。

到了晚上，我的左手臂，开始肿起来，肿得好粗，但最终没去看医生。也许，那只是一条小竹叶青；也许，是我先期应急处理得好；或者，就是我命大。

现在，我左手中指根部，还有一道白色的一厘米左右的蛇疤痕，我常常伸手给人看，我是被竹叶青咬过的人。

惊蛰起，万物生，十二生肖的老鼠们，此时，正忙着嫁女呢。

南宋迁都杭州后，杭州、金华等地，就成为中国木版年画的中心了。

我去浙江金华木版年画博物馆，这个博物馆里，我特地关注了数十幅和动物有关的年画，其中，“老鼠嫁女”，就有好几个版本。

看其中的一幅：一只戴着官帽的老鼠，骑着老虎，在前面引路。四只老鼠，是仪仗队伍，各举旗帜，有状元旗，有及第旗。大花轿，则由另外四只老鼠合力抬着，轿中的新娘鼠，头戴艳花，身披红袄。边上呢，还有更多的老鼠，它们在卖力地吹打，也有抬着礼物的箱子，还有恭贺的猫们鱼们。活泼泼的老鼠们，抬着花轿，一路兴高采烈，向它们的家奔去。

人与动物，其实生活在同一现场，完全可以和谐相处，老鼠只是象征物，借喻体，它借代一切生命。

子丑寅卯，鼠为大。

我去了趟广州榄核镇湴湄村，那里是著名音乐家冼星海的故乡。

回杭州后，我采访了冼星海的独女冼妮娜女士。

一九三九年八月出生的冼妮娜，从浙江图书馆退休，普通话纯正，依然健谈。虽然她八个月大时，父亲就去了苏联，她也不从事音乐专业，但她几乎就在父亲的音乐和影子里长大，她这一辈子，除了正常工作外，业余时间都花在了父亲的音乐上。我们聊《黄河大合唱》，聊《大生产运动》，也自然聊到了著名的《二月里来》。

冼妮娜说，那时的延安，生产供给极度困难，中央组织全民生产大自救。当词作家塞克递上《生产大自救》的歌词时，冼星海激动不已，和《黄河大合唱》谱曲一样，他差不多也只用了一周的时间，就谱好了曲。《二月里来》，就是其中的经典，它以极快的速度传播了出去，此后，常以单曲形式表现。

二月里来好春光，家家户户种田忙。指望着收成好，多捐些五谷充军粮。二月里来好春光，家家户户种田忙。种瓜的得瓜，种豆的收豆，谁种下的仇恨他自己遭殃！

二月的确好春光，家家户户种田忙。旋律柔和流畅，节奏张弛又舒缓，犁动田园，无限风光。

冼妮娜说，她父亲除了在鲁艺担任音乐系主任及教学以外，还积极参加大生产运动。如其他曲子一样，《二月里来》，也是扎根火热现实谱出的精品。

然后，找出《二月里来》，我们一起欣赏。

女声那甜美的声音，将我们带入了二月的现场。

惊蛰来，万物生。

虫惊起，更多的却是植物的苏醒，禾苗们以轻盈的姿势扎根田间。当春风掠过，春雨飘过，农人们勤劳的双手抚过，它们蓄势待长，不久就会以饱满而谦虚的身姿回报大地和农人。

清代褚人获的笔记《坚瓠集》，辛集卷之一有《晨昏钟鼓》，我认为讲的也是节气，自然和惊蛰有关。

天下晨昏钟声之数，基本上都是敲一〇八声。这是暗喻一年的意思。一年有十二个月，有二十四个节气，又有七十二个物候，这些数相加就是一〇八。

但声之缓急节奏，各处还是不同。苏州一带这样敲：紧十八，慢十八，中间十八徐徐发。两度凑成一百八。杭州一带这样敲：前发三十六，后发三十六，中发三十六声急，通共一百八声息。绍兴：紧十八，缓十八，六遍凑成一百八。台州：前击七，后击八，中间十八徐徐发，更兼临后击三声，三通凑成一百八。

七十二候的起源很早，五天为一候，三候为一节气。每一候，均以一种物候现象相对应，所以叫“候应”，如“桃始华”，桃树要开花，讲的就是惊蛰。惊蛰来了，不仅桃树要开，杏花也急急忙忙要吐蕊，蔷薇光秃的枝干也开始绽绿。

要平安，就要遵从物候，动物该交的时候，你猎杀，久而久之，那些动物就会绝尘而去，世上再无。桃树开花的时候，你打花甚至砍树，那就别想摘桃子。

不时敲一敲钟声，是不是也是提醒呢？提醒人们注意和周边自然世界的关系，它好，你才能好。

如果，隔个五天，就有悦耳的钟声敲起，不管紧十八，慢十八，那应该都是一种提醒，权当其是小惊蛰，温和的惊蛰，天天惊蛰。

中国的节气，不仅中国人在体验，那些踏上中国土地的外国人也在观察。

一个叫迈克尔·麦尔的美国人，娶了个东北夫人，就生活在东北，浑身散发出东北味，他的《东北游记》一书里，《惊蛰》一节中有这样的文字：

> 三月初，我们迎来一个颇有预言味的节气——惊蛰。这说明冬眠的动物就要醒来，严寒就要结束了。积雪还没有融化，荒地的空中唯一“惊”起的，是猛龙战斗机。空军飞行员在训练，驾着飞机轰隆隆飞过村子上空。

惊蛰，真的很好理解，外国人一下子也弄明白了，而且，他还概括得很准确：预言味，就是说，惊蛰的雷声，就是叫醒动植物的号令。只是，此时的东北大地，还白茫茫一片，万物似乎还在沉睡，而歼-10战斗机，它们却惊起了，它们飞向了蓝天。

哈，中国东北，惊蛰，有猛龙飞升，麦尔真逗。

惠山记

◎ 汗漫

倪瓒的灵魂如果被这一祠堂招引，大概不会感觉很舒服——它与旁边的范仲淹祠堂一样，法度森严。庭院中，爬满青藤的一堵马头墙，像一匹正在穿过树林的白马，也像一卷旧墨淋漓的文人画，或许能被倪瓒稍稍喜欢吧。

太湖边这一座惠山古镇，祠堂林立：华孝子祠、至德祠、钱武肃王祠、留耕草堂、顾洞阳祠、杨藕芳祠、尤文简公祠、淮湘昭忠祠、陆宣公祠……汇集了唐代至民国时期约八十个姓氏、近两百个名人及其家族的光荣。显然，惠山藏风聚水——藏南风，聚湖水，风水宝地也。

祠堂类似壁龛、佛窟、十字架，为敬意和怀想，提供一种形式和方向感。像失恋的人需要旧情书，偶尔可以抚摸一下纸上的泪痕，身体就随之一凉，一热，一痛。

我慢慢走在镇上，看部分祠堂风吹花叶深闭门。大概只在祭日、后人婚庆日、春节、清明节，才会接纳家族成员举行纪念仪式，以维系复杂宽阔的血脉，平息内部冲突。一部分祠堂或许没有后裔来维持，转型成为茶室、书店、泥人作坊、陶器店，游客流连。部分重要祠堂格局依旧，比如范仲淹祠堂、倪瓒祠堂。但失去原有的家祭意义，成为博物馆、纪念馆性质的公共设施，被“国家历史保护建筑”“江苏省历史保护建筑”“无锡市历史保护建筑”一类铭牌，区分了层级——建筑即人。草庐即草民？也未必。

一架飞机掠过倪瓒祠堂上空，大约是从苏州、无锡交界处的苏南机场起飞。不像鸟，翅膀没有煽动性和感染力。

生于元末明初的倪瓒或者说倪云林，画笔下，鸟儿罕见。青年时代，其画中尚有青绿表达春愁。晚年，沉心于表达秋意，那残山剩水、空庭枯树，只需要黑白二色已经足够。他用自己创造的褶皱皴，处理覆霜、积雪下的湖山，像岁月用皱纹来处理一个寒意加深的老人。落款处，连印章的红色都避开，连作品所处朝代的官方纪元都放弃——他试图超越自己所厌倦的时代，一个书生们连做隐士的权利都被剥夺的时代。果然，倪瓒以笔墨脱离元末与明初，成为与黄公望、吴镇、王蒙齐名不朽的“元四家”之一，并启发了身后“明四家”沈周、文征明、唐寅、仇英们的生成。

但这样的“齐名与不朽”，倪瓒大概也不屑一顾——“逸笔草草，聊以自娱耳。”一切无非是自娱而已。题画诗中，他也屡屡以“虚舟”“孤筏”自喻，有“举世何人到彼岸，独君知我是虚舟”之句。主动而非被动地抱持“虚与孤”，方可得大自在。

一座祠堂与其所祭奠纪念之人，已经没有了关系，乃生者、后人心灵之所需。如果以惠山西南角那一派怀抱虚舟孤筏的太湖，或者以其画卷中屡屡出现的空亭，作为倪瓒祠堂，更合适一些吧。

进入倪瓒祠堂前，我在惠山寺已经坐了半天，喝茶。

香樟树叶子落一地，没有僧人来扫。十一月的风，时而来扫。落进我怀里的两片叶子，风试着扫了扫，扫不动，就试图把我一同扫出寺门，也没扫动。

在唐代，陆羽来过惠山寺，以此地泉水烹茶，大喜复大赞。按照他列出的一个以庐山泉水为首的中国泉水排行榜，惠山寺这一眼泉水，被誉为“天下第二泉”。

陆羽的好水标准如下：山水为上，江水为中，井水为下。其中，山水又分为泉水、翻腾之水和静水。日常生活中，我饮用从水库、水厂、水塔一路奔波进入水龙头里的水。它们压力巨大，由水表监督，且夹杂漂白粉鬼头鬼脑的气息。长期饮用，对一个市民的性情也会产生不利影响吧？清晨对镜刷牙,我眉目已经显得可疑。

无锡城里瞎子阿炳的一首二胡曲,本无题。二十世纪五十年代,中央音乐学院教授、无锡人杨荫浏,回乡抢救这一名曲,问阿炳:“最喜欢在哪里拉这曲子?”阿炳说:“在二泉。”杨荫浏内心訇然:“《二泉映月》。”天下的人、事、情,就是这样明亮或隐秘地发生关系,让万物万象的孤单感稍稍缓解。

我不知道自己此时所喝茶水,是否从二泉中汲取,不宜深究。就像不宜深究某个人情书中的诗句,是否抄自白朗宁夫人或茨维塔耶娃。我又没有陆羽那样敏感的舌齿和味蕾,我又没有出乎其类、拔乎其萃的才华和命运。泉边石岸,有汲水的绳子造成的一道道勒痕,像一条条证据,说服我:去保持与二泉融合为一的整体感或者虚寂感吧。

陆羽,最初是一个被寺庙收养的孤儿,偶然读到我的东汉乡亲、南阳人张衡的《南都赋》,被南阳、中原之美所吸引,遂有了读书入世之心。逃出寺庙,却成了戏班里的一个丑角扮演者,在戏台上的锣鼓声中,幻想着庙堂上暮鼓晨钟的盛大与辽远。遭遇安史之乱,流徙四方,竟然成就了一次遍及半个中国的访茶问泉之旅——与杜甫的痛歌病吟形成对比。陆羽把中国分为八大茶区、四十四个产茶州郡,由此确定了中国早期第一批贡茶,并衍生出一种风雅的生活方式——以茶树来认知大地,比以权柄把握朝野,生动有力了许多。

惠山寺里,茶叶店在销售陆羽实地鉴定过的、太湖周边产出的两种名茶:苏州碧螺春,宜兴阳羡茶。店中悬挂陆羽认定的好茶产地标准:其地,上者生烂石,中者生栎壤,下者生黄土。野者上,园者次。我有些走神。好作家的生成,也往往与惨烈的生存经验有关,比如司马迁、苏东坡。好文字就是在阳崖阴林间、霜风苦雨下,抽枝展叶,组词造句。我在有通风系统和地暖的写字楼里生活,写出的文字,“园者次”,也是没办法的事情。一个缺乏在野之心的人,总在觊觎中心,又如何能像倪瓒那样获得永恒?

在太湖边游荡数年，陆羽认识了湖州妙喜寺里的诗僧皎然，获得烹茶真传，并创制出七大制茶工艺：采、蒸、捣、拍、焙、穿、封。又设计出二十四种做茶、煮茶、品茶的茶器：水方、风炉、交床、漉水囊、罗合、则、札……在对泉水、茶叶、茶器、茶道的系统研究之后，陆羽完成了《茶经》，并使“饮茶”这一生活方式，从贵族阶层进入民间——《茶经》之前，无“茶”字，陆羽将“荼”字减去一横，创造出了这一个新字，就是创造了一种新境界。

没有惠山、太湖的支持，《茶经》的出现可能比较困难。

茶禅一味草木间。在惠山寺喝茶，是双重的静修，对于我这样一个愚顽且可疑之人，很有必要。

出惠山寺，沿石阶而下，我才看见古镇一角的倪瓒祠堂和祠堂上空掠过的那一架飞机。

祠堂中央悬有倪瓒肖像，瘦骨嶙峋。四壁悬挂他的代表作——

《秋林野兴图》。树丛下，一亭临水，高士独坐，童子伺奉于其后侧。远山隐约。此画为倪瓒存世最早作品，三十九岁时所画。亭中人，大约是画家自我写照。此时，富家子倪瓒在兄长荫庇下，无忧度日，读书、作画、交友，一日数次沐浴更衣；反复清洗庭院里的梧桐以除尘，导致其死亡；约会歌妓，觉其不洁，令其反复清洗，天亮，递她一把银子，倪瓒叹息“回去吧。”此画之后，兄长去世，他不得不独自面对这肮脏不堪的尘世，心身俱疲，遂变卖家产，散财于友朋亲邻，浮舟太湖。收税官在岸边眺望、追捕，故意将其囚于厕所中：“我看你还能做一个干净的人吗？”

《六君子图》。六棵树，立于水边。显然，这是六棵不愿意站在庙堂内的在野之树。倪瓒重视树，曾言：“先写以树，树为画中之首耳。次写以石，石为画中之体耳。”倪瓒中年以后的画卷，一个人影都没有了，只有树。乱世无君子，他只能借树抒情、象征——如何像一棵树那样，在阴历中自然而然、富有尊严地荣枯与生死？这是一个问题。

《平林远岫图》。从倪瓒题于画面右上角的文字可知，此画应友人德常之请而作。画家的视角，大约位于苏州木渎镇的对岸，“隔江遥望天平、灵岩诸山，在荒烟远霭中浓纤出没，依约如画。渚上疏林枯柳，似我容发萧萧，可怜生不满百，其所异于草木，犹情好尔”——人与草木之差异，唯在于还有情感与喜好罢了。倪瓒之洁癖，载于明清小品和民间传说，夸张、嘲谑，使叙述者、聆听者置身于肮脏之地，也能略略心安理得。倪瓒追求清洁，非病态，显决绝，怀大义——其作品一概送友人寄托情感，拒绝携重金购画的俗吏登门，以至于被围殴，伤痕累累也一言不发。别人疑惑：“你怎么不说、不怨、不吭声？”他答：“一说就俗了。”

《幽涧寒松图》。涧水一道，松树两株。画面左上角题五言诗一首：“秋暑多病暍，征夫怨行路。瑟瑟幽涧松，清荫满庭户。寒泉溜崖石，白云集朝暮。怀哉如金玉，周子美无度。息景以桥对，笑言思与晤。”友人周逊学入仕途，倪瓒以此画劝诫——仕途远征多病暍，不如归于幽涧寒松，与白云朝暮相处，岂不快哉。这首五言诗，墨迹微微向左下方向倾斜，像几行雨，受到了右面来风的影响。

《容膝斋图》。此岸有杂树五棵，空亭一座，对岸有浅山重叠、断续、逶迤。两岸之间留白，湖水也。此画作于倪瓒七十二岁时。一友人藏之三年后，复请倪瓒补上题跋以赠潘仁仲医师。画中空亭，在题跋命名之前，并非潘医师所居之私斋。题跋中的诗句，“屋角春风多杏花，小斋容膝度年华”云云，合于人情世理，与画面中的萧索意味不谐，恰恰印证了倪瓒前后两次落笔的时间差。

…………

倪瓒祠堂中的这些画，一概是复制品。原件分别珍藏于世界各大著名美术馆、博物馆：故宫博物院、上海博物馆、无锡博物馆、台北故宫博物院、卢浮宫，等等。

二〇一六年十一月，纽约，美国大都会艺术博物馆。在灿烂的毕加索、凡·高、莫奈之中，我看见黑白萧索的《秋林野兴图》，如同在一片陌生蓝目中看见黑眼睛。一瞬间,我又置身于水墨枯涩的华夏祖国。不知道这幅画从元末明初的华夏南方流入当下纽约,其间发生了多少传奇故事。数了数收藏者的红色印鉴,二十一枚,揿在画面四角,像二十一朵暗红色的、不自然的假花。也就是说,前前后后有二十一个人试图借水行舟,与倪瓒一同流芳百世。他们可能没有见过太湖,也就不能获得与倪瓒一样的流速、流域。

世界各地的游客,一群一群匆匆掠过《秋林野兴图》,掠过我。他们基本上也不知道太湖、元末明初、倪瓒。保安高大,像狐狸一样狐疑地盯着我。我不能过久地在这幅画面前滞留了。我也没有想到,一年之后,在惠山,与倪瓒深度相遇。

倪瓒祠堂在复制倪瓒?周围,是原版的中国和深秋,或许有助于增强我对一个古代文人的理解力。

倪瓒发自内心地喜欢那个"别调独弹,一肚子不合时宜",无意于"使陛下开心"的苏东坡——

东坡屡屡自湖州、杭州而来访问惠山,写下"独携天上小团月,来试人间第二泉";倪瓒时时游惠山,写下"佛香松叶里,僧饭石岩前。清心有妙契,尘事久终捐"。

东坡说"写胸中之盘郁",倪瓒说"写胸中之逸气"。东坡说"论画以形似,见以儿童邻",倪瓒说"不求形似"。东坡说"宁可食无肉,不可居无竹",倪瓒说"写竹叶一两枝,亦足以助画景"。东坡说"休对故人思故国,且将新火试新茶,诗酒趁年华",倪瓒说"门前杨柳密藏鸦,春事到桐花,敲火试新茶"。东坡说"与君各记少年时,须信人生如寄",倪瓒说"旅泊无成还自笑,吾生如寄欲何归"。东坡说"溪堂醉卧呼不醒,落花如雪春风颠",倪瓒说"三杯桃李春风酒,一榻菰蒲夜雨船"。

东坡悼亡妻:"十年生死两茫茫,不思量,自难忘。千里孤坟,无处话凄凉。"倪瓒悼亡妻:"梅花夜月耿冰魂,江竹秋风洒泪痕。天外飞鸾唯见影,忍教埋玉在荒村。”

东坡造西湖苏堤，倪瓒造苏州狮子林。东坡研究东坡肉、东坡肘子，倪瓒写作《云林堂饮食制度集》，其中，“云林鹅”的制作要诀被袁枚载入《随园食单》。

东坡字迹宽扁，倪瓒的小楷也从早期的竖长，渐渐过渡到扁宽，如同太湖上的一叶孤筏与虚舟……

最后，东坡死于常州，倪瓒死于江阴，两地相距不过三十公里，同在惠山北、长江南、纸墨间——咏而归，归于无，也就归于无穷。

明朝末期，太湖边出现一个微雕艺人王叔远。他在一枚核桃上雕刻了赤壁长江上的一叶小舟，内含：东坡、黄庭坚、佛印等五人，窗棂八扇，箬篷、楫、炉、壶、手卷、念珠各一，对联、题名并篆文共计三十四字。此核雕作品赠与魏学洢，遂有了后者撰写的《核舟记》这一名篇。

倪瓒自然不会知道《核舟记》，不知道与王叔远大致属于同一时期的莎士比亚也喜欢借核桃来沉思、抒情：“我可以深陷核桃壳，而自以为是无限空间之王。”倪瓒、东坡、莎士比亚，都是在各自内向、逼仄、黯淡的时代里，谋得核桃般大小的自由、自治区。那核桃，是倪瓒的太湖，是东坡的惠州、黄州、儋州，也是莎士比亚的伦敦、文艺复兴运动——

去成为一个人，而不是成为酷似人脑的核桃肉，被一把锤子追击、敲打、粉碎。

将鸡蛋搅拌均匀，倒入油锅内摊成蛋皮，晾凉，切成细丝；姜洗净，切片；母鹅洗净，沥干水分；葱洗净，葱叶、葱白分开，葱叶切末，葱白切段；紫菜洗净，撕成小片；把苏州黄酒五十克、精盐十五克、葱、椒调匀，擦抹鹅身内外；静置一小时，复用苏州黄酒三十克、蜂蜜十克调匀，抹于鹅身，葱白塞入鹅腹；将鸡清汤五百毫升、苏州黄酒二百二十克倒入砂锅内，放竹箅，置鹅于竹箅，姜片置于鹅身，压锅盖，用绵筋纸封口，用旺火蒸约两小时至酥烂；鹅取出，拣去姜片，装盘；鸡蛋皮丝、紫菜放入盘中，浇上砂锅内原汤，即成。

面对一盘依照倪瓒钻研出的上述方法制作而成的云林鹅，我坐在惠山镇上的小餐馆内，以口腹，体会一个前贤的人生五味。

病从口入、口蜜腹剑、祸从口出、口诵心惟、口径、口口相传、口惠而实不至……显然，口感就是时代感、命运感。

以鹅为中介，我眼前似乎浮现出倪瓒在厨房烹调美食时那刀工的细腻、身影的欢乐、釜上气一般蒸腾的才华。面对宣纸，亦应大抵如是——一纸湖山，就是一釜食粮。倪瓒自言“逸笔草草”，其实并非草率不羁，实乃简从繁出——运笔如运刀，每一笔、每一刀都如同褶皱皴，如同他那英挺沉着的小楷。

倪瓒研究这一菜品时，强调要使用苏州黄酒。他大概对比过各地黄酒与一只鹅之间互动关系的差异。

鹅肉的香、蜂蜜的甜、黄酒的绵软、姜片的老辣……混合而成小规模的太湖烟雨，入我肠，动我心。吃了这只鹅的十分之一，微醉。更相信倪瓒是有趣味、有癖好、有定力的文人，绝非寡人孤家浪荡子——“人无癖不可交也，以其无深情也；人无疵不可与之交，以其无真气也。”山阴人张岱如是说。张岱应该像袁枚，喜欢倪瓒这样有洁癖、不苟且的人。

元朝以后，至晚清、民国，在长江以南、太湖周围，出现无数倪瓒、张岱、陈老莲、徐渭、袁枚、李渔、祝枝山、文征明、唐寅、仇英、张宏这样一类癖好各具的天真文人，与宫廷里那些案牍册页中的媚意与逸姿，一别两宽。一方水土养一方人，一方人固一方水土——倘若没有了倪瓒们这样有趣有情之人的存在，这南方、这尘世里的生活，还有什么可值得眷恋？

把剩下的鹅打包，我提着，起身，瞥见后窗外的小院里，有一只鹅站在笼子里，抬头盯着屋檐下悬挂的一排风干的鹅。

沿镇子上的石板路晃荡。傍晚，游客寥寥。过横街，走直街，再越宝善桥——那倪瓒祠堂、范仲淹祠堂已经闭门。祠堂旁边的惠山泥人店，有一群鲜艳的泥人热情包围我。系着围裙的老师傅在灯下工作，手中泥人正在成形。我问他，这泥巴有什么特点？他头也不抬：惠山上的泥，天下独一无二，像宜兴烧陶的紫砂泥，也独一无二——无锡，泥好——你好！大概感觉自己说得有趣，他笑了，才抬头看看我。眼神纯净，六十多岁的样子。他说，与泥巴打了一辈子交道。这店，也准备关了，徒弟都去上海、深圳挣大钱了。镇上的泥人店已经不多。

张岱来过惠山，在《陶庵梦忆》里写道："店精雅，卖泉酒、水坛、花缸、宜兴罐、风炉、盆盅、泥人等货。"这泥人，用惠山下一种细腻、纯净、可塑性强的黑泥捏制，而后彩绘开相。我问师傅，最困难的是哪一个环节，他说：配色。红要红得鲜艳，绿要绿得娇嫩，白要白得干净。

惠山泥人艺术始于南北朝，盛于明清，此时期，镇上的祠堂群开始形成规模。守护祠堂的祠丁，大部分时间很无聊，渐渐也成为手艺人。每家祠堂门口都设有泥人店，店后即为泥人作坊。祠堂祭祖时上演的戏曲，也启发了手捏戏文的出现，神人共欢、红绿交加的景象，也更易于招引倪瓒、范仲淹们的灵魂，时时回归于烟火人间……

买了一个"大阿福"泥人，出门。大阿福的姿态是喜悦的、世俗的，有些像我，不像倪瓒。街灯亮了。一处略显凋败的古宅前，众人群集于巨大方桌周围，举行某种仪式。鞠躬。唢呐独奏。桌子上蜡烛燃烧，摆有装满葡萄、香蕉、花生、枣、橘子、鹅、鸡的碟子。肩扛摄像机的记者在现场采访报道。原来，此处古宅将被拆迁，需要一个仪式，以敬告二百年前建造这一古宅的祖先，赢得他们的谅解和宽容。

暗含旧事前欢和未来种种戏文，一座惠山，累了，就隐入黑泥般的夜色沉沉大睡。

惠山因晋朝僧人惠照来此隐居而得名。

惠山寺建于南北朝。寺内，两棵六朝时期种下的古松，树皮纹理苍然。倪瓒或许就是在这松树下出神，琢磨出了褶皱皴画法？

松下一石，状如床榻。李白的祖叔李阳冰躺上去。风中松涛，让山下湖水声有些恍惚。他也有些恍惚，在石头上题了“听松”二字。据说，这块石头最初能够伸缩，随着躺在石头上的人身体之长短而变幻不定。后来，一狡黠孕妇躺上去，这石头就失去了神性——它无法对这长短叠加、纷纭不定的一个人或者说两个人，做出判断和回应——恢复天然石性，处变不惊了，也好。

民国时期，阿炳常来此地走神。除了名曲《二泉映月》，他还创作了《听松》。一把二胡，的确状似孤松。蛇皮蒙于琴筒，花纹类似褶皱皴。运弓如风动——“风入松”，这一词牌，倪瓒写过。大学时期，我曾经是学校民乐团的二胡手。后来放弃这一爱好。深层原因，还是恐惧于二胡曲的孤独与哀凉吧。钢琴家的命运似乎大都比较好，有一个乐队衬托着，显得壮阔华丽。我似乎是一个热衷于在熙熙攘攘的乐队中隐身的人，也就丧失了独奏的存在感。

但“孤独与哀凉”，岂是某一种乐器的意志？实乃一条必要的道路，通往自我的完成。

倪瓒爱松、爱石头、爱二泉，就是爱孤独与哀凉——松树、石头、泉水之外，这半山竹林也同样是他深爱着的事物。竹叶片片形似汉字中的“个”介“人”，仿佛一个个狷介之人，苍苍然，如同泼墨。倪瓒与朋友在石头上听松、研究烹茶技艺，看通往山下小镇的一层一层石阶，一笔一笔淡了下去……当然，他不知道自己后世的声名和祠堂。自然，会想到陆羽这一前人——用茶叶、泉水、陶器、火焰，来克服动乱中的时代，是一个文人活下来的秘诀？甚至，倪瓒会想到陆羽爱过的湖州女诗人李冶，其诗《八至》：“至近至远东西，至深至浅清溪。至高至明日月，至亲至疏夫妻。”——至色至空人生？秋风透彻天下凉。喝茶吧，暖身复养心。

突然，倪瓒灵机一动，以核桃、松子和面粉，组织出山石外形，放置到茶水中，命名为“清泉白石茶”。很快，这一构思就风靡江南，被俗吏雅士们模仿——嘲笑他而又追从他，像一个时代，造就他就必须排斥他。但这嘲笑、追从、造就、排斥，对一个孤虚之人，无意义，“一说就俗”——倪瓒沉默，我也就无话可说。

在上海，我粗饮茶——一把茶叶扔进杯子，热水注入，茶叶激烈浮荡。我背对倪瓒和元末明初粗饮茶，他看不见，否则会与我绝交，拒绝这隐秘的纸上交流。他或许不会允许一个芜杂尘俗之人，写他爱过的这些山、泉、松、石。但写作，就是洗尘。

一个人要么遇到倪瓒，要么遇不到倪瓒。我在惠山遇到倪瓒，辨认他所处的时代和江南，内心必有所变化，像一尾大鱼游过太湖，湖面的波光山色就会剧烈动荡半个时辰；像一行汉字游过眼前白纸，这纸里粉身碎骨的草木枝条，也会隐隐想起春风野外。

忽略

◎ 陈峻峰

帕慕克为《新人生》的中文版专门写了序言。印象中，在国内所见已有的中文版本的帕慕克作品，唯有《新人生》他写了中文版序言。序言没有标注他具体的写作日期，但可以推测，时间不会很久。让我惊奇的是，如此简短的篇幅、简略的文字——汉语言文字(翻译)，竟能承载起当代一位文化巨擘的伟大思考和诚挚情感：

我很清楚所谓的东方和西方，其实皆为文化的概念；也就是说，它们都是想象的产物。

东方与西方蕴含深邃而独特的传统，决定了人们的智慧思想、感知能力及生活方式。

在当中，我看见东方与西方寻求互相了解、互相争战，或是彼此融合妥协；我看见人们的灵魂在这两种传统的影响下受到的撼动和改变。这让我深受感动，就如同沉醉于爱情的初始、凝望着自然美景，或者浸淫于历史的美好点滴。

序言的最后，帕慕克说：

中文的读者们，相信也能了解并喜爱我书中的角色、体会他们的深情挚爱、看见他们的周遭景色，并且与他们一起幻想往昔。

我们可能还不能够完全体会和理解，帕慕克呈现和深藏在这篇中文译本序言中的感人诉说、内心渴望和精神朝向。但需要记住其中他的这三个词语:深情挚爱、周遭景色、幻想往昔。

——语境营造了遥远的沉静、平实和温和,仿佛帕慕克在他伊斯坦布尔家中,午后,或者向晚时分与家人日常的谈话,但他告知了我们世界的真相、生活的真相,以及文学的甚或是全部的真相。

不可忽略。

豫南秋日,在这个月份,作为一个季节,已经有了它的深度。而这几天,经过了两次北方的寒流之后,阳光好起来,周遭景色在两个季节更替的流连眷顾中潜移默化。时间走走、停停,徘徊的情绪和犹豫的选择的当儿,自然还是有了层次上的参照,让我们于那些细微末节中揣摩岁月轮回的情绪。就像那天我们在大别山看到的那些树木和丛林,众多的树都谢尽了繁华,但这一座山和另一座山,总有几棵野柿子、乌桕、油桐、臭椿、棠梨、白杨、五角枫或苦楝树,虬曲盘绕枝丫的梢尖,摇着一匹或几片紫红或深褐色的叶子,像点点的火,像挂在屋檐下陈年的物品,像留给我们的写有赠言的信笺或便条,像谁人丢失的手帕。也仿佛恳求,挽留我们的目光和同情,停在那里,滞留一刻,然后幻化真实和虚假的具象和意象,无端撩起各自内心深深的不安和思虑。缱绻环顾,从时间中回来,又向时间深处走去。

这是明显带有秋天情绪和关怀的感受。认真想想，这有什么区分呢，任何一个季节都有生命时光的欢乐和幸福，任何地方都有触手可及的珍爱和痛惜。仅仅是,我们能不能于帕慕克的午后,或者向晚时分,如此平静地怀念和享受岁月中无尽的深情挚爱、日常生活中熟稔的周遭景色,并浸淫于历史的美好点滴,幻想往昔。

那一时刻,是多么好的时刻,那是精神的也是肉体的多么好的时刻。

而恰恰就是在这样的时候，我们才发现，我们过往和现实的“忽略”，同时发现，那些遮蔽了我们眼睛的物质和尘埃。于是惶惑，生命之于这个繁华的世界，究竟怀有什么目的，和谁对峙和博弈，最后要与谁达成合约，以至于让人生如此奔忙，让阅读如此奔忙，让书写如此奔忙，让文字如此奔忙。

在近处，这一会儿，秋末的一个下午，我的书房，满桌满架的书籍，其中的这一本，或那一本。一本诗集，抑或一本古老哲学的读本。才知道，我很久都没用手抚摸过它了。不是么，那么嗅一嗅，你还能闻到多少昔日的鲜美和芬芳。假如我们仍然用“忽略”来说明问题，那么一本诗集，抑或一本古老哲学和美学读本，从写作者虔诚写下的第一个字开始，到那个寒冷冬夜或暗色黎明的最后完成；再从一位编辑家、出版家的欣喜发现、辛勤阅校到印刷工人精心排列出所有的铅字——这些不复再现的过程，都考验着我们的想象力。

转过脸来，我就看见了楼下谁家年迈的老祖母，正孤独一人坐在廊檐的阴影里，那是生命的暗角，暮色将至，最后一抹夕光，照亮她那一头白发——惊恐的闪电、北极光、流星雨，明亮刺目；闪现，消隐，归于无边的沉寂。我，我们，不能为她留住时间。我们所“忽略”的是我们是否知道，她孤独地坐在那里，守着自己的时光，还有盼望，而她的生命正在一点点丢失，像廊檐的隐喻，像随时推移越发浓重和巨大的阴影，像秋日傍晚新落的树叶，我们不曾看见它从枝头到达地面落寞飘零的过程。及至你终不能执子之手、与子偕老的恋人，掩埋在岁月中的爱情和渴慕，在许多时候，只能是远处的一个注视你的眼神，满含不能承诺又不能放下的悲欣和欢苦——青青子衿，悠悠我心，一如岁月的缠绵和悠久；寤寐思服，辗转反侧，一如诗意的独白和感伤，默诵一生。还有那些惯常见到的花朵，我们无法理解的色彩和艳丽；鸟雀在空中飞翔的姿态和它们对季节的敏锐判断和感知；及至最卑微的小草，齿状、椭圆或弧形的叶子奇妙地表达了永不为人知的自我生长、自觉约束和自然法则。

最熟悉的，就是你屋檐下的那一张根本不知何时织就的蛛网了。构思精美、丝缕有致的工艺，创造性呈示给我们以天赋才能与生存本能双重意义的作品。它的作者，一个微小的造物主，一个结构主义大师、美学巨匠。让人不解和困惑的是，作为生活技能，是谁教会了它？作为艺术想象，又从哪里获得灵感？及其空间、视图、着点、张力、承载、功能、美和呈现，由此到彼，可能的价值与风险估算，粘连、间距、疏密、结点、速度、工期、能力和心情，一张蛛网，令我们措手不及；更大程度上，可能说明着我们对自然永远的茫然和未知，进而可以说，那应该是对上帝永远的未知。

而结果我们看到了，那就是我们的熟视无睹；即我所说的：忽略。

因此，那位自然主义大师、巨匠，可能早已离你而去生活在别处了，杳无音信，或隐于荒郊，或游走于山野或江湖，它不会给你这个无情的家伙留下地址；屋檐下依然保存完好的那张蛛网，是它留给你的旧作、无字书、失真的老唱片，不能阅读，也无以倾听，它只是让你偶有所见，好不忘过往，记得岁月。

这是一个纪念，是即将风化消散的象征之物，不能留下，不能久存，转身即逝，可你至今还没有发现。

是的，之前，我趁着秋日正好，秋色正好，约了人，去了大别山腹地，去了江淮岭，还去了深山里的国营老林场。十多天过去了，身心分离，我仍然没有从风景的震撼中回来，没有从燃烧热烈的情绪中回来，没有从大山之巅、江淮岭上那般秋风醉步的放肆、撒野和踉跄中回来，但我也明智地知晓，那热烈终归是彼时的热烈，那喧闹已是远处的喧闹。秋日的一次出行、探访、迷失，我终于获得了什么？寻找到了什么？记住了什么？仅仅是无尽竹海绿浪碧波之上那火焰一样燃烧的红枫吗？是一树黄金照耀了我们的古老银杏吗？是绝壁瀑布轰鸣跌宕的流水带走的万千腐叶、草籽和落果吗？而我们终于又遮蔽了什么？疏漏了什么？是被我们视为生活如常的行为和表情、表象和现象、细微和无声；还有老祖母，夕光，廊檐下的暮色和阴影；还有风、风中草叶不易察觉的舞动和摇曳，仿佛它要说话；把身子低下来，再低些，就看见大树根部那些来来往往的小黄蚂蚁了，每个都不得空闲，奔波、焦急和忙碌着，准备过冬的食物。秋天将近，冬日不远，寒冷即至，而偌大的世界，没有谁会为它们操心，分担忧愁。

是的，我们必须承认，那些最为如常的自然和生活，恰是文学最生动的情景，也恰恰总是会被我们轻视、放弃和“忽略”，我们很奇怪，喜爱把眼睛朝上，朝向看不见的虚空和远方，宏丽和妖娆，丰功和伟绩，喧嚷和叫嚣，异类和震惊，而无视身边最为平淡如常的人事和风景，鲜活和琐碎。就像我们身在其中正过着的日子，如常的来，如常的去，如常的生，如常的死。

这便让我回想起来，那天在银杏树下，有三个撅着屁股掏土坑坑游戏着的村童；土坑坑被他们的小手拍打整治得很漂亮，土坑坑和土坑坑之间，挖有弯曲相通的“沟渠”，有一些复杂，或者有一些“设计”和“架构”。这无疑来自农业行为的启发，这和表现了人类勇敢、智慧和豪情的移山填海、大江截流、绕月工程，形而上，有什么不同吗？

另一日，在山腰青色的石级上，有几个山村妇女向我们兜售柿子、板栗、银杏果和野猕猴桃，一番讨价还价，我们付了钱，再没留意，那钱被她们放进了哪一只口袋？目光中是否有一闪而过的狡黠和窃喜？于今想，生活可能就是这样，从来都如此艰辛和不易，需要精打细算，一点一点地积攒，不能集腋成裘，似可聚沙成塔，之后她们才有可能将日子过得天长地久，细水长流，不那么紧巴、慌张，游刃有余。

老林场的院子里，一群青年，其中说话的两个，听其言，显然是从南方回家来的打工者，正坐在石碾上谈论着南方的一个城市，工种、老板、女郎、大海，还有钱。他们为何回来，是否还走，家中是否有人发生了变故，来回一趟路费要多少钱，年底计划着是否回来与亲人团聚，心中还有多少故乡之恋，憧憬着怎样的生活和未来，事实一定非如我们的设问这么简单，由于“无关”抑或“忽略”，我们一无所知，怕是永远不会知道他们，此时和彼时，以及青春最初的遭际和命运的故事。最具意味的，是他们那天并未由于我们的突然到来，而改变了他们的日常的面部神情和身体姿势，他们也同样永远不会知道我们的故事了……

我们忽略，我们也被忽略。我们和他们忽略的，常常都是身边——周遭的风景。至于一次匆匆的结伴出游，这是平常；至于作家和写作，且自以为尚有那么一些道义、情怀和理想者，可能就是致命的过失和错误了。因此，我所理解的帕慕克，无论之于平常生活还是文学创造——深情挚爱，是我们面对世界虔诚保持的态度，缘于内心；周遭景色，是基于深情挚爱之上的真实关注和艺术呈现，内含精神和品质；而幻想往昔，则是文学于最高境界上的洞彻历史和现实的前瞻叙事，及其技巧和方法，个性和风格。

不可忽略的是，凡此种种，“它都发生在日常生活的种种细节中，通过物品、故事、艺术、人的热情与梦想进行。”帕慕克说，“我喜欢描述人们生活中此种互动的痕迹。”

生活在别处，无疑，也在近处。

念楼小记

——与钟叔河一家二十年的文字之谊

◎ 奉荣梅

七月十八日上午，我登长沙城北展览馆路“念楼”，拜访钟叔河先生。钟老已是耄耋之年，这位曾获第三届韬奋出版奖的出版家、学者，八十八岁高龄，仍在伏案编辑修订自己的作品。

头天，我电话问候钟老，他的声音仍然是那么洪亮，语气温厚：“小奉，你还好吗？几年不见，我一直还挂记着你呢。我的《念楼学短》最早就是在你编辑的版面上写了一年的专栏，你对我的帮助很大啊！”

特别是见面后，钟老双手紧握我的手，也是重复前日电话中的一番话，并强调说，每出版一本新书，都给我邮寄了签名本。几年没登“念楼”，听钟老一番挂记，我既是感动，又是惭愧。在靠北的小书房里，书桌上堆着他的文集校样，方格子稿子上，还是工整的蝇头小楷钢笔字。

钟老的思路开阔，记忆甚佳，谈锋极健，从二十世纪八十年代就闻名出版界及史学界的《走向世界丛书》《周作人文类编》等，到他自己几十年笔耕不辍的《念楼学短》等十几部随笔，以及他已故夫人朱纯阿姨。从九点一直侃侃而谈至十一点半，每一个话题整理出来，就是一篇极好的人文随笔。

这篇文章写于二〇〇七年，原名叫《念楼小记》，一直未在报刊发表。近日修改整理，也是对离世十余年的钟夫人朱纯阿姨的追思。

鲜姐的《我的父亲》，写出了钟老的幽默和正直

因为做报纸副刊编辑二十余年之故，我与钟叔河夫妇及小女儿一家

两代有着二十余年的文字之谊。二十年，即廿年，钟先生住二十楼，门口即有“念楼”题额。

记得是二〇〇三年十二月十四日，钟叔河先生托人转交一本书给我。我以为是钟老的《念楼学短》再版出来了。因为一个月前，他曾寄给我一本《散文海外版》，上面转载了他的文章，是他前年在我编辑的版面上的专栏“念楼学短”中一篇。我回电致谢时，他说，专栏结集出了一本书就叫《念楼学短》，他去年到美国大女儿家客居前，曾给我寄过一本。今年回国后，出版社又重印再版了，会再寄一本给我。

而我拆开邮包时，却是钟老夫人朱纯阿姨的著作《悲欣小集》。信封是钟老手书，准备寄特快专递，但没贴邮票。左上角有一行小字，那字体我也眼熟，是钟老的四女儿钟先鲜手书。鲜姐的单位在城北荷花池报社，我曾在那个院子里住了十几年，她回娘家时，就顺便把书捎带给我。

我最先接触到的是钟老满女鲜姐的文章。那是二十世纪九十年代初，我还在一家行业报社编辑文艺副刊时。我们的报纸在省报印刷厂代印，每周我有两天都要到省报的激光照排车间看大样、清样，到报社资料室看书读报查资料。

鲜姐当时就在资料室工作，我也就和她相熟了。一次，她拿了一篇文章给我，说让我看看，能不能发表。那时，她参加了个文学社团，尝试写了些散文。看完她的文章，觉得写得还不错。

后来才知，鲜姐是有家学的，她父亲是著名的出版家钟叔河先生，中华人民共和国成立初就是《湖南日报》的前身《新湖南日报》的编辑记者，一九五七年被打成“右派”，“文革”期间还有过十年牢狱之灾。她的母亲朱纯，也是报社的老副刊编辑，当年的才女。

据说，鲜姐吃了不少苦，很小就被送到内蒙古寄养，直到结婚成家后，才被平反恢复公职的父母曲折辗转找到，调回长沙。她说的是内蒙古口音普通话，她的长相看来也有些内蒙古人的味道。在她心里一直有种自小离乡背井的隐痛，郁积着一个难解的结。她信奉基督，也喜欢读书，写点文字。

二〇〇二年年初，她写了篇《我的父亲》给我，写得很有情感，写出了钟老的幽默和正直。当年四月刚创刊的《文学界》给钟老做了一个专辑，就收进了这篇文章，后来钟老自己单独印了一百本油印本，赠我一本作纪念。

二〇〇一年钟老为我编辑的版面写了一年《学其短》专栏

对于钟叔河先生，我是先读了他编辑的书，才接触到他的文章的。那是一九九六年我调入《长沙晚报》编“橘洲”副刊后的一个夏天，省内的出版社到居所上门优惠售书，我如获至宝地挑了几大包好书，其中就包括钟老主编的《周作人文类编》。

而我编辑钟老的第一篇文章则在一九九八年，是一篇写长沙小西门的散文。文字平实而隽永，老长沙的神韵，渗透到字里行间，赢来一片叫好声。我编辑的“湖湘文苑”版开设有一名家专栏，我便约请他写专栏文章。为人为文一样认真的钟老答复说，等集齐了满意的一组再说。

二〇〇〇年时，钟老正有个计划，准备写一百篇叫《学其短》的短文。于是，二〇〇一年三月到二〇〇二年五月，钟老在我主持的版面上写了一年的《学其短》专栏。每回，他都用工整的蝇头小楷誊写稿件，错字以涂改液修正，就像一个认真的小学生，对那些生僻的古字，都要注明结构和读音，一如老编辑家的严谨和缜密作风。每寄一篇稿件，都会附一短笺，说大致文章意图，客气而认真。如偶有排版校对失误，他定会来电话认真指出。

我编辑校对他的稿件时就尤其仔细，常把原件复印一份，对着校样一字一对，这样差错就很少。如刊出文章被转载，他就会寄本样刊给我，像《散文海外版》《杂文选刊》等，都转载过好几篇。后来怕邮寄丢失稿件或是赶时效，我就常上门取稿，自然也就有了不少当面请教的机会。

《学其短》后来改为《念楼学短》，在国内多家知名媒体刊发专栏，又被多家出版社先后出版多个版本的集子，如今还成为畅销加长销书。

朱纯阿姨赠我《悲欣小集》与兰花

朱纯阿姨给我寄的第一篇文章是《记杨赞》，于二〇〇〇年五月二十八日见报，是钟老转寄给我的。遗憾的是，我起初到他家去了多次，也没遇上朱纯阿姨，那时恰逢她天天外出学电脑，已是七十岁的老人，没学几个月，她就能打字上网了。

接着我还编辑了她的《昙花一现》《从文让人》等。其实，她一九九五年就已在晚报发表了一些散文，都是她在客居美国女儿家时写的一些旅游小品，如《美国人种草》《华盛顿的博物馆》《亚得赛》等。我在《悲欣小集》里都读到了这些文章，只是在我进晚报做编辑的前一年刊发的，我们也无缘早些神交了。

《悲欣小集》是小巧的开本，乳白色，中间氤氲着一个浅灰的蛋形，突出书名，雅致，清爽。是钟老亲自上阵编辑，书名也是钟老取的，取弘一法师李叔同最后留下的四个字"悲喜交集"，朱纯老师觉得"口气太重了些"，便把"交"换成"小"，四字全是她自己的手迹。

七十余年的悲喜人生，朱纯阿姨"悲也悲过，而且还是大悲；喜自然也喜过，升官发财当官太太那样的大喜则未曾有"。她十一岁时就携九岁的小妹自长沙南下永州，投奔"中国战时儿童教养院"读书，接着是数年顺着湘黔铁路逃难，一路到柳州、贵州安顺，一九四五年春，十六岁，在贵阳考上女师，一九四七年毕业后教书一年，次年回湖南常德当代课老师。直到一九四九年，举家迁回长沙后，她进入《民主报》，后到《新湖南日报》做编辑。

朱纯阿姨是一九五三年年初与同在报社的钟叔河先生结婚的。可是，她没过上几年安稳的生活，此后的二十余年，厄运相随他们一家。一九五七年夫妻双双被打成"右派"扫地出门，三年后钟老以"反革命罪"被逮捕判刑十年，送到茶陵洣江茶场劳改。她带着四个女儿自谋生活，只好把满女送到内蒙古寄养。她在街道工厂做过装订工，最终还成了五级木模工，那双拿笔翻书的手就这样一直握刀具握了二十多年，直到一九七九年平反复职。

生性开朗、坚强的朱纯阿姨，离休后的生活丰富多彩。她喜爱旅游、养花，有时也写些文字。她说，“实在说，我真不愿回头去想那些悲伤的事”“只是一些片段，许多该写的都没有写，更多的则怕触及创痛太深，简直不敢写”……当我读至《四毛》那篇文章时，“四毛送走前一天，让四个孩子合照了一张相，她似有预感，哭着不肯照，只好给一块饼干”“四毛二十一岁被找到，带回了一个女婿一个外孙女，又二十一年后这一家三口的合影”，我的眼泪喷涌而出。

当时，我正断断续续在看一部《风声鹤唳》的电视连续剧，背景是抗日战争的江南，民族丝绸业和百姓生命惨遭蹂躏。我口里反复跟着字幕，念叨着“风声鹤唳”四个字，此也是可以概括朱纯老师七十余年的悲喜人生和她一家人的坎坷遭遇。

只是，我是个被庶务和生计缠身的人，好久没到“念楼”去，聆听钟老说古议今，还可看看他有什么新书，又可以借来一读。朱阿姨也打了两次电话来说，她新培植了一盆兰花，为我搬迁新居预留着。

直到二〇〇七年一月二十二日，钟老让他的女儿鲜姐将一封信带给我，我以为还是像从前一样，是钟老转交我的书或是他们的文章。可一展读，却是一份自印的《哀启》：

我妻朱纯已于一月二十一日在深睡中平静地去世，终年七十九岁。前年八月朱纯查出癌症，当时即已扩散，预告凶险。她却从容面对，说：‘五七年没打垮我，七〇年没打垮我；这次病来得凶，人又老了，可能被打垮，但垮我也不会垮得太难看，哭哭啼啼。’当年九月她预立了遗嘱，说她只要能动，就会活得快乐。一年多来的情形，确实如此。……因为不举行任何仪式，所以不必来函来电更不必亲来吊问，只请知道这回事，朱纯已走，如果觉得她还好，是个好人，在心里记得她一下，就存殁均感了。

《哀启》印有朱纯阿姨的遗像、遗嘱、最后一篇文章《老头书房》、遗著《悲欣小集》(自印本)的书影。还印有朱纯、钟叔河二老的合影。

我一阵哀痛。但也遵照钟老的意愿，没有打电话或是去祭奠。直到一个月后，我才敢拨通那个熟悉的电话，并登门去探望仍在哀痛中的钟老。他已然是苍老了许多，叙说着相濡以沫半个世纪的伴侣的开朗、从容和宽容的点滴。他没忘记朱阿姨多次交代他要送给我的盆花。那一个大阳台上曾经葱茏花香的"空中花园"，因为精心侍弄维护它们的女主人的逝去，或是无人有心情去打理，或是为女主人哀伤，也都憔悴，有的已追随女主人而去了。

我不能违背朱阿姨和钟老的心意，挑了一盆青花瓷盆的兰花。钟老说，他不知道这兰花具体称呼。我也是"叶公好龙"式的爱花，养花的知识贫乏，也叫不出兰花的名字。如果，朱阿姨还在，她定会给我悉心讲解这兰花经，教我如何照料这盆兰花。

几年前，我曾有幸在"念楼"亲睹了钱锺书、杨绛夫妇与钟叔河、朱纯夫妇的书信，自二十世纪八十年代初起，共四十几封。其中二〇〇七年一月二十六日一封，是九十六岁杨绛在得知朱纯去世的消息后，以娟秀的蝇头小楷，工整细密地写了两页信笺，安慰钟叔河先生。

其中写道："同是未亡人，你有女儿两双外孙四个，我则是'绝代佳人'了。""她比我的女儿福气多，你也比我的福气多。""希望她在病中还想到过我，也希望你不复脆弱，且在'老头'的书房里与书为伴吧。"信中一种悲凉之气袭来，但仍是一腔对文友的同情和安慰，不乏幽默。如今，杨绛先生也已经去了天国，不知她们是否有重逢？

朱纯阿姨送我的那盆青花瓷盆的细叶兰花，我一直没能叫出它的学名，它静静地长在我的新居阳台上，但总没有从前的青葱和茂盛。几年以后，兰花不在了，我又数次补种了兰花苗，但终将是不成气候。

良辰四季

◎ 钱红莉

春暮

楼下人家老人在南窗下种了几丛艾。这几日，见风长，每天都不同，枝叶间散发出的那份蓬勃的生命力令人惊叹。福建人有一句祝福孩子的话：一瞑长一寸。艾在暮春的熏风下，可要比孩子长得快速得多，至少一瞑三寸。紫荆落了，海棠落了，梨花落了，晚樱也落了。最先开花的李树，在清明之前，就把一身浅粉谢了，如今一树深红的叶子披披沥沥，站在树下，仰头寻找，每一节枝条上均布满密密麻麻的红果子，怕冷似的，不敢肆意长大。最壮观的，是樱桃树上，缀满豌豆粒大的青果，在风里摇摇摆摆……万物真是神奇，独自迎来了生命中另一层境界。

刮了整夜大风，把池塘边一棵高壮的柳树拦腰吹折。断了的柳枝没有惊诧，仿佛若无其事的，自顾自绿了好些天，它们与以前并无两样地活着……终于被人彻底锯断抬走了。眼界里都是蓬勃的生命力。近日，黄昏归家，小区里飘起柳絮，纷纷扰扰的，犹如一个人静默的心思，即便启口，也是无法言明的，算了吧。那些柳絮，落在草地，石缝间，大多在池塘里安身下来，清晨路过，仿佛下了一夜细雪……好比一首深情而浅淡的诗，让人恍惚无言。

春天，真是迷离的季节。合宜静坐、冥思，躺在草地上，或者抱着小婴儿坐在紫藤花下，婴儿的乳香与紫藤花的芳香热烈呼应着，彼此交集，让人昏眩……小区里那架紫藤，逾十余年，终于把所有的木架缠绕得密不透风了，一条条触须肆意生长，无可攀附，耸立着直往虚空中去了。近旁一两株香樟，一年年静默如谜，佛一样入定。紫藤天性热烈奔放，也不知于哪一晚汹涌着，大胆地把自己的花一串串挂在香樟的头顶，远看，也是披沥直下的，香樟树愈发庄重起来。

夜里，紫藤花开得仿佛有声，是的，就是圣桑的《天鹅》，必定是帕尔曼拉出来的，咕噜咕噜，咿咿呀呀，是清朗的一天，微风拂过面颊，仿佛一个人洁净的气息，湖畔的白天鹅，被春风送得很远很远……帕尔曼这个卷毛的小胖子，将小提琴搁在肩上，拉得一头汗，这么着，你会知道，夏天不远了。

到了夏天，就要听德沃夏克了，最好是《回故乡》。童年的故乡，也是一个人精神上的故乡，注定走不到便老去了。写作的过程就是不断靠近童真的过程。童年是没有边界的，童年是一个人整个的宇宙星辰；童年也是一个人独自走在夜里，天上挂着细月，什么都有了，也注定什么都不能拥有。

每当于春夜散步，当闻着樟树散发出的清淡香气，总会叫人想起童年，以及更加遥远的而永不再来的事情，如昙花悄悄打开花瓣那么宁静，慢慢地，一颗幽暗的心就会被虚空中的香气静静照亮，不再忧惧了。比如我的孩子，有一阵对泡面异常着迷，甚至写作业，也要将一桶未拆封的泡面搁在目前，激励着自己赶紧完成作业——看着这桶芳香的泡面，枯燥的作业再也不是苦行。在心理学上，这就是一种移情吧，从而获得了巨大的快乐，一份难求的珍贵的天真之情。

成年人最大的局限，莫过于天真没有了共情。人于成长过程中，最遗憾的事情，是丢失了赤子之心。赤子心可以护佑着一个人暂时忘却世间的艰难。孩子的这份快乐，单纯、明净、令人珍惜，有如散落世间的珍宝。等至渐渐长大，他获取快乐的成本，势必沉重得多了。一桶泡面的快乐，永不再来。我们的快乐日益减少，最后唯剩下不可得的无言。

置身的四月，自然界中的植物、飞鸟走兽，各自将自己弄得何等蓬勃与热闹，但，在我眼里的四月，它从来都是静谧的。此刻，窗外的小鸟叽叽喳喳，大风吹来，樟树的橘红色新叶蝴蝶一样翻飞。极目处，再也找不到一朵花了，蔷薇要到五月才能盛开。依稀记得苏轼的一首词里，似乎说过，一个人只要在心里面有花就可以了。没有谁可以将精神世界喻比作一朵花，唯有苏轼。

每一个春天，似乎极易让人产生对于生命意义的追索，进而身陷无端的空虚之中……听波格莱里奇弹奏勃拉姆斯的钢琴小品系列，差不多三四年，永无厌倦。只偶尔遇到快乐的事情，才想起放一遍柴可夫斯基的《第一钢琴协奏曲》，仿佛一个隆重的仪式。

每当深觉虚度之际，就让勃拉姆斯这雪洞一般的音乐充满整个房间，犹如一个被浊世彻底孤立的人，终于遇到一个同行者，纵然道路尽头横陈深渊，也一样无所畏惧，有一搭没一搭地絮些话，每一个字词都比较精准地表达了各自的心思，心性相若的人之间，根本没有边界，唯有本我与真我。勃拉姆斯的音乐里藏着感性与深情，永远是孤独的，奋起毕生精力注定也突围不了的无边寒冽。倘要说是一朵精神之花，也是开在高寒地带的雪莲；那些音符跳动在琴键之上，也似山谷的溪水，流淌于月夜，无所往，无所终。一个读者说，听勃拉姆斯"这音乐让我嘴角浮起了平时吃了抗抑郁药才会有的那种傻乎乎无意识的微笑"。这句话，令人心折。

早晨，买菜回，经过一条小河。河面上同样铺了一层柳絮，暖风吹过，把细淡的柳絮稍微拂一拂，就又露出青碧色波光，远望之，整个河面犹如一匹丝绸，有秘不可宣的潋滟之美，青碧的底子上衬出丝丝缕缕的白絮，一波一波地在四月荡漾……

小时候，有一个电视剧《夜幕下的哈尔滨》，里面有个女主角，她的名字就叫——柳絮影。这名字脱俗，在于她的轻与淡。

无尽夏

买一斤黄鳝，一条条横在砧板上，用刀柄敲扁，血水横飞。放水槽清洗时，稍一抬头，对面同事家的蔷薇花墙直扑眼帘，一长排繁盛的花，何等奢靡，不禁在心里叹口气。顿时，一日三餐的苦役似也变成了短暂的享受。

每当蔷薇花开之季，便是立夏之时。“夏”为“大”之意，即植物们都长大了。风吹在脸上，不比春风那么柔嫩，而是暖和和的了，是孩子的小手在你脸上摩挲，久之，一点点的微温；初夏的阳光纯白闪亮，稍微有些晃眼，需要眯眼观察周围的一切，是迷离的，令人熏熏然，又惚惚然。天气不冷不热，做什么事情，都有珍惜的意思在里面。

门前那棵李子树上缀满小李子，一日日地见风长，已橄榄般大小。每天早晨，送孩子上学，经过树下，我们一大一小都要抬头仰望，并发出由衷的赞叹——好神奇啊。眼看这成百上千颗小李子一日日地饱满，一种酸在舌上肆意翻涌，禁不住咽一下唾液。

菜市里，当地豌豆上市了，堆得小山似的，豆荚青中泛黄。买一斤，回家剥米；糯米泡了整整一宿，拇指食指捏一粒，轻捻，化为齑粉；腊肉，切丁备用。素油入锅，先炒腊肉丁，依次将豌豆、糯米放入，炒至香味出，加滚水少许，小火慢焖。立夏时节，怎能不吃一碗腊肉豌豆糯米饭呢！每年都做，仿佛迎接初夏到来的一个简短仪式。生活一贯枯燥贫乏，总要搞点浑朴的仪式感来，以示珍重。若在乡下就好了，大灶烹出的糯米饭，锅底结一层黄灿灿的油锅巴，嚼之，蹦脆香甜，无与伦比。

说到仪式感，民间有立夏尝三鲜的说法，三鲜还分为：地三鲜、树三鲜、水三鲜。地三鲜即蚕豆、苋菜、黄瓜；树三鲜：樱桃、枇杷、杏子；水三鲜：海蛳、河豚、鲥鱼。

蚕豆上市，不太饱满，但多汁，吃的就是这种嫩，直接剥出，不要蜕皮，加蒜瓣、葱段爆炒，起锅前，略微撒点盐即可。吃这样的嫩蚕豆，无须咀嚼，要抿——舌尖抵住上颚，轻压，豆仁即出，豆皮吐掉，吃的是那份鲜香甜糯：再过十来天，蚕豆渐渐长老，可以做汤来吃。豆皮剥掉，素油爆炒，加滚水，再汆一两个鸭蛋花。立夏后，自然界中阳气升腾，熏风一日浓似一日，蚕豆鸭蛋汤，下火。童年的五月，小女孩们最喜欢坐在树荫下剥蚕豆，认真仔细把豆皮完整保留着，一个一个套在手指上。一双手伸出来，十根绿指甲，颇为仙气；到了盛夏，女孩们把胭脂花捣碎，敷于指甲盖，一双手伸出来，又都是红妍妍的了。童年，虽说可玩的东西少极，但，为何透着如此的快乐无忧呢？搞不懂啊。

日子如河流，一点点地淌下来，多少个立夏，都是这么充满感情地过下来的！

当今菜市里，普遍红叶苋，口味寡淡，少了一层韵味。老家的青叶苋，最可口，我们俗称为芝麻苋，叶子酷似芝麻叶，尖而瘦。老家还有句俗语：苋菜不要油，只要三把揉。洗苋菜是有讲究的，揉出绿汁，口感方好。现在是油水过盛的年代，尽管每餐油水足，但揉过的苋菜，确实比不揉的口感佳。民间几千年总结出的经验，向来不虚。

至于黄瓜，这些年买出经验来，挑顶花枯萎、一副憨厚模样的，口感必好些。长得过分漂亮的菜，似都不太可口；露天种植的瓜菜自由生长，不可能长成千篇一律的流水线模样。人，亦如是——性格有缺陷、待人接物稍微别扭些的，才不失赤子之心，到底是个天然人；而一些扭曲成智能机器人的，活得几同于大棚瓜菜，貌似百无破绽，逢人杀人，见佛杀佛。

吃了地三鲜，树三鲜差不多也成熟了。樱桃、枇杷不仅好吃，也宜入画。去年，《嘉兴日报》的许金艳女士送我一只布包，丰子恺先生的女儿丰一吟授权印制的。包上一幅丰子恺先生的画：十七颗樱桃，配一只蓝边粗碗，碗里堆了十二个豌豆荚，一只红蜻蜓在飞。题款为丰一吟所写：樱桃豌豆分儿女，草草春风又一年。左右各钤一个章。

背这只包上下班，朴素又美气。转眼樱桃上市，想起来把这只包从衣柜翻出，又可以背一整个夏天了。

对于水三鲜，内地人不是太能享用到。河豚嘛，必须去江浙吃。

前阵下决心，想独自前往扬州看琼花，心理建设了几天，终于没去成。

看琼花，属于精神层面上的需求；实则，是想去吃一碗刀鱼馄饨。听说，扬州、江阴等地刀鱼馄饨非常著名。如今，琼花也谢了，刀鱼的刺变硬，不再可口。或可去一趟苏杭，喝一碗莼菜羹，顺便点一盘红烧河豚。实则，河豚并非对我的味蕾，也就吃个仪式感吧；之于鲥鱼，刺太多了，一个急性子的人，是不合宜吃鲥鱼的。

这几日上班，骑车路过天鹅湖路，都能闻见含笑的香气。每天经过，第一反应好像真的吃到了一口香草味的冰激凌，下意识地咂咂嘴巴，一种甜在舌上婉转，特别醒神，精神上一激灵，清新无比。含笑的花瓣形似哈密瓜色，老远就能闻见那种瓜果的甜蜜——含笑这种植物真是天生擅于驾驭"通感"这一修辞手法，可以轻易地将香气转换至味觉，让路过自己的人们，美滋滋地吃到一口冰激凌。这就是初夏给予我们的福报。

初夏，是用来给人过平淡日子的。但这么好的日子，叫人怎能忍住不抒情？

凌晨早醒，樟树花的香气一波一波往家涌，颇有凉意，爬起关窗。当闭合窗帘的刹那，嗬！半轮明月正在樟树梢上。湿气重，是毛毛月，是隔了磨砂玻璃透出的朦胧光辉。天是青色的天，不见一粒星星，唯有微风荡漾。宇宙万物，万古静谧而美丽，当真值得人在凌晨抒个情。失眠又算得了什么？翌日，又是一个囫囵人。

夜里，雨后的夜里，小区散步，一直为渺渺的香气笼罩——樟树花微小洁白，郁郁累累。一种形容不出的香，甜丝丝的，细淡，浓密，忽远，忽近，一直默默无言地跟着你，陪伴着你……每当这个时候，都要狠狠劝自己：一定要好好生活啊。

小满，小满

小满以后，天气热起来，日子如山如河地壮阔起来，真是陡峭得很，未曾有过什么过渡——即便是一场雨水呢，也不来光顾了。溽热模式一旦开启，天地仿佛轰隆隆的，时有雷声。

夏天这么苦，犹如一本佛经，是用来教化众生，给人仆仆行道的吧？磨炼人，披沥人。不及五点，天则透亮。窗外，鸟雀争鸣，双层玻璃也抵挡不住，不得不令人早起。有苦恼，但，怎么办呢？过日子，不可能一脚踏进深山坐拥幽深，它就是这样的平白无故。

去户外，疾行，抑或慢跑，躯体快速划过黏稠的空气，也能带起来一阵风。在风里行走，也算是一份额外的修补。满天朝霞，则是对早起的人一次微小的奖赏。

端午过后，栀子花开了，一朵朵纯真的白，隐在蓊郁的绿叶中，远远看着，便想扑过去，怎么也看不够——这世上，没有哪一样花朵值得我像对栀子花那样，把一生的爱惜都给予，一年年地，守着秘密一般，在它们的芬芳里无以言明。栀子花的香味纷纷自童年来，是往内里收着的香，置身其中，整个的感官都复活过来，这种芬芳是可以邀约人的，与它们一起陷溺。陷溺是一种无法忘怀的美，颓废也是……

这世间，许多美丽的东西，我只远远地看，或者于内心翻腾不息，从未奢望着要去占有过——唯独栀子花不能，一定要得到。得到则是拥有。就把它摘了，藏在小布包里带回家，养在清水里。拿出高脚玻璃杯，紫砂的小罐，一朵朵地放进去，怎么看，也看不够……犹如葳蕤，整个灵魂终被照亮，却原来，也有片刻的欢愉。

夏日早晨，永远是可爱的，空气里还能体味出片刻的清新。路边的青草身上，白露未晞，比冬天的寒露还要透明，映照出一切可映照的，比如蓝天，比如蓝天上偶然行过的云。有时，我会去到荒坡，坐一下。群鸟高飞于柳林之上，更多的是麻雀，它们的叫声打破了早晨的寂静和平衡。万物都有它的秩序，被早晨安放在既定的轨道上。

我走向沟渠，站在芦苇丛边，拼命呼吸，植物的味道永远那么沁人心脾。人不能跟植物比，一比，就会自卑了——人身上总是散发着浊气，混沌不清，有时还有怒气，怨气……这样的气息特别伤害心灵，久而久之，便蒙尘了，不再明亮。人也只有跟植物站在一起，一颗蒙尘的心才会一点点醒过来。

偶有风来，芦苇的叶子相互摩擦着，喧哗着，那种特有的清香气愈加浓厚起来，合着夜露的凉气一起洗涤你。这么美好的夏日早晨，也算得上一次成全。

在这样的夏日，最爱的，还是风声，蝶影，蝉鸣，是夏木阴阴的乡下，是河流纵横的远畴阔野。气温一日高似一日，早稻秧蹿得老高了，由早先的嫩绿转为浓翠，白鹭飞起，眼界里都见着绿意与幽深。

丘陵上大面积的麦子已割下。海子这样写：连夜割麦的父亲/身上流动着金子……/吃麦子长大的/在月亮下端着大碗/月光照我，如照一口井……近三十年过去，我总要在芒种割麦这几天，回忆起海子，以及他写下的那些真挚自然的诗篇。

夏日里，所有农作物都肯长——南瓜藤牵得几丈长，黄花下藏着碧绿的小瓜纽纽，很害羞的样子，圆滚滚的，一日壮似一日；豆角开紫色的花，一架一架的梦；辣椒是白花，花落了，结出浅碧色小果子，慢慢地，就红了；茄子开五个瓣的紫花，结紫茄子，瘦长长的个子像诗人，茄蒂上有许多芒刺；苋菜简直是往上扑通着蹿的，一日不掐，它的秆子便老了，粗了，都割下，把外皮撕了，拿盐腌渍一夜，第二日炒炒，当早饭菜——就是周作人笔下的那种咸得齁死人的腌苋菜秆，浙地有，皖地也有——没吃过腌苋菜秆的童年，就品尝不出咸味的人生；空心菜开白花，喇叭状，蜻蜓和蝴蝶最喜欢在空心菜的白花上流连。

每当黄昏，一个人坐在高高的山坡草地上，望远处的田畈，望更远处的晚霞满天……彼时，尚未接触到李商隐的五言，但一个少年的心里面，天生也是铺有惆怅的。晚霞归山的绚烂与短暂，怎不叫人愁绪万端！

这些往事，于心尖尖上一年年地滑过，到得当下，终成李商隐的“向晚意不适”。灵魂与艺术相互提携，映照千年岁月……这些莫不都是佛所言的色法与心法？

——都是有情众生。

喜欢回到古中国去，认真地循着二十四个节气，过过日子。这样的节气，总跟农业休戚相关，跟土地、自然荣辱与共，空虚发声，满盈静默，它让我一年年里学习自制，保持平静。

节气的排序，真是一个巨大的隐喻，春华秋实，夏长冬藏。什么样的季节做什么样的事情，开怎样的花，结怎样的果实。盛夏如此溽热，寒冬又是那样凛冽……天地时序自有规律可循，小小星球在浩瀚的宇宙间运行，我们只要把二十四节气守住了，就什么都不会乱。

当日子过到芒种，天地真的静下来，不比春天里鲜花着锦般的热烈了。

静下来，就好。

静下来，读读古诗——躺在地板上，把陶潜举得高高的，翻着翻着，便要昏盹而去，枕着陶潜的意诚而辞达，浅睡过去。大抵，这就是歇夏。摁住一颗心，往内收，即便不写一个字，也不必慌张。读书，并非一种荒废，是另一种自制与平衡。

除了读书，夏天还可以有大量时间，把家里所有窗帘都闭合，用来听马勒，听拉赫玛尼洛夫，听《大地之歌》，听《复活》，听《安魂曲》……悠长，深厚，绵醇，把你的心一点点地自幽暗地带引领至光明的所在。一间屋子是盛不下你那颗心了，音符可以带你飞，飞向明朗之地，然后令你脱胎换骨。

生于世间，何时何地，我们不都是求一个静吗？

当有了静气，一切便来到眼前。

麦子黄时

飞机越过岭南的群山，一路往内地来，渐渐地，白云下面，多了大片大片褐黄的麦田。身后是一对情侣,女孩说:我们这里种水稻、小麦。现在,小麦黄了,快要割了。这女孩语言朴素,但有深情……我靠在椅背上小寐,被她这么一讲,心间忽有涟漪,微微地荡一下,又荡一下,慢慢地,水纹平伏处,还居着我的童年。

吾乡皖南丘陵地貌,除了广袤的田畴,坡地少极,每家略有几分旱地。每年秋天,山芋挖了以后,大多种点小麦尝新。有个农谚:九菜十麦,我永远记得。意即,农历九月种油菜,十月点麦子。油菜成熟期比麦子早,此时,已经动镰。麦子熟时,大约端午前后。端午前后,正是瓠子上市之际。这时节,有瓠子面汤吃。

瓠子,曾热烈地赞美过它,这里重提,尤其它的小白花,开得内敛自洽,隐在丛丛绿叶中,慢慢地,一条小瓠子绿袜子一样落到地上去,默默地长啊长啊。忽然有一天,你想起来去到河边的菜地,双手拂开叶丛,无数条瓠子集体躺在地上,就为了等你来摘。

五月的熏风一日浓似一日,瓠子们长得快,一个早晨可摘下五六条。一时吃不掉,漂在水缸里,不会老。无非菜籽油红烧,没有肉,鲜得很,切成四方块,一烀一锅。以瓠子汤泡焦黄的锅巴,宛如珍馐。这是我童年无数佳肴中的独一味。我的童年,除了过年可以看见一点肉以外,一无所获。一直在素淡里过下许多年,也不觉得缺少什么。

就是这样的日子,把麦子割下,脱粒,晒干,磨成粉。剩下的麦麸,拌在粥里喂鸡,或撒点到泔水里给猪吃。有限的一些面粉,妈妈们就可以用来擀面汤了。用凉开水和粉,揉,捏,稍微搁一会儿,醒醒,再揉成条,揪成一个个面团,摊在桌上,擀至薄片,切成广东河粉一般的宽度,抖抖落落地堆在那里,或撒一点干面粉,以免纠缠一处。这边把大灶点上,铁锅里放油,清炒切好的瓠子丝,三五下,入盐,加水,待滚开。灶里火焰大得燎人,面汤嘟嘟嘟嘟的,跳跃着,歌唱着,冒着泡,面熟了。

前年,妈妈来合肥短期居住。到了五月,我怂恿她做瓠子面汤。吃过无数顿——瓠子并非童年时代的鲜美,面汤嚼在嘴里,丝毫不见麦香。什么是麦香呢?形容不好。嗅觉是最敏感的人体器官,童年的气味会跟随终生,也是另一种基因密码,溶于血液里的,任凭日后怎样稀释,它依然在那里流淌。我妈妈继续做,她误解了我,以为喜欢吃,实则吃下去胃已经不舒服了,可是我不想扫她的兴,继续捧场。吃完一碗碗面汤,那些黄昏,我在白杨下散步,不免思前想后,半生往矣,人为何连一碗童年的面汤都求而不得? 这些小而又小的愿望啊。

一天,在菜市看见卖山芋干的,立刻想起外婆来。舅舅将山芋一担担挑回家,暂时吃不掉,外婆就切成片,一篮子一篮子挎在胳膊上,攀上木梯,撒在屋顶上,晒干,储存起来。冬日,搭在早饭粥里,抵饱,山芋干上留有阳光的味道。有时, 味觉也可转化成嗅觉——把棉絮放在太阳下晒一天,晚上抱回来,小身体躺进去,情难自禁要拿鼻子去嗅棉被的味道。要说我的童年何曾有过什么丰腴和繁华, 那简直是藏在山芋干稀饭和隆冬盖过的棉絮里了。

每回出差或因私外出,迟钝的神经无论被禁锢多久,都可瞬间苏醒过来,与外界对接上,看什么都新奇。一年夏天,出差深圳,有一顿午餐,被友好宴请,山珍海味应有尽有,一概不贪恋,独独热爱那一杯甘蔗香茅水,袅袅地氤氲舌尖,直抵肺腑,而窗外凤凰木开得妍丽。

去年在云南普洱咖啡交易所, 一行百人硬是把人家货架上的展览品全部买光。当提上购物袋,站在烈日下等车时,忽然悲从心来——我这样的一个神经衰弱连咖啡都无福享受的人,何苦偏要买这些分送众友亲朋? 那一刻,真是十万里悲风呼啸而来,简直要在美艳的火焰木下痛哭一场。这次在深圳文博会,当抱着膀子晃悠时,异域姑娘追着我,非让我尝尝猫屎咖啡,我一边谦让一边摆手,仓皇而逃,弄得姑娘好生失望。她如何明了一个一夜未眠的人该怎样抵挡这世上最令人激荡的诱惑。一贯克己,忍耐,放弃,直至活成苦行僧,直至去二楼展厅一眼望见李叔同像时,站在那里，心上滚过万千雷霆，仿佛要失声痛哭。

扯来扯去的，今天在菜市确乎买了一条小瓠子，准备晚餐做面条瓠子肉丝汤。还买了四五根嫩笋，无论焯水的，还是刚剥出的，一律八元一斤。我对笋主表达了不满：这不公平。笋主言：你随便选嘛。新鲜的笋可以放冰箱冷藏，焯水后的留不住。等孩子胃口好些，再做一道夏笋鸡汤。

小区里的李子快要熟了，杏子一夜间被摘光，海棠木瓜一日日地圆润起来，合欢花袅袅婷婷，石榴花年年热血犹在，开得壮阔……风吹过来吹过去的，就是这样的人世啊。

性情写作

父亲，别梦依稀中的校友

◎ 马晶

脑子里总是浮现一个场景：几十年前一个夏天的夜晚，我和父亲在武汉大学的某个球场边，父子并排坐在黄褐色的石头上面，石缝里长满草，石头的表面凹凸不平。夜色中的校园充满新奇和陌生，我和父亲指指画画，沉浸在对珞珈山的欢快闲谈中。九月的梧桐树，在阵阵秋风的吹拂下，发出沙沙的声响，偶尔有树叶落下，掉在我和父亲的头顶。

远处，是喧嚣城市的风景；眼前，是冯小刚电影镜头里美妙无比的芳华。父亲跷着二郎腿，从裤兜里掏出九块钱一包的白沙烟。父亲抽了六十多年烟，不习惯用打火机，他喜欢用父辈的洋火也就是火柴。他点烟的动作总是很慢，生怕漏掉了这个过程的某个精彩。烟点燃了，慢慢地吸一口，对着燃烧的烟头左右端详，然后捏一捏烟卷。父亲这个动作养成应该是在一九五七年之后。当时，父亲给领导提了几条意见，一个叫李明国的人起了坏心，把刚出校门的父亲在江西修水打成了右派。

在湘西老家，村里人抽草烟都是用白纸卷，经济条件不具备的也通常使用报纸，把旱烟丝卷成喇叭筒，抽的时候时常熄火，因此要边吸边看边捏。还有老辈人喜欢用水泥纸卷草烟，据说这样抽起来灌气。

大学毕业了，能分到县里就好了！父亲望着远处，仿佛是自言自语。烟头红色的亮光在他的指缝间忽明忽暗。

嗯，说不定能去县委呢。我也顺着父亲的话题，有些憧憬地说。倏忽间，心里畅快起来，仿佛人生的明天一定是海阔天空，于是有了一种莫名的冲动，开始在血管里涌动。

在我和父亲的前方，是武昌、汉阳或者汉口，五彩斑斓的城市烟火一齐射向夜空，把天空涂抹成一片酡红，如同家乡晒谷场上的火烧云，红得让人晃眼。在更远的地方，是红钢城的炼钢炉，一股股红蓝色的火苗腾空而起，跳跃在距离烟囱几米远的天空，把红钢城映照得一片火红。

二十世纪五十年代我在武汉上学的时候，天上黑得只有星星。五十年代，父亲由单位选派进入武汉水利电力大学水文专业学习。二〇〇〇年，武汉水利电力大学与武汉大学、武汉测绘科技大学、湖北医科大学合并组成新的武汉大学。对于高校合并，社会褒贬不一。有的人认为是好事，有利于中国大学做大做强。有的人却认为并非好事，它把很多人的青春湮埋在了时代大潮的浪花里，让很多人没有了母校，相思无处安放，如同是没有了家，变成了生无依托的人，曾经苦涩的青春，包括初恋或者暗恋，都已经随风吹散，再也找不到回家的路了。但我不一样，感谢这次高校合并，改革使我和父亲成了校友，在血缘关系之外，我们又多了一层别样的感情。

我又想起父亲带着我穿行在校园中，为我置办凉席、枕头、被褥，以及搪瓷碗和饭勺的情景。当我们走到一个不太宽敞的水泥门前，父亲停住了脚步说，这是友谊门，当时我们经常从这里进进出出。

这是哪年建的呀，爸。我有些好奇。好奇这两个校园怎么像中越边境一样，也有一座友谊关。只是，多少年后，我去了广西凭祥的友谊关，当我看到石头垒起的城门，长风猎猎的国旗，斑斑驳驳的墙头，比起武大校园这个简易的水泥门，真的不知要高级多少倍。

友谊门我上学的时候就有了，当时这里没有铺子，人都很少。父亲带我走进一家劳保商店，给我挑选了一条紫色缀白点的被单，父亲说这个颜色经脏。可能是为了体现劳保特色，方便矿工生活，被套很大，没装拉链，绞着几根布条。

白天，我坐在教室里上课，父亲则独自一人去逛汉正街，看到合适的东西，就会给我买上一件或者两件。坐在宽大凉爽的阶梯教室里，我想象着父亲在如火的马路上匆匆奔走。父亲爱出汗，劳作之后大汗淋漓，湿衣服全贴在背上。在家里总要脱下衣服，招呼着我拿毛巾给他擦背。在“火炉”武汉，父亲顶着烈日走路的样子，我完全可以想象该有多么难受。

入夜，武汉依然如火炉，我辗转在父亲买的凉草席上，觉得燥热难耐。实在无法忍受了，只好沿着宿舍天台的铁梯爬上屋顶，把凉草席铺在预制板上度过漫长夏夜。武汉的冬天又特别冷。孤帆远影碧空尽，唯见长江天际流，这是古人对当时好天气的描写。而我每次站在长江边，眼前出现的总是雾霭和烟雨，一望无涯的江上寒流，裹挟着升腾的雾气，从江面弥漫到城市的每一个角落。在无数个冬日的夜晚，我的耳畔传来长江江面的风涛，吹得桂园里的桂花树呜呜地叫。而在次日早晨，满地的桂花，小米一样的花蕊，如同花瓣雨撒落满地，浸润了寒门学子清贫的日子，芬芳了珞珈山风雨如晦的小径。记得还有爱美的系花，穿着男式的条纹衬衣，躬身拾起几朵桂花，轻轻别在乌黑的发端。

每晚十点，是学校熄灯的时候。我挛缩在寝室钢架床的上铺，穿着棉衣倚着床头钢条，读书写作，不舍昼夜。而在枕边，时常备着成捆的蜡烛，暖暖的烛光时常陪着我，送走夜晚，又迎来黎明。记得有几次，人太困了，以至于蜡烛从书上倒了下来，烧着了自己的手。同学们由此戏言：上铺的兄弟啊，小心火烛，别让我在梦里火化了！

父亲在武汉待了一周。记得父亲要离开武汉的时候，我向教授马列文论的老师请了半天假，因为我是这个课的课代表，跟老师开口有感情基础。那天下午，我们父子去看了长江，登了黄鹤楼。

在黄鹤楼，面对滚滚东逝的长江，望着一排接着一排的浊浪，父亲指着武汉长江大桥说，当年，这座大桥是苏联专家帮忙设计的，我们参与了建造。一九五六年，毛泽东在《水调歌头·游泳》中提到“一桥飞架南北，天堑变通途”，写的就是武汉长江大桥通车。一九六二年，国家发行的第三套人民币，上面的图案也是武汉长江大桥。

远处，传来一声汽笛的长鸣，只见一艘巨大的江轮拖着长长的黑烟，从长江上游缓缓驶来。父亲望着长江，若有所思地说，记得当时在学校读书时，我们还学习传达了毛主席的一个内部讲话。一九五八年七月二十二日，毛主席同苏联驻华大使尤金谈话时，对桥梁专家西林提出了表扬，说我和建设长江大桥的很多领导同志谈过话，他们一致反映：西林是个好同志。一切工作他都亲自参加，工作方法很好，凡事都和中国同志一起做。大桥修好了，中国同志学会了许多东西。

父亲的记忆力总是让我佩服，他能把几十年的事情回忆到某月某天某个人，说起一些喜怒哀乐的旧事，总是一副如数家珍的样子。父亲告诉我，当年西林在设计武汉长江大桥时只有四十一岁。人年轻，想法也大胆，他提出使用“灌柱钻孔法”，这是一种新工艺，在苏联都没有试过，结果在中国成功了！

父亲侧身看了看我，接着说，你不晓得，当时民间流传这样的歌谣：黄河水、长江桥，治不好，修不了。这个神话被事实打破了！

望着父亲，我深深地点了点头。显然，我被父亲的话感染了，我也仿佛回到了那个人定胜天的年代，火热的工地，震天的号子，挥汗如雨的场面，迎风招展的红旗，大家撸起袖子加油干，以实际行动响应毛主席号召，鼓足干劲，力争上游，多快好省地建设社会主义。

站在高高的黄鹤楼上，我还想起了教授在阶梯教室里最喜欢吟诵的句子，那是陈子昂的《登幽州台歌》：前不见古人，后不见来者。念天地之悠悠，独怆然而涕下。在黄鹤楼，站在古人的诗前，仿佛在与古人对话。崔颢说，昔人已乘黄鹤去，此地空余黄鹤楼。黄鹤一去不复返，白云千载空悠悠。而我当时的感觉也正是，日暮乡关何处是？烟波江上使人愁。李白在《与史郎中钦听黄鹤楼上吹笛》中，描写的黄鹤楼却是另外一种伤感：一为迁客去长沙，西望长安不见家。黄鹤楼中吹玉笛，江城五月落梅花。严羽的

《沧浪诗话》说，唐人七言律诗，当以崔颢《黄鹤楼》为第一。

一阵江风吹来，父亲的头发被风卷起，露出了一些花白的颜色。我突然意识到，父亲正在步入迟暮之年。我想，如果时光倒回，父亲是否应该过上另外一种生活，或者换上另外一副模样？

五十年代一场莫名其妙的运动，改变了父亲人生的走向。我时常想，一个人的黄金时代，一旦成了运动的牺牲品，成了政治的殉葬品，它就不只是一个人的悲剧，而是一个国家的悲哀。在受迫害的十八年里，父亲的青春被消融在了故乡的山野和田间，半掩的柴门，时有时无的狗吠，屋顶上缭绕的炊烟，夹杂着阵阵松针没有充分燃烧的香气，在村子的每个早晨或者黄昏弥漫开来。父亲开始融入故乡的生活，曾经的激扬文字，曾经的书生意气，曾经的报国情怀，都封存在了故乡的一山一水和一草一木之中。神奇的湘西，古称南蛮之地，既出两把菜刀闹革命的贺龙，也出“天见张平日月不明，地见张平草木不生”的大土匪张平。湘西，流行赶尸，也盛行放蛊。这些充满神奇的传说，其实都是湘西人实实在在的生活。在故乡，父亲像一个走失多年的孩子，重新找到了回家的路。在故乡，父亲穿着洗得发白的灰色中山装，戴着斗笠，穿着蓑衣，脚下是他母亲用稻草编制的草鞋。还记得在涨水的日子，父亲喜欢扛着祖上留下的渔具，去洪水滔天的溪流里面扳罾。罾，是用麻线织成的网，在猪血里面浆一遍，用楠竹四面撑开，网具投放水中，待鱼虾游到网的上方，提升网具，拾取网中之物。水墨画一般的意象，犹如诗人所吟诵的那样：青箬笠，绿蓑衣，斜风细雨不须归。

珞珈山的枫叶红了几回，桂园里的桂花落了几回，曾经遥遥无期的毕业转眼就到了。正如《毕业歌》中所唱：回忆当年离乡背井，深夜里梦回旧家园，游子的热泪沾湿枕畔，最难忘父母的慈颜。毕业的时候，我把多余的物品送给了同学，唯有父亲在友谊门给我买下的被单，我与派遣证一起小心包裹着，带到了学校分配我报到的单位。可以让父亲欣慰的是，他的儿子在毕业后不是去县里，而是被分配到了当时颇为热闹的地区电视台。在汗流浃背的记者生活中，我依然盖着父亲买的劳保用品，记得上面有很多斑斑点点的墨水印，那是学习时打瞌睡，钢笔濡湿了被面。而今，也不知在多年的奔波与迁徙中，那带着墨水的被单遗忘在了哪一个角落，就如同现在我再也见不到父亲一样。

父亲离开武汉的时候，我因为要上课，没有去车站送行。甚至也不记得，当时父亲是早晚哪个时辰，坐的是哪一趟火车回家，现在全然想不起来了。就像我四月十七日也没有给父亲送行一样，心里总是愧疚不已，常常对着照片流出眼泪，直到泪水模糊了双眼，看不清眼前的一切。父亲，就让我们在泪光中相见吧。让思念越过万水千山，让亲情穿越灿烂星河，父亲，这是我们彼此相约的暗号。

故园北望

◎ 侯志明

今夜失眠，想起遥远故乡的许多事，还有我的父亲和母亲。身在南方，遥望塞外，所以写下这个题目。

父亲

欧洲有句谚语说，父亲和儿子的感情是截然不同的：父亲爱的是儿子本人，儿子爱的则是对父亲的回忆。这话仿佛是说给我的。

父亲的一生，大多是在乡下度过的。

父亲似乎天生与酒有一种不解之缘。从我记事那天起，就记得每天晚饭后，父亲面前的小桌上总是放着一个酒盅和十几个花生豆，有时还有一碟小咸菜。酒盅是黄铜做的，据说已祖传了三代，因此，每次父亲拿出这只酒盅，对我都是一个极大的诱惑。

父亲并不多喝酒，可是每次总要喝上好长时间。很多时候，他喝酒时，我就站在一边静静地看。有时父亲高兴便会从那小小的碟子里，拿出两三个花生豆放进我的嘴里，让我安心地去睡。可我希望的并不是这个，而是父亲喝完了酒，将他那只酒盅给我，让我以水代酒学着父亲的模样干几杯。

有一次，父亲又摆上了那只酒盅和一碟花生米。父亲喝了一口起身出去了。我便急忙地将酒盅拿到手中，准备做个想象中的男子汉一饮而尽的动作。不料酒杯里还有半杯酒，我呛得上不来气，酒盅也“啪”的一下掉在了桌子上。父亲听见响声，转身推门回来，见酒洒了满桌，便急忙跳上炕来，双膝跪着，用手撑住两个桌角，嘴吻到桌面上，把我洒了的酒慢慢地吸进嘴里……

大约从那以后，我再没玩过父亲的酒盅。而且从那以后，我对父亲产生了一种从未有过的歉意和怜悯。这种强烈的歉意和怜悯，竟使我幼小的心灵萌生了要挣钱给父亲买酒喝的愿望。

就是这年过年时，母亲给了我四元钱，让我去小商店给自己买一双鞋和袜子。我知道，这年全家都没买新衣服。我是最大的男孩子，这四元钱是母亲从买油盐的钱里抠出来的。到了商店，许多人正在柜台边争相买酒，我灵机一动，便拿这四元钱买了一瓶酒。买完后，别提我心中多高兴了，竟然忘记了自己的鞋袜早已露了脚趾，而且适逢过年。我高高兴兴地把酒拿回家，告诉父亲我给他买了一瓶酒，父亲便问我："钱是从哪儿来的？"我说是母亲给我买鞋和袜子的。父亲一听就火了，走过来在我的脸上狠狠地拧了一把。然后拎着我的脖领，拉到了母亲跟前。那时大约是我的手冻麻了，加上心里害怕，"叭嗒"，抱在胸前的酒瓶掉在了地上。我赶紧扑倒在地上，哭着希望把酒瓶抱住，可是酒瓶已碎了，一块长长的玻璃扎进了我的手背。血立刻流了出来。

那天父亲骂了我什么，我已记不清了。大概是骂我是个败家子，不懂得像我们这样的家，怎么能喝得起这么贵的酒。

夜里，我的手开始钻心地痛起来。当我从痛疼的睡梦中哭醒时，我发现自己却被坐着的父亲紧紧地搂在怀里。他一边用一只粗大的手托着我划破的小手，一边用长满胡茬的嘴吻着我被拧过的脸蛋。那晚，父亲流泪了。就是从那次，我第一次知道，父亲的眼泪是咸的。

后来，我大学毕业到了外地，第一次回家探亲时用自己挣的钱给父亲买回一瓶汾酒。喝了多年酒的父亲，听说是全国名酒，倒第一杯酒时，竟有点激动，将酒倒洒了。

人老了，有时倒要说一些孩子的话。这些年每次回家，喝点酒后，父亲就会提起儿时我买酒的事，而且还问到我手上的伤痕。其实，我手上的伤痕早已不留什么痕迹了，而且从来就没有痛过。可是我没有想到划在我手上的伤痕，却在父亲的心上一直没有愈合。

这些年，父亲的年龄更大了，酒已经喝得很少了。但是只要回家，我总要带上几瓶最好的酒给父亲。

母亲

女人固然是脆弱的，但母亲却是坚强的。

大学毕业时，年轻气盛，信奉四海为家，便抛下父母，去到一个离家很远很远的地方。走时兴奋得竟没有理会母亲好几个夜晚的叹息。

在外闯荡了好几年，自己也为人之父了，不再那么冲动，才觉得应该回家看看父母了。于是那年夏天，带着四岁的儿子回到了老家。

离别四年后，见母亲头发已经花白，皱纹又添了许多，而衣服依旧是那几件打了补丁的，我的心便立刻难受起来。而母亲第一次见到孙子，却是喜上眉梢。她老人家一边乐着一边从箱子里拿出一个纸笸箩。笸箩里盛着一半花生一半瓜子。母亲兴奋地跟我说，瓜子是去年自己家收的，花生是过年时买的，知道今年夏天我们要回来，因此过年时全家人只吃了一点点。母亲端着这些东西宝一样地径直递给了孙子，满以为孙子会喜欢的，不料孙子抓了一把尝了尝，便很不高兴地全扔了。但见母亲忽然愣在了那里。

看见这一幕，我一把拉过儿子，说："非非，奶奶的瓜子好吃，来，爸爸给你嗑。"可儿子不买我的账，硬着嘴说不好吃不好吃！在我和儿子僵持的过程中，母亲的脸上艰难地掠过一丝笑容，然后轻轻地叹了一口气。我看着母亲难过的样子，便在儿子的屁股上狠狠地拧了一把，儿子号啕大哭起来。母亲见我打哭了孩子，自己的眼泪已先流到了腮边。孩子不吃，我便一边捡孩子扔掉的一边吃了起来。母亲说："时间长了，怕是有了霉味，不好吃就别吃了。"可是我却连声说好吃，挺好吃，只是外边有点霉味，里边没发霉，还挺香。我这样说，母亲自然知道我是在安慰她，但她还是显得有点高兴。

其实，从我上学起，家里只要有什么好吃的，母亲总是要留给我一份的。当然在当时最多和最好的也只有花生和瓜子，因为在北方的农村实在没有什么好吃的。但是以前的我也没少像儿子那样，因为一点点不如意就无情地扔过这些东西。那时，我何曾想过，这些小小的东西包含着母亲一颗滚热滚热的心。俗话说"不养儿不知道父母恩"，我有意识地去咀嚼这些带霉味的瓜子，并能仔细地品出其中的味道，竟然是在我为人之父后。因此，当我面对这个坏了一层又被母亲补上一层的笸箩时，我忽然觉得羞愧难当无地自容。我也忽然觉得我实在没有资格打我的儿子。因为我在比他大二十岁的时候，还仍像他一样不懂事。

那天夜里，我一直没有睡着。越是感到愧疚，越是有许多有关母亲的事于脑海浮现。

那是上高中的最后一年的夏天，我住在离家十多里的学校里，因为家里没有按时把每月二十斤面和五元钱交到学校，我便被学校点名回家取面。为这件事，我回家后满腹委屈地向父母发了很大的脾气，甚至说了父母根本不关心我的话来。父亲很生气，但是母亲只是说："这两天家里太忙，明天你去和老师说说，下午妈就给你送去。"第二天下午，快放学时，母亲冒着盛夏的酷暑，跋涉十多里路，把二十多斤面给我背到了学校。我不知道，瘦弱的母亲是怎样负重走来的。我只记得，那天，汗水湿透了母亲的衣衫，也斑斑驳驳地印在了粮袋上。然而，这件事先前在我的心中并没留下什么痕迹。后来，我上了大学才知道，当时并非是家里忙，而是家里没有一点粮食了。这二十斤面，是母亲冒着酷暑在村里借了一个中午才凑够的……

于是，这件我满以为发泄了一下自己委屈的事，不承想却是一件愚蠢透顶的事。而母亲似乎并没有放在心上。然而，也正是因为母亲如此宽厚慈爱，使我越发不能原谅自己了。

这之后，我便常常想，该调回老家去，守在父母身边，尽点儿女的孝道。然而有妻子有孩子，一则思想不易统一，二则回去可不比离去时容易，纵有想法也很难实现。但是不管怎么说，好好孝敬一下父母的念头还是在我的心中萌生了。于是这年探家回来后，我便给母亲第一次寄了五十元钱并为她老人家买了一件很上讲究的上装和一双呢子面料的鞋。做着这些事的时候，我的心里坦然了许多。

可是，这年冬天，当我又回到老家时，发现母亲并未穿我为她买的新衣服和新鞋。我打听后才知道，原来母亲接到我寄来的衣服和鞋，试都没有试就拿到商店托人代卖了。

我没有就这件事问过母亲，因为我已经懂了，对于一生中只有别人、从来没有自己的母亲来说，在这个贫穷的家里，她要努力多攒点钱，好让仍在上学的她的最小的儿子尽量宽裕点。对于这样一位母亲来说，这只能是她唯一的选择。

这便是我的母亲，一个普普通通却异常坚强的中国妇女。

妈妈的百年人生

◎ 陈佐洱

这是一个酸枝木的骨灰盒，四围和盖顶镶嵌着朵朵玉石祥云，正面镌刻了全篇《心经》，还有一张十年前九十三岁妈妈神采奕奕的小照——经历烈火淬炼后，妈妈一生的精粹安息在这里。

酸枝木是红木类的上品。妈妈童年时生活在上海新闸路庚庆里外公家，客厅里的八张太师交椅，用的也是一样的材质。

我妻说，妈妈的一生就像抛物线，从生命的起点落到了同一水准的终点。一个多世纪里，她攀了多少个坡，又滑了多少个坡，有多少悲喜兼集，坎坷和成就？

妈妈生前工作单位厦门大学外文学院的《李荷珍同志生平》写道："李荷珍同志籍贯江苏南京，生于一九一六年六月，一九三九年毕业于大夏大学心理系，毕业后至一九四一年，留校任助教。中华人民共和国成立后刻苦进修俄语，成绩卓著，翻译许多俄文著作。一九五二年被推荐进入厦门大学外文系长期从事公共俄语教学工作。一九六三年以后，因工作需要，及其本人英语功底深厚，逐步转入公共英语教学，并担任公共英语教研室副主任，直至一九七二年九月退休。改革开放后被聘请到厦门大学高等教育研究所，从事《外国高等教育资料》的编辑工作。李荷珍同志数十年如一日甘作园丁，辛勤耕耘……"

苦恋与家国情怀

妈妈的外公是跟随李鸿章办洋务的一家银行行长，四十多岁就退休了，在上海置业当起了寓公。老太公除了琴棋书画，在家最疼爱的就是这位外孙女和一只黄白花狸猫，全家上下皆称呼妈妈“大小姐”或者“猫小姐”。

“大小姐”早晨搭舅舅专用的人力“黄包车”上学，把车上的铃铛踩得叮当响；下午放学，先去看场新上映的电影，外带一杯冰激凌；到家便是晚饭时间，饭后必小休一个多小时，大约八点半才起床写作业。英租界工部局学校的功课抓得紧，要求很严，但是妈妈每学期各科成绩几乎都是优良。妈妈就这样无忧无虑、平平淡淡地度过了二十年“大小姐”生活。

一九三七年十二月，已经在南京金陵女大化学系就读的妈妈回上海过寒假。震惊世界的“南京大屠杀事件”，轰然改变了她的人生。她庆幸自己躲过了这场梦里都被吓醒的灾祸，死难同胞们的惨容却久久挥之不去。

她只得就近转学，上海大夏大学心理系接受了她的申请。没有国，哪有家？——“大小姐”脑海里第一次严肃思考这个重大问题——国家兴亡匹夫有责！

当美国米高梅的电影《魂断蓝桥》和主题曲《友谊地久天长》风靡上海滩，妈妈在租界上为之激动不已的时候，她从《译报》《小说月报》、大夏校刊上认识了一位满腔国仇家恨、才华横溢的穷学生，越来越志同道合、情投意合的同班同学——我的爸爸。妈妈毕业后留校当助教，爸爸则因为半工半读，在校外兼职家庭教师，比妈妈晚两年才修满学分。妈妈说，追求她的年轻人很多，校内外的都有，但是她一心等待的只有每天下班时出现在办公楼下的那辆二十八英寸旧自行车和自行车旁站着的人。人车未出现时，她老向窗外张望，除了盼，更有惊，因为已经知道他参加抗日秘密活动。人车出现了，她又故意拖点时间才离开办公室，那是一种矜持；等坐上自行车的后架，她又会回头扫视，那是一种骄傲，因为总有一两位他的女粉丝“盯”在马路对面路灯下。几十年后，我们问妈妈不怕爸爸等急了，一走了之吗？妈妈沉着地说，不，他不是那种人。

爸爸妈妈的婚礼在上海最高档的二十四层楼国际饭店里举行，但没有婚宴，只备下午茶点。回到西马路上租的一居室新家，与婆婆共进的“晚宴”，就是走廊里煤球炉子上的一条红烧小黄鱼。她是带了一笔数目可观的嫁妆来的，之前外公问她，就这一笔钱，究竟是要去美国留学还是嫁人？她很干脆地回答，嫁人。从此以后，我的爸爸妈妈生死相随，相濡以沫五十七年，为人生为社会缔造了我们这个小小的五口之家。

由于叛徒出卖，又由于好房东冒死掩护，日本宪兵破门而入并没有抓到爸爸，妈妈抱着襁褓里的我仓皇出逃，颠沛流离，心里还牵挂着不知去向的丈夫……

抗战胜利不久，爸爸拒绝高官厚禄诱惑，公开登报声明退出“三青团”，同时与中共地下党建立了多方密切合作。伪市警察局局长毛森把爸爸列入“格杀勿论”的黑名单。爸爸又不得不离家东躲西藏，妈妈那颗“一听见日本宪兵皮靴声就心惊肉跳”的心，又颤巍巍提了起来，直到大上海解放。妈妈回忆说，年轻时候不知道什么是祖国，为什么要爱国。后来知道了，又为什么爱得那么苦？

园丁天职始终如一

妈妈确实热爱新中国新社会，她不仅和四万万七千五百万同胞一样，在毛主席开国大典的洪亮声音中抬头挺胸站起来，而且重新走入了她终身喜爱的教师队伍。为了准备这一天到来，上海刚解放几个月，她就报考了俄语专科夜校，那年我已七岁，两个弟弟分别四岁和二岁，家里请了保姆，她逐步从专职主妇的角色转换出来。

妈妈有语言天赋，擅长摸索语言的内在规律，会讲上海话、南京话、普通话和普通的闽南话，一口流利的伦敦英语，这种优势基因也遗传给了我们三兄弟。但是，梅花香自苦寒来，小时候夜里醒来，常常看见她在灯下轻声地诵读俄语，捧着厚厚的《俄华词典》翻译苏联儿童文学名著；白天，还看见她和原来素不来往的邻居白俄老太太交起了朋友，甚至和她们一起去苏联领事馆看原版电影。

她受聘厦门大学后，我们举家迁厦，与先期经共和国第一任教育部部长马叙伦推荐、随新校长王亚南一起到厦大任教的爸爸团聚，这是家庭非常重要的一次转折，其中妈妈当是关键因素。

一九五〇年初，我亲眼看见妈妈在厦门当时最著名的思明电影院舞台上，为苏联专家担任翻译，我为妈妈感到自豪。妈妈的公共外语课程开到文理多个系，深受学生们欢迎，常有些大哥哥大姐姐来家里“玩”，接受妈妈的个别辅导。记得有位生物系的俄语课代表姓李，家里穷，成年打赤脚，大个子，常吃不饱，妈妈给他买了双运动鞋，还接济过他几次粮票。这位李哥哥毕业后分配到天津市一个研究所，结婚、生孩子都来信告诉妈妈。还有一位姓章的老工程师，快八十岁了，由儿子搀扶着，历尽周折找到北京我的家，自称是妈妈早年在大夏大学执教时的学生，“李老师的英文教得实在好，实在有耐性，印象深极了！”

“文革”中期，妈妈被下放到崇山峻岭的闽北浦城乡村当中学语文老师，独自住在一间条件极差的干打垒竹篱笆围起的宿舍里，房门前摆一个小木炭炉子，独自烧水做饭独自开伙。但是，她一如既往依然秉持着传道授业的天职，有教无类，掏手帕为孩子们擦汗擦鼻涕，在煤油灯下认认真真备课，仔细批改一本本作文，甚至跋山涉水家访，她的行为赢得了当地众多朴实的农民和公社干部们的尊敬。退休时，都来为她执行李，送纪念品，依依不舍。

妈妈之所以五十六岁就提前退休，是因为厦大军宣队答复，只有办理退休手续她才能回户籍所在地厦门。妈妈放心不下孤苦伶仃在“监督劳动”中等待历史结论的爸爸，只得申请退休。

贤妻良母擎天柱

尽管妈妈重回人民教师岗位，还被评为全厦大的“三八红旗手”，但她在家里坚守贤妻良母的本色：主理家务，关注孩子们“身体好，学习好，工作好”，较大的开支如买一副康乐球，都要和爸爸一起拍板。二十世纪五十年代，一家人围桌吃晚饭，是每天最快乐的时光，边吃边聊，天文地理、古今中外，谁都可以海阔天空一番，主心骨永远是爸爸。妈妈经常和我们一起倾听，不会另设话题，好像此时她不是长辈，而是我们三弟兄的班长。

我们每个孩子都能讲出几个关于母亲治家的故事，都能津津乐道母亲做的几道拿手菜。我们家的几道“妈妈菜”已经在三兄弟的小家里传承到第三代，成了“奶奶菜”。妈妈善用火腿吊鲜味，拿手菜是冬瓜夹火腿清蒸、火腿笋尖汤，还有西式甜点奶油杨梅布丁。我最难忘的是中华人民共和国成立初期，爸爸一人执教，少有稿费，家庭经济拮据。为了保证三兄弟营养，饭后有水果吃，但买的是烂橘子，我们每人“贡献”她一两瓣。有个冬天，很冷，妈妈带我上街，破天荒地在瑞金二路老大昌干货店买了一小袋糖炒栗子，至今仿佛仍感觉得到糖炒栗子在她大衣兜里的热度，我的手和她的手一直插在那个大衣兜里。

然而家庭发生变故时，妈妈会勇敢地一步向前，成为缜密思维和果断决策的擎天之柱。一九六六年“文化大革命”爆发不久，爸爸因历史错案被关进“牛棚”，脸上涂墨挂牌游街批斗，妈妈被赶出家门，坐在楼梯口听“红卫兵”们在屋里乒乒乓乓打砸抢，她心痛，却问心无愧。那时我刚分配到全国高考红旗福州一中教书，虽然没有受到运动的“冲击”，心里却日夜挂念渺无音讯的双亲。我穿戴着用一套崭新卡其布中山装换来的旧军装，投入革命师生“大串联”的洪流中。我一到厦门在接待站安顿下来，就把一封早已写好贴了四分钱邮票的信投进邮筒。我化名一个外地高校朋友来厦门“大串联”，向妈妈致以问候，征询某日几时能否来市区思明电影院门前一晤？我相信如果妈妈收到信，一定会认出我的笔迹。

在约定时间，我躲在公共汽车站附近等候，的确也怕自己被抓个“甘当××孝子贤孙”的现行。妈妈提前几分钟出现了，将近半年的“大风大浪”后第一次见到亲爱的妈妈。她穿一件淡色风衣，头发好像很久没有烫过，梳直了，苍老了许多；但是表情、语气没有哀怨和伤悲，反而开导说，那些出生入死打江山的老干部都不能幸免，你爸爸又算得了什么？有点儿呆板“硬邦邦”的语气，恐怕是天天面对专案组审查、写交代材料“锤炼出来的”，更可能是担心影响子女情绪“装出来的”。妈妈告诉我，她已从“牛棚”里“解放”出来，爸爸的历史疑点还不能澄清，要相信毛主席在《实践论》里说的，实事求是是马克思主义活的灵魂，事实一定会弄清楚的。你们的爸爸是上海滩有名气的抗日英雄，会做又会写，日本投降第二天国民政府的《告上海市民书》就是他起草的。他只是国共合作时期在上海沦陷区加入了“三青团”抗日地下组织，抗战胜利不久就脱离了，一直在中共地下党领导下工作到上海解放。妈妈说，到哪里、哪个时候都可以为他做证明。妈妈所有的话，总括起来是三层意思：一是给我们子女吃“定心丸”，二是家里的麻烦还没有过去，三是相信群众相信党相信毛主席。她还说，你们可以和家庭划清界线，揭发批判都无所谓，只要不无中生有。要分手时，妈妈好似想起了什么，建议我既然“大串联”方便，就到各地亲戚那里走走，但是千万别贸然写信。这是妈妈对我进行的唯一一次发布性、指令性的重要谈话。这次谈话，使得支离破碎的家庭、家族渐渐黏合，联系上了大伯、大舅、外公等几家主要亲戚。

一九六七年年初，革命师生全国“大串联”接近尾声，徒步“大串联”却方兴未艾。妈妈来信告知，年过半百的她和几个去年同在“牛棚”里关过的外文系老师成立了一支“战斗队”，将从厦门徒步走到广州去过春节。我急忙乘火车赶到广州打前站，在市中心北京路附近的一条宽巷子里，一家相当富裕的香港同胞家的大客厅里得到了妥善接待安置，房东对“毛主席的客人”相当热情。那时涌往广州过年的“红卫兵”太多，大中小学校客满为患，市“革委会”想出了动员街道居委会系统的给力办法。

我问妈妈是怎么走过来的，妈妈说从福建到广东，一路上都有“大串联”接待站。他们一行人每天看地图计算到下一站的路程，能徒步的开步走，体力不支的买票坐长途汽车，先到者负责联络食宿。由于妈妈年纪最大，大家特别照顾她，多半是天天先行打前站。妈妈告诉我，爸爸的问题尚未审结，但也查不出新内容，写过十多份申诉报告、提供了充分的证明材料，却没有一点儿回音，不过，已经可以回家居住，可以通信了。妈妈要我陪她找个邮电局，给爸爸拍份报平安的电报，电报比信件快、安全。果然，除夕夜之前，房东家收到并转交了爸爸的回电。我和妈妈一起在陌生的广州过了个沉重、欣慰的农历新年，还逛了闻名遐迩的岭南花市。

下半年，在江青“文攻武卫”号召下，山头林立的各派团体不仅动口，而且动手，甚至去军营抢枪抢炮了。对于“牛鬼蛇神”们的监管，倒是都顾不上了。我们弟兄仨——被革命运动“遗弃”的逍遥派先后择机回厦门家看了看。爸爸妈妈两房一厅的家已被造反派瓜分，两房里搬入了新人。好在妈妈随遇而安，用大书柜把客厅一分为二，既有大床又有书桌，还摆得下两张藤椅。我们回家，就和爸爸妈妈挤在一张床上睡。

大弟从杭州来，常陪爸爸一起下地拔草种菜，或挑米泔水养猪。每次出门前，妈妈都为他们准备好衣服、鞋子、草帽、毛巾和水壶。等他们回来，又递上替换的衣服、鞋子，端来两盆洗脸水。

我有次回家，在厦大教工宿舍区闯了个祸。我骑辆自行车沿大南新村路右侧规规矩矩上坡行，突然正对面冲下一辆自行车，把我迎头撞翻，她自己也倒了。两人扶起车论理。对方看来有来头，一位校保卫科的中年干部帮她说话，我坚持靠右走没错，路那么宽，为什么对方偏靠左冲下坡？不料那干部说，厦门大学的交通规则就是车靠左走的！接着转向围观的人群大声说，这人是历史反革命的儿子！回到家，我把委屈悄悄告诉妈妈，妈妈叹了口气，摇摇头。三十年后，二十世纪九十年代末，妈妈来香港探亲看我，还打趣我说，你是全家最会吵架的，所以国家派你来和英国人谈判了。

二弟从北京回家才两天，校园里响起枪声。邻居通风报信说，某派革命小将近日要再来一次大抄家。这时，妈妈的银行户头刚解冻，有一张五十年代响应国家号召，倾尽家中所有金银首饰包括结婚戒指向银行兑换来的几百元人民币定期存单。妈妈在怖畏急难之中，令二弟立即提现北上，先到福州分我部分，再到杭州分大弟部分，再到上海分每月只领三十元生活费的大伯部分，剩下的带回北京自用。记得二弟到福州一中找我时，占领教学楼和宿舍楼的两派也正冷枪互射，一派刚"牺牲"了一位优秀战士，高音喇叭反复播送评弹曲调的《蝶恋花》。当二弟来到上海，从鞋底里掏出钱交给大伯母时，大伯母感动地说，谢谢荷珍想得周到，明天可以去买酸奶了。喝瓶酸奶是大伯几十年唯一的嗜好。

粉碎"四人帮"，中国的知识分子获得了第二次真正的解放，我们家双喜临门，最重要的是在中央有关部门和福建省委组织部负责人过问下，爸爸的冤假错案终于彻底纠正，重新做了历史结论；其二是妈妈从在香港病故的二舅身后获得了一笔遗产。遗产通过中国银行平分给了妈妈、大舅和小舅。大舅、小舅两家以此办理投资移民，很快迁居加拿大和美国；妈妈没有出国打算，用这笔钱设立了家庭教育基金，凡我三兄弟乃及孙子辈有条件出国留学的，无论攻读学士、硕士以至博士，学费全包，但在外生活费自理，鼓励勤工俭学。这个基金，很大程度上改变了我们三个小家庭的教育素质和发展路向。

二〇〇三年六月，我前妻病逝，八十七岁高龄的妈妈奋不顾身，无视"非典"的余威，风风火火赶来北京。一到家，就重现了"文革"中处理存单、"文革"后设立教育基金的风姿，精神抖擞替我把家务掌管起来。国庆长假期，还招来大弟，主动要我"陪"她和大弟去外地走走，散散心。我经常公务出差，妈妈每次都帮我列一张出门物品清单，帮我把衬衫的扣子一个一个扣好，叠好，装入拉杆箱。我至今珍藏着一张妈妈为我亲笔写的清单"睡衣,衬衫二,内裤二,棉毛衫裤二,袜子三,外衣,西装,领带,药三至四天,充电器……”十五年来,每当我看见这清单都激动得很,在右下角注了几个字“慈母手中线二〇〇三”。

自强不息晚景美

爸爸妈妈都老了,尤其是爸爸,长达十六年里神经高度紧张的申诉,把冤屈痛苦只埋在自己心底,更加上自己栽培的后进居然利用“审干”把他打倒,取而代之,还无耻地剽窃了他的重要学术成果,从而平步青云,使得爸爸长叹“人心不古”。妈妈理解爸爸,但比爸爸理智,生活上细心照料,精神上多加慰抚,继续帮他整理应邀外出讲演的资料,抄稿子送稿子,爸爸在台上讲,妈妈在台下听,生怕他思维忽然中断,“掉了链”。后来看看健康情况实在难以为继,和我商量之下促成了爸爸的退休。妈妈陪他到美国二弟那儿去住了半年,回国后就和我同住在我的北京家中。我到了知天命之年,才与爸爸妈妈朝夕相处,才更加了解了妈妈自强不息、不断追求新鲜事物的两大生命亮点。

妈妈在家,要求我为她订三份报纸:*China Daily*、《参考消息》和《北京晚报》,可是每天报纸送来她总要等我先看,说佐洱今天见人谈事可能有用。后来我解释,我一早上班到办公室都能读到,她才开始早上读报,不但讲给爸爸听,而且把她认为有关注价值的画了圈画了线,留给我回家参阅。

妈妈从美国回来说,那里有一种拼图,一幅漂漂亮亮的图画用几百上千小块儿拼成。我们便四处求访,找到了货源,妈妈很满意。每天除了料理爸爸生活,读报,看看电视新闻,就是戴上花镜,坐在一张铺开了小块儿的大桌子前拼图画。她用五百七十六块拼成的一幅出水芙蓉图,至今挂在我床头的墙上。妈妈生于荷花盛开的六月,故名荷珍,我曾送她好几幅荷花主题的画作,她以此拼图回赠我。妈妈给其他子孙甚至在我家做家务的小赵阿姨都赠送了她的作品,小赵说,给她的那幅图拼了近半年。

妈妈对自己和爸爸生活上的任何事情都坚持自理，坚持一个“尽量不给儿女添麻烦”理念，喜欢静静坐在一旁，做些不需要别人帮着完成的事儿。除非有一小块儿掉到地板上了，她弯腰端着放大镜怎么找也找不着，只好请大家来帮助，因为缺少一小块，整幅拼图就残了。不但如此，她还坚持包下每餐饭后的洗碗工作，如果不让她洗碗她会不高兴，说衣来伸手饭来张口的日子过不下去了。渐渐地，我们从出于孝顺抢洗碗，到不得不等她离开厨房后再把她洗过的碗冲洗一遍。

妈妈这种尽量不麻烦人的理念，应该是童年时代养成的。住在外公家，虽然“锦衣玉食”，但毕竟寄人篱下，有外公疼爱她，毕竟还有舅舅、舅妈、姨妈和表兄弟们的存在。每次由自己家返庚庆里时，妈妈的妈妈——我外婆总要叮咛，要学会知趣，别讨人嫌。将近二十年童年少年生活中，让妈妈印象深刻而又乐此不疲讲给我们听的温馨故事只有一个：弄堂里传来零食的叫卖声，她馋，不敢开口，久久趴在天井大门上，透过门缝往外瞧，忽然一只大手从背后暖暖地握住了她稚嫩的小手，那是外公的声音，想吃点什么吗？走，我们出去看看。于是，门闩拉下，大门叽叽咯咯打开了……

在临床经验丰富的老年病学专家妻的管护下，妈妈晚年的健康状况总体不错，常用药调得越来越少，剂量越来越小，全家人都相继染上流感，她竟能安然无恙。九十一岁时跌倒致胯骨骨折，她充分信任地接受了妻邀集中外专家研究的根治方案，冒着风险实施了高龄股骨头置换手术，三天后就能在病床边站起来。晚报为此登了条新闻，更加激励她克服困难，顽强完成康复训练过程，又能行走如常。

妈妈喜欢接触新鲜的事和物。九十三岁开始学会用电脑，每天在网上浏览天下大事，关注热门话题的讨论，建立了自己的邮箱，希望多多益善地收到和回复子孙们和厦大老同事们的 e-mail。

二〇〇八年农历年初一，在杭州灵隐寺烧过头香后，妈妈开始研究禅学，从六百卷《般若经》的核心《心经》入门，几星期都埋头在二百六十字的经文里，一字字推敲领会，要我帮她找几种不同解析《心经》的参考书，还和我探讨比如“无无明”的第一个“无”和第二个“无”的区别、“空”和“不空”二义等等。她自认为粗通了之后，每天在一本蓝条格的信笺簿上工工整整手抄一遍《心经》，蝇头小字写满了一页再写一页，积少成多。每年清明中元二节或祭奠亲人的日子，她就撕下几页，让我们带了一并“烧了去”，寄托她的缅怀哀思。

三年后，妈妈视力弱了，信笺的横格太窄，就改用电脑打字，每天在Word文档上打一遍《心经》。我在她的电脑里建了好几个文件夹，存放她日复一日的功课。今天仍可以是子孙们励志的珍品。

妈妈九十八岁时停止在电脑上敲打《心经》了，因为手指在键盘上不听使唤，错别字增多，但她始终欣赏厦门南普陀寺义工们的一句口号“我愿做千手千眼观世音菩萨的一只眼一只手”，那些义工有不少是厦大的师生，她愿意和他们一道修学，一道为社会尽心，做一点一滴好事。

至此，在电脑前操作的唯一项目就剩下游戏“连连看”了，她仍然玩得很投入，就像十年前玩扑克牌“算命”一样投入：那时出于思念，她每天都要为在不同城市的三个儿子“算算命”，今天过得怎样？顺还是不顺？……现在她常常忘记电脑关机的程序，伸手一按就来个“紧急关机”。我们反复演示，在电脑旁贴了《关机小指引》，都没能纠正过来。纠不过来不是为图方便，而是妈妈实在记不住了。

妈妈没有忘记，晚年一直陪伴身边的贴身管家小李也是一位“连连看”的爱好者。晚上，小李帮她洗完脚，扶她上床就寝。她会说，你去打开电脑玩玩吧，我睡我的，不碍事的，玩完后把灯熄了就行。白天，有时小李站在她背后看她玩，妈妈发觉后会说，来，你帮我接上去，我还有其他书要看。说着，顺手从书桌上拿起一本书。

后来，妈妈即便站立都感到吃力了。我们决定无论她外出或在家里，行动一律使用轮椅。妈妈起初不习惯，觉得不好意思，轮椅要人推，特殊待遇。所以，她进出门尤其进出电梯时，总要用那苍老的手把住门，让别人先走，生怕电梯门自动关闭夹伤了人；然而往往轮椅挡住了道，别人却也都担心着电梯门夹了她的手。

每个人都有这一天

二〇一五年六月，妈妈虚龄百岁、周岁九十九的生日将要来临。某夜，她起床拄着拐杖，步履蹒跚地满屋子各个房间走了一遭。小李问奶奶在找什么呀？妈妈说找你的爷爷，他刚才还睡在我身边，怎么不见了呢？

我们为妈妈筹备了一个热热闹闹的小型百岁生日会，所有能来的亲戚、后辈都来了。堂兄伉俪送来一个寿字大红包，里面是用百元十元五元一元和角票集成的一千元新钞票；厦门大学外文学院陈书记和负责俄语专业的副院长也都拨冗赶来，代表学院赠送了一幅厦门工艺金丝漆雕的百寿图。妈妈很高兴，也很淡定，对院领导、亲友们彬彬有礼，连声道谢，乐意和大家合影拍照，吃饭时还举箸为客人们夹菜。

妈妈开始把自己收藏的衣物毫不吝惜地分送给来看望她的亲友，或者她忽然记起的亲友。亲友们送给她的礼物，转手就又给了别人。她对自己有一些支配礼物的能力感到高兴，我们则想方设法投其所好，当好她的“大后方”。

妈妈的听力终于完全退化，配最好的助听器、调到最大音量也无济于事。妈妈的牙龈全部萎缩，与其让上下两排假牙套在口腔里滑动，不如取出来，取出后嘴巴明显瘪了，口齿比较含糊了。小李为妈妈准备专门的早午晚餐饮，通常是肉末熬汤，用汤下米煮粥或煮剪短了的厦门线面，快熟时再加入菜末、调料；餐后的水果主要是香蕉、猕猴桃、苹果泥，以利通便。小李一餐餐一口口地喂，妈妈津津有味地品咽着，吃到好时弯弯大拇指，“点头”表示谢意。

妈妈对于人生走向最后一程——死亡很坦然，说每个人都有这一天的。她年轻时爱美，重视自己的仪表，出门前得化化妆。晚年问她需要什么化妆品，她点名要二件，一去老年斑的进口面霜，二花白的合适发套。可是百岁过后，她不再提这二件，连发套也摘下了，原本稀疏的头发反而越长越密，而且一半以上呈黑色，比戴发套更加好看。

妈妈和我之间的对话，她用嘴说，我用表情和肢体说。可是妈妈的话越来越少，越来越短了。有时坐在卧室的沙发上，几个小时一语不发，侧首凝视窗外远方，像是在回顾百年间的沧桑，在遐想未来。妻凭直感提醒我，妈妈的时间不多了，多陪陪她，与她说说话，录下音来。

妈妈离世前约三个月，我七十四周岁生日那天。一大早，我走进她的房间，先扶正她歪坐的姿势，下跪三磕头，感谢母恩，儿子生日就是母亲受难的纪念日。这是我一生中唯一一次给妈妈磕头。妈妈睁大眼，双手合十，然后双手与我紧握，很有力量，要拉我起身。她端详着我说，儿子啊，真好真好，很好很好。忽然又指着我穿的羽绒背心笑说，漂亮。但是你的衣领，后面，后面……这时我才发现没穿利索，衣领的一边卷在了背心里。

春寒料峭的一天，妈妈呛咳了，导致吸入性肺炎并发症，急诊住院。我们放弃了费时又费力的各种入院例行检查，直接对症治疗。妈妈甚为平静，连呼吸机都不想用；但为了帮助吸氧，还是为她戴上了面罩。病情反复，回天无术，两天后妈妈取下面罩，尊严、安详地离开了这个世界。

每个人都有这一天的。

有位哲人闻讯，如是说："寿终正寝，欢喜相送，老人，莲界有位，将乘愿再来。"

秘境

◎ 田鑫

说不清的事

最说不清楚的事，是人为什么会死。人在肚子里刚有个人的样子的时候，就有人去庙里烧香拜佛，祈求他能平平安安降临人间，赤脚医生把他迎接到这世上，老人们朝裆部看了一眼，还顾不上高兴，就先给他带上一个长命锁。按理说这长命咋都得百岁吧，活他个一二百岁，就和村口那棵大槐树一样成精了，也就啥都不怕了。可偏偏有人没这个命，半路就夭折了。也有人熬到七八十岁，比如我的奶奶，她就把自己熬成村庄里最老的老人，可是那又咋样，熬过了年岁，没熬住这些子子孙孙，一个个的都离开了，现在就留她一个人守着空旷的四合院，一个人在黑夜和白天煎熬，活着跟死了没什么两样。

活着的人都出去了，留下来的人就像奶奶一样熬着，她终有一天会把自己熬进东山的坟地里，那里住着我见过的和没见过的亲人们，春节、清明我们都会去看他们，这个时候我就特别想闹清楚人为什么会死这件事。坟地里到处是坟，不过上坟有顺序，上香焚表磕头这些程序得先从死得最早的先人开始。我们一个坟一个坟地磕头，年纪长一点儿的长辈一个坟一个坟给我们做介绍，这是你的哪个太爷爷，这是你的哪个祖奶奶，他们是死于哪一年，因啥而死，死后子嗣如何如何。我们一边敷衍地磕着头，一边认真地听他们讲解，没有人觉得这有什么不对，他们睡在地下，和我们从未谋面，我们不知道他们叫什么，只知道他们是我们的祖先，我们的身上流着他们的血。突然就好奇，为什么年纪长一点儿的长辈们不给我们描述我们的祖先都干过啥有过什么样的荣誉，而是给我们说他们死于哪一年是因为什么而死的，我们问他们说他们的长辈就是这么介绍祖先的，他们也不知道为什么。这就无解了，不过我们记住了这个坟头上的祖先是死于疟疾，这个坟头的祖先无疾而终，而坟前有一棵松树的祖先是中年突然离世的，坟后长着芦苇的则是溺水而亡……我想要闹清楚为什么人会死，在祖先们的坟头上却更迷茫了，我只知道他们是怎么死的，死于哪一年，至于他们为什么会死，没有人能给出答案。

第二件说不清楚的事，就是人从哪里来。每个孩子或许都有过这样的好奇，自己从哪来的？关于我的身世，我的家族有两种说法，一种是牛粪里捡的，一种是母鸡孵的。为了求证这两种说法，我提着背篓拿一把铁锹守在村子里的水坝边上，每一头牛都会来这里饮水，上午一趟，下午一趟，我只要守着，就能等到它们抬起尾巴把积攒了一上午或者一天的草料以粪便的形式排泄出来。每次看到有牛抬起尾巴，我就冲上去，可接住的只有牛粪，很多时候还轮不到我接，似乎很多孩子都在求证自己是不是牛粪里捡的这个问题，他们也试图在牛粪里再捡一个自己，可是谁也没有捡到过，最大的收获是替家里捡了一堆又一堆的牛粪。我还干过蹲在草垛里观察母鸡孵蛋的事，最开始我躲得远远的，鸡看不见我，我能看见鸡，我直勾勾盯着一只慵懒的母鸡，它端坐在草垛上，像个弥勒佛一样，我想着它一定能渡出一窝和我们一样的小鸡，可是大半天过去了，它却一点儿都不认真，不是跑出去抓虫子，就是咕咕咕瞎嘀咕，鬼知道它是在念经还是在祈祷，反正没个孵蛋的样子。我就这么守着，以至于奶奶喊我吃饭我也不理会，家里人觉得我魔怔了，没见过这么小的孩子盯着鸡屁股看的。捡牛粪看母鸡孵蛋都没有解开我的谜团，后来目睹爷爷替牛接生和杀鸡的过程我才知道，牛肚子里只能怀小牛，鸡肚子里也只有鸡蛋，不可能有我这样的小孩，我是从牛粪里捡的和鸡孵出来的这两个草率的答案被我轻易推翻。我从哪里来又成为一个新问题。其实大人们也纠结这事，如果问他们，他们也无非编出牛粪里捡的或者鸡圈里拾的这些一点儿都不浪漫的说法，还不如说自己是苜蓿地里长出来的或者是葵花地里蹦出来的有趣，你看无所不能的孙悟空就是石头堆里翻一个跟头横空出世的，他的出生多么富有传奇色彩。大人们也被这个问题纠缠，他们的父辈用同样的故事骗他们，读点儿书的都说我们是从山西大槐树下来的，我就想了，那么多人都来自于大槐树下，那棵槐树该有多大啊？它的根岂不是遍布整个中国？哎，谁又知道呢。

第三个说不清楚的问题是，我们要到哪里去。这个问题是当下最迫切需要解决的，你看，村庄像个大海绵，到了腊月把水一样在外面漂泊的人吸回来，村庄变得充盈、热闹，有了村庄该有的样子。而春节一过，背着大包小包的人，又一个个退潮似的离开了村庄，他们走得比从山上刮下来的风都着急，比从高处流过来的水都着急，似乎慢一步就赶不上趟一样。那些来接他们的火车和汽车也着急，塞满人就启动，来不及问他们去哪里也来不及挥手告别，它们就一股青烟留给你不见了踪迹。我不知道他们去哪里，也不知道我要去哪里，可是我已经混在他们中间，背靠村庄，把噙在眼眶里的眼泪憋回去，迎着风走了。我不知道他们去哪里，也不知道我能去哪里，只知道我一定要走，一定要在春节的鞭炮声中走，这样多有仪式感，就像易水河边的荆轲，一去不复返。可是这么多年，我走过了那么多路，有些是用脚走的，有些是坐在车上走的，有些是坐在船上走的，有些是坐在飞机上走的，路很多也很漫长，我就这么走着走着，可是老觉得走过的那些路没有村庄里的土路舒服。在村庄里，每条路都有明确的指向，通往坟地的路宽敞开阔，这是朝圣的路，必须宽阔，因为路上要走好多人，好多人要走好长时间；去麦地的路笔直坚硬，这是伺候土地获得口食的路，毛驴要走，牛要走，人要走，架子车要走，不能弯路太多，这跟村里人的性子一样，耿直不拐弯；去外面的路绕着村庄转一圈，每转一圈你都能看一眼村庄，似乎在问你，确定要离开？如果你后悔，这时候可以掉头回。可是我后悔也没办法了，回不去了，只能走，走坚硬的柏油路，走深不可测的水路，走虚无缥缈的空中之路，似乎只有走才能让我安心，可是走了这么多年我还是不知道我要去哪里。

有一年，村里突然来了长长的车队，我们这些没见过啥世面的，趴在墙上看热闹。车上扎着黑色和白色的花，所有人表情肃穆，从车上下来的棺材在阳光下泛着刺眼的红光。后来才知道，这是一个走出去又回来的人，他走了一辈子，最后以这种方式回来了，接下来的日子，他再也不用走了，种子一样种在自己出发的地方，用一个小小的坟堆告诉所有人，这个人来过，走过。他来不及告诉任何人，这些年他都去过哪里，但是他用回来解决了我的一个困惑，那就是走再远，走再久，也必定要回来。

我每年也回来几次，而回来最大的事情就是上坟，去坟地里给祖先们磕头，程序每一年都一样，但是上坟的人每一年都有变化，给我介绍祖先的年长的长辈们，慢慢退出了上坟的队伍，他们有一部分已经躺在坟地里，接受我们的祭拜；有一部分可能出于睹物伤心的考虑，让儿孙代替。儿孙们自然越来越多，去年还只有两三个，今年就一大堆跟在身后，他们个个表情严肃，像在做一件特别神圣的大事一样，他们学着我们的样子作揖磕头，听年纪长一些的长辈讲坟地里埋的都是谁。看着他们的样子，我眼前就出现我小时候上坟的样子，和他们一模一样，和所有人一模一样，面对着黄土之下的祖先，三叩首，再叩首，然后起身留一地坟堆在旷野里。这个时候似乎该明白了，人是从哪里来的，为何会死，死了又到哪里去。原来我们都是来自祖先的，完成祖先留给我们的任务，像祖先一样死去，然后静静地看着我们留在世间的后辈繁衍生息，这样一个完整的轮回就在大地上一圈一圈地转着。

看不见的东西

在村庄里，有很多东西是肉眼看不见但却确定无疑地存在着，比如神灵。

我们从来没见过一个神仙，但是毫不质疑他们的存在。从还没生下来的时候，我们已经接受他们的护佑了，不信你到村西头的山神庙里看看，说不定就能找到写着你父辈名字的锦旗，上面写着：菩萨保佑，全家安康，落款的时间一定比你出生的时间还要早，有些早十个月，有些早一年，有些早好几年，简而言之一句话，菩萨在你还没有出生的时候，就关注和照顾你了。

原本，我并不清楚山神庙为何建在村子的西头，并且离住着人的地方至少有三里地，后来站在山神庙对面的山上才发现，这座建在半山腰上的山神庙，竟然是村里的制高点，站在那里就能看清楚整个村庄。看来人们在修建山神庙之前煞费苦心啊，把神仙安置在制高点，他们就能时时刻刻保佑村庄，而村庄里的人一抬头就能看到山神庙，不管他们灵不灵，至少心里是踏实的。

《礼记·祭法》里说："山林川谷丘陵，能出云，为风雨，见怪物，皆曰神。"照这个逻辑说，山神庙里的排位应该里三层外三层，村庄里的人才不管那么多，他们只求平安、财富和繁衍，因此，山神庙里供奉的神灵也就根据他们的生活所需安置，黄泥巴台子上，三块板子上画着三个表情不一的神仙，左边的菩萨站在莲花上，怀里抱着婴儿，他掌管生育；右边的财神，一手拿如意一手拿元宝，他目视前方，从不看脚下跪拜的人们；土地爷坐在正中间，一手指向大地，一手托捏一个瓶子，我不知道瓶子里装着保佑五谷丰登的雨露还是驱除病魔的药剂，只知道他的木牌子要大一些，毕竟掌管着大地上的万物，身后还得有几个伺候丫鬟不是。

我们去山神庙上香，先给中间的土地爷三炷香，再给左边的送子观音三炷香，最后给右边的财神爷三炷香，随后跪拜，焚表叩首。小时候去庙里，大人让跪就跪，让磕头就磕头，连抬头看下神牌都不敢，更不用说背地里琢磨点啥。后来知道山林川谷丘陵里能出云为风雨见怪物的都是神，才放心下来，再去山神庙烧香，就坦然地目视诸神，突然就想着，这山林川谷丘陵里能出云为风雨见怪物的神里，是不是也包括我的那些曾经生活在村庄里后来死去的人们，他们死后一定也变成了神灵，并且时不时以自己的方式回到村庄。

神在山神庙里至少还有个画像，死去的人除了在家里挂张照片，在坟地里隆起来一个土堆外，再没有任何的蛛丝马迹，他们是否回来过，又以什么样的方式回来，我们都不得而知。后来，是三婶提供的线索解开了我心里的谜团。

说是一个凌晨，村子里的一群留守妇女一起晨跑，一开始大家有说有笑，像一群散学了的小学生，跑着跑着人群就安静了，天阴沉沉的，似乎有雾从四面八方弥漫过来，把她们包裹在中间，谁也看不见谁。村子的清晨本来就雾多，女人们最初没把突然的天气变化当回事，后来发现有一个胆小体弱的女人似乎有些不对劲，走路的样子像个男人，连说话的腔调也像。对，就是一个男人，这个男人大家都认识，他去年的时候才病重离开的村庄，明明已经死了，为何突然在一个女人身上出现？没有人想这么多，一群女人已经被吓得僵在雾里了，体弱的女人继续说着明显不是自己说的话，应该是那个死了的男人在说，有胆子大且从小和这男人一起长大的女人上前问，你个死鬼不好好在地下睡着，捣乱啥呢？体弱的女人回话，我家娃娃她妈把门一锁进城去了我一个人饿死了，大家更怕了，四散而逃，有人还尿了裤子，胆子大的女人一把拽住柔弱女人说你赶紧回你应该回的地方，我给你家娃娃妈说给你送饭。顷刻，柔弱女人变成自己的样子，脸上全是汗。后来众人问她，是不是鬼上身，她不言语，做了亏心事一样，再不出门。

这是春节回家三婶讲给我的事儿，她担心我不信，一直说是自己亲身经历的真事儿，其实我也没当假话听，我一直觉得死去的人是会回到村庄的，只不过我们看不见而已。他们一定是跟着上坟的人身后回来的，或者是飘荡在半空中看到认识的人就像风一样钻进他们的身体，或者混在风里，先吹到村庄，再落到自家的院落里，静静地看着留在尘世的人们。

这么多年，一直没有人说得清楚，送子观音到底有没有把孩子送到某个向他祈求的家庭，我们赚到的每一笔钱是不是财神爷的有意安排，一整年的风调雨顺到底有多少是土地爷的功劳，而那些死去的人是否真的回来过。这些都已经不重要了，腊月一到，大家照样去山神庙里烧香，以求来年平安；上坟的时候，大家照样像怀里揣着请柬，一一发给祖先们，他们深信死去的人们一定还和大家在一起，不管看得见看不见。这唯心的朴素的贴着大地的生活方式，像秘境一样神秘悠长，也正是有了他们的存在，这平淡的乡村生活，才散发出神性的光芒。

我与你终有一会

◎ 帕蒂古丽

翻寻

自从二十五年前的那个冬天，我将精神错乱的母亲从身边弄丢，把那个最初孕育过我的子宫弄丢，把哺育过我的乳房弄丢，从此我就成了再也回不了家的孩子，我后来的人生一直处于不断翻寻旧日记忆的状态。

命中注定，我只会在这个叫李豆娃的张家川女人子宫里着床？命中注定她生了我以后就要精神分裂？命中注定她要在我长大成人后失踪？如果我的诞生，意味着她的疯癫，是不是可以把连接不幸的这段链条砍断。如果她的逃往新疆后最终结果是失踪，母亲可不可以停留在桃园。忍受饥荒和忍受疯癫，到底哪个更难忍受，生命到底在哪里出了错，才不可抑止地导致后来的悲剧。

父亲过世，将精神分裂的母亲丢给了我，母亲的命运就是被我丢掉，我的命运就是不停地找寻丢失的母亲。在知天命之年，去这个女人的家乡翻找旧账，也是我的命中注定。我无法从命运链条某一个磨损的豁口脱开去，我无法不成为她的孩子，我们可以对命运做无数个假设，而结局早已被注定。我们与此生该遇见的人，终有一会，正如同我们与生命中那些躲避不掉的灾难，终有一会。

顺着母亲走过的路来到张家川，我似乎闻到了母亲身体的气息。我能感觉到母亲还在这里，十五六岁的样子，就像我的女儿。我真想把十五六岁的母亲，从张家川木河乡的桃园村带出去，一路护送到新疆老沙湾的大梁坡。这一次我想做一回她的母亲，改写她的命运，不让胆怯的她陷入饥饿和恐惧。

站在桃园太外公家旧院的土打墙边，我看见了前山的杨槐，后山的银杏，这些母亲少女时代看惯的物事。桃园山崖上矮小的土房子、旧窑洞，饥荒年月，亲人们三次出逃的山路弯弯曲曲，如同永远无法填饱的辘辘饥肠。杨槐树的花，母亲小时候一定吃过，若在六七月份来，我可以替她吃。

当年，太外公牵着骡子黑夜逃离，外公背着馍馍褡裢相跟。外婆带着母亲和姨姨们奋力扒上天水开往新疆的火车……六十年后的我，还在替母亲捏一把汗。倒过去看这场奔逃，似乎母亲那时的一切，皆为着遇到我父亲和我后来的诞生。我似乎看到那列搬弄李家几代人命运的火车上，饥饿的母亲恐惧惊慌的眼神背后，对生存的乞求。

那年月，父亲从拥挤着逃荒者的列车上，选择任何一个扒上火车逃命的女人，都可能成为我的母亲。父亲迎娶的偏偏是这个叫李豆娃的麻脸女子，他一生都填不饱她那遭遇过饥荒年月的胃。她的口头语永远是把这个吃了，把那个吃了。她只是为了吃上这个、吃上那个才逃到新疆。那年月，一个人只为一口吃食、一个肚皮，竟要背负那么多灾难。

到了张家川，胃似乎自动定向，在寻找熟悉的记忆。我在炒面片里，翻找着老豆腐和酸菜，感觉不像是在吃饭，倒像是在翻找饥荒年月有关食物的记忆。蘸着老蜂蜜吃荞麦圈、玉米馒头时，胃表现出极度的快感，也许基因里就熟悉那种味道，我的胃里仿佛长出了外婆和母亲的胃，我是在替前面几代人吃。

走在桃园的山崖小道上，觉得那是母亲的脚步在移动。以致我错觉时间地点倒错到新疆老沙湾的头沟村，太外公和外公外婆在从桃园迁徙到那里，一直生活到老。桃园在我眼里变得丝毫也不生疏，回到桃园就像我小时候寒暑假来到外婆家一样。

就在桃园村的土坡下面，小时候跟我三姨玩耍的伙伴跟我念叨着母亲的小名，母亲那时是个安静害羞胆怯的女孩，旧时的女子都不爱抛头露面，农忙时下地，农闲时在家里绣花做女红。认识我母亲的老两口说："丫头，你坐炕的姿势像地道的桃园人，跟你母亲当年一模一样。"这动作是母亲传给了我，我小时候看惯了母亲坐在炕上的样子，到了她的老家，下意识地用了她的坐姿，总感觉这样的坐法才与桃园的炕头相配。

村人不断地讲述，让过世的亲人们复活。

我想象着在太外公的号令下，我的外公，这个太外公捡来的汉族孩子，每天不厌烦地帮太外公套车、卸车、牵骡子、备马。外公每天满面灰土从外面回来，把骡子拴在靠黄土崖下的木桩子上，给它们饮水添草料。精明的小脚外婆小心翼翼地给公婆端上滚烫的罐罐茶，大户人家的女子，向来知道如何察言观色。秋天的清早，太外公家门口的墙上挂着长长的红辣椒串，上面结着一层薄薄的霜，像撒了细砂糖，墙根晾着刚收的玉米棒子，场院里堆着麦秸垛子，圆圆的像一座座茅草屋。外婆开始在厨房切新鲜的土豆，大姨忙着扫炕、擦桌子，三姨和四姨在收拾院子，小姨在一旁追一只鹅叼走的毽子。我未来的母亲对着镜子，梳好两根长长的黑辫子，朝这边看过来，她目光很惊奇，我感觉她在与我默默对视，她似乎看到了站在六十年时光背后的我。

安放

寒夜里独眠，冷了自己生煤炉，吃一碗面来回走五六公里路，宁可冻着饿着，黑暗里做噩梦，也舍不得离开桃园半步，饥饿寒冷和惊惧，我母亲经历过的，我都想代替她经历。我想陪着我的母亲和祖辈们住着，替母亲多看几眼她长大的村庄。

马新元的同窗马宏安从张家川来看我，要拉我走回县城，"你在村子里举目无亲。天这么冷，吃住都不方便。"

我心有不甘，"村子里都是我的亲人，我不能就这么离开桃园。"

马新元默默在一旁看着我。

我倔强地对抗着要留在桃园，我舍不得离开妈妈出生的那个院子，想离得近一点儿。这个村庄跟我有着千丝万缕的联系，我在意这土崖上住着的每一个人。在这里我能遇见某个像她的女人从哪个巷子口出来，会在哪一片庄稼地里，迎面碰上像她的女人背着新掰下的苞米回来。说不定迎面过来的哪个老汉，就是当年喜欢过她的小伙子。

“过去都成了虚幻的影子，什么都不在了。”宏安劝我。

肃杀的秋风里我听见村里每一棵树、每一棵草都在摇晃着枝叶对我抱歉：对不起，你要找的一切都不在了。我决意听从宏安，跟他上宣化冈。我相信，母亲就是个影子，也会将我引向我该到访的地方。

宏安说，寻根寻根，根在你心里。

宏安的话，对于我是莫大的安慰，也猛然间击醒了我，根早已无处找寻。

我一路满怀兴奋奔到桃园，甚至在潜意识中构想出道路尽头迎接我的是家族团圆的幻境，就像到小时候常去的头沟村外婆家。我被自己制造的幻境骗到了桃园，我几乎要将自己的虚构当成真实。我无法理解是什么力量在支撑着我，竟然如此异想天开，将原本已明了的真相蒙蔽起来，虚拟出时光倒转后亲人们仍驻留桃园的景象，我竟然幻想二十五年前走失的母亲，回到了少女时代，在桃园等我认领。原来，这一切都是用想象麻醉自己，好让失母之痛得以缓解。

在桃园，一切都不复存在了。太外公不在了，外公不在了，外婆不在了，母亲也不在了。亲人们不在桃园村，也不在头沟村，他们早已不在这个世界上了，我再辛苦地寻觅，也无法为自己复原出过去。如果这是一次寻根之旅，那条我要寻找的根，早在六十年前就被连泥带土从桃园拔出，移植到了新疆，未能落叶归根的前三代人，都已经埋在远隔千里的新疆老沙湾的泥土里。

陪我去过酸刺湾的马新元似乎被我的执拗所动，他或许明白了此刻什么能安慰一个远路来的人，让她安放那颗寻母不得的心。他说："想母亲的时候，随时回来，打开这里一扇门，这里总有一席之地，安放你的念母之情。"他不知道，这句话在我心里的分量有多重，寒冷中突如其来的温暖让我默然垂泪。我顿时明白，一个找不到妈妈的孩子，最需要的是一个寄托哀思、安顿心灵的地方。

我以为像我这丢了母亲的人，会在桃园遭遇异样的眼光，我以为酸刺湾的妥老实的后人们会赶走我这戴罪之人，从桃园村到酸刺湾，母亲故乡的人们的目光让我倍感内疚。我自知不配住在母亲出生的净土，桃园竟敞开怀抱，那么不假思索地接纳了我。意料之外，寻根桃园村的我，竟在母亲出生之地度过了一段光阴。桃园对于我，究竟埋藏着怎样的玄机，上苍不为我揭开谜底，我根本无从探知其中的奥秘。

自从母亲失踪后，我在内心一直都不愿意承认，她已经不在人世了。我没法承认，她是在清醒的状态下，为了减轻我的负担而出走不归，我一直不愿承认我现在所得的一切，是母亲疼顾我，以她的失踪作为代价换来的。这样的直面，会让我的生不堪其重。她失踪了二十五年，我一直没有为一个生死不明的母亲举行葬礼。她一走了之，似乎什么都不需要了，作为女儿，我终身背负着她的牺牲。我欠着她，欠她一次葬礼，欠一次为她送埋，欠一块她睡的黄土。

这一天是主麻日，我回到那一间我寄身的斗室，用饮泣的方式，度过了两个小时主麻聚礼的光阴。我在意念里为失踪了二十五年，生不见人、殁不见埋体的母亲举行了一个精神上的葬礼。我想为她立一块小小的墓碑，上面刻上她的名字和出生日期，而她过世的日子，我会写上今天的这个日子。

眼泪冲洗出的积蓄经年的悲伤，都由桃园的一草一木承接负载了。祈祷被哭泣声压低，低到黄土之上，让活人听见，这声音低到黄土之下，树藤的根须颤动泥土，让亡人听见。祈祷声灌满了我的身体，我的五脏六腑呼吸着这声音，血液脉动应声音的高低起落。我顺应这声音，祈祷它穿透生与死的界线，去慰藉母亲之灵。

古丽

第一眼看到古丽的时候，我不知道说“找到了自己”更恰当，还是“迷失了自己”更确切。在母亲的家乡张家川，遇见嫁给回族男人的维吾尔与哈萨克的混血女子，而且与我同名，这不能不说是我此行的一个奇遇，又像是某种颇具象征意义的隐喻。

古丽在电话里用维吾尔语说，她在关山草原等着我去看她。我有一种奇特的感觉，仿佛我在跟另一个我对话，仿佛另一个我在呼唤我去看她。

她说她在等我的时候，语气里那种不可抗拒的意味，那种我应该去看她、必须去看她的固执，好像前世我与她就有过约定，这一生只是来践约。古丽和关山草原在我意念里立刻有了一种神秘感，我决定翻山越岭去看她。

沿着盘山公路绕了几十道弯，终于见到了古丽，她与我长得很相像。我拥抱了她，内心没有丝毫陌生感，就像拥抱另一个自己。

古丽的丈夫有着关山男人的敦实和憨厚，他是在阿勒泰为古丽家捣酸奶的时候，爱上古丽的。牧场上的爱情就那么简单，我可以想象出那种牛奶一样的纯洁，草原上蓝天白云一样的浪漫，也能猜测到那种巨大文化差异下，两个青年男女之间产生的不可抗拒的吸引力，正是这种吸引力，让古丽超越民族、语言、生活习惯的不同，从阿勒泰远嫁到张家川。

古丽戴着张家川女人的盖头，忙里忙外，别人叫她古丽，我也跟着答应。十几年跟回族媳妇们在一起，现在的古丽浑身都是回族味。她与我一样会讲哈萨克语和维吾尔语，但在平时，她只讲张家川味道的甘肃话。

古丽带着丈夫孩子到娘家阿勒泰，亲戚们说维吾尔语和哈萨克语，丈夫和孩子听不懂。古丽跟丈夫和孩子说张家川话,阿勒泰的亲人们也听不懂。他们各操着两边的语言,平衡着亲情。一回到张家川,古丽的维吾尔语和哈萨克语,像捣酸奶的槌子和袋子,从张家川生活里“退席”。

在这个哈萨克语掺杂维吾尔语的古丽面前,我交替使用纯正的哈萨克语和维吾尔语十分快感,甚至有点卖弄的味道了。发现潜意识里,在古丽那一口地道的张家川话面前,我在用多种语言优势驱赶自己不伦不类、蹩脚的张家川话。

古丽说初来张家川时,不习惯多吃蔬菜少吃肉的日子,觉得丈夫把她当羊喂。在新疆的草原上,羊吃草,人吃羊。古丽跟丈夫回阿勒泰,维吾尔丈人和哈萨克丈母娘见回族女婿来了,一次宰了两只羊,顿顿给女婿煮手抓羊肉。这让回族女婿领教了新疆人吃肉有多厉害。

古丽说要用新疆的礼节招待我。餐桌上我看到的是:奶茶变成了盖碗茶,包尔萨克(哈萨克族的一种油炸食品)变身为油香(回族人的油炸面饼),烤馕被香豆粉花卷儿代替。餐桌上摆满了关山的野菜:乌龙头菜、向日红秆、香椿、蕨菜,还有一盘关山松子,是他们亲手采摘的。好在有古丽特意准备的馓子,让餐桌上多少有了草原民族的味道。煮羊头羊蹄、炒大盘鸡、拉条子和抓饭,是古丽按照草原上的礼节特意准备的,这些饭菜只有新疆的亲友来了才会上桌。

值得欣慰的是,与骑马放牧的“草原古丽”生活相适宜,离古丽家居住的宝坪村不远就是关山草原。似乎古丽在的地方,草原就在。席间,出神地看着跳起哈萨克族舞蹈的古丽,她让我不由得想到两千多年前,曾在这里居住过的草原西戎民族。若以马家塬遗址博物馆见到的西戎民族惊艳的服装头饰,将古丽装扮成环佩叮当的西戎女子,也是极相配的。这样想来,或许古丽到了这里,也不算是背井离乡。人类的迁徙自有轮回,这是她在相隔千年后重返故乡也说不定。

母亲当年若留在张家川,她生的那个我,就应该过着眼前这个古丽现在的生活。在我四处游荡的几十年里，古丽一直替我守护在母亲的故乡。离别时相拥的瞬间，我与古丽变成了一个人，仿佛完成真身与替身的一次合体。这个与我同名的古丽，她替我留在了张家川，我心里对她充满莫名的感激。我会时常问候她，就像问候另一个自己。

旧时光

◎ 张岚

每天奔波在纷繁喧嚣的时光里，故乡的老屋却静静地立于心头，无论岁月怎样地流逝，老屋连同童年的记忆、成长的故事、美好的回忆，永远鲜活地站在岁月深处，随时等我“吱呀”一声推开那扇橘黄色的门扉。

故乡的年

寂寂的山村，一迈进腊月的门槛，年的味道便一天比一天浓了起来。

男人们已不再如从前般日出而作，日落才归。他们高大的身躯更多地晃动在自己的家中：每隔五天，他们便从集市上买回过年所需的物品，该洗的洗，该煮的煮，该晾的晾，然后再认真清点所缺物品，等下一个集市时一并买回。许多东西是要用力煮的，因此，他们会抽空为家里准备好一堆如山般的木柴。这时候，女人们也是一年中最忙的：老老少少从头到脚的新衣需提前定做，自家的男人、孩子不能输给人家；要备好全家直到正月十五之前的所有饭菜，角角落落要清扫；节前节后走动的礼品要备，招待客人用的酒菜要收拾……她们的日子便总感到不够用。于是，只好每天天不亮便忙在厨房里：蒸上一笼一笼的馒头，做下一箩一箩的糕点，炸出一篮一篮的肉，制上一包一包的豆腐……

这个时候，孩子们是最轻松的了。早上不用再如从前般天不亮就起床，更不用辛辛苦苦听老师的教诲，也不用紧紧张张地面对没完没了的考试。反正一切都可以从明年开始。于是，他们便尽可以早上不起，晚上不睡，约了三两个同学朋友，找个下雪的日子打打雪仗、堆堆雪人……

这样的日子一直忙到腊月二十三，旧日的一年是再也不能忙下去了。于是，在这一天里，家家户户把厨房打扫干净，称为“辞灶”，也叫“小年”。这样的日子除能吃炒豆、糖瓜外，还是需要庆祝的，因此，家家户户便“小范围”地张灯结彩，吃顿团圆饭。从第二天开始，便不在烧火蒸煮，厨房的忙碌暂告一个段落，但全家人的衣物需要彻底清洗干净，家里家外更要干净清爽。于是，女人便整天把双手泡在洗衣盆里；抽了空，女人还要修修面，洗洗澡，做做头发。一年里也就这几天，自家的男人可以从容地欣赏自己，更是在众家亲友面前露脸的时候自然不能马虎；一家人的新衣还要取了来试，虽然很称心，但还是要等到春节后的第一天才穿，便只好放在枕下。最等不及的，怕是孩子了，他们一天问上几次，让感到还有好多事情没做完的家长心里更感到时间紧迫。对联是不能不写的，红红的纸上写的满是一年的祝福和对来年的祝愿：院门、屋楣、衣柜、粮缸、菜橱，透着喜气和热闹；自行车、摩托车或者是家里的农用三轮，不但有“好人平安”的祝福，更会系上一方如火的绸花；就连院子里的那棵大树也缀上了家人的祝福……许多人家还会买来五色的彩灯当院挂了起来，屋里飘来飘去的气球，并不真就是孩子闹着买来的，许多童心依然的家长也如孩子般欢天喜地牵了回家；许多心灵手巧的姑娘或媳妇还会剪出一窗窗的窗花或一墙墙的热闹。当家家户户张红贴绿的时候，年也便真的来了。远远近近的亲人围坐在一起，最上面坐的一定是一家之主。望着眼前与自己血脉相传的一桌人，看着丰盛的饭菜，听着窗外传来的鞭炮声，过年的气氛也便达到了最高峰。于是，端了杯的“家长”便忍不住来上一句“咱这一家呀……”酒没喝，人却早已醉了。

吃过年夜饭，一家人便在电视跟前一边守岁一边包饺子。饺子大多是荤素两色。因为，来年的第一天，是要吃素的，这样可以预示着一年清清爽爽，不会有什么烦心的事情找到自己的头上。有的人家还会在饺子里放上几枚洗净的硬币，在新年的第一天，吃出硬币的人便会有美好的一年。最热闹的当数孩子了，他们比赛放着各式各样的鞭炮，放出一年的欢喜，更放飞自己的骄傲；虽然他们曾发誓要守岁到天亮，但往往过不到半夜便会沉沉睡去，以至于父母把守岁的饺子端到桌上，他们也只是闭了眼吃不上几口便倒头睡去。但在他们，好似只睡了一小会儿便又会被父母摇醒——新年的第一天可是马虎不得。父母准备好的红包是早就压在孩子的枕头底下了，穿上早已试过几次的新衣，喝上一杯糖水，新年的第一天便从甜蜜开始了。走在街上，到处都是热情的笑脸，到处都是开心的话语。大家要把去年就憋在心里没说完的祝福话说个尽兴。最最高兴的要算老人们了，平时冷冷清清的家，这时却聚满了人：自己的儿孙，关系近些的侄男侄孙，远远近近地都会赶了来，直把老人多皱的脸笑成了一朵九月的菊花。

从春节的第二天起，大家便要带上礼品走亲串门了。于是，寂寂的山路便热闹了许多。每当这时，各家各户都会在心里仔细算计着来往的亲属和需要"打点" 的人情。有时，也会有意外的时候，平时并不亲近的人家，这时却会带了两瓶酒几斤点心，走山过水远远地来了，于是，这意想不到的惊喜会让主人从心里对他多了份亲近和感激，便会倾其所有地拿出节前准备好的饭菜，温上一壶老酒，慢慢地喝了开去；过不了一天，主人也会带了一定的礼品再回过去，于是，并不亲近的两家从此便会亲近起来。在来来往往、吃吃喝喝中，一个个山村热闹了起来，一家家农户亲爱、亲切了起来。这样一直过了正月十五才算把年过完。

也许是为了对年的一个总结吧，正月十五的时候，家家户户便会燃起各色的彩灯，最常见的是用萝卜做成的灯了，大的小的，装满了花生油，点了放在自家的每一个角落。许多心灵手巧的女人，还用面蒸出各种各样的灯：龙、凤、兔、鸟……一直在旁边看着的孩子，便会嚷着让妈妈做一些动物给自己。做母亲的会顺手做出一些动物，顺便放在锅里蒸了，于是，蹦跳着的孩子便会拿着手中的动物，比了起来……

傍晚时分，家家户户便灯火通明了，远远望去，寂寂的山村里，那一簇簇的灯火，真如天上的星星一般。于是，三山五岭里便星星点点起来。孩子们还会找出自家用旧了的高粱秆做成的锅盖、炊帚等，到旷野里用火点了，再比赛着把它们扔到天上……

伴随着渐远的鞭炮声，年，便慢慢地走远了，生活又恢复了往日的样子。但又一年的春节，还会在孩子们的期盼中慢慢地走来。

老屋

故乡的老屋一直站在岁月里，在我回首时，笑意盈盈的她便会与我撞个满怀。

老屋的年龄，应该也有四十年。因为最初的四合院，四家人共用着一个天井，除了容纳四个家庭的鸡犬炊烟外，各家孩子慢慢长大的身影、嬉闹，让原本宽敞的天井显得捉襟见肘，一日一日地局促了起来，于是，父母便省吃俭用，用了近五年的时光，建起了这座老屋。

老屋依山而建，分上下两套房子：西靠着长长的山梁，东邻旧日的四合院子。上边的是四间一溜排开的红色砖瓦房，下边的主房是三间石砌的灰色瓦房，东侧是两间灶房。因为山里多石，院子的四周便是用石头垒砌的院墙。上下两座房子用七层高高的台阶连通，那时日日走在这高高的台阶上，心里总有旧时小姐下绣楼的感觉：步步生莲，袅袅生烟。

二十世纪六七十年代，六口人的家庭不算是最多的人家，在缺吃少穿的岁月里，生活压力的担子也是沉甸甸的。但即使在那样的岁月里，却也因父亲是村里唯一的高小毕业生，勤于珠算，精通毛笔字，竟也藏有《镜花缘》《三国》《水浒》等繁体竖排的书籍，作为儿女，也便成为山里孩子最早接触文字、拥有画册的幸运儿。那时，父亲每每外出，总会捎些手绘的画册、小人书、儿童故事，于是，老屋便有了分工，下边的三间房子，里面一间是父母的寝室，外边的两间作为日常三餐、会客的场所，而上边四间房子便作为储藏、四个孩子的住所以及书房——大大的书桌，随时书写的笔墨，存放在纸箱子里的各色画册。在那个时代的山村，这样的书房，虽然极简，却也是比较稀有和珍贵。

父母居住的老屋陈设简朴：一进门正对着的是一高一矮两张雕花的桌子，几把简单的椅子。桌子正上方挂着的是毛主席的画像，两侧是规规整整的红色对联。画像的西侧是父亲的各式奖状、偶尔参加会议的证章；东北墙上，是一些照片：一张是爷爷奶奶父亲叔叔姑姑以及孩子整齐排列着的全家福，一张是母亲抱着刚出生不久的大哥，父亲站在母亲身边，神情显得很局促，脸上却洋溢着幸福，还有几张，是父亲开会时的集体合照。东侧墙上，则是我和哥哥们各年龄段获得的奖状，整齐有序、自高及低地贴满了一墙。每当晚饭的时候，劳累了一天的父亲便会温上一壶老酒，从自己的第一张奖状或第一个证章说起，说从前的经历，说获奖时的心情，说在整个区里作为代表发言时的紧张和自豪："'哗'，掌声如海啊。"这是父亲最常说的话，最常用的语气词。即使过去了四十年，我仍然会清晰地记起父亲说这句话时陶醉而幸福的表情。这句话，也成为我们兄弟姊妹交流、打趣时的主要用语。母亲则会讲照片的来历，讲与奶奶生活在一起的岁月，讲旧日四合院里的辛酸、孩子们之间的争吵，讲生活的窘迫，怎样在无米的情况下，做出"无米之炊"解决家人的温饱，讲应该怎样发奋，好好读书过不一样的人生。本村串门的叔叔、大娘以及逢年过节来往的亲戚们，则会指着东墙的奖状赞不绝口。每当这个时候，父母口里是谦虚的，脸上是自豪的，心里是骄傲的。每有赞誉，低着头的我们除了开心，更多的是在心里立下目标：这一学期，再挣一个奖状。除了得到大人的赞许，在墙上张贴的位置早就不知看了多少遍。

小院的西侧因为临坡，便种植了密密的花椒树，与石墙一起成了天然的篱笆，一到秋天，花椒特有的香气便会飘到很远，之后是几排桃树、苹果。春天是花，秋天是果，一个个摘了存在箱子里，竟足够一冬的食用。院子东邻四合院的墙边是几排香椿树，初春，香椿长出细细的叶子，四合院子里的婶婶大娘点火放油后，再拿长长的钩子、隔了院墙拽住香椿的枝条，摘一把也不用洗，三刀两刀切好放在锅里用鸡蛋炒了，也是一种美味。

院子的正中间是一棵很大的槐树。听父亲说，因此树树冠很大，可以在树下乘凉，古人认为槐就是望怀的意思，人们站在槐树下怀念远方来人，想与来人共谋事情。父亲还会随口吟出“槐影本来惟戴日，蝉声固自未知秋”“落日长安道，秋槐满地花”的句子来，那抑扬顿挫的声调，一下就刻在了心里，也许正是因为父亲的这两句诗，才会让我一生对古典文学爱之不够、亲之不却吧。其实，自树下长大，没见父母与谁在这棵树下谋划大事，倒是成为我们盛夏、初秋吃饭时的最好去处：夏天的日子是绵长的，屋里闷热得实在坐不下，家家户户便都把活动的场所转移到院子里。于是，院子最中间的槐树便成了吃饭最好的去处。

中午的时候，下田干活回来，会先到此树下的桌上端起早就凉好的白开水，三两口喝下去，才抬起头望一下树枝间火辣辣的日头，掀起衣襟擦一把满头满身的汗。树上的知了也便“知了、知了”叫得更欢。趴在树荫下张着大口喘着粗气的小狗，只懒懒地抬一下眼皮，就沉沉睡去，全没有日常的精气神。槐树下的晚饭才正式一些。把简单的饭菜摆在简易的桌上，一家人围坐在桌前，一盘咸菜、一锅清水炖出的白菜、一篮子玉米面或地瓜面做成的窝头。一家人吃着简单的饭菜，说着家长里短，间或邻院的叔叔婶婶们也会过来，端起碗喝上一碗菜粥，吃上几块刚出锅的地瓜，亲情乡情也便如乡村的炊烟，在老屋槐树下连绵了起来。槐树底下一溜排开的三口缸是家里的点睛之物。

山坡陡村，水是稀罕却不可或缺的生活必需品。于是最大最粗的那口缸叫“清水缸”，主要存放自村外河里挑来的生活用水，煮饭、沌汤、饮水全来自于此。家人每天重要的任务之一便是把缸里的水注满，缸的上面盖着分成两个半圆状的圆木盖，每有用时，取半边木盖便舀出清凉甘甜的水；

另一个缸叫“浑水缸”，主要存放下雨天的水，用来浇花、喂猪、饮兔；还有一口是用来腌菜的缸。秋天过后，把晾晒过的萝卜一层层撒上粗盐，过不了多久，便成了农家一年四季桌子上少不了的下饭主菜。不记得那缸多深多粗，只知道一年四季总有吃不完的咸菜。

槐树的南边是母亲的小花园，是母亲最在意的地方，无论多忙多累，母亲每天都会精心照料着它们，偶尔还会对我细细地讲解花的种类和习性。记得母亲曾对我说：“每个女孩都是花儿变的，爱花的人，才会生出花一样的女儿。”于是，后来当我读到张爱玲写炎樱的一篇文章的开头“每一只蝴蝶都是从前的一朵花的灵魂，回来寻找它自己”时，我一下便记起了母亲和母亲说那句话时的表情来。早听长辈们不止一次地说过，生过三个儿子后，母亲做梦都想生个女儿，当我来到人世时，不仅是父母，就连邻居家的婶婶大娘都高兴地奔走相告。我不知道，我的到来，是不是母亲终日勤养善种花儿的结果。只是在那清贫的岁月，我们家是全村唯一一户四季花香不断的人家。冬天是梅花，大雪封山的时候，山坡村庄都是白茫茫的一片，梅花便在这个时候艳艳地开着，直到今天，那一抹红，一直是昭君出塞时猩红的斗篷存放在我的心头；秋天便是各色的菊，大头的菊花开出的花朵像玉盘，小朵的雏菊便不起眼地藏在叶间。红的白的紫的黄的，会热闹上一个秋天，高高大大的鸡冠花却有鹤立鸡群的味道，花秆高过人头，花朵大如扫地的笤帚，颜色如醉汉的脸，深得吓人。最可爱的当属指甲花了，取花朵捣烂，加少许明矾敷于指尖，再用叶裹上一夜，第二天一早，指甲便成为陆游的“红酥手”，放学后，我总会与邻家姐姐一道，乐此不疲。红的深浅完全自选，深些可多涂几层，否则可少，母亲总叫此花为“懒老婆花”，因为每当傍晚需做饭时，此花方才开放，其实，后来才知，它有一个诗意的名字——凤仙花；夏天里多的是月季、地瓜花，也不修剪，就那么放纵地开着，由于枝长叶宽，下雨的时候，竟成了母鸡带领小鸡们的藏身之处；春天的花就更多了，迎春、海棠、月季，热热闹闹地开个不停。母亲做个篱笆围一围，冬天时堆上一些土杂肥，一年四季便不再管它。因为那时雨水丰沛，阳光充足，它们只管尽情地绽放，我们只负责有一搭没一搭地观赏。

院子的最南边有一棵枣树、两棵梨树。秋天，我最关注的是这棵枣树。从最初站在树下数数，到看着它一天天长大，当满树的大红枣饱满地挂满枝头的时候，母亲便会找来一根长长的竹竿，开始“打枣”，每一颗枣子的落下，都会令我发出一声惊呼。那一篮子一篮子的红枣，几乎都是我个人的专利。母亲每日把香甜、清脆的鲜枣洗了，一日三次放在桌上；其他的晒干收藏，成为冬天的“点心”。虽然那时还没有穷养儿子富养女儿之说，但母亲却是最早践行这个理念的人。那时，能成为我冬日点心的，除了枣子、瓜干外，还有柿饼，而柿饼的出处，则是来自老屋东侧的柿树。老屋的东侧通往外面的院门，院门东侧紧挨着院墙的，是一棵枝繁叶茂的柿树。树的枝干高过屋顶，树冠很大，苍虬多筋的树干纵横交错伸向四面八方。父亲说，当时选此处建房，并不是看中地基，而是看中了此处这棵高大茂密的柿树。每次放学回家，远远看见柿树，仿佛就进了家门，就看到了双亲。同样是作为枝繁叶茂的树，柿树却又与院中间的槐树很有区别，这里主要是妈妈与婶子大娘做针线活的场地，也是夏夜全村人聚在一起纳凉之处。推开饭碗，来不及洗涮，不等招呼大人孩子便都会赶到树下。大人们拿个马扎四处坐着，没拿马扎的便坐在余热尚存的石块上。孩子们拉了家里的草席，拥拥挤挤地跑到草席上玩起了游戏。几个半大小子早就噌噌地上了柿树，枝繁叶茂的树杈上会同时坐上四五个。即使奶奶、妈妈叫个不停，也仍然坐在树上或蹲在树上嬉戏玩乐，全然不理。树下小一些的孩子，玩着玩着不知何时躺在席上睡着了。父亲们仍然在聊着天，而母亲们则摇着蒲扇驱赶着蚊子……五六月份，当柿子树开花的时候，孩子们就更忙了，哥哥们会噌噌地爬上树，摘上一兜兜的柿子花，再哧溜一下滑下来，然后用长长的针线串起来，编成项圈、头花戴在我的头上，或者挂在我的颈间，有时，长短不一地会同时挂上四五串，我就那么美美地跑来跑去。那份淡淡的香味会一直香到心里，香到梦里。直到农历七月，农忙是真的来了，家家户户秋收秋种一天紧似一天，而柿子也如同红色的小灯笼挂满了树枝。于是，常年在树上树下房顶屋下运动的哥哥们便一起爬到树上，手脚并用灵活地游弋在伸向四面八方稠密的树干上。每人身边树干上用绳索吊着一只竹笼，小心翼翼地摘下柿子后，再轻轻地放入笼里。待竹笼装满，再用绳索放下，母亲和我便在地面上收好。用不了半天，树上的柿子便会所剩无几。别担心树枝太远，树梢太高，哥哥们都会有办法一一“拿”下:枝干伸出太远的，就站着凳子搭上梯子一个个地摘下；太高的，就用一头削成蛇口状的长长的竹竿夹着嫩枝连同柿子一同拿下。但每棵树上都会留下十几只柿子。母亲说：一是喜庆，远远地从外边回家就会看到，就像是一盏盏的小灯笼，在深秋天地间多美；二是留几个给喜鹊吃。喜鹊在咱家吃了甜甜的柿子，明年会来咱家报喜的。

把柿子一个个从树上“拿”下来，生涩的柿子是不能直接吃的，要用恒温的水“焖”上二十四小时后才可以食用。而大部分的柿子却是要去皮后放在瓦或石板地上晾晒，每天还要手工捏制，直到六十天后，干而软、香而甜的柿饼做好了。春节、正月十五敬天的时候，这是必备的物品，最重要的，是我冬天不错的点心，会吃到很久。

后来，父母又分别建起了两座老屋，原打算给大哥、二哥结婚所用，我们兄妹四人都参加工作后，渐渐远离了老屋，尤其父母也迁居到城市后，与老屋一别就是二十多年。所有的房子便日渐衰败着，最后仅剩下这处老屋，不时维修一下，作为回老家时歇脚存放物品的所在。更重要的是，因为它承载了旧时的记忆和生活。所以，无论怎样远行，也无论岁月怎样流逝，老屋连同老屋里的一切，都那么清晰地站在岁月的深处，随时等我推开那扇童年的门扉。那门前的柿树，那院中的槐树，沉静、苍郁，便是一个未曾远去的梦。

江水你慢慢地流

◎ 旻旻

最近的梦，凌乱而清晰，河流，落水，挣扎，呼吸困难……有一次梦到他指着胸口说，这里痛。第二天，他果真来到我的桌前，指着自己的胸口说："咳嗽的时候，这里抽着痛。"

从去年确诊以来，人就进入兵荒马乱颠沛流离的状态，多年来以为沉淀得足够的笃定顷刻土崩瓦解。我曾与死亡为伍，深知那种孤独与荒凉，一窗之隔，世界再精彩也和自己半毛钱关系没有。唯有天空深不可测，前面临渊万丈，这泠泠的寒意和萧然都要独自去面对，再强大的人也会惶然，何况一个老人。

来不及失声痛哭，仓皇求医是第一步。治疗方案在计划A计划B计划C中，见一步走一步又被一路剔除。生老病死本是自然规律，但对几乎一生和父母生活，放任自己拒绝长大的女儿来说，却是黑暗步步逼近。尤其在计划节节败退时，夜夜在噩梦中醒来，落水，挣扎，窒息成了梦中常景。

和疾病相处一生，我深知它最大的敌意，无非是借肉身的溃败，借黑暗中面目模糊的死神引领出对死亡纤细的想象和真实的恐惧，以达到肉身彻底溃败之前，精神荡然无存的目的。

一想到尚未陪他看过外面的世界就让我内疚。这些年和朋友带妈妈走了不少地方，这样的待遇，他从没得到过。我总以为他有自己的玩法，估计懒得跟我们混。他也没带我们外游，仿佛是一种共识，我们习惯了彼此相忘。除了工作，他还有各种应酬出差出国考察之类。但每次远行他都会给我带回各种礼物，珠宝，书，小玩意儿，巧克力……在我不懂用首饰装扮自己的年龄，就有了比妈妈还多的小首饰。流行什么他买什么，金饰、玉镯、钻石手链等，这是他表达父爱的方式。

小时爱看他给病人开处方，是喜欢他一手漂亮的拉丁文。至于购物的品位和审美，实在不敢恭维，便时有送了礼还被我和妈妈嫌弃的遭遇。前阵子收拾屋子，找出一个他在纽约买的美人鱼摆设，底座赫然印着“Made in China”。当然也有例外，像手上至今戴着的意大利五彩软手镯，多年来连洗澡和睡觉也不曾脱下过。

我对人生向来秉承顺其自然的法则，内心纵然翻江倒海，外在仍恪守不动声色，安于命运安排。唯这一次，一想到要失去就惶惶不安，恨不得陪他走尽量远的路，去尽量多的地方。半年内我们数次回潮汕与他的兄弟姐妹相聚，几乎全家出动去泰国清迈与他失散数十年的表哥，我八十一岁的表伯见面。那时症状尚不明显，他还有体力，抱着心中一点儿侥幸，我们小心翼翼地暗暗和未来抢时间。

渐渐地，他的疲态还是出来了。去年重阳，姑妈怕他舟车劳顿，一再叮嘱不要回去拜祭。我见他整日里在客厅转悠，不时抬头看外面的天空，自言自语：“回一次算一次吧……”

车在高速奔驰，离家乡越近，越勾起他各种回忆。他一路指指点点，这是哪，当年发生过哪些大事，末了总爱感慨一句，一眨眼几十年就过去了。在棉湖姑妈家，各人收拾鲜花水果准备上山拜祭，他也说要去，大家不同意，他急起来嚷开了：“以后也不知道还有没有机会回来看阿伯阿姆……”

随着他日益羸弱，合家欢节目的范围只好缩窄到在家附近走走，譬如夜游增江。听奶奶说他年轻时是游泳健将，多次冬天横渡榕江。榕江是我出生地揭阳的一条江，第一次进入视野是在我被送回家乡寄养那年。记忆里河流在城区穿街过巷，水面上飘着浓稠的人间烟火。再次回到父母身边，增城变得陌生疏离，仿佛第一次发现这里也有一条河，增江，它一直在记忆里若隐若现,从不得要领。直到和父母同游之夜,记忆之门才得以开启。

车沿湘江路走,妈妈在一条被小商铺挤得透不过气的巷子里,忆起这里有过一家烟丝厂。那时我刚出生,父亲把我们从老家接过来,没工作没户口,妈妈带着我到烟丝厂当临工。她每日的工作就是把烟叶中间的粗梗撕出,烟叶交给工友切碎,忙起来一个月还能挣十来块钱。

下车,沿着长堤走,1978 文化创意园的喧哗是年轻的。当年的增江河边,大排档一家连一家,岸上灯火和水上渔火彼此遥望。年少时爱呼朋唤友在夜色中奔向长堤,长堤自古是情侣的圣地,我们厚着脸皮嘻哈穿插其间,并乐于对相貌的俊俏或鄙陋评头品足。我的固定动作是靠栏杆站着(彼时“站”这个动词尚属于我,轮椅则放在另一边),和同学高谈阔论。看着月下泛起微光的水面,我总爱不由自主想象一个白衣女子,裙袂飘扬,在水面凌波微步。多年后,这个意象一再在我的诗里自觉复活。

站在堤上,他忆起当年游冬泳横渡增江的情景,仿佛还豪气万千。占尽河景的敏捷地产建筑群却勾起妈妈的记忆,“咱家以前就在这”,这话让我们炸开了。那座人民医院的慢病站小宿舍,连同被夷为平地的青翠山头,在父母你一言我一语之下,一点点复原:山坡上是妈妈种的瓜、青菜,鸡们沿着陡陡的坡弯弯曲曲往上。山顶倒盖着一条小木船,妈妈挺着个大肚子给菜浇水,弟弟快要出生。

家附近有药材公司、药材加工站和航道站,平日没事我爱往对面的药材公司钻。在单调的办公室内,姑娘小伙子给一个小小姑娘最热烈的宠爱,糖果、饼干、各种小玩意儿……药材公司靠门墙上挂着一部电话,黑乎乎突兀地依附于墙上,和白色的墙壁对比强烈,它突如其来“丁零零”的声音常把无所事事的我吓一大跳,接下来的一切都足以引起我无限的好奇和想象:从座位上站起来奔向它的人,他那张扯开喉咙“喂喂”大喊的嘴巴,以及被称为电话的物体,都是谜……

一天,妈妈躺在床上,她头晕、呕吐,胖嘟嘟的弟弟在床上爬来爬去。

父亲当时在石滩麻风病院上班，我才三岁多，倍感孤独无助，能想到的唯一办法就是找爸爸。我径直走向对面的办公室，时值中午，办公室内静悄悄，只有一个看门的老头黄伯。我对他说，妈妈生病了，我得给爸爸打电话。老人二话不说替我接通总机，我们神色凝重地等着回复。我不时抬头看墙上那黑色的谜，那是我还不能理解的世界，我第一次靠得它如此近，带着焦虑不安和一丝我无法表述的激动。在沉默中终于迎来铃声大作，老人迅速抱起我，我拿起墙上的电话。在遥远嘈杂的背景音中，我辨认出他的声音，那一刻，幼小的焦虑荡然无存，世界对我来说安全了。

他匆匆从单位赶回来，妈妈也好起来了。下午我们一家人出去玩，沿着增江河，他牵着我，妈妈抱着弟弟。河水清清，天空蓝蓝，那天他买给我们的彩色气球，如今还在记忆的天空里飘呀飘。

一个疑问或秘密，从得知那一刻起，一股不可知的力量迫使我吃力地藏着掖着，那是我不能说出的伤口，也是他的。在生死那张床上，他曾救人无数。电话稀缺的年代，我们家早早装了电话，头几年基本是医院专线。全家无数次半夜被弟弟称之为"午夜凶铃"的铃声吵醒，黑暗中听到隔壁窸窸窣窣，铃声被截住，他"嗯"了两声，接下来是铁门"砰"的一声。一般参加完抢救他会留在医院上班，直到中午。午饭前妈妈要是接到电话，然后把抽屉里的"仙草"（潮汕人家一般都藏有的一种晒干的植物叶子）拿出来放洗手间，让我们回房，我们就懂了。我和弟弟总是磨到听见外面铁门的开锁声才急忙奔回房间。等妈妈大喊"开饭咯"，说明他用"仙草"洗完脸了。那天吃饭的气氛会比平时压抑，我时时边扒饭边偷看他，他身形偏瘦，颧骨突出，黑框眼镜后是一双布满血丝的眼睛，不苟言笑时嘴角向下，神情严肃，让人不敢亲近。他如此失落，是否因为有孩子在他手中被死神夺走都让他想起自己也有个得不治之症的女儿？

如今走在路上他偶尔还会遇到陌生的中年妇女，欢欢喜喜地叫着林院长，连珠炮抢着说若不是他当年及时抢救，孩子就活不成了这样的话。

通常他总是报以一脸迷惘，对方不介意也不放弃，百折不挠一点点启发，手上有什么还往他怀里塞什么，吃的，用的……

这无法抹杀一个事实——那也是一条命。一个名字借一张嘴抵达我，仿佛虚空中生出的魔咒，在往后的日子，我不得不捂着一个疑问和一个不光彩的名词：告密者。

我自认晓得人性悖谬，明白人世间的艰难，体谅各种身不由己。关于那个人性黑暗达到巅峰的时代，我所知皆来自文字，文字让人耽于想象，但已绰绰有余。多少战功显赫的大人物没死在沙场，却栽在那黑暗岁月里。我年轻的父亲，一个刚走出大学校园的文弱书生，如何能独力对抗？

疑问终究生成一根刺，被血肉包裹于喉咙，内里隐隐有股蠢蠢欲动的力量。夜里我更能感受那股力量在体内挣扎的痕迹，有时它过于强大，就要压垮意志，控制或把我俘虏。我深呼吸，迫不及待等着天亮，仿佛天一亮我真就一本正经付诸行动，向他问个明白清楚。奇怪的是，这股来历不明的力量总在天光之前微弱下去，直到还原成一根隐形的刺。

最后我决定守口如瓶，不再触碰，甚至痛下决心，甘愿成为同谋，让它在喉咙腐朽。有时一家人吃着饭，“告密者”这词无端就冒了出来，我赶紧低头吃饭，以驱散自己无所适从的想象。每每自省，追问自己为何如此，总是无解。

一次和表哥聊起父亲的父亲，他的外公我的爷爷，那个我们无比敬仰无比怀念的温文尔雅的老帅哥，仿佛找到一点儿灵光。自小爷爷就以一个老派教书先生的严谨，对我们进行了潮汕式的传统教育，归纳起来不外是做一个干净的人，对己，对人，对爱永远眼神清澈。他一生始终葆有这种品质，如今的揭西，当年的揭阳东桥园林氏宗族，出过不少人物，包括爷爷一身功勋的堂兄林美南。爷爷没追随他投身热辣辣的战场，也没像他的弟弟，我的三叔公那样成为潜伏的国民党员。爷爷心有明灯，他教书育人，以自己的方式救国。他有一个我们熟悉的、和潮汕地区大南山根据地有名的英雄卢根有关的故事。当年卢根和警卫员林美城(爷爷的同宗兄弟,都是"美"字辈)找到爷爷,让爷爷搞两张棉湖的入城证,他们到城内找大户人家募捐。后来遭人告密,两人在棉湖的集市上受到伏击,最后被杀。爷爷一直保存着卢根放在家里的一把雨伞和一条浴巾(那时的潮汕人出门都自带浴巾),一九四九年后送给揭阳博物馆。至于爷爷奶奶如何多次把枪支藏起,如何隐秘地保护乡里,化解危难,常年陪在爷爷身边,比我早生十天的表哥说起来便滔滔不绝,活灵活现,亲眼所见一般。

每听到他咳嗽一声,我的心就抽一下。那喉中之鲠,便夹杂在咳嗽声中突兀起来。某日,客厅里只有我们俩,一切来得如此仓促突兀,没有征兆又仿佛情理之中,我突然说出那三个烂熟于心的字。我问他对这个名字有没有印象,他反复沉吟,试图唤醒沉睡的记忆。片刻,他眼睛一亮,连说"记得"。他说那是个罗浮山的军医,有文化,长得斯斯文文,他和另外两个男护士作为军代表进驻他们医院。

"他后来怎么了?"我管不住自己的嘴了。

"听说在锅炉里上吊了。"他慢慢说,带着惋惜,"很斯文的一个人,白白净净,为人和善。"一股不能描述的失落在心底油然而起:真的有人因他而死。他看着我,眼里并无预期的愧疚,却有明显的疑问。我慢慢道出那听来的故事,小心翼翼使用我捉襟见肘的词语。看着他日渐消瘦的脸,我的父亲,在加速老去,饱受恶疾的折磨,我还没学会如何安抚他,如何让他不害怕,反而不合时宜地提起一个不该被提起的话题。我为自己的鲁莽和残忍感到深深的不安,又陷进渴望得到真相的泥沼里无法自拔。他也许洞悉我的心思,也许没有。他平静地坐在桌前,一丝不苟地倾听,脸上浮现出困惑和迷失在年月里的惘然,又仿佛在努力追忆遥远的往事的碎片。那往事之水呵,到底会有多深?我如何可以祈求他得以全身而退?

沉默。最后沉默被打破,他双肘托在桌上,神情严肃,目光辽远,缓缓地说,他并没主动去报告,是他们来找他了解情况,但了解的不是我提及的军医，他们追问的是另一个人。

他看着前面，一层薄雾在往事之水上冉冉升起，缓缓散去，他在水汽之间阅读时光的简书，看见当年那一天，那对我们来说至关重要的一幕：军代表离开医院后没多久，其中一个男护士独自来增城，找到他，要求去见一个被打成所谓“现行反革命”的女同事。他把男护士带到那位女同事门前就离开了。后来便有人找上门来，要了解当时的情况。他如实说出经过，没有隐瞒也没有添加，仅此而已。他补充说因为这事，那名男护士后来据说被开除了。

我不再追问，对我来说，世界在瞬间已经新了。但这“新”也转眼即逝，一秒前我想给传话的人打电话，一秒后放弃了。有些真相不必公之于世，那段对话，除了我和他，对这个世界没任何意义。死去的人也无法活过来，让灰烬继续掩埋吧，它埋得够久了，还可以久下去。在我出生之前，的确有一个人死了，在此前或之后，有很多人死了，无论因为谁，什么原因，生命一去不复还。没有人追究谁该对那些死亡负责，活在那个时代，所有人都是无辜的，也没有人是无辜的。

我住 ICU 的日夜，闺蜜常来，有时顺带也接送他和妈妈。某夜闺蜜送他回家，车走到增江河边，他突然失声痛哭。闺蜜把车停在河边，递上纸巾，默默听他重复一句话：他枉为一个医生，连自己女儿的病也治不好，还保不住她的性命……

那时父母直接无视 ICU 的探病时间，也不等弟弟开车送，一大早就坐公交过来。每日查完房，我便看见妈妈穿戴整齐站在我的八号床前，旁边的他总让我替他别扭。一月的天，特别冷，每天他都穿弟弟给他买的那身土黄色带帽羽绒服，羽绒服臃肿，外面套上后面绑带子的 ICU 白大褂，白大褂被撑得鼓鼓的，让人担心随时要胀爆开来。他丝毫不在乎自己的外表，只顾拉着主诊医生争分夺秒地聊，完了站在床边，看着我，微笑，说着话，说什么全忘了。他背过身去的惶然，是我没想象过的。

在小得还能被随意抱起或背在背上时，他常带我去广州儿童医院。那时增城尚是个孤岛，去广州还路途遥远。在儿童医院，一个慈祥的伯伯，头发花白，穿着过于肥大的白大褂，老拿一个小锤子往我膝盖和腿上东敲西敲。有时他会送我一个粉红的气球，把我抱到大腿上边逗我玩，边和父亲聊。每次从医院出来，父女俩高高兴兴去吃云吞面。一碗云吞面，我吃云吞，他吃面。此后一馋起云吞面，就问他什么时候再去儿童医院。

那时他是否已知道我可能活不过十六岁，是否对我的病束手无策又饱含愧疚，在娱乐生活匮乏的时代，我在他生命中的出现是否让他和妈妈承受着过多的闲言碎语？在潮汕根深蒂固的文化里，男孩在家中往往有着非同凡响的地位，一直以来他对我的娇纵、放任和对弟弟的严苛让我怀疑他不是正宗的潮汕人。他从没和我讨论过我的病，但在成长的过程中我无数次听到他跟别人提及我，还有他的无奈及愧欠。对此我总不以为然，仿佛天生便理所当然该如此。直到他确诊后，无论白天黑夜，我时常看见自己身姿矫健，脚下生风地走在路上；挤在堵车高峰前开车奔波于家和医院之间；排队候诊；听医生讲解病情，和医生讨论他未来可能出现的各种状况；排队领药……甚至出入厨房，熬药，炖汤，做饭……

我希望做这一切的是我，但不是，我无法让自己成为想成为的人，做想做的事。我从未对自己的肉身如此绝望过。多年来，我以为我们已经达成和解，实际上只是接受了现实，习惯了身体自主权的缺失，这和彻底的、完全意义上的和解是两回事。至少在这些日子里，另一个我频繁出现，频繁和我较劲。午夜，在隔壁的咳嗽声中我睁开眼睛，半空中飘着一个无法静止的自己，她看着静止床上的我，我看着她独自穿行于黑暗中，我们彼此在各自艰难卓绝地寻找光源和出路。

我想我懂了他对我的愧欠感。

用了大半年时间，他才接受得病的事实。他不允许我们也不允许自己在朋友面前提他的健康状况。姑妈和叔叔们每次打电话来，两头的对话总是一句开始两句结束:“最近怎么样?”“还可以。”接下来便客客气气地挂断电话。对他的病情,大家都心照不宣避而不谈。除了带来惶恐,疾病隔阂了他们大半个世纪来亲密无间的姐弟情和兄弟情,还让他生出一种深深的羞愧感。这羞愧感我不确定自己是否理解,但我确定自己不愿意去作深入的猜测和探究。

如何平静地、没有痛苦地离开这泥泞的肉身,是我具备独立思考能力后就开始思考的问题,也是考验我一生的修炼。如今来到他身上,剧烈的咳嗽,风箱一样的气喘,混浊的呼吸,甚至向我展示咳出来的血,都让我无言以对。疾病使人加倍孤独,即便有人陪伴齐肩并行,还是陌路人,不是同类是无法辨认出彼此的。语言的安慰是隔靴搔痒,只会加深那种孤独感。

我甚至准备好和他讨论生死,讨论最终到来的时刻。我一直等待机会,有一次他来我房间讨论病情,我们打开了话头,差点就可以进一步深入话题,然而他只草草带过,一言不发出去了,还顺手把门带上。

后来我拿了本《地藏经》,恳求他读一读。我近乎哀求,他疲惫的褐色眼睛闪过疑惑,但还是接过去。几天后,我见他坐在靠阳台的地方翻着看。第二天,第三天……此后每个早上,他都坐在同一个位置,手里捧着《地藏经》,恭恭敬敬地读。

慢慢地,家里来了客人,或朋友约他去喝早茶,他会主动提及自己的身体状况。他的朋友陆续知道他病了,约他出去喝茶的人并没减少,他依然在固定的时间去固定的茶楼和固定的人喝茶。

人活着活着就老了。如今我看着他吃药,读佛经,吃饭,看电视,身体一点点衰弱一点点变薄,也学着一点点和自己和解,突然意识到自己从来没认真了解过自己的父亲。我知道他“文革”前毕业于湛江医学院,分配到广东省人民医院,多次申请调回潮汕地区工作而不得,一年后下乡来增城支建。他是个孝子,遵照父母的安排回乡相亲,受父母之命媒妁之言,他结婚,生儿育女。我在潮汕平原出生,弟弟在增城出生。后来,弟弟娶了本地的女子，他的孙女和孙子在这里出生。在家这条河流中，他是我们的起源，把我们带到这里……

我不动声色地和疾病一起活过了十六岁，如今还活着。活着于我，像落入泥沼里的鱼，永远无法畅快淋漓感受生命的原本。但这仅有的活的侥幸已让我对世界生出过多的自作多情，并不计前嫌忍受着疾病持之以恒带走体内所余不多的生命和力气。时光是让人恐慌的兽，像流水一样气度优雅汩汩而去。这“优雅”里，有着多少齐奥朗所说的“对悲伤的凯旋”？我时常想起那个晚上，看着增江河水，天地如此宽广，人生何去何从却与它毫不相干。你猜不透它是漠然还是悲悯，它从不过问也不回应，只负责不疾不徐，不悲不喜。

他是鸿雁，他是苍鹰

——怀念友人荆永鸣

◎ 孟繁华

永鸣突然逝世，就像一个梦幻，没有人信以为真。许多天以后，还有朋友在询问。事实是，永鸣真的走了。就在他离去的前一刻，永鸣还在去李庄的车上和我们一起兴致勃勃谈笑风生。看到永鸣的离去，我切实地感受到生命是如此的脆弱，如此的不堪一击，恍惚之间，就是阴阳两隔关山万千重。待你缓过神来，瞬间已是历史，一切都已无可更改了。

认识永鸣已经许多年了。第一次见永鸣，记得是跟随建功兄以及庆邦兄等去北京沙滩永鸣的小酒馆。那时我不认识永鸣，建功兄说永鸣是好兄弟，你应该认识一下。于是就一起去了。至今我仍然记得，那晚喝的是杜康酒和宋河粮液。永鸣诚恳而殷勤，照顾几位食客酒徒朋友，几近午夜。第一次印象，永鸣不大像作家，倒是很像一个小酒馆的老板——周到，不卑不亢；说是喝酒，举杯便饮了，毫不扭捏造作推三阻四。这倒是引起了我的好感。我就喜欢爽快的人——不就是喝个酒吗，至于吗。

永鸣的餐馆几经挪移，我不知道具体的原因，但可以想见他在北京经营餐馆的艰难。后来他到了郊县房山窦店，临街开了一家餐馆，家也在窦店安居下来。我曾和东捷、晓航、云雷、庆邦等朋友到那里和永鸣聚会过，永鸣高兴得手舞足蹈，话也格外得多。我发现他餐馆东墙上有一块黑板样的空间，他说，本来是为来访的作家朋友签名用的。可是很快就被各式人等写满了，尤其是喝醉的，往上糊涂乱抹，就废弃不用了。这一个细节，足以说明永鸣对朋友、对作家同行和文学的热爱。不知道有多少朋友到永鸣的饭馆喝过酒。大约十年前，北京作协组织一个作家代表团到非洲访问，我和永鸣、李洁非、刘庆邦、徐坤等随团同行。一路上，永鸣和大家处得融洽友好。他是那种不生是非的朋友。到了住地，帮助大家拿行李，招呼吃饭，每个人都喜欢他。我们从马赛马拉草原回来的路上，正在行进的一对老年夫妇的吉普车的轮子突然飞向了田野，险些出了事故。我们的车停了下来，黑人小伙子司机飞速跑了几百米将轮子扛了回来，永鸣和大家用千斤顶、扳手等帮助老人安装好轮子。老人微笑着、挥着手又缓慢地开向马赛马拉草原。永鸣还在后面挥手，也不知道那对老夫妇看见了没有。旅行中最能发现一个人的品性。十余天的时间，一次也没见永鸣对人对事表示过不满。他一直都是兴高采烈的。

永鸣的小说我大多都看过，比如《外地人》《北京候鸟》《白水羊头葫芦丝》《北京房东》《北京时间》等。这些小说为永鸣带来了极大的声誉，他几乎就是北京外地人的形象大使和代言者。我在评论他的《北京时间》说：荆永鸣多年“飘”在北京，他的生活经历注定了他对当下北京的熟悉，在他的小饭馆里，五行八作、三教九流都穿堂而过。作者又是一个喜欢并善于结交朋友的人，这些条件为他的小说创作提供了丰富的资源。北京发生了天翻地覆的变化，但是北京的底色没有变。什么是北京的底色，荆永鸣描述的三十二号院就是。北京时间一日千里，但北京人，特别是北京胡同里的底层人，他们还是遵照过去的生活方式，特别是在处理人际关系方面，还是那老礼儿和热情。在这部小说里，荆永鸣写了众多的小人物：房东方长贵和方悦、邻居赵公安、外来人胡冬、八旗后裔海师傅、小女孩楠楠、李大妈、冯老太太、整天坐在胡同里无所不知的老杨头等，这些人是北京胡同常见的人物，也都是小人物。他们和老舍笔下《四世同堂》《骆驼祥子》里的人物身份大体相似。但是社会环境变了，这些人甚至与陈建功“辘轳把胡同”里的人物也大不相同。荆永鸣在处理这些人物关系的时候，几乎用的是写实手法，比如找房子租房子，找朋友牵线搭桥；比如与赵公安“抄电表”时的冲突，海师傅的从中调停；小酒馆里的温暖话语；小女孩楠楠和小朋友的对话……整部作品都充满了北京的生活气息。不仅如此，荆永鸣的过人之处还在于他对所有文学价值的生活细节的关注，比如他初入出租屋时发现的那个小日记本记录的个人收支账目。用叙述者的话说：“这些不同的物件和信息，既朴素又动人。它让我发现了生活的丰富与多彩，同时给了我多少关于生命的想象！我在想，原先的房客，无论他们有着怎样不同的生活烦恼、不同的生活激情、不同的生活目标和不同的生活信念，对于这间小屋而言，都已成为过去了。我们是现在。作为暂时的栖居之地——这间小屋，将会赋予我们一种全新的意义，并给了我们无限的期待。收拾它的时候，那种心情与感觉，就像是在布置我们的洞房。”这样的文字并不惊心动魄，但字里行间所隐含的对于生活的理解，却远远高于正确而空洞的说教。虽然“外地人”有自己生活的难处，虽然皇城北京人有先天的优越，但他们都是好心人，都是善良的普通平民。小说中的房东方悦就是一个毫无“排外”意识的善良女性，她与作为外地人的“我”平等相处，并建立了深厚的友谊，后来她因婚姻破裂而移居海外。小说最后，方悦从日本打来了电话，与小说叙述者有一段非常爽朗又暧昧的对话，重要的是，方悦回国还要和他在“老地方”见面。他们要说什么和做什么已经不重要，重要的是，普通人之间建立的那种不能磨灭又发乎情止乎礼的情感。赵公安是个喜欢抬杠、爱发牢骚的人，他大事做不来，小事又不愿意做，心理上却始终有一种生活在“天子脚下”的优越感，但与其他邻居一样，在这个人物的身上依然有着老北京人的许多优秀品质：讲礼数、通世故、自尊、热心、生活得闲适而快活。

现在我相信，永鸣的小说都是他的“自叙传”，这话好像没什么意思。但我要说的是，小说里面人物的情感关系和向善的情感取向，那就是永鸣。永鸣是一个喜欢交往、喜欢热闹的人。我和他无论在北京还是在外地，喝过无数次的酒。有一次北京作协在天津搞活动，活动结束后我们在住地周边找酒馆多时不见，永鸣非常愤怒：这是什么破地方，居然连个酒馆也找不到！他是真不高兴了，他也是太热爱和朋友喝酒了。但是，据我多年的观察了解，与其说永鸣热爱喝酒，毋宁说永鸣更热爱喝酒的气氛。我记得，无论何时何地，酒喝到半酣，那就是永鸣的主场了——他要唱歌。他的歌也是不变应万变的歌：《鸿雁》和《我不想说再见》。

永鸣唱《鸿雁》，起初我以为就是地域性的文化记忆。他生活在赤峰，生活习性属于东北，但辖区是内蒙古。因此他唱《鸿雁》也无可厚非。但是，如果这样理解永鸣唱《鸿雁》就过于狭隘了。后来，通过和永鸣的交往我能够理解的是，那歌声里有一个怀乡的原乡人，有一个多愁善感的小说家，有一个游子艰辛又难以言说的经历和过去。每当永鸣唱起这首歌时，我都会由衷欣赏地倾听。那时的永鸣忘情而纵情，他的眼里有泪花在滚动。我是多么喜欢此时此刻的永鸣。一个真实而诚恳的永鸣，一个多情又浪漫的永鸣，一个善饮又没有节制的永鸣，一个为了朋友可以彻夜纵酒高歌的永鸣。鸿雁是一种大型水禽，性喜结群，常成群活动，特别是迁徙季节，常集成数十、数百、甚至上千只的大群，即使在繁殖季节，亦常见四五只或五六只一起休息和觅食；善游泳，飞行力亦强，但飞行时显得有些笨重；警惕性强，行动极为谨慎小心，休息时群中常有几只“哨鸟”站在较高的地方引颈观望，如有人走近，则一声高叫，随即而飞，其他鸟也立刻起飞；飞行时颈向前伸直，脚贴在腹下，一个接着一个，排列极整齐，成“一”字或“人”字形，速度缓慢，徐徐向前；边飞边叫，声音洪亮、清晰、单声，但拖得较长，数里外亦可听见。温和多情的鸿雁，不就是我的朋友永鸣吗。

当然，永鸣后来也经常喜欢唱《我不想说再见》：“我不想说再见，相见时难别亦难。我不想说再见，泪光中看到你的笑脸。我不想说再见，心里还有多少话没说完。我不想说再见，要把时光留住在今天。一生能有几个这样的夜晚，一辈子能有几次不想说再见。”

后来的永鸣，几乎每次喝酒我都会听到他唱这首歌。歌词几乎成了他与我们一次次告别的话语。如果是这样，我知道永鸣兄弟是多么的不舍、多么的难舍啊！他实在是太热爱这个有许多朋友的人间、有许多美酒的人间了。

永鸣还是和我们说再见了。二〇一九年四月十一日下午，我们一干人马从北京去“中国李庄”，参加第二届“十月文学奖”颁奖活动。永鸣是作为颁奖嘉宾被东捷邀请去的，我们同乘一架飞机。在飞机上永鸣还和我太太吴丽艳聊天，他说他眼睛看不见了，一年多没有写东西，也看不清东西，非常痛苦。他说还不如得孟老师那样的病呢。下了飞机，我们乘同一辆中巴。他和吴丽艳坐一起，我并排坐在边上。永鸣谈兴很高。他说到他新写的、不能出版的长篇小说，说到很多具体细节。说到去海岛采访看到的标语：每一粒沙都是国土，每一段堤都是长城，每一瞬间都是历史，每一个人都是英雄。他是个理想主义者，也是个有英雄主义情怀的人。每说到激动处，都有泪花闪动。这也是我喜欢永鸣的地方。作为朋友，他是多情和怀乡的鸿雁；作为作家，他就是一只苍鹰。苍鹰——

苍鹰是森林中的肉食性猛禽。视觉敏锐，善于飞翔。白天活动。性甚机警，亦善隐藏。通常单独活动，叫声尖锐洪亮。但除迁徙期间外，很少在空中翱翔。它的体重虽然比同等中型猛禽要轻五分之一左右，但速度要快3倍以上，捕食的特点是猛、准、狠、快，具有较大的杀伤力。

作为作家的永鸣，就是苍鹰。

车开到了李庄，永鸣说：孟老，我嗓子疼。我说可能出来上火吧，歇歇也许就好了。然后东捷、吴玄等朋友上来和永鸣打招呼，他突然蹲了下去，大家扶他起来时他面目极其痛苦。我说永鸣你哪里不舒服？他已经没有力气回答。然后永鸣迅速被送到医院抢救，但一切为时已晚。永鸣就这样突兀地离开了我们。那时，邵丽、吴玄等他的同学，一直陪伴在抢救室外。

次日，我们去殡仪馆看望永鸣。他平静地躺在那里，就像一切都没有发生。而他的朋友，从海南、从温州、从北京、从赤峰、从平庄，从四面八方赶来，他们汇聚在中国李庄，他们是为作家荆永鸣而来，也是为朋友荆永鸣而来。而在路途上的，还有魏微、戴来……大家为了再看看永鸣，送他最后一程。就在李庄，也在后来的日子里，我仿佛听到、也看到那属于永鸣的旋律在一遍遍响起，一如天空中北归的鸿雁，一如疾如旋风的苍鹰，那就是永鸣兄弟。

三鲜谱

◎ 陶文瑜

“多吃少滋味，一个人只有一只”

南林饭店后门口有家卤菜门面，卤菜品种不是很多，数量也少，感觉去南林用餐的是正式吃饭，买卤菜是来南林搭伙的。卤菜店里的酱肉、鲜肉月饼和盐水鸭好到一流，尤其是酱肉，放在一堆卤菜中是不显山不露水的样子，好比是江湖上不露声色的高手，只是无意之中的举手投足，泄露了自己的山高水长。

不好意思，田建华先生差不多也是这个样子，一眼看去，田先生是一个温和的中小学数学老师，谁能想到他是大半辈子在厨房里摸爬滚打的苏帮菜大师呢。一个退隐江湖的武林高手，在小镇上开爿茶馆店，武林中人过来吃讲茶，他去为大家倒茶，一边说请喝茶请喝茶，一边手指一捻，茶杯碎成粉末，你什么感觉。

按照田先生的说法，自己是个“烧饭师傅”。烧饭师傅是苏州人日常生活中，对食堂大师傅随意温暖的称呼吧，田先生这么说，有点谦和，有点自得其乐。差不多功成名就的人，都是这样的招式，能够在你来我往中让人会心一笑的，是有趣的人。

我和田建华先生认识的时候，他已经是“小镇上茶馆店掌柜”了，我说，田大师，你拿手是哪几道菜？田先生说，南林饭店之前是市政府招待所，人来客往，各式各样，我的师傅讲究要举一反三，适应大家。

我的师傅说，木匠生活榫头匹配，来不得半点马虎，我们没有特定的标准,合大家口味,吃得开心了就是合格的厨师。田先生说。

田建华先生的师傅就是吴涌根。

其实一开始启发我这篇文字的就是田建华是吴涌根的徒弟。有些人写作是炒菜,急火快手,我是炖菜,慢工细活,心里面有个想法,渐渐向前走着,走着走着,就自然地遇上吴涌根。

吴涌根是苏帮菜一等一的高手,当年陆文夫老师和他相处得投机。吴大师全面开花,点心方面更是脱颖而出自成一家。

我和吴涌根大师有过几面之缘,也尝过他的厨艺,印象深刻的是一只团子,里面的馅是萝卜烧肉,我真是从来没有吃过这样有滋味的团子,就要求再吃一只,吴大师说,弟弟啊,少吃多滋味,一个人只有一只。

还是武林中的说法,比如一招白鹤亮翅,有些人张开双臂,显示出来的是脚踏实地,吴涌根这一招白鹤亮翅,是张开双臂的飞翔。

吴涌根在南林工作的几十年,田建华跟随了几十年。我想尝尝田先生的厨艺。田建华安排了自己的徒弟,全是南林当下的大厨吧,在南林做了一桌宴席。

梅花开在梅树上。

这一个句子太有意思了,我也经常要引用,起先还以为是古人写的,后来上网查了,却是没有查到,难道是我自己写出来的吗?

苏帮菜这棵梅树上,吴涌根开过花,后来是田建华,现在是我们面前的几位大厨,流传有序,多好啊。

那个白头到老的女孩,就是苏帮菜

我称呼华永根先生老恩师。

两年之前,华老师关照我说,他要出一本名为《华食经》集子,想请我写个序言。这是风光的差事,我想着一个有意思的题目《念了一遍华食经》,然后精心构思,光腹稿就打了几个月。我笔下的华老师,是饱满历史沉淀的时令苏帮菜。我半辈子文字生涯，多是平庸，但这一篇是尽心之作。只是待我准备交稿，华老师的书已经出版上市了。

几天之前华老师说，又有计划出版一本新作。这一回我要有点超前意识，打算序言先写好了放着。公交站台上，从来都是乘客等车子，现在公共汽车老早停好在那儿了。

华老师的新作，大部分在《苏州杂志》上刊登过，也可以说，我是第一个读者，平常散落在报刊的文字，是邻家女孩，现在汇编成书，仿佛出嫁的新娘。

运动生涯和演艺圈到了一定年纪都要转型，写作是我的运动生涯，现在萌生退意，并且开始向书画学习转型。巧的是华老师从餐饮领导岗位退下来之后，转型写作了。这几年苏州作家搁笔的不少，但因为华老师的加入，苏州写作的总产值没有落下去。

华老师的文字，最大特点就是取自生活，有感而发，是活生生的白纸黑字和喜怒哀乐。我们的日常生活仿佛流水，日子顺流而下，华老师记录下了好多瞬间，这些瞬间或是情真意切，或是有感而发，若有所思若有所悟，使我们体会到苏帮菜原来是如此光泽鲜艳，锋芒透彻。那样的光泽和锋芒，就挂在我们早出晚归行色匆匆的日子里，不着痕迹不露声色，似乎和我们的生活融为一体了，其实又独具一格超然物外。

华老师的笔下，一些熟悉的时令苏帮菜和见过几面的老厨师，让我想到了自己的从前，青春的念头和真诚的感悟让人心潮起伏，又可以让人一下子静下心来，对于陈年旧事念念不忘和耿耿于怀是好作家的品质，仿佛若有所得，其实怅然若失。这样的阅读，对我帮助很大。

回过头再说一说我和华老师的交往。说起来军人也不都是拿枪打炮的，还有唱唱快板书的文工团员呢。我称呼华永根先生老恩师，也没有要学习油盐酱醋的企图。再说老恩师一身本事交给我手里他也不会放心吧。老恩师一心一意宣传发扬苏帮菜，他觉得只要有这样心思的，都是自己的同志，这和当年的统战仿佛，我差不多是他的一个统战对象吧。

虽然我没有得到少林武当之类的功夫，却一直被华老师对苏帮菜魂牵梦萦的热爱和矢志不移的坚持所感动。老恩师也上点年纪了，一路直路弯路走来，也丢失过不少东西，但是苏帮菜依然是他藏在怀里的宝贝。我年轻的时候写过一首爱情诗：

从古代到未来
一生一世和一生一次的爱
爱一个人

用我每一天的日子
编织相遇
用我每一天的日子等待
然后老去

这时生命的
全部光彩
兑成一枚枚硬币
我就在冬日的阳光下
用哆嗦的双手
反复清点

你是我生命的硬币
正面和反面
全部的图案

我以为老恩师心目中，那个白头到老的女孩，就是苏帮菜。

小小小点心，大大大手笔

中学同学碰头，说起我不少陈年旧事，我还一直以为自己是品学兼优的好学生呢，大家说起的一些是是非非我已经记不得了，但说我当年只要凑足一角五分，中午就去学校对面的526厂食堂要一份炒菜，这是记忆犹新。劳动人民家庭的孩子当时攒起一角五分真不容易，一个月也就二三回吧。

我十分享受食堂里的那一种味道，不是单纯的鸡鸭鱼肉或者萝卜青菜的味道，这一些气息混在一起，扑面而来让人精神抖擞。当初我们不少同学的志向是当科学家解放军，我的理想就是将来天天吃上食堂的炒菜。后来我担任了杂志社的负责人，第一件事情，就是建起食堂。人到中年就实现了最初的想法，我的人生还是比较圆满的吧。

汪成从农场回来之后，分配在电扇厂工作，领导让他在车间、仓库和食堂中选一份工作，他就选了食堂。那个年代车工钳工之类如日中天，而且汪成也没有烧菜做饭的一技之长，他选择去食堂是不是因为和我一样的少年旧事呢？

那年的电扇厂欣欣向荣，苏州人称它和另外三家企业为“四大名旦”，生产兴旺了食堂也水涨船高，红案白案高手不少，领导对汪成说，我们这里还没有好一点的点心师傅，你要么去学点心吧。

先是去黄天源学习点心制作的基本，这是汪成的小学课程，在名牌小学学习，根正苗红。之后跟随松鹤楼朱阿兴和梅府佳宴掌门人王致福很长时间。他们是汪成的研究生导师吧。

刚入山门看见大师傅舞棍弄枪，而自己挑水劈柴，存着一个学习本领的念头，处处用心揣摩，后来又遇上藏经楼的老前辈点拨，终于脱颖而出。

武林之中这样的故事比比皆是,汪成一路走来,差不多也是这个意思吧。

电扇厂在内的“四大名旦”由盛极一时到力不从心,电扇生产不下去了,点心师傅汪成在自己的行业中站住了脚跟,汪成靠着一身功夫行走江湖。先是在市政府食堂,退休之后去新梅华,担任独当一面的点心师傅。

苏州人的一年四季,比较重要的仪式就是时令吃喝,汪成制作的“鲜肉月饼”获得过“中华名点”的荣誉,有一年中秋我慕名而去,请他加工一些肉月饼,一来二去这样我们就熟悉了。

除了日常的点心,汪成还在新梅华负责研发新品,这样我就有了不少品尝和享受生活的机缘。

食堂的烹饪,应该没有酒家饭店那样的精雕细刻,却更加人间烟火一些,所以食堂是日常生活的知己。汪成从食堂出发,票友起家,终成大腕,肯定是成功的人生, 所以我为他写了一副对联:“小小小点心, 大大大手笔。”

劳我一生

◎ 孙郁

从前看到卡夫卡写给父亲的信,见到其小心翼翼的样子,很为这位天才作家难过。父亲对于他是个残暴的存在,不能在其面前坦然对话,内心的苦楚,自然要多于常人。而我有时候想,卡夫卡后来在写作上的成就,是不是也要感谢父亲的压抑?这是心理学的问题,我们这些门外汉,一时是说不清楚的。

许多人的成长与父亲都有直接的关系,但每个人的情形并不一致。周海婴生前多次和我讲起鲁迅对他的溺爱之情,内心有着无限的感激。但我有时候觉得,鲁迅的舐犊之情,其实也未必没有负面的因素,因为过于随便,便少了戒律,自然影响了孩子寻找陌生化的生存的冲动。周海婴一辈子在父亲的影子里,这幸福中隐含的不幸,也不是没有吧。

在与周海婴二十余年的交往中,我也感到了他有一种无法摆脱父辈影响的焦虑。那种淡淡的哀愁,也许只有身边最熟悉的人才能够了解些许。有一次去香港开会,一路上我与他谈论着早期记忆,他很好奇我的经验,问我的父亲如何管教孩子。我的回答让他吃惊,父亲在我的生活中位置并不重要,而且长期是一个空白。

海婴先生叹道:人真是各自在不同的世界里。

我的父亲与海婴先生同龄,他是没有得到过父爱的人,很小就过继给自己的伯父。不料他自己婚后,随即出现了不正常的生活。我刚刚懂事,他又流放到农场,对于我的教育很少。与一般家庭的孩子比,我是野生的孩子，缺少的是温馨的家族里的氛围。在很长时间里，我的记忆中没有父亲的身影，他处于缺席的地位。而且有一段时间被迫与母亲离异，我们曾天各一方。

关于这一切，我一直想写一篇文章，迟迟没有动笔的原因，是自己的经验也许过于特殊，并没有典型的意义。而且那样的时代的氛围，现在的青年人未必能够了解的。

但终于动笔来，因了一些现实的刺激。肯定“文革”的论调四起的时候，我的愤愤不平之情油然而生。担心的是噩梦的重演，尤其那些青少年，希望他们不要再过一种非正常的父子生活。他们不知道，“文革”最大的问题之一是，亲情被一种虚假的意识形态代替了。

那一段岁月里的人与事，今人解之定然很难。少年时代的我对于父亲的记忆很少，因为他在离家很远的地方，每两个月才能回到家来一次，一般晚上到，早晨出发，行踪颇有些诡秘。我周围的朋友一直以为我没有父亲，他们偶尔见到那张陌生的面孔，还以为是家里的亲戚。总之，在我的周围人的印象里，我们的家有些稀奇古怪。

父亲中上等个子，清瘦，样子有点蒙古人的气质，一口标准的北京话。他年轻时代是个文艺青年，流浪的时候写过不少诗歌。后来在国民党部队受过训练，不久在长春投诚起义，便成了中国人民解放军沈阳军区前进歌舞团的创作员。因为不满意部队的单一，自己考上了大学，但毕业工作不久，就因为历史问题而被开除了。小城里偶有几个认识他的人，都觉得他不合时宜的样子，斯文的外表，谦逊的目光，好似和大家不在一个时代里。

很长一段时间，对于他的身世我了解不多，觉得与母亲这样红色家庭出身的人比，过于复杂。待到上学的时候，他回来的次数渐多，一般都在节日。他像个客人主动和我聊天，这时候爱讲一点诗词给我，把《唐诗三百首》拿来，他自己先读，然后让我背诵其间的篇什。我完全不懂其间的意思，慢慢才对内蕴有所了解。时间久了，习惯了这种交流，我对于古诗文的感觉，就这样断断续续涌动了出来。

父亲读古诗的时候，是摇着脑袋地吟唱，这是私塾时代养成的习惯。他喜欢杜甫的诗，对于其间苍凉意味的欣赏，伴随了终生。但最初他教我的多是李白、白居易的作品，也许觉得更好理解一些吧。“文革”后期他买来一本郭沫若的《李白与杜甫》，反复翻阅，有些地方写了心得。我翻看他留下痕迹的这本新书，发现他似乎对于郭沫若有点不满，主要是作者把杜甫讲得太低了。那时候他说的一些话，我还不能理解，状态和周围的人颇不一致。这是我读到的第一本关于古代诗人研究的书。自然，多是懵懵懂懂，阅之而不得要领的时候多多。

除了教一点诗，我们之间没有别的深入的联系。父亲一生没有打骂过我，永远都是客客气气的样子。他一直觉得自己的历史问题影响了我的前途，有着强烈的负疚感。这种客气的样子，让我在他的面前很是放松自然，有的时候感到他的可怜。我少年时代建立起的对于父亲的态度，至今依然感到有些奇怪。

1967 年他被关进大牢，大约有一个月的时间吧，我每天要去那里送饭。因为怕见到熟人，总是从胡同里穿行。那时候母亲也失去了自由，我和妹妹做的饭很难吃，窝窝头、白菜。看护人说不能带肉蛋，饮食都极为简陋。有一次在牢门口见到父亲，他走过来搂着我，显得异常的激动。他知道全家正在难中，一切都与自己有关，痛不欲生的感觉都挂在脸上。

不久他从城里的关押所流放到很远的地方，此后多年没有音信。我的班主任老师为了保护我，给我改了姓名，以为不再随父姓，这样可以与“反革命”的父亲一刀两断。我随了母亲的姓，一生没有更改，但那变化，在那时还是对于我略有一点用处的，因为形式上已经与父亲不再有什么关系。

有一段时间，他偷偷回来看我，那时候他与母亲正是离异的时期。见面的地方在城南的澡堂子，我们泡在弥漫着蒸汽的池子里，彼此都看不清面孔，只能听见他浑厚的男中音。他问这问那，帮着我搓洗。后来知道，他的时间紧，每次请假回来不能超过半天。洗完澡，还领我到店铺里买一点零食，叮嘱我不要惹妈妈生气。说话的时候，声音有点颤抖。我不喜欢他懦弱的样子，每每见到他忧戚的表情，自己也有些难为情。这个时候他往往塞几块钱给我，摸一下我的头，就坐着公共汽车返回农场了。

这种秘密的见面，也给我带来一种负担。害怕被同学见到，因为说不定会被汇报给学校。但也盼望见到他，在他那里，总能得到一点有趣的东西。我被他的博学吸引，好似肚子里有个万宝箱。在我所认识的老师中，比他儒雅、多才的人不多，只是胆子太小，有时候过于脆弱。我自己的性格里，多少染有类似的遗传。

当他几年后与母亲恢复了关系的时候，我们的家庭才慢慢正常起来。每年春节最渴望的是父亲的归来，他会带来许多山里的特产，烧饭的水平也很高，会炒各种风格的菜肴。我的母亲不会做饭，平时全家在学校食堂对付，自己家的饮食，永远马马虎虎。

他偶尔喝一点酒，喝多了的时候，便有点话多，总愿意讲老家的日子。父亲出生在一个大家族里，小时过着富人的生活。那时候过年，老家人极为讲究，风俗里的隐含，有儒家文化最为本然的东西。他很留恋这些古老的遗存。不过他沉醉在这种讲述的过程时，母亲常常要打断他的话。以为多是封建时代的腐朽之事，还是不提为好吧。这时候感到父亲的扫兴。他好像觉得自己是一个犯人，微笑马上就从脸上消失了。

我的记忆里，父亲总和我谈及自己的死。还在二十世纪六十年代中后期，他就暗示过我，死后一定要通知内蒙古的亲人，并把自己的骨灰埋在一棵树底下。那时候我还是个孩子，父亲遗嘱般的叮咛，对于那时候的我多少有些残酷。然而彼时的死人很多，被打死的、自杀的不时出现在小镇上。这样的苦运是否会降临到我们家里，都不能预料。有着心理准备的父亲，其实也有几分坦然的因素在。

农场有一些人因为活不下去，自己了断了人生。父亲常常去帮助料理后事。他懂一点乡下殡葬的规矩，每每将仪式搞得较为得体。从长春被围困时期到朝鲜战争，他身边的朋友死去的很多。而随时可能遇有不测，则是他内心的一种准备。他对于死亡的感受似乎比一般人要强烈，那些复杂之情，恐怕不能用简单的概念描绘的。

有时候，我觉得父亲有点像陀思妥耶夫斯基笔下的受难者，内心极为丰富，但行动上却那么迟疑。他对于自己年轻时代信仰三民主义，有着真心的忏悔，认为自己确实是罪人。但有时候他也常常沉浸在青少年时代生活细节的回味里，似乎那种生活在一生里最为珍贵。他一生都在这种矛盾里摇摆，早先喜爱的小布尔乔亚文学精神渐渐被革命文学意识所取代，并且深受左翼思想的冲击。

在基本的生活态度上，他有一种积极入世的意识。哪怕有一点可能，都会尽力做一些有趣的事情。“文革”后期，形势略有变化，那时候到处是宣传队，农场也组成了剧团。场长知道父亲曾是沈阳前进歌舞团的编剧，便点名他戴罪工作，希望自编自演，能够在全省农场系统亮出光彩。这是他十八年劳改生涯里最被信任的日子。半年内写出了话剧《珍珠河畔》，在宣传毛泽东思想的热潮里，这剧目一时成了县里较为显赫的精神标志之一。

首演在一个骑兵营的礼堂举行。农场的工人和部队的战士坐满了礼堂。演出的内容很简单，是农场水稻实验的故事，两条道路的斗争。内中不乏说教，还不到半小时，就有人退场，观众的喧哗声也出来了。父亲在广播里喊大家安静，但没有人听。我坐在下面，出了一身冷汗。觉得这样的节目，思想正确，但没有艺术的吸引力。

《珍珠河畔》的失败，父亲一定十分沮丧。但上面的领导，却表扬了农场宣传队的进取精神。据说该剧还在一些分场巡演过，反馈的情况与先前大致一样，父亲的心情真的五味杂陈。我隐隐地觉得，他以这样的方式讨好了时代，但那个时代不属于他。因为在别人的世界里思想，自己的灵魂却是干瘪的。

一九七八年他正式平反了，终于回到了教育界。将近二十年没有教书，但似乎没有影响他的热情。回到高中之后，全身心投入到教学之中。他的课很受欢迎，尤其关于作文，许多人都信服他的理论。但他对于文学性过于看重，对于应试教育，多少还有一些隔膜。大家都认为他的水平很高，可教出的学生，分数并不都很理想。

他用民国那样的教育理念去思考高中的教学，思路与时代完全不符。几年后，他意识到自己更适合从事文学创作，不久就去了文联，有了时间开始自己的创作工作了。

晚年的父亲在文联十分快乐。这是他一生最为惬意的时期。那时候我已经到了北京工作，对他的具体情况却知之甚少。他的朋友卢全利、林丹、侯德云都在纪念他的文章里说他帮助了许多文学青年，办杂志的时候倾注了诸多心血。其学识和文章，在小县城里一直有不小的影响力的。

他虽然恢复了写作，且出版了几部作品集，但还是谨小慎微，生怕再犯错误。那些作品的力度，自然也打一些折扣。不过他的鉴赏文章水平很高。《文心雕龙》《苏轼集》都是他喜欢的书。一些读书杂记在北京的报刊上也发表了一些。那些文字都沉稳、酣畅，比他的剧本和小说要老到很多。

有时候偶尔打来电话，和我讨论文学界的一些问题，对新出的现象有着好奇之心。有一次他看到我在杂志上的一篇文章，把他吓坏了。写信说：这样的观点是犯忌的，千万不可如此云云。看到这文字的时候，我便想起他在农场劳改时温顺的样子。这个年轻时代以“浪子”为笔名的诗人，到了老年，已经不太敢再放逐自己的思想了。虽然他自己那么欣赏杜甫和鲁迅，而现实生活里，活成杜甫、鲁迅的样子，不妨想想自己的后果。

我知道他内心的复杂性。从心里讲，他对于二十世纪八十年代涌现出的许多观念是赞同的，但在表述自己的思想的时候，又把这些隐藏起来，用一种大家可以理解的语言行文。这给自己带来了某些安全，但艺术上和思想上要有创建，那就很难了。

父亲在晚年被多种疾病所折磨，看他留下的遗稿，依稀残留着一丝苦味。但先前忧郁的性格似乎有点变化，对于往事不再去纠葛曲折，也原谅了那些整过自己的人。他常常沉浸在对过去的回忆中，写了大量的小说和散文。这些，我都读得不多。他对于我不太过问那些文字，其实有些悲哀。但一面也觉得，两代人的隔膜，总还是正常的吧。

他去世前的几个小时，我带着妻子和女儿匆匆赶回他的身边。他躺在医院病房用微笑的眼光望我们，显得异常平静，衰老的面容里流动着柔和的光，告诉我说，一生没有遗憾，很知足。

这是他留给我的最后一句话，那一年，父亲八十二岁。

我有时候想，我与父亲的关系，好似畸形时代的一种特异的存在。我们没有旧时代的那些规矩，但彼此都很平等。也没有现代家庭那样的正常秩序，是在动荡里互相瞭望的。汪曾祺对于非正常时代的父子关系有过描述，他审视自己的时候，写下了《多年的父子成兄弟》这样的妙文，那是他主导的自由精神的外化。父亲与我，还不是兄弟般的感情，好似朋友一般，有时候甚至像单位的同事。这是一种什么样的父子之情呢？在革命的年代，在生死难保的岁月里，这样的家庭故事，隐含着悲剧的意味，然而年轻一代，对此未必明白的。

许多年后整理父亲的遗物，看到他在《庄子文选》边写的一些批注，才知道其对己身的态度。那些关于生死的文字，他都很认可。庄子谈到生死，以为是天命运行之迹，那看法比我们今人高明。因为他没有用不朽之类的话抚慰后人，显得通脱、大气："夫大块载我以形，劳我以生，佚我以老，息我以死。故善吾生者，乃所以善吾死也。"(《大宗师》)就对于人生的意义而言，我们词语里的虚幻之影，庄子早就察觉，故那语言背后的对于意义的消解，其实是看到存在的虚妄。父亲知道内中的意蕴，他自己在晚年平淡的样子，易让我联想起古人的遗绪。虽然他自己一生逆多顺少，是个失败的人，但"知其不可而安之若命"的古训，他还是深味于心的。

乡愁的那头是故乡

◎ 冯连伟

当乡愁涌起,乡愁的那头总是故乡。

十六岁的时候,我离开故乡。怀揣大学录取通知书,满怀可以吃上公家饭的梦想,背上娘给我缝的单衣棉衣单布鞋棉布鞋踏上了背井离乡的求学之路。看着离我越来越远的故乡,从那一刻,乡愁布满了我的心头。

当我在学生食堂用发到手的饭票买来三个白面馍馍的时候,吃第一个可谓是狼吞虎咽,吃第二个时,我只咬了一口,却难以下咽了,我在想,此时我的爹娘我的哥姐在吃什么呢?是在喝糊豆吃煎饼吧?娘舍得让大家顿顿都吃全麦煎饼吗?

上了三年的高中,家里的小麦几乎都让娘烙了全麦煎饼给我吃了,此时我已经吃上大馍馍了,给我铺平上学之路的亲人们却没有这个福分。于是,我紧三口慢三口地吃完第二个馍馍就收拾了餐具,不吃了,回宿舍给爹娘写家书去,我要告诉他们,我现在一下子过上了天天过年的好日子,他们终于不用把家里全部的小麦都给我吃了,他们的年纪也不小了,也要保重自己的身体,让自己的生活好一些。

中秋月,月到中秋偏皎洁。面对皎洁的月光,我想念我的爹娘。“今夜月明人尽望,不知秋思落谁家。”一九八三年的中秋节是我离开家乡在外度过的第一个节日,我手捧在学校食堂买回的五仁月饼却迟迟没有动口。我知道,爹娘在家里吃的月饼应该还是硬硬的青红丝冰糖月饼。

不管现在社会上生产了多少种月饼,椰蓉的、五仁的、玫瑰的、豆沙的、枣泥的、蛋黄的，我只爱家乡老作坊生产的冰糖月饼。圆圆的，硬硬的，厚厚的，金黄的酥皮，一口咬下，需要用手托着，稍不用心就会掉一地的月饼皮；用舌头舔舔，用牙齿慢慢地把青红丝拽出来，然后找到那粘着面的冰糖，长时间地放在口中享受那甜甜的味道。

记得第一个寒假回家的那一天，心情的激动无以言表。学校期末考试之前班里就统一预订了汽车票，回家的日子和预计到临沂汽车总站的时间早已写信告诉爹娘了。从九月初到学校报到，到新一年的一月底归家，屈指算来也只有短短五个月的时间，可思乡之情深切，夜里常常无法入眠。我设想多种回到家时爹娘见到我时的表情。我记得我在县城里读高中的第一个寒假考试结束我顶风冒雪回到家的时候，娘一把将我搂到怀里，眼里的泪水掉得像雨点一样密集："你这个小人儿，这么大的雪，你是怎么回来的啊？"这次娘见我还会掉眼泪吗？

二哥到临沂汽车总站接到我的时候，他已经在汽车站等了快三个小时了，他说："唉，咱娘恨不得今天早上就让我来接你，我一遍遍地解释你下午三四点钟才到，可咱娘还是让我吃过早饭就来接你，咱爹咱娘是真的想你了。"那天，二哥用自行车顶着刺骨的寒风历经两个多小时把我驮回家的时候，天已经漆黑漆黑的了。当我到家门口的时候，爹正蹲在大门口抽着他的旱烟袋，看到我他一下子站起来，一向沉默寡言的爹什么也没说，连忙伸手接过了我手中的提包；娘还在锅屋里忙着炒菜呢。当我进了堂屋，我的大伯、大娘、大伯家的大哥二哥大嫂二嫂都在屋里呢。不是屋里的温暖驱走了我身上的寒气，而是浓浓的亲情融化了我肌体的每一个细胞。那天的晚餐，我又喝上了娘做的糊豆、娘烙的全麦煎饼、娘熬的猪肉白菜炖粉条。那一晚，我睡得那么心安那么踏实，尽管屋外的寒风透过墙壁的裂缝嗖嗖地往屋里钻，床顶上用报纸糊的"顶棚"里老鼠东蹿西跳。

在济南求学的四年里，最让我快乐的日子当数一九八四年春的一天。那一天，我接到二哥写来的信，拆开信封打开信瓤首先看到的是二哥和一位乡下妹子的合影照，顿时喜上心头。然后急不可待地开始读信。这封信报告了两大喜讯：一是二哥给我找了个嫂子，已经完成了定亲仪式；二是大姐终于生了个男孩。读完信，我恨不得插上两个翅膀飞回家乡与爹娘一起分享这巨大的快乐和幸福。那天晚上我做了个梦，梦中见到爹娘都笑得合不拢嘴。梦中醒来，再也无法入眠，“夜长人自起，星月满空江”。

一九八四年的寒假归来碰到的却是伤心事。二哥在临沂汽车总站接到我时面部表情是沉重的，他告诉我大伯又犯了肠梗阻，在地区人民医院住院。这是大伯第二次因肠梗阻住院，医生已经发了病危通知书。按照农村的风俗，看病人一般都是上午，因为天色已晚我让二哥用自行车把我接回了家，第二天一早二哥又用自行车驮着我赶到医院去看望我的大伯。那天大伯看到我时还同我说了几句话，嘱咐我不用担心他的病，一定要好好学习。大伯是我们冯家少有的文化人，是我们冯家富有权威的长辈，因为我从小学习好，深得大伯的垂青和厚爱。他第一次得病住院的时候，适逢我高考预选考试的时候，大伯坚持不让家里人告诉我。现在我上大学了，大伯却又一次病倒了。我站在大伯的病床前忍不住失声痛哭。这是我最后一次见到大伯。两天后大伯与世长辞，从此我失去了一位关心我的亲人。给大伯送殡的时候，地上积雪盈尺，三天的时间里，我参加了给大伯送葬的每一个仪式，以解我对他老人家的愧疚之心。

儿行千里母担忧，夜半灯前念远游。谁解乡愁问寒暖，此心不尽总难休。一九八七年的春节我为了准备研究生考试没有回故乡过年，春节过后爹赶到了济南。当我在大哥家见到满脸皱纹的爹时，我的心里真的是如同打翻了五味瓶。爹对我们说：“我刚刚得了一场病，刚从鬼门关走了一遭，我到县城里一个熟人也没有，你们两个有一个必须回去，我这次来就只有这一个要求。”看着只有六十三岁却满头银发的爹，我下定了回故乡工作的决心。一九八七年暑假我参加了毕业分配，当我告诉爹我又回到母校拿起教鞭的时候，爹开心地笑了，他说：“城里终于有人了，我进城终于有管我吃饭让我落脚的人了，我这一生值了。”从此，故乡与我近在咫尺，一到周末我就回到爹娘的身边，给爹买只烧鸡，给娘添件新衣，以表孝心。

乡愁是什么？乡愁是故乡门前的那条小河，活蹦乱跳的童年在心中撒欢；乡愁是老家树上的那只鸟窝，岁岁年年的梦里总能孵化春天。煮酒相忆举杯问候，何处凝成愁，从此乡愁绕心头。

如今我已年过半百，爹走了，娘没了，回到故乡，只有爹娘当年含辛茹苦建起的三间老屋和院子里越来越粗的银杏树……我知道，故乡是我的根，天涯有尽头，乡愁到永久。

哦，乡愁的那头是故乡。

乡里志

◎ 史鹏钊

再回村庄

二〇一五年十一月六日，农历九月二十五。爷爷去世三周年纪念日，我再一次地回到了史家河。冰冷的秋雨已经淅淅沥沥地下了几天。回村之前，听说六十多岁的大姑病了，且病得不轻。还有，我的小姑奶奶都八十多岁的人了，身体也不是很好。我、父亲、姐姐和弟弟一起，前往大姑家所在的永乐镇汉坡村。彬永二级公路上漫天迷雾，车在缓慢地爬行。进入村庄的生产路上，雨大了起来，坐在弟弟的车里，能见度不到几百米，急着落下的雨敲在了挡风玻璃上，噼里啪啦地响个不停。

父亲和我已经记不清大姑家的具体位置，父亲这些年在外务工，家里与亲戚之间人情世故都由弟弟来操持。谁家孩子结婚，谁家女儿出嫁，谁家孙子过满月，谁家老人棺材落成，谁家新房建好，谁家老人去世，等等，都会给弟弟打电话或者捎话去，弟弟就会代表父亲去参加亲戚家的红白喜事。就是因为血缘和婚姻的关系，农村亲戚一年中的交往才算是得以联系。亲戚之间，已经没有原来时候，在农闲或者过年之际相互走动的兴致。远房亲戚见面，基本都是在别人家的红白喜事上，见了面，打个招呼，相互之间已经没有原来那种血缘之间的亲近和热乎。常年下来，亲戚之间的关系也就越来越淡漠。

到了大姑家，推门进去，整个院落鸦雀无声，大姑因病在炕上躺着，前几天才出的医院，人老了，身体就不那么硬朗，老年病也就日渐凸显。姑父蹲在炕头上抽着旱烟，正好下雨，庄稼地里也没有多少农活，他们老两口有一句没一句地说着些陈年旧事。我们走进房间，他们才回过神来。大姑已经基本上不认识我，姐姐再三给说我是谁谁，她才慢慢地想起来，说咋都这么大了。大姑家还是老房子，农具、家具、粮食囤都在房间的地上摆着，房间墙上的相框里，挂着一些陈年的老照片。最珍贵的一张是奶奶带着她几个儿女的合影，照片已经有些褪色和腐蚀，但依然可以看清她的面庞。这张照片，在奶奶的孩子里面，唯一就缺了父亲一个人，父亲作为长子，分家早，过早地承担起了那个大家庭的责任。父亲和大姑、姑父三个人聊着，说着这些年的农事和生活。大姑家这些年种植了些苹果树，一年有一些产量，能卖上一点儿钱。大姑家有四个儿子，其中三表哥快四十岁了还没找上对象，后来就给别人做上门女婿了，三表嫂是个小五十岁的女人，在爷爷去世时，我见到过她在厨房里帮忙；四表哥是一九七四年左右出生的人，三十多岁在西安打工时，自由恋爱，娶到了一个四川女人，女人算不上很漂亮，但是个机灵人。他们结婚时，我还和家族的人一起，参加过他的婚礼。婚后生了一个女儿，四表嫂就外出不归，至今好几年已不知去向。四表哥还在外面打工，留下的女儿由大姑照看着，在镇中心校上学。家里的墙壁上，贴着三五张红彤彤的大奖状。

窗外的雨慢慢地停止，我们告别了大姑，顺着盘山的柏油路向安家河的川道里下去。乡间的道路虽这几年基本上都得到了硬化，广大农民出行的条件略有改善，但走的人越来越少，路两边被长疯了的柴草所吞没。沟边上，低头的野鸡都在争先恐后地觅食。车过来，野鸡们紧张地飞起，又落下，在品尝着野草籽的美味。车子顺着高安公路，经过马家河、林家河，一直走到史家河村的吃水沟，柏油的路就断了头。车子进入了泥泞的土路，左右摇摆。这些年，走路的人少了，路就变得更加高低不平，荒草丛生。雨水像一条条小溪，汇聚在一起，顺着低低洼洼的路，肆意流淌。弟弟紧紧地握着方向盘，不敢轻易地快速行进，稍有不慎，车子的尾部就摆个不停，我们坐在车里，也像过山车。花了近半小时，才走到爷爷老房子的路边，下车后穿上雨靴，深深浅浅地走在荒草堆里。

雨又下了起来，淅淅沥沥。家族远远近近的人都身穿白色的祭服，头戴孝圈。进门，下跪，祭奠，磕头，起身，作揖。三周年前，爷爷去世时，我踏进了这座老屋。三周年后，我作为孙子辈的老大，再次回来，就是为了参加这最后的集体祭奠。祭服，是老人去世后用白粗布做成的孝衣，而今在农村，已经没有人来专门招呼着去裁裁剪剪，每当有丧事，在外的人回乡时，都会给自己找上一件白衣携带，白衣大多都是来自医院的白大褂，白大褂的左上方印着“北极医院”“西坡医院”“彬县医院”等等字样，俨然每个穿白大褂的人，都好像成了医生、护士，来为逝去的亲人，消减着最后的病痛。中午时分，雨暂停了下来，我一个人踩着枯草，向村庙和河边走去。村头的大庙就好像村庄的地理航标和精神祠堂，一直威严地屹立在那里，见证着村庄千百年来的风风雨雨。村庙俗称“老爷庙”，官称“关帝庙”，初建年代不详，清宣统年间重修。坐西向东，土木结构，硬山灰瓦顶，五架梁，面阔九米，进深六米，内有金柱，二副梁上有驼峰，中檩上题有“大清宣统已酉年二月二十二日喜逢黄道立柱上梁大吉大利阁舍全义重修”字样。庙内有一通清代道光二年（1822）所立的功德碑，记录了数百商号雅馆主人的捐赠善款，如“恒静馆”“仁义馆”“永盛居”“兴盛堂”“清盛馆”“仁和静号”等字样依然清晰可见。南北两侧墙上残留有彩绘壁画，画中人物肖像栩栩如生，色彩线条艳丽明快。庙门和窗棂已历经风雨，残朽不堪。

沿河湾而下，芦苇在河边伸长了脖子，在斜风细雨中不停地摇曳着，这些《诗经》里的“蒹葭”，从几千年前的《诗经》里来，一岁一枯荣，在水一方的我，顿时变得温暖而又悲伤起来，温暖的是，这一岁一枯荣的植物，它们不弃不离，始终与这长流的红岩河水紧紧地抱在一起。水是芦苇的血液，芦苇被水滋养着，在春夏季节一截截地生长，层层密密，紧言慢语；而到了秋冬，它又在细水流光里静默不语，踮脚守护着村庄的孤独与苍茫。

我踏进了河水里，虽隔着雨靴，但深秋河水的冰凉依然从脚底传遍全身。村庄里每道山山沟沟里的溪水，都越过了砾石和草木，流到了红岩河里。红岩河的清水在雨滴中泛着波纹，党家沟里的溪水有些混浊，两条水路交汇在一起，一清一浊，一宽一窄，逐渐交融，流向远处。就是这条河，才让我们的祖先们傍河而居，繁衍生息，直到今天。饮用，就来河边取水；洗衣，就来河边搓洗。夏季的深夜，收割完麦子的人也会在河里，擦洗掉自己的疲困。

河南岸的高渠山、十二洼笼罩在茫茫的白雾之中，巍巍耸立，默默无语。百树落叶，千草枯萎，正在秋雨中历经着“一岁一枯荣”。高渠山、十二洼的每条硷畔里，我都曾走遍。放牛，割草，挖柴胡和远志这类野生药材，是暑假唯一的生活。十二洼下的砂岩崖壁下，有三窟石窑。据陕西有关文物方面史志的记载，为唐代遗存。窟口呈方形，二号、三号窟口用土坯封堵。石窟高一至三米，宽二点五至三米，进深五至六米，其中最大窟面积约十八平方米，最小窟面积约十四平方米。为何用土坯封堵，至今成谜。有老年人说，土坯封堵是旧社会为了躲避土匪，当闻有土匪入村时，村里的男男女女就搭着高高的木梯子，爬进石窑里后，将梯子拉进窑里；待土匪过村后，人们再从梯子上爬下来，继续着自己的生活。而如今，这些石窑里已经成了鸟儿的安乐窝。我站在石窑下的河北岸，见一群群的鸟儿，啾啾地叫着，站在石窑的土坯上，为悄然无声的村庄，带来了一声声音符。

时近下午三时，天色暗沉，乌云在山顶森罗密布，便折身向祖父生前的老房子里走去。老房子建于二十世纪九十年代，部分屋顶已有些塌陷，可以看到拳头大的一片天空。人不住了，房子变得空落落的，没有了生机，院落里长满杂草。最后的祭奠仪式开始，磕头作揖，姑姑们哭出了声音。悲戚而庄重，我始终认为，在城乡二元结构的今天，农村最有传统且有仪式感的，莫过于老人们去世后，祭奠埋葬的礼仪。丧事活动从何时而起，已无可考，但随着社会的文明进步，已大大从简，一些迷信的做法已逐渐淡出，但如奔丧、丧服、吊孝、祭日等祭祀的传统礼节仍绵延流传。祭奠结束，要去坟地。顺着湿滑的小路，盘旋而上，走到坟地里去。逝者如斯，祖父的坟头，几棵松柏青翠，他已经在这向阳的大地，睡去了三年。从老房子走到坟地，跨过了半个村子，除参加祖父三周年祭奠的人外，只遇到了一个村人。他正提着笼，从已经霜冻了的地里，捡回来几把青辣椒。沟沟洼洼的柿子树，星罗棋布，红彤彤的柿子挂在枝头，已经没有人去采摘，任凭其熟透，成了灰雀们饱餐的口粮。

离开了祖父的坟地，我们需要沿着山路走，几千米后才能到塬上的柏油路，有车在等。一路的泥泞，深一脚浅一脚地向前迈着脚步。我与二姑和三姑同路，听她们说着这些年的陈年旧事。三姑一家人早年去了临潼，在外当厨师做凉皮生意十几年，积攒了一些财富。年龄大了，有病在身，回来在县城买了房，安了家。但是她闲不住，现在还在一家工地给工人们做饭。在外这些年，她的观念更新快，许多家长里短的事情都不挂在心上，人活得也通达豁亮一些。走着走着，二姑掉了队。二姑嫁给新民街道的姑父，姑父有修车的手艺，在自己门前开了个修车铺子，主要修理各种农机。他人勤快，话不多，来人修车，不分黑明昼夜，从车底下爬进去，到修好出来时已满身油污，三十多年来，小有名气，已经形成了赵师修车的良好口碑。二姑在家照看三个孙女，她的二儿子前几年出过车祸，右脚有些残疾，经营着一家农机配件店，这是她这些年来的心病。她和我们在路上时，就絮絮叨叨地说着，二儿子经常外出吃饭，还没有生下儿子，等等。我和三姑都在劝她，应该正确地面对这些，每个人都有自己的活法，况且年轻人的生活行为方式，和他们那辈人相比，已经发生了巨大的变化。二姑口上答应，但是心里还是一团苦愁，她的眉头始终紧皱着，无法舒展开来。

我一步步地离开村庄，村庄也一点点地远离着我，渐渐地淹没在沟底的深处。到了文家坡村，站在塬上，看着村庄像深秋的老翁，沟沟壑壑的皱纹，布满面庞，那条永不停息的红岩河，缓缓地流淌着，成了故乡无法诉说的眼泪。雨又下了起来，急急地落向每个人踩下的泥窝窝里，如受惊的蛇一样，蜿蜒着汇聚成溪，它们要流向沟下的村庄，顺着各沟渠向红岩河里去。它们不知道，我的祖先埋葬在这里，我的祖父埋葬在这里，我的痛苦和惆怅也在这里，这里还埋葬有母亲生我的胎盘，这里有我二十年生活舞台最优美的布景，而我却成了故乡的叛逆者，不听话地逃跑了，跑得很远，很远。甚至在异乡的梦里，又开始追寻归乡的路途。

故土难离

故土难离，始终是千百年来积淀在中国百姓心中的情结。

二〇一六年五月十日，初夏。在这天中午，弟弟打来电话，说在史家河小学外的砖墙上，贴出了关于红岩河库区移民搬迁的公告，并附有征地补偿分配到户花名册，每户人家赔偿的金额都算得清清楚楚。公告要求五月六日至十一日完成征地补偿款的分配，五月十二日至十六日完成库区搬迁户的搬迁，五月十七日至二十一日完成房屋、窑洞的拆除。

公告贴出后，寂静的村庄，顿时变得沸腾起来。这些年，许许多多的年轻人，都离开了村庄，在外面的世界里，经营着自己的生活。但是他们的身份证地址还是史家河。史家河的村庄里，还有他们留下来的破旧的房屋、荒芜的田地，他们的户籍还与史家河这个即将要消失的村庄，紧紧地维系在一起。当看到搬迁公告时，还厮守在村庄的老年人慌了手脚，搬迁的期限是多么紧迫，一辈子的家业都在这里，他们收拾了那么多的柴火还整整齐齐地堆在家门口，他们种的别人荒下来的土地里，还长着已经灌满了浆的麦穗。有人低下头，挠着头说，能不能把这茬庄稼收了呀？庄稼是农民的命啊，庄稼烂在了地里，这是要被人戳脊梁骨的啊。他们就去蹲在田间地头上，抽着烟，看着麦草秆儿已开始发黄，离收这最后的一茬庄稼，时日不多了。

这些年，靠天吃饭的村庄，原来在村庄里生活的能干人，基本都加入到外出务工的大潮里去，他们到了城里，靠着自己的力气和手艺吃饭。村庄里仅剩下了几个村干部和已经没有劳动能力的人。史家河村和千千万万的农村一样，人心离散，人去地荒。这些年，修路修桥，无人牵头；贫弱乡邻，无人过问；水利兴修，无人去管；邻里纠纷，无人帮其出面解决；红白喜事，无人帮着操持。绵延了几千年传统农耕文化的村庄，突然成了断线的风筝，失去了亲情、乡情，失去了向心力，转型中的广大农村，乡村秩序越来越纷乱，乡村社会的纽带也越来越松弛。

就是史家河搬迁这件事，村干部也是想尽了办法，让每个家族里选一名代表，代表的作用就是做本家族亲属的思想工作，并参与分配到户的全过程。我们家族，选了我的大哥作为代表。他原来在税务机关工作，后来下海，在县城里经营过食堂，开办过旅社，后来赶上了房地产开发的大好时机。他虽然这么多年没有在村庄里生活，但是在村民邻里之间有一定的口碑和威望。二〇一五年中央一号文件提出，创新乡贤文化，弘扬善行义举，以乡情乡愁为纽带吸引和凝聚各方人士支持家乡建设，传承乡村文明。在村庄搬迁的过程中，各家族选出的代表或多或少都有些乡贤的味道。二〇一六年六月十二日，狗和大哥在北极街因搬迁的事情从争吵，到双方大打出手，到后来人进了医院，无不表达着个人和集体利益的碰撞和纠葛。

二〇一六年十一月，我再次踏进了这片生我养我的土地。

史家河村，地处渭北黄土高原的沟壑地带，唯一通往县城的高安公路因为水利工程已经无法通行，从塬上的乡村公路绕山而下，群山环绕，植被落叶，沿途一眼望去，丘垄、沟沿、树枝、草垛……所有一切，都安静了下来。因搬迁卖掉的树，已被伐掉，剩下的是与大地平行的树根，还深深地扎在土地里，一圈圈年轮是那么刺眼。弟弟说，我们家的三棵大杨树，长了三十多年，总共卖了三百多元，就这样还给木材厂的人说了不少好话。弟弟说，你想啊，人家买了树，还要找人来锯掉，还要找车来拉走，这些都是不少的费用。残垣断壁，这个成语最恰当不过。镇上的搬迁政策出台，同意的人签字后，拆迁的“大家伙”（设备）就进了村。属于房子的，都被推倒在地。长满苔藓的瓦砾和土坯交织在一起，无不言说着村庄最后的留恋。

我们还没有走到村中的老学校院里，就听见一阵狗叫。走进院子，见有人来，我的一个远房长辈站了起来，她已经不认识我了。弟弟在一边介绍，她说，以为又是拆迁的人来了。

她说："我在咱村已经生活快五十年了，现在老了，舍不得离开村子，就留下来种地。这里是我们的根。"她家原是依山而居，住在凿的窑洞里，窑洞已几近坍塌。为了安全，加之搬迁，村里的干部就动员她搬到学校的公房里来住了。我没好意思问她，她将来要搬到哪里，也不知道她是否用拆迁的补偿款在城里登记了经济适用房。

她的大儿子，已经去世好几年。二儿子今年已经快五十岁，还是单身汉。在传统的农业社会里，人们都喜欢生儿子，可是生的儿子，如今找不到媳妇。究其原因，还是因为穷。她的儿子很少外出打工，靠着庄稼的收入也极为有限，贫困的问题始终还没有得到解决。就在我回去的那天，史家河四组马家底传来了唢呐的哀乐声。这些年，我听到最多的就是，村里的哪位老人去世了，生老病死，再正常不过。马家底有人已经因为拆迁搬到了县城里，但是老人去世后还得拉回来埋葬。在农村，丧葬一直被视为庄严的大事举行，设灵堂、出殡、埋葬和祭奠等环节极为讲究。出殡环节为整个丧葬礼仪的高潮。孝子先祭，众亲友接着祭祀，出棺后，长子捧灵牌，长孙肩扛"引魂幡"在前引路。唢呐吹奏哀乐，棺木一般由十多个青壮年肩抬，后面亲属紧跟，同族邻里几十至上百人同赴墓地。

而如今，已经搬迁的人没有了家，就只有在城里给老人办丧事，庄严的仪式已经再简化不过。马家底的人在县城的小区里，搭了帐篷，举行了祭奠仪式。听回来的人说，这样的做法也引起了同小区住户的强烈不满，因为举办丧事，影响了人家的正常生活。祭奠完了后，去世老人的棺材就用车拉了回来，还是埋在了史家河的土地上，这也是长期一段时间来，村里所有儿女给老人送终时，要面临的一种方式。老人们生活在村子里，却在自己老去时，去县城里转了一圈，最后又回来落叶归根。

藠头记

◎ 李清明

藠头是家乡南洞庭湖边上三塘镇的特产，它以长柄、单芯、色白、皮薄、果大而著称。字典上，这个植物有一个比较雅致的名字：薤（xiè）。为多年草本百合科葱属植物的地下鳞茎，叶细长，开紫色小花。

大湖边上的家乡，四季分明，一到冬天便万物萧疏。唯有种有藠头的地里则葱绿一片，紫白色的小花迎风招展……银装素裹之日，我曾亲眼目睹一位干部模样的路人指手画脚，摇头晃脑间有朗朗吟哦：睁眼见绿，四季有花！

二〇〇五年就被列为"国家地理标志产品"的"三塘单芯长柄藠头"全身都是宝，长柄连果可炒、可煮、可炖，可腌渍、可浸泡、可凉拌；就连其嫩叶清炒也是一道美味，将其剁碎与鸡蛋搅拌，做成的藠叶煎鸡蛋，清香满屋，口齿留香；有些神奇的是，藠头不但含糖、钙、磷、铁、蛋白质、胡萝卜素、维生素 C 等多种营养物质，还可以入药，治疗多种疾病。研究表明：从藠头中提炼出的有效成分做成的药剂，对癌症病人也具有一定的疗效。此外，藠头还可以做成饲料添加剂、消杀剂等等。

从商代起，家乡的先辈们便开始了对藠头的种植与食用。

素有"藠头之乡"美誉的三塘镇，八个自然村（社区），五千六百家农户，鼎盛时期几乎家家户户都种有大块大片的藠头，多时产量达十万吨以上。三塘单芯长柄藠头在坊间有名，首先是其成品个头大，色泽洁白且有光亮，很像家乡人常用的一只只白色瓷调羹，亦或精致的小汤勺，有乡亲们则干脆直接形象地称其为“白鸡腿”。童谣云：“白藠头，大脑瓜，长柄把，又好呷，又好挖！”；其次是纤维组织紧密，细瞧有许多细微的亮色纤维相连；重量比重也不一样，不同产区的成品藠头一起倒在水池中，沉在池底的大都是三塘单芯长柄藠头。乡亲们称之为“沉脚鱼”“好呷的在底下”……偶有文人见之，则多会用到“沉鱼落雁”这个成语。

还有，藠头的皮瓣层数也不一样，一般的藠头的皮瓣只有五层，唯三塘藠头的皮瓣却有七层。该镇“千秋门第，万卷书楼”的楼主田老诗人曾有诗赞：“绿茎紫花香沃野，藠头如匀七重衣”。同时，颗粒饱满、大小均匀、晶莹白皙、皮薄脆嫩、营养丰富等也是三塘长柄单芯藠头较为明显的特色与特征。

“菜中有奇味，藠头似灵芝。”由三塘人自主研创，精心制作的“湘山牌”“振湘牌”“海日牌”“横岭湖牌”酸甜藠头与咸香藠头还长年远销日本、韩国、新加坡，以及香港、澳门等国家和地区。单是二〇一三年，便出口四万多吨，创汇七千四百多万美元。家乡湖南省湘阴县遂成全国最大的藠头种植、加工与出口创汇基地。

据《湖南方志年鉴》与《湘阴县志》记载：三塘藠头的加工产品是上世纪七十年代才开始远销国外的。这其中有一个人不能不提，他便是田中角荣，当时的日本首相。在三塘至今仍流传着一个一位瞎眼老婆婆的“一碗藠头浸水救了一位日本首相”的故事。在家乡几乎是妇孺皆知。

一

藠头出身低微，伏低伏小，生得贱也长得贱，真正的好种、好做、好吃，也好储存。一经深入便发现，一枚优质藠头的长成，同样离不开天时、地利、人和三大因素。其四季分明、降水适量、日照充足、冬无严寒；以及多硫少氮，土质肥沃的沙土等都是优质藠头生长的基本要求。

这其中，有经验的藠农提到藠头对降雨及排水要求，有一句四字真经,叫:雨止田干。大雨来袭,雨停了,地也干了。除此,如果离开环境、气候、土壤三大基本条件,亦或缺少其中的一种,同样的藠种、同样的栽种方法,哪怕是一沟之距、一埂之别,生长出的藠头也有“南橘北枳”之虞。

三塘镇位于东经 112°— 北纬 28°之间区域,正处幕阜山余脉向洞庭湖延伸的过渡带上。其地形地貌正像一枚长柄单芯藠头镶嵌在湘江与资江交汇流入洞庭湖的尾闾处;西面及北面还有沅水与澧水的余波横流,长年冲涮与击打着三塘镇远久时便从洞庭湖中修筑起的围堰大堤……典型的湘、资、沅、澧“四水环绕”,古人也有诗曰:“激浪射青山,千帆胆颤寒。四水腾蛟猛,汹洪啸海关。”;被称着是中国“蓝墨水上游”的汨罗江支流则缓缓地流经三塘镇境内的大片大片的稻田藠地、沟渠湖汊后,才一步一回首,有些恋恋不舍地流入洞庭湖。“三十六坪,四十八汊”,“一山四水三分田,二分道路和庄园”正是其地形地貌的高度概括。

史记,汨罗江自新市以下至三塘镇境内,明代以前均属洞庭湖湖汊,后淤成大片洲土。沿岸乡亲们逐步围垦,“康雍乾”三朝围垦最多,至建国前夕,仅是湘江与汨罗江尾闾已围成大小堤垸三十三处,原有湖泊与湖洲均被小垸瓜分。“洞庭波兮木叶下”,枯枝、树叶、芦苇、湖草、浪渣等被流水成堆淤积、填埋;东部大山与丘壑中的砾土、沙石等也是多被雨水冲涮,随波逐流,经年不止。故因,三塘镇境内及周边皆是南洞庭湖区最为著名的“自然沙窝”。据地质部门勘探统计,与该镇仅一堤之隔的横岭湖、荷叶湖等地,优质河沙的开采量便达一点八亿吨!又悉,三塘镇全境有水稻与红壤两种土类,为第四纪红土母质成土。土地溪谷与湖泊积物多,且肥沃含沙。其中“土壤肥沃含沙”,对一枚优质藠头的长成特别重要!

加之,三塘镇地处中亚热带向北亚热带过渡的季风气候区,年平均气温为 17℃,主导以北风、南风、西北风,年平均风速为三米每秒,不急也不缓……这些,均特别适宜以种植藠头为主,也适合大豆、油菜、花生、芝麻、红薯等优质农作物的培植与生长。由此生产出的藠头子、西瓜子、油菜子、花生子，还有南瓜子、葵花子、红心地瓜子，以及非农作物的米虾子、金沙子特产，被统称为“三塘九子”。这里的“籽”与“子”相通。民谣云：一镇产九子，九子九不同。

湘江北去，沿江一路，从长沙的铜官至家乡的樟树港，经县城，到三塘，再至青山、营田与岳阳的鹿角，百里之地，既是闻名于世的“岳州窑百里窑城”带，也是“中国著名商品”窝。岳州窑，又名湘阴窑。曾创造了中国陶瓷业界的“七个之最”，也是中国最早烧制青瓷与官窑的地方，至今仍久盛不衰；著名优质产品则指曾荣获“中国地理标志产品”及“中国著名商标”荣誉的樟树港辣椒、鹤龙湖螃蟹、湘阴面条、三塘藠头等……大有“赤橙黄绿青蓝紫，谁持彩练当空舞”之意味与意境。

实地考察中，三塘长柄单芯藠头虽有较强的地域概念，但沿湘江风光带，靠南洞庭湖从南往北沿线的家乡县境内也有零星分布。从县域南部的樟树港开始，依次为金龙、袁家铺、长康、玉华、静河、文星、六塘、石塘、东塘，再至青山与三塘镇收尾，其优质名牌藠头的产量也是由少逐渐增多，也还是一个“勺子状”，活脱脱的一个“长柄藠头型”。

犹记少年时代，在听苏联歌曲时总感有些纳闷：“怎么这些歌曲总有些忧郁气息？”请教老师释疑：“那是由他们地理位置决定的。你想想啊，那里气候严寒，人烟稀少……能不忧郁嘛！”俯看三塘镇周边，最大的湘江北流，资水也北流，流经三塘境内的汨罗江，却是水朝西流……故因有歌曰：“汨罗江，水朝西，湘阴人，犟脾气！（一九六六年以前，现在的汨罗、营田，曾同属湘阴县）。人生的经历与经验告诉我们，一个人的性格缺陷体现在为人处世上确有不妥与不足，但咬牙切齿般用到做好一件看准的事情上，无疑却是优点。当然，这仅是我本人见证了家乡人民受楚文化浸润与影响日久，在如何精心种好优质藠头这件事情上的有感而发而已。

“摇呀摇，摇到外婆桥，摇到细伢子挖香藠，一天挖一担，两天洗一挑，又有卖，又有呷，又有泡，又有金子银子进荷包。”伴随着歌名为《摇呀摇》

稚嫩的童谣,我们见到了被誉为三塘镇“种藠大王”的藠农黄刚强。在一个偌大的“刚强牌精品藠头储藏库”,一边有十多个村姑、村嫂在忙着用刀剪给刚从地里收获的藠头去头、去尾、去老皮,一边还有十多个农民装扮的工人在用高压水机冲洗藠头……储物架上,一袋袋雪白眩目的藠头像银山般地堆放着,在每一个专门制作的编制袋上一张张印刷精美的“藠头出生证”格外抢眼。上面注明了“防紫外线,防风防氧”的注意事项,也印有网址,还特别标注了二维码。客人一扫,藠头的产地品种、环保指标、营养元素等“前世今生”便一目了然!

黄刚强家住三塘镇民岳村。该村原为岳云与军民两村合并而成。村庄取名“岳云”,是因南宋名将岳飞征讨南洞庭湖农民起义军钟相、杨幺时,其子岳云在此屯兵而得名;“军民”二字,则指当时的军与民共同军垦劳作的地方。在黄刚强家宽敞的堂屋里,我们见到了悬挂在墙壁正中的《黄氏家训十好歌》:一要好,勤学成材无价宝,读书好;二要好,奉养双亲直到老,孝顺好;三要好,种藠栽树致富豪,务农好!……原来,黄姓是村里的大姓,祖祖辈辈均以种植藠头为主业,因受种藠经验与销售渠道限制,许多年来家家户户只是在自家的房前屋后,边角水田间种上三、五亩藠头。黄家大面积种藠,应是在上世纪七十年代末期,先是每家八亩、十亩、二十亩地种……如今单是黄刚强一人便通过土地流转,兴办种藠合作社,以及依靠“公司+协会+农户+基地”等方法,已是坐拥五百亩优质单芯长柄藠头的种植大户了。“藠头须轮种,家藠施家肥,平时多琢磨,捉虫、盖被、防霉病。”这是黄刚强种藠经验的小结。其它暂且不提,单说“盖被”二字,是指在藠苗行间多铺放湖草或稻草,抗旱浇水时先湿草,再湿土,一则可避免浇水板结土壤;二是到了冬季,有稻草作“被”,则可以给藠苗防冻保暖。

走访中,我有些惊奇地发现,三塘一地越是质量好、产量高,藠地集中的地方,人文景观也是相对地集中。单是优质单芯长柄藠头的主产区的一个村庄,便齐集了二妃墓、黄陵庙、毛泽东国文老师柳潜故居三个著名的人文景观。

灵地有灵性,灵地育灵人,灵地产灵物……正所谓天人合一,人杰地灵是也。

二

一九三九年秋天,刚入伍还不到一年的田中角荣,随驻扎在东北日军盛冈骑兵第三旅团急调华中地区集结,参加侵略中国的长沙会战。同年九月二十三日凌晨,日寇在位于南洞庭湖边的青山岛与推山嘴登陆,占领青山和营田,十余天后又将侵略的战火烧到了三塘境内。此时的田中角荣因战争失利导致情绪郁结,以及水土不服等原因,突发痢疾,药物治疗无效,病得奄奄一息……他是被收容队的鬼子带着翻译,躺在担架上进入三塘镇军民村危家嘴的。一位守着一堆坛坛罐罐来不及逃走,且患有眼疾的吴姓老奶奶听到一阵叽哩哇啦的声音过后,有中国人的声音急切在说:“有人拉痢疾快死了,快找药,快找药……”吴奶奶闻言,摸索着顺手从脚底下的浸水坛中舀了一小蒸钵浸水藠头递了过去……田中角荣将信将疑间吃下藠头,喝光浸水后,不到半天,病情竟奇迹般好转了。据传,病愈后的田中角荣曾来找过吴奶奶,可当时的茅屋却已成灰烬……又不到一年,即一九四〇年夏天,田中角荣因患肺炎与肋膜炎并发症等,最终还是被遣送回国了。此为后话。

斗转星移,田中角荣从一名病退的列兵开始起步……三十多年后竟成了日本的首相。不知是吴奶奶一碗三塘浸水藠头的作用,使其人性与良心未曾完全泯灭;还是田中角荣后来迷恋并熟谙中国传统文化,能背诵与书写陶渊明《归去来兮辞·并序》一文的片断:“悟已往之不谏,知来者之可追。实迷途其未远,觉今是而昨非。”等的缘故,总之,田中角荣在促进中日邦交正常化,加快中日两国政府间贸易往来,特别是为三塘藠头扬名,使其正式批量生产走向日本市场等所起的积极作用,还是不可忽视与磨灭的。

一九七二年九月二十五日上午十一时三十分，日本首相田中角荣一行抵达北京。周恩来总理等到机场迎接。在随后的欢迎晚宴上，田中角荣有讲道："我国给中国国民添了很大麻烦，我对此再次表示深切的反省之意。"闻言，周恩来总理严肃指正："添了很大麻烦"的提法非常不妥，应为"重大损害"！后来，田中角荣虽有辩解，说从日文角度上讲"添麻烦"确有谢罪之意……但仍十分诚恳地表示，要按中文的意思马上修正。这也便是后来《中日联合声明》中行文："日本方面痛感日本过去由于战争给中国人民造成的重大损害的责任，表示深刻的反省。"的由来。

还有，在关于中日邦交的正常化进程中，田中角荣力排众议，因有涉及战后的日本在美国控制下敌视新中国、我方要求日本必须与台湾断交等原因……上任后仅两个月时间，田中角荣便着力促进与解决了战后日本方面拖延了近三十年的中日邦交正常化问题。有外交资料显示：在中方举办的欢送宴会上，田中角荣非常激动，酒量很小的他不但喝了不少，还端着盛满茅台酒的酒杯起身向周恩来总理敬酒。此举让在场的日本随行人员都惊呆了。因为"首相极少喝酒，也从不起身敬酒，这是破天荒的第一次！"

那是在《中日联合声明》正式签署，两国政要就相互开启贸易、航空、航海、渔业等领域友好交易与互通的商议中，田中角荣向周恩来总理特意提出了"日本政府申请进口中国蕌头"的请求……此举让包括周总理在内的中国官员很是惊奇：两国贸易往来的内容与种类有许多"大件"，一个首相为何单提一种"细小"的蕌头？——原来是"中国蕌头曾救过首相的命"！细问：怎么回事，在哪里？……田中角荣回忆道，一九三九年秋天，那地方有好多水，地名中有"青"与"岛"二字……总理闻言马上请人找来一份中国地图，指着山东青岛地域请其辨认……田中角荣一边摇头，一边又蹦出几个关键词："湖南，湖南""长沙会战""那地方有一庙、一墓、一牌楼三个名胜古迹"……后来，周总理紧急指示总参谋部找来一份抗日战争期间的军用地图，才进一步辨识清楚。田中角荣首相所说的地方，原来就是位于湖南省北部，南洞庭湖边的湘阴县三塘镇（过去称“公社”），所说的“青”与“岛”二字，是指紧邻三塘镇西北部，位于南洞庭湖中的青山岛。至于提及的三个古迹，则正是该镇境内有着“三湘七泽第一胜迹”的黄陵庙、二妃墓与千秋书院牌楼。史载：田中角荣访华时，毛泽东主席正在病中，主席还是在书房里带病接见了田中角荣。临走，毛泽东主席还送了田中角荣一套《楚辞集注》。

在过去的计划经济时代，一种商品的出口须有十分具体的外贸“配额”与“指标”。对此，乡亲们有些半开玩笑半认真地称之为生产食品的“准生证”与“尚方宝剑”。也就是从《中日联合声明》公开发表不久，一个专供日本藠头的生产与出口，当时还属于乡镇企业性质的“三塘酱厂”便在南洞庭湖边诞生了。现已年逾古稀，被称之为“酱厂元老”的姜凯林、吴立早、柳彩亮三位老人，回忆起当年三塘人民产藠、制藠的热情与盛况仿若就在眼前。

三塘酱厂新上任的领导们深知，要保证好“出口”，先要有好的“进口”，要让“巧妇”无“断米之炊”的道理。他们一边动员乡亲们扩大种藠面积，一边精心指导乡亲们种藠……建立三塘绿色食品藠头基地，实行标准化栽培技术。当年全镇便有近十万亩土地进行轮种，优质单芯长柄藠头喜获丰收，运送藠头的独轮鸡公车硬是在厂区门口排起了五、六公里长的队伍。也就是这个时候，长沙、武汉、上海等地大学和科研机构的食品制造专业的专家来了，连日本辰已商会、山本食品工业株氏会社的制藠专家也到三塘“凑起了热闹”。一九七九年六月，三塘酱厂建成投产。一九八一年八月便与日本横滨市签订了二百五十吨“三塘牌”藠头加工销售合同。不久，该产品便分别荣获省优、部优产品称号和证书；在其后连续十多年间，三塘牌酸甜藠头与咸香藠头则几乎年年囊括了中国国际食品博览会、湖南省国际食品博览会的金奖与银奖。

三塘酱厂办好了，乡亲们得了实惠，省、市领导们更是重视与高兴。一九九四年十一月，时任湖南省人民政府省长的杨正午视察三塘酱厂，高兴地题写“三塘酱厂”厂名。至二〇〇〇年五月十六日，已任省委书记的杨正午，再临三塘，高兴之余，第二次题写了“三塘酱厂”厂名。连杨书记自己都笑称，因为喜爱，让三塘酱厂见证了他书法作品水准的提升与进步。

民谚云：乡人三大苦，打铁、制藠、做豆腐。要将看相好、品质好的三塘新鲜藠头制成酸甜、咸香、亦或麻辣藠头，有两道劳动强度较大的工序。一是一周后须将精盐腌渍的藠头每两天倒缸一次，须连续三次。以保证盐汁均匀，激活从藠头体内散发出来的化学分子；二是一段时间之后，还要将从缸内取出的藠头用清水反复漂洗、冲刷干净并竹篾晒席沥干……后来，三塘酱厂又对藠头加工的十四道工序进行了革新改造，使加工的咸香、麻辣、甜酸藠头外形颗粒完整，大小均匀，无霉斑白膜；藠头呈白色或黄白色，表面有光泽；咸、辣、甜、酸味道适度，白皙透亮，肉质脆嫩，汤汁清晰。

一枚小小的藠头，从楚国故地出发，过洞庭、经长江，漂洋过海，经几代三塘人的努力，硬是在日本、韩国等地，下一步还将在东南亚及欧美市场扎下根系……成为了他们的“菜中灵芝，佐餐佳品”与味蕾深处的记忆，也给这些海外客商与食客们平添了一道难以抹去的异域乡愁……

三

小时候，自小便在洞庭湖边放牛、牧鸭、扯猪食的我们，常见湖洲的草地上、杂树间、荒冢旁许许多多的胡葱野藠。它们的鳞茎很小，多为独瓣，叶茎纤细，且扎堆成片成片地生长。虽人与牲畜皆可食用，但味道辛辣……唯有野外渔获时，在干牛粪当柴、大河蚌壳当锅的鱼肉里丢上几把用手扭碎的胡葱野藠，却是感觉除腥去腻，风味独特。记得有首儿歌是这样唱的：胡葱葱、野藠藠，小孩子呷了撒斜尿……后来，见识增加，书也读多了之后，才知野葱与野藠属长期自然进化的纯野生物。被称着是“家藠”的家乡特产长柄单芯藠头，则是乡亲们在长期的生产劳动中通过驯化培育出来的……其中有细叶藠头、宽叶藠头、竖叶藠头与甜叶藠头等多个品种。家乡三塘藠头,多为细叶藠头是也。

儿时的记忆中,藠头有多种称谓,有叫小根葱、小野葱、小瓢葱、小瓢把的,也有叫野蒜、野葱、野藠的,更有一种形象有趣的叫法,直接称之为“白鸡腿!”。记得我们从农村小学发蒙,读书读到五年级了,同学们几乎都不识藠头的学名“薤”字,大都干脆念半边,读 jiu,韭菜的韭。感觉两者的长相与味道确有许多相同相近与相似之处。

藠头本为不起眼的蔬菜。仿若只有酒宴前健脾开胃,酒醉饭饱之后作为助消化、解油腻之物,人们才伸出抖索的筷子,夹住一个个白色的尤物,丢进嘴中,品出酸中带甜、甜中有酸、清香脆蹦的味道时,大家的话题才会说到藠头,作为繁华过后的补白。唯有朴实无华的乡亲们有些不同,他们把藠头直接与鸡腿相提并论，足见对其的偏爱与喜欢。在缺衣少食的年代,平常人家只有过年过节家人们团聚时,才能吃上一顿难得的猪肉与鸡肉。慈祥的母亲或奶奶们将两只黄澄澄香喷喷的鸡腿,深藏于一大蒸钵剁碎并煮熟了的鸡肉、蘑菇与用菜刀背拍碎了的藠头之中……两只完整的鸡腿只有家中年龄最小的弟妹才能享用,是为惯例,其它家人少有奢望。

乡愁又起时,在饭桌上只要见到藠头,八十多岁的父亲多会重复地讲起“白鸡腿的故事”。说是两个邻居大伯,挑了一担藠头上集市上卖掉后,见比平常多卖了几张卷了角的毛票……寻思找点什么好吃的,犒劳一下。柴火饭庄,顾客与店小二便有如下对话:“两个贵客吃点什么呀?”“你们这里的招牌菜是什么？”“白鸡腿！”“那就来一盘！”……待菜上来,两位大伯拿着筷子左挑右翻,将信将疑间夹了一砣裹了油炸面粉的“鸡腿”,丢进口中咀嚼一番之后,才大呼上当……原来,他们花了不菲的价钱,点的“白鸡腿”菜肴,原来就是他们刚刚才从自己的竹筐中出售出去的藠头!

藠头生美味,天下识三塘。

杜甫有诗:“盈筐承露薤,不待致书来。束比青刍色,圆齐玉箸头。”玉箸头,即藠头也。宋代洪咨夔在他的《答骆肖秦》也有写:“过我葵榴巷,留君笋薤厨”。附和的还有宋代的梅尧臣,他书:“空山旧迳绿苔满,古寺斋盂白薤蒸。”诗中的“薤”字,肯定还是藠头。足见过去的文人墨客呼朋唤友、迎宾待客时,仍把藠头作为了美味佳肴的不二首选!

过往岁月中,家中的老奶奶、老外婆与母亲们均会做浸水坛子。只见她们找来优质的长柄单芯藠头,洗净阴干,或浅晒半日,不带生水;再放入一些精盐、白醋与紫苏,以及一些切片的生姜;然后倒满早已烧开冷却的开水…… 置入一个由湘阴岳州窑专门生产的大货窑浸水坛子中，密封。浸水坛子常以素胎为主,也有的略施酱釉成青釉,形似水桶,两头小、中间大,上露双唇的顶部配以状如蒸钵一样的陶盖。为确保坛内无细菌侵入，制藠人还会在浸水坛子上部的双唇缝隙间倒上一碗清水，让其较好地自然封闭。自然发酵后的浸水藠头十天半月后开封,即成美味浸水藠头。

被乡亲们视为祖传之物的浸水坛子只要使用得当，不让生水或脏物进入坛内,能百年不坏。更为神奇的是,乡亲们不但可以用浸水坛子预测天气,而且还可以通过其好坏的质变,预测其家庭运程的好坏。哪天发现浸水坛子双唇里储存的清水不断地冒泡，且顶击坛盖发出“咕咕——咕咕”的响声,第二天多会刮风下雨。如果突然发现坛子内的浸水无故变味或变坏了,家庭个别成员多会突发急病,或仕途受阻……几年前,九十高龄的邻居甘娭毑，一日一坛陪嫁且辗转跟着老人搬了六次家的浸水突然坏了。老人忧心忡忡过了两日,第三天便传来了正在外地做生意的儿子出了车祸的消息……

前面提及的“一坛浸水藠头救了日本首相的命”,便是家乡甘奶奶、王外婆、钟妈妈们等精心制作的这种浸水坛子。

藠头能治病,其实是早就被写进了许多医药典籍中的。李时珍在《本草纲目》中指出:“薤,生则气辛,熟则甘美。种之不蠹,食之有益。”《神农本草经》中则说："治金疱疮败，身轻者不饥耐老。"《新修本草》则提："薤乃是韭类……白者补而美，赤者主金疮及风。"还有《食疗本草》更是具体："患寸白虫人，日食七颗，经七日满，其虫尽消。"寸白虫，即绦虫，主要在牛肉、猪肉、鱼肉之中寄生。

具体到乡亲们的日常生活中，便是感觉藠头有助消化、解油腻，健脾开胃、舒筋益气，抑菌防疮、预防心梗，以及降低血糖、软化血管、美容养颜、治疗各种肠道疾病等多种功效。日本京都府立医科大学研究证实：藠头提取液有很强的抑制癌细胞效果，长期食用具有保健、治病、药理和佐餐等功效，被誉为"菜中灵芝"。是故，日本、韩国人探亲访友，如能提上一个用小瓶装上的十来颗酸甜或咸香的三塘单芯长柄藠头，则会多被视为难得的馈赠佳品与珍品。

中国的传统中医有一个方歌："瓜蒌薤白白酒汤，胸痹胸闷痛难当，喘息短气时咳唾，难卧仍加半夏良。"轮到钟爱有加、受益良多的乡亲们表白，则更为通俗易懂，直接到位："藠头如药吃几颗，郎中不打门前过。""藠头上了市，药店关了门！"

如此这般，三塘镇文化站站长、长期致力于藠头文化研究的钟建文老师还言词凿凿地坦言，说"藠头还有助于爱情！"，不信请看：六月芒种季节，刚好采收藠头。夏日清晨，正是"我欲因之梦寥廓，芙蓉国里尽朝晖"的大好时光。在墨绿如画、茫无涯际的藠田里，一大群身穿长衣长裤，头戴遮阳斗笠的妇女们正在忙着采收成熟的藠头。也许是沙壤土地肥沃，藠头喜欢抱团生长之故，成熟的藠头只须扯住茎蔓，便一扯一大蔸，蔸蔸足有两、三斤重……不一会，谈笑与惊呼声间便有情歌飞扬。"情姐厨房泡藠头，泡好藠头满屋香。我的咯哥哥呃，喝了我的藠头水，不成相思也成痨。"……这边唱起，那边和："吃姐的藠头咯，谢姐的菜吔，不是姐姐我不爱！等我装船藠头去汉口，金银财宝满船舱，回来再牵姐姐的手。"……

古朴自然的家乡，以前家家户户难有多余的余钱剩米，自由恋爱的男女也是极少极少，大都要通过媒婆说项，互看人家，再走订婚——结婚程序。这其中，“互看人家”尤为重要。所谓“互看”是经巧嘴媒婆牵线搭桥后，女方要去到男方家看看，男方也要去女方家访访……这时，男女双方互动时，能在对方家高高的木床底下，看到许多储存的冬瓜、南瓜、地瓜(红薯，家乡人称“回坨”)，特别是许多浸水及泡藠坛子……便知对方家是“勤劳人家”与“殷实人家”，很会过日子，婚事十有八九能成。那个时代的普通农家，一年四季总有一、两个月的“米荒”“粮荒”时光，所说“忙时吃干，闲时吃稀”“主粮不够，瓜菜代”等说的正是此中情景。还有，家乡当时的浸水坛子，相当于现时的“冰箱”，除浸泡藠头外，还可浸泡黄瓜、菜瓜、茭瓜、地瓜、豆角、刀豆、萝卜、大蒜、生姜、莴笋、紫苏、白菜梗、苋菜梗、莴笋皮……甚至还可以浸泡浅晒后的牛肉、猪肉、鱼肉等等，也均是长时间不坏。

藠头收获的季节，也是洞庭湖涨水形成汛期的时候。满湖的碧水在落日余晖的映照下尽显“落霞与孤鹜齐飞，秋水共长天一色”的壮丽景色。此情此景，我脑海中联想并显现出的竟是下午刚在三塘镇新兴村一片地势稍高的藠田中看到的一幕：一块刻有“清诰封建威将军钟公讳紫云之墓”文字的墓碑在风中孑立，古朴幽然……还有一句墓葬主人曾学写湘军统帅曾国藩的一句诗词也愈发清晰。原来，出生在清道光年间的钟紫云早年曾在三塘镇的“千秋书院”读了五年私塾，后回村种藠，太平天国运动风起云涌之时，他追随左宗棠，入主曾国藩统领的湘军大营，因军功累迭被清廷诰封“建威将军”。光绪三十年后，他从署理福建陆路提督、兼任建宁镇总兵的任上告老还乡，铸剑为犁，边种藠边研习诗文。后来，老人请人用檀木制匾，镌刻了如下诗句，以期昭示后人，代代相传。

千秋邈矣独留我，百战归来再种藠。

生生之水

◎ 叶浅韵

四平村前面这条美人河通常只流三个季节,到了冬季,河水就干了。一整个冬天,人畜吃水问题就成了村子里的头等大事。这个山高坡陡谷深的地方,与村子的名字完全是别扭的。村子里有识了几个字的人拿出四平村的名字作为笑谈时,就会有人说,难不成米田村的人就天天有米吃呀。事实上,米田是不产稻米的,而叫干沟的那个村子恰好水源充足。干沟村后面的黑青崖上常年挂着一条长瀑布,雨季是大瀑布,冬天是小瀑布。沟沟坎坎的地方,溪水四溢,田园丰沛。干沟村的人不懂治水,倒是嫌弃这到处漫出的水脏了脚后跟。每年冬天,他们看着四平村的老老小小像赶街子一样,挑着桶背着壶来取水时,就笑成一团,与老亲老戚们开玩笑说,这有个姑娘也别嫁到你们四平村去,为挑个水,肩膀皮都要磨掉几十层。

然而,这方圆团转的村子里,从高粱秆到矮坡脚的青瓦檐下,都是些打得骂不得的亲戚。张家的哥哥娶了李家的表姐的堂妹,丁家的大姨爹是嫁到胡家的三姑奶奶的大姑子的亲侄子。只要辈分上不乱了,这横竖的亲戚总是攀搭得起来的。又一个冬天来了,别的村子的女人们有空闲使针线,嗑瓜子,嚼舌根。四平村的女人们却要花大力气来解决吃水的问题,起初的小媳妇们嫁过来时,挑水挑得辛苦吃力,免不得有几声抱怨。她们放下水桶在哪棵树下歇气时,呜哈呜哈打开话头子,说四平村吃水真费力气,当初媒人上门时,我妈不让来的,我爹偏生说,人家祖祖辈辈都过得,就是你过不得呀。她摸着肩膀轻叫了声,哎呀呀,这两块骨头都不是我的了。这一回生，二回就熟了。再往下，也就不成为什么新鲜事了。

尽管我出生在四平村，用我奶奶的话来说，就该是坐老的山坡不嫌陡峭。我知道，那是一种对家乡最亲密的情感，带着自然的、拟人的、亲昵的、最眷恋的表达，与泥土和大山一样令人亲切。但因为心中镌刻的记忆深处，有一幕关于取水的亲身经历，让我对“陡峭”一词持有自己的保留。那一年，我才十岁，也许是十一岁。天降大旱，地上和地下的水都纷纷躲了起来，天上的太阳热辣辣地照在四平村人的头顶上，就连土地里长出的萝卜缨子都要冒烟了似的。家里的水缸见底了，因为我妈与我奶奶夸奖我的一句话，我就像捡着一颗水果糖一样，自告奋勇地说要去挑水。

我挑着一对桶，准确地说是一对小桶，哼哼哈哈就去干沟村取水了。远远地看见挂在干沟村子后头的那条瀑布，已经没了一点儿恢宏的气势，太像奶奶的裹脚带子被人挂在黑青崖上，白生生细长长的。我才到村子前头的那棵大槐树下，就被一只大黑狗咆哮得全身汗毛都站了起来，大腿小腿上的肉迅速进入紧急状态。我一次次地弯腰下去装作捡石头的样子，大黑狗才一步步逼退了，站在离我十几米远的地方，叫个不停。等我舀满了水，一抬头就看见我们班最捣蛋的男生拿橡皮枪正对准我，他身后还有几个淌着鼻涕哈喇子的男孩子，向我使坏坏地似笑非笑着，其中有一个还不害羞地撒起了尿。

如果一对一，我非撕了这坏骨头的皮不可，可如今在人家的村子里，被狗吓破的胆子都还在蜷缩着。我的心扑通通地乱跳着，恼着，羞着，怒着，却不知该如何是好。我迅速地拿起扁担向他们扬起来，并大声地说，李大毛，你要是敢作死，等我告诉老师去。李大毛没管我的话，“啪”的一声，一颗石子打中了我左边的小桶。还现编了个顺口溜：大彩放小猪，眼睛哭得水噜噜，大彩挑小桶，心急得黑洞洞。李大毛先喊，小崽子们跟着一遍又一遍地喊，我的眼泪顿时挣脱了黑眼眶，在风里乱飞了起来。他们几个大笑着跑开了，我懊恼又伤心地挑着水离开了干沟村。

一路上，我寻思着到了班级里该怎么收拾李大毛这个杂毛种。走一气，歇一气，越想越恨不能拿扁担砸死李大毛。水在桶里十分不安分，逛过来，荡过去，不断地往外泼洒。我感觉我的眉头上都要着火了，使劲儿地把扁担往地上一摔，跟路旁的一块石头生起了闷气。不知歇了多少回气，好不容易才把两公里的路程走完，桶里的水也就只剩下一半多点儿了。我一丢下扁担，忙不得与奶奶哭诉李大毛欺负我的事，就赶紧舀起大半瓢冷水，咕咯咕咕咯地往肚子里倒下去。

好在，这种事情是极少发生的。即使大旱了，村子后面的石洞里也还藏着法宝。唯有那一年，石洞里都空了，就连三台洞、仙人洞里的水也近乎干涸了。村子里的老人们说，美人河两边的青山肚子里长出的石洞，它们都是连着通着的。四平村的人在没有发现村子后面这个石洞的秘密以前，每年秋末冬初，待河水一断流，像是寺庙里的小和尚们每天必修的功课一样，挑水，每天都要不断地挑水。挑不了水的年少小和尚们就抬水，不断地抬水。即使是最小的小和尚，在学会走路，能大跑大撒之后，就用个小塑料壶跟着哥哥姐姐们去背水了。这个村子里的男娃女娃都是这么长大的，他们腰圆腿粗，肩宽心厚。

四平村后面这个石洞里的秘密，就是在某一天被一个人发现的。自从它被打开以后，它就像一条永远流淌的母亲河一样，养育着四平村的人。有了水源的四平村的女人们着实兴奋了很久，她们把省下的力气消耗在土地上，你带着我，我跟着她，就搞起了蔬菜种植。那些需要大量活水来养植的蔬菜，在她们从石洞里不断往返的力气中茁壮生长，长成最大面额的钱票子。每年在街市上出售的最新鲜的蔬菜，都是四平村的女人们第一拨上市的，卖得好价钱的女人们，一个赛着一个种得花样百出。她们互相交换种子，西兰花、空心菜、迎天椒等都长在了各家的地里，她们也互相传授种植的经验，是羊粪好还是猪粪好，是种黄瓜卖钱多还是栽茄子产量高。勤劳就像是一种传染病一样，在整个村子里蔓延。

大白天有空闲时，四平村的女人们会在柿子树下使针线，说些古老的故事。关于这个石洞的往事，最能让村子里的孩子们充满兴趣。没有“在很久很久以前”的前缀，她们会相互比着该叫的辈分说，这事，还得你大公公狠（比喻厉害的人）了。我们的思绪就跟着回到了古老的年代里。那个我要称呼为大公公的人是当时的村长，二十来岁的光景，先前跟着私塾读了两年书，初娶了媳妇，雄姿勃发，意气充盈。他的先生曾做过山西某县的县令，因不满于官场的黑暗腐朽，辞官回乡耕读，在三台洞里办起了私塾。而他的弟子，像是得到了先生的衣钵真传，竟然在四平村后面的石洞里发现了另一个大秘密。他的弟子某天去山上放羊时，大概是受到了师父的什么启示。在一个他平时赶着羊群经常行走的地方，被石头绊了一跤，一屁股爬起来时，就发现了新鲜事。一个有一只炒菜锅底大小的洞口，向他暗示着什么。有种特别的好奇心驱使着他已经熄灭的顽皮，他顺手捡了块石头，朝洞口丢了下去，侧着耳朵一听，像是下面传来有水的声音。他浑身激动起来，忘记了摔伤的地方正在疼着。连接把洞口周围能动的石头都丢了下去，空幽幽的回声里，他一次次地闻到了水的味道。如果有水，这不是要改变这个村子冬天吃水困难的局面吗？

村长召集村子里的年轻壮力们聚在一起，在月光下，在灯光下，在火塘边，让他们发挥出所有的智慧。计策、谋略、实验、实践，他们步步为营。年轻和勇敢就像两把金光闪闪的钥匙，那时，四平村的人都不是普通的村民，他们是科学家，是冒险家。不知经过了多少汗水和心血，多少白天和黑夜，四平村的人终于可以挑着桶去洞里取水了。他们结束了在冬天要去干沟村挑水的日子，就像找到了自己生命的源头。

从洞口到达洞底的水边，足足有一百八十多级台阶，拐过一个弯，再拐过一个弯，又一个弯，还有最后一个弯，就到水边了。一个个火把照亮了漆黑难走的曲折小路，把生活的源头伸进石洞里。夏天时河里涨水，洞里的水曾经漫至洞口，得见天日的水啊，碧绿碧绿的，让人口渴。去河里挑水的女人们都不去河边了，她们说，那水太浑了，连衣服都洗不干净，怎么吃嘛，又说，上面才冲走一个死猪，都恶臭死了呀。她们蹲在洞口，一瓢一瓢地舀起她们的日子。在有得选择的生活面前，人们就有了挑剔的余地。

四平村的女人们若是带着不乖的娃娃，她们就不得不背着孩子又挑着桶下洞取水，她们舒长气的声音，一进洞口就能听见，悠悠长长的乏累被她们一口一口地吐在洞里，吐在幽暗的时光深处。我六岁多点的时候，第一次跟我妈进洞取水，她挑着一对桶，我背着一个塑料壶。我哆哆嗦嗦地跟着她进洞，在她左一句右一句“慢点，慢点”的提示声中，高一步低一步地下到了水边。我妈熟练地打水，她先把她的一对桶打满，再装满我的小壶，水从塑料壶口吐着泡泡缓缓地流进壶里。黑乎乎的洞里，只有一束光芒，照见我的鞋子和一步一步的石阶。我妈的电筒光指向何处，我就走往何处。慢慢地，我从背水到了挑水，也如我妈那样，可以让一副扁担上的两只桶在两个肩头上熟练地换动左肩和右肩了。

饮水思源是中国传统的道义，四平村人从来没有忘记过。这个造福了后人的石洞没有一个特别的名字，它被直呼为“大洞”，简单、粗暴、实用。我相信那个当村长的大公公也不会在意它叫什么，更或许他从来没有想过这个。一个独一无二的石洞，石洞里有水，被叫作什么，四平村的人都是知道它的指向。许多年来，四平村的人以从石洞里挑水这样的实用主义来纪念村长，纪念他给这个村子带来的福音。当一件事物的指向是明晰的，它的意义就不会停留在一个浅显细微的称呼里，只有当它的指向模糊了，才有可能需要重新辨别。如果真有一天需要给这个石洞命名一个名字，我们应该以大公公的名字来纪念他。

即使我被这石洞里的水养育长大，我对它充满感激，但我一直不敢太走近它，尤其不敢一个人走近它。多少次，我都鼓起勇气，挑着一对桶，跃跃欲试地想要完成一次对自己的挑战。但每一次我都失败了，我走完有洞口光亮的那几步台阶，一进入黑暗区，就仿佛觉得岩壁上长出许多双神灵鬼怪的眼睛，它们直盯盯地看着我，让我毛发直立。我每走动一步，就觉得身后有一个影子，不紧不慢地跟着我，我一回头，它就躲进那些石头缝里。哪一次都是惊慌失措地跑了出来，坐在石洞边上等伴，好在，我总是能很快地等到同伴。我常常想着有一天，我要逃离这种恐惧，逃离到一个不用在黑暗里取水的地方，不会遇到眼睛看不见的一切未知。到了今天，我实现了心中那个隐秘的梦想。我住在高楼上，一扭开水龙头，清悠悠的水就流在我的手心里，我可以在洗碗的时候，听一段流水的声音。还可以嫌弃自来水的来源不够纯洁，一个电话打过去，一桶一桶的纯净水就送到了茶杯前，它过滤了那些有杂质的生活，让日子变得更加舒适、美好。

对于一个生养我长大的衣胞之地，我总是时时怀有深刻的想念。在并不算遥远的山路上，我与她在节假日里亲密地互相问候。好与不好，都长在心里、眼里。为她自豪，亦为她哀伤。现如今的各种政策像风一样吹进村子里，路面硬化了，房屋漂亮了，自来水也进到了家家户户的院子里，人们再也不用去石洞里取水了。没有了人走动的石洞，已经坍塌、破败了，就像是这村子里的一门旧亲戚，随着亲人们的离世，一些年久失修的关系渐成陌路。我每次回到村子里，喜欢站在洞口眺望一会儿，在有朋友同行时，我会不厌其烦地讲述有关它的一切。

行走张家界

◎ 谢德才

牧笛溪的碾房

牧笛溪，如翠竹溢出清脆的笛声，悠扬婉转地流进我的心里。

位于湖南省张家界市永定区的牧笛溪村。偏僻、淳朴、静谧，惹来不少游客观光体验。

在牧笛溪村可以涤去城市的尘埃与疲惫。我行走在那干净的空气里，一直找寻，终于找寻到了我心中最鲜活的记忆。

“村舍外，古城旁，杖藜徐步转斜阳；殷勤昨夜三更雨，又得浮生一日凉。”这苏轼词中，悠闲自在的乡居生活，在牧笛溪村验证。乡村静如镜，映照着山里人的日子静如水。笛声从老远飘来，牵着我的灵魂，声音是那么柔、细、轻。

静谧中，我放慢脚步。一步一看，一看一思，一思一恋，时光好像在手指尖流动，一个陈旧而朴素的碾房出现在吊脚楼边。

碾房勾住我的心，让我止步。一位白发苍苍的老头坐在那里，抽着喇叭筒旱烟，悠闲地，他似乎在想着自己的心事。在旱烟浓厚而袅袅的烟雾中，我与他拉起家常。老人一边“巴滋巴滋”地抽着烟，一边说起已在碾房干了几十年……我因痴迷碾房被老人家调侃一番。

“你是城里来的人，看碾房新鲜，像村里的后生遇见漂亮的女人……”

我畅怀大笑，像心事被人说中后的羞涩，眼光却忍不住再次看向碾房。一个大大的碾盘与碾砣从山那边怀化市的沅陵县来到这里，加深了感情，它们被岁月碾得油光发亮。我仔细地端详着，观看着谷子通过碾砣转圈与碾盘之间的碾压，心如一根琴弦被人撩动着。

一担担的谷子洋洋洒洒地铺在这石槽里碾起来。老头不紧不慢地用竹帚把槽外的谷粒扫入石槽。他生怕漏掉一粒，倘若扫不起来，这老头会弯腰用长满老茧的手一粒粒地捡起放入槽中。我好奇地问这老头，现在人还在乎颗粒稻谷吗？老头微笑着说，当年啊，人们的日子富裕，碾台上的气氛欢快，生活贫穷，碾台上沉寂与凄凉，特别是在人们生活青黄不接的时候，碾台会长时间被冷落。刚才碾台上的这些稻谷都是大家辛辛苦苦换来的，虽然我们的日子好过了，但千万不能忘本，也得加倍珍惜。只有这样，米饭吃起来才香。在这碾子不停地转动中，我终于弄明白它的转动要感谢牧笛溪水的催促，要感谢碾房边一棵抱大的柿子树拴着的一头牛，更要感谢这位老头的长期坚守。碾房，一圈一转，一转又是一圈，一会儿谷子却褪去谷皮。这个老头在石槽中抓上一把，“噗”的一吹，谷皮如漫天飞舞的柳絮，散去，便在老头手掌中露出白花花的大米。他一遍又一遍地摩挲着掌中的大米，靠近鼻子闻起米的香味，还说：“你闻闻，喷香滴。”

这碾子，碾出来的大米，口感好。它不像电动打米机，齐齐刷刷地倒进去，又齐齐刷刷地出大米。碾房的大米印证着“慢活儿出巧工”的道理，所以村里虽有电动打米机，但村上仍有人愿用碾房碾稻谷，村民排着队碾谷，不争，不抢，一碾就是一整天。他们用扁担挑进碾房的是稻谷，用扁担挑回去的是银白色的大米。这碾房转出了乡村人的笑容，也转出了乡村人生活的希望与期盼。

古老的生活工具，它究竟在这个乡村转了多少年？我无从考证。但，我在碾房里随着老头一圈又一圈地转动，领悟到稻谷与石头之间的默契与柔硬。我忍不住去触摸碾石，它好像一点不冰冷，而有来自回忆的温度。

石碾的身影在乡村渐渐消失，但，石碾留给我难以漏掉的记忆：任何蜕变都不容易。

桑植有棵摇钱树

车子好像长得有耳朵且相当灵敏，当它听到山上传来的歌声，立马熄火。这时，车还在湖南省桑植县五道水镇高家坪的山腰上。

歌声雄浑，渗透着一种让人战栗的美感：地是刮金板啦，山是万宝山呢，树是摇钱树，人是活神仙……

这首桑植民歌唱完，车子的马达立即恢复吼的状态，一个劲地往山顶上爬。这首歌，我对它的印象不错，毕竟我曾听过它，也学唱过它，歌词写得接地气又比较形象。词意我懂，可惜我一直没见到这棵树的踪影。今天，往山里去，目的只有一个，那就是与这棵树来一个美丽的约会。

上山，坪在无声无息中冒了出来，那些庄稼长得绿油油，树木也很葱郁，漂亮的新房站得有板有眼。过分挑剔环境的一些小鸟一脑撞上这里的空气，像碰见春天，东飞飞，西飘飘，惬意极了，即使你想赶走它们，它们也不会离开好远。这时的我，也同鸟儿们一样感受着这里的美丽、清新与宁静。

这时一个农夫牵着一头牛轻步向我走来。他长得不难看，嘴边的一颗痣，豆大。他的嘴里，还叼着一支喇叭筒烟，悠悠地抽着。我跟他说话，他张着耳认真地听着。听后，他把烟头一脚踩熄；牛绳往树桩上一挂，说走就走，给我带起路来。

行走中，他说他村里的姑娘个个水灵灵的，不愿嫁出山外，但，山脚下、城市里的漂亮姑娘又愿嫁到这山里来……行走中，我们不知不觉就走到了摇钱树边。这棵树，又名青钱柳，是一种珍贵的树种。他指着这棵摇钱树说："摇钱树，杈杈杈，杈上长了若个芽；摇一摇，开金花，村民富裕全靠它……"

它的腰壮实。粗壮的树干四个成年人手牵手才能抱拢。硕大的树冠，像把巨伞遮掩大半个山头。它的枝叶如柳，美丽而多姿。果实一吊吊的，宛如金铜钱。从当年秋天到次年的夏天，风一吹，枝叶摇曳，那声音如这河里“哗哗哗”的流水声，仿佛这山里“当当当”的牛羊声，也好像山里人“呵呵呵”的笑声。当年，贺龙率部队在土地垭战役时，队员受伤，找不到药，一个土郎中爬上这棵树抓几片叶子给伤员洗洗伤口，再也不痛了。当地人扯把叶子往水壶里一塞，几瓢水一灌，一煮，茶水就叽叽咕咕地笑出声来。人们一喝，疾病没了，干劲来了，山里一些七八十岁的人身子都硬朗得很。

这树喜欢这里的山，喜欢这里的水，更喜欢这里的土地，因为它对这片土地爱得深沉。

而今，这样的树在这大山里已是漫山遍野。尽管它们都有一席之地，但对那棵古老的大树很尊敬，并以它为榜样不惧严寒，不怕暴风雨雪，不屈不挠地生长着，成为一道道风景。这里的青钱柳叶很想见见外面的世界，山里人为其所想，建起一个“高山怡韵”茶厂，生产起尖峰神叶青钱柳茶。

返山，山沟里又唱起了“地是刮金板啦，山是万宝山呢，树是摇钱树，人是活神仙……”这首桑植民歌，声音清脆。我猜想，这歌手肯定喝过尖峰神叶青钱柳茶。我听着听着，想起了作家三毛曾说过的一句话：“如果有来生，我愿做一棵树，站成永恒，没有悲伤，一半在风里飞扬，一半沐浴阳光……”

刘家寺的水井

冬季的天空，略显落寞。天空少许云彩，但，没有风，那天给我的感受显得有些干冷。如此的干冷，让我的嘴唇有些干裂起来。我忍不住用舌头一次又一次地舔着。这时的我，真想有一口清凉的水脱去这份难忍。

我去刘家寺，缘于一个人说那里有口长“耳朵”的水井。当我走进这村子里，老远望去，草地上，已铺上一层淡淡的薄霜。站在草垛边的我，立马想起儿时在乡村水井边挑水的乐趣。井中水的凉爽，撩动我的心思。

刘家寺，在湖南省桑植县马合口白族乡。

行走中，我遇上一个老头，他拄着拐杖，问我：“你从哪里来，找谁？”我礼貌地回答："听说这村里有口神秘的水井，我想去看一看。"这老头微微一笑，说："我带你去！"一路上，我们边走边聊，当走到一大片的玉米地边，停了下来，他用拐杖在薄霜上使劲地一点，跟我说："这里是个宝啊！"我仔细地打量，东看西瞧，什么都没发现。他接着说："水井就在这下面，掩藏起来了。"

我从老头的口里得知，这水井，原看得见时，它呈四方形，井口较宽，井壁光滑，水井之深，正如《荀子·荣辱》中说："短绠不可以汲深井之泉。"

这水井，已有几百年历史。它是听着村里人和外来人唱歌长大的。凡来这里的人，不唱歌，洞内的水不流，歌一唱，洞内的水犹如村子里的鸡叫声"咯咯咯"地流了出来，歌声大水量就大。洞中之水，取之不竭，用之不尽。曾喝过这井中水的人不少，当年贺龙骑马招兵路过这里，喝了这水；湖北、贵州、四川等地生意人经过这里，喝了这水；乡里村上的人来到这里，喝过这水。传说，在这水井边，只要一人唱歌，百人就有水喝。如果你不唱歌，即使你等上三年零六个月也得不到水喝。凡喝过这井里水的人，都说它的好话，说它心眼好，一视同仁，无论你从哪里何时来到这井边，只要你唱歌，唱桑植民歌，它都令你喝过水之后，舒心、快乐。这水井，耐得住寂寞，它明白寂寞是福。它像大地上的眼睛一样，默默地静思着历史的沧桑岁月。它见证了村上每家每户的人和事，伴随人们度过无数的春夏秋冬。当年，人们带它欣赏过村子里的连心桥，背它去见过"初一敲一锤，十五还有声"的观音山寺庙里的大钟，携着它见过村里的花与树，它还顺着人们远眺的目光欣赏过村上的日月洞。凡村子里发生的大事小事都瞒不过它，因村上人给它烧过香，磕过头，作过揖。它不仅养育了一代又一代的刘家寺人，而且养育了不少的村外人。

刘家寺的水井，我来了，我已站在你的身边为你唱歌，可我不晓得怎样才能喝上你那清凉的水？

作家专栏

朱砂痣

——母亲的片段

◎ 冯杰

我三十七岁那年父亲病逝,终年七十一岁。父亲去世那年母亲六十二岁。母亲用无奈的口气说:你爸一辈子喜欢干脆,走得也干净利索,不拖累人。

说归说,受打击最大的还是母亲,一段时间里她突然两耳失聪,全听不见。到开封医院耳科治疗半月才好转。

以后和母亲相处,亲戚们称我母亲是会高寿的,我便有了全部的寄托。短短四年后,母亲去世。母亲的去世让我最后寄托亲情的那一根稻草沉了下去,世界顿时空茫。我后来得了一段时间的抑郁症,在那片暗灰沼泽徘徊。十二年里,写母亲的文章一直不愿触及,是不敢提笔,只是放任那些情感在其他文字里慢慢散掉、化解。

父亲老家是豫北滑县冯潭村,在东,母亲老家是留香寨,在西,两地相距七八华里。如今每到节日烧纸,从东向西,先烧给父亲母亲,再烧给姥姥姥爷。依旧像半世纪前童年走亲戚一样。路边草木依旧,只是人事全非。

我小时候在留香寨跟随外祖父母生活,只把母亲老家奉为故乡,一村杏花开在心上。父亲在五十里开外的长垣县孟岗小镇营业所当了一辈子会计,他脾气耿介,不会求人,只靠一方算盘立世,我只继承了父亲的耿介和脾气。全家六七口人生活来源指望父亲一人工资维持。萝卜白菜,柴米油盐,压力如山,过日子多亏母亲的俭朴细算。

母亲没有工作,小镇上有个社办被服厂,母亲会裁缝手艺,开始从中接些散活,我家叫“砸衣服”,我童年在被服车间里穿梭过,缝纫机声音里弥漫着布匹的气息，靛蓝的气息，记得加工有劳动服、工作服、印有“为人民服务”的各种旗帜，有时还缝制不同派别红卫兵的袖章，最后放上纸板刷上白漆字。计件付酬，收入不定。车间装满一个革命年代。

有一次，在母亲的车间里，我还偷过一小块打磨布匹的石蜡，回家铸造了两颗蜡烛，点亮。

加工的活不稳定，时多时少。有时活紧，需要准时干完，母亲只好白天在被服厂“砸衣服”，夜晚把公家的一架缝纫机拉到家里，连夜赶制。到天亮再拉回厂里。次数多了，父亲觉得不适合，把家里的储蓄斟到凑合，又借些钱，父母合计一下准备买一台缝纫机，当时缝纫机最好的是蜜蜂牌，但价格贵，一百多块钱买了一台另一种蝴蝶牌的，这一只铁蝴蝶成为当年家史上的大事，近似今日一座房子。我家终于有了一件重器，它不亚于《历史》书上的司母戊鼎，母亲能在自己的机器上连夜缝制衣服，是缝纫机的主人了。

一盏四十瓦的灯泡像太阳一样照耀，我还能凑在灯下看画书。有时好奇，我趁机也急急蹬一下机器踏板，它哒哒叫唤，直到把轮子上的皮带蹬掉或是丝线纠缠一起。

我时常夜半醒来，是被缝纫机的哒哒声惊醒，看到灯光下母亲巨大的背影在灯光里摇晃。

常年奔波的缘故，母亲的腿脚不好，年轻时脚趾开始变形，脚底长满厚厚老茧，走路硌得疼，晚上下工要用剪刀削剪，有时父亲在一边会举灯照明。父亲从林场找来木瓜晒干，母亲用木瓜水泡脚，加上花椒，说可以舒筋活骨，以备第二天能更好干活。

那是我最早认识的木瓜，终生认可了它的独特香气，木瓜不俗。

我有一个姐姐两个妹妹，我们四人一年四季穿的衣服都是母亲一手缝制，或依照顺序大号改小号的。小镇上有人家很是羡慕母亲的手艺，说“冯会计家的孩子衣服穿得都是规规矩矩的”。这些外观体面得益于母亲的裁缝手艺。母亲讲究不将就。

她一直保持这门手艺。晚年母亲戴着花镜，用我姥姥织存的一块土布为我做了一件上衣，圆领，盘扣，我珍惜藏着不舍得穿，布料有点落伍，妻子问，我安慰她一本正经说，等我有一天获诺贝尔化学奖演说时再穿吧。

母亲热心，经常帮忙为别人义务做衣服，裁衣服，赔工赔料。她常为小镇上一位理发师免费做衣服，照街坊辈我喊理发师“进全婶”，这位理发婶过意不去，想回报母亲，主动要把我的“头事”包了下来，免费为我剃头，进全婶每次看我上下学路过，头发蓬乱如一堆茅草，她会出来撵着喊我剃头，我有“护头”习惯，多会说“没空”。从小学到初中，都是小镇上的进全婶给我剃头。上初中后个子长高了，我觉得再免费剃头有点不好意思。每次路过剃头铺便躲着走。母亲知道后就笑，解释说：“我平常给她做的衣服足够你剃好多次头的。”也不再勉强为难我。

为了端上一个“铁饭碗”，我很早考入农行参加工作，从基层奔波成了一名小职员，有一年春节前放假，邻居同事们都是大包小包往家带年货，我推着那辆旧自行车从单位回家，后座也驮着一个装满的麻袋。母亲正在院子寒风里整理白菜萝卜，一进门她赞扬我终于也会回家买年货了。哪知卸下来却是一麻袋书，我从大百科出版社邮购的一套精装中文版十卷本“简明大不列颠百科全书”，恰好春节前寄来，装了满满一麻袋，在节前的气氛里它外观真是疑似年货。

母亲看到后，理解并宽慰地笑笑。我平时没给家里买过东西，日常都是母亲奔波张罗，她和我姥爷会在集上买便宜的菜蔬。我还特意买过一次，回家母亲却说我买贵了。

每想到这一春节书事多是内疚。尽管那些都是精装的书。

母亲识字不多，不懂艺术，只知道给全家带来温暖才是可靠保证。那些年月出奇的寒冷，我以敲打屋檐结冰的“琉璃喇叭”为乐。中原房屋一般里外一样透凉，我不能用大冰箱来比喻，当时没有。父亲的耳朵常被冻伤，戴的是母亲缝制的一副“耳暖”。

一入冬，母亲要做的头件事是用旧粗布缝制一种“草铺地”，把从乡村要来的新麦秸一把一把装满“草铺地”，铺到床上用于全家冬天御寒，其次是站到板凳上一一糊窗棂。

我家借住父亲单位的房屋冬天漏风，四壁窗棂被寒风吹得吱吱作响，像墙上贴满老鼠的叫唤。母亲平时都是用报纸糊窗棂，一年冬天，母亲找不到更厚的纸，临时翻到我临徐悲鸿的一张群马图，觉得这张合适，蘸上厚厚面浆，糊上窗棂，恰到好处，果然挡住了寒风。我爸下班后看到，急忙要揭下，怕我回家看到。他埋怨我妈不该如此举动，父亲总以为儿子将来会是另一位徐悲鸿，似乎我的每一张画都会价值连城。母亲却解释说：屋里冬天不冷才要紧。

可惜那些水墨纸马在冬天都冻死掉了。我以后尽管临池不辍，还是囿于条件和眼界，任我多年里如何所谓奋斗，命运也没有让我成为另一位徐悲鸿。我愧对了父母的期待和那些漏风的窗棂。

母亲一向很宽容厚道，一辈子没骂过我们。我家院里放一方大铁砧，约二三十斤，平常我使用，在上面砸铁丝砸铁皮。有一年冬天，两位收废品的农村夫妇把架子车停在门外，来我家找水喝，院里有一架“小压井”，可以随压随喝。母亲却觉得水太凉，热情返回厨房给他们端开水。中间时间里，两位收废品者实在敬业，把我家使用的那方铁砧偷偷搬到车上。水喝完了，再找不见那方大铁砧，母亲就远远地撵到了他们的架子车，从车上把铁砧搬回家。

我笑着埋怨她说：你非要让他们喝开水，喝凉水就没这事了。母亲说：我是怕人家喝凉水乍出来病。

母亲常这样宽慰自己。那些年黄河两岸发水，经常有河东过来要饭的，男女们攉着柳篮子，递上空空的瓷碗。母亲为人盛饭从不应付，会勺子搅搅，把饭在锅里热好再端出去。

母亲有我姥姥姥爷那里传下的秉性，人缘善良，全家人曾随父亲搬过多次家，我记事就搬过三次，每到一个新地方，左邻右舍会逐渐聚来，或交心或诉苦，甚至一地鸡毛的琐事也让我母亲评判，我都听得不耐烦了，母亲仍有耐心。谁家娶媳妇，按照风俗，都是特邀我母亲提前去做新人的被子。

二〇〇三年春天全国非典弥漫，我居住的小县人心惶惶，如临大敌。每条胡同要选出一位“区域领导”来义务负责本区情况，别人都不想干，选了一圈，大家公推我母亲为长垣县建蒲小区西一巷胡同的防非典主任，还发了一个红袖章，每天在胡同口扯一条红绳，来了外人需要盘查。随着非典消失，此职务自然失效，这大概是母亲仕途上最大的官衔。

母亲吃过很多苦，由于她和我姥姥当年在故乡以野菜度过荒，多年在乡村生活保留下来的习惯，每到春天来临，母亲要采野菜，母亲领着我们姊妹四家的一群孩子，带上竹竿、钩子、竹篮、编织袋去田野捋柳絮、槐花、榆钱、楮桃穗、地里的茵陈、迷糊菜，面条棵之类，回来洗净蒸菜，然后每家都会分一份。有时野菜采多了，她怕浪费舍不得扔，焯熟晒干装在袋子里，用于冬天包菜馍使用。

母亲情愿自己吃亏，也多宽待别人。她一直在小村小镇这类小地方生活，传承有我姥姥那里的世界观，对人事的态度温暖，对艰难日子的忍耐，对世道的宽容，这些无形里滋润着我们姊妹四个。

母亲晚年得的是肝炎，看病吃药没有地方报销，早期开药一直使用父亲的名义，因为父亲退休待遇里有一部分药费用不完可以报销，那几年我和姐姐往返于郑州长垣之间。恍惚一条药路苦香弥漫，母亲常嫌药贵。后来母亲病情每况愈下，深夜里，我和我姐面对化验单比较那些升高或降低的冰凉数字，看得惊心发凉。

晚年陪同母亲从郑州医院转回县城治疗，守在病床前，那是我们和母亲最后的时光。我在希望和失望里沉浮，期待能有奇迹却回天无术。

当时使用手机是双向收费，对我来说手机是奢侈品，周围的同事都有了我还没有。为了方便联系母亲的病情，和母亲商量后买了一部叫摩托罗拉牌子的手机，一机在手中间便没有换过，直到多年后电池老化再不能充电，才不得不换新手机。它像一方特殊的记忆板块。等如今有了更新的手机，我却再也叫不通母亲了。

一直记着小时候母亲给我讲过的两个奇事，那时还小，可每一件事都让我哭过一次。

我腿内侧长有一枚红痣，是朱砂痣，那种赤色终身不变。一天黄昏，母亲对我说："要是有一天你丢了，我能照这个记号找到你。"人间还会有这种事？我一直觉得和妈妈在一起永远不会有丢掉那天，世上有母子分别吗？那次好像真丢一次，小小的内心发痛，我哭了。

母亲还讲过一个邻村里发生的事。一个女人因家庭生变改嫁到别村，留下三个孩子，几年过去，三个孩子想念了要去找妈妈，商量后，凑些旧鞋破布，换钱买回一包糖果做礼品，大孩子领着两个弟妹，步行了半天来到母亲新家，母亲新家的人不让三个孩子进门，还把一包糖果扔出门外。那一次我又哭了。母亲不要孩子了。这怎么会是母亲做的事？

这些都是我很小年纪里的事情，却凝固下来。灯光遥远而恍惚。

现在，是我把母亲丢了，或是母亲把我丢了？天上人间，母子再不能相见，哪怕我有一枚终生携带的朱砂痣，再红那也惘然，无非是一道流星。

一个人在世间，家里如果有母亲在，姊妹兄弟们总是一家亲人，像绿叶簇拥着树干，当母亲没有了，大家各自忙碌见面稀疏，只能成了亲戚。

欧阳修有句："祭而丰不如养之薄。"一个人在母亲生前不能尽职尽孝，死后再写忏悔文字也是愧疚之事。

我母亲有个中国女人最平常的名字，叫孙素梅，姥姥和老家的人常喊她乳名"小绵"，应是柳绵的"绵"。是中原春天飘飞的那种絮绵，每到故乡初春，大地总会杨柳如雪。想起苏轼那句"细看来，不是杨花，点点是离人泪"。母亲一九三九年农历九月十六生，六十六年之后，故乡葛花开了，槐花开了，柳绵在飘，母亲在春天去世了。

每逢暮雨倍思卿

◎ 李一鸣

那颗心定然是苦的。

在那样一个年代，读书人实现人生抱负和价值的渠道可谓单一，由读书而科举而从政几为文人唯一进阶路途。但政治生态如此恶劣，士的命运几乎完全掌握在皇帝手中，顺者昌，逆者亡，时而用，时而弃，进退失据，无所适从；皇权控制力如此强大，政治高压如磐压心，柔弱人性被扼杀，独立思想遭囚禁，个体政治主张绝难实行，内心追求又何以实现？而那朝廷之上，文人之间，争宠邀功，争权夺利，尔虞我诈，比比皆是，一个人基本的安全感、归宿感、成就感无处寻求。而当精神失意、仕宦不达时，逃离矛盾之地，为自己创造一个衣蓑戴笠、放浪山水、友渔结樵、斜风细雨的超尘之境，求取归向自然、走入内心、隐于草野、放逸精神的适意人生，便成为心灵的必然选择。

隐，逢时而出。

而，隐，又何其难！

或许，在隐念产生同时，贬就在等着你了。

面对遭贬，难以想象有人会不愁绪满怀。即便像李白那样豪情万丈之人，在长流夜郎时，也有"平生不下泪，于此泣无穷"(《江夏别宋之悌》)的悲吟；韩愈可算硬骨头，敢于向皇上勇谏佛骨，可在贬迁潮州时，亦发出"知汝远来应有意，好收吾骨瘴江边"(《左迁蓝关示侄孙湘》)的绝望悲鸣；柳宗元贬迁柳州，在《登柳州城楼寄漳汀封连四州刺史》中，更是"肠一日而九回”，哀婉凄切，字字悲凉。

贬的地方，是荒芜；贬的未来，是未知；贬的心情怎不慌张荒凉？

一个人遭贬一次，或就消沉一生。一个被贬谪多次的人，他的心怎能是一派泰然？

想他本是天才少年，二十岁意气风发荣登进士，被授大理评事，签书凤翔府判官，后因父亲病故，丁忧扶丧归里。三十二岁回朝，彼时王安石正施行新法，他因路见新法之害，毅然上书反对，后被迫自求外放，调任杭州通判，继知密州、徐州、湖州。十年过去，沧海桑田，但盯着他的人没有眨眼，以莫须有的罪名酿就“乌台诗案”，把他打进大牢一百零三天，差点丢了性命。出狱后遭遇人生第一次贬迁，责授黄州团练副使，不得签书公文。到了四十七岁，新党倒台，司马光为相，他被召还朝，担任礼部郎中，半月后，升起居舍人，三个月后，升中书舍人，不久又升任翰林学士，知礼部贡举，可谓春风得意。但独立不随的人生信条，使他面对旧法之弊不会沉默，在打击面前，五十二岁的他回到阔别十六年的杭州，后改知颍州、扬州、定州。元祐八年（1093），新党亲政，他又相继遭逢第二、第三次贬迁。既不能容于新党，又不能见谅于旧党，就这样他的人生三遭贬谪，一贬黄州、再贬惠州、三贬儋州，渐行渐远，愈贬愈离，四十三岁盛年挺拔，五十七岁身形佝偻，到六十岁远至荒荒边地时已是垂垂老矣！

然而，当他结束海南的贬谪生活回归内地时，《六月二十日夜渡海》一诗披露了另外的心迹：“参横斗转欲三更，苦雨终风也解晴。云散月明谁点缀，天容海色本澄清。空余鲁叟乘桴意，粗识轩辕奏乐声。九死南荒吾不恨，兹游奇绝冠平生。”参横斗转，云散月明谁点缀？此系诘问章惇：“卿居心不净”“滓秽太清”，如今“云散月明”，还有谁“点缀”呢？天容海色本澄清，乃公自谓也，你章惇之流“点缀”太空的“微云”既已散尽，质本洁来终澄清。苦雨淫风的日子终于过去了！在此人们或能体会一颗孤独灵魂辗转于贬谪途上的心境。而结句“九死南荒吾不恨，兹游奇绝冠平生”，又呈现出他在坎坷莫测的峥嵘人生中九死不悔的倨傲和旷达豪放的襟怀。

惠州,或是他贬谪生涯中最难释怀的吧?

未到惠州之前,当他沿北江顺流而下行至清远,览青山绿水,置宠辱于外,恰逢一顾姓秀才热情向他介绍惠州风物,便禁不住写下了《舟行至清远县,见顾秀才,极谈惠州风物之美》:“到处聚观香案吏,此邦宜著玉堂仙。江云漠漠桂花湿,海雨翛翛荔子然。闻道黄柑常抵鹊,不容朱橘更论钱。恰从神武来弘景,便向罗浮觅稚川。”真有点急不可待了。而到达惠州这天,天朗气清,风和日丽,当他步出船舱,发现码头上竟站满了人。惠州张开怀抱给这个困顿中的人以意外温暖,顿时,一首《十月二日初到惠州》便口占而成:“仿佛曾游岂梦中,欣然鸡犬识新丰。吏民惊怪坐何事,父老相携迎此翁。苏武岂知还漠北,管宁自欲老辽东。岭南万户皆春色,会有幽人客寓公。”他仿若真的找到了闲适所在。

他第一次吃荔枝,即吟咏《四月十一日初食荔枝》一诗:“垂黄缀紫烟雨里,特与荔枝为先驱。海山仙人绛罗襦,红纱中单白玉肤。不须更待妃子笑,风骨自是倾城姝。”真是一见倾心。自那之后,他的生花妙笔就尽情挥写对荔枝的喜爱。“荔子几时熟,花头今已繁”,荔枝尚未结果,已是连连发问,因见荔枝花开,而欣喜备至;“留师笋蕨不足道,怅望荔枝何时丹”,荔枝已经见果,为思早食荔枝,竟至眼巴巴痴望荔枝树,为荔枝未红而心情惆怅,痴盼期待之心何其急切;以致书写《食荔枝二首》时,终得千古名句:“日啖荔枝三百颗,不妨长作岭南人。”这真是极而言之的心声吐露,为享荔枝之福而发终身栖居岭南之愿,人生和生命与荔枝须臾不可分矣!

是的,往前看,与他初贬黄州时相比,在惠州确乎不见了曾经“空庖煮寒菜,破灶烧湿苇”的失意,“雨中有泪亦凄怆,月下无人更清淑”的苦闷。向后看,在儋州是“饮食不具,药石无有”。而在岭南,则是“居三年,泊然无所蒂介,人无贤愚,皆得其欢心”。这似乎是他生涯中一段远离祸患、安然静度、归隐民间的日子。

不过，他毕竟少年即“奋厉有当世志”，笃信“用舍由时，行藏在我”，尽管也寄情山水自然，拥抱清风明月，饱吃惠州饭，细和渊明诗，但向往天下治平，改革萎靡积习，卓然有立的他，又怎能在出世与入世两难的心境中彻底避世遁俗？放逸外表难掩超迈情怀。在《和陶咏三良》中，他禁不住焕发精神：“杀身固有道，大节要不亏。君为社稷死，我则同其归。”在喜品荔枝美味时，也发出了《荔枝叹》：“我愿天公怜赤子，莫生尤物为疮痏。雨顺风调百谷登，民不饥寒为上瑞！”为解民众渡河之苦，他倡议筑堤建桥，面对资金难以为继，他带头“助施犀带”，还动员弟妇史氏捐出“黄金钱数千”。桥堤竣工之日，惠州百姓欢欣雀跃，扶老携幼前来参观：“一桥何足云，欢传广东西。父老有不识，喜笑争攀跻。”当他看到当地百姓弓身插秧，异常辛劳，便积极推广在武昌所见农具秧马，船状秧马既可载秧，又宜坐人，人坐其上，边插边退，告别弓腰劳作之累。一个仅作为“宁远军节度副使惠州安置”的无权无势遭贬之人，仕途步入绝境，但心与这块土地和百姓连在了一起。

而他的朝云永远留在了这里。那个因家境清寒，自幼沦为歌妓的孩子，却独具一种清新、高雅的气质。命运的偶然，他与她相遇在杭州。“欲把西湖比西子，浓妆淡抹总相宜”，明写西湖旖旎，暗喻他初见朝云时心里的颤动。一路贬谪，一路相随，密州、徐州、湖州、黄州、惠州，颠沛流离的生活，相伴相知的日子。他永记得那日退朝食罢，他扪腹徐行，问诸位侍儿：“汝辈且道是中何物？”一曰：“文章”；另曰：“见识”；至朝云则曰：“学士一肚皮不合入时宜。”他捧腹大笑，赞道：“知我者，唯有朝云也。”如果不是具有独立人格，他怎能不随新党，亦反旧党，从而走上这颠沛流离之路？到得惠州，他已是年近花甲，她才三十岁出头，身边侍儿姬妾陆续离去，唯有朝云始终追随。谁料想造化弄人，这样一位善解人意的伴侣，却突染瘟疫，不治身亡，离开尘世喧嚣，遽尔凄清归去。西湖孤山南，塔下松林中，埋进了那个长袖徐舒、轻盈曼舞的人，那个黛眉轻扫、楚楚可人的人，那个空谷幽兰、清香幽幽的人。笑渐不闻声渐悄，天涯是处有孤魂。弥留之际，朝云执其手诵《金刚经》四偈："一切有为法，如梦幻泡影，如露亦如电，应作如是观"，其中寄寓对世事的彻悟，也潜在对他的牵挂。他满怀万千情感，亲笔为她写下《墓志铭》："浮屠是瞻，伽蓝是依。如汝宿心，唯佛是归。"此后又有《惠州荐朝云疏》《朝云墓志铭》《西江月·梅花》《雨中花慢》《题栖禅院》等许多诗文来怀念这位红颜知己。他还在墓上筑六如亭，亭柱之上，楹联两分："不合时宜，惟有朝云能识我；独弹古调，每逢暮雨倍思卿。"

惠州真的有幸啊！一自此人谪南海，天下谁敢小惠州？

在他去世前两月，行将走到生命尽头，回首一生，他自我评价："问汝平生功业，黄州惠州儋州"。

遭贬之旅，竟标举为一生事功。

短短十二字，胜千万言矣。

真有你的，东坡先生！

岁月侵人不留痕

◎ 蒋子龙

童年就是天堂

天堂往往被神话故事描绘得云遮雾绕、虚无缥缈，没有绿色和人间烟火。我所经历过的天堂恰恰相反，那里是一片绿色，而且是一种生机勃发的翠绿，富有神奇的诱惑力和征服性……差不多人人都有过这样的天堂——那就是童年。

童年的色彩就是天堂的颜色，它为人的一生打上底色，培育了命运的根基。因此随着年纪的增大，会更加向往能再次躲进童年的天堂。

我儿时的冬季是真正的冰天雪地，没有被冰雪覆盖的土地被冻得裂开一道道很深的大口子。即使如此，农村的小子除去睡觉也很少待在屋里，整天在雪地里摸爬滚打。因此，棉靴头和袜子永远是湿漉漉的，手脚年年都冻得像胡萝卜，却仍然喜欢一边啃着冻得梆硬的胡萝卜一边在外面玩耍：撞拐、弹球、对汏……

母亲为防备我直接用棉袄袖子抹鼻涕，却又不肯浪费布做两只套袖，就把旧线袜子筒缝在我的袄袖上，像两只毛烘烘的螃蟹爪，太难看了。这样一来，我抹鼻涕就成"官"的了，不必嘀嘀咕咕、偷偷摸摸，可以大大方方地随有随抹、左右开弓。半个冬天下来，我的两只袄袖便铮明瓦亮，像包着铁板一样光滑刚硬。一直要到过年的时候老娘才会给我摘掉两块铁板，终于能看见并享受到真实而柔软的两只棉袄袖子。

春节过后，待到地上的大雪渐渐消融，最先感知到春天讯息的反倒是地下的虫子。在场院的边边角角比较松软的土面上，出现了一些绿豆般大小的孔眼，我到阳坡挖一根细嫩的草根伸到孔眼里，就能钓出一条条白色的麦芽虫，然后再用麦芽虫去捉鸟或破冰钓鱼。鸟和鱼并不是那么容易捉到，作为一种游戏却很刺激，极富诱惑力，年年玩儿，年年玩儿不够。

二月二"龙抬头"之后，大地开始泛绿，农村就活起来了。我最盼望的是榆树开花，枝头挂满一串串青白色的榆钱儿，清香、微甜，可生吃，可熬粥，可掺到粮食面子里贴饽饽，无论怎么吃都是美味。农村的饭食天天老一套，能换个花样就是过节。这个时候又正是农村最难过的时候，俗称"青黄不接"——黄的（粮食）已经吃光，新粮食尚未下来。而农民却不能不下地干活了，正需要肚子里有食，好转换成力气……

一提到童年的天堂，就先说了这么多关于玩儿和吃，难道天堂就是吃和玩儿？这标准未免太低，也忒没出息了，让现在的孩子无法理解。现代商品社会物质过剩，食品极大的丰富，孩子们吃饭成了家长们的一大难题，家家的"小皇帝"们常常需哄着吓着才肯吃一点儿。在我小的时候，感觉肚子老是空的，早晨喝上三大碗红薯粥，小肚子鼓鼓的，走上五里路一进学校，就又感到肚子瘪了。可能是那个时候农村的孩子活动量大，平时的饭食又少荤腥多粗粮，消化得快，肚子就容易饿。容易饿的人，吃什么都是享受，便觉得天堂不在天上，生活就是天堂。而脑满肠肥经常没有饥饿感的人，饥饿也可能成为他们的天堂，或是通向天堂的阶梯。我记得童年时每次从外面一回到家里，无论是放学回来，还是干活或玩耍回来，第一个动作就是踅摸吃的，好像进家就是为了吃。俗云："半大小子，吃死老子！"会过日子的人家都是将放干粮的篮子高高悬于房顶，一是防儿，二是防狗。这也没关系，在家里找不到吃的，就到外面去打野食，农村小子总会想出办法犒赏自己的肚子——这就是按着季节吃，与时俱进。

春小麦一灌浆就可以在地里烧着吃，那种香、那种美、那种富有野趣的欢乐，是现在的孩子吃任何东西都无法比拟的。进入夏、秋两季，地里的庄稼开始陆续成熟，场院里的瓜果梨桃逐渐饱满，农村小子天天都可以大饱口福。青豆、玉米在地里现掰现烧，就比拿回家再放到灶坑里烧出来的香。这时候我放学回到家不再直奔放饽饽的篮子，而是将书包一丢就往园子里跑，我们家的麦场和菜园子连在一起，被一条小河围绕，四周长满果树，或者上树摘一口袋红枣，或者找一棵已经熟了的转莲(向日葵)，掰一口袋转莲籽，然后才去找同伴玩儿，或按大人的指派去干活，无论是玩儿或干活，嘴是不会闲着的。

甚至在闹灾的时候，农村小子也不会忘记大吃。比如闹蝗灾，蝗虫像飓风搅动着飞沙走石，铺天盖地，自天而降。没有人能明白它们从哪里来，怎么会有那么多，为什么没有从小到大的成长过程，一露面个个都是凶猛的大蚂蚱，就仿佛是乌云所变，随风而来，无数张黄豆般大的圆嘴织成一张摧枯拉朽的绝户网，大网过后庄稼只剩下了光秆儿，一望无际的绿色变成一片白秃秃。大人们像疯了一样，明知无济于事，仍然不吃不喝没日没夜地扑打和烟熏火燎……而孩子们对蝗虫的愤怒，则表现在大吃烧蚂蚱上，用铁锨把蚂蚱铲到火堆上，专吃被烧熟的大蚂蚱那一肚子黄籽，好香！一个个都吃得小嘴漆黑。

当然，农村的孩子不能光是会吃，还要帮着家里干活。农村的孩子恐怕没有不干活的，可能从会走路开始就得帮着家里干活，比如晒粮食的时候负责轰鸡赶鸟、大人干活时在地头守着水罐，等等。农村的活儿太多太杂了，什么人都能派上用场，孩子们不知不觉就能顶事了，能顶事就是长大了。但男孩子第一次下地，还是有一种荣誉感，类似西方有些民族的“成人节”。我第一次被正式通知要像个大人一样下地干活，大概是五六岁的时候，我记得还没有上学嘛，提一个小板凳跟母亲到胡萝卜地间苗。母亲则挎一个竹篮，篮里放一罐清水，另一只手里提着马扎。我们家的胡萝卜种在一片玉米地的中间，方方正正有五亩地，绿茵茵、齐刷刷，长得像蓑草一样密实。我们间苗从地边上开始，母亲坐在马扎上一边给我做样子，一边讲解，先问我胡萝卜最大的有多粗，我举起自己的胳膊，说最粗的像我的拳头。母亲就说两棵苗之间至少要留出一个拳头的空当，空当要留得均匀，但不能太死板，间苗要拔小的留大的……

许多年以后我参军当了海军制图员，用针头在图板上点沙滩的时候，经常会想起母亲给我讲的间苗课，点沙滩就跟给胡萝卜间苗差不多，要像筛子眼儿一样点出规则的菱形。当时我最大的问题是坐不住屁股，新鲜劲儿一过就没有耐性了，一会儿蹲着，一会儿站起来，一会儿喝水，喝得肚子圆鼓鼓的又不停地撒尿……母亲后来降低条件，我可以不干活但不能乱跑，以免踏坏胡萝卜苗。于是就不停地给我讲故事，以吸引我坐在她身边，从天上的星星直讲到地上的狗熊……那真是个幸福的下午。自从我能下地野跑了，就很少跟母亲这样亲近了。

小时候我干得最多的活是打草，我们家有一挂大车，驾辕的是牛或者骡子，还有一头黑驴，每到夏、秋两季这些大家伙们要吃的青草大部分得由我供应。那时候的学校也很有意思，每到天热，地里家里活儿最忙的时候，也是我最愿意上学的时候，学校偏偏放假，想不干活都不行。夏天青草茂盛，打草并不难，难的是到秋天……

秋后遍地金黄，金黄的后面是干枯的白色，这时候的绿色就变得格外珍贵了。我背着筐，提着镰刀，满洼里寻找绿色——在长得非常好的豆子地里兴许还保留着一些绿色。因为豆子长高以后就不能再锄草了，好的黑豆能长到一人高，枝叶繁茂，如棚如盖。豆子变黄了，在它遮盖下的草却还是绿的，鲜嫩而干净。秋后的嫩草，又正是牲口最爱吃的。在豆子地里打草最苦最累，要在豆秧下面半蹲半爬地寻找，找到后跪着割掉或拔下。嫩草塞满了把，再爬到地外边放进筐里，然后又一头钻进汪洋大海般的豆子地。

我只要找到好草，就会不顾命地割满自己的筐。当我弯着腰，背着像草垛般的一筐嫩草，迎着辉煌的落日进村时，心里满足而又骄傲。乡亲们惊奇、羡慕，纷纷问我嫩草是从哪儿打来的，还有的会夸我“干活欺”（沧州话就是不要命的意思）！我不怎么搭腔，像个凯旋的英雄一样走进家门，通常都能得到母亲的奖励。这奖励一般分两种：一种是允许我拿个玉米饼子用菜刀切开，抹上香油，再撒上细盐末。如果她老人家更高兴，还会给我三分钱，带上一个焦黄的大饼子到街里去喝豆腐脑。你看，又是吃……但现在想起那玉米饼子泡热豆腐脑，还香得不行。

我最怵头的活儿是拔麦子、打高粱叶子和掰棒子。每当我钻进庄稼地，都会感到自己是那样的弱小和孤单。地垄很长，好像比赤道还长，老也看不到头。我不断地鼓励自己，再直一次腰就到头了。但，腰直过十次了，还没有到头。庄稼叶子在身上脸上划出许多印子，汗水黏住了飞虫，又搅和着蛛蛛网，弄得浑身黏糊糊，紧绷绷。就盼着快点干完活，跳进大水坑里洗个痛快……令我真正感到自己长大了，家里人也开始把我当大人用，是在一次闹大水的时候。眼看庄稼就要熟了，突然大雨不停，大道成了河，地里的水也有半人深，倘若河堤再出毛病，一年的收获将顷刻间就化为乌有。家里决定冒雨下地，往家里抢粮食，男女一齐出动，头上顶着大雨，脚下踩着齐腰深的水，把半熟的或已经成熟的玉米棒、高粱头和谷子穗等所有能抢到手的粮食，掰下来放进直径近两米的大笸箩。我在每个笸箩上都拴根绳子，将绳子的另一端系在自己腰上，浮着水一趟趟把粮食运回家。后来全身被水泡得像白萝卜，夜里我睡得像死人一样，母亲用细盐在我身上轻轻地搓……

至今我还喜欢游泳，大概就是在那个时候练的。在我十四岁的时候，母亲去世，随后我便考到城里上中学，于是童年结束，从天堂走进人间……但童年的经历却营养了我的整个生命，深刻地影响了我一生的生活。我不知别人是不是也这样，我从离开老家的那一天就经常会想家，怀念童年的生活……

悠悠世路不见痕

在我青年时喜欢的歌曲里有一句歌词:“一条小路弯弯曲曲细又长。”命运和文学结合在一起,路就会变得愈加崎岖和坎坷。这第一步是怎么开始的呢?是因为幸运,还是由于灾难?是出于必然,还是纯属偶然?是先天的,还是后天的?我有许多说不清的问题,其中一个就是为什么和文学结下了不解之缘。

也许这路从少年时代就开始了?当时我可实在没有意识到。

豆店村距离沧州城只不过十多里路,在我幼年的心里却好像很遥远。我的“星期天”和“节假日”就是跟着大人到十里八里外去赶一次集,那就如同进城一般。据说城里是天天赶集的。我看得最早和最多的“文艺节目”,就是听村里那些“能能人”讲神鬼妖怪的故事,讲得活灵活现,阴森可怖,仿佛鬼怪无时不在,无处不有。晚上听完鬼故事,连撒尿都不敢出门。那些有一肚子故事的人,格外受到人们的尊敬,到哪家去串门都不会没有人敬烟敬茶。

记得有一次为了看看火车是什么样子,我跑了七八里路来到铁道边,看着这比故事中能盘山绕岭的蛇精更为神奇的铁蟒,在眼前隆隆驰过,真是大开眼界,在铁道边上流连忘返。以后又听说夜里看火车更为壮观,火车头前面的探照灯比妖精的眼睛还要亮。于是在一天晚上我又跑到了铁道边,当好奇心得到了满足,美美地饱了眼福之后想起要回家了,心里才觉得一阵阵发毛,身上的每一个汗毛孔都炸开来,身后似有魔鬼在追赶,且又不敢回头瞧一瞧。

道路两旁的庄稼地里发出“沙沙”的响声,更不知是鬼是仙。当走到村西那一大片松树林子跟前,就更觉毛骨悚然。我的村上种种关于神狐鬼怪的传说都是在那个松树林子里进行的,树林中间有一片可怕的、大小不等的坟地。我的头皮发炸,脑盖似乎都要掀开了,低下头,抱住脑袋,一路跌跌撞撞冲出松树林,回到家里浑身透湿。待恢复了胆气之后,却又觉得惊险而新奇。第二天和小伙伴打赌，为了赢得一只"虎皮鸟"，半夜我把他们家的一根筷子插到松树林中最大的一个坟头上。

长到十来岁，又迷上了戏——大戏（京剧）和家乡戏（河北梆子）。每到过年和三月庙会就跟着剧团后边转，很多戏词儿都能背下来。今天《三气周瑜》里的周瑜吐血时，把早就含在嘴里的红纸团吐了五尺远，明天吐了一丈远，我都能看得出来，演员的一招一式都记得烂熟，百看不厌。

这也许就是我从小受到的文学熏陶。

上到小学四年级，我居然顶替讲故事的，成了"念故事的人"。每到晚上，二婶家三间大北房里，炕上炕下全挤满了热心的听众，一盏油灯放在窗台上，我不习惯坐着，就趴在炕上大声念起来。因为我能"识文断字"，是主角儿，姿势不管多么不雅，乡亲们也都可以原谅。《三国演义》《水浒传》《七侠五义》《三侠剑》《大八义》《济公传》等等，无论谁找到一本什么书，都贡献到这个书场上来。有时读完了《三侠剑》第十七，找不到十八，却找来了一本二十三，那就读二十三，从十八到二十二就跳过去了。读着读着出现了不认识的生字，我刚一打怔神儿，听众们就着急了："意思懂了，隔过去，快往下念。"直到我的眼皮实在睁不开了，舌头打不过弯来了，二婶赏给的那一碗红枣茶也喝光了，才能散场。

由于我这种特殊的身份，各家的"闲书"都往我手里送，我也可以先睹为快。书的确看了不少，而且看书成瘾，放羊让羊吃了庄稼，下洼割草一直挨到快吃饭的时候，万不得已胡乱割上几把，蓬蓬松松支在筐底上回家交差。

这算不算接触了文学呢？那些"闲书"中的故事和人物的确使我入迷，但是对我学习语文似乎并无帮助，我更喜欢做"鸡兔同笼"的算术题，考算术想拿一百分很容易，而语文，尤其是作文的成绩总是平平。

上中学的时候我来到了天津市，这是一个陌生的、并不为我所喜欢的世界，尽管我的学习成绩在班里绝不会低于前两名，而且考第一的时候多，却仍然为天津市的一些学生瞧不起。他们嘲笑我的衣服，嘲笑我说话时的土腔土调，好像由我当班主席是他们的耻辱。我在前面喊口令，他们在下面起哄。我受过各样的侮辱，后来实在忍无可忍，拼死命打过架，胸中的恶气总算吐出来了。我似乎朦朦胧胧认识到人生的复杂，要想站得直，喘气顺畅，就得争，就得斗，除暴才能安良。

一九五七年年底，班干部要列席“右派”的批判会。有一天我带着班里的四个干部参加教导处孟主任的批判会，她一直是给我们讲大课的，诸如《红楼梦》《聊斋志异》等，前天还在讲课今天就成了“右派”，散会后我对班里的学习委员嘟囔：“孟主任够倒霉的。”平时学习委员一直对我当班主席不服气，其实我是因入学考试成绩最高才被任命为班主席，他竟然到学校运动办公室告了我一状。孟主任有一条“罪行”就是向学生宣扬“一本书主义”，学习委员的小报告让“运动办”的人找到了“被毒害最深的典型”。于是全校学生骨干开大会批判我，美其名曰给我“会诊”。批着批着就把我去市图书馆借阅《子夜》《家》《春》《秋》《红与黑》《复活》等图书都说成是罪过。令我大吃一惊的是被我当成好朋友的同学竟然借口看我的借书证，而且还问我有什么读后感，我毫不警觉，心里有什么就说什么，他却全记在小本子上，去向老师汇报。断断续续批了我几个月，全校就只揪出我这么一个“小右派”，一下子臭名昭著，连别的中学也知道了我的名字。

幸好中央有规定，中学生不打“右派”，他们将我的错误归纳为：“受名利思想影响很深，想当作家。”根据“想当作家”这一条再加以演绎，在会上就出现了这样的批判词：“……也不拿镜子照照自己，还想当作家！我们班四十个同学如果将来都成为作家，他当然也就是作家了；如果只能出三十九个作家，也不会有他的份！”

最后学校撤掉我的班主席职务，并给我一个严重警告处分。

处分和批判可以忍受，侮辱和嘲笑使我受不了，我真实的志愿是想报考拖拉机制造学校，十四门功课我有十三门是五分，唯有写作是四分。我仍然没有改掉老毛病:喜欢看小说。他们把“想当作家”这顶不属于我的帽子扣到我头上,然后对我加以讽刺和挖苦。一口恶气出不来,我开始吐血,没有任何症候的吐血,大口吐过之后,就改为经常的痰里带血。害怕影响毕业分配,不敢去医院检查,不敢告诉家里,更不敢让同学们知道而弹冠相庆。一个人躲到铁道外边的林场深处,偷偷地写稿子,一天一篇,两天一篇,不断地投给报社和杂志社,希望能登出一篇,为自己争口气,也好气一气他们:你们不是说我想当作家吗?我就是要当出个样子来叫你们看!但是所有的投稿都失败了。事实证明自己的确不是当作家的材料,而且还深深地悟出了一个“道理”:不管什么书都不要轻易批判,你说他写得不好,你恐怕连比他更差的书也写不出来。

对文学的第一次冲击惨败之后,加上背着处分,出身又不好,我没有继续升学,而是考进了铸锻中心技术学校,后来分配进了天津重型机器厂,是国家的重点企业。厂长冯文斌是大名鼎鼎的人物,在《新名人词典》伟人栏里有他的照片和一整页的说明。工厂的规模宏伟巨大,条件是现代化的,比我参观过的拖拉机制造学校强一百倍。真是歪打正着,我如鱼得水,一头扎进了技术里。想不到我这个从农村出来的孩子对机器设备和操作技术有着特殊的兴趣和敏感,两年以后就当上了生产组长。

师傅断言我手巧心灵将来一定能成为一个大工匠(就是八级工),但是必须克服爱看闲书、爱看戏的毛病。一个学徒工竟花两元钱买票去看梅兰芳,太不应该。我热爱自己的专业,并很高兴为它干一辈子,从不再想写作的事,心里的伤口也在渐渐愈合,吐血的现象早就止住了,到工厂医院照相只得了四个字的结论:左肺钙化。但也留下一个毛病:生活中不能没有小说,每天回到宿舍不管多晚多累,也要看上一会儿书。

正当我意气风发、在工厂干得十分带劲的时候,海军来天津招兵,凡适龄者必须报名并参加文化考试。我出身不好,还受过处分,左肺有钙点,肯定是陪着走过场,考试的时候也很轻松。不想我竟考了个全市第一,招兵的海军上校季参谋对工厂武装部部长说:“这个蒋子龙无论什么出身,富农也好,地主也好,反动资本家也好,我都要定了。”以后很长时间我才想明白,要说我在全校考第一不算新鲜,在全市考第一连我自己都觉得有点奇怪,我并没有想考多好,很大的可能是有些城市孩子不想当兵,故意考坏。我已经拿工资了,对家境十分困难的我来说这四十来元钱非常重要,可以养活三四口人,而当兵后只有六块钱津贴。还要丢掉自己喜欢的刚学成的专业,真是太可惜了。

没想到进了部队又继续上学,是海军制图学校。这时候才知道,一九五八年炮轰金门,世界震惊,我们宣称其他国家不得干涉我国的内政,可我们的十二海里领海在哪儿?因此从京津沪招一批中学生或中专毕业生学习测绘,毕业后绘制领海图。在这之前我确实不想当兵,可阴差阳错已经穿上了军装,想不干也不行了,就不如塌下心来好好干。渐渐地我的眼界大开,一下子看到了整个世界。世界的地理概况是什么样子,各个国家主要港口的情况我都了解,我甚至亲手描绘过这些港口。

我从农村到城市,由城市进工厂,从工厂到部队,经过三级跳把工农兵全干过来了。

当时部队上正时兴成立文艺宣传队,搞月月有晚会。我是班长,不错又当了班长,同样也是因为学习成绩好。为了自己班的荣誉,每到月底不得不编几个小节目以应付晚会。演过两回,领导可能是从矬子里拔将军,居然认为我还能“写两下子”,叫我为大队的宣传队编节目。小话剧、相声、快板、歌词等,无所不写。有时打下了敌人的U2高空侦察机,为了给部队庆贺,在一两天的时间里就得要凑出一台节目。以后想起来,给宣传队写节目,对我来说等于是文学练兵。写节目必须要了解观众的情绪,节目要通俗易懂,明快上口,还要能感染人,而且十八般兵器哪一样都得会一点儿。这锻炼了我的语言表达能力,逼我必须去寻求新的打动人心的艺术效果,节目才能成功。

文艺宣传队的成功给了我巨大的启示。元帅、将军们的接见，部队领导的表扬，观众热烈的掌声，演员一次次返场、一次次谢幕，这一切都使我得意，使我陶醉，但并未使我震动，并未改变我对文艺的根本看法。我把编排文艺节目当成临时差事，本行还是学制图。就像进工厂以后爱上了机器行业就再也不想当作家一样，我把制图当成了自己的根本大业，搞宣传队不过是玩玩闹闹。而且调我去搞宣传队，部队领导的意见就不一致，负责政工的政委点名要调，负责业务的大队长则反对，因为我还负责一个组(班)的制图。我所在部队是个业务单位，当时正值全军大练兵、大比武，技术好是相当吃香的。我在业务上当然是顶得起来的，而且已升任代组长(组相当于步兵的排一级单位)，负责全组的业务工作。如果长期不务正业，得罪了握有实权的业务领导，就会影响自己的提升。

业务单位的宣传队是一个毁人的单位，获虚名而得实祸，管你的不爱你，爱你的管不着你，入党提干全没有份。但是，有一次给农村演出，当进行到"诗表演"的时候，有的社员忽然哭了出来，紧跟着台上台下一片唏嘘之声。这个贫穷落后的小村子，几经苦难，每个人有不同的遭遇，不同的感受，诗中人物的命运勾起他们的辛酸，借着演员的诗情把自己的委屈哭出来了。

社员的哭声使我心里发生了一阵阵战栗，使我想起了十多年前我趴在小油灯底下磕磕巴巴地读那些闲书，而乡亲们听得还是那样有滋有味。我对文学的看法突然间改变了。文学本是人民创造的，他们要怒、要笑、要唱、要记载，于是产生了诗、歌和文学，现在高度发展的文学不应该忽略了人民，而应该把文学再还给人民。文学是人民的心声，人民是文学的灵魂。作家胸中郁积的愤懑，一旦和人民的悲苦搅在一起，便会产生震撼人心的力量。人民的悲欢滋补了文学的血肉，人民的鲜血强壮了文学的筋骨。

文艺不是玩玩闹闹，文学也绝不是名利思想的产物。把写作当成追名逐利，以为只有想当作家才去写作，都是可怕的无知和偏见。所以，过去我为了给自己争口气而投稿，以至于失败，也是理所当然的。因为我肩上没有责任，对人民没有责任，对文学也不负有责任，抱着试一试的态度，一试不行就拉倒。文学不喜欢浅尝辄止，不喜欢轻浮油滑，不喜欢哗众取宠。写作是和人的灵魂打交道，是件异常严肃而又负有特殊责任的工作。人的灵魂是不能憋死的，同样需要呼吸，文学就是灵魂的气管。

我心里涌出一种圣洁般的感情，当夜无法入睡，写了一篇散文。第二天寄给《光明日报》，很快就发表了。然后就写起来了，小说、散文、故事、通讯什么都干，这些东西陆陆续续在部队报纸和地方报纸上发表了。

我为此付出了代价，放弃了绘图的专长，断送了自己的前程，但我并不后悔，我认识了文学，文学似乎也认识了我。带着一百九十元的复员费，利用回厂报到前的休息时间，只身跑到新疆、青海、甘肃游历了一番。我渴望亲眼看看祖国的河山，看看各种面目的同胞。直到在西宁车站把钱粮丢了个精光，才心满意足地狼狈而归，回到原来的工厂重操旧业。

一九六六年，各文学期刊的编辑部纷纷关门，我有五篇打出清样的小说和文章被退回来了。由于我对文艺宣传队怀有特殊的感情，便又去领导工厂的文艺宣传队，以寄托我对文学的怀念，过一过写作的“瘾”。1972 年，《天津文艺》创刊，我东山再起，发表了小说《三个起重工》。

我相信文学的路有一千条， 一人走一个样儿。我舍不得丢掉文学，也舍不得丢掉自己的专业，每经过一次磨难就把我逼得更靠近文学。文学对人的魅力，并不是作家的头衔，而是创造的本身，是执着的求索，是痛苦的研磨。按着别人的脚印走不出自己的文学创作的路， 自己的路要自己去闯、去踩。

这个过程也可以说是人生被文学绑架。

回顾大半生，文学害过我，也帮过我。人与文的关系是一种宿命。

编这本书，就想自我解释这种宿命。

这就要进行“创作揭谜”。即使创作不能成“谜”，每个人却都是一个谜，在降生时完全不知道将走一条怎样的人生之路。一部作品的诞生，跟一个孩子的诞生差不多，当时是怎样写出来的，当时的人生经历、思想情感及创作主张等，全收在这本书里了。

修订这部书稿，其实是梳理自己的创作脉络，回望文学之路上的脚步。

此生让我付出心血和精力最多的，就是建构了属于自己的“文学家族”，里面有各色人物，林林总总。他们的风貌、灵魂、故事……一齐涌到我眼前，勾起许多回忆。有的令我欣慰，有的曾给我惹过大麻烦。如今回望时竟都让我感到了一种“亲情”，不仅不后悔，甚至庆幸当初创造了他们。

我的“文学家族”由两部分构成，一部分是虚拟的，这就是小说；另一部分是现实的，那便是散文。小说靠的是想象力和灵魂的自由，而散文靠的是情绪的真诚和思想的锋芒，这类文字却对生活、对自己具有一种更直接的真实意义，从中可清晰地看出我思想脉络的走向。

这本书所收录的，是几十年来我在各种情况下袒露自己心境的积累。也许写得太坦诚了，没有修饰，如同写日记，如同对朋友谈心。

创作以丰饶为美。而写这类文章，沉重容易，轻盈难得。我自忖，到六十岁前后，才找到了些许“轻盈”的感觉。

人的一生都在尽力发现并了解自己的“偶然局限”和“必然局限”。对一个作家来说更是如此，这也是“自述”类的文字所存在的意义。

一九八〇年代的记忆

◎ 黄金明

最重要的东西都是用管子制成的。证明如下：男性生殖器、笔和我们的枪。

——[德]格·克·利希滕贝格

据说一九八〇年代是一个伟大的时代，国家层面上的改革开放，最早进城的打工者、个体户、民企创办者和先富起来的人，文化启蒙、文艺复兴和文学上的先锋派……这一切，在今天已尘埃落定，被不同领域、不同年龄的人纷纷认领。我在一九八〇年代的岭南乡村度过了童年和少年。不管如何地处僻远，仍不可避免地被时代的大气候覆盖，我也有个人纤细、坚硬如铁丝的记忆，这跟时代的洪流无关，却也伴随着成长，在我的心灵烙下了印记，疼痛或欢悦，伤痕或勋章，在相互交织、纠缠和转化，童年时的欢快，犹如秘密的源泉，至今仍在浇灌我。年少时的锉伤也被带到中年，像一棵树苗上的疤痕，随着树干的壮大而扩展、平复，甚至变得浅淡而光滑，似有若无，但总不会彻底消失。

我在一九八一年入学，在凤凰村的小学念完了四年级，之后到黄花小学读五年级。一九八六年，我考入黄花初中就读，初一因故辍学一年。初三毕业后，曾考入邻县某中级师范学校的美术班，但又因交不起学费而失之交臂，垂头丧气之下，只好回黄花初中复读，一年后考上县城的高中，那已经是一九九一年的事了。物理时间上的一九八〇年代过去了。我居然断续在黄花初中待了五年。由此，我关于一九八〇年代的记忆，除了我的乡村生涯（主要是玩乐及农事，亦适度涉入了岭南乡间的风土、民俗及邻里关系），而主要是在黄花小学及黄花初中的读书生活及体验，因前者在我的长篇散文《少年史》中已有充分展现，故后者才是本文所要侧重叙述的。

躲在被窝里看书

一九八六年，我在黄花小学读五年级。我的语文成绩及作文特长被班主任兼语文教师李老师看中了，先是当了个小组长，又被推荐去参加黄花镇的语文智科竞赛，获得了二等奖。奖了巴掌大的一张奖状，还有一个笔记本，笔记本上盖着墨水瓶盖大的红印章。李老师对我很友好。那时，我们的午饭及晚饭，都是在学校蒸来吃，每人拿一个铁皮或铝皮饭盒，自已洗好米，放好水，集中到学校的炉灶去蒸熟。每盒饭得交一张柴票，值五分钱。早餐则自行解决。譬如到墟上买两只包子，或喝一碗粥，也就是两三角钱的事。我当时拿不出吃早餐的钱，都省掉了。

有的老师看到商机，也买了几斤猪骨头，放些捣烂的花生米，熬一锅烂粥，去卖给学生，一角钱一碗。在一个寒冷的冬日，李老师一大锑煲的粥都快卖光了。他示意老婆给我盛了一碗，满满的一碗粥啊，热气腾腾，香气四溢，里头还漂着一小块骨头肉。我吹着热粥，小口小口地吃完了那碗粥，感到全身都暖洋洋的，四肢百骸，无一不舒坦。多日后，我回家跟父母说，李老师请我吃了一碗粥。母亲说：“李老师是好人哪。”

我喜欢看课外书，当然，能看到的闲书也不多。小学也没有图书馆（后来，我就读的初中及高中都没有图书馆，能大量读到文学书籍尤其是外国名著，那是二十岁考上大学后的事了）。老师和家长关心的只是考试分数，都不喜欢我们读课外书，尤其反感当时流行的武侠小说和言情小说，认为那些书都是精神鸦片。看那些书，也是游手好闲不务正业。有一次，我跟母亲说：“我在学校里爱上了读报纸，里头登的小说真好看，没想到世界上还有小说这玩意儿。”班上订阅了两三份报纸，其中一份就是当地的日报，有个“春苑”文艺版，会登一些小小说、散文和诗歌。那些所谓的小小说，其实也是千把字的短故事。父亲不懂装懂地说：“小说就是登在报纸上的故事，我平时跟你讲的故事，只要写成文字登出来，也是小说。”母亲不高兴地说：“不要看小说了，看小说有什么用呢，升学又不考小说。”

在凤凰村，没有几本闲书。喜欢看书的人不多，零星有几本就不错了，都称不上有藏书。很少有成套的书，不是缺了上卷，就是丢了下卷。有的书不要说封面及封底，就是开头及结尾都不翼而飞了，只剩下中间的一截。我读过一本古典名著，多年之后才发现是《今古奇观》。我最早读《水浒传》《西游记》及《兴唐传》之类，就是这样读到的。

只要打听到谁家里有书，我都要想方设法去借阅。乡下人都小气，什么都喜欢拿来交换，不肯吃一点亏。譬如说，我想问人借一本书，就非要我帮忙将其厨房里的水缸挑满水，或者帮他收山坡上晾晒的萝卜干呀晒坪上的谷子呀什么的，总之要付出代价。给我看的书呢，也往往要求我在他们家的庭院里读完，不肯让我借走，更不能过夜。我于是拿一本书，坐在一张矮木凳或倚在一棵龙眼树上，一口气读完。有时，我读到了精彩的书，就恨不得借回家给父亲看，哪怕只留一夜也好。父亲在闲时也读点书，主要是中医药的，偶尔也看小说之类的闲书。有一次，我看中了一本好书，经过出卖苦力及乞求，书主终于答应我可以将书带走，并在家中停留了一夜。但那次父亲正值农忙，好一阵都是起早摸黑，在田头地尾忙得像蹦跶个不停的蚱蜢。他在晚上吃过饭，草草洗脚，一转身已在床上沉入梦乡。我借回来的那本书，他连书名都来不及看清。第二天，我只好快快不乐地还给人家。

我有个小学同学阿葵。他也爱看书，搜罗了好书，也会叫我一起看。乡下的孩子各有用途，很小就得承担相应的劳作或家务。大点的得跟父母下田，小点的或带弟妹，或看晒谷（盯着天空，密切留意天气变化，若一旦乌云聚拢，有下雨的迹象就得赶紧用扫帚、畚箕之类的用具收拢谷子；还有一个任务就是驱赶前来吃谷子的鸡鸭之类。一大堆黄澄澄的谷子摊开在晒坪上晾晒，这可是凤凰村人辛苦劳作的主要收获，虽然没听说过有人敢明目张胆地偷谷子，但有一个人看管，心里也就踏实多了）诸如此类，至于放牛、打柴、做饭、喂鸡鸭猪狗之类的活计，更是家常便饭。

我跟阿葵经常在晒坪旁边的大榕树下看书，铺一层金黄的新鲜稻草权当坐席。树荫凉快，书由阿葵摊开放在稻草堆或他的膝盖上，他看完了就翻页。我半扭着身体，视线不可避免有点歪斜。我为了不错过任何一行字，只好尽可能看快一点。有时，我看完了，他还来不及翻页，看到精彩处难免焦急，但也不好催促，遂回头重读几行。我成年后读书较快，也是那时锻炼出来的。我们就这样读完了《呼杨合兵》《明英烈》《薛刚反唐》之类的评书，那都是三四年级的事了。凤凰村小学没有五年级，一至四年级，我都是在该小学读的。

阿葵的父亲是个杀猪卖肉的，俗称“猪肉佬”，能做这个买卖，都得有点本钱，在村中也算是富户。阿葵手上就有点闲钱，我们升上五年级后，读书的兴趣越来越浓，我们常跑到石湾墟的百货商店看书。

店子虽小，倒是一个名副其实的百货店，算是墟上的微型“购物中心”，还是国营的，应属镇供销社管。在乡间一切可能有市场的东西都不缺少，譬如糖烟酒油盐酱醋及各式果脯，布料、毛巾、脸盆、水桶、肥皂、雨伞等日杂用品，钢笔、墨水、铅笔、作业簿、图画纸、橡皮、三角板、圆规等文具，鞭炮、香烛、黄表纸等拜神用品，还有气球、小喇叭、泥鸡、哨子等小玩具……总之，衣食住行玩乐等诸方面的物什应有尽有。最妙的是还有书，算不上是多大的书店，但也有两三百本，几乎涵盖了百科，大多跟农村生活息息相关，如中医、兽医、饲养技术等等，有风水八字的，也有习武练功的，即使是文艺书，也走通俗的一路，我就没见过一本外国名著。但毕竟是书啊，那些书静静地躺卧在玻璃橱柜里，悄无声息，却散发着难以言喻的魅力。有兴趣了，也可以叫售货员拿出来翻一翻。那些书也不像今天的新书有塑料套及腰封，封面也不花哨，沉静而质朴，又几乎全是锁线装订的，牢固得很。都是乡下人，对书感兴趣者，往往都会心存敬畏，不管合不合适，对书总有善待之心。于是，翻一下书，对书的磨损程度也就大可忽略不计。

阿葵看中了一本《少西唐演义》，像砖头那么厚，恐怕有五六百页。我们看了看，见讲述的是薛家将的故事，当时我们刚读完了《兴唐传》和《薛刚反唐》，对该系列故事兴趣未减，阿葵遂掏钱买了一本。好像是两块多钱（写此文时，我上网搜索了一下。该书由黄佩珠口述，李少岩、范继伟整理，花山文艺出版社一九八五年版，定价两元四角，在旧书网上仍有出售，当然价格也翻了好几番）。对我来说，这算得上是一笔巨款了。我到高中毕业才买过几本书，那时我发表了一些作品，有了一点稿费。

书买回来一看，我们都手不忍卷，恨不得立马看完。但我们上课时都不敢看课外书，老师肯定会收缴，这么厚的一本书，哪怕是搁在课桌的抽屉里，也非暴露不可。在白天，我们利用课余时间找偏静之处（如校门之侧的小树林或学校背后的小山坡都是不错的所在）去读，我们行踪诡秘，形迹可疑，仿佛在干什么见不得光的事。

到了晚上熄灯睡觉，我们仍放不下那本书，遂躲在木架子床的被窝里打开手电筒一起看（手电筒很耗费干电池，在乡间也是奢侈之物，是阿葵为了看书专门买回来的）。时值十二月底，天很冷了。当时的校规是熄灯的钟声一响，所有学生都必须回宿舍睡觉，不准在外头逗留，在床上也不准交头接耳，更不许喧哗，当然也不可使用蜡烛、煤油灯等明火，总之除了乖乖睡觉，什么也不准做。宿舍及教室等照明电灯由学校总务处派专人利用总开关控制。我们躲在棉被里看书，半蹲半坐，手电筒由我拿着，书则由阿葵负责翻页，看到精彩处，恨不得发出啧啧的赞叹声，却又强自抑制，以免惊动了旁人。也不知看了多久，突然觉得一阵凉风吹袭，身上那个保护罩般的棉被被腾空扯掉，一股寒意侵入身体。我心中一凛，糟了！我们被抓了个现行。原来是李老师来查房，也可能是被角处有手电筒的光线渗透了出去，他走近一看，就着月色看到我们在床上如怪物般耸起的一团，遂伸手一掀棉被——我们这可是违反纪律的行为。

我俩被李老师叫到宿舍外头的空地上，罚站了一个多小时，并保证以后不准再犯，才被放回去睡觉。我们站在那儿，心情沮丧，腿也站麻了。更难受的是寒风像刀片在脸上刮来刮去，冷飕飕的，我们冻得鼻涕水直往下掉，像软乎乎的虫子在鼻孔里蠕动，十分难受。那个年头，使用纸巾还不流行，我们也没有手帕，就只好用衣袖揩鼻涕。但我们都知道，这个处罚还没算完，明天在班集体上的点名批评更吃不消。当时，李老师问了句是谁的书？阿葵招了。李老师板着脸，将书收缴了。那一刻，我的心情跌到了低谷，仿佛一座金山被别人搬走了。那本书我还没读完呢，以后也没有机会或心情再去读。一直到本学年结束了，我们也小学毕业了，那本书才还给阿葵。书也破损得不成样子了，看来也不知道经过了多少双手及眼睛的抚摸。

第二天，李老师在早读课上宣布，说："金明同学人小志气高，他昨晚跟我说了，他要立志考大学！请大家向他学习！"他鼓了一下掌，同学们也跟着拼命鼓掌。

我一下子蒙了，耳畔听到暴风雨般猛烈的掌声，大脑一片空白，我从来没有这样陷于窘迫之境，昨晚被李老师抓住也没那么害怕。我总是被未知的事物所惊吓。我搞不懂李老师到底是什么用意。李老师压根儿就不提昨夜我们用手电筒躲在被窝里看评书的事，没提那本书，更没提阿葵。

近三十年过去了，我仍猜不透李老师为什么要这样说。当时，我可没有想过考大学，更没说过这样的话。这种表决心式的扬言，也不像是我平素行事的风格。考大学太难了。作为凤凰村或邻近村庄的孩子，我们顶多也就是想一想考上石湾初中或黄花初中，这倒是可以预期之事。说白了，所谓的大学，在一个少年的头脑也毫无概念。我不是有雄心壮志的人，更不善于拍胸口讲狠话。我平素行事亦无目的性，更没有什么规划、目标或理想。在年少时是如此，现今就更是如此。我道法自然。李老师那样一说，同学们不禁对我刮目相看，整个黄花小学还没出过几个大学生呢。但也有人对我冷嘲热讽，有时看我不顺眼就说："咦，这可是未来的大学生呢，失敬，失敬！"我窘得无地自容。

当时打破头也想不通，李老师在"应该"批评我的时刻，却来了一通莫名其妙的表扬。我在班上的成绩算是名列前茅，但读书也算不上用功。我不是刻苦之人。

春节过后，年初六就是凤凰村的年例节。不少家境殷实的人家，都会到石湾墟或黄花镇请学校领导和科任老师来过节，也是希望老师对自家孩子有特别关照。

在粤西乡村，年例节为一年中至大节日，比过年还重要，狂欢之后遍地狼藉。每个村庄的年例日期不同，集中在年初二至年二十之间，正好轮流操办和欢聚。在为期两天的年例里，家家户户大摆宴席，招待亲友，村子里舞狮、摆醮、游神、送五鬼，鞭炮轰响，酒菜飘香。前来赴宴的人马络绎不绝，卖玩具及零食的乡村货郎闻风出动，他们吸引馋嘴或好玩的孩子，犹如红糖吸引着蚂蚁。真是宾主尽欢，人神共乐。醒狮起舞，旗幡飘扬，鞭炮声不绝于耳，村庄笼罩在欢乐喜庆的气氛和美味佳肴的浓郁香味之中。还有木偶戏和电影，木偶戏在乡村日渐式微，这是做给土地神及"十二群仙"等神灵看的，露天电影则大受欢迎。年例作为乡村的盛大聚会，挥霍着人们的财富以及热情，以穷奢极欲的方式宣告着村庄的幸福。这是村庄最后的仪式和象征。这样的景象，持续多年，堪可概括粤西乃至南方的大多数村庄。进入新世纪之后，年例一过，回家过年的人就跑光了。凤凰村以及相邻诸个村庄，都只剩下了老弱妇孺，像一只掏空了的米袋，变得疲软而无力。

当然，不一定要等到年例节，就是寻常节日，也有人请老师到家里吃饭。像凤凰村的大雷家,他有三个儿子都在镇上的小学及初中读书,逢年过节,总会找个理由请老师来吃喝,就是希望孩子能得到老师的照顾或开小灶。作为黄花小学有点名气的教师,李老师当然也常在被邀之列。二十世纪六十年代,曾毕业于黄花小学的我二伯父就考上了省城的大学,一时轰动了石湾河两岸的数十个村庄,二伯父后来分配在京城工作,也算是个当官的,这羡煞旁人。大雷就扬言说:“他们家能供出大学生来,我们家也能!”大雷对儿子们寄予厚望,也曾悉心栽培,但三个儿子都不是读书的材料。快三十年过去了,他们家还真没有出过大学生。其实,进入二〇〇〇年以来,上大学在哪儿都算不上是新鲜事了。但那昂贵的学习费用,也不是每一个农家都可以承受的,读完了能否找到工作,则另当别论。但那些五花八门的入学通知书,仍如秋天的落叶一样不时飘坠于乡间的小路上。

李老师身材瘦削,温文尔雅,颇有书卷气。据说他具有初中文化,见识也不俗,是小学为数不多的有威望的教师之一。当时,我们家仍在村子里生活,也象征性地做一做年例,但何其寒伧,当然敬神的仪式还是一样不缺,就是不怎么敢请客人。也就是杀一只鸡,买一刀猪肉,一来好去拜神,二来炒熟了吃,再加上两碟河粉、青菜之类,这样的水准,远够不上摆宴席。父母也就不敢多叫亲戚,就是叫也没什么人来。每年都只有外婆带着几个小孩过来,跟我们家的人,刚好坐满一桌。

大伯父家就不一样,他是个能人,颇有生财之道,譬如烧石灰、种菜卖、养母猪下崽出售等等,都有不少收入。两个堂哥也在初中毕业后去外地做木匠了,都能赚钱。在做年例时,他都要杀一头自家养的土猪。堂哥在年初三、初四就要骑单车去县城里置办食材,鸡鸭鱼肉,虾米鱿鱼,茨菰莲藕,诸如此类,不计其数。他们家在年例时客人众多,吃流水席,每顿正餐都要吃十几桌,光掌勺的厨师就得请好几个。年初六晚上及翌日中午,各吃一顿正餐。我们也有一些共同的亲戚,如二妗奶三姑姐之类,他们会来跟我们打一下招呼,却都会到大伯父家用餐。那个年头,吃饱吃好还是蛮重要的。大家也都能吃,遂正好放开肚皮饕餮一番。

在我读五年级的那个年例节，父亲听说李老师到了大雷家中要吃年例,就心血来潮,鼓起勇气,叫我去请李老师来吃饭。我跑到了大雷家,李老师坐在院子的茶几上喝茶,旁边有一棵菠萝蜜树,枝叶繁茂,树丫上还挂着几只拳头大的小菠萝蜜。我怯生生地走过去,低声叫:“李老师——”李老师拍了拍我的肩膀，鼓励我说下去。我说:“我爸叫我请您去吃年例——”大雷听到了,从屋里冲出来,吼了我一声,嚷道:“你们家有啥吃的？你们家有烧鸭吗？有鱿鱼吗？你想饿坏了李老师吗？你滚一边去！”李老师跟大雷解释了几句,大雷脸色就变青了,但又不敢得罪他。

李老师跟我到了家里。父亲底气不足,说:“很感谢李老师肯到我们家来,又没什么好招待。我孩子常提起您,说您讲课好生动。”母亲则脸色涨得通红,家里从没来过这样的大人物,她搓着手说:“您给了我孩子一碗粥喝,他一直念叨着。”

李老师倒不好意思了，说了不少表扬我的话。我记得不是很清楚,好像有几句是,别看他课间也跟同学们玩打斗游戏,舞拳弄腿,看起来要翻江倒海,其实内心很文静,假以时日,必成大器,他可是一个做教授的材料啊……他一番话说得父母眉开眼笑。至于他在课堂上说我要立志考大学的事,倒是没有提,也许他说过就忘了。我也没有跟父母说过。当时,我也没有当一回事,有时觉得他也是恶作剧或变相处罚罢了,但想来想去也不像。他是个正经得接近严肃的人,平时也不开玩笑。总之,他那句话,我总是抛之脑后。李老师告辞时说:“这顿饭我吃得好开心！”

一九八六年盛夏,我们读完了五年级,学制改革,可以选择读六年级,也可以考读初中。我选择了读初中。一九九一年,我考上了县城某中学高中(我因故在黄花初中待了五年)。一九九四年,我居然还真的就考上了省城某所大学的本科。阿葵也考上了省城另一所大学的专科。当时我们班有几十个小学生，还真是我们两个一起躲在被窝读评书的同学摆脱了种田的命运。我最想念的小学老师，就是李老师了。我考上大学的那一年，很想去看望他，听说他已调离黄花小学，到另一个管区（之前是大队或乡，后来又改为村委）的小学当副校长去了。我到了大学毕业，手上有了工资，认真地想过买点水果什么的去探望他，或请他吃一顿饭。后来我出了几本书，有的还写到了我的童年以及校园生涯，也想过寄几本给他看，都因失去联系，始终未能如愿。也托过友人代为打听，但始终没有消息，一直引为憾事。

当时，李老师是四十五六岁的样子，三十多年过去，如果他身体安健的话，也是个老人了。在荒凉人世，作为一个卑微的乡村少年，得以遇上这样胸怀爱意的人，是我的幸运。当我写下这些文字，一股感恩的暖流激荡在胸口，眼眶微微湿润。

星空下

◎ 范晓波

写作的人会警惕情敌一样提防星空之类被抒情化的名词。但在北疆，我既无法抗拒星空的实体，也无法抗拒星空这个词。在被丘陵分割的南方，即便远离了城与村，也很难置身一大片完全不被灯光、烟雾和声音污染的星空下。

那么浩瀚，那么澄澈，那么寂静，对人的思想和体温都有着巨大的吸附力。这样的星空，我拐出借宿的可可托海干部学院大门不出五米就遇上了。像阿尔泰山山腰的云杉林，与荒芜的山体之间一点过渡的植被都没有，路灯乏力的地方，星光马上接管。

九月二十日离中秋还有四天，月亮还不是很圆，星空下的细节还很模糊。我往寂静深处走时，右边不时浮出一两声羊叫，左边总能听见大型食草动物反刍时牙齿相互摩擦的动静。定睛细看，羊圈里的羊，有的侧卧，有的站起来打量我，似乎在揣测等待它的是夜宵还是刀子。牛则镇定得多，在泥墙边站着，要么像剪影一样浅睡，要么像钟表那样，把咀嚼的动作弄得均匀而枯燥。

牛粪、羊粪、马粪的气息暗自涌动，干爽的湿润的混在一起，新鲜和沤积了大半个月的混在一起，低空游走的臭味分子浓密得像头顶的星群。我被它们牵着鼻子走，把夜色里几排土坯房的大致格局摸清楚了，大多已废弃，有的从没有玻璃的窗口透出电灯光，我不好意思像个偷牛贼那样蹑手蹑脚地摸索了。这样的夜晚，最绅士的脚步声都可能让安睡的人心惊肉跳吧。

去爬屏风状护卫着小镇的石头山，从远处看它像刀刃一样锋利地朝向夜空，森冷，孤绝，爬上去发现并不陡峭，许多岩石还有浑圆的脊背便于牲畜和人驻留。只是岭外有岭，无法确认最高峰在何处。这里是阿尔泰山脉的一部分，近年曾有饿极的熊和狼闯到羊圈捕食的传闻。我不敢深入太远，坐在最近的一个山岭看可可托海镇，发现它其实就是电灯从黑暗里挖出的一把弧形镰刀，我的住所在镰尖的位置。镰刀之外，是幽暗的山岭和星空，锯齿形山峰重重叠叠无尽头，如同沙盘地图里的景象。星空则无涯得溢出沙盘。对面山脊上方的一些星星，低矮，晶亮，重量感很明显，像承受不住地心引力，滴水一样不断向地面坠落光泽。

瞬间回到童年时观测星象的感受，神秘，忧虑，但是着迷。个体的渺小和宇宙的无限形成的落差让人陷入醉酒般的晕眩感。像地球引力吸附星光一样，星空也吸附着人的思维与情感。占满大脑的许多人与事，思与念，被悉数聚集，然后像铁屑遇上磁石一样朝着夜空奔散而去。

第二天在额尔齐斯大峡谷，遇上叶片金黄与火红相间的白桦林、杨树、胡杨，还有从夏牧场向冬牧场转场的羊群、牛群、马群。前者像蔓延的山火，与岩石的铅灰色，额尔齐斯河的碧蓝色构成色彩浓烈的油画。坐在车上，端相机的手朝窗外乱按快门都是好片子，取景框都无须看。后者声势浩大，唯我独尊，穿越公路时无视任何交通规则，再凶悍的货车司机也要温顺地停下来行注目礼。所到之处烟尘滚滚，草木瑟瑟，让人想起古代的战争，以及某种生活方式的背影。

第三天，踏着鹅卵石涉溪翻铁丝网进入河湾内一片白桦林边的牧场，拍到一个戴着鸭舌皮帽在马背上刷微信的中年牛仔。为了在阳光下看清屏幕上的字，他以极限的弯曲幅度俯身到马颈上，这个奇怪的姿势持续了十来分钟，直到身边感受不到牛羊的热量才猛然惊觉，拍马去追云朵一样在干草地上飘远的羊群。

如同昼与夜的温差，阳光下的额尔齐斯峡谷有多灿烂，星光下的额尔齐斯峡谷就有多清冷，像是烧红的生铁浸过井水冷却下来的样子，搜刮吸收着周遭一切生命的热量。

第二个夜晚我想穿过学院后面的牛舍羊圈往旷野走。短短七八分钟里，皮肤感受到了两次温差，从小镇进入牛舍区气温下降了两三度。穿过牛舍区进入野地，气温又下降了三四度。中午时还穿着T恤，现在穿了厚冲锋衣还冻得肌肉紧缩。白天听当地朋友说过，冬天的可可托海是中国的寒极，最低温度可达零下六十摄氏度。

第三夜，月亮圆了许多，我裹上旅行箱里全部长袖的上衣，却没往后山走太远。中午去山脚打探过一次，左边的小路通往远山的牧场，右边的大路连接的是牧民的公共墓地，远远看去，像是一座空无一人的灰色石头城，只是所有建筑比人的城镇按比例缩小了一半。

月光和星光共同照耀着牛羊的居所和两条通往秘境的山路。拖拉机的挡风玻璃和红色外壳闪闪发亮，桦树栅栏和牛的身躯涂在地面的阴影清晰可辨。黄牛奶牛们巨大的瞳仁里也倒映着一些星星。前一晚遇上一个赶牛的牧民，手里晃着手电。第三夜，我在村舍徘徊半夜，也遇上牧民给羊圈添饲料，但他没拿手电，照着月光把事情做得有条不紊。

更多的时间，我蹲在羊圈边闻着膻味，与对我不再感到警觉和好奇的牲畜交换心思。也拖着身影去山后阳界与阴界交界处徘徊许久，灰白色的土路浮在月色星光下，让人既惧怕又向往，似乎持续地走下去，就会进入外星生命的显微镜下，或者，不知不觉闯入另一个时空。

那三个夜晚我几乎走出了自己的身体和大脑，不仅遗忘了人群，也不想美学与情感，心境与平日的差别，比额尔齐斯河离赣江的空间距离还远，我在星空下也给江南的朋友打过电话，反复唠叨的一个意思是：我现在头顶的星空，是我见过的最干净最寂静的，干净得可以望见消失的童年，寂静得能听到血液冲刷血管壁的声响，连南方山野之夜最寻常的虫鸣声都被删除了。可这就是可可托海人的日常,在这样的日常里,他们的内心会有什么不同呢?

可可托海地下的矿种占全疆矿种的百分之六十七,白云母、铍储量居全国首位,城边上就有个世界闻名的功勋矿区,曾在二十世纪六十年代为国家偿还大量外债,城区的宝石店比超市更多。各种宝石随手摆放,多得像天上的星星。不过店老板大多是不以物喜不以己悲的架势,一个表情可以定格很久,对顾客并无太多勾引的激情。这是过于漫长的冬季给当地人性情的馈赠吗?

在树比羊多,羊比马多,马比人多的一处峡谷里,我请视野里唯一一位放羊的哈萨克族小伙用我的相机帮我和羊群合个影,他捣鼓半天终于拍成了两张。然后比画着问我有没有烟,这是他唯一发音准确的汉语单词。可是我有十余年不碰香烟了,只能惭愧地摊摊手走开。

当时记起一个说法,牛仔和牧羊人经常一两个月见不到一个人,路上遇到同类,就会催马过来借个火,沉默着面对面抽完一支烟再分头赶路。烟是阿尔泰山区牧民搭讪的借口和无声的语言。

头一回觉得,不爱抽烟可能也是种性格缺陷。

从可可托海返回乌鲁木齐的飞机上,发现右脚右后跟干裂开了,前些年去新疆和西北其他地区,也发生过类似状况,但没有开裂到走路都痛的地步。可能这次在阿尔泰山区的干燥里裸露得太久了,白天在山上攀爬远眺,晚上走在平地上仰望星空。

回到南昌一周,干裂的伤口才缓慢松软滋润起来,它最后的合拢,像星空在记忆里的渐次关闭,包裹了许多语言无法描述的内容。

别具只眼

巴黎记

◎ 于坚

巴黎是亚文化的天堂，也是道统的根据地，卢浮宫的南方是奥赛，北面是巴黎圣母院和蓬皮杜中心，每一个都是一种文化的道统。卢浮宫是世俗的万神殿，像一个巨大的陶罐，包容着一切。巴黎圣母院是尺度，一切都要在上帝那里获得认可。蓬皮杜是亚文化的根据地，与其说它是反传统的，不如说它通过这种标新立异来令人们更深刻、更原始地投向传统。这群红与蓝组成的管道是一个现代主义的妖怪，相当抢眼，周边都是古老的街道、小巷，它在一群灰蒙蒙的法国黄中鹤立鸡群，就像在大白青天下旋转着的夜总会女郎。它与巴黎格格不入，但是巴黎容忍它，巴黎可以适应任何被塞纳河卷来的东西。本雅明认为，"最早的艺术作品起源于礼仪，最初是巫术礼仪，后来是宗教礼仪……"如果说卢浮宫是已经完成的仪式，凝固在时间中的仪式，那么蓬皮杜则是在场的、正在发生的庆典，这些庆典往往是一次性的。卢浮宫的压力太大了，那里成年累月汹涌澎湃，世界的海涌向卢浮宫。每个人都是一个浪头，渴望着精神的大海。蓬皮杜总是冷冷清清，自有一种特殊的氛围，里面总是站着些大惑不解的家伙，傻子、天真汉、美国佬、来自中国都市的唯新是从的研究生……热闹的时候，大多数也只是圈内人士的团拜会。圈子外的大部分观众带着一种茫然的表情，他们要干什么？什么意思？为什么？我是傻瓜还是你是傻瓜？目瞪口呆、瞠目结舌，绞尽脑汁地想，担心着自己的一窍不通被识破。里面的东西，明白了那个意思，那个观念，那个为什么，马上索然寡味。有个巨大的玻璃柜，里面密封着厕所里的秽物。这个看一眼就可以了吧，一个厅几分钟逛完。与其像圆规一样站着对那些现成品发呆，还不如回家里去躺在沙发上读它们的阐释论文。比如杜尚的小便池，找个规格差不多的尿上一泡，然后看说明书。蓬皮杜不是神殿，它是对神殿的嘲弄、嫉妒。无法登堂入室，因此它自立门户、另辟空间。拒绝历史，拒绝经验，自己玩自己的，小孩子的游戏，现代主义不过是一种空间开拓的智力游戏，被批评家阐释得高深莫测，拒人于千里之外，才能保持尊严，有点像皇帝的新衣。观众就像藏在巴黎博物馆的罗丹塑的那个头皮发麻的思想者，求救的猩猩，可怜的中学生，永远处于解题的困惑中。唤起思考的东西是艺术吗？这真是一个问题。看杜尚、安迪·沃霍尔们的书比看他们的作品更让人着迷，那些书就像禅宗的补充读物。在卢浮宫，观众暗里盘算的是，那些作品挂在自己家的哪个位置较好，每个人都觉得自己有权拥有它们。在蓬皮杜，还是让它们待在这里吧，就像对动物园的态度，是的，那头老虎很震撼，很野气，但是没有人要想把那头老虎领回去。动物园唤起的也是沉思，我是谁，我从哪里来，我要到何处去？蓬皮杜其实是一个虚拟的野生动物园。艺术的宗教永远奉卢浮宫为梵蒂冈，它吸引着那些最基础、最黑暗、最普通、最愚昧的信徒，这才是艺术的骄傲。只吸引前卫人士令当代艺术总是有一种自命不凡的青春品格。卢浮宫是存在，蓬皮杜是主义、观念。蓬皮杜的箭头总是指向卢浮宫，卢浮宫对它来说是一个巨大的无边无际的阴影，那里距巴黎圣母院只有几步之遥。蓬皮杜表面上标新立异、唯我独尊，我估计，许多家伙或许做梦都想混进卢浮宫的阴影里去，沉入那黑暗的基础，匿名于卢浮宫，作为一块镶着画框的砖，平庸地挂在那长城般的墙壁上，这是一种古老的光荣。长城、金字塔之所以超越时间，不是由于一块标新立异的砖，而是集体匿名。或许杜尚是例外，“我喜欢活着，呼吸，甚于喜欢工作。我不觉得我做的东西可以在将来对社会有什么重要意义。因此，如果你愿意这么看，我的艺术就可以是活着，每一秒，每一次呼吸就是一个作品，那是不留痕迹的，不可见不可思的，那是一种其乐融融的感觉。”杜尚颇有点像庄子，他根本不想去卢浮宫，但他永远是一把剑，他肯定不想成为某种锋芒毕露的东西，但他是。他就是锋芒。吾丧我。庄子是世界观，杜尚是主义。有一年蓬皮杜里面杜尚回顾展，轰动巴黎，已经那么多年过去了，人们还在争论不休，人们依然无法接受那个小便池。庄子对于杜尚，是一种革命纲领，一种反叛的观念。伦勃朗没有这个问题，人们从来不争论他是不是，他就是阿姆斯特丹地方出产的一罐盐巴、一块桌布，争论什么？杜尚与盐有什么关系，有的，更复杂的关系，复杂到虚无，就像早期的基督教那样，解释者试图解释清楚，但是材料不对，只能到解释为止。说服不了人们，它或许应该来一次十字军东征，把卢浮宫烧掉。

在客厅里女士们来回地走，谈着画家米开朗基罗。

——艾略特《J. 阿尔弗瑞德·普鲁弗洛克的情歌》

有个中国来的挎着书包的家伙不知道摆在地上拴着气球的一条绳子的尾部也是作品的一部分，抬腿跨将过去，被馆员怀着优越感地大声呵斥。现代艺术永远渴望着被认可，被解读，成为日常生活的常识，对于艺术来说，革命这个头衔毕竟太生硬了，现代艺术戴着它就像是假发套。卢浮宫只是个讨价还价的问题，就像田野里刚刚挖出来的土豆。如果没有解释者，现代艺术还有希望吗？谁愿意为那些框在玻璃罩子里的厕所中的秽物讨价还价？这个东西在理论上是图像，但经验和感觉不是。它只是挪动了位置，必须要解释才能建立这种挪动的艺术合法性。评论家就像律师。观众根据经验而不是观念来判断。杜尚的小便池就是秽物，无论怎么看都是小便池。辩护除了对那些迷信观念、喜欢被牵着走的观众，对审美力正常的庸众是无用的。他们不喜欢启蒙，他们喜欢被经验蒙蔽，美不是标新立异，而是老调重弹。现代艺术是知识分子的游戏而达·芬奇不是。蒙娜丽莎显然不是知识分子,她可能是佛罗伦萨地方的一位厨娘。世界变了,这是一个标新立异、自我辩解、自圆其说的时代。我每次去蓬皮杜总是会想到“花样”这个词,看看他们又在玩什么新花样。我最喜欢的博物馆还是奥赛。那个地点在塞纳河的左岸。而卢浮宫和蓬皮杜都在巴黎圣母院附近,一个是军队,剑拔弩张;一个岿然不动,是城堡。前火车站奥赛有着从卢浮宫继承来的坚实、宏大,但没有它那么臃肿滞塞,也不像蓬皮杜那么锋芒毕露,依赖阐释。一个多世纪,愤世嫉俗的奥赛已经具有古典气象了,早期的现代主义距离古典不远,那不是颠覆,而是一种修改。它没有修改主题,只是修改了笔触、图案,世界在这里不再那么确定不疑了,更准确地暧昧。

巴黎创造了某种叫作巴黎的东西,某种场,或者叫作巴黎矿,就是摧毁了巴黎本身,这种巴黎矿也不会消失,这种矿物质已经成为超验的,蔓延在人类的欲望中。“到巴黎去”,这是一种世界性的欲望。你想成为一个另类之辈,那么到巴黎去,就像杰克·伦敦小说中的育空,吸引着世界的人生淘金者。就像二十世纪初的圣彼得堡或者一九三〇年的延安对向往革命者的吸引那样,巴黎吸引着世界上那些崇拜“艺术形而上”的人们,“艺术是生命的最高使命和生命本来的形而上活动。”尼采《悲剧的诞生》吸引着世界上无数的想成为诗人、思想者、艺术家的人们,吸引着大群的异装癖、波西米亚族、同性恋、萨德的粉丝、无所事事的闲游浪荡者。巴黎欢迎人们物质匮乏,仅仅因为精神空虚而闲逛,巴黎愿意满足你的安贫乐道。“一箪食,一瓢饮,在陋巷,人不堪其忧,回也不改其乐。贤哉回也!”(《论语》)巨大的精神之邦,现实的空间日夜生发着无用的空间,想象的巴黎和现实的巴黎交错,穿过巴黎,就是穿过波德莱尔的所谓的“象征的森林”,巴黎并不要求你多么富有,只要基本的温饱你就可以得到那种财富永远购买不来的富足感。巴黎吸引着一条条满载着难民的醉舟,他们的受难是一种精神的受难。人们拥向巴黎,有时候只是为了一睹卢浮宫的蒙娜丽莎。似乎荷尔德林的那句诗,“人充满劳绩,却还诗意地栖居在大地上”,并没有那么深刻，它只是为巴黎这种地方写下的一句平庸广告。

卢浮宫就是一座矿山，一个集市。熙熙攘攘，每个人都不想亏待自己的门票。排了那么长的队，一定得看出点什么，他们盯着那些世界名画，听着导游胡说八道，导游讲那些油画都说成了一篇篇话本，夏尔丹的作品在三楼，像厨房里油乎乎的墙面一样灰暗，有些微光，就像一块小抹布轻轻地揩拭着它，有个永恒的厨娘照料着这些画。大部分人排着那苦海般的长队，鱼贯而入，只是为了朝拜蒙娜丽莎。德农馆二楼的莫里恩厅水泄不通，远远地隔着一个人头乱拱的广场朝着那幅照片般的油画瞄上一眼，蒙娜丽莎就像昔日的领袖。“我看见了蒙娜丽莎”，仿佛就被藏传佛教的上师摸过顶，就跟着团队的小旗子离开。这是一种世界性的朝圣，大厅里像一九三六年的德国广场那样沸腾，举着手机的数百个手臂就像纳粹党员在朝着元首致敬。大厅就像一个世俗的教堂，任何一位心仪她的男子都可以与这位佛罗伦萨贵妇同床共枕，他们只不过是一些虚拟的通奸者。他们都敢这样做，他们不必害怕宗教裁判所的惩罚。他们可不敢在任何一座教堂里这样端详圣母。这种美是可以亵渎的，不可亵渎的美不是美，是教条。而这位威尼斯女士，基督教世界从来没发现，正是一位圣母。黑暗里的圣母正是蒙娜丽莎，这种拯救才是实质性的。世界从来没有像这样团结起来，如孔子说的“诗可群”。各种各样的口音都在喃喃自语着“蒙娜丽莎”“蒙娜丽莎”，蒙娜丽莎令万众一心，汉语、拉丁语、日语、韩语、英语、意大利语……都在“蒙娜丽莎”。“上帝保佑”“阿门”……“万物非主，唯有真主”“阿弥陀佛”“嗡嘛呢叭咪吽”……恐怕都没有“蒙娜丽莎”那么像五湖四海的涛声。

巴黎圣母院是一个洞穴，那十二块基石濒临河岸。群兽出没，在白昼的光辉中排着长队，明珠暗投，进入到黑暗之穴。回到子宫，这是一场后退。“我们的女士”（Notre Dame）的内部什么也看不清楚，只有些形而上的概念弥漫在空间中，庄严、雄伟、幽森、崇高……巨大的岩石，凑近去就像凑到苍老大象的脸上，它的眼睛埋在一堆皱纹里，闪着微弱的蓝光。正是这种混沌的暗，天昏地暗，那些宗教概念似乎开始现象，“恍兮惚兮，其中有象”。若明若暗（说不清楚是暗还是明，看见了，不是盖乌斯·尤利乌斯·凯撒式的：我来，我见，我征服。你来了，你看见，你在场，但无法指认，仿佛正在生病，视觉在退化，也变得犀利无比，看得见平时无法集中视力去看见的那些深邃之处，有人看见那些古老的眼睛，但只是他个人的事，看见不是一种集体的感官，而是私人无法交流的幻觉。就是那些高踞在最核心的位置上的偶像，也无法指认，仿佛只是在你心中，没有成为是，只是你内心的高度与清晰，你在一个空蒙的空间中看见你自己暧昧不明的心）。暗无天日（在这里，暗就是太阳，暗不是一桶油漆，而是一轮光谱丰富的太阳）。明争暗斗（此室有微光，彼室稍亮，有人贡献了比萨香烛。百度：十八世纪末的法国大革命时期，教堂处处可见被移位的雕刻品和砍了头的塑像，唯一的大钟幸免没被熔毁，之后教堂改为理性圣殿，后来又变成藏酒仓库，直到一八〇四年拿破仑执政时，才将其还为宗教之用。拱门上方为众王廊，刻着旧约时代二十八位君王的雕像。这些雕像在一七九三年法国大革命时被误认为是法国君王，遭到破坏拆除，到了一九七七年才被找到）。阴阳交错（此窗的光来自北方，彼窗的光来自塞纳河）。幽暗（地下室，由忧郁通向懊悔之光）。阴暗（躲在冷风穿背的僻静处，无人敢久留，似乎昔日宗教裁判所导致的冤魂正在扑上来）。昏暗（从一排蜡烛前踽踽离开）。晦暗（“晦”是一个古老的字，意思是：月尽也）。微暗（有些圣徒的石头脚掌经过数世纪的烟熏烛照，手的抚摸，亮了起来）。暗藏（一切都公开地藏着，被一只黑暗巨箱锁着，而这个箱子就像一家光明制造厂那样忙碌）。暗杀（有人被这无边无际的暗吓坏了，跌出去，回到白天里，回到常人，他们脸色苍白，被黑暗洗得干干净净）。暗自（每个人都是独自一人，虽然那么多旅游团在里面，但是导游不见了，小旗子不见了，那些世俗领袖都悄悄地失踪了，“大家半小时后在出口外面集合”）。暗语（语言失去了光，世界与它的命名失去了对应）。聆听（想象着语言，自由的时刻，你可以对神说任何话，没有现实在监视你）。暗影（无数的影子融为一个梦魇般的巨团）。暗枪（忽然被击中，觉悟是因着明的消散，暗的密集。无边无际的乌鸦现在呈现为你可以置身其中的乌鸦，巴黎到处飞着乌鸦，这种古老的鸟儿，叼着食物和看不见的往事，它们见证过一切，高卢人、贞德、路易十六、雾月、拿破仑、断头台、维克多·雨果、凯旋门、一九六八……）。暗地（巴黎圣母院是巴黎的暗地）。暗记（胎斑、疤痕。记忆在黑暗里复活，无限的往事。我想起三一教堂，多年前的一天在武成路，教堂着火了，我看见几个黑礁石般的尸体从湿淋淋的窗子里抬下来。到秋天，"文革"开始了，土地庙里的大黑天神的头滚下来，它骑着的白牛粉身碎骨。人们在那条街上烧书。火焰在书籍中升起，变成黑色的蝴蝶，就像是一种普通读物升华为《圣经》的仪式）。暗箭（藏在某处，并非置人死地，复活，来自犹大的暗箭）。暗码（为什么？在这晦暗不明的箱子里，离世界的谜底很近）。暗哨（巴黎圣母院是世界信仰的一个暗哨，你不仅仅是在巴黎，你在字里行间、闲言碎语中遇到它，我第一次看到它是在一张明信片上，一九四九年从上海寄到昆明）。暗中（你穿过各种界限模糊的暗部来到暗的中间，那里是黑暗中最亮的部分，空旷如摩西的荒野）。暗堡（建造一个岛上的哥特式城堡）。暗礁（塞纳河上的船经过这儿，总是要触礁般地颤抖起来）。暗探（黑暗在召唤探索和背叛、皈依）。暗含（暗是更伟大的，它包容一切光，只有暗能够含，光不能）。暗淡（这是一个诗意诞生、现实隐去的时刻）。暗香（各种各样的气味弥漫在其中，巴黎是一个多么热爱香水的城市。有一天，安博兰带我去圣叙尔皮斯教堂附近一家老字号的香水店，我买了一种叫作"暴风雨的清晨"的香水。安博兰是中国蓝出版社的老板，后来加入了伽利玛出版社，她出版了我法语版长诗《0 档案》。我去出版社拜访她，那一天我们站在伽利玛的花园里照相。她身上传来某种花香。过了十年，我再次遇到她，她带我去了这家香水店）。暗号（古老的暗号，精神生活的接头处）。暗话（无数的话语在沉默中喧嚣，这不是风景，只是一种精神生活的机关，一旦进去，你的思想就无法沉默)。暗线(黑暗创造出无边无际的路线，茫茫宇宙漫游,大教堂里的流星)。暗送秋波(有人开始背叛唯物主义)。柳暗花明(其间经历了一百八十年,大教堂在一一六三年动工,在一三四五年建成。明朝还没有开始)。暗度陈仓(你只是跟着一家旅行社进来参观,最后发现你已经被洗礼,永远难忘,生命的刻痕。即使你后来没有成为基督徒,但是你去了巴黎的巴黎圣母院，有些地方是不能去的，去了你的生命就误入歧途)。弃暗投明(有些人出来的时候成了基督徒。他们只是进入了一处建筑物,承袭自老教堂的基本格局,教堂的平面形状是一个十字架。坐东朝西,正面高六十九米。十字架的顶部是祭坛,十字架的长梁是一个长方形的大厅。里面并排着两列各距十六米、高二十四米的石头长柱。大厅可容纳九千人,其中一千五百人座席前设有讲台……)由于全神贯注地想要在这洞穴看得清楚些,再清楚些。人们开始盲目,在外面他们从来不会这么看,他们想看到上帝在场的细节。就像看出事物的含义从事物里面举着牌子走出来。我进去过三回,看不出里面到底是什么样子,出来就忘记了,它禁止你将在其中洞悉的带出去,你必须亲临、在场,才能洞悉。

“这个物体”,“处于它全部的天真的坦率中。它,没有任何其他东西相伴。它处于它完全的孤独中。”(热内《贾科梅蒂的画室》)

在婺源，与朱子相遇

◎ 徐可

第一次去婺源，没看到她闻名遐迩的田园风光，却与朱子意外相遇。

是冬日。正赶上大雪节气，微风轻拂，细雨斜落，有那么一点儿浪漫的气氛，可这点浪漫，又“怎敌他，晚来风急”？

那天傍晚，从北京南苑机场坐飞机到上饶，再换乘高铁去婺源。飞机晚点了，开车的朋友使出了吃奶的力气，也没能赶上开往婺源的最后一班高铁。没办法，只好在上饶停留一晚。还好，我们吃了一顿地道的上饶土菜，配上土制的米酒，咕咕叫唤的肠胃得到了抚慰，误车的沮丧也稍得弥补。饭馆老板有心，在每张桌子下面都烧了一盆炭，浑身从下到上暖烘烘的。

第二天早起，坐头一班高铁去婺源，二十多分钟抵达。带着行李，我们直奔熹园。

朱子者，朱熹是也。熹园，顾名思义，与宋代著名的理学家、思想家、哲学家朱熹有关。朱熹出生、生长于福建尤溪，但祖籍婺源，而且一生与婺源渊源颇深，所以宋度宗赵基诏赐婺源为“文公阙里”。不过朱家可没有这么一座大园子，这是当代人建的，在朱熹祖居地朱家庄。

熹园位于紫阳镇汤村街星江河畔，典型的徽派建筑，粉墙黛瓦，亭台楼榭，依山面水，古树掩映，一看就让人心生欢喜。按照熹园的规矩，我们每个人都穿上了南宋古装，走进熹园，仿佛走进了历史深处，亲身感受朱子文化的独特魅力。

熹园入口，牌坊上方正中写有“文公阙里”几个大字。朱熹是集儒学之大成者，在中国文化思想史上影响很大，他去世之后，被谥为“文公”。入园门，回头仰望，牌坊正中书有鎏金大字“玉德金声”；“玉德金声”一词本是苏轼用来赞美龙尾砚的，其实也正是朱熹高洁品格的真实写照。从园门前行，是一座横跨在源头水上的单孔石拱桥，这是以前朱家庄的进出之桥——引桂桥。桥名寄托了朱氏先人对后人的殷切期望：蟾宫折桂，光宗耀祖。果然，在建桥两百年之后，朱家第九世孙朱熹便一举折得“圣人”桂冠，为朱家庄、为婺源赢得无上荣耀。

宋建炎四年（1130）农历九月十五日，朱熹出生于南剑州尤溪县（今福建尤溪县）。朱家是儒学世家，他的父亲朱松对朱熹寄予厚望，按照儒家学做圣贤的目标对儿子施行教育。据《朱子年谱》中记载，朱熹在十岁时就“厉志圣贤之学”，每天如痴如迷地攻读《大学》《中庸》《论语》《孟子》。他自己回忆说：“某十岁时，读《孟子》，至圣人与我同类者，喜不可言。”不幸的是，朱熹十三岁时父亲就去世了。临终前，父亲托付几位学养深厚的朋友代为教育朱熹。十八岁时，朱熹在建州乡试中考取贡生；十九岁，朱熹入都科举，中王佐榜第五甲第九十名，准勅赐同进士出身。经过刻苦努力，朱熹终成一代大儒，以唯一非孔子亲传弟子身份而享祀孔庙，位列大成殿十二哲者中。

朱家庄是朱熹的祖居之地。当然，现在的名字叫熹园。熹园是一座富有江南古韵的文化园林，每一栋建筑都有着厚重的文化内涵。“善庆堂”，取“积善之家，必有余庆”之意，展示着主人对美好生活的向往；“澹成堂”，寓意只有淡泊一切名利，方可成就大事业；“修齐堂”，则饱含着儒家“修身齐家治国平天下”的家国情怀。这些建筑是静止的，无声的，但是在静默中仍然释放出浓浓的文化意蕴，让人体会到朱子思想、朱子文化的传承和影响。

朱熹生前曾两次回老家婺源。第一次是绍兴十九年（1149）冬，朱熹刚刚考取进士后。朱熹这次回婺源故里，主要是祭扫先祖的墓地，省亲访友。在家乡，他受到族人亲友的盛情款待，还与文人学士饮酒唱和，非常欢畅。县城名士俞仲猷听说朱熹书法艺术有很高的造诣，于是向他求了一幅大字。文人董颖看后赞叹不已，题诗说："共叹韦斋老，有子笔扛鼎。"朱熹这次返乡还了却了一桩心愿。当年他父亲朱松去福建做官举家迁移时，因家境困难盘缠拮据，不得不把祖业田亩全部典当。曾在福建剑州为官的婺源同乡张敦颐在告老还乡后，慷慨地为朱家赎回了田地。所以，朱熹这次回婺源要登门面谢张老，并将赎回的田地交给族人管理，以便每年可用田租来祭扫和修理祖墓。

转过尊经阁，一泓清水映入眼帘。这就是朱绯塘，传说朱熹那首著名的《观书有感》就写于此塘边。朱绯塘位于熹园中心，所有的建筑都围塘而建。时值冬日，朱绯塘上烟雨濛濛，池水清冽如镜，塘边绿树掩映，蓝天、白云、绿树、太湖石和亭台楼榭倒映水面，一幅天然的山水画铺陈在大地上。当此美景，让人忍不住吟哦起朱熹的千古绝句："半亩方塘一鉴开，天光云影共徘徊。问渠那得清如许，为有源头活水来。"一对身着古装的书生和小姐手撑油纸伞，在水塘边久久徘徊，仿佛千百年前的才子佳人穿越时空而来，让这水、这景多了几分灵气。前方有一棵古树，名叫苦槠树。据说它是朱熹第二次回家省亲祭祖时手植的，距今已有八百多年了，依然郁郁葱葱，苍翠如盖。

朱熹虽然远在福建，但对家乡却是"未尝一日而忘父母之邦"。于是在宋淳熙三年(1176)，四十七岁的朱熹第二次回到婺源祭祖、拜望宗族长老。他寻找祖墓，一一祭祀，在先祖墓前诵读他刚撰写的《归新安祭墓文》。他还在朱家庄植下了这棵苦槠树，据说，苦槠代表着故乡，寄托着乡愁；也许，朱熹在故乡栽下这棵苦槠树，就是让它代替自己朝夕陪在先祖身边，一尽孝道。

讲学，是朱熹第二次故乡之行的重要活动。此时的朱熹，已是名冠海内的一代鸿儒。他的呕心沥血之作《论语集注》《孟子集注》《四书或问》《周易本义》《诗集传》等已经出版，集孔孟思想之大成的朱子理学体系开始形成。故乡的子弟们渴望聆听朱子的教诲，他也愿意将自己所学所思所得贡献给家乡的学子。他亲临县学，向学校藏书阁赠送了《程氏遗书》《程氏外书》《经说》等书共十多卷，并撰写了《婺源县学藏书记》，阐述了书的重要作用。他在文中告诉乡人，读书是为了增加知识，要尽心竭力，才能善其身、齐其家，而及于乡、达之天下、传之后世。应当地儒士汪清卿之邀，朱熹为其学生讲了一堂课。朱熹对学生们所提的问题，都一一解答，诲人不倦。为了表达对主人的敬意，他还为书斋题写了"爱日"匾额，撰写了《敬斋箴》。

三都滕璘、滕珙兄弟二人早就拜朱熹为师，一直是通过书信讨教学问。这次老师归里，他们执弟子之礼，邀请先生游朱绯塘。朱熹见朱绯塘一带山水幽静，好像梦中到过似的，便问："这地方叫什么？"滕璘说："这是朱绯塘，我们的祖业都在此地。"朱熹闻后十分感慨地说："难怪，我与你早有神交了。"于是要滕氏兄弟在这里建亭讲学，并为之亲书"草堂"二字。也许是朱绯塘那汩汩不息的泉水引发了朱熹的灵感，因而写下了那首著名诗篇，借景作喻，讲述了读书的道理。

位于朱绯塘边的紫阳书院，石栏护绕，巍峨耸立，肃穆庄严。紫阳书院，是中国最著名的书院之一。"紫阳"是朱熹的号，世人称朱熹为"紫阳夫子"。紫阳书院便是以祭祀朱子、宣扬朱熹理学思想为宗旨，读朱子之书，传文公之教，延续程朱学脉的场所。历史上，以"紫阳"命名的书院很多，分布在徽州、苏州、杭州、漳州、汉口等地。婺源的紫阳书院建于元至元二十四年（1287），亦称晦庵书院，历代均有毁建。熹园内的紫阳书院，总体格局按《婺源县志》记载图案原样修复，由瑞云楼、讲经堂、方塘、三贤祠组成，规模宏大，构造精巧，雕刻精美，体现了徽派古建的独特魅力。书院整体展示内容表达的是朱子的教育理念，围绕朱熹从事教育和学术经历，全面深入地介绍朱子文化:他在江西白鹿洞书院首开书院讲学制度,在鹅湖书院开启中国哲学史上学术自由辩论之端,在岳麓书院留下“忠孝廉节”四字教规……

走进紫阳书院,我们端正衣冠,焚香拜师,齐声诵读《朱子家训》:“君之所贵者,仁也。臣之所贵者,忠也。父之所贵者,慈也。子之所贵者,孝也。兄之所贵者,友也。弟之所贵者,恭也。夫之所贵者,和也。妇之所贵者,柔也。事师长贵乎礼也,交朋友贵乎信也……”

朱熹不但是著名的哲学家、思想家、文学家,同时又是一位卓有成就的教育家。他不求仕进,毕生恒志于教育和著述活动,致力于儒家文化的传承和传播。所到之处,兴学校,广教化,置学田,使穷人子弟有学可上。庆元六年(1200),朱熹生命垂危,双目几乎完全失明,他却以更加旺盛的精力加紧整理残篇,教育学生。在生命的最后几天里,他强撑病体,日夜与诸生讲说《太极图》,又细讲《西铭》,续讲《大学·诚意》章,直至口不能言。临终前两天,他对一生修改了无数遍的《楚辞集注》做了最后的润色,直到颤抖的双手无力握笔。他唯一的愿望就是要将自己生平的所有著作全部完稿,使道统后继有人。朱熹集孔孟思想之大成,创建了一个博大精深的哲学思想体系,是继孔子之后,又一位对人类思想史做出过巨大贡献的东方文化圣哲。

两宋时期的饶州和信州,经济发达,人文昌盛,是朱熹最喜欢的地方。《上饶县志》记载:“吾信州为闽之门户,文公(朱熹)游学四方,必道出焉,故信之山水最为赏爱,至今深山穷谷,虽土人亦罕至,而往往有公(朱熹)遗墨然,莫可考矣。鹅湖以讲道特显,怀玉、三清又平生所愿游,每见于书礼间不一而足,南岩去郡始绝溪而南半里许,公盖常至焉。”

朱熹一生不仅频繁来往于饶州与信州,而且常在上饶的鹅湖寺、带湖书院、象山书院、博山书院、南岩寺、章岩寺、怀玉山、银峰书院、双桂书院、忠定书院、东山书院等处讲学、读书、静思、著书。朱熹在余干东山书院一边讲学，一边注释《离骚》，完成了《楚辞集注》。一一七五年至一一九四年间，朱熹多次上怀玉山讲学，与陆九渊、吕祖谦等人切磋学问。至今，怀玉山还有一棵朱熹栽的梨树。朱熹在各地任职时，曾经整顿了一些县学、州学，又亲手创办了同安县学、武夷精舍、考亭书院，重建了著名的白鹿洞书院和岳麓书院，并且还亲自制定了学规，编撰了“小学”和“大学”的教材，为国家培养了一大批知识分子，其中包括不少著名的学者，形成了自己的学派。他制定的《白鹿洞书院教规》，对教育目的、训练纲目、学习程序及修己治人道理，都做了明确的阐述和详细的规定，成为后续中国封建社会七百年书院办学的模式。

南宋淳熙二年（1175），在吕祖谦主持下，朱熹与陆九龄、陆九渊兄弟在信州鹅湖寺，就各自的哲学观点展开了激烈的辩论，这就是著名的“鹅湖之会”，是中国古代思想史上第一次著名的哲学辩论会。康熙帝亲自书赐鹅湖书院“穷理居敬”匾一面和“章岩月朗中天镜，石井波分太极泉”楹联一对，赞扬朱熹讲学史迹和学术理论功绩。

离开紫阳书院继续前行，面前一座两层阁楼就是熹园的主要建筑——尊经阁。熹园的尊经阁，地下一层，地上两层，整幢阁楼全用名贵木材造就。中间为旋转式楼梯，直达顶楼。尊经阁与引桂桥、紫阳书院处于同一中轴线上，阁高十九米，建筑高度为熹园之最。登阁四望，园内景物尽入眼帘。北面有台，面朝碧波粼粼的朱绯塘，清风徐来，有淙淙古筝缥缈传至耳边，足以极视听之娱。

自古以来，婺源文风鼎盛，弦诵不绝，县乡共有书院藏书楼百座之多。尊经阁便是以前朱家庄的藏书楼。作为朱熹的族人、后人，一直以读书为业，从来不敢有一丝懈怠，只怕有损于先人之誉。他们“读朱子之书，服朱子之教，秉朱子之礼”，几百年来，读书之气，蔚然成风。朱家庄的藏书楼所藏的书籍以五经及朱子的著述为主，供朱家庄及县内儒家弟子阅读。

尊经阁始建于明嘉靖年间，后历经沧桑，至民国后期全部损毁，荒废久矣。熹园新建，在恢复紫阳书院的同时，于熹园入口处修建尊经阁，重铸朱家庄昔日鼎盛的文风，让今人了解前人的读书奉贤之道。

走出熹园，耳畔仿佛还回响着紫阳书院的琅琅书声——

“见老者，敬之；见幼者，爱之。有德者，年虽下于我，我必尊之；不肖者，年虽高于我，我必远之。慎勿谈人之短，切莫矜己之长。仇者以义解之，怨者以直报之，随所遇而安之。人有小过，含容而忍之；人有大过，以理而谕之。勿以善小而不为，勿以恶小而为之。人有恶，则掩之；人有善，则扬之。”

天生

◎ 玉珍

自然即可称为天生,天然天生之物尤其珍贵。

一切从天生开始,从野蛮的洪荒开始,从最真实最天然最混沌之处开始,它包罗万象。不用说千年,往前一百年,你的祖先也是泥土大地和山前水边摸爬滚打的人,没有他们也没有人类文明。无论人朝文明世界再进化多少步,作为人的野性和人性注定无法摆脱对“天”的靠拢。它是神秘的、原始的,它最具有神性。

《韩非子·解老》说:“夫能自全也而尽随于万物之理者,必有在天生。天生也者,生心也。”从古至今,自然对人的养育几乎胜于无常的人事。时间让无数的内涵和美一层层加在它身上,累积为全体人类的财富。自然的野性也是文明,甚至是文明的超脱。人类的音乐、绘画、雕塑、诗歌、建筑,最初无一不是从自然中得到的启示。

野生的力量像人的天性一样,存在于个人先天的活力中,不矫揉造作,仿佛神秘的水的源泉。但谁也不知道文明进程到最高程度是什么,在讨论真正的文明时,人们会认为天生代表一种野蛮、混乱、无制约和无规则,那种野生之美带着危险、暴力、不可控。然而当我们身心真正投放于自然之中,看到万物和谐,美好地自生自灭,草木生灵在它们的生命中从始至终却是如此有序而正常,看似盲目、无人性、无纪律,然而那种浑然的恬静、和谐,依然有令人类汗颜的魅力,那是用人类之手和最严苛的律法也无法制约的自然之规律,是一种天然的自由,来自它们从古至今逐渐形成的物候、习性、天时地利的平衡与制约、野性，隐秘又张扬，狂野又恬静，它们在自然中达成的统一相当于绝世天才身上那些极端对立矛盾的和谐相处。

某年去黄山，欣慰人们见到黄山后的敬畏和赞叹，人当然要有那样的敬畏才能接近自然中的神，接近无邪纯真的美，我们见到的黄山绝不仅是山，是风云变幻气象万千中造物之神作，山石起伏陡崖高悬，那种卓然高妙与超凡脱俗，是人类穷尽一生无法创造出来的天地之造化。人可制造物件，却不可运筹造化。除了奇路险峰清花妙树，水之千古风流也令人赞叹，所见过的黄海南海太平洋，无一不让我沉默，当我站在海边，感到作为人沧海一粟的渺小，海便瞬间超越了物的形象联结我的心，我的精神，让我通了电般地感到某种撼动和启示。我们甚至不需要太多的庙宇，自然即是庙宇。

大地、海洋、天空，人在世界的任何地方都将与自然发生联系，而这联系的好坏往往参差有异。当我在书本或枯燥的生存中感到内心的枯竭和压抑，无助与浅陋，我只好把我的心投向生活的另一面，朝不可交谈的自然走去，完成一场比人类可见的交谈更有意义的会晤，每当我站在大自然之中，那种纯粹野性的原始而神秘的无法解释的美，将我深深震撼，在它们身上才真正全面地拥有世界上最古老最深邃的力量与美。它不可控、不可说、不可移，可以让最了不起的作家突然哑口无言。天生之力相比后天，更具有一种超脱的气象，看似随性而不可侵犯，看似脱俗而不是虚空，接近一种自然而然的纯真和刚烈血性。

人们向往美，接触并接受过各种美。但没有哪一种能全然代表至高的天然和文明，我们的生活越来越精致，骨子里在远离粗糙与朴实，在我个人的审美体验中，出自人工之手的精致相比来自天生之物的美差距还是很远的，人类拥有伟大的智慧和眼光，伟大的创造力和实践力，然而他们所有的创造来源皆来自更早、更多、更美、更伟大的天生之物：大自然。先人与造物所创造的旷世之美存在于各个领域和各个时代。人在熏陶和感化中得以制造、改造、创造、进步。

由人类艰难地创造起来的现代文明无疑是伟大的，但在这巨大的文明社会中，人们感知到的复杂疲累跟建筑一样此起彼伏，在我眼中起伏的群厦比起海浪和群山，是另一种美，工业时代建筑的雄伟和刚健，充满坚硬与整洁的力量，与自然之美相比，是一种相对补充，却难免缺乏天然的细节的千姿百态。我害怕更多现代的建筑蚕食古老文明中的原始与野性，那种天生如此、向来如此、超凡脱俗于寂静之地的土地，我们的丛林、荒原、巨石、风雨、河流、星辰、湖泊、海洋、冰山、植物，以及在它之上的一切生灵，我们正常的物候，生灵的生存法则，自然的规律和荣衰，虽具有强大的生命力，具有强大的生态平衡，但在疯狂的发展和改造下，不知道未来如何。

某个温柔的时代已经消失了，但对我的意义将持续一生，这是最普遍的人生，时间和科技推动着更大的浪潮奔向高级、高速、先进、浩瀚而光怪陆离的新世界，在我身上，那种寓居群山的时代已经结束，远离故乡迈向未知的更像接近于现代文明的时代早已开始却不知未来会如何延续。

在中国众多逐渐被“改造”“破坏”“消失”的村庄中，我庆幸我的家乡还能在这样的时代大约保持几十年前的弥足珍贵的纯真自然，寂静天成。当然变化也是有的，就是在科技飞速发展和经济水平提高的前提下，种地的人越来越少，下地干活的农人离土地更远一些，过去每家每户都把地全部种满，现在，多数收成只种自己够吃的，大多数农人已经不种地了。那么荒芜的地拿来做什么呢？怎样做既不完全糟蹋、荒芜了土地又不要费很大的力气去伺候庄稼呢？种树，种树比种稻谷方便省力许多，因此一年胜于一年的退耕还林，让那一块土地拥有了奇迹般的森林覆盖率。

由久远的莽林中开拓出来的道路和耕地，经过艰辛的努力耕耘，由初步富足后重新回到莽林，当我们从难得的假日中回到曾经的山野，翻几座小山，爬几棵树，采几把野花，摘几把野果，都像是难得的事情。这令我深知，某个时代已经绝尘而去、一去不返，一些路和耕地重新回到蛮荒。人一旦富足，就会离土地更远，土地，在被劳作累坏了一生的人眼里意味着辛劳、汗水、低级、命苦，而一旦他们在高高在上脚不沾泥的生活中下来，一种富足、快活的生活被现实或自我的耐性与兴趣瓦解，他们又会重新回到泥土之上，开始想念并重视那种耕耘、踏实，春耕秋收，这是万物的循环、转圈、努力、回到终点，不止我，对多数人来说都是如此，那是温柔又彪悍的年代，卷着一堆温柔又彪悍的面目真实的人与人事飞沙走石般消失于这个世纪的开头，像上个世纪那样辉煌而壮烈地消失于大地上。

现在很多人长期远离自然、远离泥土和山野，过上对乡野陌生的高端城市文明生活，有的瓜菜不识、良莠不分，对植物动物没有起码的敬畏尊重，甚至看不起乡土风物和乡下人，这也是一种退后的不文明的内心状态。

人们为资本主义的光鲜和琳琅满目、金碧辉煌而满足，一部分已经习惯，并与之融为一体，另一部分，难免有些像刚从捉襟见肘的艰难中拔出泥脚的人在城里成为暴发户以后露出的那种难以自禁的不必要的优越感，他简直忘了他的祖先有多伟大，从荒原中艰难开出大道的扎扎实实的本领与心智，仿佛不如他手上几张钞票，仿佛钞票决定了他的地位，他们处在这脆弱又摇摆的不自禁之中，还没从虚弱的暴发中缓过来，智慧与精神丰富程度远跟不上他们物质的富足。

在这个遍地庸碌、光怪陆离的时代，人心需要适当的放养和休憩，我喜欢粗糙，喜欢朴素，它们比奢华更可贵。它的真实带来的精神光辉就像野生纯粹的生命力一样，令人震撼。我见过许多人眼中的“粗人”，他们身上某种气质比“精致”更可爱。过度精致反而让技术与雕琢死气沉沉，这不免令我想起无数令人眼皮也不想抬起来的街心花园，那儿的美大量符合几何、修辞、规整、对称，包括建筑、园林、植被，全都千篇一律，毫无意趣。

尤其在某些目光挑剔或对自然有炽热喜爱的人眼中，天生之自然与塑造于人类之手的自然存在明显的差异和不平衡，它们相互弥补，各有千秋，然而创造远在自然之后。我在讲述和表达对这种比较“野性”的“粗糙”的文明的喜爱时，并不否认大家热爱的“精致”“高级”“有序”的达成普遍共识的现代文明。文明当然是无比复杂的，自然也是复杂的。

某日半夜醒来突然脑中闪现这样一种念头，为何有些宇航员在从太空回来后如此相信造物主，这并不悖于科学与正确的人生观，也不是迷信，而是来自无以名状的伟大自然的超级震撼，那震撼甚至无法用语言形容。我在一次与朋友的讨论中曾心直口快地蹦出一句：“科学无法解释诸多事物，并且，造物主可以造出的某些东西科学也无法造出。”

现实是真相，而自然就像梦想。

不知若活在别的时代，我会是个怎样的人，活得越久，人身上所具有的先天的东西就更多地被外界和现实而干扰、改变、妥协甚至堕落。知识、见闻、感受，全与过去不同。时代发展得迅猛，我时常感受到无力。

我怀念小时候的自己，那时我像个小英雄，也许未来多年或一生我都会坚持这样的看法和评价。对我个人来说，那个时代的自己如此杰出，简直超越想象。她先于我的生长和思想认知完成了某种自然而酣畅的小变革，我在不自觉的状态下完成了一种来自大自然的熏陶和培养，然后不自觉地升华开窍，那是我光芒万丈的时代，光芒万丈的我。

“英雄”二字在我心中并不代表高蹈的伟光正，更靠近某种纯粹、野性、刚烈，血性，笑泪皆发自内心，只是符合基本人性道德和知行合一的善良。我那时有着顽强的刀枪不入的快乐，仿佛天赋异禀，仿佛被神眷顾，其实只是初生牛犊不怕虎。

在这个时代，能不被现实腐蚀就可以称之为英雄，很多人最后把自己变得浑身混浊腥臭，浑身欲望和滥情，浑身对良知和真心的背叛，这是与自然无关的，但这类似于人类对大自然的摧毁，人性和社会在这世上的取向和发展，总是要伤及无辜。那种还有着赤子之心的哪怕还有真心的眼泪和起码良心的人都可以称为英雄，他们的人格总会在某些事件中发散光芒。

我常梦见在荒原上飞，没有尽头的荒原，野草很高，其中白色的小花若隐若现，轻微地被草叶割着的感觉。天很空，远处是模糊的起伏的荒海，几乎与天空连接在一起。好像那儿的路不会断裂，不会被阻挡，不会有尽头和边缘。

我曾从很高的地方摔下来，就像电影里某些一脚踩空的女主角一样，从杂草荆棘中滚落下去，感觉到迅速扫过全身的剧烈而火辣辣地疼与晕眩，然而只是短暂的，我在地上躺了会儿，迅速恢复清醒，站起来，朝天看了看，嗯，并没有天旋地转，天空还是蓝的，有云朵，有麻雀和花羽毛的鸟飞过，我拍了拍屁股上的灰，摘掉衣袖上的草籽和苍耳继续往前走，好像什么也没有发生。

回到家发现脸上好几道口子，并不深，但还在流着血。我竟然没有觉得痛，擦干血我就去喂猪了。

我那时长着一副什么骨头呢？像牛羊一样在无边广阔神秘蛮荒的大自然中自由而顽强地成长，我知道什么可以吃，什么有毒，什么可以接近，什么地方最美最好玩，我也曾好奇而冒险地接近过一些危险和陌生的事物，我对那些神秘充满着热情，但我很机智，并没有遭遇什么危险。

这当然是小事，至于绊脚、摔跤、挑担、苦力、奔跑、爬树、跳跃什么的都不是个事，我的脚底有厚厚的茧子，摸起来似乎跟我的鞋底一样硬，一般的沙石根本无法硌疼它。我喜欢赤脚。因为自由、轻快，穿鞋太束缚了，让脚不舒服。每次在健身房跑步我都会想起儿时在山野荒原中赤脚狂奔的样子，有时狂奔了一会儿会突然连翻几个跟斗或侧翻几个，而现在，我要在跑步机上一小块滚动的厚硬皮上原地跑，跑得大汗淋漓然后走人，虽然很有益，却不太好玩儿。

我当然还记得那时手臂、腿脚上的伤疤和血口子，那伤痕从没断过，也从没去过医院，从没吃过药，顶多擦一点一块钱一盒的红霉素软膏，痊愈得很快，那是一种天生的能力，一种力量，自愈，生长。

我想起像我这样的孩童在放牧似的生长中遭遇的种种艰苦，那甚至不被我们称之为艰苦，因为我们压根儿没放在心上，当我看到很多孩子像个明珠一样被捧着，我想起那些儿时的伙伴，他们曾从树上摔下去，在河里死里逃生，剧痛让他们沉默了一会儿，也许还滴下一点儿泪水，留下一些伤疤，但他们很快就像平素里一样站起来，回去照样像没事人一样吃饭大笑，他们的爹妈根本不知道当天的某一秒差点永远失去了他们的孩子，他们太忙太累，全为了生存，甚至只为了一口饭。这样的大事被我们像喝了一口粥一样地淡忘，而伤口也随意地处置，因为顽强得过于习惯。而现在，我现在遇到一点点事情都被爱我的人紧张得要命，时代不同了，人心不同了，人们有了更多的时间，更闲了，或者更优雅，更细腻。或许，我们自己认为自己不行了，于是自身便真的变得没用起来，脆弱起来，你越是害怕，便越禁不住害怕，越是想东想西畏首畏尾，便越来越胆小怕事，越来越禁不住考验。很多时间在我们的粗糙中车轮般滚过去，有时候又被幸运的现实抬轿般脚不沾泥地度过。

你若相信神灵，神灵便在，若不相信，便是再香火旺盛处也不会有神灵。物生心，心生万物，一切都由心而发，所以《韩非子·解老》说："天生也者，生心也。"

人生有时像幻觉，一切都是一场梦。像从某种与生活艰难的厮杀中钻出来，人获得新生，伤疤退去，长出新的皮肉。我怀念那个黝黑的我，钢铁或皮筋般硬又坚韧的我，粗糙的我，邋遢而随意的胆大包天的我，热爱那天地不畏鬼神不惧的天真烂漫又强悍聪敏的我。没有人能挡得住她。

人有一种快乐是自由，哪怕一个人待着发呆，走来走去，听风里各种各样的声音。那自由来自摆脱更多的规定、束缚、挤压，哪怕具有更大的身体活动空间和灵魂活动空间。

然而在生存中我们需要遵循大量的规则、约束、克制，这无可厚非，在必要的秩序之下，自由才得以实现，但有一种自由并不需要太多代价、束缚和平衡，因为有些地方丰饶、包容、淳朴、随性，只要你愿意去，它就接纳你。自然教会人感恩，教会人热爱生命，在一些人眼中，乌云像造物的愤怒，白云像上天的欣喜，云不只是物，还是一种意识。

我喜欢回到家后，放下东西，脱了鞋，撒丫子上楼从上到下把所有门窗打开，室内八面来风，在乡下，我们白天常常是不关门窗的。虽不是路不拾遗夜不闭户，但在那无比偏远的一小块群山之中的小村庄，淳朴没有丢。

在看电影《鲁滨孙漂流记》的时候，我内心有两股比较明显的对同一个概念的对立感想，它们对文明的解释是相反的，但都是文明。蛮荒也是文明，或许那文明更单纯。电影到最后意义开始升华得有点复杂和深刻，野人星期五的人性让我对文明这个词开始疑惑。文明是由谁规定和命名的？由文明人？文明人的称谓又由谁命名？怎样才算是真正的文明？任何文明都是复杂的文明。在野人星期五那儿没有奴隶制，他们吃人但不折磨人的精神与灵魂，相当于“杀士而不辱士”。而让鲁滨孙引以为豪的文明社会看上去体面、精致、礼貌、得体，但将奴隶压迫鞭打得连畜生都不如，在他们那儿奴隶这个同类无端被剥夺了作为“人”的称谓，这种“文明”所透出来的野蛮和冷血连野人都不如，在看到野人星期五奋不顾身跑过去保护奴隶的时候，我瞬间觉得野人比某些所谓的“文明人”更具有文明与人性。如果我是野人，当我看到那一幕，当然觉得面前的文明世界也不过如此，连弱肉强食的丛林法则都比这种鞭打折磨更令人好受，相比之下其灵魂与统治的道貌岸然和虚伪的野蛮，野人弱肉强食直截了当的行为野蛮似乎更单纯。在星期五那儿人是平等的，他脑海里没有上帝和神圣的《圣经》，但他有自己的神，是存于内心的大家公认的神，甚至不需要一本厚厚的文字。相比文明世界，也许只缺少一点稳定的秩序和制约。当然，这是星期五的个人灵魂体现和代表的野蛮世界的真相，更多野蛮世界是狰狞可怕而非人的。

我不喜欢住在拥挤的地方，不喜欢住在高高的积木般的楼房中，上不着天下不着地，除了房间小小的空间，就没别的自由空间。一堆一堆的房子，紧紧挨在一起，打开门只看见更多的门，打开窗外面是更多的窗，楼与楼之间那么近但我并不认识里面住着谁，空气质量也一般，车流一过，风中全是灰尘，遇上雾霾，就更觉得压抑。

在我的老家，总有这么一种和谐美好自由的场景，亲人们在地里干活，家里房门打开，飘来鸟鸣花香，天蓝得无与伦比。虽然还做不到路不拾遗夜不闭户，但不用出门下楼就锁门，而且邻里之间如亲人。在我有生之年，愿看到这一切继续下去。

但总有一去不返的，总有逐渐蒙尘的，虽说“青山常在，绿水长流”，但无邪之自然难免不敌狂飙发展中科技与变革的冒犯，会有太多的事物取代、改变、遮蔽、扭曲，甚至消灭它们。人们将失去更多美妙与古老的神秘，那种缓慢的、适应天道、充满敬畏、乐山乐水的生存，发展与摧残，像悲剧与喜剧存在于生存，不可避免。

在告别必要告别的时代的同时，在那些必要告别的事物面前，我人生的某个巅峰时代也永不复返了，那是独一无二的我，也许有一天我会比她更强大、更富有、更快乐，那是另一种好，不能与此相比。我庆幸我曾那样度过。没有人知道我曾如何度过那伟大岁月，没人知道我如今悲伤什么。

回忆过去不代表衰老和退步，我从那回忆中重返曾经的激动与雀跃，并吸取到什么，反复学习到什么，那是一生的财富。像一部伟大的作品，价值是抽象的、隐性的、无限的。

它存在于我的灵魂，一直跟随生活和时间直到现在，以及过去，那种粗糙的图景看似蛮荒，而在我心里，却是一种伟大的图景，如造物之手，远超人类想象。一种荒野时代正在新世界消沉、失落,也许另一种崇尚自然的时代会在不久的未来到达。它相比过去的蛮荒更具有克服机器与科技大爆炸的平衡与消化能力,在高速发展的世界中,它的进步,就像一个曾纯真无邪的孩子在进入庞大商业市场和科技帝国中依然保持和维护的本真与赤子之心,更超越现代工业中刻意与充满造作的物品。冥冥中自有安排,我们对伟大的宇宙和大自然充满期待,从那儿不知会出现多少未知的奇迹和惊诧。

自然也许会被破坏,天生的东西也将被不同程度地改变。但对人来说总有部分是金钱无法买来的具有无限价值的东西,它们寂静、自足、天然、高尚、神圣,与时间一起存在,与你一同存在,在粗鄙的大地,在神性的大地,在这个世上。

我心归处是敦煌

◎ 樊锦诗

相识未名湖，相爱珞珈山，相守莫高窟

我和老彭是大学的同班同学，老彭是我们班上的生活委员，同学们给他取了个外号叫“大臣”。

当时男同学住在三十六斋，女同学住在二十七斋，男女生交往比较少。我一直叫他“老彭”，因为他年轻的时候白头发就很多，我心想这个人怎么年纪轻轻就这么多白头发。他和我们班同学的关系都很好，因为他办事认真，有责任心，给人的印象就是个热心诚恳、非常愿意帮助别人的人。这是我对他的第一印象。

老彭对我格外照顾，可我对恋爱非常迟钝。有一回我去图书馆，发现已经没有位子了，我就看见老彭在冲我招手，原来他给我留了个位子。这以后经常是他先到，占了座位就给我留下。但是他也不多说话，我也不多说话。据他后来说，他认为我这个人学习还不错。其实，他学习比我刻苦多了。

有一天，老彭突然对我说：“我想带你去我大哥家，我哥哥住在百万庄。”我这才知道，原来老彭在北京一直和他大哥生活在一起。我心里想，女孩子不能随便去人家家里，但是他提出要带我回家，我就知道他的心意了。其实那时候我们俩还没有正式谈恋爱。

到了他家以后，我感觉他们家的氛围很好，特别是他大哥待人热情、周到、诚恳，给我留下了很好的印象。我意识到老彭的成长受到了他大哥的很大影响。老彭是他大哥拉扯大的，老彭长得也很像他大哥。大哥比他

大五岁，念过师范学校，抗日战争期间就参加了革命，退休前是建设部的一个司长。大哥调到北京之后，也带他来了北京。老彭上的是北京四中，大哥出钱出力培养他，一直供他念到大学。他心里很明白，也很感激，所以学习非常下功夫，做事也非常认真，成绩很好。

我和老彭之间没有说过我爱你，你爱我，我们也就是约着去未名湖畔散步，快毕业前我们在未名湖边一起合影留念。毕业分配后，老彭去了武汉大学，我去了敦煌。那时候我们想，先去敦煌一段时间也很好，反正过三四年后学校就可以派人来敦煌替我，到时候还是能去武汉。北大分别的时候，我对他说："很快，也就三四年。"老彭说："我等你。"谁也没有想到，这一分就是十九年。

分开的这段时间，我们每个月都会通信。因为我写的字比较硬，老彭的同事以为来信的是个男同学，不知道他已经有了女朋友，还热心地给他介绍对象。

老彭去武汉大学历史系时，那时的武大还没有考古专业，只有历史专业，他一开始当谭戒甫老先生的助教。一九七六年武汉大学考古专业创办后，招收了考古专业第一届工农兵学员。老彭当系领导和考古教研室的负责人，主要负责教学，讲夏商周考古，另外还要带学生外出考古实习。他在武汉大学从零开始，建立了考古专业及第一批师资队伍。

一九六四年秋天，我在张掖地区的公社搞社教工作，老彭所在的武汉大学也在搞社教。社教工作差不多搞了九个月，结束之后我就回上海家里探亲去了。

一九六五年秋天，老彭主动来敦煌看我。那是毕业之后我们的第一次见面。常书鸿先生十分重视，特地打着武汉大学要来个教授的旗号借了辆车去接老彭。老彭的同事这时候才知道，原来那位敦煌的同学是个"飞天"。我的同事也很关心我，说我们俩还没结婚，就让老彭住到同事他们家里，常书鸿和几位敦煌研究院的老先生对老彭都很好。那些日子，我带着他看了敦煌的许多洞窟。从考古到艺术，我们俩无话不说，一直说到深夜还觉得有说不完的话。但是关于我们的未来，谁也不敢轻易触碰。两个人相距万里，难道将来的每一天都要承受这种两地分离的痛苦吗？就在这种极度的幸福和极度的茫然中，我们两人在一起度过了美好的八天。老彭快走的时候，我还带着他去爬鸣沙山，我们在山上还留了影。

他要回武汉的时候，我去送他。老彭拉起我的手，轻轻地对我说了一句："我等着你……"我流泪了，我知道这句话的分量。我就一直怔怔地看着汽车开走，前方是他的路，背后是我的路。虽然他说"我等着你"，已经明明白白告诉了我他的心意，但是我心里并没有因此而变得舒坦一些，好像有什么东西哽在我的喉咙口。这是我所期盼的，又是我所无法承受，无法给予回报的。

一九六七年元月，我"串联"到了北京，专门去拜访了他大哥大嫂。大哥大嫂对我说："小樊，你们俩该结婚了。"就这样，在兄嫂的安排下，我到武汉去找老彭。

原定老彭到武昌火车站接我，结果我到站后，左等右等，就是不见他人影。我心里感到很害怕，担心他发生了什么事，心想不能继续等下去，决定自己步行去武大。从大东门摸到武汉大学，走了很长的路，终于看见写着"武汉大学"几个字的那个牌楼。进了校门，一路打听着找到了老彭的湖边五舍的宿舍。结果他不在，原来是到火车站接我去了，我们俩走岔了。我就在宿舍门口等他，南方没有暖气，冻得哆哆嗦嗦。当老彭满身大汗地回来时，我感到非常委屈。进屋后，发现屋里和外面一样冷，于是我就钻到被窝里抱着个热水杯子，一边生着气一边打着哆嗦。他一个劲儿安慰我，说去车站接我，却没有接到，也是急得要命呢。

当时武大的青年教师是两个人一间宿舍，和老彭合住的那位同事当晚把房间让了出来，给我们俩当新房。结婚要买的新床单、新被子，都是老彭张罗，武大的同事还送给了我们《毛主席语录》、杯子什么的作为结婚礼物。我们买了糖果、茶叶、香烟，招待同事们。

一九六七年一月十五日，我们就这么结婚了。

老彭这个人非常朴素，读书的时候就没什么像样的衣服。我给他准备了一双皮鞋、一条华达呢料子的裤子，结婚那天他就穿上了我给他准备的衣服。后来到上海我又特地找裁缝给他做了一件中式小棉袄。一直到生病离世，他都珍藏着这件小棉袄。结婚当天，我也没怎么打扮，就穿着北京那种条绒系带的棉鞋，蓝布裤子，上衣是一件丝绵棉袄。棉花有点露出来了，我就把它往里面塞一塞缝起来。在棉袄外头罩了件灰布红点和白点的罩衫。罩衫也是旧的，我洗了洗就当新娘子的衣服了。

结婚没几天，我就和老彭一起回上海，这是我第一次带老彭回家。当时，上海家里已经被抄了，我的父母和两个弟弟都被赶到了另外的地方居住，一家人挤在一个房间。因不知情，我和老彭下了船，先到原来父母居住的虹口武进路的家里，刚上楼梯，透过门缝看到屋里全是红卫兵，我当时惊出了一身冷汗，蹑手蹑脚下了楼，拉着老彭直奔二姐家。因为我二姐的家就在不远的地方，等见了二姐才知道家里的情形。那天晚上，我们俩就在二姐家凑合了一夜。

第二天我带着老彭去见父母，家里人看我们俩刚刚结婚，就做了一桌很丰盛的饭菜。父亲听见我叫“老彭”，也叫他“老彭”。我后来想，幸亏那次带老彭回上海，那是他第一次也是最后一次见我父亲。

结婚以后，我和老彭经常通信，我感觉他对我非常关心和体贴，是个可靠、有情的丈夫。后来听他跟别人说，他找我是因为觉得我虽然是上海姑娘，但是身上没有骄娇二气。我们在一起的时候无话不说，我们不在一起的时候也会经常交流，但我们说的都不是家庭琐事，主要谈的都是各自的工作。

当时，军宣队进驻研究所，单位三天两头开会。我父亲刚刚含冤而死，大弟因为父亲的原因不能落实工作，母亲又病倒了，偏偏在这个时候自己又怀孕了。我觉得自己身心俱疲。我往来于敦煌、上海、武汉之间,由于过度劳累,以及精神上的紧张和巨大的悲痛,导致我有流产的迹象。经过及时治疗,才幸运地保住了孩子。

那时候,最强烈的念头就是离开敦煌,到武汉去。我觉得只有到武汉,到老彭身边才能感到安全。显然,在当时是无法解决分居问题的。我们想调到一起,也只是天真的幻想而已。为什么我们俩经过风风雨雨,还能够不离不弃?我觉得那是因为我们就是那个时代的人。我们是同学,互相理解。我们从来不会说"我爱你",我们就是把最好的东西给对方。老彭知道我喜欢他,他也从来不给我说狠话,也不愿意抛弃我这个人。

我们结婚时,没回老彭河北的老家,直到一九七〇年年初,我们要把第一个孩子送回老家抚养时,我才第一次到他河北农村的老家。我的印象中河北老家的房子还算宽敞,但家里最现代的东西就是暖壶,此外再没有什么像样的东西。我们第二个孩子是在武汉出生的,老二出生不同于老大,老彭准备得很好,老彭的大姐把老大从河北老家带到了武汉。大姐可能比我大十几岁,别人总把她当成我婆婆。我在武汉度过五十六天的产假,老彭把我照顾得非常好,给我做饭、炖汤,什么都不让我动手,晚上让我休息,他起来看孩子。我坐完月子就回了敦煌。大姐在武汉又住了几个月,之后她带着老二回了老家。

老大就留在了武汉,那时候他已经五岁了,正是调皮的年龄。老彭要教学、办专业、出差,还要带孩子。他每次出差,就只能把孩子交给同事照顾,这次交给这一位,下次又交给另一位。所以我们家的老大从小是住集体宿舍,吃"百家饭"长大的。那时候老彭又当爹又当妈,辛苦可想而知。

随着时间的推移,一九七六年年底后,到了解决分居问题的时候了。老彭当时急切希望我尽快调往武汉。儿子也特别希望我调去武汉,因为武大那时盖了一批教工家属楼,符合入住条件的老师都搬到家属楼去了,儿子的小伙伴也都搬了。由于只有老彭一个人的户口在武大,不符合条件,儿子就特别着急，写信抱怨此事。可是这时的我犯了犹豫，既对老彭有感情，想念孩子，想去武汉；又对敦煌产生了感情，想留在敦煌，为敦煌干点事。加上甘肃和武汉大学两方面的组织都坚决不放人，希望对方让步，双方争执了很长时间。不过即便在为调动的漫长拉锯阶段，我们俩都从没有为此红过脸。一九八六年，为了我们俩谁调动的问题，甘肃省委组织部、宣传部竟各派出一位干部找到了武汉大学的校长刘道玉，后来武汉大学没办法，就让老彭和我自己商量决定。就这样，老彭最后做出了调来敦煌的决定。老彭说："我们两个人，总有一个要动，那就我走吧。"其实，如果老彭坚持不松口，我最后肯定只能妥协了，但他知道我心里离不开敦煌，所以他表示自己愿意离开武汉大学。

我最感激老彭的就是，他在我还没提出来的时候，自己提出调来敦煌。如果他不提出，如果那时候他拿出一家之主的威严，也许我就去了武汉，因为我绝对不会因为这件事情放弃家庭，甚至离婚，我没有那么伟大。但是他没有，他知道我离不开敦煌，他做出了让步，如果没有他的成全，就不会有后来的樊锦诗。

等到我们一家真正聚在一起的时候，已经是一九八六年了。老大都念高中了，老二也念完小学。老彭调来敦煌研究院，最初一段时间在兰州，因为两个孩子都要在兰州上学，老彭为帮助孩子适应新的环境，他也在兰州待了一段时间。以后，我和孩子虽然也不能天天见面，但至少可以利用到兰州出差的机会多和他们在一起，这个家就像个家了。我对孩子们比较民主，从来也没有强迫过他们。他们念什么大学，找什么工作，都顺其自然。因为我深感自己作为一个母亲，欠他们的太多了。

我有一句话跟好多人说过，我说我们家的先生是打着灯笼都找不到的好人。一般的家庭都会因为这个问题解决不了，最终散了。但是他为我做了让步，放弃了自己热爱的事业，也放弃了自己亲手创立的武汉大学考古专业。

遇上了老彭这样的好人，是我一生的幸运。

“保护文物也是政绩”

如何平衡经济发展和文化发展，如何协调文化遗产保护和旅游开发的问题，这是我任敦煌研究院院长的职务之后遇到的最棘手的问题。

二〇一四年八月二十一日，国务院发布的《国务院关于促进旅游业改革发展的若干意见》（国发［2014］31号），提出必须树立科学旅游观、增强旅游发展动力、拓展旅游发展空间、优化旅游发展环境、完善旅游发展政策等一系列指导意见。该文件一时间被许多地方的旅游部门当作“尚方宝剑”，许多省市相继提出“大景区”概念，出台相关政策，纷纷成立“旅游管委会”，并赋予管委会统一管理包括文化遗产遗址和周边各个景区旅游活动的巨大权力，而不论文化遗产是世界级的、国家级的、省级的或是县级的，其人、财、物均由管委会统一管理。在二〇一四年，很多人都觉得“大景区”模式是发展旅游业在体制方面的创新，势在必行。

正在这个时候，又发生了一件令我感到无法接受的事情。敦煌市政府委托有关单位编制出台了厚厚一大本《敦煌莫高窟—月牙泉大景区建设规划》。整个规划设计目标完全从旅游出发，“大景区”把莫高窟纳入其中，认为莫高窟不应该由敦煌研究院管理，应归到敦煌市管理才合理。该规划认为，应把莫高窟交给当地政府办公室管理，由政府办公室交给当地旅游局协管，再由旅游局交给企业开发。

负责编制规划的是一个名为“北京大学××旅游景观规划设计院”的单位。我见到这个规划之后，非常气愤，心想：难道连北大也这么糊涂吗？怎么能够不做调查研究，就出台这样一个规划呢？但转念一想，这个机构以前没有听说过，必须先要了解清楚这个“北京大学××旅游景观规划设计院”和北京大学是个什么关系。我当即给北大校长办公室打了电话。

接听电话的校办工作人员问：“你是谁？”我自报家门说：“我是北京大

学的一个老学生，老校友，我的名字叫樊锦诗。我想核实一个情况，北京大学有没有一个'北京大学××旅游景观规划设计院'？这个设计院为甘肃省敦煌市政府设计了一个旅游景区的规划，存在严重问题，我认为这不代表北大的水平。我从爱护母校声誉角度出发，也为了弄清挂着北京大学牌子的这个机构是什么性质，特此求证。"校办工作人员回答说马上进行调查。

然而就在我等待北大方面答复的时候，第二天就接到了一个陌生人的电话。此人在电话中说自己是"北京大学××旅游景观规划设计院"的负责人。我听电话那头的声音半是道歉半是试探："樊院长，我们早就想向您请教了。您是这方面的专家，我们没有及时请教是我们的问题。"我就回复他："你不用给我戴高帽子。是谁告诉你我的电话的？我不认识你。"就毫不犹豫地挂断了电话。就在挂电话的一瞬间，我突然感到有些后悔，心想应该通过此人了解更多的情况。也是在那个时候，我感到了一种不安。接下来还会发生什么情况？为什么我刚向北大请求调查，就马上有人找上门来？

就在这样的忐忑不安中过了一段时间，北大纪委给我打来了电话，回复说经过他们调查，这个所谓的规划设计院和北京大学没有丝毫关系，是个人冒用北大招牌的机构，北京大学方面已经对其提出警告，要求他不准再打着北大的招牌招摇撞骗。后来据我了解，二〇一五年，该机构已改了名，不再使用北京大学的名号了。

之后，也有人不时提醒我说"大景区"势在必行，不是旅游局可以左右的，同样也不是敦煌研究院可以左右的。如果不是省里统一的规划，不可能有此推进的速度和规模。果然到了二〇一四年十二月二十一日，《甘肃日报》刊登了《甘肃丝绸之路经济带建设大景区总体规划纲要》。根据规划，到二〇二〇年，将计划建成年接待游客三百万人次以上的大景区共二十个。大景区建设将分两步走，第一步计划到二〇一七年，将率先建成八个大景区，其中就有“敦煌莫高窟—月牙泉”景区。

报上公布，网上转发，我只觉得心头特别压抑。像敦煌莫高窟如此珍贵、如此脆弱的世界文化遗产，对其保护应是第一位的，必须有专门的保管机构，不应该和其他的所谓景区按一种模式、一个标准进行管理，甚至不受限制地进行旅游开发。敦煌研究院负责保管莫高窟，这是《中华人民共和国文物保护法》规定的文物管理体制。如果真的改变莫高窟的管理体制，将莫高窟的旅游开发管理权抵押、租赁给企业去经营，这样珍贵脆弱的文化遗产将很快就被破坏，多年辛苦聚集起来的人才队伍也将流失殆尽，前途实在令人担忧！

我作为一名共产党员，为了保护中华民族优秀传统文化，应该向领导如实反映情况和阐明自己的看法。为了不牵连研究院其他人，我决定以个人的名义给省领导写一封汇报信，明确表示旅游发展中应注意保护莫高窟。

汇报信的每一条后面和信后的附件，都引用了法律和事实加以说明。

就在我担忧的时候，国务院参事室的一些参事和中央文史研究馆的一些馆员，正在做一个文化遗产的调查项目，莫高窟是他们调查考察研究的对象之一。他们从网上获知，莫高窟将被并入大景区，交旅游局统一管理。于是他们组织了一个考察团，到兰州找有关管理部门的领导座谈，听取意见。他们也到了莫高窟，和敦煌研究院全体工作人员进行了一次座谈，听取意见，并做了一些调查。考察团经过调研，就莫高窟要成为大景区这件事，形成了一份考察报告，就莫高窟的保护现状向国务院正式提交了这份报告。报告特别强调了在旅游发展中加强莫高窟保护的重要性。这份报告引起了国务院的高度重视，国务院主管领导的批示很快就送到了甘肃省委，省委领导也很快做出了莫高窟管理权属于敦煌研究院的批示。

回想起来，我觉得真是天意，没有这么多同事的支持和专家的帮助，单凭我一己之力，难以力挽狂澜，也无力阻止莫高窟被企业管理的命运。这份报告保住了敦煌研究院负责保护管理莫高窟的职能和权力。

后来《纽约时报》派出记者到敦煌来采访我。我在接受采访时，主要介绍了莫高窟的保护，同时也向记者透露了我的担忧。后来有人认为，我随便接受外国记者采访十分不妥。我回答说："这没有什么不妥，我没有说任何不利于我们国家和民族形象的话，我只是接受海外媒体的采访，说了一些关于莫高窟保护的担忧而已。"

那段时间，我吃不好、睡不好，身体健康也出了问题。从下决心扭转局面、保住莫高窟保管的现行体制的第一天，到事情最后得到圆满解决的那段日子里，我瘦了整整十斤。我一个年近八旬的老人，为什么敢于坚持这样的事情？因为我没有私心杂念，我热爱莫高窟。自然因素对文物的影响是缓慢的，一旦以发展旅游为目的进行开发，很多古城和遗址的历史文化基本生态往往会在一夜之间被"开发"殆尽，包括莫高窟在内，将来就会丧失基本的生态而沦为"盆景"。水和土都坏了，种出的庄稼还能吃吗？

尽管莫高窟是个小地方，但是她对中华民族的意义很重大。我们都是历史的过客。我们这些人走了，莫高窟还会在。人的一生能做的事情本来就很有限，怎么能干上对不起祖宗，下对不起子孙的事情？

二〇一六年四月，在全国文物工作会议上，习近平总书记对文物工作做出的重要指示给我增添了信心。总书记明确提出"保护文物也是政绩"。习近平总书记强调，我国是世界文物大国，又处在城镇化快速发展的历史进程中，文物保护工作依然任重道远。他还强调传承历史文化的重要性，强调通过文化维系民族精神，提出保护文物"功在当代、利在千秋"。我听到这八个字的时候备感亲切和安慰，深受鼓舞。

林中遇见约翰·巴勒斯

◎ 傅菲

我承认，我是一个热爱孤独的人，崇尚自然。深山，或许是我最好的归处。尤其自入中年之后，我对深山，对人世，有了更深的认知。热爱深山，不是避世遗立，而是问道自然的法则，尊重生命自然的伦理。

二〇一三年七月十八日，我从江西上饶市，来到福建浦城县荣华山下客居。处于武夷山北部余脉的荣华山，山峰延绵，闽江之源南浦溪绕山奔流，草木葱茏。深山多古木多阔叶木，多山泉。荣华山低海拔，最高峰不足千米，山下鲜有居民。去山里，是我日常生活不可或缺的一部分。

我对山中发生的一切，都充满了兴趣，并报以孩童般纯真的好奇心。我常常一个人深入深山，观鸟听瀑，见识草木枯荣。我走了每一个野谷，爬过每一道山梁，溜达过南浦溪每一个荒滩——无人去的地方，都是我热衷的。大自然每一天发生变化，每一次变化都是一次革命——在我眼里，是这样的。自然生成的姿彩，四季轮替带来动植物的生死，头顶上永恒孤独的星空，地球转动时的万物兴衰，人与自然的灵肉交融，千变万化的异美气象，带给我原始的审美和震撼。大自然在任何时候都美轮美奂，异彩纷呈。

每次进山，我都背一个棉布包，包里带着约翰·巴勒斯（John Burroughs）写的散文集。约翰·巴勒斯是著名的博物学家和自然散文作家，被誉为“美国自然文学之父”，勤奋写作六十余载，多写鸟类、花草和乡间景象。

约翰·巴勒斯一八三七年四月三日出生于纽约州罗克斯贝里，在卡茨基尔山区度过了他的童年。在他父亲的农场，他跟随他的母亲采摘草莓和野果，谛听林中鸟鸣。一八五四年，他在当乡村教师时，在库博斯镇神学院，初次读到了华兹华斯和爱默生的作品。一八五六年七月他离开神学院，在外游历和工作。一八六三年，在西点军校，巴勒斯第一次听到了爱默生的演讲；并于当年，因偶然的际遇，结识了文学大师惠特曼。一八七三年，巴勒斯回到卡茨基尔山区，在哈德逊河的西岸，购置果园农场。他亲手设计和建造了一幢石屋，称为“河畔小屋”。一八七五年，他在河畔小屋两英里外，盖了山中小木屋，称为“山间石屋”。之后，巴勒斯再也没离开过这里。

约翰·巴勒斯并不“传奇”的人生经历，耳熟能详。但在二〇一三年之前，我对约翰·巴勒斯“知之甚少”。偶然的机会，我深入阅读了“鸟之王国的约翰”。二〇一三年九月，在一份不知谁遗落在我办公桌书单上，我看到了诗人马永波主编的“世界自然文学”丛书目录，其中有辽宁诗人川美翻译约翰·巴勒斯的《鸟与诗人》。川美是一个视野开阔、语言清丽、节奏舒缓的名诗人，曾翻译了英美不少经典诗歌，我在报刊上，读了很多年。她去翻译散文集，一定是这本散文集比诗歌更迷惑了她。半个月之后，我通读了《鸟与诗人》，给川美打电话，感谢她，出色地翻译了这么好的书。在电话中，我有些激动，说，很多年没读到这么让我入迷的书了。川美说，为了翻译这本书，做了很多年的案头准备，历时三年翻译才成书。

读约翰·巴勒斯的书，最适合的地方，是在林中，坐在阳光下树墩上，或坐在溪涧边的岩石上，或坐在山梁的亭子上。

如爱默生、梭罗、惠特曼对约翰·巴勒斯有影响一样，约翰·巴勒斯对我有着深远的影响。他不但影响了我的审美，还影响了我的日常生活。我开始崇尚极简主义。我崇尚环保主义。我不再杀生，不再吃野生动物，不穿也不购买皮草；我尽可能不用塑料，买菜也提篮子，尽可能不用电，外出尽可能步行或坐公交车……我开始自学植物学动物学，慢慢学会辨识身边的植物以及它的药用价值。孔子在《论语·阳货》中说："诗，可以兴，可以观，可以群，可以怨。迩之事父，远之事君，多识于鸟兽草木之名。""多识于鸟兽草木之名"不仅仅是说，要认识鸟兽草木，更要懂得它们的伦理和生命周期。我爱上了种树，爱上了自然界的一切。

我爱上了书写自然。

荣华山因森林茂密，保有森林原始的样貌，保有动植物丰富的多样性，被列为国家森林公园。于我而言，它不仅仅是一座适合我长期观察自然的山，更是我与自己对话的一个客体。风霜露，雨雪雾，落日，溪流，星辰……草叶的色泽，鸟飞翔的姿势和叫声，一条腐烂的蛇，一棵老死的树，都是自然界生动的语言。这些"绘声绘色"的语言，因时间的催发和生命自身的发酵，有了沧桑的况味。

每天，我都要进入荣华山。荣华山山道纵横，通往四周的山梁或山谷。我随意进入哪条山道，随意往哪儿走，一直进入深山或幽静的山谷。我早上去，下午去，有时傍晚也去。在林中读一会儿书或站在林中听鸟鸣，都是十分幸福的事情。我不害怕孤独。孤独是人最奢侈的礼物。在大自然中，孤独会衍生为生命的反省，和对生命的热爱。所以，我也是一个不悲伤的人——只要好好活着，没什么值得悲伤的。

在林中，我不觉得是我一个人在走，还有一个戴着白草帽的约翰·巴勒斯。他架起单筒望远镜，站在河边，瞭望林中的飞鸟。他坐在石头上，坐在草地上，把草稿本压在大腿上，记录他看到的一切，听到的一切。

大自然的奥妙，只有浸淫其中的人，方可领悟。我不敢淡忘约翰·巴勒斯的告诫：

> 你要亲身体验自然方可欣赏到其中的奥妙。旁观者的走马观花根本无法激起这种对自然的热爱。有的人只满足看见三五只飞鸟或

听到一两声鸟鸣;他们疑惑为什么要为此煞费苦心呢?当威尔逊为他那工程浩大的鸟类研究请求捐款时,一位东部的州长略带轻蔑的神态对他说:“谁会为了解鸟类而捐出一百二十美元呢?”当然,花钱买知识,其价格是昂贵的。然而,最珍贵的知识是没有市价的。州长阁下,请求你的资助不是单纯的关于鸟类的专业知识,而是对于森林与原野的一种新的兴趣、一服精神与知识的滋补剂、一把通往大自然之宝藏的新钥匙。想想还有许多其他你可以得到的东西,阁下——空气、阳光、沁人心脾的芳香及清爽,还有将你从狡诈混乱的政治生活中暂时解脱出来的缓和剂。(《醒来的森林》,程虹译,生活·读书·新知三联书店,二〇一二年八月第一版,一六一页)

十九世纪中下叶,美国出现了新的文学流派——自然文学,并十分兴盛,出现了诸多如约翰·缪尔、玛丽·奥斯汀、蕾切尔·卡逊、奥尔多·利奥波德等伟大作家。约翰·巴勒斯是其中的佼佼者。他和其他作家游历式、短时观察式、阶段性体验式生活的最大不同,在于他长达四十余年中,一直在山野生活、实践、记录、写作。

约翰·巴勒斯在论自然文学时,他以为,文学作品的内容是第一位的,优秀的永恒的作品首先要表现最基本的人性,并体现作家本真、完善的个性,而不是技术性的成就。他说:“文学会因非文学因素的衰竭而死亡。”(引自张建国《论约翰·巴勒斯辩证的自然散文观》,二〇一三年第五期《鄱阳湖学刊》)

他是大自然的一部分。他对自然的认知,就是对生命的认知。他的论断,延至二十一世纪的今天,仍然振聋发聩。他属于生命写作。

在林中,我是愉快的,幸福的。这种愉快和幸福,也是其他方式难以取代的。在以荣华山为主体叙述对象的大自然文学写作,我也融入了自己的生命。

写这个系列散文时，我有自己的想法，我要写出属于自己的山地美学。我的山地美学强调了人及人文与自然的融洽、个体的人与社会处理自然的关系、人的自然属性、自然的生命属性、自然给生命的启示、自然亘古的法则和伦理、人之情趣和自然之情趣的和谐关系、自然现象的瞬逝之美、自然之美的永恒价值。我把自然和日常生活融合在一起书写——人与自然的同频共振。从某种角度上说，人和自然，互相照耀，互为主客，彼此印证。

忠于自然，却不雕刻自然之像；忠于内心，却不失丰富浪漫的想象。于自然而言，最大的人性，是尊重生命，尊重一切生灵的生和死；尊重自然原始的风貌；尊重自然的原则；尊重自然的丰富性和残酷性、仁慈性。

自然是最伟大的艺术，它融合了音乐、建筑、绘画、诗歌、舞蹈等其他艺术。

世界各地的大自然，都是相通的，无论是草原、森林，还是荒野、沙漠、雪山；无论是盆地、高原，还是平原、丘陵、海洋，遵循着相同的美学：有情、有趣、有思、有异、有美、有灵。

大自然的四季美，物候的轮替，生物既无比强大又无比脆弱的生命，山中可以谛听出死亡钟声的宁静，星空永恒的孤独，时间对万物的摧毁，万物孤独而富有情趣的生活形态——这些都让我们审视自己的内心。人在自然面前，微弱且渺小。万物在自然中，皆平等，和谐为至美。

约翰·巴勒斯后半生没有离开过大自然，直到离世之前，他才坐上了回家乡的火车，一直喊着故乡的名字，热泪盈眶。他是一个多么挚情的人。一九二一年春，在从加利福尼亚返回纽约的火车上，约翰·巴勒斯与世长辞。在罗克斯贝里的一块岩石之下，安葬了他的肉身。这里是他童年的玩耍之地，他从这里出发，游历了世界，最后回到了这里安魂。

我学识浅薄，做不了博物学家。但我想做一个孜孜不倦的大自然布道者，并努力去实践。我是一个对自然界敏感的人。大自然之美，每一天都不一样，时时刻刻都美到极致，无穷无尽。荣华山是一座空无一人的深山，我是唯一的孤客。“浩浩阴阳移，年命如朝露。”(《古诗十九首·驱车上东门》)。人生转瞬即逝如火石之光，一个人，可以没有物质财富，但不可以缺乏一双发现美的眼睛和丰盈的心灵。万物的美，都在发现美的眼睛里。

二〇一四年十一月，我离开了荣华山，但我并没有停下脚步，留在城市的“暗室”里。我继续远行，孤身深入更为广阔的大自然。每次出行，我都会想起一帧相片：一个白发苍苍的老人，留着又长又白的胡子，穿着粗布的黑衣裳，坐在一块山坡的石墩上，和三个孩子讲自然界的故事。老人的背后是一棵阔叶灌木，山坡下，是静谧的乡间，远处的几间屋舍，有些冷清。男孩穿着短袖的白衫，神情专注地看着对面的老人。两个女孩穿着短裙，一个头发蓬松，一个头发扎起布饰，侧脸看着坐在中间的老人，眼神充满了期待……

“约翰·巴勒斯。”我轻轻地自言自语。

他是大地的祖父。

小樵夫的梦

◎ 王跃文

溆水河从南边深山奔腾而下，流到我的村子漫水，水势早已平缓了。河两岸是宽阔绵延的平地，田里的庄稼，稻谷、油菜、甘蔗、橘子、西瓜，四时不绝。老辈人没出过远门，直把家乡当平原。我同老人谈天，告诉他们溆水流入沅江，沅江入贯洞庭，洞庭汇入长江，长江奔向东海。老人却同我讲神话，说溆水边有座鹿鸣山，山下有个蛤蟆潭，潭里有个无底洞，无底洞直通东海龙宫。

漫水真是个美丽的村子。记得小时候，老木屋家家相连，窄窄的村间小路多铺着石板。我夏天喜欢穿木屐，走在石板路上梆梆响。遇着村里的长辈，必站在路边行礼。隔上三五家，便可见大大小小的池塘，塘里养着大白鹅和大麻鸭，卸犁的耕牛也泡在塘里嬉水。鹅和鸭喜欢把头插进翅膀里，安闲地浮在水上睡觉。我夏天常常跳进塘里玩水，梦想自己也能有鹅鸭的功夫。村里最大的塘在王家祠堂前面，名字就叫大塘。乌桕树、松树、柳树，沿塘坎长着，树上落满了麻雀、喜鹊、乌鸦、白鹭。一条小溪从大塘穿过，满塘清澈的活水，引得孩子们最爱在大塘游泳。记得一九七六年初夏，漫水小学纪念毛主席畅游长江十周年游泳比赛，地点就在大塘。发令枪啪的一响，小运动员们扑通入水。

村里人每天都下地做事，勤快是很受人敬重的。小时候，妈妈夸我肯做事，我便越做越起劲。半夜醒来听得刮大风，我就有些睡不着了。村外山上必定落满了松茅。天刚微明，我就从床上滚下来，取下竹筢子和箩箕，飞跑着上山去。路上会遇着些大人或同龄人,他们也是去扒松茅的。各自心里都藏着一片山坡,那是大家多年扒松茅常去的老地方。有时起了大雾,扒松茅的人鼻子碰鼻子了,才看清对面的黑影是谁。相互玩笑着打个招呼,又消失在严雾紧锁的松林里。山里远近,都听得见竹筢子的响声。

新鲜松茅的清香很好闻,颜色嫩黄也好看。扒松茅时,倘又遇着一窝好枞菌,那天便是黄道吉日了。我那会儿力气虽然不大,但挑着满满一担松茅也不觉重。松茅原本就不怎么砸秤的。我把松茅稀里哗啦倒在场院里,用扁担挑开摊匀,好让日头晒干。妈妈已做好早饭,我三扒两咽吃过,背上书包往学校跑。坐在课桌前打开书本,身上还满是松茅的香。

松茅毕竟不经烧,家里要有足够的柴火,到底需要上山砍柴。山林都是封禁了的,只能砍松杉之外的杂木。离家近的山上,稍高大些的杂木早已砍尽。我人小,去不了太远的地方,只能在离家最近的山上,砍贴地生长的檵木丛。偶尔会砍伤手,我就把伤口放在嘴里衔着止血。有一回,伤口砍得太深,舌舔嘴吮都止不了血。我用柴刀刮下油茶树皮上的黄色粉末,涂敷到伤口上,居然把血止住了。事后伤口亦无感染,大概是油茶树的植物碱能杀菌消炎吧。所谓神农尝百草,大概就是这么来的。

我很羡慕村里一位老人,他能用尖嘴锄挖出檵木老根。他家场院里常年晒着檵木老根,那是极经烧的。我也试过去挖,却是放弃了。依我当时年纪的臂力,根本挖不动山上坚硬的黄土。我只有眼馋的份。檵木老根状如虬龙,黄亮黄亮。课堂上听老师讲劳动是美丽的,我想到的便是那些檵木老根。

砍柴累了的时候,我会坐在山坡上休息。眼前是一望无际的金黄稻田。记得童年时的夏天,田野里白鹭翔集,引得老鹰在空中盘旋。五六岁时,我到田野去看白鹭,总幻想白鹭能像传说中的仙鹤,与人朝夕相处。可不管我怎么轻手轻脚,它们见人就一飞而起,又在不远处落下。我砍柴的这片松林,也是白鹭栖息的地方。

有个周末，听达哥说要去二十里外一个叫坝塘湾的地方砍柴。我听了很兴奋，一定要跟着去。达哥是我的堂兄，也是我的老师。我在学校喊他老师，回家便喊他达哥。妈妈说坝塘湾太远了，不准我去。我反正是要去。我羡慕人家都穿草鞋，便求妈妈买了一双小草鞋。我平时上山是打赤脚的，脚板皮硬得像牛蹄子。

星期日，我早早地起床。达哥说，早些出门，好趁凉快。那天跟达哥去砍柴的有七八个人，年纪都在二十岁上下，我是最小的。平生第一次穿草鞋，我兴奋得像条小黄狗，蹦蹦跳跳的。哪知道走出不到半里地，我的脚后跟就叫草鞋打破皮了，鲜血慢慢渗出来。我虽然脚板皮很硬，脚后跟却是禁不住草鞋磨，不像达哥他们长年穿草鞋的。我只好脱掉草鞋挂在腰间，仍旧打着赤脚赶路。

坝塘湾的柴火果然是多，净是大拇指粗的杂木，高过人头。平时乡下人摆龙门阵，说的都是关乎劳作的事。天长日久，耳濡目染，我也知道些农事。冬天去场坪上买木炭，栎树炭是最贵的。映山红是好柴，挑起来不压肩，燃起来火也旺。我并不认得所有杂木，却又不好问别人，怕出丑。我只凭眼睛瞎看，见人家砍什么柴，我就跟着砍什么柴。

达哥是个快活人，高兴了就唱样板戏，唱得荒腔走板的。他唱着唱着人就远了，等他回来时背上扛着大捆干柴。有人就说他不义道，撇开大家捡干柴去了。达哥说，坝塘湾的干柴捡得差不多了，他只是运气好。北斗溪干柴多，路太远了。要是不怕磨脚板皮，下个星期到北斗溪捡干柴去！我巴不得明天又是星期日，好去挑一担干柴回来。

担柴下山，达哥他们快步如飞。乡下人的荣耀，便是力气大，会劳作。我人小腿短，要跟上他们实在为难。挑重担赶长路，歇肩是常事。却谁也不愿先说歇肩，都憋着股蛮劲，不肯服输。终于，有人说："歇歇肩吧！"大家就放下柴担，撩起衣襟擦汗、扇风。达哥朝那喊歇肩的人笑道："饭桶，才赶两三脚路，就只喊歇肩了！"不论谁最先喊歇肩，总要被人笑话的。我却实在是有些赶不上了，暗自感激那喊歇肩的人。

当时，农村节能很受重视，不断推广各种节能灶。那些年，原是县里干部的父亲已回家当农民。他是读书人，手又灵巧，就自己动手打节能灶。父亲按新介绍的灶型，打了一款牛尾灶，引得村上的人都来学习。原理大致是两锅串联，共一孔灶眼烧柴。灶眼处算是牛头，第一口锅子煮饭，第二口锅子炒菜，烟囱装在灶尾。用牛尾灶做饭炒菜，需主妇事先盘算清楚，眼快手疾，行云流水。

我除了上山砍柴，别的农活也干，插秧、薅田、锄草、刨草皮、捉棉虫、收稻子。只是没资格鞭牛耕地，那是成年男人干的事。我想等自己长大了，不会再用牛耕地，我会去开拖拉机。那时，力田劳作的社员都相信，手头很多事以后都是机器干的。有一张宣传画很叫我神往：一位女知青，头戴草帽，肩搭白毛巾，驾着拖拉机耕地。

我到底没有当成拖拉机手。十九岁那年，我离开了那个叫漫水的村子。尔后，离家越来越远。父母仍在老家，我有空便回去探望。每次回去，都见村上有人家起新屋。低矮的老木屋慢慢消失，新起的都是样式时髦的洋房。

大塘坎的树上仍是落满了麻雀、喜鹊、乌鸦、白鹭，塘坎边的坪上却像城市小区公园，装有各种健身器材。晚上，村妇们在坪里跳广场舞，男孩子打陀螺，女孩子跳绳。男人们爱玩着健身器材摆龙门阵，评说谁家房子建得最好，谁家睡在银行的钱最多。正是俗话说的，家藏万贯财，隔壁有斗量。池塘里的大白鹅依旧伸长了脖子高亢地叫，一只鸭捉了一条鱼引得一群鸭争抢。塘里却不见耕牛了。村里早已没有耕牛，而耕地的机械却比当年的拖拉机更先进。

漫水是我村子的老地名，不知何故过去竟有五六十年被人改作“万水”。也许是有人写字偷懒吧。但村里人仍把“万水”读作“漫水”。二〇一二年，我创作了中篇小说《漫水》，用的就是家乡真实的地名。这篇小说后来获得鲁迅文学奖，并在英国翻译出版。乡亲们很高兴，又把村名改回漫水。村里干部专门跑到长沙，说要为我在村部建个工作室，也为村里扬扬名。我婉谢了乡亲们的美意，却承诺为村里捐个图书室，叫漫水书屋。

父母都已是九旬老人，不肯出远门了。母亲说，乡下同城里也差不多了，又比城里清静。又说，如今村里人过得舒服，不要去井里担水，不要去山上砍柴，都用自来水和液化气了。娘是劳动惯了，只道如今日子过得太轻松，会不会把年轻人都养懒了。

有年春上，我回家看望父母，饭菜刚刚上桌，五只燕子飞进来，脆亮脆亮地叫，绕飞三匝，又翩然而出，像极了时下流行的快闪。妻惊呼：五燕旋堂，好吉祥啊！

山林的孩子

◎ 金克巴

在古代西伯利亚的传说中，菌类是森林的孩子。我们当地菌类甚蕃，它们遍及山林，俨然是山林的精灵。菌类大家族色彩斑斓，除了玩转颜色，它们还富有独特魅力，牢牢地扎根在我生命的最初十几年里，即便时光衔枚疾走，也总让我心心念念。它们虽如蜉蝣般生命短暂，但贯注的生命信念一直不曾中断。

在梭罗看来，长浆果的地方本身就是一所大学，在其间，不用听斯托夫、沃伦和韦尔耳提面命，也能学到永不过时的法学、医学和科学知识。同样，在我看来，一座长出许多山菌的小山俨然是群山之中的小家碧玉，不时拂动我的心旌。我们当地的山普遍不高，跟“曾经沧海难为水，除却巫山不是云”无关，我坦承我的爱有狭隘、偏执的成分。我们周边有两座其貌不扬的山，却在民间传说中被赋予了神话色彩，乡民称之为担山，传说是用扁担挑来的。谁挑得动？当然只有神仙。有一天，他挑着一担东西来到我们地界，撂下挑子稍事歇息。不曾料想，那一歇，担子竟然凝固成永恒。在人们的意念里，神仙具有超常的神力，行事也不大遵循凡间常理。无人细细思量，神仙挑一副担子做什么。“担山”原来是乡名，因为撤小乡并大乡，现在连乡名也不是了。千百年来，两座山坚贞地守望着；近几十年来，它们耸立的姿势却变得岌岌可危——周边的村民靠山吃山，长年开山采石，用作建筑石料。

担山周边环绕着海拔两三百米的小山，山上多马尾松和杂灌，终年绿树掩映。我对这个世界产生浓酽兴趣的初始之地，就是这些山。据姓氏和族谱，我们的祖先曾经在河西走廊一带牧马，在汉武帝赐姓之前，大概姓“虚连鞮”。那时，先人们所能见到的，是辽阔的草原和碧蓝的天穹，马背与厮杀便是他们的日常生活。随着历史的大融合，他们迁入内地，又不断南迁，后代遂散落在南国大地的绿色皱褶里。他们做梦也想不到，自己的后裔竟然极少见过真实的马，也将祖先的马鞭和纵马驰骋的绿原彻底地遗忘了。我们之间的纽带除了久远的血缘，差不多只剩下永恒的绿色：绿色的草原，绿油油的庄稼，蓊郁的树林。让我想起洛尔伽的诗：“绿啊，我多么爱你这绿色/绿的风，绿的树枝/船在海上/马在山中。”

眼前的山林，之前有些是旱地，村民们一旦放弃在上面耕种，乔木和矮灌很快卷土重来。在人与植被的拉锯战中，后者往往更具耐心更有韧性。在我的眼前，有些山延绵不绝，如游龙盘桓，最后与天色相连。有些山耸壑凌霄，品味着独处的妙处。诚然，山有时也意味着闭塞和遮蔽。过去在我们当地，形容一个人孤陋寡闻，就调侃他是“山里人”。我小时候听人戏说，山里人平生头一回见到火车，惊诧于它的体量，还不无幽默地感慨：这头大铁牛，一天得吃多少草料啊?！其实山里人自有山里人的幸运和强项，是壮丽的、憨实的抑或可爱的、宁静的山涵养了他们，他们翻山越岭如履平地，对斑驳陆离的山里世界了若指掌，更别说在物资匮乏的年代，山林是如此的丰饶，源源不断地呈献出野果、竹笋、山菌……

我们当地人觉得自己身处大山的外围，大抵并不把自己当作“山里人”。当我走过许多地方，见识过南方富庶的村庄，北方一马平川的平原，南方和北方终日喧嚣的大城市，蓦然回首山村，我突然意识到，其实我也是一个地地道道的“山里人”，我们的村庄被群山环抱。说不清楚为什么，在我睽违故乡多年后，我依然恋栈果壳里的那一点点安逸和踏实，其他地方只是浮云，我在云上，飘浮不定。

昆德拉说，人的一生注定扎根于前十年中。十多年后，生活已经被改变得面目全非，而今，我只能在想象中，一次次踅回山里。现在是夏天，野蘑菇如期醒来，它们曾经带给山里孩子无尽的欢愉。至于现在的孩子，他们的命运大抵与迢递的群山无关，时代给予他们丰富的物质生活，他们继而被各种电子游戏攫取，有些无奈地辗转于各种兴趣班。山里的野蘑菇，我不知道，它们是否也受到命运的支配，但我确信，它们丝毫不受人类所谓的时代的影响，一定不会觉得在铁轨上每小时移动四百公里是一种必要，或者因为身体在快速穿梭而获得更多的幸福感。

一年当中，山菌的生长大多依赖丰沛的雨水和温暖的阳光。它们没有坚硬的骨梗，但是对柔弱之美却有独到的领悟。从雨声时常奏响的初夏，一直到秋末，都是山菌勃兴和滋蔓之时。

“开到荼蘼花事了”，其实荼蘼过后，山里的花事远远还没到一曲终了的时候。不时可以遇见一簇点缀着金蕊的山矾，邂逅一丛黄灿灿的羊踯躅，还有善于用馥郁的花香讲故事的山栀子。如果菜地里的花开花落也算得上是百花盛会上的乐声，那么随后还会有萝卜、白菜、茼蒿……给人余音袅袅的感觉。梅雨过后，林地潮湿，落叶的奉献精神也体现得更具体，它们携带的养分继续往下渗透，直到与土地浑然一体。对山菌来说，山林就是最富温情的怀抱。上一年落下的蕈类孢子经过漫长的酣睡，被一场雨唤醒，它们深得慎独的精髓，绝不像动物界的某些睥睨一切的朋友，动辄制造出巨大的噪音，生怕自己存在的消息消失在汗漫的宇宙空间。山菌短暂的一生可谓静美无伦。然而它们生命之初同样充满神秘的渴望，那种神秘的渴望在人类身上表现得更加多维，史铁生如是写道：巨大的存在之消息被分割进亿万个小小的肉体，小小的囚笼，亿万种欲望拥挤摩擦，相互冲突又相互吸引……现在，天时地利，在一股莫名的渴望的怂恿下，孢子萌发，正负交配型的单核菌丝寻觅自己的最佳伴侣。山林温润的空气充当起“氤氲大使”。菌丝有了美好的邂逅，最终长出令人惊喜的蕈类实体。它们的“洞房”微不足道，背景却是浩瀚的天宇、无垠的大地。山菌大概可以真正体验到什么是“以天地为栋宇，屋室为裈衣”。

这些日子，我的生活中又多了一件特别值得期待的事：去山里捡蘑菇。野蘑菇的开场，显得有些漫不经心，是带有预报性质的，有那么几个从锥栗下面的泥土里探出来。刚刚来到世间的蘑菇，菌盖完好，富有内敛之美。当我们将足迹撒向山间，这些山里的小精灵正在恬然地守候我们到来，或者命运对它们有另外的安排，优雅的伞盖被无情的时光摧折、遗弃，纷至沓来的拾蘑菇的人往往错过了它们一生当中最精彩的时刻。其实这也算不得是什么遗憾，毕竟它们曾经洞悉了脚下的方寸之地，响应泥土的墒情，愉快地成长，与落叶树针相亲相爱，安享林间光影的摩挲，感受丝滑如绸的轻风，收到某些无害小昆虫的问候，播下孢子，种下希望，存在的消息还会在时光乐谱上一直欢愉地谱写下去。野蘑菇跟某些具有土星性格的阴郁的人类不同，它们从来不会仰天追问诸如生命的意义、永生之类的生命的赘疣。弗洛伊德说，当一个人追问生命的意义和价值时，他就生病了，因为无论是意义还是价值，客观上都不存在，一个人这样做，只能说明他未得到满足的原欲过剩。在那些充当使者的野蘑菇身后，一个延绵数日的野蘑菇盛会即将到来，让山民的心里泛起喜悦的涟漪。我们捡蘑菇去。大自然的慷慨馈赠，总是不设前提条件。

一场酣畅淋漓的雨恰逢其时。受了雨水的激励，各种野蘑菇如雨后春笋一般破土而出。当然，这些脆弱的精灵，即便对头上方寸空间的期盼已经十分迫切，它们登场时依然颇具风容，有的顶开头上松针、枯叶，有的菌盖还没有张开，大有一种“犹抱琵琶半遮面”的意味。蕈类是亲民的，早在《诗经》结集之前就已经进入人们的生活，那时，它们是以“瑞草”“灵芝”之类的面目出现。唐代诗僧贯休曾在一个春雨初霁的日子，走进山里，他原来被鹧鸪深情的呼唤给打动，循声而来。鹧鸪没见着，却看见遍地凋落的山花，像五彩缤纷的氍毹，还收获了许多白蕈。他在诗中写道：“担头何物带山香，一箩白蕈一箩栗。”所谓的“一箩白蕈”，似乎有些夸张，哪里有那么丰饶嘛！在我们当地，山里人家趁着野蘑菇生长旺盛的日子将它们捡回，他们在灌丛中弯腰、俯拾，很快就装满一篮，所以一箩白蕈的说法毫不夸张。回家后，将野蘑菇小心地摊开，菌盖倒扣在地上，在丧失水分后，它们变成了风味独特的山珍。

现在偶尔会听说某地有人误食毒蘑菇，不过，在我们当地还没听说过有人误食的例子。山民们口口相传的田野知识，它的可靠性一如扎得十分紧凑的篱笆。当然在认识上也可能有小小的偏差，比如我们一直以为马勃是不能食用的，那玩意儿长得圆嘟嘟的，轻轻一踢便弹出一团白色粉尘，反应慢一拍的人会弄脏自己的鞋。“牛溲马勃”通常被认为是没有利用价值的东西，但是到了懂行的人手里，它们的命运马上就会逆转。还有，我少不更事时就知道“鬼打伞”不能食用，光听名字就够瘆人的。“鬼”差不多囊括了所有不好的事物，天气变化无常，便说“鬼天气”，有的东西令人不适，便说是“什么鬼”。还有水黾被称为“水鬼”，它们明明不过是在水面表演水上漂功夫的其貌不扬的小昆虫嘛。不过，给它们取一个令人发怵的别称，在一定程度上能够恫吓那些懵懵懂懂的小孩，让他们不要在没有大人监护的情况下往水边跑。鬼打伞的菌柄上多了一圈菌环。它是蘑菇里的女妖，身材颀长，穿着白色的裙子，看上去一副弱不禁风的样子。它还有另外一个瘆人的别称“鬼见愁”，可见其柔弱的背后其实有着可怕的毒性。像马勃和鬼打伞这样无人问津的蕈类，往往将家安在喧阗的人境附近——后山拴牛的枫树和苦槠树下，颇有林下风范。它们落落大方地待在人们平日经过的地方，一厢情愿地充满与人亲近的情愫。马勃独特的外形，一度勾起了我的好奇心。我们很容易误以为马勃的存在，就是为了守候你那完美的一脚，似乎它们有赖你那有意无意的一脚，才能将成熟的菌种抛得更远。其实“草木有本心，何求美人折”，对马勃和鬼打伞来说同样合适。

有些山林的孩子生性顽皮，它们总是在某一截生命已经凝固成记忆的树干上出现，外形好似空中的耳朵，山风吹过枝梢，枝叶婆娑起舞，到处都是上帝的气息,木耳便是最倾心的谛听者。为了能听得更加真切,它们从枯朽之木里长出来,紧紧相连,越长越多,生怕错过惠风和霖雨。我曾经用一大把木耳从小伙伴那里换得一只受伤的乌鸫,他在山里捡蘑菇的时候发现那只乌鸫,而我则在一棵油桐树上发现了许多木耳。我们一向交好,这种无法权衡是否公平的交易才得以顺畅地进行。小伙伴小时候是个大舌头,说话口齿不清,命运似乎从一开始就以一个恶作剧开场。他只读过六年书,三天打鱼两天晒网,勉强读到小学三年级,升级对他来说比翻山越岭还要困难得多,就算他使出九牛二虎之力爬过眼前的小山包,也注定走不到月地云阶的境地。辍学后,放牛,下地干活,下水沟摸鱼,与泥水里的蚂蟥周旋……他感到前所未有的优游自在。乌鸫伤在翅膀,两三根飞羽已经脱落,新鲜的创口还有血迹。刚开始,它在我面前一副生无可恋的样子,两粒目睭除了惊慌就是绝望,我喂饭给它吃,它黄色的喙忽左忽右地闪避。我到草丛里捉了些尖头小蚂蚱,扳开它的喙将小蚂蚱塞进去。它用力地抻了抻脖子,最终还是勉为其难地咽下去。乌鸫后来重归山林,那是它应有的权利,也是我少不更事时做的一件正确的事情。而我的总角之交,出人意料地矫正了那个奇怪的生理缺陷,摆脱了闰土式的命运。长大后,他早不是吴下阿蒙。他在社会大学里如鱼得水,学砖匠,承包工程,娶妻,生子,在充满诗情画意的田园给自己建起一栋气派的三层洋房。虽然斗大的字识不得几个,却并不妨碍他变成村里同龄人中的佼佼者。

华中多雨,到了春末夏初,雨是高明的乐手,而大地就是完美的乐器。雨声频频响起来,沈从文对此深有感触。年历上,一九六九年只剩下三十多页,他挥别京城,来到华中一个叫“双溪”的地方。当地的风土人情令他耳目一新,他在写给亲友的信中写道:这儿雨特别多,下雨的日子,老乡便气定神闲地坐在家里喝茶,别有一番幽情。他在写给表侄黄永玉的信中则说:这儿的荷花真美,你若来……是的,在这个雨量充沛的地方,荷花一定是最美的。还有些风物沈老却不曾留意。入夏之后,山里湿漉漉的,热闹非凡,除了体态原本极其优美,现在已经长出繁殖羽的终日亢奋的鸟儿,灌木之下,各种异彩纷呈的野蘑菇也纷纷钻出来。

时间无处不在,有时又像一股细流与另一股细流彼此交汇。当我们这个世界正在发生某些影响深远的大事的时候,山里却是属于野蘑菇的时刻。它们深深地吸引着心怀一抹淡淡闲愁的我。我对后山野蘑菇的分布了然于胸,当它们再也抑制不住阳光雨水的真情呼唤,从覆盖着一层薄薄腐殖质的土里钻出来,那个时节,进山捡蘑菇,我们总会收获良多。

石灰菇最常见,它们比较硬实,放在提篮里,即使被压在下面,回到家依然完好如初。别看这种野蘑菇的别名听起来令人兴味索然,似乎不是可以下口的山菌,其实它们早就跟人的味蕾结缘,到了嘴里有一股淡淡的辛辣味,“石灰菇”的别名绝非浪得。经过烹饪,石灰菇几乎不再有辣味,而是鲜味十足,完全无愧于进入山珍之列。石灰菇生长在离村庄最近的地方,可能跟土质和孢子的传播有关。进山捡蘑菇,石灰菇总是第一个进入我的眼底。从外表上看,白面菇跟石灰菇有些相像,都用白色装饰自己,不同之处在于石灰菇的菌盖向下翻卷,白面菇则像撑开的雨伞。后者没有前者那般硬实,也不依靠辣味来张扬自己的性格。在我的提篮里,总少不了热情洋溢的红菇,它们身着一袭红衣,像即将出阁的新娘。它们安静地待在属于它们的方寸之地,守候着命运里的那个对它们来说意义重大的他者,那是进一步彰显大自然无私奉献精神的时刻。如果一直没有人来,它们从泥土中来又会重归泥土。它们早在别人浑然不觉中,完成了一个轮回中最重要的使命:把看似稀微的荏弱的生命信息一直传递下去,播下孢子,留下微言大义的希望。而类似的生命信息,最后汇入宇宙生命的皇皇巨著里面,成为某个被深层遗忘的小片断。别忘了,人类也是其中之一。过去红菇寻常可见,而现在人们相信,红菇除了有着令人眼前一亮的喜庆的颜色,营养价值在山珍里面更是拔得头筹。我一直搞不清许多野蘑菇的学名,它们大抵有一个或多个感性的别称。野生的鸡油菌,发现它们的机会并不大，它们在跟我捉迷藏，偶然才进入我的视线。在一顿野蘑菇的大餐里，如果有几个鸡油菌加入，一定会增色、增味不少，它们有着与生俱来的令人愉悦的香味，烹饪时渗出鸡汁一样的液汁。糖梨菇菌盖的颜色接近糖梨的表皮，它们时常落落大方地将自己呈献出来。还有非常奇特的黄丝菇，散发着鸡油菌一样浓郁的香味。我一直没有发现人工培育的黄丝菇，它们有点儿像金针菇，却没有金针菇的菌盖，菌肉黄色，一簇一簇地群生在一起。难道它们也像咱们村民一样有着很强的宗族观念，聚族而居？绿豆菇，顾名思义一定与绿豆有相似之处，原来菌盖是绿色的。在野蘑菇的大家族中，不同的菌种对色彩有着各自的偏好。

地衣，是跨界的异人。在传统的生物分类里，把它归入特殊的低等植物，又认为它是真菌和藻类共生的联合体，一脚踏进植物界，另一只脚留在真菌界。它们跟蕈类一样，对潮湿温暖的天气情有独钟，而一年当中大多数日子，是它们的精神洁癖所不能容忍的，地衣便如羚羊挂角无迹可寻。这种看似卑微的生物其实生性矜持，不屑于踏足大气受到污染的环境。它们不寄望于土壤的膏腴，对雨水所求无多，只需贫瘠的砾土即可激发长年按捺下来的生命力。地衣在村庄周边是寻常可见的居民，甚至被村民采集后加工成菜肴。

在山林的怀抱里，林林总总的山菌念兹在兹，生生不息，在我看来，它们都是山林的孩子。山林的孩子会适时地引来山村的孩子，在山林相聚。那种生活，有着凡俗的幸福和别样的美好。

岛屿之书

◎ 盛文强

海啸

海啸袭来时正是深夜，院子里起了风，石榴树沙沙响，我们丝毫没有觉察，均匀的呼吸声从窗户传来，墨绿的窗纱随着风势一起一伏。村子栖在半岛的岬角上，大水轻轻一抬腿就进了村，黑暗中闪着亮的釉质海水从墙角、树根冒出来，村口的低洼地带瞬间被抹平。有它们开路，后面的大队人马就更加顺畅了，它们争相钻进巷子，胀满了整个村庄。有几个浪头攀上院门又掉了下去，黑漆铁门的下摆立刻透出一片油光，过年时贴的春联只剩下些残片，经水冲刷后纷纷脱落，有的是红纸片，有的是黑纸片，它们侧着身穿过了宽大的门缝，在满院的激流里翻滚几下就不见了。

那是我从未有过的经历。海水溢过了桐木的炕沿，在秫秸炕席的缝隙里迂回前进，我们后背上渐渐有了斜纹状的丝丝凉意。后来水势暴涨，炕上的水由偷偷摸摸变得明目张胆，骤然间送来了刺骨的寒意。我梦见我在一个黑夜里赶路，天上没有月亮，四外空旷无人，狗尾草的硕大穗头扑刺刺作响，它们摇摆的方向各不相同，不知风是从哪个方向吹来的，这时下起雨来，雨点敲在头上隐隐生疼，并带来轻微的晕眩。我倒退几步，脚后挨了一绊，仰面栽倒在一片水洼中，倒地的瞬间，忽然看见漫天白亮的雨珠，它们在夜幕中悬浮了片刻，接着齐刷刷地砸下，我双手来回拍打，直打得水花四溅，蓦地惊醒，发现竟然真是在水中，双手还保留着拍打的姿势，许久也没弄明白哪是梦境，哪是真实。来不及细想，水已经漫过半身，一只塑料的苍蝇拍朝我漂过来，急剧的痉挛赶走了残留的梦境。翻身下炕，已经高过炕的大水减缓了我的落地速度，双脚着地时悄无声息，虽然已经是七月，但海水却像来自遥远的冰雪国度，往前蹚了几步，头发都要一根根立起来了，下半身瞬间失去知觉，每挪一步都要靠手拔动大腿。焦急中，墙角的水泥台阶横在眼前，水泥的阶面灰蒙蒙的，黑暗中锯齿的阶梯攀援直上，摇晃着指向阁楼。

父亲和母亲从西屋蹚水出来，尖声叫着我的名字，看见我出来，这才放下心。父亲把母亲推上楼梯，回身一把拽住我，紧往前赶几步，几乎是拖着走，把我拖到了台阶上，一家人互相搀扶着上了屋顶。我打开阁楼盖板，迎面扑来密集的雨点，它们在疾风里横着飞，侧头望天，乌云的浓烟缝隙里闪出了月亮的身影，马上又被遮住了。我不敢打开盖板，父亲在后面推了一把，我才顶开了盖板，冒雨到了房顶，父亲母亲在后边也上来了。屋顶有一片平地，这是留着晒鱼虾用的，平地西侧有两间阁楼，父亲拔开插销，把母亲和我塞了进去。

阁楼是堆放渔网的仓库，我们坐在网上，浑身滴着水，头上是尖角的秫秸顶棚，雨点砸在瓦上，我们清楚地听到了巨大的回声。父亲在外面带上门，叫我们在里面别动，我知道，他是不放心停在海边的船。侧耳细听，他咚咚下楼去了。我推开一点门缝，见父亲推出一块小舢板，他坐在上面，顺手抄了根竹竿划着走了。巷子里注满了黑里透亮的海水，其中布满了细小的漩涡，到处漂着塑料拖鞋、树叶，父亲拿竹竿拨打水面的杂物，不时撑住巷子两边的砖墙，舢板靠反作用力前进，像走路一样灵巧，他端坐在舢板上，翻滚的头发在风中剧烈燃烧，到了巷口，他回过头朝阁楼望了一眼，瞬间拐出巷子不见了。一道闪电在东方的深色天幕上炸裂开，渐次照亮了村子里的条条街巷，闪电的紫红色身躯在翻滚的水花里出没，我们每天走过的道路变得金光灿灿，水中漂浮着的低矮房屋顿时黯淡下去。

父亲走后不久，水势逐渐下跌，东方微微泛白时，水只剩下到脚踝的薄薄一层了。母亲带着我下楼，地里积了一层泥，炕上，桌子上，被褥上，全是一层黄泥，里面掺杂着石榴树叶、旧拖鞋、笤帚头，还有几尾掉队的白条鱼，在炕上不住地弹跳着，滴水的窗台上落着一只浑身湿透的麻雀，小黑眼珠瞪着我，又微微合上，它在大水中也耗尽了力气。

第二天上午，父亲扛着舢板从海边回来，顺便带回一条死讯，前街王家的小女儿被水冲走了。

海啸来的那个晚上，她出门看热闹，她家房子在高坡上，没有进水，却失足掉进自家门前的排水沟。这沟是人工修建的，红砖砌成，水泥抹的底子，直通大海。孩子瘦小的身躯掉在里面，宽度正好，沟里是山上流下的雨水，把她给带走了，穿着红背心的孩子像一只弩箭的红缨，笔直地射进了海湾，消失在莽莽苍苍的海湾里。她的母亲从屋里跑出来时，只能眼睁睁地看着，想救已经来不及了，片刻之后，传来了声嘶力竭的呼喊，邻居们听见后，提着桶往外舀水的手停下了，掘土堵住房门的手停下了，拧衣服的手也停下了，大家纷纷摇头叹气。大水总会带走很多东西，留给我们的只有悲伤和绝望。

久别重逢的太阳驱散了最后的云层，把我们滴水的头发烘干。

就在发大水之前的那个周末，我在镇上的照相馆门前还看到了这母女俩，女孩缠着母亲要照相，她指着墙上挂着的一张放大的老人半身像说——就要照这样的。母亲沉着脸说，那种照片是人老了才照的，你小孩子家不要跟着胡闹。孩子满地打滚，又哭又闹，抱着母亲的双腿不撒手，最后被母亲抱走了，她一双带泪的大眼在母亲肩头闪烁着，恰巧路边一家小饭馆的主人泼出一盆脏水，有一股流到马路上，横穿到路中间，深黑的水流摇摆着触须，一路蛇行，把马路劈成了两半。她赶紧把头扭到一边，几滴泪掉在母亲的肩上。多年前一个小镇的午后，这个年轻的生命，轻而易举地看见了死亡。

青螺

青螺是拳头大的一种海螺。青螺壳的走俏，源于海上捕章鱼船队的畸形扩张。章鱼又称为蛸，因其八足，又称八足蛸。它浑身无骨，却能吃掉全副武装的螃蟹。章鱼沉到海底，把长脚悄悄伸近螃蟹进行引诱。螃蟹见到嫩肉，自然不会轻易放过，上前便来吞章鱼的长脚，待螃蟹把长脚慢慢吞进肚里时，章鱼却突然发力，猛地一抽，便把蟹的肚肠拉出体外，甚至连蟹壳也能掀掉，蟹受此重伤，就僵伏不动了，章鱼抱住这丰厚的战利品饱餐一顿。

渔夫们通过长期摸索，发现章鱼生活习性特异，最喜欢钻海螺的空壳躲起来。又有渔夫偶然在空螺壳中窥见章鱼的身影，于是想出了用空螺壳诱捕的方法，可谓坐享其成的简易之法，全然不费人力，亦不费饵料，这样的猎章之法深受渔人喜爱，迅速风靡半岛，空螺壳的走俏也就理所当然了。

青螺壳在半岛海域是捕捉章鱼的利器，渔夫趋之若鹜，渔妇及子弟也见螺红眼，寸螺必争。凡螺壳似成人拳头大小者，并且壳的内壁保持原色没有损伤，皆在收购之列，壳上钻一孔，拴绳子系于主纲之上，然后沉到海内。当天夜里下螺壳，次日早上提起，螺壳往往被章鱼肥硕的白嫩所塞满，在青黑螺壳的映衬下格外显眼，渔夫持特制的铁钩把章鱼钩出来，一番挣扎过后，螺壳内壁上还残存着章鱼腿上的吸盘。

拳头大小的螺壳常现于近海浅滩、海货市场和渔村街头。出现在渔村街头的，是渔家多年前食用海螺后随手丢弃的，那时捕章鱼之法尚未普及，螺壳便沦落道边，与砂土石块为伍，许多年后，街道上才有孩子低头寻觅螺壳，作为零花钱的来源。上街捡青螺壳，说的就是渔家持家的道理——自给自足，饱食后不乱串门，足以戒是非，即便是操持青螺壳这样的微利，也是胜于游手好闲，这是有定力、有主见的渔人的回答，难怪那些好心的劝告者要羞愧而退了，“关上门自己过”的人轻松化解了来自庸众的好意。

可惜的是，那些羞愧而退的劝告者们，自来是不肯认错的，辗转一夜，由愧而生恨，于是满村散布谣言，说“关上门自己过”的人着眼于蝇头小利，是势利小人云云。是非的转换在渔村如此简易，就像一枚铜币的正反面，任人摆布，可见，在渔村想关上门自己过也不是那么容易的，总要有人找上门来，以正义的名义，高举着道义的大纛，来做世俗意义上的说教，自觉充当着渔村卫道士，当我离开渔村以后，还是会遇到这种自动上门的规劝者，这等人物像石子一样堆满了土路，随时硌在脚底。

许多年后，我又回到了这里。当我再次站在渔村的长街上，不禁又想起当年那些低头寻找螺壳的人——寻螺壳的队伍中老幼皆有，他们在晚饭前后出现在街上，共同的姿势是背着手从街头走向街尾，貌似散步，却时刻留意着地面。不多时，海平面出现在街的尽头，仿佛长街就是直插进海里的一小块陆地，长街尽处，是海螺壳的故里，每寸土地都洒满了凝望的目光，每块砂石土块的方位都印在寻螺者的心上，在不远处的海底，那些青螺们是否会因此而感到隐隐的不安？

海底的青螺探斧足弓身前进，螺与寻螺者的姿态何其相似，但螺或许不会知道，来自另一世界的侵略正在紧张进行，寻螺者也不会知道，海底的活螺正在戏仿他们弓身缓步前行的姿态，无意中构成了反讽的镜像，这意味深长的一幕，恰巧被一位正在拾螺壳的少年给看到，他不由得放慢脚步，开始了漫长而又痛苦的思索，这种习惯必将伴随他一生，任凭岁月流转，也不会有丝毫改变。

少年时代的寻螺经历使他学会了往下看。往下看，既有螺壳的收获，又能躲避沟坎、远离水井，这是寻螺壳给他的经验。街角的平房里响起手摇钻的吱呀声，那是在螺壳上钻孔的作坊，几个工人身后堆着半屋子螺壳，手钻摇动，钻头在螺壳上拱出了黄豆大小的圆孔，螺粉簌簌落下，像一场大雪覆盖了地面。

在众多寻螺者的身影当中，这个穿蓝条纹毛衣的少年赫然出现在我的眼底，再也没有离开，他从渔村的院落里一路走出来，不断低头寻找，这时，他两只手里已经分别攥着两个螺壳，硕大的螺壳，已将他的小手挤爆，两个螺壳险些从他的手心逃逸，他只得把手心朝上，改为托着螺壳行走，在前行的道路上轻轻纵身跃过了路边的一丛杂草，他身上蓝条纹的毛衣似曾相识，他在正午的大街上显得格外孤单。那个少年难道是我吗？

我在秋日里捡拾螺壳的大军中恍惚看到了自己，蓝条纹的毛衣与海的背景混为一体，记忆最终在海天交接处复归于混沌，你知道，这是很久以前的事情了。

白光

弄堂两侧竖起的高墙，因太阳和雨水的交替出现而有了浓绿的霉斑，它们的顶端压在山墙的瓦缝里，成条状倒挂下来，越往下越窄，分成了十几条绿丝带，还没有触到地面就停止了，那是久远年代里一场大雨的状貌，流泻的水柱骤然噤声，在墙上凝固。许多年后，我再次回来，站在山墙下，仰头望着流动的霉斑，我耳畔响起那场大雨经久不息的喧哗，其间还伴随着翻滚的雷声，穿越久远的年代奔袭过来。

弄堂的衰老过程缓慢，每天黯淡一分，这一分是那么细小，我们用肉眼根本看不清。衰老的过程是在不知不觉中进行的，我们天天看到，便不觉其衰老，只有离开一段时间后再回来，才会忽然发现它的老态，中间的过程被轻易地跳过去了，这正如父母的衰老，也是突如其来，同样让人揪心。幸好弄堂里还有些明亮的花，挨着院墙开放，硕大的花盘在风中晃动，古旧的院墙显得更加暗淡，还有的花甚至挡住了道路。花的主人，定是寂寞的人。这条弄堂贯穿整个渔村，东侧是丛林般的山墙，午饭和晚饭后，有人坐在山墙下织网。织网人的样子已经记不清了，时间过去了太久，只记得他们坐在板凳上，网的一头挂在山墙的钉子上，另一头在他们手里，碧绿的一捆网，在竹梭的飞舞中变长。弄堂另一侧是并排的平顶，院内的台阶能通到顶上，这是为晾晒鱼虾而搭建的，岛上人家以捕鱼为生，整天和鱼打交道。阳光充足的日子，弄堂里弥漫着鱼虾的咸腥，各院子的主人赤着脚走在平顶房上，正如农人走在田垄间。他们俯下身子摆鱼，或者从竹筐里抖出一堆虾米，他们站在平顶房上，举起右手测定风向，就像站在自家的船上，飞起的檐角就是船头。有一家摆着几盆仙人球，西瓜大小的圆球上生着若干小球，它们一律顶着尖锐的刺，这家的孩子比我小几岁，那次在弄堂里遇见他，他说仙人球摆在平房上是为了防止外人偷鱼，他还看到过仙人球上有血迹。我每天两次看见仙人球，就这样看了很多年，直到有一天，我看到圆球上喷溅着尖瓣的白花，还有淡淡的香。这才知道，仙人球也是开花的，只不过开花的时候太少，我只当它不开花，却意外遇到了它开花的时候，平淡的日子变得稍异于往昔。如果早知道仙人球开花，我是没有耐心等待这么多年的。我踮着脚尖拔下一根刺，捏在手指尖观看，这刺是半透明的，掰到第三次才掰断，脆响过后，断茬处还淌着淡绿的汁液，我不明白的是，柔软的仙人球上怎会长出坚硬的刺，或许这些刺和我们的指甲是同类。弄堂里走出一个裹着粉红头巾的妇女，泼出一盆带着鱼鳞的脏水，等我走到近前时，脏水已经渗进地里，鱼鳞却留下了，是些圆片的鲅鱼鳞，天色尚早，这家的女主人已经开始准备午饭了，中午的饭桌上必会有新鲜的鲅鱼，鱼头从盘子里探出来，布满尖牙的嘴微微开启，筷子拨开鱼身最外面的一层青皮，就像打开了绸缎的封套，里面露出耀眼的金黄色鱼肉，照亮了一家老少的脸。

一天上午，我出现在离开多年的弄堂里，环顾周围，弄堂里一片黑暗，高大的山墙遮住了阳光，在另一侧投下尖角的影子，朝南打开的弄堂口，阳光探进来几步，若到了中午，阳光照彻，整条弄堂就会变得明亮无比。这个上午让我想到了另一个弄堂外的世界忽然呈现在眼前，在弄堂口稍微停了停，然后毫不犹豫地冲进了白光里。

靠岸

我们的船靠了岸，这是一次前所未有的收获，鱼虾塞满了船板，我们只好侧着身子通过。倒卖海货的小贩们早就在等着了，码头上探出一排密匝匝的脑袋，那是一排多么熟悉的脑袋，有几个上年纪的人已经在那里干了一辈子。他们在码头上放下绳子，放到船上来，绳子头上拴着铁钩，我们就把货物钩住，然后高喊一声“起”，圆滚滚的一整包的鱼虾就飞升了，这是个力气活儿，两手交替着往上提，所以在我们看来，货物在空中一顿一顿，在上升的过程中，装货的网兜总要转几圈，父亲手搭凉棚往上看了看，低头对我说，小贩们用的绳子太差劲，动不动就拧了劲儿，我宁愿相信是鱼虾在挣扎，它们细小的腿和身子一起动作，形成了巨大的合力，可惜尼龙绳织成的网兜过于结实，小鱼小虾即便合力也难以挣破，只有艰难的旋转。货物包里不断落下水滴，有的是从海里带上来的海水，还有一些是鱼虾吐出来的水，滚圆的球状水滴坚硬如钢珠，砸在头上嗡嗡作响，遥远的回声在耳鼓回荡。许多年来，我们开始试着躲避落下的水滴，并且学会了在水珠之间穿行——侧着身切进两个水珠之间的空隙，衣襟紧贴着水珠掠过去，稍有不慎就会碰到身上。从远处看，我们的身子晃来晃去，全然没有规律，而且哈欠连天，昏昏欲睡，在外人看来，我们心不在焉的躲闪居然准确无误，足以让他们惊奇，其实我们早已厌倦了这种躲避，几个上了年纪的水手在海上连续航行了几天，手脚已经不听使唤了，许多水滴在这时竖直劈在他们的衣服上，划开了细长的口子，这种水珠含泥沙较多，滴在青布褂上，深色的道子长时间不褪，等送完几批货，身上已经伤痕累累，他们红着脸侧过身去，也有些聪明的老水手夹杂在我们中间，他们从舱里找来湿透的布褂套在外面，身上落再多的水点也看不出来。通常情况下，只有那些尚在青壮年的水手衣服上才会滴水不沾，他们嬉笑着看那些老水手们出丑，全然不顾老水手的责骂。

空中的滴水结束时，我们骤然轻松了不少，这预示着出海的工作告一段落。我们三三两两坐下休息,开始收拾着自己的东西,忙了半天,抬头一看,其他人家都收工了,有的走出了很远,甚至直接走没影了,偌大的码头就剩下我们还在船上,为什么总是我们落后呢?而且往往是上岸越早,收工越晚,这样的落后不止出现一次了,想到这里让人沮丧。

两个月以后,我们又一次回来,这回收获颇丰,就连平时不苟言笑的船老大也是笑呵呵的,主动跑出来和我们交谈,我们吃惊地看着他,像看着一个陌生人,他也并不介意。螃蟹和鳝鱼装满了青丝网兜,我们推着手推车,有说有笑,一起回村去,在这热闹的人群里,我猛然想到,这回我们没有落后,热闹的时候容易忽略这个问题,只有在离群时才有巨大的恐慌,回头望,一户落后的船家急急忙忙赶上来,怀里抱着的渔网拖在了地上,他也毫不在意,不久之前,我也像他一样。

我有一匹马

◎ 鲍尔吉·原野

今年大年初一早上，窗外雪片飞舞。在我们赤峰这个地方，好几个冬天没下雪了。大街上，人们拜过年还补充一句：下雪了，彼此咧嘴笑。小雪花不止于降落，它们在风中像小蜜蜂一样左右乱钻，最喜欢钻进人的脖子里暖和一下。

这一天是我妈乌云高娃的生日。中华人民共和国成立前她就参加革命了，那时她十四岁，如今八十四岁。我妈戴上纸王冠，吹灭生日蜡烛，双手捂着脸，流下眼泪。

雪越下越大，我爸那顺德力格尔看着窗外，说："这时候我们到塔湾了。"他的话很奥妙，像电影独白——"这时候"说的是一九四八年二月，即七十一年前。这个时间概念包括辽沈战役。"这时候"他是内蒙古骑兵二师的战士。在沈阳西北角的塔湾，他们连接到进攻命令，士兵们扔掉多余的东西，这是要拼命了。我爸脚伤不能行走，连长罗宝把他扶到马车上，给他一百发步枪子弹。说到这，我爸瞪大眼睛，"一百发子弹，从来没发过这么多子弹，这仗不知道多残酷呢。"他眼看着连队全体上马，举刀，隐没在炮火里。作为孤独的伤员，他准备打光所有子弹，死在这里。

我军胜利了。在战场上，士兵用耳朵判断胜负——枪炮声渐弱，周遭宁静，硝烟在雪地上渐渐变淡。我爸今年九十一岁，头发茂密高耸，鼻管挺直。他透过玻璃窗往东看，东边是我姐塔娜住的小区以及他想象中更远处的沈阳塔湾。

这里是阳光小区，我和父母住在这里，我媳妇在沈阳照顾她母亲。我们仨聊天，我说四五十年前的事，他们在说六七十年前的事。而竟日开着的电视机，在播报当下的新闻，比如港珠澳大桥是世界最长的跨海大桥。这场景像话剧，我们轮流上场，讲述时光的往事。时光在某一瞬间重新组合时，平淡的生活会变得庄重起来，你成了历史的讲述人。

父母老了，越来越想念自己的故乡。我不敢带他们外出旅行，我的任务是访问他们的故乡，带回照片和见闻跟他们分享。去年春天，我拜访我妈的出生地——巴林右旗白音他拉乡宝木图村，这里也是著名诗人巴·布林贝赫的故里。村书记孟克白音带我看过我母亲出生的院落，面积二十亩许，当年是她祖父平乐爷爷的宅院。孟克白音说，有人想租这个地方办企业，村里没同意，建成了养老院，叫平乐养老院。我妈听到后十分高兴。她说平乐爷爷一定赞成。她有五十多年没听过这个院子的消息了。今年一月，我到科左后旗的胡四台村探望病中的堂兄朝克巴特尔。这里是我爸的出生地。回来，我跟我爸说："经过胡四台全体村民的不懈努力，把你老家给建设没了。"我告诉他："你经常回忆的白茫茫的沙坨子没了，现在除了玉米地就是林地，没空地。狼和狐狸也没了，胡四台村五里外就是高速路。现在，你们村跟朝鲁吐镇连上了。"

"咋回事？"他问。

"房子和房子连在一起，变成一个大镇了。"

他表情变化有如云影从草地上滑过，那是几十年的光阴倏尔而逝。

我去过一些地方并在那里跑过步，算一下，大概有国内的一百八十八个市县区。我喜欢顺着江水流淌的方向在江边跑步，水快则快跑，水慢就慢点跑。按规律办事。汉江流域的汉中、安康、襄阳和武汉的江边都留下过我的足迹。在汉中的江边，两只朱鹮一前一后从我头顶飞过，它们通体橘红兼带粉色，翅膀和尾羽舞动流苏。朱鹮知道我们这些名为人类的人轻易见不到它们，故不高飞，并慢飞。我想如果我是古代人此刻一定纳头便拜，但那会少看好几眼啊。我看朱鹮融入天际，而它在天空俯瞰到什么呢？明代修造的梯田里长满金黄的稻子，稻子们此刻正隐藏在柔纱一般的白雾当中。在安康的江边，往左手看，莽莽苍苍的大山是秦岭；往右手看，莽莽苍苍的群峰是巴山。巴山秦岭终日对视竟千万年，由此雄浑。我在广州的珠江边上夜跑，被搅碎的灯光在江流里神秘眨眼。江边有卖水果的摊子，情侣们倚着栏杆相互对视。

我把这些见闻讲给父母听，我爸说："嗨，咱们国家大啊。"我妈说："咱们国家好。国家不好，大有啥用？"在谈吐上，我妈每每显出比我爸水平高一些。我爸想半天，说："嗨，就是。"他们说的好是安宁，虽不能囊括当今中国全部的强大，但身为百姓，生于斯土，所求者不过斯民安宁。

中国太大了，走也走不完。我坐车穿越大兴安岭，从车窗看到在森林里摘蘑菇的人，脚穿令人羡慕的高筒红雨靴，左胳膊挎衬蓝布里子的柳条筐。我想下车变成他，从此生活在大兴安岭。有一位诗人说他喜欢抱树，我也是，虽然不会写诗。我见到那些粗壮带红色鳞片的松树，见到长着大眼睛的杨树，就想上前拥抱并跟它们贴一贴脸。

我退休后，母校赤峰学院请我去当特聘教授。当年我是赤峰学院前身的前身赤峰师范学校一九七七年入学的中专生。那时候学校只有两百多个学生。现在它成为有二十三个学院、一万多学生的全日制本科院校。学院与我商议为学生们开什么课，我说讲什么都不过是一个切入口，我们需要给孩子们阐述美。美不软弱，更不虚无，我们通过诗文告诉孩子们国土广阔之美，文章渊深之美，还有人生的刚健之美、善良之美和朴素之美，我觉得这可以是一个持久的话题。在中国行走，放眼高天厚土，万壑群山，我们不能对之无视、无感，不能放弃从中汲取善的力量。

六月上旬，查娜花（芍药花）在牧区开放。雪白的、茶碗大的查娜花像天上的星星收拢翅膀留在草原过夜，忘记回家。七十三岁的牧民班波若指着窗外的山坡对我说："这么好的花开了，我们的孩子却看不到。城里多了一个大学生，牧区就少一个年轻人。这么辽阔的草原，以后留给谁呢？”说着，他用掌根抹脸上的眼泪。我什么都说不出，屋子里静得像能听到泪水流淌的声音。我听到我的眼泪落在采访本上。牧民们多爱自己的家园啊！他们爱小满时分从南方飞回的小黄鸟，爱芒种时分飞回的小蓝鸟，证明他们的家园美好，小鸟都抢着飞回来。他们忌讳往河水和火里扔脏东西，他们转移蒙古包、拔掉系绳索的木桩时，把留在地上的洞填土踩实，以期明年长出青草。

我在翁牛特旗海拉苏镇采访。镇政府食堂的女厨师给我端来一盘馅饼，说这是她哥哥用野芹菜汁泡软羊肉干和的馅，她烙的饼。“你哥哥怎么来的？”“骑马，三十多里路呢。”

我到巴林右旗和阿鲁科尔沁旗采访。几位牧民为我一个人举办赛马，七匹骏马在细雨中哒哒跑远变成小黑点，又从小黑点哒哒跑来变成骏马，好几圈。我心想快结束吧，感觉愧对马。有一个镇的干部们带家属在美丽的罕山脚下为我举办蒙古语的诗歌朗诵会。有一个村为我办过篝火晚会。从四面八方骑马骑摩托车来到的牧民们，大人孩子，一个一个从我身边走过，借篝火的光亮看我长什么样。我实在忍不住，躲到远处老榆树的阴影里痛哭不已。是的，我在接过馅饼、听他们朗诵、看到细雨里的奔马时都流下了眼泪。这时候，所谓深入生活，实为生活深入你心里。像山坡吹来的风、像瓢泼大雨那样抱住你，冲刷你身心的污垢。你会像蒙古黄榆一样坚韧，脸上有牧民那样纯朴的笑。

几天前，我给我爸放了一段《骑兵进行曲》。

我爸说：“嗨，我们这些骑兵，其实只有一匹马，一杆枪，一把哈尔滨生产的战刀。我们哪，一九四八年冬天围困长春，身上就穿一件单衣服，白土布用黄炸药染的。我们那时候，除了人厉害，别的啥都不厉害。”

我爸总结得多好——“除了人厉害，别的啥都不厉害。”我爸就属于那个时代的人。他念念不忘的，是他的老家胡四台村和他的战马——“夏日拉咩饶”——带一点儿杂色的白马。一九四九年十一月一日，我爸是开国大典受阅部队之一——内蒙古骑兵白马团方阵的受阅士兵，那年他二十一岁。

近来我脑子里一直有一个东西嗡嗡响，它叫《诺恩吉雅》。这是一首蒙古族民歌的名字，也是一位蒙古族女人的名字。这首流传百年的民歌与《嘎达梅林》堪称双璧，俱为瑰宝。赤峰市正在筹划创作交响曲《诺恩吉雅》，由赤峰交响乐团演出，我来准备文学脚本。我查阅一些资料，把这首曲子听了上百遍。越听越觉得这不只是一个姑娘出嫁的故事，是思乡，是依恋父母，是河流与大地。歌者可以在歌声中放入所有美好的怀念。我发现，诺恩吉雅其实也是我，我或我们，同样爱着家乡，爱父母，爱草原上的万物。

下面我要说一说我的马。我有一匹马，这匹鬃发飞扬的蒙古马此刻正在贡格尔草原上吃草或奔跑。去年八月，我的散文集《流水似的走马》获得第七届鲁迅文学奖，赤峰市委宣传部专门召开现场直播的表彰会，对我褒奖。面对直播镜头，我一时慌乱，不知从何说起，只想大哭。我在答谢词中说：“我是西拉沐沦河岸边的一株小草，是旭日的光线把小草的影子拉得很长，使它像一棵树。”会上，赤峰市委、市政府授予我“赤峰市百柳文学特别奖”并奖励我一匹克什克腾旗的铁蹄马。后来我看直播的视频，发现我长相开始像马了，窄长脸，眼神机警而有野性。对我来说，马是更好的归宿。作为马，我已没有追风的神勇，我是草原上温驯的老马，低着头，驮着我爸我妈和我的文化使命，慢慢往前走。可庆幸者，这里有让马喜欢的草，风和流水，这里是我可爱的、飞速发展的故乡。这里是我的祖国。

将军几死却永生

◎ 梁衡

今年是中华人民共和国成立七十周年，共和国的由来有多块奠基石，其中之一就是抗日战争的胜利。诚如天安门广场上人民英雄纪念碑的碑文所说："三年以来，在人民解放战争中牺牲的人民英雄永垂不朽。三十年以来，在人民解放战争和人民革命中牺牲的人民英雄永垂不朽。由此上溯到一千八百四十年，从那时起，为了反对内外敌人争取民族独立和人民自由幸福，在历次战争中牺牲的人民英雄永垂不朽。"抗日战争中，国共两党团结御敌，同仇敌忾。国军方面牺牲之最高将领为张自忠将军，八路军方面为代参谋长左权将军。他们所代表的无数先烈用热血凝铸了共和国的基石。

但是，张自忠将军受国人的尊重和纪念还有更深的一层背景。他是一个人格受辱，曾被误为汉奸，几乎被舆论的唾沫星子淹没的人。然而他决然以死洗身，来证明自己的清白。

我第一次知道张自忠将军这个名字，是五十六年前考入北京的中国人民大学，学校就坐落在张自忠路上。想不到五十多年后我有事经过湖北宜城，这里竟是他一九四〇年的战死之地。二〇一五年九月，世界反法西斯战争胜利七十周年，宜城在当年的旧战场处修建了巨大纪念碑，从山脚至山顶铺一千二百余级步道。步道中段留出一段原始地貌，约三十平方米，为将军牺牲之地。内有七块竖石，一片绿草，一丛怒放之杜鹃花。激战之后在这里发现了他的遗体。时将军身受八处伤，有枪伤、炮弹炸伤、刺刀伤，可见搏斗之惨烈。一上将级战地最高指挥官这样慷慨赴死于刀丛弹雨之中，实为现代战争中所罕见。将军的热血浸透了身下的土地。后来这个地方就名“血窝”，作特别保留。现在每一个从血窝旁走过的人都会驻足致敬，流下热泪。

将军出身行伍，其成名是一九三三年长城抗战，以大刀杀敌。其时中日之国力、军力甚为悬殊。我军还使用冷兵器，每人背大刀一把，只能靠夜战、近战，摸入敌营。一曲《大刀进行曲》响彻长城内外。一九三七年“七七事变”后，在和战两难、进退维谷的状态下，上面命他留在北平，任北平市长与敌虚与委蛇。他明知这是一件要背黑锅的事，为挽大局只好委曲受命。他对南撤的战友送行时说，以后诸君是民族英雄，我怕要被骂为汉奸了。果然民情汹汹，一片喊骂。后日寇野心膨胀，残局已无法维持，他逃出北平，过济南，群众在站台上围攻喊骂，高呼打倒汉奸，他都无法下车。后转道青岛，到南京述职，反接到蒋介石的一纸处分令，这更坐实了他应对平津败局负责。其实，抗战初期我方研判失误，一不战而失东北；二稍战即退出平津热河，国土沦丧。这本是应由最高当局负责的，而骂名却不公正地落在了他的头上。敌犯土失，官责民斥，有口莫辩，其内心之煎熬可想而知。他明白，如不能洗污，将成秦桧。誓以死明志。

将军以民族大义为重，团结抗敌，处事有节。国共合作，常有摩擦，张部却从未有此事。一九三九年一月上面下达的“限制异党活动办法”，时两名红色名记者安娥、史沫特莱正在他的防区。将军毫不刁难，立派人牵马将她们送至新四军李先念防区。他的干训团有进步教员讲社会发展史，团长说是通共，将人捆绑，他立令释放。西北军另一悍将庞炳勋与张同是冯玉祥的部下，兄弟多年，但中原大战庞叛冯投蒋，并突袭张的师部，欲置其死，张逃得一命。从此两人结下怨仇。抗战中，冤家路窄，张、庞又同在五战区。临沂战事，庞被日军围困，危在旦夕。李宗仁时帐下无人，急召张自忠说：“我知你们有旧怨，但那是打内战时的私仇。今庞在前方浴血，是为国难。望你受点委屈，捐弃前嫌，急救之。”张二话没说，带队驰援。出生入死，如赵子龙七进七出，两救庞于临沂，击败号称铁军的日板垣师团，板垣羞极，几欲自杀。张部也因此损失五千多人。蒋介石大受感动，亲致电嘉勉，并撤销了对他因“七七事变”失守北平的处分。

将军一向治军极严。临沂之战最激烈时，一营长逃阵，立即枪毙；一旅长进攻不力，阵前撤职。他有这样一个绰号：“扒皮将军。”他经常训诫部下要遵守军纪，爱护百姓。常挂在嘴边的一句话是：“看我不扒了你的皮！”这让我想起三十多年前看到的一则旧事。张带军驻扎某地，借宿民房。一军官强奸民女，第二天被指认出来，立判枪毙。此人是一员猛将，战功无数，对此事也供认不讳，只求暂留一命，让他明天死在杀敌的战场上。众将也为之求情。张不许，只是吩咐去买一副好棺材。事有蹊跷，这个跟随他多年的老部下被枪决入棺，因未至要害，人醒过来后又翻棺而出，不但没有逃走反回来向他报到，并要求杀敌而后死。张仍不许，二次枪毙。在襄阳我还听到另一故事，二十世纪七十年代有一跟随张的抗日老兵退伍在襄。一日，被驻军请去干活，正遇上新兵训练。此老兵不由得梦回沙场，上前接枪示范，白发皓眉，雄姿勃发，吼声震天。全场为之震惊。可见张将军的治军之风。

将军待民以亲，待下以慈，持己则严。虽是战时，他仍不忘民生。襄阳著名的秦代水利工程白起渠年久失修，他就向当时已流亡到恩施的湖北省政府打报告，倡议修复，并亲率士兵挖渠。他常说军队离不开老百姓，抗战胜利全赖民资助，每驻一地，即筹划生产，公平贸易。这一点很像左宗棠，虽在行伍，却有政经胸怀。他的部队开饭前先唱《吃饭歌》，歌词大意是：“这些饭食人民给，救国救民我天职。”逢节日时常有座谈联欢，对六十岁以上的老人亲送礼品一件。一次宿劫后山村，见百姓极苦，就吩咐军需官每户发洋十元。一老妪感激下跪，他急搀起说：“是该我们当兵的给您下跪，我们没有保护好老百姓。”

他爱兵如子。每宿营，兵无食，他必不食。伤员出院归队，必亲自一一验伤，凡子弹从身前穿入者，即大声点名，让其站前排，彰其英勇。伤者无不感无上光荣，人人争先恐后。临沂战役，跟随他多年的冉营长负重伤，自知难保，留下遗言。一是望司令见其遗体一面；二是勿告家属；三是墓上立一小碑。张抱尸痛哭，亲写碑文，后将遗属接到部队说："冉营长为国牺牲，死得有价值。今天我张自忠还在，说不定哪一天也会死在抗日战场上。这是一个军人在国难当头时的责任。今后，有我张自忠的一天，就有你们母子的一天。两个孩子的教育费由我负责。以后我的家属在哪里，就送你们去哪里，与我的家眷在一块儿。"而他严于律己，为当时高官所罕见。一次指挥部转移新地，荒村破舍。副官调几名战士打扫卫生，他批评说："士兵是国家的士兵，不是我张自忠的奴仆。他们保卫国家，战死沙场是本分，但没有给我打扫卫生的义务。弟兄们行军已走得很累，你让他们累上加累，很不应该。"

他历充要职，却持身极俭。他的参谋长张克侠（共产党员）回忆他："如偶有过人享受，辄有不安之意……公殁后，余回部，过其所居，见报纸糊壁，敝席悬门，其刻苦奉公之状如在目前，不禁泣下。"一九四〇年三月文人梁实秋到前线慰问，遍访九个战区，张的司令部最为简陋。他留下这样一段文字："张将军司令部固然简单，张将军本人却更简单。穿普通的灰布棉军服，没有任何官阶标识。他不健谈，更不善应酬。他见了我们只是闲道家常，对于政治军事一字不提。他招待我们一餐永不能忘的饭食。四碗菜，一只火锅。菜以青菜豆腐为主，火锅是豆腐青菜为主……我看得出来，这是他在司令部里最大的排场……大概高级将领能刻苦自律如张自忠将军者实不多见。"长官如师如父，可见一支军队之炼成，首先是长官人格意志之造就。张自忠将军带出来的这支军队，后来在淮海战场上由张克侠、何基沣两将军带领起义，投向人民的怀抱。

自从大刀抗战之后，将军又有几次痛快地杀敌。一九三七年年底他辗转回到自己的部队，失声痛哭，言今日回来乃为杀敌报国，共寻死所，部下皆泣不成声，誓死赴难。他重新出山后一战淝水，二战临沂，皆建奇功。不到一年，除撤销处分外，连获晋升。由军长而军团长、集团军总司令、战区右翼兵团总司令。他说别人都可以打败仗，唯有我张自忠不能打败仗。一九三九年五月日寇进犯襄阳。张率部在襄河东岸指挥了一场漂亮的伏击，毙伤敌九百余，更重要的是缴获了敌人准备大规模渡河的舟船辎重。其中竟有张学良放弃东北，日军借其兵工厂生产的折叠船。可见当年不放一弹而失东北之恶果。张立令全部烧毁。此役虽小却粉碎了敌突破汉水，攻占襄阳、宜城之企图。其时将军拔剑独立汉、襄两水之间，一如当年屹立长城。

岳飞有名言，只要武官不怕死，文官不爱钱，国就不会亡。文天祥在《指南录》中谈到他于国难中不知几死。纵观张自忠将军之精神，就是抱定武人必为国赴死的信念。自敌寇压境，他经常挂在嘴边的一个字就是“死”。一个人只要拼得一死，总能干成一件事，一件轰轰烈烈的大事。

他每见长官必言死，战前他致电蒋介石：“职现亲率两团渡河，攻击北窜之敌，如任务不能达到，决一死以报钧座。”他去重庆述职，行前别老上司冯玉祥，突然下跪。冯忙拉住说：“这是干什么？”他答：“蒙先生栽培，终生难忘。此去我死也死个样子，决不给先生丢脸！”冯一时语塞，不知该如何劝慰。他给部下训话，常说的是：“不惜一切牺牲，阵地就是棺材！”他给亲人（弟弟）写信：“吾自南下作战，濒死者屡矣。濒死而不死，是天留吾身以报国耳……吾一日不死，必尽吾一日杀敌之责；敌一日不去，吾必以忠贞，死而已。”他答记者问：“现在的军人，很简单地讲句话，就是怎样找个机会去死。因为中国所以闹到这个地步，可以说是军人的罪恶。十几年来，要是军人认清国家的危机，团结御敌，敌寇决不会来犯。我们军人要想洗刷他的罪恶，完成对于国家的义务，也只有一条路——去死，光荣地死！”这是他由一个旧军阀部队的将领，在国难当头时自觉转化为一个爱国将领的心声。他到日本考察，日本人说，你们中国有文德而无武德，女人死节者多，男子捐躯者少。很刺他的心。他说，这一回，我一定要给日本人看一看。每有大战，他即将军务推给副司令，亲上前线督战。正如他言："濒死者屡矣。"

一九四〇年五月，敌再犯襄阳。他又如以往，从容作好一死报国的准备。会战刚开始，五月一日他即致信五十九军团以上将校，表示共赴国难：

> 看最近之情况，敌人或要再来碰一下钉子。只要敌来犯，兄即到河东与弟等共同去牺牲。国家到了如此地步，除我等为其死，毫无其他办法。更相信我等能本此决心，我们的国家及我五千年历史之民族，决不致亡于区区三岛倭奴之手。为国家民族死之决心，海不清（枯），石不烂，决不半点改变。愿与诸弟共勉之。
>
> 小兄张自忠手启

五月四日又给副司令留下遗书："已决定今晚往襄河东岸进发，奔着我们最后之目标（死）往北迈进。无论作好作坏一定求良心得到安慰。以后公私，均得请我弟负责。"开作战会议时，他见一团长未佩手枪，便说：长官上前线一定要带手枪，一为自卫；二为必要时杀身成仁。大家预感不妙，劝他说主将不应冒险到前线去拼命。他说："不是日本人不怕死，而是中国人当大官的太怕死了。"五月十六日遭敌最后包围，他说："你们每个人都可以走，唯有我张自忠不可以走。"遂从容指挥将苏联顾问、文职、后勤、伤员等一一安排护送走。然后带少数警卫与敌激战，先是左臂被子弹打穿，后弹片划伤肩、胸、肋多处，此时敌已近身，将军昂然而立，怒目逼视，大呼杀敌，又遭枪击、刀刺，终于殉职。

张自忠将军的牺牲震动国共两党。其遗体被我军拼死抢回，前线将领抚其伤口，放声大哭，十天前将军的遗言犹在耳旁。部下瞻仰遗容，皆泣不成声。前线总部作简单吊唁后入殓，楠木棺内置《孟子》一本，彰其为富贵不淫、贫贱不移、威武不屈的大丈夫；又置《三民主义》一本，“三民”之第一义即求民族独立，彰其为争民族独立之英雄。灵柩过宜昌，十万人送行，敌机在头顶盘旋，无一慌乱。抵达重庆后，蒋介石以下军政要员在码头迎灵。国民政府先后宣布为其国葬、入祀忠烈祠、改宜城县为自忠县。八月十五日，延安各界举行追悼大会。一九四三年将军牺牲三周年之际，周恩来又亲在《新华日报》著文，说每读“将军的两封遗书，深觉其忠义之志，壮烈之气，直可为我国抗战军人之魂！”一九四五年十月毛泽东赴重庆谈判，专门去拜望将军在世的老母，表达崇敬之情。中华人民共和国一成立，张即被颁布为烈士，北京、天津、武汉等地设张自忠路。二〇〇九年，中华人民共和国六十华诞，又被评为“一百位为中华人民共和国成立做出突出贡献的英雄模范人物”。二〇一五年纪念世界反法西斯战争胜利七十周年，又为之重立丰碑。

死生，人之大节也。将军在世时，不知曾经几死；其死后实又每日犹生，与国同在。痛哉！天不留其身，然其忠魂长在，壮我华夏。他如岳飞、如文天祥，是一位永彪青史的民族英雄。